KB098880

아쿠타가와 류노스케 선집

아쿠타가와 류노스케 지음 | 송태욱 옮김

서커스

이 책의 저작권은 서커스출판상회에 있습니다.
복사나 스캔 등의 방법으로 출판사의 허락 없이 복제하거나 무단으로 전재하는 행위 등은
저작권법에 위반되므로 주의하시기 바랍니다.

차례

아쿠타가와 류노스케 선집

일러두기

1. 사이시옷은 발음과 표기법이 관용적으로 굳어져 있는 경우를 제외하고는 가급적 사용을 지양했다.
2. 일본어 'ち'와 'つ'는 철자의 위치에 상관없이 '치'와 '츠'로 표기했다.
3. 일본 인명의 경우 성 다음의 이름이 파열음 ㅋ, ㅌ, ㅍ으로 시작될 경우 그대로 표기했다. 단 성의 경우는 ㄱ, ㄷ, ㅂ으로 표기했다.
4. 고유명사 표기는 음독의 경우 관용적으로 굳어진 경우를 제외하고는 일본어 한자음을 사용하지 않고 가급적 우리 한자음대로 적었다.
5. 거리, 무게, 시간 등의 옛날식 단위는 현대식 단위로 환산해 표기하기도 했다.
6. 작품의 이해를 돕기 위해 옮긴이가 각주를 달았다.

라쇼몬 羅生門

어느 날 해 질 무렵의 일이다. 한 하인이 라쇼몬* 아래서 비가 그치기를 기다리고 있었다.

널찍한 문 아래에는 이 사내 말고는 아무도 없다. 그저 귀뚜라미 한 마리가 군데군데 붉은 칠이 벗겨진 큼직한 원기둥에 들러붙어 있을 뿐이다. 라쇼몬이 주작朱雀대로에 있는 이상, 이 사내 말고도 비를 긋는 삿갓을 쓴 장사치 여인네나 두건을 쓴 남정네 두엇쯤 있을 법도 하다. 하지만 이 사내 말고는 아무도 없다.

왜냐하면 지난 2, 3년 교토에는 지진, 회오리바람, 화재, 기근 같은 재앙이 잇따라 일어났기 때문이다. 그래서 시중市中이 이만저만 황폐해진 게 아니었다. 옛날 기록에 따르면 불상과

---

* 헤이안 시대(794~1185)의 수도 교토의 중앙을 남북으로 뻗은 길이 주작대로朱雀大路이고, 그 남쪽 끝에 있는 대문이 라쇼몬羅生門이다.

불구를 때려 부수고 붉은 칠이 되어 있거나 금은 박이 입혀진 그 나무를 길가에 쌓아놓고 장작 값에 팔았다는 것이다. 시중이 그런 형편이라 라쇼몬의 수리는 고사하고 버려진 채 거들떠보는 자가 아무도 없었다. 그러자 그렇게 황폐해진 것을 기다렸다는 듯이 여우나 너구리가 살고 도적이 산다. 종내에는 거둬줄 사람이 없는 시체를 이 문으로 가져와 버리고 가는 관습까지 생겼다. 그래서 해만 떨어지면 으스스하다며 이 문 근처에는 아무도 발길을 하지 않게 된 것이다.

그 대신 어디에선가 까마귀가 잔뜩 몰려들었다. 낮에 보면 까마귀 여러 마리가 높은 용마루의 치미鴟尾 주변을 빙빙 날아다니며 울어댔다. 특히 문 위의 하늘이 저녁노을로 붉게 물들때는 참깨라도 뿌린 듯이 또렷하게 보였다. 물론 까마귀는 문 위에 있는 시체의 살을 쪼아 먹으러 오는 것이다. 그런데 오늘은 늦은 시간이어서인지 한 마리도 보이지 않는다. 그저 군데군데 무너지기 시작했고 그 무너진 틈새에 풀이 길게 자란 돌계단 위에 까마귀 똥이 하얗게 점점이 들러붙어 있는 것만 보인다. 빛바랜 감색 겹옷을 입은 하인은 일곱 계단의 맨 위 계단에 걸터앉아 오른쪽 뺨에 난 커다란 여드름에 신경을 쓰며 멍하니 비가 내리는 것을 바라보고 있었다.

작자는 앞에서 "하인이 비가 그치기를 기다리고 있었다"라고 썼다. 하지만 하인은 비가 그쳐도 딱히 뭘 하겠다는 건 없다. 물론 보통 때 같으면 주인댁으로 돌아가야 할 것이다. 하지만 사오일 전 주인에게 쫓겨났다. 앞에서도 쓴 것처럼 당시 교토의 거리는 이만저만 쇠락한 게 아니었다. 지금 이 하인이 오랫동안 모시던 주인에게 쫓겨난 것도 실은 그 쇠락의 작은 여파다. 그러므로 '하인이 비가 그치기를 기다리고 있었다'고 하기보다는 '비를 만난 하인이 갈 데가 없어 어찌 할 바를 모르고 있었다'고 하는 게 맞을 것이다. 게다가 오늘 날씨도 헤이안 시대의 이 하인의 센티멘털리즘에 적잖은 영향을 주었다. 오후 네 시가 지나 내리기 시작한 비는 아직도 그칠 기미가 없다. 그래서 하인은 다른 건 몰라도 당장 내일부터 무슨 수든 내야 한다며, 이를테면 어떻게 해도 안 되는 일을 어떻게든 해보겠다고 종잡을 수 없는 생각을 더듬어가며 아까부터 주작대로에 내리는 빗소리를 멍하니 듣고 있었던 것이다.

비는 라쇼몬을 휘감으며 멀리서 쏴아 하는 소리를 몰아온다. 땅거미가 점차 하늘을 낮게 하여, 올려다보니 비스듬히 뻗어 나온 기와 끝으로 어둑어둑 묵직한 구름을 문의 지붕이 떠받치고 있다.

어떻게 해도 안 되는 일을 어떻게든 하기 위해서는 수단을 가리고 있을 여유가 없다. 이것저것 가리다가는 남의 집 담벼락 밑이나 길바닥에서 굶어죽는 수밖에 없다. 그리고 이 문 위로 옮겨져 개처럼 버려질 뿐이다. 가리지 않는다면…… 사내의 생각은 몇 번이고 같은 길을 오가던 끝에 어떤 지점에 봉착했다. 하지만 그 '않는다면'은 아무리 지나도 결국 '않는다면'이었다. 하인은 수단을 가리지 않는다는 사실을 긍정하면서도 그 '않는다면'을 매듭짓기 위해 당연히 그 뒤에 와야 할 '도둑이 되는 수밖에 없다'는 것을 적극적으로 긍정할 만한 용기가 나지 않았던 것이다.

하인은 크게 재채기를 하고 나서 힘겹게 일어섰다. 저녁때에 기온이 뚝 떨어지는 교토는 이제 화로가 필요할 만큼 춥다. 바람은 문의 기둥 사이를 땅거미와 함께 사정없이 빠져나간다. 붉게 칠해진 기둥에 달라붙어 있던 귀뚜라미도 그새 어디론가 가버렸다.

하인은 목을 움츠리고 노란색 내의 위에 걸친 감색 겹옷의 어깨를 올리며 문 주위를 둘러보았다. 비바람을 맞을 걱정이 없고 남의 눈에 띌 염려 없이 하룻밤 편히 잘 수 있을 만한 곳이 있다면 거기서 그럭저럭 밤을 보내려고 생각했기 때문이다. 그러자 다행히 문 위의 누각으로 올라가는, 폭이 넓고 역시 붉게 칠해진 계단이 눈에 들어왔다. 위라면 사람이 있다고 해도 어차피 시체뿐이다. 하인은 거기서 허리에 찬, 나뭇결 그대로의 칼집에 든 칼이 저절로 빠지지 않도록 조심하며 짚신 신은 발을 그 계단의 맨 아래 단에 올려놓았다.

그러고 나서 몇 분쯤 후다. 라쇼몬 누각 위로 올라가는 폭이 넓은 계단 중간쯤에 한 사내가 고양이처럼 몸을 웅크리고 숨을 죽이며 위의 동정을 살피고 있었다. 누각 위에서 비치는 불빛이 희미하게 그 사내의 오른쪽 뺨을 적시고 있다. 짧은 수염 속에 붉게 곪은 여드름이 있는 뺨이다. 하인은 처음부터 그 위에 있는 게 시체뿐일 거라고 얕잡아 보고 있었다. 그런데 계단을 두세 단 올라가보니 위에서는 누군가 불을 켜놓았고, 게다가 그 불이 이리저리 움직이고 있는 듯하다. 탁하고 누런 그 빛이 구석구석 거미줄이 쳐진 천장에 흔들리며 비쳤기 때문에 금세 알 수 있었다. 비 오는 밤에 이 라쇼몬 위에서 불을 켜고 있는 걸 보면 하여간 여간내기가 아니다.

하인은 도마뱀붙이처럼 발소리를 죽이며 가까스로 급한 계단을 맨 위 단까지 기듯이 올라갔다. 그리고 몸을 최대한 납작하게 하고 목을 한껏 앞으로 내밀며 조심조심 누각 안을 엿보았다.

누각 안에는 소문에 듣던 대로 시체 몇 구가 아무렇게나 버려져 있지만 불빛이 닿는 범위가 생각보다 좁아서 그 수는 알 수가 없다. 다만 희미하게나마 알 수 있는 것은 그 안에 벌거벗은 시체와 옷을 입은 시체가 있다는 사실이다. 물론 그중에는 여자와 남자가 섞여 있는 듯하다. 그리고 그 시체는 모두 예전에 살아 있는 인간이었다는 사실조차 의심스러울 만큼 흙을 빚어 만든 인형처럼 입을 떡 벌리거나 팔을 뻗고 바닥에 여기저기 나뒹굴고 있다. 게다가 어깨나 가슴과 같은 위쪽이 어렴풋한 빛을 받아 낮은 부분의 그림자를 한층 어둡게 하며 벙어리처럼 침묵하고 있다.

하인은 썩어문드러진 시체가 풍기는 악취에 저도 모르게 코를 싸쥐었다. 하지만 다음 순간에는 그 손도 이미 코를 싸쥐는 걸 잊고 있었다. 어떤 강한 감정이 이 사내의 후각을 거의 모조리 빼앗고 말았기 때문이다.

하인의 눈은 그제야 비로소 그 시체 속에 웅크리고 있는 인간을 포착했다. 흑갈색 옷을 입은 키가 작고 여윈 백발의 원숭이 같은 노파다. 그 노파는 오른손에 불을 붙인 관솔을 들고 한 시체의 얼굴을 유심히 들여다보고 있다. 머리가 긴 것을 보면 아마 여자 시체일 것이다.

하인은 육 할의 공포와 사 할의 호기심에 사로잡혀 잠시 숨 쉬는 것조차 잊고 있었다. 옛 기록자의 말을 빌리면 '온몸의 털 이 곤두서는 것'처럼 소름이 끼쳤던 것이다. 그런데 관솔불을 마룻바닥 틈에 꽂은 노파는 지금까지 들여다보던 시체의 머리 를 두 손으로 잡더니 마치 어미 원숭이가 새끼 원숭이의 이를 잡아주듯이 그 긴 머리카락을 한 올씩 뽑기 시작했다. 머리카 락은 손의 움직임에 따라 쉽게 뽑히는 듯했다.

그 머리카락이 한 올씩 뽑혀감에 따라 하인의 마음에서는 공포가 조금씩 사라져갔다. 그와 동시에 그 노파에 대한 증오 가 조금씩 솟아났다. 아니, 그 노파에 대해서라고 하면 어폐가 있을지도 모른다. 오히려 온갖 악에 대한 반감이 일 분마다 점 점 강해진 것이다. 그때 누군가 이 하인에게 조금 전 문 아래에 서 이 사내가 생각했던, 굶어죽을 것인가 도둑이 될 것인가 하 는 문제를 다시 꺼낸다면 아마 하인은 아무런 미련도 없이 굶 어죽는 편을 택했을 것이다. 그만큼 악을 증오하는 사내의 마 음은 노파가 마룻바닥에 꽂은 관솔불처럼 기세 좋게 타올랐다.

하인은 물론 노파가 왜 죽은 사람의 머리카락을 뽑는지 알 지 못했다. 따라서 합리적으로는 그것을 선악 중 어느 쪽으로 정리해야 좋을지도 알 수 없었다. 하지만 하인에게는 비오는 날 밤에 이곳 라쇼몬 위에서 죽은 사람의 머리카락을 뽑는다 는 것만으로도 이미 용서할 수 없는 악이었다. 물론 하인은 조 금 전까지 자신이 도둑이 될 생각이었다는 것 따위는 진작에 잊어버렸다.

그래서 하인은 두 발에 힘을 주고 계단에서 후다닥 위로 뛰어올라갔다. 그리고 나뭇결 그대로의 칼자루에 손을 대고 성큼성큼 노파 앞으로 걸어갔다. 노파가 놀란 것은 말할 것도 없다.

노파는 하인을 힐끔 보고는 마치 투석구에 쏘아진 듯이 펄쩍 뛰어올랐다.

"이봐, 어딜 가려고!"

하인은 노파가 시체에 걸려가며 허둥지둥 도망치려는 앞길을 막고 이렇게 소리쳤다. 노파는 그래도 하인을 밀어제치고 가려고 한다. 하인은 또 가지 못하도록 되민다. 두 사람은 시체를 가운데 놓고 한동안 말없이 드잡이를 했다. 하지만 승패는 처음부터 정해져 있었다. 하인은 결국 노파의 팔을 붙들고 힘껏 비틀어 넘어뜨렸다. 마치 닭발처럼 뼈와 가죽뿐인 팔이다.

"무슨 짓을 한 거야? 말해. 말하지 않으면 이거야."

하인은 노파를 밀쳐내고는 불쑥 칼집에서 칼을 뽑아 들고 허연 칼날을 눈앞에 들이댔다. 하지만 노파는 입을 다물고 있다. 두 손을 와들와들 떨고 어깨숨을 몰아쉬며 눈알이 튀어나올 것처럼 눈을 크게 뜨고 벙어리처럼 집요하게 입을 다물고 있다. 그것을 보자 하인은 비로소 이 노파의 생사가 완전히 자신의 의지에 지배되어 있다는 사실을 의식했다. 그리고 그 의식은 지금까지 험악하게 타오르던 증오심을 어느새 식히고 말았다. 뒤에 남은 것은 그저 어떤 일을 하고 그것을 원만하게 달성했을 때의 편안한 성취감과 만족감뿐이다. 그래서 하인은 노파를 내려다보며 목소리를 살짝 누그러뜨리고 이렇게 말했다.

"난 검비위사檢非違使*도 아니오. 이제 막 이 문 아래를 지나던 나그네요. 그러니 당신을 오랏줄로 묶어 어떻게 하는 일은 없을 거요. 다만 지금 이 문 위에서 뭘 하고 있었는지 그것만 말해주면 되오."

그러자 노파는 크게 뜨고 있던 눈을 더욱 크게 뜨고 물끄러미 하인의 얼굴을 쳐다보았다. 눈꺼풀이 벌게진 육식조肉食鳥처럼 날카로운 눈매다. 그러고는 주름으로 거의 코와 하나가 된 입술을, 뭐라도 씹는 것처럼 움직였다. 가느다란 목이어서 튀어나온 울대뼈가 움직이는 게 보인다. 그때 그 목구멍에서 까마귀가 우는 듯한 목소리가 헐떡거리며 하인의 귀에 전해졌다.

"이 머리카락을 뽑아서, 이 머리카락을 뽑아서, 가발을 만들려고 했수다."

하인은 노파의 대답이 의외로 평범해서 실망했다. 실망과 동시에 또 조금 전의 증오가 차가운 모멸과 함께 마음속으로 들어왔다. 그러자 그 기색이 노파에게도 전해진 모양이었다. 노파는 한 손에 아직 시체의 머리에서 뽑은 긴 머리카락을 쥔 채 두꺼비가 중얼거리는 듯한 목소리로 우물우물 이런 말을 했다.

"그려, 죽은 사람의 머리카락을 뽑는다는 것이 을매나 나쁜 짓이겠어. 허지만 말이여, 여기에 있는 죽은 사람들은 모두 그만한 일을 당해도 싼 인간들뿐이라고. 방금 내가 머리카락을 뽑은 여편네는 말이지, 뱀을 네 치씩 토막 내서 말린 것을 건어

---

* 범죄자를 체포하고 재판하여 교토 시중의 질서를 유지하는 일을 하는 직책.

물이라며 호위대 무관들한테 팔러 다녔어. 역병이 걸려 뒈지지
만 않았다면 지금도 팔러 다녔을 거구먼. 그것도 말이여, 이 여
편네가 파는 건어물이 맛이 좋다며 호위대 무관들이 빠짐없이
찬거리로 샀다고들 허더라고. 나는 이 여편네가 한 짓이 나쁘
다고는 생각허들 안 혀. 안 허믄 굶어죽으니께 어쩔 수 없이 한
것이제. 그렇다믄 방금 내가 한 일도 나쁜 짓이라고는 생각지
않어. 그렇게라도 하지 않으면 굶어죽으니께 어쩔 수 없이 한
짓이구먼. 그러니께 어쩔 수 없는 일을 잘 알고 있는 이 여편네
도 아마 내가 한 짓을 너그럽게 봐줄 것이구먼."

노파는 대충 이런 뜻의 말을 했다.

하인은 칼을 칼집에 넣고 그 칼의 손잡이를 왼손으로 쥔 채
냉연하게 그 이야기를 듣고 있었다. 물론 오른손으로는 고름이
오른 커다란 여드름이 난 벌건 뺨을 어루만지고 있었다. 하지
만 그 이야기를 듣는 중에 하인의 마음에는 어떤 용기가 솟아
났다. 그것은 분명히 이 사내가 문 아래에 있을 때는 없던 용기
다. 그리고 또 조금 전 이 문 위로 올라와 이 노파를 붙잡았을
때의 용기와는 전혀 다른 방향으로 움직이려는 용기다. 하인은
굶어죽을지 도둑이 될지를 고민하지 않게 된 것만이 아니다.
그때 이 사내의 마음에서 말하자면, 굶어죽는다는 것은 거의
생각할 수 없을 만큼 의식 바깥으로 밀려나 있었다.

"분명히 그렇겠지?"

노파의 말이 끝나자 하인은 비웃는 듯한 목소리로 거듭 확
인했다. 그리고 한 발 앞으로 나오더니 갑자기 오른손을 여드
름에서 떼고 노파의 목덜미를 움켜쥐며 물어뜯을 듯이 이렇게

말했다.

"그렇다면 내가 노상강도질을 해도 원망하지 않겠군. 나도 그렇게 하지 않으면 굶어죽을 처지라서 말이야."

하인은 잽싸게 노파의 옷을 벗겼다. 그러고는 다리를 붙잡고 늘어지려는 노파를 거칠게 차서 시체 위로 쓰러뜨렸다. 계단 입구까지는 불과 다섯 걸음을 헤아릴 뿐이다. 하인은 벗겨낸 흑갈색 옷을 옆구리에 끼고 눈 깜짝할 사이에 급한 계단을 통해 밤의 밑바닥으로 뛰어내려왔다.

한동안 죽은 듯이 쓰러져 있던 노파가 시체 속에서 벌거벗은 몸을 일으킨 것은 그로부터 잠시 후의 일이다. 노파는 중얼거리는 듯한, 신음하는 듯한 소리를 내며 아직도 타고 있는 불빛에 의지하여 계단 입구까지 기어갔다. 그리고 거기에서 짧은 백발을 거꾸로 하여 문 아래를 내려다보았다. 밖에는 오로지 동굴처럼 깊은 시커먼 밤이 있을 뿐이다.

하인의 행방은 아무도 모른다.

(1915년 9월)

코鼻

젠치 내공봉内供奉* 큰스님의 코라고 하면 이케노오池の尾에
서는 모르는 이가 없다. 길이가 대여섯 치**나 되어 윗입술 위에
서 턱밑까지 늘어져 있다. 형태는 밑동이나 끝이나 똑같이 굵
직하다. 이를테면 길쭉한 소시지 같은 물건이 얼굴 한복판에
덜렁덜렁 매달려 있는 것이다.

쉰 살이 넘은 큰스님은 사미승***이던 옛날부터 내도량의 내
봉공 스님이 된 오늘날에 이르기까지 마음속으로는 늘 이 코
때문에 고민했다. 물론 겉으로는 지금도 그다지 신경 쓰지 않
는 듯한 얼굴로 시치미를 떼고 있다. 이는 전심을 다해 내세의

---

* 궁중에 출사하는 고승. 고승 열 명을 뽑아 궁중에서 불도를 수행하는 내도
  량內道場에 있게 하고, 천황의 건강을 비는 독경을 하게 했다.
** 15~18센티미터.
*** 수행하는 어린 남자 승려.

극락정토를 갈앙해야 할 승려의 몸으로 코 걱정이나 하는 것이 좋지 않다고 생각해서만은 아니다. 그보다는 오히려 자신이 코를 신경 쓰고 있다는 사실을 남에게 들키는 것이 싫었기 때문이다. 큰스님은 일상의 대화에서 코라는 단어가 나오는 것을 그 무엇보다 두려워했다.

큰스님이 코를 힘겨워한 이유는 두 가지다. 하나는 실제로 긴 코가 불편했기 때문이다. 우선 밥을 먹을 때도 혼자서는 먹을 수가 없다. 혼자 먹으면 코끝이 바리때 안의 밥에 닿아버린다. 그래서 큰스님은 제자 하나를 밥상 맞은편에 앉히고 밥을 먹는 동안 넓이 3센티미터, 길이 60센티미터쯤 되는 길쭉한 막대기로 코를 들어 올리고 있게 했다. 하지만 이렇게 밥을 먹는다는 것은 받치고 있는 제자에게도, 코가 들린 큰스님에게도 결코 쉬운 일이 아니다. 한번은 이 제자를 대신한 열두세 살쯤의 동자승이 재채기를 하는 바람에 손이 흔들려 코를 죽 안에 빠뜨린 이야기는 당시 교토까지 널리 알려졌다. 하지만 이는 큰스님이 코 때문에 괴로워한 주된 이유는 결코 아니다. 큰스님은 실로 이 코로 인해 상처받은 자존심 때문에 괴로워한 것이다.

이케노오 사람들은 이런 코를 가진 젠치 큰스님을 위해, 큰스님이 속인이 아닌 게 천만다행이라고 했다. 그런 코로는 아내가 되겠다는 여자가 아무도 없을 거라고 생각했기 때문이다. 그중에는 또 코가 그래서 출가했을 거라고 평하는 이도 있었다. 하지만 큰스님은 자신이 승려이기 때문에 코 때문에 번민하는 일이 다소나마 적어졌다고는 생각하지 않았다. 아내가 있고 없고 하는 결과적인 사실에 좌우되기에 큰스님의 자존심은 너무나도 섬세하게 생겨먹었던 것이다. 그래서 큰스님은 적극적으로도, 소극적으로도 그 자존심의 훼손을 회복하려고 했다.

큰스님이 제일 먼저 생각한 것은 그 긴 코를 실제보다 짧게 보이게 하는 방법이다. 이는 사람이 없을 때 거울에 여러 각도로 얼굴을 비쳐보며 열심히 궁리했다. 툭하면 얼굴의 위치를 바꾸는 것만으로는 안심할 수 없어 턱을 괴어보거나 턱 끝에 손가락을 갖다 대거나 하며 끈기 있게 거울을 들여다보는 일도 있었다. 하지만 자신도 만족할 만큼 코가 짧아 보인 적은 지금껏 단 한 번도 없었다. 때에 따라서는 고심하면 할수록 오히려 길어 보이는 것 같기도 했다. 큰스님은 그런 때에 거울을 상자에 넣으며 새삼스럽게 한숨을 내쉬고는 마지못해 관음경을 읽으러 다시 원래의 독경 책상으로 돌아간다.

그리고 또 큰스님은 끊임없이 남의 코에 신경을 썼다. 이케노오의 절에서는 승공강설僧供講說*도 자주 열린다. 경내에는 승방이 빈틈없이 쭉 늘어서 있고 목욕탕에서는 절의 승려가 날마다 목욕물을 데운다. 따라서 이곳에 출입하는 승려나 속인도 아주 많다. 큰스님은 그런 사람들의 얼굴을 끈기 있게 관찰했다. 한 사람이라도 자신과 같은 코를 가진 사람을 찾아내 안심하고 싶었기 때문이다. 그러므로 큰스님의 눈에는 속인의 감색 옷도 흰 홑옷도 들어오지 않았다. 하물며 승려의 주황색 모

---

* 승려를 공양하거나 경전을 강의하고 해설하는 모임.

자나 검은색 가사 따위는 늘 봐서 익숙한 만큼 있어도 없는 것이나 마찬가지였다. 큰스님은 사람을 보지 않고 그저 코만 봤다. 하지만 매부리코는 있어도 큰스님 같은 코는 하나도 보이지 않았다. 그렇게 보이지 않는 일이 거듭됨에 따라 큰스님의 마음은 점차 불쾌해졌다. 큰스님이 누군가와 이야기하며 늘어뜨려져 있는 코끝을 무심코 잡아보고는 나이값도 못하고 얼굴을 붉힌 것은 바로 그 불쾌감에 휘둘린 탓이었다.

마지막으로 큰스님은 불경과 일반서 안에서 자신과 같은 코를 가진 인물을 찾아내 조금이나마 위안을 삼으려는 생각을 한 일까지 있었다. 하지만 목련目連이나 사리불舍利弗*의 코가 길었다는 것은 어느 경문에도 쓰여 있지 않았다. 물론 용수龍樹**나 마명馬鳴***도 보통 사람의 코를 가진 보살이었다. 큰스님은 중국 이야기를 하다가 촉한蜀漢 유현덕의 귀가 길었다는 이야기를 들었을 때 그것이 코였다면 얼마나 안심이 되었을까 하고 생각했다.

큰스님이 이런 소극적인 고심을 하면서도 한편으로는 또 적극적으로 코를 짧게 하는 방법을 시도한 일은 여기서 굳이 말할 것도 없다. 이 방면에서도 큰스님은 가능한 한 거의 모든 일을 했다. 쥐참외를 달여서 먹어본 적도 있다. 쥐 오줌을 코에 발라본 적도 있다. 하지만 뭘 어떻게 해도 대여섯 치의 코는 여

---

* 석가의 10대 제자에 속한 이들.
** 인도에 대승불교를 전파한 고대 인도의 불교 이론가.
*** 1, 2세기경의 불교 시인. 대승불교의 흥륭에 공헌했다.

전히 입술 위로 늘어뜨려져 있는 게 아닌가.

그런데 어느 해 가을, 큰스님이 심부름을 겸해 교토로 보낸 제자 승려가 지기인 의사로부터 긴 코를 짧게 만드는 방법을 배워 왔다. 그 의사는 원래 중국에서 건너온 사람으로, 당시에는 조라쿠지長樂寺의 본존을 모시며 독경을 하는 공봉승供奉僧이 되어 있었다.

큰스님은 여느 때처럼 코 같은 건 신경 쓰지 않는다는 식으로 일부러 그 방법도 곧장 해보자는 말을 하지 않고 있었다. 그러면서도 한편으로는 가벼운 어투로 식사 때마다 제자에게 폐를 끼치는 게 마음이 아프다는 말을 했다. 물론 내심으로는 제자 승려가 자신을 설복시켜 그 방법을 시도해주기를 기다리고 있었다. 제자도 큰스님의 그 책략을 모를 리 없었다. 하지만 그에 대한 반감보다는 그런 책략을 취하는 큰스님의 심정이 더 강하게 제자의 동정을 샀을 것이다. 제자는 큰스님의 예상대로 극구 그 방법을 시도해보기를 권하기 시작했다. 그리하여 예상대로 큰스님 자신도 결국 열성적인 권고를 따르게 되었다.

그 방법은, 그저 뜨거운 물에 코를 데치고 그 코를 사람들에게 밟게 하는 아주 간단한 것이었다.

뜨거운 물은 절의 목욕탕에서 매일 끓이고 있다. 그래서 제자는 곧 목욕탕에서 손가락도 넣을 수 없을 만큼 뜨거운 물을 주전자에 담아 왔다. 하지만 그 주전자에 코를 직접 넣으면 그 김으로 인해 얼굴에 화상을 입을 염려가 있었다. 그래서 네모난 쟁반에 구멍을 뚫고 그것을 주전자 뚜껑으로 삼아 그 구멍을 통해 코를 뜨거운 물에 넣기로 했다. 코만은 뜨거운 물에 담

가도 전혀 뜨겁지 않았다. 한참 후 제자가 말했다.

"이제 푹 삶아졌겠지요?"

큰스님은 쓴웃음을 지었다. 이것만 들어서는 아무도 코 이야기인 줄 모를 거라고 생각했기 때문이다. 코는 뜨거운 물에 푹 삶아졌고 벼룩에 물리기라도 한 것처럼 근질근질 가려웠다.

큰스님이 쟁반 구멍으로 코를 빼내자 제자가 아직 김이 모락모락 오르는 코를 두 발에 힘을 줘서 꾹꾹 밟기 시작했다. 큰스님은 드러누워 코를 마룻바닥 위에 늘어놓으며 제자의 발이 위아래로 움직이는 것을 바로 눈앞에서 보고 있었다. 제자는 이따금 안쓰럽다는 표정으로 큰스님의 반들반들한 머리를 내려다보며 이런 말을 했다.

"아프지 않으세요? 의사가 세게 밟으라고 했거든요. 그런데 정말 아프지 않으세요?"

큰스님은 고개를 저으며 아프지 않다는 뜻을 보이려고 했다. 그런데 코를 밟히고 있어서 고개가 생각처럼 움직이지 않았다. 그래서 눈을 치켜뜨고, 터서 갈라진 제자의 발을 바라보며 화난 목소리로 답했다.

"아프지 않다니까."

실제로 코는 근질근질 가려운 데가 밟히고 있어 아프기보다는 오히려 시원할 정도였다.

한참을 밟고 있으니 드디어 코에서 좁쌀 같은 것이 나오기 시작했다. 이를테면 털이 뜯긴 작은 새를 통째로 구운 듯한 모습이다. 제자는 그것을 보더니 발을 멈추고 혼잣말처럼 이렇게 말했다.

"이걸 족집게로 뽑으라고 했어요."

큰스님은 불만스럽다는 듯이 뺨을 부풀리며 잠자코 제자가 하는 대로 맡겨두었다. 물론 제자의 친절한 마음을 모르는 것은 아니었다. 그걸 알면서도 자신의 코를 마치 물건처럼 다루는 것이 불쾌했기 때문이다. 큰스님은 신뢰하지 않는 의사의 수술을 받는 환자 같은 얼굴로 마지못해 제자가 코의 모공에서 족집게로 피지를 제거하는 걸 바라보고 있었다. 피지는 새 깃털의 줄기 같은 모양으로, 1센티미터가 넘는 길이로 빠져나왔다.

드디어 그 작업이 대충 끝나자 제자는 휴우 하고 한숨 돌린 듯한 표정으로 말했다.

"이걸 한 번 더 삶으면 됩니다."

큰스님은 여전히 미간을 찌푸리며 불만스럽다는 듯한 표정으로 제자가 하는 대로 내버려두고 있었다.

그런데 두 번째로 삶은 코를 꺼내보니 역시 평소보다는 짧아졌다. 이 정도면 여느 매부리코와 크게 다르지 않았다. 큰스님은 짧아진 코를 만져보며 제자가 내민 거울을 쑥스러운 듯 주뼛주뼛 들여다보았다.

코는, 그러니까 턱밑까지 늘어뜨려져 있던 코는 거의 거짓말처럼 줄어들어 지금은 겨우 윗입술 위에서 얼마 남지 않은 여명을 힘없이 부지하고 있었다. 군데군데 얼룩얼룩 벌게져 있는 것은 아마 밟혔을 때의 흔적일 것이다. 이렇게 되면 이제 비웃는 자는 아무도 없을 것이다. 거울 속에 있는 큰스님의 얼굴은 거울 밖에 있는 큰스님의 얼굴을 보고 만족스럽다는 듯이 눈을 깜박였다.

하지만 그날 하루는 코가 또 길어지지나 않을까 하는 불안에 종일 시달렸다. 그래서 큰스님은 독경을 할 때, 식사를 할 때도 틈만 나면 손을 들어 슬쩍 코끝을 만져보았다. 하지만 입술 위에 얌전히 자리 잡고 있을 뿐 딱히 그 아래로 늘어뜨려질 기미는 없었다. 그러고는 하룻밤 자고 일찌감치 눈을 뜬 큰스님은 제일 먼저 자신의 코를 어루만져보았다. 코는 여전히 짧았다. 그래서 큰스님은 여러 해에 걸쳐 법화경을 사경寫經하는 공덕을 쌓았을 때와 같은 느긋한 기분을 느꼈다.

그런데 이삼일 지나는 동안 큰스님은 의외의 사실을 발견했다. 볼일이 있어 이케노오의 절을 찾아온 사무라이가 전보다 훨씬 우스운 듯한 얼굴로 말도 제대로 하지 못하고 힐끔힐끔 큰스님의 코만 바라본 것이다. 그뿐 아니라 예전에 큰스님의 코를 죽에 빠뜨린 적이 있는 동자승은 강당 밖에서 큰스님과 스쳐지나갈 때 처음에는 고개를 숙이며 웃음을 참고 있었는데, 결국 견디지 못했는지 한꺼번에 갑자기 웃음을 터뜨렸다. 용무를 지시받던 아래 중들이 얼굴을 마주하고 있을 때만은 조심스럽게 듣고 있어도 큰스님이 뒤로 돌기만 하면 곧바로 키득키득 웃기 시작한 것도 한두 번이 아니었다.

큰스님은 처음에 그것을 자신의 얼굴이 변한 탓이라고 해석했다. 하지만 아무래도 그런 해석만으로는 충분히 설명되지 않는 것 같았다. 물론 동자승이나 아래 중들이 웃는 원인은 틀림없이 거기에 있을 것이다. 하지만 같은 웃음이라고 해도 코가 길었던 옛날과는 어딘지 모르게 웃는 양상이 달랐다. 익숙한 긴 코보다 익숙지 않은 짧은 코가 더 우습게 보인다고 하면 어쩔 수 없는 일이다. 하지만 거기에는 또 뭔가가 있는 것 같았다.

"전에는 저렇게 대놓고 웃지는 않았는데."

큰스님은 독경을 하려다가 멈추고 반들반들한 머리를 갸웃하며 이따금 이렇게 중얼거리곤 했다. 사랑스러운 큰스님은 이렇게 말할 때면 반드시 멍하니 옆에 걸어둔 보현보살의 화상*을 바라보며 코가 길었던 사오일 전의 일을 떠올리고 '지금은 아주 비천한 처지로 영락한 자가 잘 나가던 옛날을 그리워하듯이' 몹시 우울해진다. 안타깝게도 큰스님에게는 이 문제에 답을 내릴 만한 지혜가 없었다.

인간의 마음에는 서로 모순되는 두 가지 감정이 있다. 물론 누구든 타인의 불행을 동정하지 않는 자는 없다. 그런데 그 사람이 그 불행을 어떻게든 극복하게 되면 이번에는 이쪽이 어딘지 모르게 아쉬운 마음이 든다. 조금 과장해서 말하자면 다시 한번 그 사람을 똑같은 불행에 떨어뜨려보고 싶은 기분마저 드는 것이다. 그리하여 어느새 소극적이긴 하지만 그 사람에게 어떤 적의까지 품게 된다. 큰스님이 이유를 모르면서도 어쩐지 불쾌하게 생각한 것은 이케노오의 승려와 속인들이 보인 태도에서 방관자의 그런 이기주의를 어렴풋이 느꼈기 때문이다.

---

* 하얀 코끼리를 타고 부처의 오른쪽에서 보필하는 모습으로 표현된다.

그래서 큰스님은 날로 기분이 언짢아졌다. 그래서 입만 열면 아무나 심술 사납게 꾸짖는다. 끝내는 코를 치료한 그 제자에게도 "큰스님은 불법을 설파하지 않고 무자비하게 꾸짖기만 해서 벌을 받을 거야"라는 험담을 들을 정도였다. 특히 큰스님을 화나게 한 것은 그 장난꾸러기 동자승이다. 어느 날 개가 요란하게 짓는 소리가 나서 큰스님이 무심코 밖으로 나가보니 동자승이 두 자쯤 되는 막대기를 휘두르며 털이 길고 비쩍 마른 삽살개를 쫓아다니고 있었다. 그것도 그냥 쫓아다니기만 하는 게 아니었다. "코 좀 맞아보자. 어디 코 좀 맞아보자"하고 소리치며 쫓아다니고 있는 것이었다. 큰스님은 동자승의 손에서 그 막대기를 낚아채서는 그의 얼굴을 세게 쳤다. 막대기는 전에 코를 떠받치던 나무였다.

큰스님은 어설프게 코가 짧아진 것이 오히려 원망스러웠다.

그러던 어느 날 밤의 일이다. 날이 저물고 나서 갑자기 바람이 몰아치나 싶더니 탑의 풍경 소리가 시끄러울 정도로 베갯머리까지 들려왔다. 게다가 날씨도 부쩍 추워졌으므로 나이 든 큰스님은 자려고 해도 잠이 오지 않았다. 그래서 잠자리에서 말똥말똥하고 있으니 문득 코가 평소와 달리 몹시 가려웠다. 손을 대보니 부종이 생긴 것처럼 약간 부어 있었다. 아무래도 그곳에만 열이 나는 것 같기도 했다.

"억지로 짧게 했으니 병이 났을지도 모르지."

큰스님은 불전에 향불을 올리듯이 정중한 손놀림으로 코를 누르며 이렇게 중얼거렸다.

다음 날 아침, 큰스님이 여느 때처럼 일찌감치 눈을 떠보니 경내의 은행나무와 칠엽수가 하룻밤 사이에 잎을 다 떨어뜨려 뜰은 황금을 깔아놓은 듯이 환했다. 탑 지붕에는 서리가 내린 탓인지, 아직 어스레한 아침 해에 구륜九輪*이 눈부시게 빛나고 있다. 젠치 내봉공 큰스님은 덧문을 걷어 올린 툇마루에 서서 숨을 깊이 들이쉬었다.

거의 잊혀가던 어떤 감각이 다시 큰스님에게 돌아온 것은 바로 그때였다.

큰스님은 서둘러 코에 손을 댔다. 손에 닿는 것은 어젯밤의 짧은 코가 아니었다. 윗입술 위에서 턱 밑까지 대여섯 치나 늘어뜨려져 있는 예전의 긴 코였다. 큰스님은 코가 하룻밤 사이에 다시 원래대로 길어진 것을 알았다. 그와 동시에 코가 짧아졌을 때와 같은 후련한 마음이 어디선가 돌아온 것을 느꼈다.

'이렇게 되었으니 이제 웃는 사람은 아무도 없겠군.'

큰스님은 마음속으로 이렇게 자신에게 속삭였다. 동틀 녘 가을바람에 긴 코를 덜렁거리며.

(1916년 1월)

---

* 탑 꼭대기에 다는 기둥 모양의 장식. 아홉 개의 금속제 고리로 되어 있다.

아버지 父

내가 중학교 4학년생이었을 때의 이야기다.

그해 가을 닛코에서 아시오에 걸친 3박 4일의 수학여행을 떠났다. 학교에서 나눠준 등사판 인쇄물에 '오전 6시 30분 우에노역 앞 집합, 6시 50분 발차……'라고 쓰여 있었다.

당일이 되자 나는 아침도 제대로 먹지 않고 집을 뛰쳐나갔다. 전차로 가면 역까지 20분도 걸리지 않는다. 이렇게 생각하면서도 왠지 모르게 마음이 급했다. 정거장의 붉은 기둥 앞에 서서 전차를 기다리는 중에도 안절부절못했다.

하필이면 하늘이 흐렸다. 여기저기 공장에서 울리는 기적 소리가 쥐색 수증기를 진동시키면 그것이 모두 안개비가 되어 내리지 않을까 하는 생각도 들었다. 그 따분한 하늘 아래 기차가 고가철도를 지나간다. 피복창으로 다니는 짐마차가 지난다. 가게 문이 하나씩 열린다. 내가 있는 정거장에도 이제 두세 명이 서 있다. 다들 잠이 부족한 듯한 얼굴을 음산하게 보이고 있다. 춥다. 그때 할인 전차가 왔다.

혼잡한 가운데 간신히 손잡이를 잡으니 뒤에서 누군가 내 어깨를 두드렸다. 나는 황급히 뒤를 돌아보았다.

"안녕."

돌아보니 노세 이소오였다. 역시 나처럼 감색 교복을 입고 외투는 말아서 왼쪽 어깨에 걸쳤으며 삼베 각반을 차고 허리에 도시락 꾸러미와 물통을 매달고 있었다.

노세는 나와 같은 초등학교를 나와 같은 중학교에 들어온 친구다. 이렇다 하게 잘하는 과목은 없었지만 그 대신 딱히 못하는 과목도 없었다. 그런데도 사소한 일에는 재주가 많아 유행가 같은 것은 한 번 들으면 바로 가락을 외워버린다. 한시에 가락을 붙여 읊거나 사츠마 비파 연주 흉내 내기, 만담, 야담, 성대모사, 마술 등 못 하는 게 없었다. 게다가 몸짓이나 표정 등으로 남을 웃기게 하는 독특한 재주를 가지고 있었다. 따라서 반 아이들의 인기도, 선생님들 사이의 평판도 나쁘지 않았다. 하지만 나와는 서로 왕래는 하면서도 별로 친한 사이는 아니었다.

"빨리 왔네, 너도."

"난 항상 빠르지." 노세는 이렇게 말하며 득의양양한 표정을 지었다.

"하지만 저번에는 지각했잖아."

"저번에?"

"국어 시간에 말이야."

"아아, 바바한테 혼났을 때 말이야? 그거야 원숭이도 나무에서 떨어질 때가 있는 법이니까."

"그 선생한테는 나도 혼났어."

"지각해서?"

"아니, 책을 안 가져와서."

"은단은 잔소리가 되게 많으니까." '은단'이라는 것은 노세가 바바 선생에게 붙인 별명이다. 이런 이야기를 하는 사이에 역 앞에 도착했다.

탔을 때와 마찬가지로 혼잡한 사람들 사이를 뚫고 간신히 전차에서 내려 역으로 들어가자 이른 시간이어서 아직 반 아이들은 두세 명밖에 모이지 않았다. 서로 "안녕" 하고 인사하고는 앞을 다투어 대합실 나무 벤치에 앉았다. 그러고 나서 평소처럼 기세 좋게 지껄여대기 시작했다. 다들 자신을 '보쿠僕'라고 하는 대신 '오레おれ'*라고 하는 걸 자랑으로 여기는 또래들이다. 스스로 '오레'라고 하는 녀석들의 입에서 여행에 대한 예상, 학생들끼리의 품평, 교사에 대한 악평 등이 활발하게 나왔다.

"이즈미는 간사해. 그 녀석은 교사용 참고서를 갖고 있어서 한 번도 예습 같은 건 한 적이 없거든."

"히라노는 더 간사해. 그 녀석은 시험 때만 되면 역사의 연대를 모두 손톱에 적어 간대."

---

* 모두 남성의 1인칭 대명사로 '보쿠'는 대등하거나 손아랫사람에 대하여 쓰고 '오레'는 동년배 이하의 사람을 상대로 쓴다. 정중한 것에서 거친 순서로 보면 '와타쿠시·와타시私', '보쿠', '오레' 순이다.

"그러고 보면 선생도 간사하니까."

"간사하고말고. 혼마는 receive의 i와 e 중 어느 게 먼저 오는지도 제대로 모르면서 교사용 참고서로 대충 속이면서 가르치고 있잖아."

어디까지나 간사하다는 이야기만 하고 제대로 된 이야기는 나오지 않았다. 그러다가 그중 노세가 자기 옆의 벤치에 앉아 신문을 보고 있던 직공인 듯한 남자의 구두를 빠끔레이라며 놀렸다. 이는 당시 마킨레이라는 새로운 모델의 구두가 유행했는데 그 남자의 구두는 전혀 광택이 없는 데다 앞쪽이 빠끔히 입을 벌리고 있었기 때문이다.

"빠끔레이라는 말은 멋졌어." 이렇게 말하며 다들 한꺼번에 웃음을 터뜨렸다.

그러고 나서 우리는 우쭐해져서 이 대합실에 출입하는 다양한 사람들을 물색하기 시작했다. 그리고 한 사람, 한 사람에 대해 도쿄의 중학생이 아니면 할 수 없는 건방진 악담을 해대기 시작했다. 우리들 중 그런 일에서 남에게 뒤지는 얌전한 학생은 한 명도 없었다. 그중에서도 노세의 비유가 가장 신랄하고 또 가장 익살스러웠다.

"노세, 노세, 저 아주머니 좀 봐."

"저 아주머니는 복어가 알을 밴 것 같은 얼굴을 하고 있군."

"이쪽 빨간 모자도 뭔가 닮은 것 같은데. 안 그래, 노세?"

"저 작자는 카를 5세야."

나중에는 노세 혼자 악담을 하는 역할을 맡게 되었다.

그런데 그때 우리들 중 한 명은, 열차 시간표 앞에 서서 자잘한 숫자를 살펴보고 있는 묘한 남자를 발견했다. 그 남자는 검정색이 바래서 불그죽죽한 빛을 띠는 양복을 입고 체조할 때 쓰는 봉 같은 가느다란 다리를 쥐색의 조잡한 줄무늬 바지에 꿰고 있었다. 차양이 넓은 옛날식의 검은 중절모 밑으로 반백의 머리카락이 비어져 나와 있는 것을 보면 꽤 나이가 든 중년인 듯했다. 그런데도 목에는 흰색과 검은색 바둑판무늬의 화려한 손수건을 두르고 채찍인가 싶은 한죽寒竹으로 만든 긴 지팡이를 살짝 겨드랑이에 끼고 있었다. 복장이며 태도로 보아 모든 것이 〈펀치Punch〉*의 삽화를 오려내 그대로 이 역의 인파 속에 세워놓았다고밖에 생각되지 않았다. 우리들 중 한 사람은 또 새로운 험담의 재료가 생긴 것을 기뻐하고 우습다는 듯이 어깨를 흔들며 웃고는 노세의 손을 잡아당겼다.

"이봐, 저 작자는 어때?"

그래서 우리는 모두 그 묘한 남자를 봤다. 남자는 몸을 약간 뒤로 젖히며 조끼의 호주머니에서 보라빛 끈이 달린 큼직한 니켈 회중시계를 꺼내 열심히 그것과 시간표의 숫자를 비교해보고 있었다. 옆얼굴만 보고 나는 곧바로 그가 노세의 아버지라는 것을 알았다.

하지만 거기에 있던 우리들 중에는 한 사람도 그 사실을 알지 못했다. 그러므로 다들 노세의 입에서 우스꽝스러운 그 인물을 적절히 형용하는 말을 들으려고, 들은 후 웃을 준비를 하

---

* 1841년에 창간된 영국의 주간 풍속만화 잡지.

며 재미있다는 듯이 노세의 얼굴을 쳐다보고 있었다. 중학교 4학년생에게는 그때 노세의 마음을 추측할 통찰력이 없었다. 나는 하마터면 '저분은 노세의 아버지야' 하고 말할 뻔했다.

하지만 그때,

"저 작자? 저 작자는 런던 거지야"

하는 노세의 목소리가 들렸다. 모두가 일시에 웃음을 터뜨린 것은 말할 것도 없었다. 그중에는 일부러 몸을 뒤로 젖히고 회중시계를 찾는 노세 아버지의 모습을 흉내 내는 녀석도 있었다. 나는 무심코 고개를 숙였다. 그때 노세의 얼굴을 볼 만큼의 용기가 내게는 없었기 때문이다.

"그건 적절한 평이야."

"봐, 보라고, 저 모자를."

"골동품 가게에서 구한 건가?"

"골동품 가게에도 저런 건 없어."

"그럼 박물관이군." 모두가 또 재미있다는 듯이 웃었다.

흐린 날의 역은 저물녘처럼 어둑어둑했다. 나는 그 어둑함 속에서 슬쩍 런던 거지 쪽을 쳐다봤다.

그런데 어느새 엷은 햇살이 비치기 시작한 모양인지 폭이 좁은 빛의 띠가 높은 천장의 들창에서 흐릿하게 비스듬히 비치고 있었다. 노세의 아버지는 바로 그 빛의 띠 안에 있었다. 주위의 모든 사물이 움직이고 있었다. 눈이 닿는 곳에서도, 닿지 않는 곳에서도 움직이고 있었다. 그리고 또 그 운동이 사람의 소리인지 사물의 소리인지 알 수 없는 것이 되어 이 커다란 건물 안을 안개처럼 뒤덮고 있었다. 하지만 노세의 아버지만은 움직이지 않았다. 현대와 인연이 없는 양복을 입은, 현대와 인연이 없는 노인은 어지럽게 움직이는 사람들의 홍수 속에서 이 역시 현대를 초월한 검은 중절모를 뒤로 젖혀 쓰고 보라빛 끈이 달린 회중시계를 오른손 손바닥에 올려놓고 여전히 수동 펌프처럼 시간표 앞에 멈춰 서 있었다.

나중에 넌지시 물었더니 그 무렵 대학의 약국에 근무하던 노세의 아버지는, 노세가 우리와 함께 수학여행을 떠나는 모습을 출근길에 보려고 아들에게는 알리지 않고 일부러 역으로 나온 것이라고 한다.

노세 이소오는 중학교를 졸업하고 얼마 지나지 않아 폐결핵에 걸려 세상을 떠났다. 중학교 도서관에서 그 추도식이 열렸을 때 교모를 쓴 노세의 사진 앞에서 추도사를 읽은 것은 바로 나였다. "노세, 부모님께는 효도하고", 나는 추도사에 이런 문구를 넣었다.

(1916년 3월)

참마죽 芋粥

간교元慶* 말인가 닌나仁和** 초에 있었던 이야기일 것이다. 어느 쪽이건 시대는 이 이야기에서 중요한 역할을 하지 않는다. 독자는 그저 헤이안 시대라는 먼 옛날이 배경이라는 것만 알아두면 된다. 그 무렵 섭정 후지와라 모토츠네藤原基経를 섬기는 사무라이 중에 아무개라는 오위伍位***가 있었다.

이 사람도 아무개라고 쓰지 않고 어디의 누구라고 정확한 성명을 밝히고 싶지만 공교롭게도 옛날 기록에는 그것이 전해져 있지 않다. 실은 전할 만한 자격이 안 되는 평범한 사람이었으리라. 대체로 옛 기록의 저자라는 이들은 평범한 인물이나

---

* 877~884년.

** 885~889년.

*** 궁중의 위계에서 다섯 번째 자리. 오위 이상의 자리는 칙령에 의해 수여되고 하위자에 비해 무척 좋은 대우를 받았다.

이야기에 그다지 흥미를 갖지 않았던 듯싶다. 그런 점에서 그들과 일본의 자연파 작가[*]는 많이 다르다. 왕조 시대의 소설가는 의외로 한가한 사람이 아니다. 여하튼 섭정 후지와라 모토츠네를 모시는 사무라이 중에 아무개라는 오위가 있었다. 이 사람이 이 이야기의 주인공이다.

오위는 풍채가 아주 신통치 못한 남자였다. 무엇보다 키가 작았다. 그리고 딸기코에 눈꼬리가 축 처졌다. 콧수염은 물론 성겼다. 뺨이 여위어서 턱이 남다르게 뾰족해 보였다. 입술은…… 하나하나 열거하면 한이 없다. 오위의 외모는 그토록 볼썽사납게 생겼다는 것이다.

이 사내가 언제 어떻게 후지와라 모토츠네를 모시게 되었는지는 아무도 모른다. 하지만 꽤 오래전부터 늘 똑같은 색 바랜 관복에, 똑같은 후줄근한 두건을 쓰고, 똑같은 일을 질리지도 않고 매일 되풀이했다는 것만은 확실하다. 그 결과인지 지금은 누가 봐도 이 사내에게 젊은 시절이 있었다는 생각은 들지 않는다.(오위는 마흔을 넘었다.) 그 대신 태어날 때부터 그렇게 추워 보이는 딸기코와 명색뿐인 콧수염을 주작대로에 부는 바람에 드러내고 있었던 것 같다. 위로는 주군인 모토츠네부터 아

---

[*] 메이지 시대 말기부터 다이쇼 시대까지 문단의 중심 세력이 되었던 자연주의 작가들을 말한다. 시마자키 토손, 다야마 카타이, 도쿠다 슈세이, 마사무네 하쿠초 등이 있다. 자기 체험에 입각하여 평범한 사람의 일상을 직시하는 작풍으로 쓴다. 이 부분에는 자기 고백을 싫어하고 자연주의에 반대하는 입장으로 문단에 등장한 아쿠타가와의 자연파에 대한 풍자가 엿보인다.

래로는 소달구지를 끄는 아이까지 무의식중에 다들 그렇게 믿어 의심치 않았다.

이런 풍채의 사내가 주위로부터 받은 대우는 굳이 말할 것도 없을 것이다. 사무라이 대기소에 있는 자들은 오위에 대해 거의 파리만큼의 주의도 기울이지 않는다. 품계를 가진 자와 그렇지 못한 자를 아울러 스무 명에 가까운 하급 관리들조차 그가 드나드는 것에 이상하리만치 냉담하다. 오위가 무슨 지시를 내려도 그들은 결코 자기들끼리 나누던 잡담을 그친 적이 없다. 공기의 존재가 보이지 않는 것처럼 그들에게는 오위의 존재도 시야를 가리지 않을 것이다. 하급 관리조차 그렇다면 고급 관리나 사무라이 대기소의 관리 같은 상사들이 처음부터 그를 상대해주지 않는 것은 오히려 자연스러운 일이다. 그들은 오위에 대해서라면 거의 어린애 같은 무의미한 악의를 냉담한 표정 뒤에 숨기고 뭔가를 말하려고 할 때도 손짓만으로 용무를 끝냈다. 인간에게 언어가 있는 것은 우연이 아니다. 따라서 그들도 손짓으로는 용무를 끝내지 못하는 일이 가끔 있다. 하지만 그들은 그것을 완전히 오위의 지성에 결함이 있기 때문이라고 생각하는 듯하다. 그래서 그들은 도움이 되지 않으면 이 사내의 비뚤어진 두건 끝에서부터 해지기 시작한 짚신 뒤쪽까지 구석구석 올려다보기도 하고 내려다보기도 한다. 그러고는 코웃음을 치며 갑자기 뒤로 돌아서버린다. 그래도 오위는 화를 낸 적이 없다. 그는 모든 부정不正을 부정으로 느끼지 않을 정도로 패기가 없고 겁쟁이였다.

그런데 동료 사무라이들은 기꺼이 그를 놀리려고 했다. 그보다 나이가 많은 동료가 그의 시원찮은 풍채를 소재 삼아 진부한 신소리를 하려는 것처럼, 나이 어린 동료들 역시 그것을 기회로 이른바 즉흥적인 말과 교묘한 표현을 연습하려고 했기 때문이다. 그들은 오위의 면전에서 코와 콧수염, 두건과 관복을 질리지도 않고 품평을 해댔다. 그것만이 아니다. 그가 5, 6년 전에 헤어진 주걱턱* 마누라와 그 마누라와 관계가 있었다는 술주정뱅이 승려도 자주 그들의 화제가 되었다. 게다가 그들은 툭하면 심하게 질이 안 좋은 장난까지 쳤다. 그것을 여기에 일일이 열거할 수는 없다. 하지만 그의 대나무 술통에 든 술을 마셔버리고 거기에 오줌을 넣어두었다는 것만 말하면, 그 밖의 일은 대충 상상할 수 있을 것이다.

하지만 오위는 이런 놀림에 전혀 무감각했다. 적어도 옆에서 보기에는 무감각한 것으로 보였다. 그는 무슨 말을 들어도 얼굴색 하나 변한 적이 없다. 잠자코 예의 그 성긴 콧수염을 쓰다듬으며 자기 할 일만 할 뿐이다. 다만 동료의 못된 장난이 지나쳐 상투에 종이조각을 붙인다거나 칼집에 짚신을 매달거나 하면 그는 웃는 건지 우는 건지 알 수 없는 얼굴로 "그러면 못써, 자네들" 하고 말한다. 그 얼굴을 보고 그 목소리를 들은 이는 누구든 잠시 안쓰러움을 느낀다. (그들에게 괴롭힘을 당하는 것은 딸기코인 오위 한 사람만이 아니다, 그들이 모르는 누군가, 다수의 누군가가 오위의 얼굴과 목소리를 빌려 그들의 무정함

---

* 몸가짐이 헤프고 바람기가 많은 것으로 인식되었다.

을 나무라고 있다.)—어렴풋하게나마 그들의 마음에 한순간 이런 기분이 밀려들기 때문이다. 다만 그때의 마음을 언제까지고 계속 갖고 있는 자는 아주 적다. 그 적은 사람 중의 하나로, 품계가 없는 사무라이가 있었다. 이는 단바丹波* 지방에서 온 사내로, 아직 부드러운 콧수염이 코밑에 겨우 자라기 시작한 정도의 청년이다. 물론 이 사내도 처음에는 모두와 함께 아무런 이유도 없이 딸기코 오위를 경멸했다. 그런데 어느 날 어쩌다가 "그러면 못써, 자네들" 하는 목소리를 듣고 나서는 아무래도 그 말이 머릿속을 떠나지 않았다. 그 이후 이 사내의 눈에만은 오위가 완전히 딴사람으로 보였다. 영양이 부족하고 혈색이 안 좋으며 얼빠진 오위의 얼굴에서도 세상의 박해에 울상 짓는 '인간'이 엿보였기 때문이다. 품계가 없는 이 사무라이에게는 오위를 생각할 때마다 세상의 모든 것이 원래의 저속함을 드러낸 것으로 보였다. 그와 동시에 서리를 맞은 듯한 딸기코와 헤아릴 수도 있을 만큼 듬성듬성한 콧수염이 자신에 마음에 어쩐지 일종의 위안을 전해주는 것 같았다.

하지만 그것은 오로지 이 사내에게만 한정된 일이다. 이런 예외를 제외하면 오위는 여전히 주위의 경멸 속에서 개 같은 생활을 계속해야 했다. 무엇보다 그에게는 옷다운 옷이 한 벌도 없었다. 푸르스름한 남빛의 관복과 같은 색의 사시누키**가 하나씩 있지만 지금은 색이 바래서 남색인지 감색인지 알 수

* 당시 단바는 시골의 대명사였다.
** 발목을 끈으로 묶는 통이 큰 바지.

없는 색이 되었다. 관복은 그래도 어깨가 조금 처지고 옷깃에 다는 장식용 끈이나 가슴 등에 다는 국화 모양의 장식이 다소 이상해져 있을 뿐이지만, 사시누키는 옷자락 언저리가 보통 해진 게 아니었다. 그 사시누키 안에 속바지도 입지 않아 비쩍 마른 다리가 드러난 것을 보면 입이 건 동료가 아니더라도 가난한 귀족의 초라한 수레를 끄는 말라비틀어진 소의 걸음걸이를 보는 듯한 처량한 마음이 든다. 게다가 허리에 차고 있는 칼도 굉장히 미덥지 못한 물건으로, 손잡이의 쇠 장식도 어정쩡할 뿐 아니라 검은 칼집도 칠이 벗겨졌다. 그런데 예의 그 딸기코에다 변변치 못한 조리*를 끌고 있어, 그렇지 않아도 구부정한 등을 추운 날씨에 더욱 웅크린 채 뭔가 탐나는 듯한 눈빛으로 좌우를 힐끔거리며 종종걸음을 쳤기 때문에 지나가던 행상인까지도 무시하는 게 당연했다. 실제로 이런 일까지 있었다.

어느 날 오위가 산조보몬三條坊門** 길을 신센엔神泉苑*** 쪽으로 가고 있다가 아이들 예닐곱 명이 길가에 모여 뭔가를 하고 있는 것을 본 적이 있다. 팽이치기라도 하나 싶어 뒤에서 들여다보니 어디서 흘러온 것인지 삽살개의 목에 줄을 묶고 발로 차기도 하고 때리기도 하고 있었다. 겁이 많은 오위는 지금까지

---

* 짚·대나무 껍질 등을 샌들 모양으로 엮은 신발.

** 니조二條 대로와 산조三條 대로 사이를 동서로 달리는 길. 동서로 달리는 길을 '보몬坊門'이라고 했다.

*** 교토, 즉 헤이안쿄平安京를 조영할 때 만들어진 황거의 정원으로 천황이나 귀족의 유람지였다.

뭔가에 동정심을 품은 적은 있어도 주위의 눈치를 보느라 아직 한 번도 그것을 행동으로 옮긴 적이 없다. 하지만 이때만은 상대가 아이들이어서 얼마간 용기가 났다. 그래서 가능한 한 웃는 얼굴로 제일 나이가 많아 보이는 아이의 어깨를 두드리며 "이제 놔줘라. 개도 맞으면 아프단다" 하고 말을 건넸다. 그러자 그 아이는 돌아보며 눈을 치켜뜨고 경멸하듯이 오위의 차림새를 유심히 훑어보았다. 말하자면 사무라이 대기소에서 고위 관리가, 말이 안 통할 때 이 사내를 보는 듯한 얼굴로 쳐다본 것이다. "쓸데없이 참견하기는." 한 발 물러난 그 아이는 오만한 입술을 젖히며 이렇게 말했다. "뭐야, 이 딸기코 자식은." 오위는 이 말이 자신의 얼굴을 후려갈기는 것 같았다. 그것은 욕설을 듣고 화가 났기 때문이 전혀 아니다. 하지 않아도 되는 말을 해서 창피를 당한 자신이 한심했기 때문이다. 그는 겸연쩍음을 씁쓸한 웃음으로 감추며 잠자코 다시 신센엔 쪽으로 걷기 시작했다. 뒤에서는 아이들 예닐곱 명이 어깨를 붙이고 눈꺼풀을 까뒤집으며 혀를 내밀고 있었다. 물론 그는 그것을 알지 못했다. 알았다고 해도 패기가 없는 오위에게 그것이 무슨 대수겠는가.

그렇다면 이 이야기의 주인공은 그저 경멸당하기 위해서만 살아온 사람으로, 특별히 아무런 희망을 갖고 있지 않은가 하면 꼭 그렇지도 않다. 오위는 5, 6년 전부터 참마죽이라는 것에 이상한 집착을 보이고 있었다. 참마죽이란 산에서 나는 참마를 돌외덩굴 즙에 썰어 넣고 끓인 죽을 말한다. 당시에는 이것이 더할 나위 없는 진미로서 위로는 천황의 수라상에도 올랐다.

따라서 우리의 오위 같은 사람의 입에는 일 년에 한 번, 섭정이 정월 초이틀에 베푸는 신년 연회 때만 먹을 수 있었다. 그때도 먹을 수 있는 것은 목구멍을 살짝 적실 정도의 소량이었다. 그래서 참마죽을 실컷 먹어보고 싶은 것이 오래전부터의 유일한 욕망이었다. 물론 그는 그것을 아직 아무에게도 말한 적이 없다. 아니, 그 자신조차 그것이 평생의 욕망이라고 명백히 의식하지는 못했을 것이다. 하지만 사실 그는 그것을 위해 살고 있다고 해도 지장이 없을 정도였다. 인간은 때로 충족할 수 있을지 없을지 모르는 욕망 때문에 일생을 바치기도 한다. 그런 어리석음을 비웃는 자는 필경 인생에 대한 방관자에 지나지 않는다.

그런데 오위가 몽상하고 있던 '참마죽을 실컷 먹는' 일은 의외로 쉽게 실현되었다. 그 자초지종을 쓰려는 것이 참마죽 이야기의 목적이다.

어느 해 정월 초이틀, 모토츠네의 저택에서 이른바 신년 연회가 열렸을 때의 일이다.(이 신년 연회는 황태자와 황후가 여는 대연회와 같은 날 섭정이 대신 이하의 고위 관리들을 불러 개최하는 연회로 대연회와 별로 다를 게 없다.) 오위도 다른 사무라이들에 섞여 그 남은 음식을 대접받았다. 당시에는 아직 남은 음식을 걸인에게 나눠주는 풍습이 없어서 남은 음식은 그 집의 사무라이가 한자리에 모여 먹게 되어 있었기 때문이다. 물론 대연회와 비슷하다고 해도 옛날 일이라 가짓수가 많은 것에 비해 변변한 먹을거리는 별로 없었다. 떡, 튀긴 떡, 전복 찜, 말린 닭고기, 우지宇治의 빙어, 오우미近江의 붕어, 잘게 찢어 말린 도미 포, 연어알 찜, 문어 구이, 큰 새우, 여름밀감, 귤, 홍귤, 곶감 등이다. 다만 그중에 그 참마죽이 있었다. 오위는 매년 이 참마죽을 고대했다. 하지만 늘 인원이 많아 자신이 먹을 수 있는 양은 얼마 되지 않았다. 그런데 올해는 유난히 적었다. 그래서 그런지 어느 때보다 맛이 좋았다. 그래서 그는 다 먹은 그릇을 자꾸 쳐다보며 성긴 콧수염에 묻어 있는 물기를 손바닥으로 훔치고는 누구에게랄 것도 없이 "언제쯤 질리도록 먹어볼 수 있을까"하고 말했다.

"오위께서는 참마죽을 실컷 먹어본 적이 없는 모양이군요."

오위의 말이 채 끝나기도 전에 누군가 비웃었다. 낮고 차분하며 의젓한 무인다운 목소리였다. 등이 구부정한 오위는 고개를 들어 겁먹은 듯이 그 사람 쪽을 보았다. 목소리의 주인공은 그 무렵 같은 모토츠네를 모시고 있던 민부경民部卿* 토키나가時長의 아들 후지와라 토시히토藤原利仁였다. 어깨가 떡 벌어지고 키가 아주 큰 늠름한 사내로, 삶은 밤을 씹으며 흑주黑酒 잔을 기울이고 있었다. 이미 거나하게 취한 듯했다.

"거참 딱한 일이군요." 토시히토는 오위가 고개를 든 것을 보더니 경멸과 연민을 합친 듯한 목소리로 이야기를 이었다. "원한다면 이 토시히토가 질리도록 먹게 해주겠소."

내내 괴롭힘만 받던 개는 가끔 고기를 던져줘도 쉽게 다가

---

* 호적, 조세, 토목, 교통 등을 다루는 민부성民部省의 장관.

오지 않는다. 오위는 우는 건지 웃는 건지 알 수 없는 특유의 그 얼굴로 토시히토의 얼굴과 빈 그릇을 번갈아 보았다.

"싫은 거요?"

"……"

"어떻소?"

"……"

오위는 그 자리의 모든 시선이 자신에게 쏠리고 있다는 것을 느끼기 시작했다. 어떻게 대답하느냐에 따라 또 일동의 조롱을 받을 수도 있었다. 아니면 어떻게 대답하든 결국 무시당할 것 같기도 했다. 그는 망설였다. 만약 그때 상대가 다소 성가시다는 듯한 목소리로 "싫다면 굳이 더는 말하지 않겠소"라고 말하지 않았다면 오위는 언제까지고 그릇과 토시히토를 번갈아 바라봤을 것이다.

그는 그 말을 듣자 서둘러 대답했다.

"아니…… 고맙소*."

이 문답을 듣고 있던 자들은 모두가 한꺼번에 웃음을 터뜨렸다. "아니…… 고맙소." 이렇게 오위의 대답을 흉내 내는 자도 있었다. 여러 색깔의 귤 종류를 담은 접시며 굽 높은 그릇 위로 많은 두건들이 웃음소리와 함께 파도치듯 한바탕 움직였다. 그중에서도 가장 큰 소리로 기분 좋게 웃은 이는 토시히토 자신이었다.

---

* 여기서 고맙다는 뜻으로 쓴 '가타지케나이恭い'는 원래 용모가 보기 흉하다는 뜻을 표현하는 말이었다고 함.

"그렇다면 조만간 부르겠소." 이렇게 말하며 그는 살짝 얼굴을 찌푸렸다. 복받치는 웃음과 방금 마신 술이 목에서 하나가 되었기 때문이다.

"분명히 좋다고 한 거요."

"고맙소."

오위는 벌게진 얼굴로 더듬더듬 앞에 했던 말을 되풀이했다. 일동이 이번에도 웃은 것은 말할 것도 없었다. 그 말을 하게 하려고 일부러 다짐을 받은 토시히토는 전보다 우습다는 듯이 떡 벌어진 어깨를 흔들며 큰 소리로 웃었다. 이 북방의 야인은 생활 방식을 두 가지밖에 터득하지 못했다. 하나는 술을 먹는 일이고 다른 하나는 웃는 일이다.

하지만 다행히 대화의 중심은 곧 이 두 사람을 떠났다. 어쩌면 다른 사람들이 비록 조롱이라도 일동의 주의가 이 딸기코 오위에게 집중되는 것이 불쾌했기 때문인지도 모른다. 여하튼 화제는 이리저리 옮겨갔고 술도 안주도 얼마 남지 않았을 무렵 아무개라는 수습 사무라이가 무카바키*의 한쪽 발을 넣는 곳에 두 발을 넣고 말을 타려 했다는 이야기가 좌중의 흥미를 모았다. 하지만 오위만은 다른 이야기가 전혀 들리지 않는 듯했다. 아마 참마죽이라는 세 글자가 그의 모든 생각을 지배하고 있었기 때문일 것이다. 바로 앞에 꿩 고기 구운 것이 있어도 젓가락을 대지 않았다. 흑주 잔이 있어도 입에 대지 않았다. 그

* 말을 탈 때 초목의 이슬 등을 막기 위해 두 다리나 바지 앞쪽을 덮는 모피.

는 오직 두 손을 무릎 위에 놓고 맞선을 보는 아가씨처럼 서리가 내린 듯 희끗해지기 시작한 살쩍 언저리까지 순진하게 상기되어 언제까지고 검은 칠을 한 빈 잔을 바라보며 실없이 미소만 짓고 있었다.

그로부터 사오일 지난 날 오전, 가모가와 강변을 따라 아와타구치粟田口로 통하는 가도를 조용히 말을 타고 가는 두 사내가 있었다. 한 사람은 엷은 남색 사냥복에 같은 색 하카마를 입고 금은으로 장식한 칼을 찬 '수염이 짙고 귀밑머리가 고운' 사내였다. 또 한 사람은 볼품없는 푸르스름한 남빛 관복에 얇은 솜옷 두 개를 껴입은 마흔 줄의 사무라이로, 칠칠치 못하게 허리띠를 묶은 모습 하며 딸기코에 콧구멍 근처가 콧물로 젖어 있는 모습 하며 신변의 모든 것이 초라하기 짝이 없었다. 하지만 앞의 말은 붉은 기가 도는 갈색이고 뒤의 말은 하얀 털 안에 검은 털 등 다른 색 털이 섞인 세 살짜리였다. 두 사람의 말은 길을 가는 장사치나 사무라이도 돌아볼 만큼 빠르고 멋진 말이었다. 그 뒤에서 말의 걸음에 뒤처지지 않으려고 따라가는 두 사람은 틀림없이 짐꾼과 하인일 것이다. 이들이 토시히토와 오위 일행이라는 것은 여기서 굳이 말할 필요도 없을 것이다.

겨울이라고 하지만 맑게 갠 조용한 날로, 허예진 강가의 돌사이로 졸졸 흐르는 물가에 선 채 말라 있는 쑥 잎을 흔들 정도의 바람도 없었다. 강가에 선 키 작은 버드나무는 잎 없는 가지에 엿처럼 매끄러운 햇빛을 받으며 우듬지에 앉아 있는 할

미새의 꼬리가 움직이는 것까지 선명한 그림자를 길에 떨어뜨리고 있었다. 히가시야마*의 짙은 숲 너머로 서리 맞은 벨벳 같은 어깨를 고스란히 드러내고 있는 것은 아마 히에이잔**일 것이다. 두 사람은 그런 가운데서 안장의 나전 장식을 눈부시게 빛내며 채찍질도 하지 않고 유유히 아와타구치를 향해 가고 있었다.

"어디요, 나를 데려간다고 하는 곳이?" 오위가 익숙지 않은 손으로 고삐를 고쳐 쥐며 말했다.

"거의 다 왔소. 걱정할 만큼 멀지는 않소."

"그러면 이와타구치 근처인 거요?"

"일단 그리 생각하면 될 거요."

토시히토는 오늘 아침 오위를 부르러 와서는 히가시야마 근처에 뜨거운 물이 솟아나는 곳이 있으니 그곳으로 가자며 나온 것이었다. 딸기코 오위는 그 말을 곧이곧대로 받아들였다. 오랫동안 온천에 몸을 담그지 않아서 얼마 전부터 온몸이 몹시 가려웠다. 참마죽을 대접받고 온천욕까지 할 수 있다면 더 이상 바랄 게 없이 행복한 일이다. 이렇게 생각하며 미리 토시히토가 끌고 온 하얀 털 속에 검은 털 등 다른 색 털이 섞여 있는 말에 올라탔다. 그런데 재갈을 나란히 하고 여기까지 와보니 아무래도 토시히토는 이 근처에 올 생각이 아닌 것 같았다. 실제로 이럭저럭하는 사이에 이와타구치를 지나치고 말았다.

---

* 교토 동쪽에 있는 산.
** 교토 동북쪽에 있으며 시가현과의 경계에 있는 산.

"이와타구치가 아닌가 보군요."

"그렇소, 좀 더 저쪽이오."

토시히토는 미소를 머금고 일부러 오위의 얼굴을 보지 않으려고 하며 조용히 말을 몰아가고 있었다. 양쪽의 인가는 점차 드물어지더니 지금은 널찍한 겨울 논에서 먹이를 찾아다니는 까마귀만 보일 뿐 산그늘에 남아 있는 눈빛도 희미한 푸른 빛으로 흐려져 있었다. 날씨가 맑지만 가시 돋친 거망옻나무의 우듬지가 눈이 아리게 하늘을 찌르고 있는 것조차 어쩐지 으스스 추워보였다.

"그러면 야마시나 근처요?"

"야마시나는 여기오. 좀 더 가야지."

아니나 다를까, 이렇게 말하는 중에 야마시나도 지나고 말았다. 그 정도가 아니었다. 그럭저럭하는 사이에 세키야마關山도 뒤로 하고 정오가 지났을 무렵에는 드디어 미이데라三井寺 앞에 이르렀다. 미이데라에는 토시히토가 친하게 지내는 스님이 있다. 두 사람은 그 스님을 찾아가 점심을 대접받았다. 점심을 마치자 다시 말을 타고 길을 재촉했다. 앞길은 지금까지 온 길에 비해 훨씬 인적이 드물었다. 특히 당시는 도적이 사방에 횡행하던 뒤숭숭한 시대라 오위는 구부정한 허리를 더욱 낮게 하며 토시히토의 얼굴을 올려다보듯이 하며 물었다.

"아직 더 가야 하오?"

토시히토는 미소를 지었다. 못된 장난을 하다가 들킨 아이가 어른에게 보이는 듯한 미소였다. 코끝에 생긴 주름과 눈꼬리의 근육이 풀어진 것을 보니 웃을까 말까 망설이고 있는 듯했다. 그러더니 끝내 이렇게 말했다.

"실은 츠루가敦賀까지 갈 생각이오."토시히토는 웃으며 채찍을 들고 먼 하늘을 가리켰다. 그 채찍 아래에는 오후의 해를 받은 오우미의 호수*가 산뜻하게 빛나고 있었다.

오위는 당황했다.

"츠루가라면 에치젠越前**의 그 츠루가 말이오? 에치젠의 그……?"

토시히토가 츠루가 사람이고, 후지와라 아리히토藤原有仁의 사위가 되고 나서는 대개 츠루가에 머물고 있다는 이야기를 평소 듣지 않은 것은 아니었다. 그 츠루가까지 자신을 데려가리라고는 여태껏 꿈에도 생각해보지 않았다. 무엇보다 허다한 산과 강을 넘고 건너야 하는 에치젠에 이렇게 겨우 두 명의 시종만을 데리고 어떻게 무사히 갈 수 있겠는가. 하물며 요즘은 오가는 나그네가 도적에게 살해당했다는 소문까지 사방에 나돌고 있었다. 오위는 탄원하듯이 토시히토의 얼굴을 쳐다봤다.

"이 무슨 당치않은. 히가시야마인 줄 알았더니 야마시나, 야마시나인 줄 알았더니 미이데라, 결국에는 에치젠의 츠루가라니, 대체 어떻게 된 일이오. 처음부터 그렇게 말했다면 하인들이라도 더 데려왔을 것 아니오? 츠루가라니, 당치않은."

오위는 거의 울상이 되어 중얼거렸다. 만약 '참마죽에 질려보는' 일이 그의 용기를 고무하지 않았다면 그는 아마 거기서

---

* 비와코琵琶湖를 말한다.

** 옛 지명으로 현재의 후쿠이현.

헤어져 혼자 교토로 돌아왔을 것이다.

"나 토시히토 한 사람이 있는 것은 천 명이 있는 거라고 생각하시오. 여행 중의 일은 걱정할 필요 없소."

당황하는 오위의 모습을 보자 토시히토는 살짝 미간을 찌푸리며 비웃었다. 그러더니 궁시를 불러 가져온 화살통을 자신의 등에 짊어지고 역시 궁시의 손에서 검게 옻칠을 한 활을 받아 안장 위에 걸쳐놓고는 앞장서서 말을 달렸다. 이렇게 된 이상 패기 없는 오위는 토시히토의 의지에 맹종하는 것 외에 다른 방도가 없었다. 그래서 그는 불안한 듯 황량한 주위의 들판을 바라보며 어렴풋이 기억하고 있는 관음경을 입속으로 중얼거리며 예의 그 딸기코를 안장 앞의 고리에 비벼대듯이 미덥지 못한 말의 걸음을 재촉하여 변함없이 터벅터벅 앞으로 나아갔다.

말발굽 소리가 메아리치는 망망한 들판은 누렇게 시든 억새로 뒤덮였고 곳곳에 있는 물웅덩이도 차갑게 푸른 하늘을 비춘 채 이 겨울의 오후를 조만간 그대로 얼어붙게 할 것만 같았다. 그 끝에는 일대의 산맥이 해를 등지고 있는 탓인지 빛나야 할 잔설의 빛도 없이 보라빛이 도는 어두운 색을 길게 늘어뜨리고 있었는데, 그것조차 쓸쓸한 몇 덩어리의 마른 억새에 가로막혀 두 시종의 눈에는 들어오지 않는 경우가 많았다. 그런데 토시히토가 갑자가 오위를 돌아보며 말했다.

"저기 좋은 심부름꾼이 왔소. 츠루가에 말을 전합시다."

오위는 토시히토가 하는 말의 의미를 잘 알 수 없어서 흠칫흠칫 그가 활로 가리키는 쪽을 바라보았다. 애초에 사람이 보일 만한 곳은 아니었다. 그저 개머루인지 뭔지 하는 넝쿨이 관목 덤불에 휘감겨 있는 곳을 여우 한 마리가 기울어가는 햇볕에 따스한 털빛을 드러내며 느릿느릿 걸어가는구나, 하고 생각하는 사이에 여우는 황급히 몸을 날려 어디론가 쏜살같이 내달렸다. 토시히토가 갑자기 채찍을 올리며 그쪽으로 말을 달리기 시작했기 때문이었다. 오위도 정신없이 토시히토의 뒤를 따라갔다. 물론 시종도 뒤처져 있을 수 없었다. 한동안 돌을 차는 말발굽 소리가 따가닥따가닥 황야의 고요를 깼지만, 얼마 후 토시히토가 말을 멈춘 것을 보니 어느새 잡았는지 벌써 여우의 뒷다리를 잡아 안장 쪽에 거꾸로 매달고 있었다. 여우가 달려갈 수 없게 될 때까지 몰아가서는 말을 바짝 대고 맨손으로 잡았을 것이다. 오위는 성긴 수염에 맺힌 땀을 서둘러 훔치며 그 옆으로 말을 달려갔다.

"이봐라, 여우야, 잘 들어라." 토시히토는 여우를 눈앞에 높이 들어 올리며 일부러 위엄 있는 목소리로 이렇게 말했다. "너, 오늘 밤 안에 츠루가의 토시히토 저택으로 가서 이렇게 일러라. '토시히토는 지금 갑자기 손님을 모시고 내려오는 참이다. 내일 오전 10시경 다카시마 근처까지 장정들을 마중 나오게 하는데, 안장을 얹은 말 두 필도 끌고 오너라.' 알겠느냐, 잊지 말아라."

말을 마치자마자 토시히토는 팔을 한 번 휘둘러 여우를 멀리 덤불 속으로 내던졌다.

"이야, 달리네요. 달려."

이윽고 뒤따라온 두 시종은 도망치는 여우를 보며 박수를 치고 요란을 떨었다. 낙엽 같은 색깔인 그 짐승의 등은 석양 속을 나무뿌리나 돌부리에 걸리지도 않고 어디까지고 쏜살같이 달려갔다. 일행이 서 있는 곳에서 그 모습이 손에 잡힐 듯이 훤히 보였다. 여우를 쫓아오는 중에 그들은 어느새 광야가 완만한 사면을 이루고 물이 마른 강바닥으로 이어진 바로 그 위쪽으로 나와 있었기 때문이다.

"미덥지 못한 심부름꾼이네요."

오위는 소박한 존경과 감탄을 흘리며 여우까지 마음대로 부리는 제멋대로 자란 무인의 얼굴을 새삼스럽게 우러러보았다. 자신과 토시히토 사이에 어느 정도의 간격이 있는가 하는 것은 생각할 여유가 없었다. 다만 토시히토의 의지에 지배되는 범위가 넓은 만큼 그 의지 안에 포용되는 자신의 의지도 그만큼 자유로워졌다는 것을 마음 든든하게 느낄 뿐이었다. 아마 아첨이라는 것도 이런 때에 가장 자연스럽게 생겨나는 것이리라. 독자는 앞으로 딸기코 오위의 태도에서 알랑쇠 같은 면모를 발견한다고 해도 그것만으로 이 사람의 인격을 함부로 의심해서는 안 된다.

내던져진 여우는 비스듬한 사면을 구르듯이 뛰어 내려가서는 물이 없는 강바닥의 돌들 사이를 솜씨 좋게 홀홀 뛰어 넘고 이번에는 맞은편 사면으로 비스듬히 기세 좋게 뛰어올라갔다. 뛰어오르며 뒤를 돌아보니 자신을 맨손으로 잡았던 사무라이 일행은 아직 먼 경사지 위에 말을 나란히 하고 서 있었다. 그것이 모두 손가락을 가지런히 세워 놓은 것만큼 조그맣게 보였다. 특히 석양을 받은 붉은 기가 도는 갈색 말과 하얀 털 안에 검은 털 등 다른 색 털이 섞여 있는 말이 서리를 머금은 공기 속에, 그린 것보다 뚜렷하게 떠올라 있었다.

여우는 고개를 돌리고 다시 마른 억새밭 속을 바람처럼 내달렸다.

일행은 예정대로 다음 날 오전 10시쯤 다카시마 근처에 이르렀다. 이곳은 비와琵琶 호수에 면한 아담한 마을이다. 어제와는 달리 잔뜩 흐린 하늘 아래 몇 채의 초가집이 드문드문 있을 뿐 물가에 서 있는 소나무 사이로 회색 물결이 일렁이는 호수 수면이, 닦는 것을 잊어버린 거울처럼 아주 썰렁하게 펼쳐져 있었다. 여기에 이르자 토시히토가 오위를 돌아보며 말했다.

"저기를 보시오. 장정들이 마중 나와 있소."

아니나 다를까 안장을 얹은 말 두 필을 끌고 온 이삼십 명의 장정들이 보였다. 말을 탄 자도 있고 걷는 자도 있는데 다들 관복 소매를 찬바람에 휘날리며 호숫가의 소나무 사이로 일행을 향해 서둘러 오고 있었다. 이윽고 그들이 아주 가까이 왔나 싶더니 말을 탄 자들은 서둘러 안장에서 내리고 걸어오던 자들은 길가에 쭈그리고 앉아 머리를 조아린 채 토시히토가 오기를 정중하게 기다리고 있었다.

"역시 그 여우가 심부름을 제대로 한 것 같군요."

"타고나기를 둔갑을 잘 하는 짐승이라 그 정도의 심부름쯤이야 아무것도 아니지요."

오위와 토시히토가 이런 이야기를 주고받는 중에 일행은 가신들이 기다리는 곳에 이르렀다. "수고했네." 토시히토가 이렇게 말했다. 머리를 조아리고 있던 자들은 황급히 일어나 두 사람의 말고삐를 잡았다. 갑자기 모든 것이 활기를 띠었다.

"어젯밤에 희한한 일이 있었습니다."

두 사람이 말에서 내려 모피 깔개에 미처 앉기도 전에 검붉은 색의 관복을 입은 백발의 가신이 토시히토 앞으로 와서 이렇게 말했다. "뭔데 그러는가?" 토시히토는 가신들이 가져온 대통에 든 술이며 도시락을 오위에게도 권하며 의젓하게 물었다.

"그것이 말입니다. 어젯밤 8시쯤 마님께서 갑자기 정신을 잃으셨지요. '나는 사카모토의 여우다. 오늘 나리께서 말씀하신 것을 전하겠으니 가까이 와서 잘 들어라.' 이렇게 말씀하시는 겁니다. 그래서 일동이 앞으로 다가갔더니 마님께서 말씀하시기를 '나리가 지금 갑자기 손님을 데리고 내려오는 참이다. 내일 아침 10시쯤 다카시마 근처까지 장정을 데리고 마중을 가고, 안장을 얹은 말 두 필도 가져가라' 하고 지시를 내렸습니다."

"그거 참 희한한 일이군요." 오위는 토시히토의 얼굴과 가신들의 얼굴을 자세히 비교해보며 양쪽이 만족할 만한 맞장구를 쳤다.

"그것도 그냥 말씀하는 게 아니었습니다. 정말 두려운 듯이 와들와들 떨면서 '늦지 말라. 늦으면 내가 나리께 의절을 당할지도 모른다' 하며 자꾸 우셨습니다."

"그래서 그 뒤에는 어떻게 되었나?"

"그 뒤에는 맥없이 주무셨습니다. 저희가 나올 때도 아직 깨지 않으신 것 같았습니다."

"어떻소?" 가신의 이야기를 다 듣고 토시히토는 오위를 보며 의기양양하게 말했다. "나는 짐승도 부릴 수 있소."

"정말 놀랍다는 말 말고는 할 말이 없소." 오위는 딸기코를 긁적이며 살짝 고개를 숙이고는 놀란 것처럼 일부러 입을 벌렸다. 콧수염에는 방금 마신 술이 방울이 되어 매달려 있었다.

그날 밤의 일이었다. 오위는 토시히토 저택의 한 방에서 등잔불을 무심코 바라보며 잠이 오지 않는 긴 밤을 말똥말똥 뜬 눈으로 지새우고 있었다. 그러자 저녁때 이곳에 도착하기까지 토시히토나 토시히토의 종복들과 담소를 나누며 넘어온 소나무 산, 작은 시내, 풀이 마른 들판 또는 풀, 나뭇잎, 돌, 들불의 연기 냄새, 이런 것들이 하나하나 오위의 마음속에 떠올랐다. 특히 저물녘의 안개 속을 뚫고 드디어 이 저택에 당도하여 옆으로 긴 화로에 피워져 있는 숯불의 붉은 불꽃을 봤을 때 느꼈던 안도감도 지금 이렇게 누워 있으니 먼 옛날 일인 것만 같았다. 오위는 솜을 네다섯 치나 넣은 노란 히타타레* 속에서 편하게 발을 쭉 뻗으며 멍하니, 누워 있는 자신의 모습을 둘러봤다.

히타타레 속에는 토시히토가 빌려준 누르스름한 비단 솜옷

---

* 깃과 소매가 달린 옷 모양의 이불.

을 두 개나 껴입었다. 그것만으로도 어쩌면 땀이 날 정도로 따뜻했다. 게다가 저녁을 먹을 때 한잔 걸친 술기운까지 거들고 있었다. 머리맡의 덧문 하나 너머는 서리가 내린 널찍한 뜰이었지만, 그것도 이렇게 거나하게 취해 있으니 전혀 힘들지 않았다. 모든 것이 교토 관사의 자기 방에 있을 때에 비하면 천지 차이였다. 그럼에도 불구하고 우리 오위의 마음에는 어쩐지 균형을 잡을 수 없는 불안감이 있었다. 우선 시간이 너무 더디게 흘러갔다. 그와 동시에 날이 새는 것이, 참마죽을 먹을 시간이 그렇게 빨리 와서는 안 된다는 마음이 들었다. 또한 이 모순된 두 가지 감정이 서로 싸운 뒤에는 급격하게 처지가 바뀐 데서 오는 불안한 마음이 오늘 날씨처럼 쌀랑하게 자리 잡고 있었다. 그런 것들이 모두 방해가 되어 모처럼의 따뜻함도 쉽게 잠을 불러오지 못했다.

그때 바깥의 널찍한 뜰에서 누군가 내고 있는 큰 소리가 귀에 들어왔다. 목소리로 보아 아무래도 오늘 도중까지 마중 나온 백발의 가신이 뭔가 알리는 듯했다. 바짝 마른 그 목소리가 서릿발에 울린 탓인지 그 한마디 한마디가 초겨울의 찬바람처럼 쩌렁쩌렁 오위의 뼈에 사무치는 것 같았다.

"여기 있는 하인들은 들어라. 나리님의 분부다. 내일 아침 6시경까지 굵기가 세 치, 길이가 오 척쯤 되는 참마를 각자 하나씩 지참하라고 하신다. 잊지 말아라, 내일 아침 6시까지다."

이런 말이 두세 번 되풀이되는가 싶더니 얼마 후에는 인기척이 끊기고 주위는 순식간에 원래처럼 조용한 겨울밤으로 돌아갔다. 그렇게 조용한 가운데 등잔불의 기름 타는 소리가 울렸다. 붉은 풀솜 같은 불이 흔들흔들 흔들거렸다. 오위는 하품을 한 차례 삼키고 다시 종잡을 수 없는 생각에 잠겼다. 물론 참마라고 하는 걸 보니 참마죽을 끓일 생각으로 가져오게 하는 것이 틀림없었다. 그렇게 생각하자 잠시 바깥에 주의를 집중한 까닭에 잊고 있던 조금 전의 불안이 어느새 마음속에 되살아났다. 특히 전보다 한층 강해진 것은 너무 빨리 참마죽을 먹게 되지 않았으면 하는 마음이었는데, 그것이 심술궂게도 생각의 중심을 떠나지 않았다. 아무래도 이렇게 쉽게 '참마죽에 질리는' 일이 사실이 되어 나타나서는 지금까지 애써 여러 해 동안 참고 기다려온 일이 너무나도 부질없는 헛수고처럼 보이고 만다. 가능하다면 갑자기 무슨 사정이 생겨 일단 참마죽을 먹을 수 없게 되고, 그리고 나서 또 그 사정도 사라져 이번에는 가까스로 먹게 되는 식으로 모든 일이 진행되었으면 싶었다. 이런 생각이 '팽이'처럼 뱅글뱅글 제자리를 돌고 있는 사이에 오위는 어느새 여행의 피로로 잠에 푹 빠져들었다.

다음 날 아침 눈을 뜨자 곧바로 어젯밤의 참마 일이 마음에 걸려 오위는 무엇보다 먼저 방의 덧문을 열어봤다. 그런데 자기도 모르는 사이에 늦잠을 자서 이미 아침 6시가 지났을 것이다. 널찍한 뜰에 깔아 놓은 긴 돗자리에는 통나무 같은 물건 2, 3천여 개가 비스듬히 튀어나온 노송나무 껍질로 이은 지붕의 처마 끝에 닿을 만큼 산더미처럼 쌓여 있었다. 보아하니 그것은 모두 세 치 굵기에 길이 오 척이나 되는 터무니없이 큰 참마였다.

오위는 잠에서 깬 눈을 비비며 거의 당혹감에 가까운 경악에 사로잡혀 멍하니 주위를 둘러봤다. 널찍한 뜰 곳곳에는 새로 박은 듯한 말뚝에 다섯 섬*이 들어가는 솥 대여섯 개가 쭈욱 걸려 있고, 하얀 천의 솜옷을 입은 젊은 하녀들 수십 명이 그 주위에서 움직이고 있었다. 불을 피우는 사람, 재를 긁어내는 사람, 그리고 칠하지 않은 나무통에 '덩굴 풀을 끓인 즙'을 퍼와 가마솥 안에 넣는 사람, 다들 참마죽을 끓일 준비로 눈이 핑핑 돌 만큼 분주했다. 가마솥 아래서 피어오르는 연기와 가마솥 안에서 나는 김이, 아직 사라지지 않고 남아 있는 새벽녘의 안개와 하나가 되어 널찍한 뜰을, 사물을 확실히 분간할 수 없을 만큼 온통 희뿌연 것으로 가득 채우고 있었다. 그러한 가운데 붉은 것은 활활 타오르는 가마솥 아래의 불꽃뿐이고, 눈에 보이는 것, 귀에 들리는 것은 모두 싸움터나 불난 집처럼 소란스러웠다. 오위는 새삼스럽게 그 거대한 참마가 이 거대한 다섯 섬들이 가마솥 안에서 참마죽이 되는 것을 생각했다. 그리하여 자신이 그 참마죽을 먹기 위해 교토에서 일부러 에치젠의 츠루가까지 찾아왔다는 것을 생각했다. 생각하면 할수록 무엇 하나 한심하지 않는 게 없었다. 우리 오위의 동정할 만한 식욕은 이때에 실로 이미 반은 줄어들고 말았다.

그러고는 한 시간 후 오위는 토시히토와 그의 장인인 아리히토와 함께 아침상을 받았다. 앞에 놓인 것은, 한 되는 들어갈 것 같은 냄비에 넘실넘실 바다처럼 채워진 엄청난 양의 참

---

* 약 900리터.

마죽이었다. 조금 전 오위는 처마까지 쌓인 참마를 수십 명의 젊은 장정들이 얇은 식칼을 솜씨 있게 움직이며 한쪽 끝에서부터 깎아내듯이 기세 좋게 자르는 것을 봤다. 그러고는 하녀들이 이리저리 뛰어다니며 그것들을 하나도 남기지 않고 다섯 섬들이 가마솥에 넣었다가 떠냈다가 넣었다가 떠냈다가 하는 것을 봤다. 마지막으로 긴 돗자리 위에 그 참마가 하나도 보이지 않게 되었을 때 참마 냄새와 덩굴 즙 냄새를 포함한 여러 줄기의 김 기둥이 가마솥 안에서 맑게 갠 아침 하늘로 모락모락 올라가는 것을 봤다. 그것을 눈앞에서 직접 봤던 그가 지금 냄비에 담긴 참마죽을 대하자 아직 입에 대지도 않았는데 이미 포만감이 든 것은 아마 무리도 아닐 것이다. 오위는 냄비를 앞에 두고 멋쩍다는 듯 이마의 땀을 훔쳤다.

"참마죽을 실컷 먹은 적이 없다면서요? 자, 사양치 말고 드시오."

장인인 아리히토는 심부름하는 아이들에게 일러 은 냄비 몇 개를 더 밥상 위에 올리게 했다. 어느 것이나 안에는 참마죽이 흘러넘칠 듯이 들어 있었다. 오위는 눈을 감고, 그렇잖아도 벌건 코를 더욱 벌겋게 하며 냄비에서 참마죽을 반쯤 큼직한 그릇에 덜어내서는 마지못해 다 먹었다.

"아버님도 그리 말씀하시니 다 비우시오. 사양할 필요 없소."

토시히토도 옆에서 새 냄비를 권하고 짓궂게 웃으며 이런 말을 했다. 난감한 사람은 오위였다. 솔직히 말하자면 처음부터 참마죽은 한 그릇도 먹고 싶지 않았다. 그런 것을 지금 참아가며 간신히 냄비의 반을 비웠다. 더 이상 먹는다면 목구멍을 넘기기 전에 넘어올 것이다. 그렇다고 먹지 않으면 토시히토와 아리히토의 후의를 무시하는 것이나 마찬가지다. 그래서 다시 눈을 질끈 감고 나머지 절반의 3분의 1쯤을 비웠다. 이제 더 이상은 한 입도 먹을 수 없었다.

"정말 고마웠소. 이제 실컷 먹었소. 이거 참, 정말 고마웠소."

오위는 횡설수설 이렇게 말했다. 꽤나 난감했는지 콧수염에도, 코끝에도 겨울이라고는 생각되지 않을 정도로 땀이 송골송골 맺혀 있었다.

"이거 참, 그렇게 조금 드셔서야. 손님께서 너무 사양하시는 거 같구나. 자, 너희들 무엇들 하고 있느냐."

아이들이 아리히토의 말에 따라 새 냄비에서 참마죽을 그릇에 퍼 담으려고 했다. 오위는 두 손으로 파리라도 쫓는 듯이 움직이며 간절하게 사양의 뜻을 보였다.

"아니, 이미 충분하오.…… 실례지만 충분하오."

만약 이때 토시히토가 돌연 맞은편 집 처마를 가리키며 "저걸 좀 보시오" 하고 말하지 않았다면 아리히토는 여전히 오위에게 참마죽 권하는 것을 그치지 않았을지도 몰랐다. 하지만 다행히도 토시히토의 목소리는 일동의 주의를 그 처마 쪽으로 끌고 갔다. 노송나무 껍질로 인 지붕의 처마에는 마침 아침 해가 비치고 있었다. 그리고 그 눈부신 빛에 윤기가 자르르 흐르는 털을 드러내며 짐승 한 마리가 얌전히 앉아 있었다. 그것은 그저께 풀이 마른 들판에서 토시히토가 맨손으로 잡은 사카모토의 야생 여우였다.

"여우도 참마죽이 먹고 싶어 찾아온 모양이군. 여봐라, 저 녀석한테도 먹을 것 좀 갖다줘라."

토시히토의 명령은 곧바로 실행되었다. 처마에서 뛰어내린 여우는 곧장 넓찍한 뜰에서 참마죽을 대접받았다.

오위는 참마죽을 먹고 있는 여우를 보며 마음속으로 이곳에 오기 전의 자신을 반갑게 돌아보았다. 그것은 많은 사무라이들에게 우롱당하고 있는 그였다. 교토의 아이들에게조차 "뭐야, 이 딸기코 자식은" 하고 욕을 먹는 그였다. 색 바랜 관복에 사시누키를 입고 주인 없는 삽살개처럼 주작대로를 어정거리는 가엾고 고독한 그였다. 하지만 동시에 참마죽을 질리도록 먹고 싶은 욕망을 오로지 혼자 소중히 지켜온 행복한 그였다. 그는 이제 더 이상 참마죽을 먹지 않아도 된다는 안도감과 함께 만면에 흐르던 땀이 점차 코끝에서부터 말라가는 것을 느꼈다. 맑은 날씨이기는 해도 츠루가의 아침은 몸에 스며들 듯이 바람이 찼다. 오위는 서둘러 코를 누름과 동시에 은 냄비를 향해 요란하게 재채기를 했다.

(1916년 8월)

손수건 手巾

도쿄제국대학 법과대학 교수 하세가와 긴조長谷川謹造 선생은 베란다의 등나무 의자에 앉아 스트린드베리의 극작술에 관한 책을 읽고 있었다.

선생의 전공은 식민 정책에 대한 연구다. 따라서 독자에게는 선생이 극작술에 관한 책을 읽고 있다는 것이 다소 뜻밖일지도 모른다. 하지만 학자로서만이 아니라 교육자로서도 명성이 높은 선생은 전공 연구에 필요하지 않은 책이라도 그것이 어떤 의미에서 현대 학생의 사상이나 감정에 관계된 것이라면 여유가 있는 한 반드시 일단은 대충 읽어둔다. 실제로 요즘은 선생이 교장을 겸하고 있는 어느 고등전문학교 학생이 애독한다는 단지 그 이유만으로 오스카 와일드의 『옥중기De Profundis』라든가 『의향Intentions』이라는 작품까지 읽는 수고를 마다하지 않았다. 그런 선생이라 지금 읽고 있는 책이 유럽 근대의 희곡 및 배우를 논한 것이라고 해도 특별히 이상한 일은 아니다. 왜냐하면 선생의 지도를 받고 있는 학생 중에는 입센이라든가 스트린드베리라든가 마테를링크에 대한 평론을 쓰는 학생이 있을 뿐 아니라, 나아가서는 그런 근대 희곡 작가의 뒤를 따라 극작을 평생의 업으로 삼으려는 열정적인 학생도 있기 때문이다.

선생은 기발한 한 장을 다 읽을 때마다 노란 헝겊 표지의 책을 무릎 위에 놓고 베란다에 걸려 있는, 기후岐阜 특산의 초롱* 쪽을 멍하니 바라본다. 이상하게도 그렇게 하자마자 선생의 생각은 스트린드베리를 떠나고 만다. 그 대신 함께 기후 특산의 그 초롱을 사러 갔던 부인이 마음속에 떠오른다. 선생은 유학 중 미국에서 결혼했다. 그러므로 부인은 물론 미국인이다. 하지만 일본과 일본인을 사랑하는 점에서는 선생과 조금도 다르지 않았다. 특히 일본의 정교한 미술공예품은 적잖이 부인의 마음에 들었다. 따라서 기후 특산의 그 초롱을 베란다에 내건 것도 선생의 취향이라기보다는 오히려 부인의 일본 취향의 일단을 드러낸 것으로 봐야 할 것이다.

선생은 책을 아래에 내려놓을 때마다 부인과 기후 특산의 초롱, 그리고 그 초롱으로 대표되는 일본 문명을 생각했다. 선생이 믿는 바에 따르면 일본의 문명은 최근 50년간 물질적 방면에서는 상당히 두드러진 진보를 보여주었다. 하지만 정신적으로는 이렇다 하게 진보했다는 사실을 거의 인정할 수가 없

---

* 뼈대는 가늘고 종이는 얇으며 꽃, 새, 초목 등이 다채롭게 그려져 있어 여름밤에 처마 끝 같은 곳에 매달면 시원한 느낌을 더해준다.

다. 아니, 어떤 의미에서는 오히려 타락하고 있다. 그렇다면 현대 사상가의 급선무로서 그 타락을 구제할 방법을 강구하려면 어떻게 해야 할까. 선생은 그것이 일본 고유의 무사도武士道 말고는 없다고 판단했다. 무사도는 결코 섬나라 국민의 편협한 도덕으로 봐야 할 것이 아니다. 오히려 그 안에는 서양 각국의 기독교적 정신과 일치할 만한 것까지 있다. 이 무사도에 의해 현대 일본 사조의 귀추를 알게 할 수 있다면, 그것은 오로지 일본의 정신적 문명에만 공헌하는 것이 아니다. 나아가서는 서양 각 국민과 일본 국민의 상호 이해를 용이하게 하는 이익이 있을 것이다. 또는 앞으로 국제간의 평화도 촉진할 것이다. 이런 의미에서 선생은 평소부터 스스로 동양과 서양 사이의 가교 역할을 하겠다는 생각을 하고 있다. 이런 선생에게 부인과 기후 특산 초롱과 그 초롱으로 대표되는 일본의 문명이 조화를 유지하며 의식에 떠오르는 것은 결코 불쾌한 일이 아니다.

그런데 몇 번쯤 이런 만족을 되풀이하다 보니 선생은 책을 읽고 있는 중에도 생각이 점차 스트린드베리와는 인연이 멀어지는 것을 깨달았다. 그래서 다소 짜증난다는 듯이 머리를 흔들고는 다시 작은 활자를 꼼꼼히 들여다보기 시작했다. 마침 읽기 시작한 곳에 이런 글귀가 쓰여 있다.

"배우가 가장 일반적인 감정에 대해 하나의 적절한 표현법을 발견하고 그 방법으로 성공을 거둘 때 그는 시의적절하든 안 하든 상관없이 한편으로는 그것이 편하다는 점에서, 또 한편으로는 그것에 의해 성공한다는 점에서 자칫하면 그 수단을 따르려고 한다. 하지만 그것이 곧 고정된 형식manière이다."

선생은 원래 예술, 특히 연극과는 아무 관련이 없는 사람이다. 이 나이까지 일본 연극도 손을 꼽을 정도밖에 본 적이 없다. 예전에 어떤 학생이 쓴 소설에서 바이코梅幸라는 이름이 나온 적이 있다. 아무리 박람강기를 자부하는 선생이라고 해도 그 이름이 어떤 건지 알 수 없었다. 그래서 기회가 있을 때 그 학생을 불러 물어보았다.

"자네, 바이코라는 게 뭔가?"

"바이코, 말씀입니까? 바이코라는 건 당시 마루노우치의 제국帝國 극장의 전속배우로, 지금은 '다이코기太功記'의 주단메十段目 아마가사키노단尼ヶ崎の段에서 미사오 역할을 맡은 배우입니다."

두꺼운 무명 직물의 하카마를 입은 학생은 예의 바르게 이렇게 대답했다. 그러므로 선생은 스트린드베리가 간결한 필치로 논평하고 있는 각종 연출법에 대해서도 선생 자신의 의견이라는 것은 전혀 없다. 다만 그것이 선생이 유학할 때 서양에서 본 연극의 어떤 것을 연상시키는 범위에서 얼마간 흥미를 가질 수 있었을 뿐이다. 이를테면 중학교 영어 교사가 숙어를 찾기 위해 버나드 쇼의 각본을 읽는 것과 큰 차이가 없는 것이다. 하지만 충분하다고는 할 수 없으나 흥미는 흥미다.

베란다 천장에는 아직 불을 켜지 않은 기후 특산의 초롱이 걸려 있다. 그리고 등나무 의자에서는 하세가와 긴조 선생이 스트린드베리의 극작술을 읽고 있다. 이 정도만 쓰면 얼마나 해가 긴 초여름의 오후인지 독자는 쉽게 상상할 수 있을 거라고 생각한다. 하지만 이렇게 말했다고 해서 결코 선생이 무료함에 시달리고 있다는 것은 아니다. 그렇게 해석하려는 사람이 있다면 그것은 내가 이 글을 쓰는 마음을 일부러 곡해하려는 것이다. 지금 선생은 스트린드베리마저 도중에 그만두지 않으면 안 되었다. 왜냐하면 갑자기 손님이 왔다고 알리러 온 하녀가 선생의 고상한 취미를 방해했기 때문이다. 세상 사람들은 아무리 해가 길어도 선생을 몹시 분주하게 하는 것 같다.

선생은 책을 내려놓고 방금 하녀가 가져온 조그만 명함을 힐끗 보았다. 상아빛 종이에 조그맣게 니시야마 아츠코西山篤子라고 쓰여 있다. 아무래도 지금까지 만난 적이 있는 사람은 아닌 것 같았다. 교제 범위가 넓은 선생은 등나무 의자에서 일어나며 그래도 혹시나 하는 마음에 대충 머릿속의 인명부를 훑어보았다. 하지만 역시 이렇다 할 얼굴이 떠오르지 않았다. 그래서 책갈피 대신 명함을 책 사이에 끼우고 등나무 의자에 놓은 선생은, 어수선한 마음으로 거칠게 짠 비단 홑옷의 앞 매무새를 가다듬고 잠깐 코앞의 기후 특산 초롱에 다시 시선을 주었다. 누구나 그렇겠지만 이런 경우 기다리는 손님보다 기다리게 하는 주인이 시간을 더 길게 느끼는 법이다. 하지만 평소부터 근엄한 선생이라 이것이 오늘처럼 미지의 여자 손님에 대해서가 아니라도 그렇다는 것은 일부러 말할 필요도 없을 것이다.

드디어 시간을 가늠하여 선생은 응접실 문을 열었다. 안으로 들어가 잡고 있던 손잡이를 놓은 것과 의자에 앉아 있던 마흔 줄의 여성이 일어난 것은 거의 동시였다. 손님은 선생의 판별을 넘어선 고상한 군청색 홑옷을 입었는데, 검은색 사紗로 만든 하오리*가 가슴 부분만 좁게 열린 곳에 오비를 고정시키는 비취 장식품이 시원한 마름모꼴로 떠올라 있었다. 기혼 여성의 머리 모양으로 둥글게 틀어 올린 것은, 이런 사소한 일에 무관심한 선생도 금방 알 수 있었다. 일본인 특유의 동그란 얼굴에 진한 노란빛을 띤 주황색 피부를 가진 현모양처인 듯한 부인이다. 선생은 언뜻 보고 그 손님의 얼굴을 어딘가에서 본 적이 있는 것 같았다.

"제가 하세가와입니다."

선생은 붙임성 있게 인사했다. 이렇게 말하면 만난 적이 있다면 저쪽에서 말을 꺼낼 거라고 생각했기 때문이다.

"저는 니시야마 겐이치로의 어미 되는 사람입니다."

부인은 또렷한 목소리로 이렇게 자신을 소개하고 나서 정중하게 인사했다.

니시야마 겐이치로라면 선생도 기억하고 있다. 역시 입센이나 스트린드베리의 평론을 쓰는 학생 중의 한 사람으로 전공은 아마 독일 법이었던 것 같은데, 대학에 들어오고 나서도 자주 사상 문제를 들고 선생에게 드나들었다. 그러다가 올봄 복막염을 앓아 대학병원에 입원했다고 해서 선생도 겸사겸사 한두 번 문병을 간 적이 있다. 이 부인의 얼굴을 어딘가에서 본 적이 있다고 생각한 것도 우연이 아니다. 짙은 눈썹에 활기찬 청년과 이 부인은 붕어빵이라는 말이 있는 것처럼 놀랄 만큼

---

* 일본옷의 위에 입는 짧은 겉옷.

닮았다.

"아아, 니시야마의…… 그러시군요?"

선생은 혼자 고개를 끄덕이며 작은 테이블 맞은편에 있는 의자를 가리켰다.

"자, 저리로."

부인은 일단 갑작스럽게 찾아온 것을 사과하며 다시 정중하게 절을 하고는 선생이 가리킨 의자에 앉았다. 그 순간 소매에서 하얀 것을 꺼냈는데 손수건일 것이다. 선생은 그것을 보자 재빨리 테이블 위의 조선 부채를 권하면서 건너편 의자에 앉았다. "집이 정말 좋네요."

부인은 약간 부자연스럽게 방 안을 둘러보았다.

"아뇨, 넓기만 하고, 전혀 마음 쓰지 마십시오."

이런 인사에 익숙한 선생은 때마침 하녀가 가져온 냉차를 손님 앞에 다시 놓으며 곧바로 화제를 상대 쪽으로 돌렸다.

"니시야마는 어떻습니까? 상태는 좀 나아졌습니까?"

"네에."

부인은 공손히 두 손을 무릎 위에 포개어 놓고 잠시 말을 끊었다가 조용히 이렇게 말했다. 여전히 차분하고 거침없는 어조였다.

"실은 오늘도 아들 일로 찾아왔습니다만, 그 아이가 결국 잘못되고 말았습니다. 생전에 선생님께 여러 가지로 성가시게 해서……"

부인이 차를 들지 않은 것을 사양해서라고 해석한 선생은 그때 마침 홍차 잔을 입으로 가져가려고 하던 참이었다. 섣불리 자꾸만 권하는 것보다 자신이 먼저 마시는 것이 좋다고 생각했기 때문이다. 그런데 아직 찻잔이 부드러운 콧수염에 닿기 전에 부인의 말이 돌연 선생의 귀를 위협했다. 차를 마셨던가, 마시지 않았던가. 이런 생각이 청년의 죽음과는 완전히 독립되어 한순간 선생의 마음을 어지럽혔다. 하지만 들어 올린 찻잔을 언제까지고 마시지 않고 놓을 수는 없었다. 그래서 선생은 과감히 반쯤 꿀꺽 마시고 약간 미간을 찌푸리며 목이 메는 듯한 목소리로 "그거 참" 하고 말했다.

"병원에 있는 동안에도 아이가 선생님 말씀을 자주 해서 바쁘신 줄 알지만 알려드릴 겸 감사하다는 말씀을 드리려고……"

"아뇨, 별말씀을요."

선생은 찻잔을 내려놓고 그 대신 파란 납을 입힌 부채를 집어 들며 망연히 이렇게 말했다.

"결국 잘못되었군요. 바로 이제부터가 한창인 나이인데…… 저는 또 병원에도 가보지 못해서 이제는 아마 다 나았을 거라고만 생각했는데…… 그럼 언제였나요, 세상을 떠난 게요."

"어제가 바로 칠일재였습니다."

"역시 병원에서……"

"그렇습니다."

"아니, 정말 뜻밖이네요."

"아무튼 손을 쓸 만큼 다 썼으니까 체념할 수밖에 없지만, 그래도 그렇게까지 되고 나니 걸핏하면 푸념이 나와 안 될 것 같아서요."

이런 이야기를 주고받는 동안 선생은 의외의 사실을 깨달았다. 이 부인의 태도나 행동거지가 전혀 자기 아들의 죽음을 이야기하는 것 같지 않다는 점이었다. 눈에는 눈물도 글썽이지 않고 목소리도 평소대로다. 게다가 입가에는 미소까지 띠고 있다. 이야기를 듣지 않고 외견만 보고 있다면 누구든 이 부인이 일상의 평범한 이야기를 하고 있다고밖에 생각되지 않을 것이다. 선생에게는 그것이 이상했다.

예전에 선생이 베를린에 유학했을 때의 일이다. 지금 황제의 아버지에 해당하는 빌헬름 1세가 붕어했다. 선생은 그 부음을 단골 카페에서 들었는데, 물론 평범한 감명밖에 받을 수 없었다. 그래서 평소처럼 활기찬 얼굴로 지팡이를 겨드랑이에 끼고 하숙집으로 돌아왔다. 그런데 하숙집의 두 아이가 문을 열자마자 양쪽에서 선생의 목에 매달려 한꺼번에 와앙 하고 울음을 터뜨렸다. 한 아이는 갈색 재킷을 입은 열두 살짜리 여자아이고 또 한 아이는 감색의 반바지를 입은 아홉 살짜리 남자아이였다. 아이들을 끔찍이 좋아하는 선생은 영문을 알 수 없어 두 아이의 밝은 색 머리를 쓰다듬으며 자꾸만 "왜 그래, 왜 그래?" 하며 달랬다. 하지만 아이들은 좀처럼 울음을 그치지 않았다. 그러더니 코를 훌쩍거리며 이런 말을 했다.

"폐하 할아버지가 돌아가셨대요."

선생은 한 나라 원수의 죽음에 아이들까지 이토록 슬퍼하는 것을 이상하게 생각했다. 단지 황실과 인민의 관계라는 문제만 생각한 것이 아니었다. 서양에 온 이래 몇 번이나 선생의 눈과 귀를 자극한 서양인의 충동적인 감정 표현이 새삼스럽게 일본인이며 무사도의 신봉자인 선생을 놀라게 한 것이다. 그때의 의아함과 동정을 하나로 한 듯한 기분은 아직도 잊으려야 잊을 수가 없다. 선생은 지금도 바로 그런 정도로, 반대로 이 부인이 울지 않는 것을 이상하게 생각한 것이다.

하지만 첫 번째 발견 후에 곧바로 이어서 두 번째 발견이 일어났다.

마침 주인과 손님의 화제가 세상을 떠난 청년에 대한 추억에서 일상의 자질구레한 일들로 옮겨갔다가 다시 원래의 추억담으로 돌아가려고 하던 때였다. 어쩌다가 조선 부채가 선생의 손에서 미끄러져 나무토막을 모자이크 모양으로 짜 맞춘 바닥으로 툭 떨어졌다. 물론 대화는 잠깐의 끊어짐을 허락하지 않을 정도로 절박한 것이 아니었다. 그래서 선생은 상반신을 의자에서 앞으로 내밀며 아래쪽을 향하며 바닥으로 손을 뻗었다. 부채는 작은 테이블 밑, 실내화에 감춰진 부인의 하얀 버선 옆에 떨어져 있었다.

그때 선생의 눈에는 우연히 부인의 무릎이 보였다. 무릎 위에는 손수건을 쥔 손이 올려져 있었다. 물론 이것만으로는 발견이고 뭐고 아무것도 아니었다. 하지만 동시에 선생은 부인의 손이 심하게 떨리고 있는 것을 알았다. 떨리는 두 손이 감정의 격동을 억지로 누르려고 한 탓인지 무릎 위의 손수건을 찢을 듯이 꼭 쥐고 있는 것이었다. 그리고 마지막으로 주름투성이가 된 비단 손수건이 가녀린 손가락 사이에서 마치 미풍에 나부끼기라도 하는 듯이 수놓은 가장자리를 움직이게 하고 있는 것을 알았다. 부인은 얼굴로는 웃고 있었지만 실은 조금 전부터 온몸으로 울고 있었던 것이다. 부채를 주워 얼굴을 들었을 때 선생의 얼굴에는 지금까지 없던 표정이 있었다. 봐서는 안 되는 것을 봤다는 경건한 마음과 그런 마음의 의식에서 나오는 어떤 만족감이 다소 연극조로 과장된 것 같은 아주 복잡한 표정이었다.

"아뇨, 얼마나 마음이 아프실지 저처럼 아이가 없는 사람도 충분히 알 수 있습니다."

선생은 눈부신 것이라도 보는 것처럼 다소 과장되게 목을 뒤로 젖히며 낮고 감정이 실린 목소리로 이렇게 말했다.

"감사합니다. 하지만 이제 와서 무슨 말을 한들 돌이킬 수 없는 일이니까요."

부인은 살짝 고개를 숙였다. 환한 얼굴에는 여전히 여유 있는 미소가 떠돌고 있었다.

그 두 시간 후였다. 선생은 목욕을 하고 나서 저녁 식사를 마치고 디저트로 버찌를 먹고 나서 다시 편하게 베란다의 등나무 의자에 앉았다.

긴 여름날 저녁이 언제까지고 희미한 빛을 띠고 있어 유리문을 열어둔 널찍한 베란다는 아직 쉽게 저물 것 같지 않았다. 선생은 그 희미한 빛 속에서 조금 전부터 왼쪽 무릎을 오른쪽 무릎 위에 올리고 머리를 등나무 의자 뒤에 기대며 멍하니 기후 특산 초롱의 붉은 술을 바라보고 있었다. 좀 전의 스트린드베리도 손에 들기는 했지만 아직 한 페이지도 읽지 않은 듯했다. 그도 그럴 것이었다. 선생의 머릿속은 아직도 니시야마 아츠코 부인의 다기찬 행동으로 가득 차 있었다.

선생은 밥을 막으며 아내에게 그 자초지종을 이야기해주었다. 그리고 그것을 일본 여성의 무사도라고 칭찬했다. 일본과 일본인을 사랑하는 아내가 그 이야기를 듣고 동정하지 않을 리 없었다. 선생은 아내가 열심히 들어준 것을 만족스럽게 생각했다. 아내와 조금 전의 부인, 그리고 기후 특산 초롱, 지금은 이 세 가지가 어떤 윤리적인 배경을 가지고 선생의 의식에 떠올랐다

선생은 얼마나 오랫동안 그런 행복한 회상에 빠져 있었는지 모른다. 하지만 그러다가 문득 어떤 잡지에서 원고 청탁을 받은 사실을 깨달았다. 그 잡지에서는 「현대 청년에게 주는 글」이라는 제목으로 각 분야의 대가에게 일반 도덕상의 의견을 구했던 것이다. 오늘 있었던 일을 소재로 곧바로 소감을 써서 보내기로 하자. 이렇게 생각한 선생은 살짝 머리를 긁적였다.

긁적이던 손은 책을 들고 있던 손이었다. 선생은 지금까지 내버려두고 있던 책이 생각나 조금 전에 명함을 끼워둔, 읽다 만 페이지를 펼쳤다. 바로 그때 하녀가 와서 머리 위의 기후 초롱을 켰기 때문에 작은 글자도 읽기에 그다지 불편하지 않았다. 선생은 별로 읽을 생각도 없이 멍하니 눈을 페이지 위에 떨어뜨렸다. 스트린드베리는 이렇게 말했다.

"내가 젊었을 때 사람들은 하이델부르크 부인이 갖고 있는, 아마 파리에서 온 것인 듯한 손수건에 대해 이야기했다. 얼굴

은 미소를 짓고 있지만 손은 손수건을 둘로 찢는 이중의 연기였던 그것을 지금 우리는 바보짓Mätzchen이라고 한다."

선생은 책을 무릎 위에 놓았다. 펼친 채 놓았기 때문에 니시야마 아츠코라는 명함이 아직 페이지 한가운데에 놓여 있었다. 하지만 선생의 마음속에 있는 것은 이미 그 부인이 아니다. 그렇다고 아내도 아닐 뿐 아니라 일본의 문명도 아니다. 그런 평온한 조화를 깨려는 정체를 알 수 없는 무언가다. 스트린드베리가 지탄한 연출법과 실천 도덕상의 문제는 물론 다르다. 하지만 지금 읽은 데서 받은 암시에는 방금 목욕을 하고 나온 선생의 느긋한 마음을 어지럽히려는 뭔가가 있다. 무사도, 그리고 그 형식manière.

선생은 불쾌한 듯이 두세 번 머리를 흔들고, 그러고는 다시 눈을 들어 가만히 가을 풀을 그린 기후 초롱의 환한 등불을 바라보기 시작했다.

(1916년 9월)

담배와 악마 煙草と惡魔

담배는 원래 일본에 없었던 식물이다. 그렇다면 외국에서 언제쯤 들어왔을까. 기록을 보면 연대가 일치하지 않는다. 게이초慶長(1596~1615) 연간이라고 쓰여 있기도 하고 덴분天文(1532~1555) 연간이라고 쓰여 있기도 하다.* 하지만 게이초 10년(1605) 무렵에는 이미 여기저기에서 재배되고 있었던 듯하다. 그런데 분로쿠文祿** 연간이 되면 "효과 없는 건 담배금지령과 통화 단속,*** 천황의 말씀에 돌팔이 의사"라는 풍자적인 노래가 생겼을 만큼 일반적으로 끽연이 유행했다.****

---

* 게이초 연간이라는 설이 외국 사료와도 합치하여 더 유력하다.

** 1593~1596년. '분로쿠'는 '게이초' 앞의 연호라 이 기술은 앞뒤가 맞지 않는다.

*** 錢法度. 질이 안 좋은 돈이나 위조된 돈의 사용을 단속하는 것.

**** 게이초 17년(1612) 이래 담배의 매매, 끽연, 재배의 금지령이 돈 관련 금지령이 여러 번 나왔지만 그 목적이 달성되지 못하고 간에이寬永(1624~1645) 무렵에는 다시 끽연이 유행했다.

그래서 누가 외국에서 담배를 들여왔는가 하고 물으면 역사가는 누구든 포르투갈 사람이나 스페인 사람이라고 대답한다. 하지만 그것이 꼭 유일한 대답은 아니다. 그 외에도 전설로 내려오는 답이 하나 더 있다. 전설에 따르면 담배는 악마가 어디선가 가져왔다고 한다. 그리고 그 악마는 천주교 신부(아마도 프란시스코 사비에르*)가 멀리 일본으로 데려왔다고 한다.

이렇게 말하면 기리시탄** 신자는 그들의 신부를 모함한다고 나를 비난하려 들지도 모른다. 하지만 내가 보기에 이것은 아무래도 사실인 듯하다. 왜냐하면 남만南蠻***의 신이 도래하는 것과 동시에 악마가 도래한다는 것, 즉 서양의 선善이 수입되는 것과 동시에 서양의 악이 수입된다는 것은 지극히 당연한 일이기 때문이다.

그러나 그 악마가 실제로 담배를 가져왔는지 어떤지는 나도 확실히 말할 수 없다. 다만 아나톨 프랑스****가 쓴 책에 따르

---

* Francisco Xavier(1506~1552). 스페인 태생의 로마가톨릭 선교사. 인도에서 포교 활동을 시작했고 중국 입국을 앞두고 열병으로 사망했다. 일본에는 1549년에 들어와 처음으로 그리스도교를 전했다.

** 포르투갈어로, 무로마치室町 시대 후기에 일본에 들어온 가톨릭교의 일파 또는 그 신자.

*** 무로마치 시대에서 에도 시대에 이르기까지 해외 무역의 대상이 된 동남아시아에 식민지를 가진 포르투갈이나 스페인, 또는 그 시대에 건너온 서양 문화(기술, 종교).

**** Anatole France(1844~1924). 프랑스의 작가. 아쿠타가와는 중학교 시절부터 아나톨 프랑스의 소설을 영역英譯으로 읽기 시작하여 만년까지 풍자와 해학에 가득 찬 그의 회의적 합리주의를 즐겼다. 여기서 그의 책은 『발타사르Balthasar』(1889)를 말한다.

면 악마는 목서초木犀草의 꽃으로 어떤 스님을 유혹하려고 한 적이 있다고 한다. 그러고 보면 담배를 일본에 가져왔다는 것도 아주 거짓말이라고만은 할 수 없을 것이다. 설령 그것이 거짓말이라고 해도, 그 거짓말은 또 어떤 의미에서 의외로 사실에 가까운 것일지도 모른다. 나는 이런 생각에서 여기에 담배의 도래에 관한 전설을 써보기로 했다.

덴분天文 18년(1549) 악마는 프란시스코 사비에르를 수행하는 수도사의 한 사람으로 둔갑하여 무사히 긴 항로를 거쳐 일본으로 찾아왔다. 수도사의 한 사람으로 둔갑했다는 것은 진짜 수도사가 마카오 항인가 어딘가에 상륙해 있는 동안 일행을 태운 흑선黑船*이 그런 줄도 모르고 출항하고 말았기 때문이다. 그래서 그때까지 활대에 꼬리를 둘러 감고 거꾸로 매달려 은밀히 배 안의 동정을 살피고 있던 악마는 재빨리 그 수도사로 둔갑하여 아침저녁으로 프란시스코 신부의 시중을 들게 되었다. 물론 파우스트 박사를 찾아갈 때** 빨간 외투를 입은 훌륭한 기사로 둔갑할 정도의 도사이므로 이런 재주쯤은 아무것도 아니다.

---

* 무로마치 시대 말기부터 에도 시대 말기에 걸쳐, 서양의 여러 나라들에서 일본으로 내항한 함선을 일컫는다.
** 괴테의 『파우스트』에서는 악마 메피스토펠레스가 변장하여 파우스트 박사를 찾아간다.

그런데 일본에 와서 보니 서양에 있을 때 마르코 폴로의 여행기에서 읽은 것과는 상황이 상당히 다르다. 무엇보다 그 여행기에 따르면 이 나라 도처에 황금이 넘쳐난다는 것 같은데 아무리 둘러봐도 그런 기색은 없다. 그렇다면 십자가를 손톱으로 살짝 문질러 금으로 만들면 그것만으로도 상당히 유혹할 수 있을 것 같다. 그리고 일본인은 진주인가 뭔가의 힘으로 기사회생하는 법을 터득하고 있다고 했는데 그것도 마르코 폴로의 거짓말인 모양이다. 거짓이라면 여기저기의 우물에 침을 뱉어 고약한 병만 유행하게 하면 인간들은 대부분 괴로운 나머지 내세의 천국 같은 건 잊어버린다. 프란시스코 신부의 뒤를 따라 얌전히 그 주변을 구경하던 악마는 은밀히 그런 생각을 하며 혼자 회심의 미소를 짓고 있었다.

하지만 단 한 가지, 이곳에는 곤란한 일이 있다. 그것만은 제아무리 악마라도 어떻게 해볼 수가 없다. 왜냐하면 아직 프란시스코 사비에르가 일본에 온 직후라서 전도도 활발하게 되지 않았을 뿐 아니라 기리시탄 신자도 생기지 않아서 정작 유혹할 상대가 한 사람도 없기 때문이다. 아무리 악마라도 여기에는 적잖이 당황했다. 무엇보다도 당장 지루한 시간을 어떻게 보내야 할지 알 수가 없다.

그래서 악마는 여러 가지로 궁리한 끝에 우선 원예라도 하며 무료함을 달래려고 했다. 그것을 위해 서양을 떠날 때 갖가지 잡다한 식물의 씨앗을 귓구멍 안에 넣어 가져왔다. 땅은 근처의 밭이라도 빌리면 별 문제없다. 게다가 프란시스코 신부도 더할 나위 없이 좋을 거라며 찬성해주었다. 물론 신부는 자신을 따라온 수도사 한 사람이 서양의 약용식물인가 뭔가를 일본에 이식하려는 것이라고 생각했다.

악마는 곧 농기구를 빌려와 길가의 밭을 끈기 있게 일구기 시작했다.

마침 수증기가 많은 초봄이어서 길게 낀 안개 속에서는 먼 산사의 종소리가 댕 하고 졸린 듯이 울려온다. 그 종소리가 또 너무나도 한가해서 늘 들어 귀에 익은 서양 성당의 종소리처럼 너무 선명하게 정수리를 꽝 울리지는 않는다. 하지만 이렇게 태평한 풍물 속에 있다면 악마라도 필시 마음이 편할 거라고 생각하겠지만 결코 그렇지가 않다.

그는 한번 이 범종이 울리는 소리를 듣고는 성 바오로 성당의 종소리를 들었을 때보다 한층 불쾌한 듯이 얼굴을 찌푸리고 무턱대고 밭을 일구기 시작했다. 왜냐하면 이 한가로운 종소리를 들으며 이 흐릿한 햇빛을 받고 있으면 이상하게도 마음이 풀어지기 때문이다. 선을 행하려는 마음도 일지 않고 동시에 악을 행하려는 마음도 일지 않는다. 이래서는 일본인을 유혹하러 애써 바다를 건너온 보람이 없다. 손바닥에 물집이 잡히지 않아 이반의 누이에게 야단을 맞았을 정도*로 노동을 싫어한 악마가 이렇게 열심히 괭이질을 할 마음이 든 것은 오로지 자칫하면 몸에 파고드는 도덕적 잠을 떨치려고 필사적이 된 탓이다.

---

* 톨스토이의 단편 「바보 이반」(1885)에서 이반의 누이 마라냐는, 늙은 악마가 식탁에 앉으려고 하자 그의 손에 일한 흔적인 못이 박혀 있지 않고 손톱이 긴 것을 보고 쫓아낸다.

악마는 결국 며칠 안에 밭 일구기를 끝내고 귓속의 씨앗을 그 이랑에 뿌렸다.

그로부터 몇 달쯤 지나 악마가 뿌린 씨앗은 싹이 나고 줄기가 자라 그해 늦여름에는 널찍한 푸른 잎이 밭의 흙을 거의 남김없이 덮어버렸다. 하지만 그 식물의 이름을 아는 자는 한 사람도 없었다. 프란시스코 신부가 물어도 악마는 히죽히죽 웃기만 하고 아무런 대답도 하지 않고 입을 다물고 있었다.

그동안 이 식물은 줄기 끝에 무성하게 꽃을 피웠다. 깔때기 같은 모양을 한 연보라빛 꽃이다. 애를 쓴 만큼 악마는 이 꽃이 핀 일이 무척 기쁜 듯하다. 그래서 그는 아침저녁으로 예배를 마치면 언제나 그 밭으로 가서 열심히 길렀다.

그러던 어느 날의 일이다(이는 프란시스코 신부가 전도를 위해 며칠간 여행을 떠난 사이에 일어난 일이다). 한 소장수가 누렁소 한 마리를 끌고 그 밭 옆을 지나고 있었다. 소장수가 보니 보라색 꽃이 무성하게 피어 있는 밭 울짱 안에서 검은 수도복에 차양이 긴 모자를 쓴 남만의 수도사가 부지런히 잎에 붙은 벌레를 잡고 있다. 소장수는 그 꽃이 무척 신기해서 무심코 발을 멈추고는 삿갓을 벗고 그 수도사에게 정중하게 말을 걸었다.

"여보세요, 신부님, 그건 무슨 꽃입니까?"

수도사가 돌아보았다. 코가 낮고 눈이 작으며 꽤 사람 좋아 보이는 서양인이다.

"이거 말인가요?"

"그렇습니다."

서양인은 밭의 울짱에 기대며 고개를 저었다. 그러고는 익숙지 않은 일본어로 말했다.

"미안하지만 그 이름만은 다른 사람한테 가르쳐줄 수 없습니다.

"어허, 그럼 프란시스코 신부님이 알려주면 안 된다고 말씀하신 겁니까?

"아니요, 그런 것은 아닙니다."

"그렇다면 일단 가르쳐주지 않겠습니까? 저도 요즘에는 프란시스코 신부님의 교화를 받아 이렇게 천주교에 귀의했으니까요."

소장수는 의기양양하게 자신의 가슴을 가리켰다. 과연 놋쇠로 만든 작은 십자가가 목에 걸려 햇빛에 반짝이고 있다. 그러자 그것이 눈부셨는지 수도사가 약간 얼굴을 찡그리며 아래를 봤는데 곧 다시 전보다 붙임성 있는 어투로 농담인지 아닌지 모를 이런 말을 했다.

"그래도 안 됩니다. 이건 우리나라 법인데, 남한테 말하면 안되게 되어 있으니까요. 그보다 당신이 일단 혼자서 맞혀보세요. 일본인은 영리하니까 아마 맞힐 수 있을 겁니다. 맞히면 이 밭에 자라는 것을 모두 당신한테 드리지요."

소장수는 수도사가 자신을 놀리고 있는 거라고 생각했다. 그는 햇볕에 탄 얼굴에 미소를 띠며 일부러 호들갑스럽게 고개를 갸우뚱했다.

"뭘까요? 아무래도 지금 당장은 알 수가 없는데요."

"뭐, 오늘이 아니어도 좋습니다. 사흘 안에 잘 생각해서 알아오세요. 누군가한테 듣고 와도 상관없습니다. 맞히면 이걸 전부 드리겠습니다. 이 외에도 적포도주를 드리지요. 아니면 천국이 그려진 그림을 드릴까요?"

소장수는 상대가 너무 열심이라 놀란 모양이다.

"그럼 맞히지 못하면 어떻게 됩니까?"

수도사는 모자를 뒤로 젖혀 쓰고 손을 흔들며 웃었다. 소장수가 다소 의외라고 생각했을 정도로 까마귀 같은 소리로 웃었던 것이다.

"맞히지 못하면 제가 당신한테 뭔가 받지요. 내기입니다. 맞히느냐 못 맞히느냐의 내기지요. 맞히면 이걸 전부 당신한테 드릴 테니까요."

이렇게 말하는 동안 서양인은 어느새 다시 붙임성 있는 목소리로 돌아갔다.

"좋습니다. 그렇다면 저도 분발해서 당신이 말하는 것은 뭐든지 드리지요."

"뭐든지 줄 겁니까, 그 소라도?"

"이것으로 괜찮다면 당장이라도 드리지요."

소장수는 웃으며 누렁소의 이마를 쓰다듬었다. 그는 어디까지나 이를 사람 좋은 수도사의 농담이라고 생각하고 있는 듯했다.

"그 대신 제가 이기면 꽃이 핀 그 풀을 받겠습니다."

"좋습니다. 좋아요. 그렇다면 분명히 약속한 겁니다."

"분명히 약속했습니다. 주 예수 그리스도의 이름으로 맹세합니다."

수도사는 이 말을 듣자 조그만 눈을 빛내며 만족스럽다는 듯이 두세 번 코를 킁킁거렸다. 그러고는 왼손을 허리에 대고 몸을 약간 뒤로 젖히며 오른손으로 보라색 꽃을 만져보고는 이렇게 말한다.

"그럼 맞히지 못하면 당신의 몸과 영혼을 받겠습니다."

서양인은 오른손을 크게 돌리며 모자를 벗었다. 덥수룩한 머리카락 속에는 염소 같은 뿔 두 개가 나 있다. 소장수는 자기도 모르게 안색이 변했고 들고 있던 삿갓을 땅에 떨어뜨렸다. 해가 기운 탓인지 밭의 꽃이나 잎이 일시에 선명한 빛을 잃었다. 소도 뭔가에 놀랐는지 뿔을 낮게 하며 땅울림 같은 소리로 신음하고 있다.

"제게 한 약속이라도 약속은 약속입니다. 당신은 제가 이름을 말할 수 없는 것을 걸고 맹세한 겁니다. 잊어서는 안 됩니다. 기한은 사흘이니까요. 그럼 안녕히 가세요."

사람을 깔보는 듯한 은근한 말투로 이렇게 말하며 악마는 일부러 소장수에게 정중하게 인사했다.

소장수는 무심코 악마의 수에 넘어간 것을 후회했다. 이대로 있다가는 결국 그 악마에게 붙잡혀 몸도 영혼도 '꺼지지 않는 맹렬한 화염'에 타는 수밖에 없다. 그래서는 지금까지 믿었던 가르침을 버리고 세례를 받은 보람도 없어지고 만다.

하지만 주 예수 그리스도의 이름으로 맹세한 이상 한 번 한 약속은 깰 수 없다. 물론 프란시스코 신부라도 있다면 그래도 어떻게든 되겠지만 하필이면 지금은 그도 없다. 그래서 그는 사흘 동안 밤잠도 자지 못하고 악마의 계략에 뒤통수를 칠 방법을 궁리했다. 그렇게 하려면 어떻게든 그 식물의 이름을 알아내는 수밖에 없다. 하지만 프란시스코 신부도 모르는 이름을 아는 사람이 어디에 있단 말인가.

소장수는 결국 약속한 기한이 끝나는 날 밤 다시 그 누렁소를 끌고 가만히 수도사가 사는 집 옆으로 몰래 갔다. 집은 밭과 나란히 거리를 향하고 있다. 가서 보니 수도사는 이미 잠든 것 같고 창으로 새어나오는 불빛도 없다. 마침 달은 떠 있지만 어슴푸레 흐린 밤이다. 쥐 죽은 듯 조용한 밭 여기저기에는 허전하고 어둑한 가운데 그 보라색 꽃이 희미하게 보인다. 원래 소장수는 미덥지는 못하지만 한 가지 묘책을 떠올리고 겨우 여기까지 숨어든 것인데, 이 괴괴한 광경을 보니 어쩐지 무서워져서 차라리 이대로 돌아갈까 하는 생각도 들었다. 특히 저 문 뒤에서는 염소 같은 뿔이 난 도사가 지옥의 꿈이라도 꾸고 있을 거라고 생각하니 애써 짜낸 용기도 무기력하게 꺾이고 만다. 하지만 몸과 영혼을 악마의 손에 넘길 것을 생각하면 물론 나약한 말이나 하고 있을 상황이 아니다.

그래서 소장수는 성모 마리아의 가호를 빌며 과감하게 미리 짜둔 계획을 실행했다. 계획이라는 것은 다른 게 아니었다. 끌고 온 누렁소의 고삐를 풀고 엉덩이를 세게 치며 문제의 그 밭으로 힘차게 몰아넣은 것이다.

소는 맞은 엉덩이가 아파 펄쩍 뛰면서 울짱을 부수고 밭을 마구 짓밟았다. 집의 판자벽을 뿔로 들이받은 것도 한두 번이 아니다. 게다가 발굽 소리와 울음소리가 희미한 밤안개를 움직여 사방으로 엄청나게 울려 퍼졌다. 그러자 창문을 열고 얼굴을 내민 사람이 있다. 어두워서 얼굴을 알아볼 수는 없지만 수도사로 둔갑한 악마가 틀림없다. 그렇게 생각해서인지 머리의 뿔은 밤눈에도 확실히 보였다.

"이 빌어먹을 놈, 왜 내 담배 밭을 망치는 거야."

악마는 손을 흔들며 졸린 듯한 목소리로 이렇게 고함을 질렀다. 막 잠이 들었는데 방해를 받아 부아가 치민 모양이다.

하지만 밭 뒤에 숨어 동정을 살피고 있던 소장수의 귀에는 악마의 말이 신의 목소리처럼 들렸다.

"이 빌어먹을 놈, 왜 내 담배 밭을 망치는 거야."

그러고 나서의 일은 이런 종류의 모든 이야기처럼 지극히 원만하게 마무리되었다. 즉 소장수는 순조롭게 담배라는 이름을 맞혀서 악마의 코를 납작하게 해주었다. 그리하여 그 밭에 자라고 있는 담배를 모조리 자기 것으로 만들었다는 것이다.

하지만 나는 예전부터 이 전설에 더 깊은 의미가 있는 게 아닐까 생각했다. 왜냐하면 악마는 소장수의 육체와 영혼을 자기 것으로 할 수는 없었지만 그 대신 담배를 일본 전국에 널리 보급시킬 수 있었다. 그러고 보면 소장수가 곤경에서 벗어난 일이 일면 타락을 동반하고 있듯이 악마의 실패도 일면 성공을 동반한 건 아닐까. 악마는 넘어져도 그냥은 일어나지 않는다. 유혹에 이겼다고 생각할 때도 인간은 의외로 지는 일이 있지 않았을까.

그리고 내친 김에 악마의 그 뒤 사정을 간단히 써두기로 하자. 그는 프란시스코 신부가 돌아온 것과 동시에 신성한 펜타그램*의 위력에 의해 결국 그 지역에서 쫓겨났다. 하지만 그 후에도 역시 수도사 차림으로 이곳저곳을 떠돌아다녔던 것 같다. 어떤 기록에 따르면 그는 난반지南蛮寺** 건립 전후로 교토에도 자주 출몰했다고 한다. 마츠나가 단조***를 농락하려고 한 가신果心 거사****라는 남자가 이 악마라는 설도 있지만, 이는 라프카디오 헌Patrick Lafcadio Hearn(1850~1904)***** 선생이 썼으니

---

* 중세에 악귀를 쫓는 부적으로 사용된 오각형의 별모양.

** 16세기 후반 일본 각지에 건립된 그리스도교 성당의 속칭. 교토의 난반지가 가장 유명한데 1578년 이탈리아인 선교사 오르간티노Organtino(1530~1609)가 오다 노부나가織田信長의 원조를 받아 완성했다.

*** 松永彈正(1510~1577), 센고쿠戰國 시대의 무장.

**** 무로마치 시대 말기에 등장한 환술사. 오다 노부나가, 도요토미 히데요시豊臣秀吉, 아케치 미츠히데明智光秀 등 앞에서 환술을 선보였다고 기록되어 있으나 실재를 의문시하는 경향도 있다.

***** 일본명은 고이즈미 야쿠모小泉八雲(1850~1904). 그리스 태생의 영국 신문기자, 기행문학가, 수필가, 소설가. 1890년에 일본에 왔으며 도쿄 대학 등에서 영어, 영문학을 가르쳤고 『괴담』 등을 저술해 일본의 모습을 세계에 소개했다. 1895년 일본에 귀화했고 「가신 거사 이야기」는 헌의 『일본잡기日本雜記』에 나오는 이야기이다.

여기서는 그만두기로 하자. 그러고는 도요토미와 도쿠가와 양씨의 기리시탄 박해*에 부딪혀 처음 얼마 동안은 모습을 드러냈지만, 나중에는 결국 일본에 결코 있을 수 없게 되었다. 기록은 대체로 악마의 소식을 여기까지만 전하고 있다. 다만 메이지 시대 이후 다시 도래한 그의 동정을 알 수 없는 것은 아무리 생각해도 유감이다.

(1916년 10월)

---

* 도요토미 히데요시는 1587년 선교사 추방령을 내렸고 1596년 나가사키에서 기리시탄 26명을 책형磔刑에 처했다. 도쿠가와 막부도 1612년 3월 직할령에서의 그리스도교 금지를 시작으로 1613년 12월 이후 전국에서 그리스도교를 금지했다.

운運

성긴 발이 입구에 늘어뜨려져 있어 일터에 있어도 길거리의 모습은 잘 보였다. 기요미즈데라淸水寺로 가는 길은 조금 전부터 사람의 왕래가 끊이지 않는다. 금고金鼓*를 맨 스님이 지나간다. 외출복을 입은 여자가 지나간다. 그 뒤에는 드물게 황소가 끄는 우차가 지나간다. 그것이 모두 성긴 부들 발 사이를 오른쪽에서도, 왼쪽에서도 왔나 싶으면 어느새 지나가버린다. 그중에 변하지 않는 것은 오후의 따사로운 봄볕을 받고 있는 좁은 길의 흙빛뿐이다.

작업장에서 그런 사람의 왕래를 우두커니 바라보고 있던 한풋내기 사무라이가 그때 문득 생각난 듯이 주인인 도공에게 말을 걸었다.

---

* 절에서 쓰는 북 모양의 종.

"여전히 부처님을 참배하는 사람이 많은 것 같네요."

"그렇습니다."

도공은 일에 정신이 팔린 탓인지 다소 귀찮다는 듯이 이렇게 대답했다. 하지만 이 사람은 눈이 작고 코가 위로 들린, 어딘지 익살스러운 데가 있는 노인이다. 얼굴 생김새에도, 태도에도 악의 같은 건 털끝만치도 없다. 입고 있는 것은 마로 된 홑옷일 것이다. 게다가 후줄근한 두건을 쓴 모습이 요즘 평판이 좋은 도바 승정*이 그린 두루마리 그림에 나오는 인물을 보는 것 같다.

"나도 일단 매일 참배라도 해볼까요? 이렇게 출세를 못해서야 어디 견딜 수가 있어야지요."

"농담이겠지요."

"아니, 그렇게 해서 좋은 운을 받게 된다면 나도 믿을 거예요. 매일 참배를 한다고 해도, 절에 머물며 기도를 한다고 해도, 그렇게 하는 게 싸게 먹히니까요. 그러니까 부처님을 상대로 장사 한판을 벌이는 셈이지요."

풋내기 사무라이는 나이에 걸맞은 경박한 말을 하고 아랫입술을 핥으며 두리번두리번 작업장을 둘러보았다. 대숲을 뒤로 하고 지어진 쓰러져가는 초가집이어서 안은 코가 닿을 만큼 비좁다. 하지만 발 바깥의 거리가 눈이 핑핑 돌 것처럼 움직이는 것에 비해 이곳은 항아리도 술병도 모두 불그스름한 갈색

---

* 가쿠유覺猷(1053~1140). 흔히 도바 승정鳥羽僧正으로 불렸다. 헤이안 시대 후기 천태종의 수장이며 풍자적인 그림에 능했다고 한다.

으로 퇴색한 토기의 표면이 한가한 봄바람을 맞으며 백 년이
나 전부터 그러했던 것처럼 쥐 죽은 듯이 조용하다. 아무래도
이 집의 마룻대에는 제비조차 집을 짓지 않을 것 같다.

영감이 대답을 하지 않자 풋내기 사무라이가 다시 말을 이
었다.

"영감님도 그 나이까지 아주 여러 가지 일을 보기도 하고 듣
기도 했겠지요. 어때요? 부처님은 정말 운을 가져다주시는 분
일까요?"

"그렇습니다. 옛날에는 가끔 그런 일도 있었다고 들었습니
다만."

"어떤 일이 있었는데요?"

"어떤 일이라고 한마디로는 말할 수 없지요. 하지만 당신은
그런 이야기를 들어도 별로 재미없을 겁니다."

"아, 가엾어라, 내가 이래봬도 조금은 믿을 마음이 있는 남자
예요. 정말 좋은 운을 얻게 되면 당장 내일이라도……"

"믿을 마음이 있는 건가요? 장사할 마음이 있는 건가요?"

영감은 눈꼬리에 주름을 지으며 웃었다. 반죽하고 있던 흙
이 항아리 모양이 되었기에 드디어 마음이 편해진 모습이었다.

"당신 정도의 나이 때는 부처님의 생각 같은 것은 좀처럼 알
수 없습니다."

"그거야 알 수 없지요. 알 수 없으니까 영감님께 묻는 거지
요."

"아니, 부처님이 운을 준다거나 주지 않는다거나 하는 것이
아닙니다. 받게 되는 운의 좋고 나쁨이라는 것이……"

"하지만 받아보면 아는 거 아닌가요? 좋은 운인지 나쁜 운인지."

"아무래도 당신은 그걸 전혀 알 수 없을 것 같군요."

"나한테는 운의 좋고 나쁨보다는 그런 이치를 더 모를 것 같은데요."

날이 저물어가기 시작했을 것이다. 조금 전부터 보니 길거리에 떨어지는 그림자가 약간 길어졌다. 그 긴 그림자를 끌며 머리에 통을 이고 행상을 하는 두 여인이 발 사이로 지나간다. 한 사람은 집으로 가져가는 선물인 듯 손에 벚꽃나무 가지를 들고 있었다.

"지금 서쪽 시장에서 삼실 가게를 하고 있는 여자도 그렇습니다만."

"그러니까 나는 아까부터 영감님의 이야기를 듣고 싶어 하지 않습니까?"

두 사람 사이에는 잠시 침묵이 흘렀다. 풋내기 사무라이는 손톱으로 턱수염을 뽑으며 멍하니 길거리를 바라보고 있다. 조개껍데기처럼 하얗게 빛나는 것은 아마 조금 전에 벚꽃나무 가지에서 떨어진 꽃잎일 것이다.

"이야기하지 않을 거요? 영감님." 드디어 졸린 듯한 목소리로 풋내기 사무라이가 말했다.

"그럼 실례를 무릅쓰고 이야기 하나 해볼까요. 또 늘 하는 옛날이야기입니다만."

이렇게 서두를 깔고 나서 도공 영감은 천천히 이야기를 하기 시작했다. 날이 길고 짧은 것도 모르는 사람이 아니고서는 이야기할 수 없는 느긋한 어조로 이야기하기 시작한 것이다.

"벌써 그럭저럭 삼사십 년 전이겠네요. 그 여자가 아직 아가씨였을 때 이곳 기요미즈데라의 부처님께 소원을 빈 적이 있었습니다. 부디 평생을 편안하게 살 수 있도록 해달라고 말이지요. 아무튼 그때는 그 여자도 하나뿐인 어머니와 사별한 뒤라 그야말로 하루하루의 생활에도 지장이 있는 신세였기 때문에 그런 소원을 빈 것도 그다지 무리는 아니었습니다.

죽은 어머니는 원래 하쿠슈샤白朱社의 무녀로 한때는 정말 잘 나갔습니다만, 여우를 부린다는 소문이 돌고 나서는 사람도 부쩍 찾아오지 않게 되었답니다. 그게 또 백반증이었는 데다 나이에 어울리지 않게 싱싱하고 몸집이 큰 할머니였다는군요. 하여튼 그런 모습이어서는 여우는커녕 남자도……"

"어머니 이야기보다는 그 딸 이야기를 듣고 싶은데요."

"아니, 이건 뜻밖의 말씀이네요. 그 어머니가 죽었기 때문에 그 후 연약한 딸 혼자의 몸으로는 아무리 벌어도 생계를 꾸려 나갈 수가 없었지요. 그래서 용모도 좋고 영리한 아가씨가 절에 머물며 기도를 드리는 데도 옷이 남루해서 주위 사람들에게 부끄러운 형편이었습니다."

"허어, 그렇게 예쁜 여자였어요?"

"그렇습니다. 마음씨며 얼굴이며 제 눈에는 일단 어디에 내놔도 손색이 없다고 생각했지요."

"안타깝게도 옛날이네요."

풋내기 사무라이는 색 바랜 남색 옷의 소매를 살짝 당기며 이런 말을 했다. 영감은 코웃음을 치며 다시 천천히 이야기를 이어갔다. 뒤쪽 대숲에서는 휘파람새가 계속해서 울고 있었다.

"그런데 21일 동안 절에 머물며 기도를 했는데 그 기도가 끝나는 날 밤에 문득 꿈을 꾸었습니다. 하여튼 같은 법당에 와 있던 사람들 중에 곱사등이 중 한 사람이 있었는데 그 사람이 다라니경 같은 것을 장황하게 외고 있었다고 합니다. 아마 그 것이 마음에 걸린 탓이겠지요. 꾸벅꾸벅 졸아도 그 소리만은 아무래도 귓가를 떠나지 않았습니다. 마치 마루 밑에서 지렁이 라도 울고 있는 듯한 기분으로요. 그런데 그 목소리가 어느새 인간의 말이 되어 '여기서 돌아가는 길에 그대에게 말을 거는 남자가 있을 거네. 그 남자가 하는 말을 잘 듣는 게 좋을 거야' 하고 들렸다고 합니다.

퍼뜩 눈을 뜨자 중은 역시 다라니경에 열중하고 있었습니 다. 하지만 뭐라고 하는지 아무리 귀를 기울여도 알 수가 없었 습니다. 그때 무심코 건너편을 슬쩍 보니 상야등常夜燈의 희미 한 불빛에 부처님의 얼굴이 보였습니다. 평소에 봐서 익숙한 엄숙하고 심오한 아름다움이 있는 얼굴이었지요. 그것을 보자 이상하게도 또 귓가에서 '그 남자가 하는 말을 잘 듣는 게 좋 을 거야'라고 누군가 말하는 것 같았습니다. 그래서 아가씨는 그것을 부처님의 계시라고 철석같이 믿어버린 것이지요."

"글쎄요."

"그런데 밤이 이슥한 후 절을 나와 완만한 내리막길을 고 조五條 쪽으로 내려가려고 하자 아니나 다를까 뒤에서 한 남자 가 끌어안았습니다. 마침 초봄의 따뜻한 밤이었지만 하필이면 밤이어서 상대 남자의 얼굴도 보이지 않았을 뿐 아니라 입고 있는 옷 같은 것은 더욱 알 수 없었지요. 다만 뿌리치려고 하는 바람에 손이 상대의 콧수염에 닿았습니다. 어이없게도 뜻하지 않은 일이 기도 마지막 날 밤에 들어맞은 것입니다.

게다가 상대는 아무리 이름을 물어도 말하지 않았습니다. 사는 곳을 물어도 말하지 않았습니다. 그저 하는 말을 잘 들으라고만 할 뿐이었지요. 언덕길을 북쪽으로, 북쪽으로 꼭 껴안은 채 질질 끌고 데려갔습니다. 울어도 소리를 질러도 왕래하는 사람이 전혀 없는 시각이라 어쩔 수가 없었습니다.”

“허어, 그래서요?”

“그러고 나서 결국 야사카데라八坂寺의 탑 안으로 끌려가 그 날 밤에는 그곳에서 지냈다고 합니다. 아니, 그런 일이라면 이 늙은이가 일부러 말할 것까지도 없겠지요.”

영감은 또 눈가에 주름을 지으며 웃었다. 길거리의 그림자는 더욱 길어진 듯하다. 부는 것 같지 않게 불어오는 바람 탓인지 여기저기에 흩어져 있는 벚꽃도 어느새 이쪽으로 밀려와 지금은 낙숫물 떨어지는 곳에 놓인 돌 사이에 점점이 흰색을 흘리고 있다.

“농담하면 안 되지요.”

풋내기 사무라이는 느닷없이 턱수염을 뽑으며 이렇게 말했다.

“그래서, 그게 끝인 거예요?”

“그것뿐이라면 뭐 일부러 이야기할 것까지도 없었겠지요.” 영감은 여전히 항아리를 만지며 “날이 새자 그 남자가, 이렇게 된 것도 다 전생의 인연일 테니 차라리 부부가 되어달라고 했다고 합니다."

"역시 그렇군요."

"꿈속의 계시가 없었다면 또 모를까, 아가씨는 부처님의 뜻대로 되었다고 생각했기 때문에 결국 고개를 끄덕였습니다. 그래서 형식만이지만 술잔을 나누어 굳게 약속하고 나서는 먼저 당장 필요한 데 쓰라며 탑 깊숙한 곳에서 내준 것이 능직 열 필과 비단 열 필이었습니다. 이런 흉내만은 아무리 당신이라도 좀 어려울지 모르겠네요."

풋내기 사무라이는 히죽히죽 웃을 뿐 대답을 하지 않았다. 휘파람새도 이제 울지 않았다.

"이윽고 남자는 저물녘에 돌아온다고 말하며 아가씨를 혼자 남겨두고 서둘러 어딘가로 나갔습니다. 그 후의 쓸쓸함은 그 배였습니다. 아무리 영리한 사람이라도 이렇게 되자 과연 불안해지겠지요. 그래서 기분이나 전환하려고 아무렇지 않게 탑 안쪽으로 가보았더니 어떻게 된 걸까요? 능직과 비단은 말할 것도 없고 주옥과 사금 같은 값나가는 물건이 가죽 고리짝에 수도 없이 늘어서 있었다지 않습니까. 거기에는 아무리 마음이 굳센 아가씨라도 자기도 모르게 가슴이 철렁했다고 합니다.

물건에 따라 다르겠지만 이런 재물을 갖고 있는 이상 의심할 여지가 없었겠지요. 강도가 아니면 도둑일 겁니다. 그렇게 생각하자 지금까지는 외로울 뿐이었지만 갑자기 무서움도 거들어 어쩐지 한시도 그렇게 있을 수 없을 것 같았습니다. 어쨌든 운 나쁘게 포졸에게 걸리기라도 하면 무슨 일을 당할지 모르니까요.

그래서 도망칠 곳을 찾을 생각으로 서둘러 문 쪽으로 돌아가려고 하자 가죽 고리짝 뒤에서 누군가 쉰 목소리로 불러 세웠습니다. 아무튼 사람이 없다고만 생각하고 있었기 때문에 몹시 놀랐습니다. 그쪽을 보니 사람인지 해삼인지 알 수 없는 것이 사금 자루를 쌓아 놓은 가운데에 웅크리고 앉아 있었습니다. 짓무른 눈에 주름투성이에다 등이 굽고 키가 작은 예순 살 정도의 비구니였습니다. 게다가 아가씨의 생각을 알았는지 몰랐는지 무릎을 앞으로 밀고 나오며 겉보기와 달리 간사한 목소리로 첫 대면의 인사를 했습니다.

아가씨는 그럴 만한 상황이 아니었지만 아무튼 도망치려는 계획을 눈치채면 큰일이라고 생각해서 마지못해 가죽 고리짝 위에 팔꿈치를 괴고 마음에도 없는 세상 돌아가는 이야기를 시작했습니다. 아무래도 이야기를 들어보니 이 할멈이 지금까지 그 남자의 밥을 지어주고 있었던 듯했습니다. 하지만 묘하게도 남자가 하는 일에 대해서는 한마디도 하지 않았습니다. 아가씨는 그것도 신경이 쓰였는데 그 비구니가 또 귀가 좀 멀어서 하나의 이야기를 여러 번 하고 다시 묻고 하기 때문에 이제는 울고 싶을 정도로 조바심이 났습니다.

그런 일이 그럭저럭 정오까지 이어졌지요. 그런데 기요미즈데라의 벚꽃이 피었다느니 고조의 다리 공사가 끝났다느니 하는 중에 다행히도 나이 탓인지 할멈이 슬슬 졸기 시작했습니다. 우선 아가씨의 대답이 신통치 않은 탓도 있었겠지요. 그래서 아가씨는 틈을 봐서 상대의 숨소리를 살피며 슬쩍 입구까지 기어가 문을 빼꼼히 열어봤습니다. 마침 밖에도 인기척은 없었습니다.

그때 그대로 도망쳤으면 아무 일도 없었겠지만 문득 그날 아침에 받은 능직과 비단을 떠올리고 그것을 가지러 다시 살짝 가죽 고리짝이 있는 데까지 돌아갔습니다. 그런데 아차 하는 순간 사금 자루에 발이 걸려 넘어져 무심코 손이 할멈의 무릎에 닿았기 때문에 어쩔 도리가 없었습니다. 비구니는 깜짝 놀라 눈을 떴는데 한동안은 그저 어안이 벙벙한 채 있었지만 갑자기 미치광이처럼 아가씨의 발을 물고 늘어졌습니다. 그리고 반쯤 울먹이는 소리로 빠르게 뭔가를 지껄였습니다. 띄엄띄엄 들리는 말로 보아 만약 아가씨가 도망치면 자신이 무슨 일을 당할지 모른다는 말인 것 같았습니다. 하지만 아가씨도 거기에 있다가는 목숨이 위험한 상황이었으므로 물론 그런 말에 귀를 기울일 수는 없었습니다. 그래서 결국 여자들끼리의 드잡이가 시작되었습니다.

때리고 차고 사금 자루를 던지는 등 대들보에 둥지를 튼 쥐도 떨어질 것 같은 소동이었습니다. 게다가 이렇게 되자 필사적으로 버둥거리는 만큼 할멈의 힘도 무시할 수 없었습니다. 하지만 나이 차이겠지요. 곧 아가씨가 능직과 비단을 옆구리에 끼고 숨을 헐떡이며 탑의 문을 슬쩍 빠져나왔을 때 비구니는 이미 말도 할 수 없게 되어 있었습니다. 이건 나중에 들었습니다만 비구니의 시체는 코에서 피를 조금 흘리고 머리에는 사금을 뒤집어 쓴 채 어둑한 구석에 벌러덩 나자빠져 있었다고 합니다.

아가씨는 야사카데라를 나서자 저잣거리는 아무래도 마음

이 꺼림칙해서 고조 교고쿠京極 근처에 사는 지인의 집으로 갔습니다. 그 지인도 그날그날 살아가는 가난한 사람이었지만 비단 한 필을 주었기에 목욕물도 데워주고 죽을 쑤어주는 등 여러 가지로 대접을 해주었다고 합니다. 그래서 아가씨도 드디어 한숨을 돌릴 수 있었습니다."

"나도 이제야 안심이 되네요."

풋내기 사무라이는 허리에 차고 있던 부채를 꺼내 발 밖의 석양을 바라보며 그것을 솜씨 있게 접었다 폈다 하며 소리를 냈다. 그 석양 속을 방금 종자從者 대여섯 명이 시끄럽게 웃으며 지나갔지만 그림자는 아직 길거리에 남아 있었다.

"그럼 그것으로 드디어 결말이 난 거군요."

"그런데," 영감은 과장되게 고개를 흔들며 말을 이었다. "그 지인의 집에 있는데 갑자기 길을 오가는 사람이 많아지더니 저것 좀 봐, 저것 좀 봐, 하며 욕을 퍼붓는 소리가 들려왔습니다. 아무튼 떳떳하지 못한 신세라서 아가씨는 또 마음이 괴로웠습니다. 그 도적이 보복하러 온 것인가, 아니면 검비위사의 추격대가 온 것일까. 그렇게 생각하자 이제 마음 놓고 죽조차 먹고 있을 수 없었습니다."

"역시 그렇군요."

"그래서 문틈으로 슬쩍 바깥을 바라보니 남녀 구경꾼 사이로 포졸 대여섯 명, 게다가 간수 한 사람까지 삼엄하게 지나갔습니다. 그러고는 그들에게 둘러싸여 포박당한 남자 하나가 군데군데 찢어진 옷을 입고 두건도 쓰지 않은 채 끌려갔습니다. 아무래도 도둑을 붙잡아 바로 그 집으로 현장검증을 하러 가는 것 같았습니다.

그런데 그 도둑이라는 자가 바로 어젯밤에 고조의 언덕에서 아가씨에게 접근했던 그 남자였다고 하지 않겠습니까. 아가씨는 그것을 보고 왠지 눈물이 복받쳤다고 합니다. 이건 당사자가 나한테 직접 이야기했지요. 특별히 그 남자한테 끌렸다거나 그런 건 아니었다고요. 하지만 포박당한 모습을 보니 갑자기 자신이 애처로워져 저도 모르게 울고 말았다는 것이었지요. 정말 그 이야기를 들었을 때는 나도 절실히 그렇게 생각했습니다."

"어떻게 말이요?"

"부처님께 소원을 비는 것도 깊이 생각해볼 문제라고요."

"하지만 영감님, 그 여자는 그 뒤로 그럭저럭 살아갈 수 있게 되었겠지요?"

"그럭저럭이라니요? 지금은 무엇 하나 부족할 것 없는 신세가 되었지요. 그 능직과 비단을 팔아서 밑천으로 삼은 거지요. 부처님도 그것만큼은 약속을 어기지 않았습니다."

"그렇다면 그 정도의 일을 당해도 상관없지 않나요?"

바깥의 햇빛은 어느새 누렇게 물들었다. 그런 가운데 대숲의 바람 소리가 희미하게나마 여기저기에서 들려왔다. 길을 오가는 사람들도 한동안 끊긴 것 같았다.

"사람을 죽였든 도둑의 마누라가 되었든 그럴 생각으로 한 게 아니니 어쩔 도리가 없는 일이지요."

풋내기 사무라이는 부채를 허리에 꽂으며 일어섰다. 영감도 이제 주전자의 물로 흙투성이가 된 손을 씻었다. 두 사람 다 어쩐지 저물어가는 봄날과 상대의 기분에 뭔가 아쉬움을 느끼기라도 한 모습이었다.

"아무튼 그 여자는 행복한 사람이네요."

"아니, 무슨 농담을."

"정말입니다. 영감님도 그렇게 생각하지 않으세요?"

"저 말입니까? 저라면 그런 운은 딱 질색입니다."

"허어, 그러세요? 나라면 두 말 않고 받을 텐데요."

"그럼 부처님을 믿어보세요."

"그래요, 내일부터라도 절에 머물며 불공을 드려야겠네요."

(1916년 12월)

게사와 모리토袈裟と盛遠

상

　밤, 토담 밖의 모리토*가 낙엽을 밟고 서서 훤한 달을 바라보며 생각에 잠겨 있다.

그 독백

　"벌써 달이 뜨는구나. 평소에는 달이 뜨는 것을 학수고대하

---

* 엔도 모리토遠藤盛遠. 가마쿠라 전기의 승려 몬가쿠文覺의 속명. 황녀 조사이몬인上西門院(1126~1189)을 경호하던 무사였다. 18세 때 게사고젠袈裟御前를 연모하여 게사의 남편 와타루 사에몬노조渡左衛門尉를 죽이려고 하다가 남편을 대신한 게사를 벴다. 1954년 칸 국제영화제에서 황금종려상을 수상한 기누가사 테이노스케 감독의〈지옥문地獄門〉도 게사와 모리토 이야기를 다룬 기쿠치 칸의 희곡을 원작으로 해서 만들어졌다.

던 나도 오늘만은 환해지는 것이 왠지 두렵다. 지금까지의 내가 하룻밤 안에 사라지고 내일부터는 살인자 신세가 될 거라고 생각하니 이렇게 있어도 몸이 떨려온다. 이 두 손이 시뻘건 피로 물들었을 때를 상상해보는 것이 좋다. 그때의 나는 나 자신에게 얼마나 저주스러운 존재로 보일까. 그것도 내가 증오하는 상대를 죽이는 것이라면 뭐 이렇게까지 괴로워하지 않아도 되겠지만, 나는 오늘 밤 내가 미워하지 않는 남자를 죽여야 한다.

나는 그 남자를 전부터 잘 알고 있다. 와타루 사에몬노조渡左衛門尉라는 이름은 이번 일로 알았지만, 남자치고는 지나치게 온순한 그 하얀 얼굴을 처음 본 것이 언제였는지는 모르겠다. 그가 게사*의 남편이라는 사실을 알았을 때 한때 질투를 느낀 것은 사실이다. 하지만 그 질투도 지금은 내 마음에 아무런 흔적도 남기지 않고 깨끗이 사라졌다. 그러므로 와타루가 나의 연적이라고 하지만 밉지도 않을 뿐 아니라 원망스럽지도 않다. 아니, 오히려 나는 그 남자를 동정하고 있다고 해도 좋을 정도다. 고로모가와衣川** 님의 입에서 와타루가 게사를 얻기 위해 얼마나 마음을 썼는지 그 이야기를 들었을 때 나는 실제로 그 남자를 귀엽다고 생각한 적도 있다. 와타루는 게사를 아내

---

* 본명은 '아토마'. 모리토의 백모 '고로모가와衣川 님'의 딸이기 때문에 '옷衣'에서 연상하여 '게사袈裟'라고 불렸다.

** 이와테현 히라이즈미 부근의 지명이나 여기서는 그 지역에 살며 고로모가와 님이라고 불렸던 그 사람 자신을 말한다.

로 삼고 싶다는 일념으로 일부러 시가詩歌 짓는 법까지 배웠다고 하지 않는가. 고지식한 그 사무라이가 지은 연가를 상상하면 나도 모르게 입가에 미소가 번진다. 하지만 그것은 특별히 와타루를 비웃는 미소가 아니다. 나는 그렇게까지 해가며 여자에게 아양을 떠는 그 남자를 기특하다고 생각한다. 어쩌면 내가 사랑하는 여자에게 그렇게까지 알랑거리는 그 남자의 정열이 정부情夫인 나에게 일종의 만족감을 주었기 때문인지도 모른다.

하지만 그렇게 말할 만큼 나는 게사를 사랑했을까. 나와 게사 사이의 사랑은 지금과 옛날이라는 두 시기로 나눠져 있다. 나는 게사가 아직 와타루에게 시집가기 전에 이미 게사를 사랑했다. 혹은 사랑한다고 생각했다. 하지만 그것도 지금에 와서 생각하면 그때의 내 마음에는 불순한 것도 적지 않았다. 나는 게사에게 무엇을 원했던가. 동정이었던 무렵의 나는 확실히 게사의 몸을 원했다. 만약 다소의 과장을 허락한다면 게사에 대한 나의 사랑도 실은 그 욕망을 미화한 감상적인 마음에 지나지 않았다. 그 증거로 게사와의 교제가 끊긴 후 3년간 나는 역시 그녀를 잊지 못한 것이 틀림없지만, 만약 그 전에 내가 그 여자의 몸을 알았다면 그래도 여전히 잊지 않고 계속 그리워했을까. 부끄럽게도 나는 그렇다고 대답할 용기가 없다. 그후 게사에 대한 나의 애착에는 그 여자의 몸을 알지 못한다는 미련이 상당히 섞여 있었다. 그리하여 그 애타는 마음을 품은 채 나는 결국 내가 두려워했던, 그런데도 내가 고대했던 바로 지금의 관계에 빠지고 말았다. 그렇다면 지금은? 나는 다시 내 자신에게 물어보자. 나는 과연 게사를 사랑하는 걸까.

하지만 그 답을 하기 전에 다시 나는 싫어도 그런 경위를 얼추 생각해볼 필요가 있다. 와타나베 다리의 공양을 할 때 3년 만에 우연히 게사를 만난 나는 그로부터 대략 반년 동안 그 여자와 밀회를 할 기회를 만들기 위해 온갖 수단을 시도했다. 그리하여 그것에 성공했다. 아니, 성공만 한 것이 아니다. 그때 나는 내가 꿈꾸었던 대로 게사의 몸을 알게 되었다. 하지만 당시의 나를 지배한 것은 꼭 앞에서 말한, 아직 그 여자의 몸을 알지 못한다는 미련만 있었던 것은 아니다. 나는 고로모가와 님의 집에서 게사와 한 방의 다다미에 앉았을 때 이미 그 미련이 어느새 희미해졌다는 걸 알았다. 내가 이미 동정이 아니었다는 것도 그 자리에서 내 욕망을 가라앉히는 데 도움이 되었을 것이다. 하지만 그보다 주된 원인은 그 여자의 용모가 시들었다는 사실이었다. 실제로 지금의 게사는 이제 3년 전의 게사가 아니다. 피부는 대체로 윤기를 잃고 눈가에는 동그랗게 거무스름한 기미 같은 것이 생겨나 있다. 볼 주위나 턱 아래에도 예전의 도톰한 살집이 거짓말처럼 사라지고 말았다. 그래도 변하지 않은 것이라면 생기 있고 검은자위가 많은 그 촉촉한 눈뿐이지 않을까. 이런 변화는 나의 욕망에 확실히 엄청난 타격을 주었다. 나는 3년 만에 처음으로 그 여자와 마주했을 때 무심코 시선을 돌리지 않을 수 없었을 만큼 강한 충동을 느낀 것을 아직도 생생히 기억하고 있다.

그렇다면 비교적 그런 미련을 느끼지 않은 내가 왜 그 여자와 관계를 맺었을까. 나는 무엇보다 묘한 정복욕에 사로잡혔다. 나와 마주했을 때 게사는 남편인 와타루에 대한 애정을 일부러 과장해서 이야기했다. 그렇지만 그것이 내게는 아무래도 공허한 느낌밖에 주지 않았다. '이 여자는 자기 남편에 대한 허영심을 갖고 있다.' 나는 이렇게 생각했다. '어쩌면 이것도 내게 동정을 받고 싶지 않다는 반항심의 표현일지도 모른다.' 나는 또 이렇게도 생각했다. 그리하여 그것과 함께 그 거짓을 폭로해버리고 싶은 마음이 시시각각 강하게 작용했다. 다만 왜 그것을 거짓이라고 생각했느냐고 묻는다면, 그것을 거짓이라고 생각한 점에 나의 자만심이 있다고 말한다면, 물론 나는 거기에 항변할 만한 근거가 없다. 그럼에도 불구하고 나는 그것이 거짓이라는 것을 믿었다. 지금도 여전히 믿고 있다.

하지만 이 정복욕 또한 당시의 나를 지배했던 모든 것은 아니다. 그 밖에도…… 이런 말을 하는 것만으로도 내 얼굴이 빨개지는 것 같다. 나는 그 외에도 순수한 정욕에 지배당하고 있었다. 그것은 그 여자의 몸을 알지 못한다는 미련이 아니다. 좀 더 천박한, 상대가 그 여자일 필요가 없는 욕망을 위한 욕망이다. 아마도 유녀를 사는 남자도 그때의 나만큼 천박하지는 않았을 것이다.

여하튼 나는 그런 여러 가지 동기에서 마침내 게사와 관계를 맺었다. 그보다는 게사를 능욕했다. 그리고 지금 내가 처음에 제기했던 의문으로 돌아가면…… 아니, 내가 게사를 사랑하는가 어떤가 하는 것은 아무리 내 자신에 대해서라도 지금 새삼스럽게 다시 물을 필요는 없다. 오히려 나는 때로 그 여자에게 증오를 느끼기도 한다. 특히 모든 일이 끝나고 나서 울며 쓰러져 있는 여자를 억지로 안아 일으켰을 때 게사는 파렴치한 나보다 더욱 파렴치한 여자로 보였다. 흐트러진 머리며 땀이 밴 얼굴의 화장이며 하나같이 그 여자의 마음과 몸의 추함을 드러내는 것뿐이었다. 만약 그때까지의 내가 그 여자를 사랑했다면 그 사랑은 그날을 마지막으로 영원히 사라지고 말았을 것이다. 또는 만약 그때까지의 내가 그 여자를 사랑하지 않았다면 그날부터 내 마음에는 새로운 증오가 생겼다고 해도 지장이 없을 것이다. 그리하여 아아, 나는 오늘 밤 내가 사랑하지도 않는 여자 때문에 내가 미워하지도 않는 남자를 죽이려고 하는 게 아닌가!

그것은 전적으로 누구의 죄도 아니다. 내가 나의 이 입으로 공공연하게 꺼낸 말이다. "와타루를 죽여버릴까." 내가 그 여자의 귀에 입을 대고 이렇게 속삭였을 때의 일을 생각하면, 내가 한 일이지만 정신이 나간 게 아니었을까 하는 의심마저 든다. 하지만 나는 그렇게 속삭였다. 속삭이지 않겠다고 생각하며 이를 악물기까지 했는데도 속삭이고 말았다. 왜 그렇게 속삭이고 싶었는지 이제 와서 돌이켜봐도 도무지 알 수가 없다. 하지만 만약 굳이 생각하자면 나는 그 여자를 경멸하면 할수록, 밉다고 생각하면 할수록 점점 더 그 여자를 능욕하고 싶어 견딜 수가 없었다. 그렇게 하는 데는 와타루 사에몬노조를, 게사가 그 사랑을 자랑했던 남편을 죽이자고 말하는 것만큼, 그리고 그것을 그 여자에게 어쩔 수 없이 승낙하게 하는 것만큼 목적에 맞는 일은 없다. 그래서 나는 마치 악몽에 사로잡힌 사람처럼, 하고 싶지도 않은 살인을 억지로 그 여자에게 권했던 것이리라. 그래도 내가 와타루를 죽이자고 한 동기가 충분하지 않았다면, 그다음은 알지 못하는 인간의 힘이(천마파순*이라고 해도 좋다) 내 의지를 사도邪道로 이끌었다고 해석할 수밖에 없다. 여하튼 나는 집요하게 몇 번이고 똑같은 말을 게사의 귀에 속삭였다.

그러자 게사는 잠시 후 갑자기 얼굴을 드는가 싶더니 순순히 내 계획에 승낙한다는 대답을 했다. 하지만 내게는 그 대답이 쉽게 나온 것이 의외였던 것만은 아니다. 게사의 얼굴을 보니 지금까지 한 번도 보이지 않았던 이상한 광채가 눈에 깃들어 있었던 것이다. 간부姦婦, 나는 바로 이런 생각이 들었다. 그와 동시에 실망과도 같은 마음이 갑자기 내 계획의 무서움을 내 눈앞에 펼쳐보였다. 그동안에도 그 여자의 음란하고 시들어버린 용모가 싫다는 생각이 끊임없이 나를 괴롭혔다는 사실은 물론 굳이 말할 필요도 없다. 혹시 가능했다면 그때 나는 내 약속을 그 자리에서 깨버리고 싶었다. 그리하여 그 부정한 여자를 치욕의 구렁텅이로 밀쳐버리고 싶었다. 그렇게 하면 내 양심은, 설령 그 여자를 농락했다고 해도 그런대로 그런 의분義憤 뒤에 숨을 수 있었을지도 모른다. 하지만 나는 도무지 그렇게 할 여유를 만들 수 없었다. 마치 내 마음을 훤히 들여다본 것처럼 갑자기 표정을 바꾼 그 여자가 내 눈을 지그시 바라보았을

---

* 天魔波旬. 욕계欲界 제육천第六天의 마왕. 사람이 착한 일을 행하거나 불법을 수행하는 것을 방해한다고 한다. 파순은 산스크리트어로 악마라는 뜻이다.

때…… 나는 솔직히 고백한다. 내가 날짜와 시각을 정해 와타루를 죽일 약속을 맺는 처지에 빠진 것은, 전적으로 내가 만약 승낙하지 않을 경우 게사가 내게 복수하려는 것에 대한 공포에서였다. 아니, 지금도 여전히 이 공포는 집요하게 내 마음을 사로잡고 있다. 겁쟁이라고 비웃으려면 얼마든지 비웃어도 좋다. 그건 그때의 게사를 알지 못하는 사람이 하는 일이다. '내가 와타루를 죽이지 않겠다고 하면 비록 게사 자신이 직접 손을 쓰지 않더라도 나는 반드시 그 여자에게 죽임을 당할 것이다. 그럴 바에는 차라리 내가 와타루를 죽이자.' 눈물 없이 울고 있는 그 여자의 눈을 봤을 때 나는 절망적으로 이렇게 생각했다. 게다가 나의 공포는 내가 맹세한 후에 게사가 창백한 얼굴 한쪽에만 있는 보조개를 지으며 눈을 내리깔고 웃는 것을 봤을 때 뒷받침된 것이 아닐까.

아아, 나는 그 저주스러운 약속 때문에 더럽혀지고 또 더럽혀진 마음에 또다시 살인의 죄를 더하는 것이다. 만약 오늘 밤에 임박하여 그 약속을 깬다면, 이것 역시 내게는 견딜 수 없는 일이다. 우선 맹세를 한 체면도 있다. 그리고 또 나는 복수를 두려워한다고 말했다. 그것도 결코 거짓이 아니다. 하지만 그것 외에 또 뭔가가 있다. 그건 뭘까? 나를, 이 겁쟁이 나를 내몰아 죄 없는 남자를 죽이게 하는 그 큰 힘은 뭘까? 나는 알 수 없다. 알 수 없지만 어쩌면…… 아니, 그럴 리 없다. 나는 그 여자를 경멸하고 있다. 두려워하고 있다. 미워하고 있다. 하지만 그래도 여전히, 그래도 여전히, 나는 그 여자를 사랑하고 있는 탓일지도 모른다."

모리토는 계속 배회하며 다시는 입을 열지 않는다. 달빛. 어디선가 이마요今樣* 노랫소리가 들린다.

실로 인간의 마음이란 무명無明의 어둠과 다르지 않구나, 그저 번뇌의 불꽃으로 타올라 사라질 뿐인 목숨이로구나.

하

밤, 게사가 침소의 휘장 밖에서 등잔불을 등진 채 소매를 물고 생각에 잠겨 있다.

그 독백

"그 사람은 올까, 오지 않을까. 설마 오지 않는 일은 없을 거라고 생각하지만, 그럭저럭 벌써 달이 기우는데 발소리도 나지 않는 것을 보면 갑자기 마음이라도 바뀐 게 아닐까. 만약 오지 않는다면…… 아아, 나는 마치 창부처럼 이 부끄러운 얼굴을 들고 다시 해를 봐야 한다. 그렇게 뻔뻔하고 부정한 짓을 내가

---

* 헤이안 중기 이후 당시의 유행가. 7·5조 또는 8·5조를 네 번 되풀이하는 4구 형식의 가요.

어떻게 할 수 있을까. 그때의 나는 바로 길가에 버려진 송장과 조금도 다르지 않다. 능욕을 당하고 짓밟힌 끝에 수치스러운 그 몸을 뻔뻔하게 세상에 드러내고, 그래도 여전히 벙어리처럼 잠자코 있어야 하니까. 만약 그렇게 된다면 나는 죽으려야 차마 죽을 수도 없다. 아니, 아니, 그 사람은 반드시 올 것이다. 나는 얼마 전 헤어지며 그 사람의 눈을 들여다봤을 때부터 그렇게 생각하지 않을 수 없었다. 그 사람은 나를 두려워하고 있다. 나를 미워하고 경멸하면서도, 여전히 나를 두려워하고 있다. 정말 내가 나 자신을 믿고 있다면, 그 사람이 반드시 올 거라고 말하지 않을 것이다. 하지만 나는 그 사람을 믿는다. 그 사람의 이기심을 믿는다. 아니, 이기심이 일으키는 비열한 공포를 믿는다. 그래서 나는 이렇게 말하는 거다. 그 사람은 틀림없이 몰래 올 것이다.

하지만 나 자신을 믿을 수 없게 된 나는 얼마나 비참한 인간이란 말인가. 3년 전의 나는 그 무엇보다 나 자신을, 나의 아름다움을 믿었다. 3년 전이라기보다는 어쩌면 그날까지라고 하는 것이 좀 더 사실에 가까울지 모른다. 그날 백모님 댁의 한 방에서 그 사람과 만났을 때 나는 한눈에 그 사람의 마음에 비치는 나의 추함을 알아버렸다. 그 사람은 아무렇지도 않은 표정을 지으며 나를 부추기는 이런저런 다정한 말을 해주었다. 하지만 한번 자신의 추함을 알아버린 여자의 마음이 어떻게 그런 말에 위로를 받을 수 있겠는가. 나는 그저 분했다. 두려웠다. 슬펐다. 어렸을 때 유모에게 안겨 월식*을 본 불길한 마음도 그때의 마음에 비하면 훨씬 나았다. 내가 품고 있던 다양한 꿈은 한꺼번에 어디론가 사라져버린다. 그다음에는 그저 비 내리는 동틀 녘 같은 쓸쓸함이 가만히 내 주위를 둘러싸고 있을 뿐, 나는 그 쓸쓸함에 떨며 죽은 것이나 마찬가지인 이 몸을 결국 그 사람에게 맡겨버렸다. 사랑하지도 않는 그 사람에게, 나를 미워하는, 나를 경멸하는 호색한인 그 사람에게. 나는 자신의 추함을 드러내게 된 그 쓸쓸함을 견딜 수 없었던 것일까. 그리하여 그 사람의 가슴에 얼굴을 묻고 열에 들뜬 듯한 한순간에 모든 것을 속이려고 한 것일까. 그렇지 않으면 또 그 사람과 마찬가지로 나도 그저 추잡한 기분에 사로잡혀 있었던 것일까. 그런 생각을 하는 것만으로도 나는 부끄럽다. 부끄럽다. 부끄럽다. 특히 그 사람의 팔에서 벗어나 다시 자유로운 몸이 되었을 때 나는 나 자신을 얼마나 한심하게 생각했던가.

나는 분노와 쓸쓸함으로, 아무리 울지 않으려고 해도 눈물이 한없이 흘러나왔다. 하지만 그저 정조를 지키지 못했다는 것만이 슬펐던 것은 아니다. 정조를 지키지 못한 데다 경멸당했다는 사실이 마치 문둥병에 걸린 개처럼 미움을 받으면서도 학대까지 당했다는 사실이 무엇보다 괴로웠다. 그러고 나서 나는 대체 뭘 했던 걸까. 지금에 와서 생각하면 그것도 먼 옛날의 기억처럼 어렴풋하게만 떠오른다. 그저 흐느껴 울고 있는 동안 그 사람의 콧수염이 내 귀에 닿았나 싶더니 뜨거운 입김과 함께 나지막한 목소리로 "와타루를 죽여버릴까"라고 속삭인 것

---

* 흉한 징조라 여겨졌다.

을 기억하고 있다. 나는 그 말을 듣자마자 아직껏 자신도 알 수 없는 이상하게 생생한 기분이 들었다. 생생했다고? 만약 달빛이 흰하다고 한다면 그것도 생생한 기분일 것이다. 하지만 그것은 어디까지나 달빛이 흰한 것과는 다른 생생한 기분이었다. 그러나 나는 역시 그 무서운 말 때문에 위로를 받은 게 아니었을까. 아아, 나는, 여자라는 것은 자신의 남편을 죽여서라도 역시 남의 사랑을 받는 것을 기쁘게 느끼는 존재인 걸까.

나는 그 흰한 달밤과도 같은 쓸쓸하고 생생한 기분으로 다시 한동안 계속 울었다. 그러고 나서는? 그러고는? 언제 나는 그 사람의 길잡이가 되어 남편을 죽이자는 약속을 하고 말았던 걸까. 하지만 그 약속을 하자마자 나는 비로소 남편을 떠올렸다. 나는 솔직히 처음이라고 말하자. 그때까지의 내 마음은 그저 나를, 능욕당한 나만을 가만히 생각하고 있었다. 그런데 그때 남편을, 그 내성적인 남편을, 아니, 남편이 아니다. 내게 뭔가 말할 때 미소 짓던 남편의 얼굴을 생생하게 눈앞에 떠올렸다. 나의 계획이 문득 뇌리에 떠오른 것도 아마 그 얼굴을 떠올린 찰나의 일이었을 것이다. 왜냐하면 그때 나는 이미 죽을 각오를 하고 있었다. 그리고 또 그렇게 결심할 수 있었던 것이 기뻤다. 하지만 울음을 그친 내가 얼굴을 들고 그 사람을 쳐다봤을 때, 그리고 거기서 앞에서 말한 대로 그 사람의 마음에 비치는 나의 추함을 발견했을 때, 나는 내 기쁨이 한꺼번에 사라진 듯한 기분이 들었다. 나는 다시 유모와 함께 봤던 월식의 어둠을 떠올리고 말았다. 그것은 마치 기쁨의 밑바닥에 감춰져 있는 다양한 귀신을 한꺼번에 풀어놓은 듯했다. 내가 남편 대신 죽으려는 것은 과연 남편을 사랑해서일까. 아니, 아니, 나는 그런 허울 좋은 구실 뒤에서 그 사람에게 몸을 맡긴 일의 속죄를 하려는 생각을 갖고 있었다. 자살을 할 용기가 없는 나는. 세상 사람들의 눈에 나 자신을 조금이라도 좋게 보이고 싶은 던적스러운 마음을 가진 나는. 하지만 그것은 그래도 너그럽게 봐줄 수 있으리라. 나는 좀 더 비루했다. 좀 더 추했다. 남편 대신 죽는다는 미명 아래 나는 그 사람의 증오에, 그 사람의 멸시에, 그리고 그 사람이 나를 농락한 그 사악한 욕정에 복수를 하려고 한 것이 아닐까. 그 증거로는, 그 사람의 얼굴을 보면 그 달빛 같은 이상한 생생함도 사라지고 그저 슬픈 마음만이 순식간에 내 마음을 얼어붙게 만들기 때문이다. 나는 남편을 위해 죽는 게 아니다. 나는 나를 위해 죽으려고 한다. 내 마음이 상처를 입은 분함과 내 몸이 더럽혀진 원한, 그 두 가지 때문에 죽으려고 한다. 아아, 나는 삶의 보람이 없었을 뿐 아니라 죽는 보람도 없었던 것이다.

하지만 죽는 보람이 없는 죽음도 살아 있는 것보다는 얼마나 바람직한지 모른다. 나는 슬프면서도 억지로 미소를 지으며 거듭 남편을 죽이자는 약속을 그 사람과 했다. 눈치가 빠른 그 사람은 그런 내 말에서, 만약 약속을 지키지 않았을 때는 내가 무슨 짓을 저지를지 대충 짐작했을 것이다. 그렇다면 맹세까지 한 그 사람이 몰래 오지 않을 리 없다. 저건 바람 소리일까. 그 날 이후 괴롭던 마음이 오늘 밤 드디어 끝난다고 생각하니 역시 마음이 풀리는 것 같기도 하다. 내일의 해는 반드시 목이 없는 내 주검 위에 쌀쌀한 빛을 내리쬘 것이다. 그것을 본다면 남편은, 아니, 남편 생각은 하지 말자, 남편은 나를 사랑하고 있다. 하지만 나는 그 사랑을 어떻게 할 힘도 없다. 예전부터 나는 오로지 한 남자밖에 사랑할 수 없었다. 그리고 그 한 남자가 오늘 밤 나를 죽이러 온다. 이 등잔불조차 그런 내게는 화려해서 겸연쩍다. 게다가 그 연인에게 한없이 시달리고 있는 나에게는."

게사는 등잔불을 불어 꺼버린다. 잠시 후 어둠 속에서 덧문을 여는 소리가 어렴풋이 들려온다. 그와 함께 희미한 달빛이 비친다.

(1918년 3월)

지옥변 地獄変

1

　호리카와* 대신님 같은 분은, 지금까지는 물론이고 후세에도 아마 다시는 없으실 것입니다. 소문에 듣자니 그분이 태어나시기 전에는 대위덕명왕大威德明王**의 모습이 어머님 꿈자리에 나타나셨다고 합니다만, 여하튼 태어날 때부터 보통 사람과는 다르셨던 것 같습니다. 그러하니 그분께서 하신 일 중에는 우리의 의표를 찌르지 않는 것이 하나도 없습니다. 간단히 말

---

* 호리카와 대신堀川大臣이라 불렸으며 당시 조정의 실권을 장악했던 후지와라 모토츠네藤原基経(836~891)로 추측된다. 호리카와는 교토의 지명이다.

** 아미타여래의 화신이고 생명 있는 것을 해치는 모든 악귀를 굴복하게 하여 중생에게 평안을 주는 명왕이다. 일본에서는 헤이안 시대 후기부터 전승을 기원하는 신앙의 대상이 되었다.

해서 호리카와 저택의 규모를 봐도 장대하다고 할까, 호방하다고 할까, 우리 같은 평범한 사람은 도저히 생각할 수 없는 과감한 점이 있는 것 같습니다. 개중에는 또 그것에 대해 이러니저러니 왈가왈부하며 대신님의 성품을 시황제나 수양제에 견주는 자도 있습니다만, 그것은 속담에도 나오는 것처럼 장님 코끼리 만지는 격이라고나 할까요. 그분의 의향은 결코 그렇게 자신만 부귀영화를 누리시려는 것이 아니었습니다. 그보다는 좀 더 아랫사람의 일까지 생각하시는, 말하자면 천하와 함께 기쁨을 나누시겠다는 큰 도량을 가진 분이셨습니다.

그러하시니 니조오미야二條大宮*의 백귀야행百鬼夜行을 만나도 별 탈이 없었던 것이겠지요. 또한 미치노쿠陸奧 시오가마塩竈의 경치를 본뜬 것으로 유명한 히가시산조東三條의 가와라노인河原院**에 밤마다 나타난다는 소문이 있던 미나모토노 토루 좌대신의 망령조차 대신님의 질책을 받고는 모습을 감췄음이 틀림없을 것입니다. 이러한 위광이시니 그 무렵 성안의 남녀노소가 대신님이라고 하면 마치 부처님이 재림한 것처럼 공경한 것도 결코 무리는 아니었습니다. 언제인가 궁중의 매화 연회를 마치고 돌아오는 길에 수레를 끄는 소가 풀려나 마침 지나가던 노인에게 부상을 입혔을 때조차 그 노인은 손을 모아 대신님의 소에 받힌 것을 고마워했다고 합니다.

---

* 헤이안쿄平安京의 지명. 주작문朱雀門 동쪽의 한적한 곳으로 귀신이 출몰한다는 소문이 많았다.

** 교토 가와라에 있던 미나모토노 토루源融(822~895)의 저택.

이런 상황이었으니 대신님이 살아계실 동안에는 먼 훗날까지도 이야깃거리가 될 만한 일이 아주 많았습니다. 궁정 연회 때는 선물로 백마만 30필을 받은 적도 있으시고, 나가라長良의 교각에 총애하는 시동을 바친 적도 있으시며,* 또 화타華陀의 의술을 전한 중국의 승려에게 넓적다리의 종기를 잘라내게 한 적도 있으시고…… 일일이 열거하자면 도무지 한이 없습니다. 하지만 수많은 일화 중에서도 지금 가문의 보물이 된 지옥변地獄変** 병풍의 유래만큼 끔찍한 이야기는 없을 것입니다. 평소에는 당황해서 침착성을 잃지 않으시던 대신님조차 그때만은 정말 놀라신 것 같았습니다. 하물며 옆에서 모시던 저희가 혼이 다 나갈 정도였다는 것은 말할 나위도 없습니다. 그중에서도 저 같은 경우는 대신님을 20년이나 모셔왔습니다만, 그런 저도 그렇게 처참한 광경을 맞닥뜨린 것은 여태까지 한 번도 없을 정도였습니다. 하지만 그 이야기를 하려면 우선 그 지옥변 병풍을 그린 요시히데良秀라는 화공에 대해 말씀드릴 필요가 있겠지요.

---

* 다리를 놓는 공사가 난항에 부딪혔을 때 신의 뜻을 거슬렀기 때문이라고 두려워하여 그 초석 아래에 제물로서 아이를 묻는 관습이 있었다.

** 지옥변상도地獄變相圖의 약칭으로, 지옥에서 고통 받는 장면을 표현한 불화다. 지장보살을 중심으로 그 좌우에 명부冥府의 10대 왕, 지옥의 판관, 사자 및 죄인이 형벌을 받는 모습을 묘사했다.

2

요시히데라고 하면, 어쩌면 지금도 그 사람을 기억하는 분이 있으실 겁니다. 그 무렵 그림에서는 요시히데를 능가하는 자가 한 사람도 없을 거라고 할 정도로 이름 높은 화공이었습니다. 그 일이 있었을 때는 그럭저럭 오십 줄에 들어섰을까요. 겉보기에는 키가 작고 피골이 상접할 만큼 비쩍 마른 심통 사납게 생긴 노인이었습니다. 그런데 대신님의 저택을 찾을 때는 용케 담홍색 평상복에 두건을 쓰고 있었습니다. 하지만 성품은 천박한 편이고 어쩐지 노인답지 않게 입술이 유달리 빨간 것이 더욱 징그러워 정말이지 짐승 같다는 기분을 들게 하는 자였습니다. 어떤 이는 붓을 빨아대기 때문에 빨갛게 물든 거라고 하는 사람도 있었지만, 글쎄 어떨까요. 하긴 그보다 입이 험한 누군가는 요시히데의 행동거지가 원숭이 같다고 해서 '원숭이 히데'라는 별명까지 붙인 일이 있었습니다.

아, 원숭이 히데라고 하면 이런 이야기도 있었네요. 그 무렵 대신님의 저택에는 열다섯 살인 요시히데의 외동딸이 시녀로 있었는데, 낳아준 부모를 하나도 닮지 않은 애교 있는 딸이었습니다. 게다가 일찍 어머니를 여읜 탓인지 배려심이 깊고 나이보다 어른스럽고 영리하며 어린 나이에 어울리지 않게 매사에 눈치가 빨라 마님을 비롯한 다른 시녀들에게도 귀여움을 받았습니다.

그러던 어느 날 단바丹波 지방에서 길들인 원숭이 한 마리를 헌상한 자가 있었는데, 마침 장난이 한창 심하던 도련님이 그 원숭이에게 요시히데라는 이름을 지어주었습니다. 그렇지 않아도 원숭이의 모습이 우스운 데다 그런 이름이 붙었으니 저택 안의 사람치고 웃지 않은 이가 없었습니다. 그것도 웃기만하면 좋겠지만 다들 재미 삼아 아니, 요시히데가 정원 소나무에 올라갔네, 아니, 요시히데가 도련님 방의 다다미를 더럽혀놨네, 하는 식으로 그때마다 요시히데, 요시히데, 하고 이름을불러대며 어떻게든 괴롭히려고 들었습니다.

그러던 어느 날의 일이었습니다. 앞에서 말씀드린 요시히데의 딸이 서찰을 묶은 한홍매寒紅梅 가지를 들고 긴 복도를 지나고 있었는데 멀리 미닫이문 너머에서 그 작은 원숭이 요시히데가 발이라도 삐었는지 평소처럼 기둥에 뛰어오를 힘도 없이절뚝거리며 부리나케 도망쳐오는 것이었습니다. 게다가 그 뒤에서는 회초리를 치켜 든 도련님이 "귤 도둑놈, 거기 서라, 거기 서" 하며 쫓아오는 것이 아니겠습니까. 요시히데의 딸은 그것을 보고 잠깐 주저하는 것 같았는데, 마침 그때 도망쳐온 원숭이가 하카마 자락에 매달리며 애처로운 소리로 울어댔습니다. 그러자 갑자기 가여운 마음을 억누를 수 없게 되었겠지요.한 손에 매화나무 가지를 든 채 다른 한 손에 보라빛 옷소매를가볍게 사르르 펼치더니 부드럽게 그 원숭이를 안아 올리고는도련님 앞에 살짝 허리를 굽히며 "황공하오나 짐승이옵니다.부디 용서해주십시오" 하고 맑은 목소리로 말했습니다.

하지만 도련님은 기를 쓰고 달려오신 거라 언짢은 얼굴로두세 번 발을 동동 구르며 말했습니다.

"왜 편드는 거야. 그 원숭이는 귤 도둑이라고."

"짐승이오니……"

요시히데의 딸은 다시 한번 이렇게 되풀이했는데, 곧 쓸쓸하게 미소를 짓더니,

"게다가 요시히데라고 하면 제 아비가 꾸지람을 받는 것 같아서 아무래도 그냥 보고만 있을 수가 없사옵니다" 하고 단단히 마음먹은 듯이 말했습니다. 여기에는 제아무리 도련님이라고 해도 고집을 꺾을 수밖에 없으셨겠지요.

"그래? 아비를 살려달라는 거라면 너그러이 용서해주기로 하지."

마지못해 이렇게 말씀하시고는 회초리를 그곳에 버리시고 그대로 원래 있던 미닫이문 쪽으로 돌아가셨습니다.

3

요시히데의 딸과 이 작은 원숭이의 사이가 좋아진 것은 그때부터였습니다. 딸은 아씨께 받은 황금 방울을 아름다운 진홍 끈에 매달아 원숭이 목에 걸어주었고, 원숭이는 또 무슨 일이 있어도 좀처럼 딸 곁을 떠나지 않았습니다.

어느 날 딸이 감기 기운이 있어 자리에 누웠을 때도 작은 원숭이는 그 머리맡에 앉아, 그렇게 보인 건지는 몰라도 불안한 듯한 얼굴로 자꾸만 손톱만 물어뜯고 있었습니다.

이렇게 되자 또 묘하게도 예전처럼 이 작은 원숭이를 괴롭히는 이는 한 사람도 없게 되었습니다. 아니, 오히려 점점 귀여

워하기 시작했고 나중에는 도련님조차 이따금 감이나 밤을 던져줄 뿐 아니라 어떤 사무라이가 이 원숭이를 발로 걸어찼을 때는 크게 화를 내셨다고 합니다. 그 후 대신님이 일부러 요시히데의 딸에게 원숭이를 안고 오라는 분부를 내리신 것도 도련님이 화를 냈다는 이야기를 들으시고 나서라고 합니다. 그때 자연스럽게 요시히데의 딸이 원숭이를 귀여워하는 이유도 들으셨겠지요.

"효녀로구나. 칭찬해줘야겠다."

이런 뜻에서 요시히데의 딸은 그때 상으로 다홍색 옷을 받았습니다. 그런데 이 옷을 또 원숭이가 누가 하는 것을 보고 흉내 내어 공손하게 받았으므로 대신님은 한층 기분이 좋으셨다고 합니다. 그러므로 대신님이 요시히데의 딸을 특별히 귀여워하게 된 것은, 전적으로 이 원숭이를 귀여워했던 효행과 은애의 마음을 칭찬하려는 것이었지 결코 세상 사람들이 수군거리듯이 색을 탐해서가 아니었습니다. 물론 그런 소문이 난 것도 무리가 아닌 점이 있습니다만, 그것은 또 나중에 천천히 이야기하기로 하지요. 여기서는 그저 대신님은 아무리 아름답다고 해도 환쟁이 딸 같은 것에게 마음을 두실 분이 아니라는 것만 말씀드리면 될 것 같습니다.

이렇게 요시히데의 딸은 크게 면목을 세우고 그 자리에서 물러났습니다. 그리고 원래부터 영리한 아이인지라 경박한 다른 시녀들의 시샘을 사는 일도 없었습니다. 오히려 그 이후 원숭이와 함께 여러모로 사랑을 받게 되었고, 특히 아씨 곁을 떠난 적이 없다고 해도 좋을 정도여서 나들이 가는 수레 행차에도 여태껏 한 번도 빠진 적이 없었습니다.

하지만 딸 이야기는 일단 접어두고, 앞으로는 다시 아버지인 요시히데에 대해 말씀드리지요. 아니나 다를까 원숭이는 이렇게 곧 모두에게 귀여움을 받게 되었습니다만. 정작 중요한 요시히데는 역시 모두에게 미움을 받고 뒤에서는 여전히 원숭이 히데라고 불렸습니다. 그것도 저택 안에서만 그런 게 아니었습니다. 실제로 요카와橫川*의 큰스님도 요시히데라고 하면 마귀라도 만난 것처럼 안색을 바꾸고 미워하셨습니다. (하기야 그건 요시히데가 큰스님의 행장을 우스꽝스럽게 그렸기 때문이라고 합니다만, 아랫사람들의 소문이니 확실히 그렇다고는 말할 수 없을 것입니다.) 여하튼 그 사람에 대한 나쁜 평판은 어디서 들어봐도 다 그런 정도였습니다. 만약 나쁘게 말하지 않는 자가 있다면, 그것은 두세 명의 동료 환쟁이거나 아니면 그 사람의 그림은 알아도 사람됨은 모르는 자들뿐이겠지요.

하지만 실제로 요시히데에게는 겉모습만 천했던 것이 아니라 사람들에게 좀 더 미움을 받을 만한 못된 버릇이 있었으니 그것도 전적으로 자업자득이라고 할 수밖에 없습니다.

---

* 히에이잔比叡山 엔랴쿠지延曆寺의 세 탑 중 하나.

4

그 버릇이라는 것은 인색하고 몰인정하고 염치없고 게으르고 탐욕스럽고…… 아니, 그중에서도 특히 심한 것은 건방지고 오만하여 늘 자기가 이 나라 제일의 화공이라는 자랑을 코끝에 달고 다닌다는 점이겠지요. 그것도 그림의 세계에서만이라면 그런대로 괜찮겠지만, 그 사람의 억지는 세상의 관습이나 관례 같은 것까지 모두 무시해버린다는 점입니다. 이는 오랫동안 요시히데의 제자였던 사람의 이야기입니다만, 어느 날 어떤 분의 저택에서 유명한 무녀에게 신이 내려 신탁이 내려왔을 때도 그 사람은 짐짓 못 들은 척하며 갖고 있던 붓과 먹으로 그 무녀의 무시무시한 얼굴을 꼼꼼히 그리고 있었다고 합니다. 아마 신령의 저주도 그 사람의 눈으로 보면 아이들 눈속임 정도로밖에 보이지 않았겠지요.

그런 사람이니 길상천吉祥天*을 그릴 때는 천한 창부의 얼굴을 그린다거나 부동명왕不動明王**을 그릴 때는 풀려나는 무뢰한의 모습을 본뜨는 등 여러 가지로 불경스러운 짓을 했지만, 그래도 본인에게 따지면 "요시히데가 그린 신불이 그 요시히데에게 벌을 내린다니 별 이상한 소리를 다 듣는구나" 하고 콧

---

* 비사문천의 아내로 중생에게 복덕을 준다고 하는 아름다운 여신. 그 상은 천의의 보관을 쓰고 왼손에 여의주를 받쳐 들고 있다.
** 오대 명왕의 하나. 중앙을 지키며 일체의 악마를 굴복시키는 왕으로, 보리심이 흔들리지 않는다 하여 부르는 이름이다. 오른손에 칼, 왼손에 오라를 잡고 불꽃을 등진 채 돌로 된 대좌에 앉아 성난 모습을 하고 있다.

방귀를 뀌는 게 아니겠습니까. 여기에는 제아무리 제자들이라도 기가 막혀서 개중에는 앞날이 두려운 나머지 총총히 그만둔 자도 적지 않았던 것 같습니다. 일단 한마디로 말해 오만불손하다고 할까요. 하여튼 당시 천하에 자기만큼 훌륭한 인간은 없다고 생각하던 사람이었습니다.

따라서 요시히데가 화단에서 어떤 위치에 있었는지는 말할 것도 없을 것입니다. 물론 그 그림조차 그 사람의 것은 붓놀림도 채색도 다른 화공과는 전혀 달랐기 때문에 사이가 안 좋은 화공들 사이에서는 사기꾼이라는 평판도 꽤 있었던 것 같습니다. 그들이 하는 말로는, 카와나리*나 카나오카,** 그 밖의 옛날 명장이 그린 그림이라고 하면, 널문에 그린 매화가 달밤마다 향기를 내뿜었다느니 병풍 속의 관리가 피리를 부는 소리까지 들렸다느니 하는 우아하고 아름다운 소문이 났습니다. 그런데 요시히데의 그림 같은 경우는 언제나 기분 나쁘고 이상한 평판만 전해졌습니다. 예를 들어 그 사람이 류가이지龍蓋寺의 문에 그린 오취생사伍趣生死*** 그림의 경우도 밤이 이슥할 때 문 아래를 지나면 천인의 한숨 소리나 흐느껴 우는 소리가 들렸다

---

* 구다라노 카와나리百濟河成(782~853). 헤이안 시대 초기의 화가. 백제 귀화인 화가로서 가장 일찍 이름을 남긴 사람으로서 화가의 시조로 여겨진다.

** 고세노 카나오카巨勢金岡. 생몰연대 미상으로 헤이안 시대 초기의 화가. 당시 화단의 제일인자로서 활약했다.

*** 중생이 자신의 업에 이끌려 천상, 인간, 축생, 아귀, 지옥이라는 선악의 세계를 윤회전생한다는 것.

고 합니다. 아니 그중에는 죽은 사람이 썩어가는 냄새를 맡았다는 이조차 있었습니다. 그리고 대신님의 분부로 그린 시녀들의 초상화 등도 그림으로 그려지기만 하면 그 사람은 3년도 못가 모두 혼이 나간 듯한 병이 들어 죽었다고 하지 않습니까. 나쁘게 말하는 사람들 이야기로는 그것도 요시히데의 그림이 사도邪道에 빠졌다는 더할 나위 없는 증거라고 합니다.

하지만 조금 전에도 말씀드린 대로 요시히데는 워낙 괴팍한 사람이라 그것이 오히려 큰 자랑거리여서 언젠가 대신님이 농담으로 "너는 하여튼 추한 것을 좋아하는 모양이야"라고 말씀하셨을 때도 그 나이에 어울리지 않는 붉은 입술로 기분 나쁘게 히죽 웃으며 "그렇사옵니다. 얼치기 화공은 대체로 추한 것의 아름다움을 알 턱이 없습지요" 하고 시건방진 대답을 했습니다. 제아무리 우리나라 제일의 화공이라고 해도 감히 대신님 안전에서 그런 큰소리를 치다니요. 조금 전에 말했던 제자가 남몰래 스승에게 '지라영수智羅永壽'*라는 별명을 붙여 그 오만함을 비난했는데 그것도 무리는 아닙니다. 아시다시피 '지라영수'라는 것은 옛날에 중국에서 건너온 덴구의 이름입니다.

하지만 이런 요시히데에게도, 그러니까 이루 말할 수 없이 막되어먹은 요시히데에게도 인간다운 애정을 보이는 대상이 딱 하나 있었습니다.

---

* 『곤자쿠모노가타리』에 나오는, 중국에서 건너왔다는 덴구天狗의 이름. 덴구는 얼굴이 붉고 코가 높으며 신통력이 있어 하늘을 자유자재로 날면서 심산에 산다는 상상의 괴물이다. 여기서는 오만한 사람을 비유한 것이다.

5

요시히데는 외동딸인 시녀를 마치 미치광이처럼 귀여워했던 것입니다. 조금 전에 말씀드린 대로 딸도 지극히 심성이 착하고 효성스러운 여자였지만, 그 사람의 끔찍한 자식 사랑은 결코 거기에 뒤지지 않았을 것입니다. 여하튼 어떤 절에도 보시 한 번 제대로 한 적이 없는 사람이, 딸이 입는 옷이나 머리장식에는 돈 아까운 줄 모르고 다 사다주었으니 거짓말 같지 않습니까.

하지만 요시히데가 딸을 예뻐하는 것은 그저 예뻐하는 것일 뿐이어서 언젠가 좋은 신랑을 얻어주겠다는 생각은 꿈에도 하지 않았습니다. 그러기는커녕 딸에게 못되게 집적대는 자라도 있다면 오히려 동네 무뢰배를 모아 야습하는 일 정도는 능히 할 만한 사람이었습니다. 그러므로 그 딸이 대신님의 부르심을 받고 시녀가 되었을 때도 그 아비는 크게 불만이어서 한동안은 대신님 앞에서도 못마땅한 표정만 짓고 있었습니다. 대신님이 딸의 아름다움에 마음이 끌려 부모가 찬성하지 않는데도 억지로 데려갔다는 소문은 아마 그런 모습을 본 자의 추측에서 나온 것이겠지요.

다만 그 소문이 거짓이라고 해도 자식을 끔찍이 사랑하는 일념에서 요시히데가 내내 딸이 돌아오기를 바랐다는 것은 분명합니다. 언젠가 대신님의 분부로 어린 문수보살을 그렸을 때도 총애하는 시동의 얼굴을 그려 훌륭하게 완성했기 때문에 대신님도 지극히 만족하여 "상으로 원하는 것을 주마. 사양치

말고 말하라"라는 고마우신 말씀을 하셨습니다. 그러자 무슨 말을 하나 싶었는데 요시히데는 황송해하며,

"부디 제 딸을 돌려보내주시기 바랍니다" 하고 염치도 없이 말했습니다. 아무리 예쁜 딸이라도, 다른 댁이라면 또 모르겠지만 호리카와 대신님 곁에서 모시는 것을 그렇게 무례하게 그만두게 해달라고 하는 자가 또 어디에 있겠습니까. 여기에는 도량이 큰 대신님도 다소 기분이 상하신 듯 잠시 요시히데의 얼굴을 잠자코 바라보셨습니다만, 이윽고,

"그건 안 된다" 하고 내뱉듯이 말씀하시고는 그대로 서둘러 일어나셨습니다. 이런 일이 그 전후로 네다섯 번쯤 있었을 겁니다. 지금 와서 생각해보면 대신님이 요시히데를 보는 눈은 그때마다 조금씩 차가워진 것 같습니다. 그러자 또 그와 관련하여 딸은 아버지의 신변이 걱정되었는지 자기 방으로 물러나 있을 때는 옷소매를 물고 훌쩍훌쩍 울곤 했습니다. 그래서 대신님이 요시히데의 딸에게 마음을 두고 있다는 소문이 더욱 퍼지게 되었겠지요. 어떤 사람은 지옥변 병풍의 유래도 사실 딸이 대신님의 뜻에 따르지 않았기 때문이라고 말하기도 합니다만, 물론 그런 일은 있을 리 없습니다.

저희의 눈으로 보면 대신님이 요시히데의 딸을 돌려보내지 않았던 것은 전적으로 딸의 처지를 가엾게 여겼기 때문으로, 그렇게 완고한 부모 곁으로 보내는 것보다는 저택에 두고 아무 부족함 없이 살게 해주려는 고마우신 생각이었던 것 같습니다. 물론 마음씨 고운 그 딸을 편애한 것은 틀림없는 사실입니다. 하지만 색을 밝혀서 그랬다는 것은 아마 견강부회겠지

요. 아니, 터무니없는 거짓말이라고 하는 것이 나을 것입니다.

어찌 되었든 간에 이처럼 딸의 일로 요시히데에 대한 대신 님의 신임이 상당히 나빠졌을 때입니다. 무슨 생각이셨는지 대신님은 난데없이 요시히데를 불러 지옥변 병풍을 그리라는 분부를 내리셨습니다.

6

지옥변 병풍이라고 하면 저는 벌써 그 끔찍한 화면의 광경이 눈앞에 생생하게 떠오르는 것 같습니다.

같은 지옥변이라고 해도 요시히데가 그린 것은 다른 화공의 그림에 비해 우선 구도부터가 달랐습니다. 그것은 한 첩짜리 병풍 구석에 조그맣게 시왕十王*을 비롯한 권속들의 모습을 그리고, 나머지는 온통 시뻘겋게 타오르는 맹렬한 불길이 팔열지옥八熱地獄에 있다는 칼산, 칼 나무까지 다 태워버릴까 싶을 만큼 소용돌이치고 있었습니다. 그러므로 지옥 판관들의 당나라 풍 의상이 점점이 황색이나 남색을 띠고 있는 것 말고는 어디를 봐도 맹렬한 화염 색이고, 그 안에서 마치 만卍 자처럼 먹을 뿌린 검은 연기와 금가루를 날린 불티가 춤을 추고 있습니다.

이것만으로도 꽤나 사람들의 눈을 놀라게 할 필치입니다만,

---

* 지옥에 있다는 열 명의 왕. 진광왕, 초강왕, 송제왕, 오관왕, 염라왕, 변성왕, 태산왕, 평등왕, 도시왕, 오도전륜왕.

거기에다 또 업화業火에 불타며 데굴데굴 괴로워하는 죄인도, 통상의 지옥도에서 볼 수 있는 것은 거의 한 사람도 없습니다. 왜냐하면 요시히데는 그 많은 죄인 중에 위로는 귀족에서부터 아래로는 거지나 천민에 이르기까지 온갖 신분의 인간을 다 그려 넣었기 때문입니다. 위엄 있는 관복을 입은 당상관, 품위 있고 아름다운 다섯 겹의 옷을 입은 궁녀, 염주를 목에 건 승려, 굽이 높은 나막신을 신은 사무라이 서생, 예복을 입은 어린 시녀, 제물을 든 음양사…… 일일이 열거하자면 한이 없을 것입니다. 여하튼 이런 온갖 인간들이 불과 연기가 소용돌이치는 가운데를 옥졸인 우두마두牛頭馬頭에게 시달리며 폭풍에 날리는 낙엽처럼 사방팔방으로 이리저리 도망 다니고 있습니다. 반달 모양의 창에 머리카락이 휘감겨 거미처럼 손발을 오므리고 있는 여자는 무녀 같은 사람이 아닐까요. 창이 가슴을 관통하여 박쥐처럼 거꾸로 매달린 남자는 틀림없이 실력 없는 지방관 나부랭이일 것입니다. 그 밖에 쇠몽둥이로 맞는 자, 천근만근 바윗돌에 깔린 자, 괴조怪鳥의 부리에 쪼이는 자, 독룡의 아가리에 물린 자…… 징벌 역시 죄인의 수에 따라 얼마나 많은 종류가 있는지 모릅니다.

하지만 그중에서도 특히 가장 눈에 띄게 끔직해 보이는 것은 마치 짐승의 이빨 같은 칼 나무의 꼭대기를 반쯤 스치며(그 칼 나무의 우듬지에도 많은 망자들이 겹겹이 오체가 꿰뚫려 있습니다만) 중천에서 떨어지는 우마차 한 대였을 겁니다. 지옥의 바람에 날려 올라간 그 우마차의 주렴 안에는 후궁으로도 보일 만큼 눈부시게 차려입은 궁녀가 긴 흑발을 불꽃 속에 휘날리며 하얀 목덜미를 뒤로 젖히고 고통에 몸부림을 치고 있습니다. 그 궁녀의 모습이며 불타고 있는 우마차며, 무엇 하나 염열지옥의 심한 괴로움을 떠올리게 하지 않는 게 없습니다. 이를테면 널찍한 화폭의 공포가 이 한 인물에 모여 있다고나 할까요. 그것을 보는 자의 귓속에 자연스럽게 끔찍한 아비규환의 비명이 들려오지나 않을까 싶을 만큼 입신의 경지였습니다.

아아, 이것입니다. 이걸 그리기 위해 그 끔찍한 사건이 일어난 것입니다. 그렇지 않다면 제아무리 요시히데라도 어떻게 그런 생생한 나락의 고통을 그릴 수 있었겠습니까. 그 사람은 이 병풍 그림을 완성하는 대신 목숨을 버리는 무참한 일을 당했습니다. 말하자면 이 그림 속의 지옥은 이 나라 제일의 화공 요시히데가 언젠가 자신이 떨어질 지옥이었던 것입니다.

제가 그 진기한 지옥변의 병풍에 대해 이야기하는 걸 너무 서두른 나머지 어쩌면 이야기의 순서가 뒤바뀌었는지도 모르겠습니다. 하지만 지금부터는 다시 이어서 대신님으로부터 지옥도를 그리라는 분부를 받은 요시히데의 이야기로 옮겨가겠습니다.

7

요시히데는 그로부터 대여섯 달 동안 저택에는 코빼기도 비치지 않고 오로지 병풍 그림에만 매달렸습니다. 그렇게나 끔찍이 자식을 사랑하는 사람이 막상 그림을 그리게 되면 딸의 얼굴을 볼 마음도 없어진다고 하니 참 신기한 일 아닙니까. 앞에서 말씀드린 제자의 이야기로는, 뭐랄까 그 사람은 일을 시작하면 마치 여우에 홀리기라도 한 것처럼 된다고 합니다. 아니, 실제로 당시의 풍문에 요시히데가 화단에서 이름을 날린 것은 복덕을 관장하는 신에게 발원을 했기 때문인데, 그 증거로는 그 사람이 그림을 그리는 모습을 숨어서 몰래 지켜보면 반드시 음산한 여우의 모습이, 한 마리가 아니라 전후좌우로 무리를 지어 있는 것이 보인다고 하는 자도 있었습니다. 그런 정도였으니 막상 붓을 들게 되면 그 그림을 완성한다는 것 외에는 다 잊어버리는 것이겠지요. 낮이고 밤이고 방에 틀어박혀 해를 보는 일이 좀처럼 없습니다. 특히 지옥변 병풍을 그릴 때는 그렇게 열중하는 정도가 더욱 심했던 것 같습니다.

이렇게 말씀드리는 것은, 그 사람이 정말 낮에도 덧문까지 내린 방 안의 등잔불 아래에서 비밀의 물감을 섞는다거나 혹은 제자들에게 관복이며 평상복 등 다양한 옷을 입게 하고 그 모습을 한 사람씩 정성껏 그린다거나 하는 일이 아닙니다. 그 정도의 색다른 일이라면 딱히 그 지옥변 병풍을 그리지 않아도, 일을 시작했다 하면 언제든지 할 수 있는 사람입니다. 아니, 실제로 류가이지의 오취생사 그림을 그렸을 때는, 보통 사람이라면 일부러 눈을 돌리고 가는 거리의 시체 앞에 느긋하게 앉아 반쯤 썩어가는 얼굴이나 손발을 털끝 하나 다르지 않게 그린 일도 있었습니다. 그렇다면 그렇게 심하게 열중하는 모습은 대체 어떤 일을 말하는지 모르시겠다는 분도 분명히 있으시겠지요. 그것은 지금 자세히 말씀드릴 여유가 없습니다만, 주된 이야기만 말씀드리자면 대체로 이런 것입니다.

요시히데의 제자 한 사람이 (이 사람 역시 앞에서 말씀드린 사람인데) 어느 날 물감을 녹이고 있었더니 갑자기 스승이 와서는,

"나는 잠깐 낮잠을 자려고 한다. 하지만 요즘 꿈자리가 사납구나" 하는 것이었습니다. 별로 드문 일도 아니었기 때문에 제자는 손도 멈추지 않고 그저,

"그렇습니까?" 하고 대충 대답했습니다. 그런데 요시히데는 평소와 달리 쓸쓸한 얼굴로,

"그러니 내가 낮잠을 자는 동안 머리맡에 앉아 있어 주었으면 하는데"

하고 조심스럽게 부탁하는 게 아니겠습니까. 제자는 여느 때와 달리 스승이 꿈 따위에 신경을 쓰는 게 이상하다고 생각했지만 그것도 딱히 어렵지 않은 일이라서,

"알겠습니다" 하고 말했더니 스승은 그래도 걱정스럽다는 듯이,

"그럼 바로 안으로 들어오너라. 하지만 나중에 다른 제자가 와도 내가 자는 곳에 들이지는 말도록 해라" 하고 머뭇머뭇 당부했습니다. 안이라는 곳은 그 사람이 그림을 그리는 방으로, 그날도 밤처럼 문을 닫아걸고 희미한 등잔불을 켜두었는데 아직 목탄으로 구도만 그려진 병풍이 빙 둘러쳐져 있었다고 합니다. 그곳으로 들어가자 요시히데는 팔베개를 하고 마치 기진맥진한 사람처럼 새근새근 잠이 들었습니다. 그런데 채 반 시간도 지나지 않아 머리맡에 있는 제자의 귀에는 뭐라 말할 수

없는 섬뜩한 소리가 들리기 시작했습니다.

8

처음에는 그저 목소리일 뿐이었습니다만 조금 지나자 점차 띄엄띄엄한 말이 되었습니다. 이를테면 물에 빠진 사람이 물속에서 신음하는 듯이 이런 말을 하는 것이었습니다.

"뭐? 나한테 오라는 거지? …… 어디로? …… 어디로 오라고? 나락으로 와. 염열지옥으로 와. …… 누구냐? 그러는 너는? …… 너는 누구냐? …… 누군가 했더니."

제자는 무심코 물감을 녹이던 손을 멈추고 흠칫흠칫 스승의 얼굴을 들여다보았더니 주름투성이의 창백해진 얼굴에 송알송알 땀방울이 맺힌 채 마른 입술에 이가 듬성듬성한 입을 헐떡이듯이 크게 벌리고 있었습니다. 그리고 그 입 안에서 뭔가 실이라도 매달아 끌어당기나 싶을 만큼 어지럽게 움직이는 것이 있는가 싶었는데 그건 바로 그 사람의 혀였다지 뭡니까. 띄엄띄엄한 말은 물론 그 혀에서 나오는 것이었습니다.

"누군가 했더니…… 그래, 너로구나. 나도 너일 거라고 생각했다. 뭐, 데리러 왔다고? 그러니 와. 나락으로 와. 나락에는…… 나락에는 내 딸이 기다리고 있어."

그때 제자의 눈에는 이상한 모양의 그림자가 몽롱하게 병풍의 화폭을 스치며 불현듯 내려오는 듯이 보였을 정도로 섬뜩한 느낌이 들었습니다. 물론 제자는 당장 요시히데를 손으로 힘껏 흔들어 깨웠습니다만, 스승은 비몽사몽간에 혼잣말을 말하며 쉽게 깨어날 기색이 보이지 않았습니다. 그래서 제자는 과감히 옆에 있던 붓 씻는 물을 그 사람의 얼굴에 확 끼얹었습니다.

 "기다리고 있을 테니 이 수레를 타고 와…… 이 수레를 타고 나락으로 와……" 그와 동시에 이런 말이 목이 졸리는 듯한 신음소리로 변하나 싶더니 이윽고 요시히데는 눈을 뜨고 바늘에 찔린 것보다 황급히 벌떡 일어났습니다. 하지만 아직 꿈속의 괴이한 모습이 눈꺼풀에 남아 있었던 것이겠지요. 잠시 그저 두려운 듯한 눈빛으로 여전히 입을 크게 벌린 채 하늘을 올려다봤습니다만 곧 제정신을 차린 모양인지,

 "이제 됐으니 저리 가라" 하며 이번에는 너무나도 쌀쌀맞게 말했습니다. 제자는 이런 때에 거역하면 언제든지 잔소리를 듣기 때문에 총총히 스승의 방에서 나왔습니다만, 아직도 환한 밖의 햇빛을 봤을 때는 마치 자신이 악몽에서 깨어난 듯한 안도감이 들었다고 했습니다.

 그러나 이런 것은 그래도 아직 나은 편으로, 그 후 한 달쯤 지나고 나서 이번에는 또 다른 제자가 안으로 불려가자 요시히데는 여전히 어둑한 등잔불 밑에서 붓을 물고 있었는데 느닷없이 제자 쪽으로 돌아앉더니,

 "수고스럽겠지만 한 번 더 벗어줘야겠다" 하고 말하는 것이었습니다. 이는 스승이 그때까지도 툭하면 하라던 일이어서 제자는 곧바로 옷을 벗고 알몸이 되었는데 그 사람은 묘하게 얼굴을 찡그리며,

"나는 쇠사슬에 묶인 인간이 보고 싶은데 안됐지만 잠깐 내가 하라는 대로 있어 줘야겠다"라고 했는데, 정작 말과는 달리 전혀 안됐다는 모습을 보이지 않고 냉담하게 이렇게 말했습니다. 원래 이 제자는 붓을 쥐는 것보다는 큰 칼이라도 쥐는 편이 나아 보이는 늠름한 젊은이였습니다만, 그래도 여기에는 깜짝 놀랐는지 아주 훗날까지도 그때의 이야기를 하면 "그때는 스승님이 미쳐서 저를 죽이는 게 아닐까 싶었습니다"라고 되풀이해서 말했다고 합니다. 하지만 요시히데는 상대가 꾸물대는 게 답답해진 것이겠지요. 어디서 꺼냈는지 가느다란 쇠사슬을 차르르차르르 끌어당기며 거의 달려들 듯한 기세로 제자의 등에 올라타듯이 하며 다짜고짜 두 팔을 그대로 비틀어 올려 칭칭 감아버렸습니다. 그리고 다시 그 쇠사슬 끝을 무자비하게 획 잡아당겼으니 견딜 수가 없었지요. 제자의 몸은 그 기세에 휘말려 보기 좋게 바닥을 울리며 쿵 하고 옆으로 쓰러지고 말았습니다.

9

그때 제자의 모습은 마치 술독을 넘어뜨려놓은 것 같다고나 할까요. 여하튼 팔도 손도 무자비하게 비틀려 있었기 때문에 움직일 수 있는 것은 오직 머리뿐이었습니다. 그때 살이 찐 몸 안의 피가 쇠사슬 때문에 순환되지 않아 얼굴이고 몸통이고 할 것 없이 피부가 온통 붉어지는 게 아니겠습니까. 그런데

요시히데에게는 그것도 별로 신경 쓰이지 않는 모양인지 술통 같은 그 몸통 주위를 이리저리 돌며 바라보고는 똑같은 구도의 그림을 여러 장 그렸습니다. 그사이 묶여 있는 제자의 몸이 얼마나 고통스러웠을지는 굳이 따로 말할 필요도 없을 것입니다.

하지만 만약 아무 일도 일어나지 않았다면 그 고통은 아마 좀 더 이어졌을 것입니다. 다행히(라고 말하기보다는 어쩌면 불행히, 라고 말하는 것이 나을지도 모릅니다) 잠시 후에 방구석에 있던 항아리 뒤에서 마치 검은 기름 같은 게 한 줄기 구불구불 가늘게 흘러나왔습니다. 처음에는 그것이 상당히 끈적임이 있는 것처럼 천천히 움직였습니다만 점점 매끄럽게 미끄러지기 시작하더니 곧 번쩍번쩍 빛나며 코앞까지 다다른 것을 본 제자는 무심코 숨을 멈추고,

"뱀이…… 뱀이" 하며 아우성을 쳤습니다. 그때는 완전히 온몸의 피가 일시에 얼어붙는 것 같았다고 합니다. 그것도 무리는 아닙니다. 사실 뱀은 까딱하면 쇠사슬이 파고든 목덜미에 그 차가운 혀끝을 댈 참이었습니다. 생각지도 못한 이 사건에는 제아무리 못되어먹은 요시히데라도 깜짝 놀랐겠지요. 황급히 붓을 내던지며 순간적으로 몸을 굽히나 싶더니 재빨리 뱀의 꼬리를 잡고 대롱대롱 거꾸로 매달았습니다. 뱀은 매달리면서도 머리를 치켜들고 제 몸을 빙빙 돌렸습니다만 아무래도 그 사람의 손까지는 닿지 못했습니다.

"너 때문에 아까운 그림을 놓쳤어."

요시히데는 화가 치밀어 이렇게 중얼거리고는 뱀을 그대로

방구석의 항아리 속에 던져 넣었습니다. 그러고 나서 마지못해 제자의 몸에 감아둔 쇠사슬을 풀어주었습니다. 그것도 그냥 풀어주기만 했을 뿐 정작 제자에게는 따뜻한 말 한마디 해주지 않았습니다. 아마도 제자가 뱀에게 물리는 것보다는 그림 하나를 망친 것이 더 부아가 치민 것이겠지요. 나중에 듣자니 이 뱀 역시 그 모습을 그리기 위해 일부러 키우고 있었던 것이라고 합니다.

이 정도 이야기만 들어도 요시히데가 어쩐지 미치광이처럼 무시무시할 정도로 열중했다는 사실은 대충 아셨을 것입니다. 그런데 마지막으로 한 가지, 이번에는 아직 열서너 살밖에 안 된 제자가 역시 지옥변 병풍 때문에 하마터면 목숨을 잃을 뻔한 끔찍한 일을 당했습니다. 그 제자는 날 때부터 살결이 흰 여자애 같은 남자였습니다. 그런데 어느 날 밤 스승이 방으로 불러 아무렇지 않게 갔더니 요시히데는 등잔불 밑에서 손바닥에 뭔가 비릿한 살덩이를 올려놓고 낯선 새 한 마리를 먹이고 있었습니다. 크기는 우선 보통의 고양이 정도쯤 될까요. 그러고 보니 귀처럼 양쪽으로 튀어나온 깃털이며 호박색의 커다랗고 동그란 눈 등 외견도 어쩐지 고양이와 비슷했습니다.

10

원래 요시히데라는 사람은 무슨 일이든 자신이 하는 일에 참견하는 것을 몹시 싫어해서 조금 전에 말씀드린 뱀 같은 것도 그렇습니다만 자신의 방에 무엇이 있는지, 그런 것은 제자들에게도 일절 알리는 일이 없습니다. 그러므로 어떤 때는 책상 위에 해골이 놓여 있기도 하고 또 어떤 때는 은그릇이나 굽 달린 마키에蒔絵* 그릇이 늘어서 있기도 하는 등 그때 그리고 있는 그림에 따라 생각지도 못한 물건들이 꽤나 나와 있었습니다. 하지만 평소에는 그런 물건을 대체 어디에 넣어두는지, 그것 또한 아무도 몰랐다고 합니다. 그 사람이 복덕을 관장하는 신의 가호를 받고 있다는 등의 소문도 일단은 그런 일이 분명히 일어났기 때문일 겁니다.

그래서 제자는 책상 위의 그 이상한 새도 역시 지옥변 병풍을 그릴 때 필요한 것이 틀림없다고 혼자 생각하며 스승 앞에 얌전히 앉아 "무슨 일이십니까?" 하고 공손히 말하자 요시히데는 마치 그 말이 들리지 않은 듯이 그 붉은 입술을 혀로 핥으며,

"어떠냐? 길이 잘 들었지?" 하고 턱으로 새를 가리켰습니다.

"이건 무슨 새입니까? 저는 여태 본 적이 없습니다만."

제자가 이렇게 말하며 귀가 달린 고양이 같은 새를 어쩐지 기분이 나쁘다는 듯 힐끗힐끗 쳐다보자 요시히데는 여전히 평소의 비웃는 듯한 말투로 말했습니다.

"뭐, 본 적이 없어? 도시에서 자란 놈들은 그래서 곤란하다니까. 이건 이삼일 전에 구라마鞍馬의 사냥꾼이 나한테 준 부엉

---

* 칠공예 기법의 하나로, 옻칠을 한 후에 금은 가루를 뿌려서 다듬는 일본 특유의 미술 공예품.

이라는 새다. 다만 이렇게 길이 든 놈은 흔치 않을 거야."

이렇게 말하며 그 사람은 천천히 손을 들어 먹이를 다 먹어치운 부엉이 등의 털을 살짝 아래에서부터 쓸어 올렸습니다. 그런데 그 순간의 일이었습니다. 새는 갑자기 날카로운 소리로 한 번 짧게 우나 싶더니 순식간에 책상 위에서 날아올라 두 발의 발톱을 세우고 느닷없이 제자의 얼굴로 달려들었습니다. 만약 그때 제자가 소매를 들어 황급히 얼굴을 가리지 않았다면 틀림없이 한두 군데 상처가 났을 겁니다. 아악, 하며 그 소매자락을 흔들어 쫓으려고 하자 부엉이는 위압적인 태도로 부리를 딱딱 울리며 다시 한번 쪼았고, 제자는 스승 앞이라는 것도 잊고 일어서서는 막고, 앉아서는 쫓고 하며 자기도 모르게 좁은 방 안 여기저기로 도망 다녔습니다. 물론 괴조도 그에 따라 높게 낮게 날며 틈만 나면 눈을 노리고 곧장 날아들었습니다. 그때마다 파닥파닥 무시무시하게 날개를 울려댔는데, 낙엽 냄새인지 폭포의 물보라인지 아니면 또 원숭이 술*의 시큼한 훈기인지 하는 수상쩍은 존재의 기미를 자아내 이루 말할 수 없이 섬뜩했습니다. 그러고 보니 그 제자도 어둑한 등잔불조차 어슴푸레한 달빛인가 싶어지고 스승의 방이 그대로 머나먼 깊은 산속, 요상한 기운으로 가득 찬 골짜기인 것 같아 불안한 기분이 들었다고 합니다.

하지만 제자가 무서웠던 것은 딱히 부엉이가 자신을 덮쳤다

---

* 원숭이가 나무 구멍 등에 저장해 둔 열매가 자연 발효하여 술처럼 된 것.

는 사실만이 아닙니다. 아니, 그보다 한층 소름이 끼쳤던 것은 스승인 요시히데가 그 소동을 태연하게 바라보며 천천히 종이를 펼치고는 붓을 핥으며 여자 같은 소년이 괴상한 새에게 괴롭힘을 당하는 끔찍한 모습을 그리고 있었다는 사실입니다. 제자는 언뜻 그것을 보고 순간적으로 말할 수 없는 공포에 휩싸였고, 실제로 잠시는 스승 때문에 죽게 되는 게 아닐까 하는 생각까지 했다고 합니다.

11

사실 스승에게 죽임을 당하는 일도 전혀 없다고는 말할 수 없습니다. 실제로 그날 밤 일부러 제자를 불러들인 것만 해도 실은 부엉이를 부추겨 제자가 도망쳐 다니는 모습을 그리려는 속셈이었던 것입니다. 그러므로 제자는 스승의 모습을 언뜻 보자마자 자기도 모르게 양쪽 소매로 얼굴을 가리고 자기도 뭐라고 했는지 모르는 비명을 지르며 그대로 방구석의 미닫이문 옆에 움츠리고 있었습니다. 그 바람에 요시히데도 뭔가 당황한 듯한 소리를 지르며 일어난 듯한 기색이었습니다만, 순식간에 부엉이의 날갯짓 소리가 전보다 한층 더 요란해지고 물건 넘어지는 소리나 깨지는 소리가 아주 요란하게 들리는 게 아니겠습니까. 그래서 제자도 다시 당황하여 무심코 가리고 있던 머리를 들어 보니 방 안은 어느새 캄캄해져 있고 그 안에서 스승이 제자들을 부르는 소리가 다급하게 울렸습니다.

잠시 후 제자 한 사람이 멀리서 대답을 하고는 등불을 들고
서둘러 왔습니다만, 그을음 냄새가 나는 그 불빛을 비춰보니
등잔불이 쓰러져서 바닥도 다다미도 온통 기름투성이가 된 곳
에서 조금 전의 그 부엉이가 한쪽 날개만으로 괴로운 듯 파닥
이며 뒹굴고 있었습니다. 요시히데는 책상 너머에서 몸을 반쯤
일으킨 채 정말 어안이 벙벙한 얼굴로 뭐라 알아들을 수 없는
말을 중얼거리고 있었습니다. 그것도 무리는 아닙니다. 시커먼
뱀 한 마리가 부엉이를 목에서 한쪽 날개에 걸쳐 칭칭 휘감고
있었던 것입니다. 아마 이것은 제자가 몸을 웅크린 바람에 거
기에 있던 항아리를 넘어뜨렸고 그 안에서 기어 나온 뱀을 부
엉이가 섣불리 움켜쥐려고 하는 바람에 결국 이런 소동이 벌
어진 것이겠지요. 두 제자는 서로 눈길을 마주치며 잠시 그 신
기한 광경을 그저 멍하니 바라보고 있었지만 곧 스승에게 목
례를 하고는 슬금슬금 자기들 방으로 물러갔습니다. 그 후 뱀
과 부엉이가 어떻게 되었는지 아는 사람은 아무도 없습니다.

　　이런 일은 그 밖에도 많이 있었습니다. 앞에서는 빠뜨리고
말하지 못했습니다만, 지옥변 병풍을 그리라는 분부가 있었던
것은 초가을이었으니 그 이후 겨울 막바지까지 요시히데의 제
자들은 끊임없이 스승의 괴상한 행동에 위협을 받았던 셈입니
다. 하지만 그 겨울이 끝날 무렵 요시히데는 병풍 그림과 관련
하여 뭔가 마음대로 안 되는 일이 있었는지 그때까지보다 모
습도 한층 음산해지고 말투도 눈에 띄게 거칠어졌습니다. 그와
동시에 또 병풍 그림도 밑그림을 팔 할쯤 완성한 채 더 이상
진척시키지 못하는 기색이었습니다. 아니, 자칫하면 지금까지

그린 것까지 지워버릴지도 모를 것 같은 기색이었습니다.

그런데도 병풍 그림의 어디가 마음대로 되지 않는지 아무도 알 수 없었습니다. 또한 아무도 알려고 하지 않았을 것입니다. 이전의 여러 가지 일에 질린 제자들은 그 후 마치 호랑이나 늑대와 한 우리에라도 있는 듯한 마음으로 스승 주변에는 되도록 다가가지 않을 궁리만 하고 있었으니까요.

12

따라서 그사이의 일에 대해서는 특별히 내세워 말씀드릴 만한 이야기가 없습니다. 굳이 말씀드리자면 그건 고집스러운 그 늙은이가 웬일인지 이상하게 눈물이 많아져 사람이 없는 데서 이따금 혼자 울고 있었다는 이야기 정도겠지요. 특히 어느 날인가 제자 한 사람이 무슨 볼일이 있어 뜰 앞으로 갔는데, 복도에 서서 봄이 다가온 하늘을 멍하니 바라보는 스승의 눈이 눈물로 그렁그렁했다고 합니다. 제자는 그것을 보고 오히려 자기가 부끄러워지는 것 같아 잠자코 돌아왔다는 것입니다. 오취생사 그림을 그리기 위해서는 길가의 시체조차 그렸다는 오만한 그 남자가 병풍 그림이 생각대로 그려지지 않는 정도의 일로 어린애처럼 운다는 것은 꽤나 이상한 일 아니겠습니까.

그런데 한편으로 요시히데가 마치 제정신인 사람으로 보이지 않을 정도로 그렇게 몰두해서 병풍 그림을 그리고 있는 중에 또 한편에서는 그의 딸이 어쩐 일인지 점점 울적해져서 저희에게조차 눈물을 참고 있는 모습이 눈에 띄었습니다. 원래 우수를 띤 얼굴에 살결이 희고 얌전한 여자였던 만큼 그렇게 되니 어쩐지 눈썹이 무거워지고 눈 주위가 거뭇해진 듯해서 더욱 쓸쓸한 느낌을 주었습니다. 처음에는 아비에 대한 생각 탓이라느니 상사병을 앓고 있다느니 여러 가지 억측을 하는 자가 있었습니다만 어느 시점부터는 그건 대신님이 뜻에 따르라고 해서라는 소문이 일기 시작했고, 그때부터는 다들 잊어버린 것처럼 그의 딸에 대한 이야기는 뚝 그치고 말았습니다.

바로 그 무렵의 일일 겁니다. 어느 날 밤이 이슥해지고 나서 제가 혼자 복도를 지나가고 있는데 그 원숭이 요시히데가 어디선가 느닷없이 뛰쳐나와 제 하카마 자락을 자꾸 잡아당기는 것이었습니다. 분명히 곧 매화 향기라도 풍길 듯한, 어렴풋한 달빛이 비치는 따스한 밤이었습니다. 그런데 달빛에 쳐다보니 원숭이는 새하얀 이빨을 드러내고 코앞에 주름을 잡으며 미친 듯이 아주 요란하게 울어대는 게 아니겠습니까. 저는 섬뜩한 기분이 삼 할, 하카마를 잡아당겨 화가 난 것이 칠 할 정도의 마음으로 처음에는 원숭이를 걷어차고 그대로 지나가려고 했습니다. 하지만 다시 생각해보니 전에 이 원숭이를 괴롭혔다가 도련님의 노여움을 샀던 사무라이의 일도 떠올랐습니다. 게다가 원숭이의 행동이 아무래도 심상치 않은 것 같았습니다. 그래서 결국 저도 마음을 단단히 먹고 잡아당기는 쪽으로 10미터쯤 마지못해 걸어갔습니다.

그런데 복도를 한 번 꺾어들어 밤눈에도 가지를 부드럽게 뻗고 있는 소나무 너머로 희뿌연 연못물이 널찍하니 내다보이는 바로 그곳까지 갔을 때의 일입니다. 어딘가 가까운 방 안에서 사람이 다투는 듯한 기척이, 다급하면서도 묘하게 숨을 죽이는 듯이 내 귀에 들려왔습니다. 주위는 온통 쥐 죽은 듯 조용하고, 달빛인지 안개인지 모르게 희뿌연 가운데 물고기가 뛰어오르는 소리 외에는 사람 소리 하나 들리지 않았습니다. 그런 때에 들린 소리였기 때문에 저는 무심코 걸음을 멈추고 만약 불한당이라도 있다면 뜨끔한 맛을 보여주려고 숨을 죽이고 그 미닫이문 앞으로 슬며시 다가갔습니다.

13

그런데 원숭이는 제가 하는 짓이 무척이나 답답했던 모양이지요. 원숭이 요시히데는 정말 애가 탄다는 듯이 두세 번 제 다리 주위를 맴도는가 싶더니 마치 목이라도 졸린 듯한 소리로 울어대며 느닷없이 제 어깨 위로 단번에 펄쩍 뛰어올랐습니다. 저는 엉겁결에 목덜미를 뒤로 젖히고 발톱에 긁히지 않으려고 했습니다. 원숭이는 다시 관복 소매에 매달리며 제 몸에서 미끄러지지 않으려고 했습니다. 그러는 바람에 나도 모르게 두세 걸음 비틀거리며 그 미닫이문에 몸을 뒤로 세게 부딪치고 말았습니다. 그렇게 되자 이제 한시도 주저하고 있을 상황이 아니었습니다. 저는 곧장 미닫이문을 열어젖히고 달빛이 비치지 않는 안쪽으로 뛰어들려고 했습니다. 그런데 그때 제 시야를 막은 것은, 아니, 그보다는, 그때 그 방 안에서 튀듯이 뛰쳐

나오려고 한 여자를 보고 저는 깜짝 놀랐습니다. 여자는 하마터면 저와 부딪칠 뻔했다가 그대로 구르듯이 밖으로 나왔습니다. 그런데 어쩐 일인지 그곳에서 무릎을 꿇고 숨을 헐떡이며 제 얼굴을, 무슨 무서운 것이라도 보는 것처럼 벌벌 떨며 올려다보는 것이었습니다.

그 여자가 요시히데의 딸이었다는 것은 굳이 말할 것까지도 없을 것입니다. 하지만 그날 밤 그 여자는 마치 딴사람이 된 것처럼 제 눈에 생생하게 비쳤습니다. 눈은 크게 빛나고 있었습니다. 뺨도 붉게 타오르고 있었을 겁니다. 그때 난잡하고 단정치 못하게 흐트러진 옷매무새가 평소의 어린 티와는 전혀 다른 요염함까지 더해주었습니다. 그 여자가 연약하고 무슨 일에나 소극적이던, 요시히데의 그 딸이 맞는 걸까요? 저는 미닫이문에 몸을 기대고 그 달빛 안에 있는 아름다운 아가씨의 모습을 바라보며 황급히 멀어져가는 또 한 사람의 발소리를, 손가락질 당할 만한 사람이라는 듯이 손가락으로 가리키며 누구냐고 조용히 눈짓으로 물었습니다.

그러자 아가씨는 입술을 깨물며 조용히 고개를 저었습니다. 그 모습이 또 너무나도 분해하는 것 같았습니다.

그래서 저는 몸을 굽히며 아가씨의 귀에 입을 대고 이번에는 "누굽니까?" 하며 나직한 소리로 물었습니다. 하지만 아가씨는 역시 고개를 젓기만 할 뿐 아무런 대답도 하지 않았습니다. 아니, 그와 동시에 긴 속눈썹 끝에 눈물을 그렁그렁한 채 전보다도 더 세게 입술을 깨물었습니다.

천성이 아둔한 저는 누구나 알 만큼 알 수 있는 것 외에는 도무지 무엇 하나 알지 못합니다. 그러므로 저는 무슨 말을 해야 할지 몰라 한동안 잠자코 아가씨의 고동 소리에 귀를 기울이는 심정으로 거기에 가만히 서 있었습니다. 물론 그것은 어쩐지 더 이상 물어서는 안 될 것 같은 양심의 가책이 들기도 했기 때문입니다.

얼마나 그렇게 있었는지 모르겠습니다. 하지만 얼마 후 열어둔 미닫이문을 닫으며 조금은 흥분이 가라앉은 듯한 아가씨를 돌아보며 "이제 그만 방으로 들어가세요"하고 되도록 부드럽게 말했습니다. 그리고 제가 생각해도 뭔가 봐서는 안 되는 것을 본 듯한 불안한 기분에 휩싸여 누구에게랄 것도 없이 부끄러운 심정으로 살짝 원래 왔던 곳으로 걷기 시작했습니다. 그런데 열 발짝도 걷기 전에 누군가 또 뒤에서 제 하카마 옷자락을 주뼛주뼛 잡아당기는 게 아니겠습니까. 저는 놀라서 돌아보았습니다. 여러분은 그게 뭐였다고 생각하십니까?

돌아보니 원숭이 요시히데가 사람처럼 제 발밑에 두 손을 짚고 황금 방울을 울리며 몇 번이고 공손하게 고개를 숙이는 것이었습니다.

14

그날 밤의 일이 있고 나서 보름쯤 후의 일이었습니다. 어느 날 요시히데가 돌연 저택으로 찾아와 대신님을 직접 뵙고 싶다고 청했습니다. 천한 신분이지만 평소부터 각별히 마음에 들어 하셨기 때문이겠지요. 아무나 쉽게 만나주신 적이 없는 대신님께서 그날도 흔쾌히 허락하셔서 곧바로 가까이 부르셨습니다. 그 사람은 언제나처럼 연한 황갈색의 평상복에 찌그러진 두건을 쓰고 평소보다 더욱 못마땅한 얼굴로 공손히 엎드려 절을 하고는 곧 쉰 목소리로 말했습니다.

"일전에 분부하신 지옥변 병풍에 관해서입니다만, 소인도 밤낮으로 정성을 다해 붓을 놀린 보람이 있어 이제 거의 완성된 것이나 마찬가지이옵니다."

"그거 참 경사로구나. 나도 만족스럽다."

하지만 이렇게 말씀하시는 대신님의 목소리에는 어쩐 일인지 묘하게 힘이 없고 맥이 빠진 듯한 구석이 있었습니다.

"아니요, 그게 전혀 경사스러운 일이 아니옵니다." 요시히데는 다소 화가 난 듯한 모습으로 눈을 내리깔며 말을 이었습니다. "대충은 완성했습니다만 단 한 가지, 여전히 그리지 못하는 부분이 있사옵니다."

"뭐, 그리지 못하는 부분이 있다고?"

"그러하옵니다. 소인은 원래 직접 본 것이 아니면 그릴 수가 없사옵니다. 설령 그린다고 해도 납득이 가지 않사옵니다. 그래서는 그리지 않는 것이나 마찬가지가 아니겠사옵니까."

이 말을 들은 대신님의 얼굴에는 비웃는 듯한 미소가 번졌습니다.

"그렇다면 지옥변 병풍을 그리려면 지옥을 보지 않으면 안 되겠구나."

"그러하옵니다. 하지만 소인은 작년에 큰 화재가 났을 때 염열지옥의 화염이나 다름없는 불길을 제 눈으로 똑똑히 봤사옵니다. '화염에 휩싸인 부동명왕'을 그린 것도 실은 그 화재를 봤기 때문이옵니다. 대신님께서도 그 그림은 알고 계실 줄 아옵니다."

"하지만 죄인은 어떤가? 지옥에서 망령을 괴롭힌다는 마귀는 본 적이 없겠지?" 대신님은 마치 요시히데가 하는 말이 귀에 들어오지 않은 것 같은 모습으로 이렇게 연거푸 물으셨습니다.

"소인은 쇠사슬에 묶인 자를 본 적이 있사옵니다. 괴조에 괴롭힘을 당하는 모습도 자세히 그린 적이 있사옵니다. 그렇다면 죄인이 징벌에 고통스러워하는 모습도 모른다고는 할 수 없사옵니다. 또 마귀는……" 하며 요시히데는 섬뜩한 쓴웃음을 흘리며 "또 마귀는 비몽사몽간에 여러 번 소인의 눈에 비쳤사옵니다. 어떤 때는 소머리, 어떤 때는 말머리, 어떤 때는 삼면육비三面六臂*의 귀신 형상이, 소리도 나지 않는 손뼉을 치고 소리 나지 않는 입을 열어 저를 괴롭히는 것은 거의 매일 밤의 일이라고 해도 좋을 정도이옵니다. 소인이 그리려고 해도 그릴 수 없는 것은 그런 것이 아니옵니다."

아니나 다를까 여기에는 대신님께서도 놀라셨겠지요. 잠시 그저 애가 탄다는 듯이 요시히데의 얼굴을 노려보며 계시더니 이윽고 눈썹을 험하게 움직이시며,

---

* 얼굴이 셋이고 팔이 여섯 달린 형상.

"그렇다면 뭘 그릴 수 없다는 거냐?" 하고 내뱉듯이 물으셨습니다.

15

"소인은 병풍의 한복판에 귀족의 수레 하나가 하늘에서 떨어지는 장면을 그리려고 생각하옵니다." 요시히데는 이렇게 말하고 비로소 대신님의 얼굴을 날카롭게 바라봤습니다. 그 남자는 그림과 관련된 일이라면 미치광이나 마찬가지가 된다는 이야기는 들었습니다만, 그때의 눈매에는 확실히 그런 섬뜩함이 있었던 것 같습니다.

"그 수레 안에는 한 아리따운 귀부인이 맹렬한 화염 속에서 흑발을 흐트러뜨리고 괴로워하며 몸부림치는 것이옵니다. 얼굴은 연기에 숨이 막혀 눈살을 찌푸리고 위쪽의 수레 덮개를 바라보고 있겠지요. 손은 수레 안쪽의 발을 움켜쥐고 비처럼 쏟아지는 불티를 막으려고 할지도 모릅니다. 그리고 그 주위에는 괴상한 맹금류 열 마리, 스무 마리가 부리를 딱딱 울리며 휙휙 날아다닙니다. 아아, 그런데 그 수레 안의 귀부인을 도저히 그릴 수가 없사옵니다."

"그래서…… 어쩌겠다는 거냐?"

대신님은 어쩐 일인지 묘하게 즐겁다는 기색으로 요시히데를 이렇게 재촉하셨습니다. 하지만 요시히데는 열이라도 났을 때처럼 그 붉은 입술을 파르르 떨며 꿈을 꾸고 있나 싶은 모습

으로,

"소인은 그걸 그릴 수가 없사옵니다" 하고 다시 한번 말했습니다. 그러더니 돌연 대들 듯한 기세로 말을 덧붙였습니다.

"아무쪼록 제가 보는 앞에서 귀족의 수레 하나에 불을 질러주셨으면 하옵니다. 혹시 그리 하실 수가 있다면요."

대신님은 얼굴이 어두워지나 싶더니 돌연 아주 크게 웃으셨습니다. 그리고 그 웃음소리에 숨이 막혀가며 말씀하셨습니다.

"어, 그래, 모든 걸 네가 말하는 대로 해주지. 할 수 있고 없고를 논하는 건 무익한 일이다."

저는 그 말을 듣자 불길한 예감에 어쩐지 섬뜩한 기분이 들었습니다. 또 실제로 대신님의 모습도 입가에 허옇게 거품이 일었고 눈썹 언저리는 씰룩씰룩 번개가 쳐서 마치 요시히데의 광기에 물들었나 싶을 만큼 예사롭지 않았습니다. 그런데 잠깐 말씀을 끊으시더니 곧 뭔가가 터진 듯한 기세로 한없이 목청을 울려 웃으며 말씀하셨습니다.

"귀부인의 수레에도 불을 질러주지. 또 그 안에는 아리따운 여자 한 사람을 귀부인처럼 입혀서 태우고. 수레 안의 여자가 불꽃과 검은 연기에 시달리며 몸부림치다가 죽어가는 것을 그리겠다고 생각하다니, 과연 천하제일의 화공이야. 대단해, 아주 대단해."

대신님의 말씀을 듣더니 갑자기 얼굴빛이 변한 요시히데는 헐떡이듯이 그저 입술만 움직였습니다. 하지만 곧 온몸의 근육이 풀린 듯이 털썩 주저앉아 다다미에 두 손을 대고는,

"황송하옵니다" 하고 들릴락 말락 알아들을 수 없을 만큼

나지막한 소리로 정중하게 감사 인사를 올렸습니다. 이는 아마 대신님의 말씀을 듣고 자신이 생각한 계획이 얼마나 끔찍한 것인지 눈앞에 생생히 떠올랐기 때문이겠지요. 저는 평생에 단 한 번 이때만큼은 요시히데가 딱한 인간으로 여겨졌습니다.

16

그로부터 이삼일 지난 날 밤의 일입니다. 대신님은 약속대로 요시히데를 불러다놓고 귀족의 수레가 불타는 장면을 가까이서 보게 해주었습니다. 하지만 그것은 호리카와 저택에서가 아니었습니다. 흔히들 유키게궁雪解の御所이라고 불렀던, 옛날에 대신님의 누이가 사셨던 도성 밖의 산장에서 불태웠던 것입니다.

이 유키게궁은 오랫동안 아무도 살지 않은 곳이라 널찍한 정원도 황폐해질 대로 황폐해져 있었습니다만, 아마도 인적이 없는 이곳의 모습을 본 자의 추측이겠지요. 이곳에서 돌아가신 누이의 신상에 대해서도 이런저런 소문이 났는데, 그중에는 또 달 없는 밤이면 지금도 괴이한 주홍색 하카마가 땅에 끌리지도 않고 복도를 돌아다닌다는 것이었습니다. 그것도 무리는 아닙니다. 낮에도 한적한 이 궁은 일단 해만 지면 정원을 흐르는 물소리가 한층 음산하게 들리고 별빛에 날아가는 해오라기도 괴물로 보일 만큼 으스스하기 때문입니다.

바로 그날 밤도 달 없는 캄캄한 밤이었습니다. 궁의 등불 불빛에 바라보니 툇마루 가까이에 자리를 잡은 대신님은 연노랑 평복에 무늬를 도드라지게 짠 진보라빛 하의를 입으시고 흰 비단 천으로 테두리를 두른 동그란 방석에 드높이 가부좌를 틀고 앉아계셨습니다. 그 전후좌우로 측근들 대여섯 명이 공손하게 늘어서 있었던 것은 굳이 말할 것도 없는 일일 것입니다. 하지만 그중 한 사람이 눈에 띄게 의미심장하게 보였던 것은, 몇 해 전 미치노쿠陸奧 전투에서 굶주림에 인육을 먹은 이래 맨손으로 살아 있는 사슴의 뿔까지 찢어놓을 수 있게 되었다는 강력한 사무라이가 겉옷 안에 간단한 갑옷을 입은 모습으로 칼집 끝이 위를 향하게 허리에 칼을 비켜 차고 툇마루 아래에 위엄 있게 쪼그리고 앉아 있었던 일입니다. 이 모든 것이 밤바람에 흔들리는 등불에 환해졌다 어두워졌다 하며 거의 꿈인지 생시인지 알 수 없는 기색이어서, 어쩐지 굉장히 무시무시해 보였습니다.

게다가 정원에 끌어다 놓은 귀족의 수레가 높다란 덮개에 어둠이 묵직하게 깔려 있고, 소를 매달지 않고 검은 끌채만 비스듬히 받침대에 걸치고는 황금 장식을 별처럼 반짝반짝 빛내고 있는 모습을 바라보니 봄이라고는 하지만 어쩐지 으스스한 기분이 들었습니다. 물론 그 수레 안은 문양의 선을 도드라지게 짠 능직물로 테두리를 한 푸른 발이 묵직하게 드리워져 있어 그 안에 뭐가 들어 있는지는 알 수 없었습니다. 그리고 그 주위에는 잡역부들이 각자 타오르는 횃불을 들고 연기가 툇마루 쪽으로 가지 않게 주의하며 심각한 얼굴로 대기하고 있었습니다.

정작 당사자인 요시히데는 약간 떨어진 툇마루의 맞은편에 무릎을 꿇고 앉아 있었습니다. 그는 평소의 연한 황갈색 평복에 찌그러진 두건을 쓰고 별이 총총한 하늘의 무게에 짓눌린 것인가 싶을 만큼 어느 때보다 작고 초라해 보였습니다. 그 뒤에 똑같은 두건에 평복을 입고 쭈그리고 앉아 있는 또 한 사람은 아마 데려온 제자 중 한 사람이었을까요. 그런데 두 사람 다 멀찌감치 떨어진 어둑한 곳에서 웅크리고 있었기 때문에 제가 있던 툇마루 아래에서는 평복의 색조차 알아볼 수 없었습니다.

17

시각은 그럭저럭 한밤중에 가까웠을 겁니다. 숲과 샘이 있는 정원을 둘러싼 어둠이 조용히 소리를 삼키며 사람들의 숨소리를 엿듣고 있는 듯한 가운데 오직 밤바람 지나는 소리만이 희미하게 들리고 그때마다 횃불의 연기가 매캐한 냄새를 풍겼습니다. 대신님은 한동안 잠자코 그 기묘한 광경을 바라보고 계셨습니다만, 이윽고 무릎을 앞으로 내미시며,

"요시히데" 하고 날카롭게 부르셨습니다.

요시히데는 뭔가 대답을 한 것 같았습니다만 제 귀에는 그저 신음하는 듯한 소리밖에 들리지 않았습니다.

"요시히데. 오늘 밤에는 네가 바라는 대로 수레에 불을 질러 보여줄 것이다."

대신님께서는 이렇게 말씀하시고는 측근들에게 슬쩍 곁눈

질을 하셨습니다. 그때 대신님과 측근들 사이에는 의미심장한 미소가 오고간 것처럼 보였습니다만, 그건 어쩌면 제 착각이었는지도 모릅니다. 그러자 요시히데는 주뼛주뼛 고개를 들고 툇마루 위를 올려다보았습니다만, 역시 아무 말도 하지 않고 대기하고 있었습니다.

"잘 보아라. 저건 평소 내가 타던 수레다. 너도 알고 있을 거야. 나는 이제 저 수레에 불을 질러 직접 염열지옥을 보여줄 생각이다."

대신님께서는 다시 말씀을 멈추시고 측근들에게 눈짓을 하셨습니다. 그러고는 갑자기 씁쓸한 어조로 "저 안에는 죄인 궁녀 한 사람이 묶인 채 태워져 있다. 그러니 수레에 불을 붙이면 필시 저 여자는 살이 타고 뼈가 그을려 사고팔고四苦八苦의 최후를 맞이할 것이다. 네가 병풍을 완성하는 데는 더할 나위 없는 본보기다. 눈雪 같은 살이 짓무르며 타오르는 것을 놓치지 말거라. 흑발이 불티가 되어 흩날리는 모습도 잘 봐두어라."

대신님께서는 세 번째로 입을 다무셨지만 무슨 생각을 하셨는지 이번에는 그저 어깨를 들썩이며 소리도 내지 않고 웃으시며 말씀하셨습니다.

"저승에서도 볼 수 없는 구경거리다. 나도 여기서 구경하지. 자, 봐라. 발을 올려 요시히데한테 안의 여자를 보여주어라."

명령이 떨어지자 잡역부 한 사람이 한 손에 횃불을 높이 쳐들고 성큼성큼 수레로 다가가더니 즉시 한 손을 뻗어 발을 휙 걷어 올렸습니다. 요란한 소리를 내며 타오르는 횃불의 빛이 한바탕 붉게 흔들리며 좁은 수레 안을 훤하게 비췄습니다. 수레 안에 애처롭게 쇠사슬에 묶여 있는 궁녀는, 아아, 누가 잘못 볼 수 있겠습니까. 눈부시게 화려한 벚꽃 수를 놓은 비단 옷에 뒤로 길게 늘어뜨린 검은 머리가 윤기 나게 드리우고 있고 살짝 기울어진 황금 비녀도 아름답게 빛나 보였습니다. 아무리 옷차림이 달라졌다고 해도 아담한 몸집과 하얀 목덜미 언저리, 그리고 쓸쓸할 정도로 다소곳한 옆얼굴은 요시히데의 딸이 틀림없었습니다. 저는 하마터면 소리를 지를 뻔했습니다.

그때였습니다. 저와 마주보고 앉아 있던 사무라이는 황급히 몸을 일으키더니 한 손을 칼자루에 대고 요시히데를 험악하게 노려봤습니다. 거기에 놀라 지켜보고 있으니 요시히데는 그 광경에 반쯤 제정신이 나갔겠지요. 지금까지 아래에 쭈그리고 앉아 있었지만 느닷없이 뛰쳐나가나 싶더니 두 손을 앞으로 뻗은 채 자기도 모르게 수레 쪽으로 달려가려고 했습니다. 다만 앞에서도 말씀드렸다시피 하필이면 그가 멀찌감치 떨어진 그늘에 있었기 때문에 얼굴 모습은 확실히 알 수 없었습니다. 하지만 그렇게 생각한 것은 아주 짧은 한순간으로, 핏기가 가신 요시히데의 얼굴은 아니, 마치 뭔가 눈에 보이지 않는 힘이 공중으로 매달아 올린 듯한 요시히데의 모습은 순식간에 어둠을 잘라내고 생생하게 눈앞에 떠올랐습니다. 그때 "불을 붙여라"라는 대신님의 말씀과 함께 잡역부들이 던지는 횃불을 받아 요시히데의 딸을 태운 귀족의 수레가 활활 타올랐습니다.

18

불은 순식간에 수레 덮개를 휘감았습니다. 차양에 달린 보
라빛 술이 부채질이라도 한 듯이 획 나부끼자 그 아래에서 밤
눈에도 자욱한 하얀 연기가 소용돌이치고 발이며 입구의 좌우
부분이며 기둥의 쇠붙이가 한꺼번에 부서져 날아가나 싶을 만
큼 불티가 비처럼 날아오르는 그 처참함은 이루 말할 수가 없
었습니다. 아니, 그보다는 시뻘건 혀를 날름날름 내밀고 격자
부분을 휘감으며 중천까지 치솟는 맹렬한 화염은 마치 해가
땅에 떨어져 불길이 확 번지는 것 같다고 할까요. 조금 전에 하
마터면 소리를 지를 뻔했던 저도 이제는 완전히 혼이 나가 그
저 멍하니 입을 벌리고 그 끔찍한 광경을 지켜보는 수밖에 없
었습니다. 하지만 아비인 요시히데는……

그때 요시히데의 표정을 저는 지금도 잊을 수가 없습니다.
무의식중에 수레 쪽으로 달려가려고 한 그 사람은 불이 타오
르는 것과 동시에 발을 멈추고 역시 손을 뻗은 채 집어삼킬 듯
한 눈빛으로 수레를 휘감은 화염과 연기를 빨려들 듯이 바라
보고 있었는데, 온몸으로 받은 화염의 빛으로 주름투성이의 추
한 얼굴은 수염 끄트머리까지도 잘 보였습니다. 하지만 크게
뜬 눈동자, 일그러진 입술 언저리, 끊임없이 경련을 일으키며
떨리는 뺨, 요시히데의 마음에 번갈아 오가는 두려움과 슬픔과
놀람은 그 얼굴에 역력히 그려졌습니다. 목이 잘리기 전의 도
적이라도, 또는 시왕청十王廳에 끌려온 십역오악十逆伍惡*의 죄
인이라도 그렇게까지 고통스러운 얼굴을 하지는 않을 것입니

다. 여기에는 그 강력한 사무라이조차 자기도 모르게 얼굴빛이 바뀌며 흠칫흠칫 대신님의 얼굴을 올려다봤습니다.

하지만 대신님께서는 입술을 굳게 깨물고 이따금 섬뜩하게 웃으시며 눈도 떼지 않고 가만히 수레 쪽을 보고 계셨습니다. 그리고 그 수레 안에는…… 아아, 저는 그때 그 수레에서 어떤 아가씨의 모습을 봤는지, 그것을 상세히 말씀드릴 용기가 도저히 날 것 같지 않습니다. 연기에 숨이 막혀 뒤로 젖힌 하얀 얼굴, 불꽃을 털어내느라 흐트러진 긴 머리, 그리고 순식간에 불로 변해가는 벚꽃 무늬의 아름다운 비단 옷…… 이 얼마나 무참한 광경일까요. 특히 밤바람이 한차례 불고 지나가며 연기가 건너편으로 나부꼈을 때 붉은 바탕에 금가루를 뿌린 듯한 불꽃 속에 떠오른, 머리카락을 입으로 씹으며 포박된 쇠사슬도 끊어질 듯이 몸부림치는 모습은 지옥의 업고를 눈앞에 그려놓았나 싶어 저를 비롯하여 강력한 사무라이까지 저절로 소름이 쫙 끼쳤습니다.

그런데 그 밤바람이 다시 한차례 정원수의 우듬지를 휙 지났다고 누구나 생각했을 것입니다. 그런 소리가 어두운 하늘을 어딘지도 모르게 지났다고 생각하자 순식간에 시커먼 뭔가가 땅에도 닿지 않고 공중으로 날지도 않고 공처럼 뛰며 궁의 지붕에서 불이 활활 타오르는 수레 안으로 일직선으로 뛰어들었

---

* 불교에서 말하는 극악한 범죄. 십악은 살생, 투도偸盜, 사음邪淫, 망어妄語, 양설兩舌, 악구惡口, 기어綺語, 탐욕, 진에瞋恚, 사견邪見이고, 오악은 살생, 투도, 사음, 망어, 음주다. 십악오역이라고도 한다.

습니다. 그리고 주홍색으로 칠해진 수레 좌우의 격자 틀이 불에 타서 산산조각으로 떨어지는 가운데 뒤로 젖혀진 아가씨의 어깨를 안고 비단을 찢는 듯한 날카로운 소리를, 뭐라 말할 수 없이 고통스럽게 연기 밖으로 길게 내질렀습니다. 이어서 다시 두세 번…… 저희는 자신도 모르게 아악 하고 같은 소리를 외쳤습니다. 휘장 같은 화염을 뒤로 하고 아가씨의 어깨에 매달려 있는 것은 호리카와 저택에 묶어두었던, 요시히데라는 별명이 붙은 원숭이였으니까요. 물론 그 원숭이가 어디를 어떻게 지나 이 궁까지 몰래 온 것인지는 아무도 모릅니다. 하지만 평소 귀여워해준 아가씨였기 때문에 원숭이도 함께 불속으로 뛰어든 것이겠지요.

19

하지만 원숭이의 모습이 보인 것은 아주 짧은 한순간이었습니다. 금가루 같은 불티가 한바탕 휙 하고 하늘로 오르나 싶더니 원숭이는 물론이고 아가씨의 모습도 검은 연기 속으로 감춰졌고 정원 한가운데는 오직 한 대의 불 수레가 엄청난 소리를 내며 타오르고 있을 뿐이었습니다. 아니, 불 수레라기보다는 어쩌면 불기둥이라고 하는 편이, 별이 총총한 하늘을 찌르며 부글부글 끓어오르는 무시무시한 화염에 어울릴지도 모르겠습니다.

그 불기둥 앞에서 얼어붙은 듯이 서 있는 요시히데는……

이 얼마나 이상한 일일까요, 조금 전까지 지옥의 고통에 괴로워하던 요시히데는 이제 이루 말할 수 없는 광채를, 마치 황홀한 법열의 광채를 주름투성이의 만면에 띠고 대신님 앞인 것도 잊은 채 팔짱을 꼭 끼고 우두커니 서 있는 게 아니겠습니까. 아무래도 그 사람의 눈 속에는 딸이 괴로워하면서 죽는 모습이 비치지 않는 것 같았습니다. 그저 아름다운 화염의 빛과 그 안에서 괴로워하는 여인의 모습이 한없이 마음을 기쁘게 하는 그런 광경으로 보이는 것 같았습니다.

더군다나 이상한 것은 그 사람이 정말 외동딸의 단말마를 기쁜 듯이 바라봤다는 사실만이 아니었습니다. 그때의 요시히데에게는 어쩐지 인간이라고는 생각되지 않는, 꿈속에서나 보는 사자왕의 분노를 닮은 괴상한 엄숙함이 있었습니다. 그래서 뜻밖의 불길에 놀라 울어대며 날아다니는 헤아릴 수 없이 많은 밤새들도 그렇게 생각해서인지 요시히데의 두건 주위로는 다가가지 않는 것 같았습니다. 아마도 무심한 새의 눈에도 그 사람의 머리 위에 후광처럼 걸려 있는 불가사의한 위엄이 보였던 것이겠지요.

새조차 그러했습니다. 하물며 저희들 잡역부까지도 모두 숨을 죽인 채 몸속까지 떨릴 만큼 이상한 기쁨으로 충만하여 마치 개안한 부처라도 보는 것처럼 눈을 떼지 않고 요시히데를 지켜보았습니다. 하늘 가득 울려 퍼지는 수레의 불과 거기에 혼을 빼앗겨 우두커니 서 있는 요시히데…… 이 얼마나 장엄하고 환희에 찬 일이었겠습니까. 하지만 그중의 오직 한 사람, 툇마루 위의 대신님만은 마치 딴사람인가 싶을 만큼 새파랗게

질리고 입가에 거품을 문 채 보라빛 하의의 무릎을 두 손으로
꼭 움켜쥐고 마치 목마른 짐승처럼 헐떡이고 계셨습니다.

20

그날 밤 유키게궁에서 대신님이 수레를 불태운 일은 누구의
입에서랄 것도 없이 세상에 알려졌습니다. 거기에 대해서는 이
런저런 비판을 하는 사람도 꽤 있었던 것 같습니다. 제일 먼저
대신님이 왜 요시히데의 딸을 불태워 죽였는가, 이는 이루지
못한 사랑의 원한에서 그런 것이라는 소문이 가장 많았습니다.
하지만 대신님의 뜻은 전적으로 수레를 태워 사람을 죽여서라
도 병풍 그림을 그리려는 화공의 비뚤어진 근성을 징계할 심
산이었음이 틀림없습니다. 실제로 저는 대신님이 직접 그렇게
말씀하시는 것을 들은 적도 있습니다.

그리고 눈앞에서 딸이 불에 타 죽어 가는데도 병풍 그림을
그리고 싶어 하는 요시히데의 목석같은 마음이 역시 여러 가
지로 왈가왈부되었던 것 같습니다. 그중에는 요시히데를 매도
하며 그림을 위해서는 부녀간의 애정마저 잊어버리는 인면수
심의 괴물이라고 하는 사람도 있었습니다. 요카와의 큰스님도
이런 생각에 동의하는 분이셨는데, "아무리 한 가지 기예나 재
능이 뛰어나다고 해도 사람으로서 오상伍常*을 모르면 지옥에
떨어질 수밖에 없다"고 말씀하시곤 했습니다.

그런데 그 후 한 달쯤 지나 드디어 지옥변 병풍이 완성되자

요시히데는 곧바로 그것을 저택으로 가져가 정중하게 대신님께 보여드렸습니다. 바로 그때는 요카와의 큰스님도 그 자리에 함께 계셨는데, 병풍 그림을 한 번 보시고는 과연 그 한 첩에 그려진 천지에 휘몰아치는 불 폭풍의 끔찍함에 깜짝 놀라셨겠지요. 그때까지는 쓸쓸한 표정을 지으며 요시히데 쪽을 뚫어지게 노려보고 계셨습니다만, 자기도 모르게 무릎을 치시며 "잘 해냈군"하고 말씀하셨습니다. 이 말씀을 들으신 대신님께서 쓴웃음을 짓던 모습도 저는 아직 잊을 수가 없습니다.

그 후로 요시히데를 나쁘게 말하는 사람은, 적어도 저택 안에서만은 한 사람도 없었습니다. 그 병풍을 본 사람이라면 누구나, 평소에 아무리 요시히데를 미워한다고 해도 이상하게 엄숙한 마음이 들며 염열지옥의 엄청난 고난을 여실히 느끼게 되기 때문이 아닐까요.

하지만 그렇게 되었을 즈음 요시히데는 이미 이 세상 사람이 아니었습니다. 병풍이 완성된 다음 날 밤, 요시히데는 자신의 방 대들보에 목을 매고 죽었습니다. 외동딸을 먼저 보낸 그 사람은 아마 편한 마음으로 살아가는 것이 견딜 수 없어졌겠지요. 그 사람은 지금도 그의 집터에 묻혀 있습니다. 하지만 조그만 묘석은 그 후 수십 년의 비바람에 씻겨 이제는 누구의 묘인지도 모르게 이끼가 끼어 있을 것입니다.

(1918년 4월)

---

* 유교에서 사람이 항상 지켜야 할 인, 의, 예, 지, 신이라는 다섯 가지 도덕.

거미줄 蜘蛛の糸

1

어느 날의 일입니다. 석가모니께서 극락의 연못가를 혼자 어슬렁어슬렁 거닐고 계셨습니다. 연못에 피어 있는 연꽃은 모두 옥처럼 새하얗고 그 한가운데에 있는 금빛 꽃술에서는 뭐라 말할 수 없이 좋은 향기가 끊임없이 주위에 흘러넘치고 있었습니다. 극락은 마침 아침입니다.

이윽고 석가모니께서는 그 연못가에 잠시 멈춰 서서 수면을 덮고 있는 연잎 사이로 문득 아래의 상황을 내려다보셨습니다. 이 극락의 연못 아래는 바로 지옥의 밑바닥이어서 수정 같은 물을 투과해 삼도천이나 바늘산의 경치가 마치 요지경을 들여다보듯이 또렷이 내려다보였습니다.

그런데 그 지옥 밑바닥에서 간다타라는 한 사내가 다른 죄인과 함께 꿈틀거리고 있는 모습이 눈에 들어왔습니다. 간다타라는 사내는 사람을 죽이거나 집에 불을 지르는 등 여러 가지 악행을 저지른 큰 도적입니다만, 그래도 딱 한 가지 선한 일을 한 기억이 있습니다. 어느 날 이 사내가 깊은 숲속을 지나는데 작은 거미 한 마리가 길가를 기어가는 게 보였습니다. 그래서 간다타는 얼른 발을 들어 짓밟아 죽이려다가 "아니, 아니, 이것도 작지만 생명이 있는 것이 틀림없어. 그 생명을 함부로 빼앗는 것은 아무리 그래도 너무 가여운 일이지" 하고 갑자기 마음을 바꿔 결국 그 거미를 죽이지 않고 살려주었던 것입니다.

석가모니께서는 지옥의 상황을 보면서 이 간다타가 거미를 살려준 일이 있다는 사실을 떠올리셨습니다. 그리고 그만큼 선한 일을 한 보답으로 가능한 한 이 사내를 지옥에서 구제해주려고 생각하셨습니다. 다행히 옆을 보니 비취 같은 색의 연잎 위에 극락의 거미 한 마리가 아름다운 은색 실을 잣고 있었습니다. 석가모니께서는 그 거미줄을 살짝 손으로 집어 옥 같은 하얀 연꽃 사이로 아득히 아래에 있는 지옥 밑바닥으로 똑바로 내려뜨리셨습니다.

2

이곳은 지옥 밑바닥에 있는 피의 연못입니다. 간다타는 다른 죄인들과 함께 떠올랐다 가라앉았다 하고 있었습니다. 아무튼 어디를 봐도 아주 깜깜하고 가끔 그 어둠속에서 어렴풋이 떠올라 있는 것이 있나 싶으면 그것은 무서운 바늘산의 바늘이 반짝이고 있는 것이라 그 불안함은 이루 말할 수 없었습니다. 게다가 주위는 무덤 속처럼 쥐 죽은 듯 고요하고, 가끔 들리는 것이라고는 그저 죄인들이 내는 희미한 탄식 소리뿐이었습니다. 여기에 떨어질 만큼의 인간은 이미 다양한 지옥의 고통에 지쳐 울음소리를 낼 힘조차 남아 있지 않겠지요. 그러므로 제아무리 대도인 간다타도 연못의 피에 목이 메여 마치 죽어가는 개구리처럼 그저 발버둥만 치고 있었습니다.

그런데 그때의 일입니다. 간다타가 무심코 고개를 들어 피의 연못 위 하늘을 바라보니 그 고요한 어둠 속의 아득한 하늘에서 은색 거미줄 한 가닥이 마치 남의 눈에 띄는 걸 두려워하듯이 가늘게 빛나며 스르르 위에서 내려오는 게 아니겠습니까. 간다타는 그걸 보고 자기도 모르게 손뼉을 치며 기뻐했습니다. 그 줄에 매달려 어디까지고 올라가면 반드시 지옥에서 빠져나갈 수 있을 것입니다. 아니, 잘만 되면 극락에 들어갈 수도 있겠지요. 그렇게 되면 이제 바늘산으로 쫓겨 올라가는 일도 없을 뿐 아니라 피의 연못에 가라앉는 일도 없을 것입니다.

이렇게 생각한 간다타는 재빨리 두 손으로 거미줄을 꽉 잡아당기며 위로, 위로 열심히 올라가기 시작했습니다. 원래 대도였기에 옛날부터 이런 일은 아주 익숙했습니다.

하지만 지옥과 극락 사이는 몇 만 리나 떨어져 있기 때문에 아무리 초조하게 굴어도 쉽게 위로 올라갈 수는 없었습니다. 한참을 올라가는 중에 간다타는 결국 지치고 말아 이제 조금도 올라갈 수 없게 되었습니다. 그래서 어쩔 수 없이 일단 한숨 돌릴 생각으로 거미줄 중간에 매달려 아득한 눈 아래를 내려다봤습니다.

그런데 열심히 올라온 보람이 있어 조금 전까지 자신이 있던 피의 연못은 어느새 어둠 속에 묻혀 있었습니다. 그리고 어렴풋이 빛나고 있는 그 끔찍한 바늘산도 발아래에 있었습니다. 이런 식으로 올라간다면 지옥에서 빠져나가는 일도 의외로 쉬울지도 모릅니다. 간다타는 두 손으로 거미줄을 잡고, 여기에 오고 나서 몇 년이나 낸 적이 없는 목소리로 "됐다, 됐어" 하며 웃었습니다. 그런데 문득 정신을 차리고 보니 거미줄 아래쪽에는 헤아릴 수 없이 많은 죄인들이 자신이 올라온 뒤를 따라 마치 개미의 행렬처럼 위로, 위로 열심히 올라오고 있는 게 아니겠습니까. 그걸 본 간다타는 놀라기도 하고 무섭기도 해서 한동안은 그저 바보처럼 입을 떡 벌린 채 눈만 움직이고 있었습니다. 자기 혼자만으로도 끊어질 것 같은 그 가느다란 거미줄이 어떻게 저렇게 많은 사람들의 무게를 버틸 수 있겠는가. 만약 중간에서 끊어지기라도 한다면 정작 여기까지 애써 올라온 자신까지도 원래의 지옥으로 곤두박질해야만 합니다. 그런 일이 생기면 큰일입니다. 하지만 그런 가운데서도 죄인들 수백 명, 수천 명이 아주 깜깜한 피의 연못 밑바닥에서 가늘게 빛나는 거미줄에 우글우글 매달려 한 줄로 열심히 기어오르고 있었습니다. 지금 당장 어떻게 하지 않으면 거미줄은 한가운데서 둘로 끊어져 떨어질 게 틀림없었습니다.

그래서 간다타는 큰 소리로 "이봐, 죄인들, 이 거미줄은 내 거야. 너희들은 대체 누구 허락받고 올라온 거야. 내려가, 내려가" 하고 고함을 질렀습니다.

바로 그 순간입니다. 지금까지 멀쩡했던 거미줄이 갑자기 간다타가 매달려 있는 데서 툭 하는 소리를 내며 끊어지고 말았습니다. 그러므로 간다타도 어쩔 도리가 없었습니다. 눈 깜짝할 사이에 바람을 가르며 팽이처럼 빙글빙글 돌며 순식간에 어둠 속으로 곤두박질치고 말았습니다.

그 뒤에는 그저 극락의 거미줄이 반짝반짝 가늘게 빛나며 달도 별도 없는 허공에 짧게 드리워져 있을 뿐이었습니다.

3

석가모니께서는 극락의 연못가에 서서 그 광경을 처음부터 끝까지 계속 지켜보고 있었습니다. 얼마 후 간다타가 피의 연못 밑바닥으로 돌처럼 가라앉자 슬픈 표정을 지으며 다시 어슬렁어슬렁 거닐기 시작하셨습니다. 자신만 지옥에서 빠져나오려고 한 간다타의 무자비한 마음이, 그리고 그 마음에 걸맞은 벌을 받아 원래의 지옥으로 떨어진 것이 석가모니의 눈으로 보면 한심스럽게 여겨지셨겠지요.

하지만 극락에 있는 연못의 꽃은 그런 일에 전혀 괘념치 않았습니다. 옥처럼 하얀 그 꽃은 석가모니의 발 언저리에서 한들한들 꽃대를 흔들고 그 한가운데에 있는 금빛 꽃술에서는 뭐라 말할 수 없이 좋은 냄새가 끊임없이 주위에 흘러넘치고 있었습니다. 극락도 이제 정오에 가까워졌겠지요.

(1918년 4월)

개화의 살인 開化の殺人

아래에 싣는 것은, 최근에 내가 혼다 자작(가명)으로부터 빌려서 본 고故 기타바타케 기이치로北畠義一郎(가명) 박사의 유서다. 기타바타케 박사는 설령 실명을 밝힌다고 해도 이제는 알고 있는 사람도 없을 것이다. 나 자신도 혼다 자작을 친히 뵙고 메이지 초기의 세상에 알려지지 않은 일화를 듣고 나서야 비로소 그 박사의 이름을 들을 기회를 얻었다. 그의 사람 됨됨이는 아래의 유서를 통해서도 얼마간 설명을 들을 수 있을 것이다. 하지만 내가 풍문에 들은 사실을 두세 가지 덧붙이자면, 박사는 당시 내과 전문의로서 유명했고 동시에 연극 개량*에 관해서도 급진적 의견을 갖고 있던 일종의 연극통이었다고 한다. 실제로 후자에 관해서는 박사 자신이 제작한 희곡까지 있는데,

---

* 메이지 시대 전기 가부키의 근대화를 지향하는 연극 개혁의 움직임을 말한다.

그것은 볼테르의 『캉디드Candide』에서 그 일부를 도쿠가와 시대의 사건으로 각색한 2막짜리 희극이었다고 한다.

기타니와 츠쿠바北庭筑波*가 촬영한 사진을 보면 기타바타케 박사는 영국풍의 구레나룻을 기른 용모가 늠름하고 근사한 신사다. 혼다 자작에 따르면 체격도 서양인을 능가할 뿐 아니라 소년 시절부터 무슨 일을 하는 활동력이 아주 뛰어난 걸로 유명했다고 한다. 그러고 보면 유서의 글자조차 정판교鄭板橋**풍의 분방하고 기세가 넘쳐흐르는 묵흔에서도 그런 풍모를 엿볼 수 없는 것도 아니다.

물론 나는 이 유서를 공개할 때 많은 부분을 고쳤다. 예를 들어 당시 아직 작위 수여 제도가 없었는데도*** 훗날의 칭호에 따라 혼다 자작 및 부인 등의 이름을 사용한 일과 같은 것이다. 다만 그 문장의 논조는 원문의 논조를 거의 그대로 옮겨놓았다고 해도 과언이 아니다.

---

* 메이지 시대 초기의 사진사. 1871년 아사쿠사 하나야시키에 사진관을 열고 사진잡지를 발행하는 등 일본 사진계의 선구자다.

** 중국 청나라 중기의 서화가. 소탈한 인품을 반영하는 자유로운 시를 짓고 서화에서도 독자적인 기풍을 확립했다.

*** 1869년 종래의 공경公卿과 제후에게 '화족華族'이라는 명칭이 부여되고 1884년 화족령으로 공작, 후작, 백작, 자작, 남작이라는 다섯 작위가 정해졌다.

혼다 자작 각하 그리고 부인

나는 나의 최후에 이르러 지난 3년 동안 늘 내 가슴속에 응어리진 저주받을 만한 비밀을 고백함으로써 당신들 앞에 나의 추악한 심사를 폭로하려고 한다. 당신들이 만약 이 유서를 읽은 후 고인이 된 나에 대한 기억에 여전히 약간의 연민의 정을 느끼는 일이 있다면 그것은 물론 내게 예상 밖의 큰 행운이다. 하지만 또 나를 보고 도저히 구제할 가망이 없는 어리석은 사람이라 여기고 바로 송장에 채찍질을 가한다고 해도 나는 추호도 유감스럽지 않다. 다만 내가 고백하려는 사실이 너무 예상 밖이라는 이유로 멋대로 사실을 왜곡하여 신경병 환자의 이름을 빌리는 일은 없기 바란다. 최근 몇 달 동안 나는 불면증 때문에 괴로워하고 있지만 내 의식은 또렷하고 극히 예민하다. 당신들이 나의 20년 지기임을 상기하라. (나는 감히 벗이라고 하지 않으려 한다) 청컨대 나의 정신적 건강을 의심하는 일은 없었으면 한다. 그렇지 않으면 내 일생의 오욕을 피력하려는 이 유언 같은 것도 결국 쓸모없는 휴지쪼가리나 다를 바 없지 않겠는가.

각하, 그리고 부인, 나는 과거에 살인죄를 저질렀고 동시에 앞으로도 역시 동일한 죄악을 저지르려는 경멸할 만한 위험 인물이다. 게다가 그 범죄가 당신들에게 가장 친근한 인물에게 기획되었을 뿐 아니라, 또 기획되기에 이른 것은 당신들에게 참으로 의외 중의 의외였을 것이다. 나는 여기서 다시 경고를 해야 할 필요를 느끼지 않을 수 없다. 나는 완전히 제정신이었으며 내 고백은 철두철미하게 사실이다. 당신들이 이를 믿어주면 다행이겠다. 그리하여 내 생애의 유일한 기념인 이 몇 장의 유서를 덧없이 미친 사람의 허튼소리로 여기지 말았으면 한다.

나는 더 이상 나의 건전함을 수다스럽게 떠들 만한 여유가 없다. 내가 생존해야 할 근소한 시간은 당장 나를 몰아세워 살인의 동기와 실행을 서술하고 더 나아가 살인 후의 기괴한 심경을 언급하지 않을 수 없게 한다. 하지만 아아, 하지만 나는 입김을 내뿜어 얼어붙은 벼루를 따뜻하게 하고 종이를 앞에 두고 여전히 두려워하며 스스로 편치 않은 것이 있음을 깨닫는다. 생각건대 내가 과거를 점검하고 기재하는 것이 내게 다시 과거의 생활을 영위하는 것과 필경 무슨 차이가 있겠는가. 나는 다시 살인을 계획하고 다시 실행하고, 게다가 최근 1년간의 가공할 만한 고민을 다시 하지 않으면 안 된다. 내가 이를 과연 잘 해낼 수 있을는지. 나는 이제 와서 수년 동안 잊고 있던 우리 주 예수 그리스도에게 기도한다. 바라옵건대 제게 힘을 주소서.

나는 어릴 때부터 사촌 누이동생인 지금의 혼다 자작 부인(3인칭으로 부르는 것을 용서하게)인 왕년의 간로지 아키코甘露寺明子를 사랑했다. 내 기억을 거슬러 올라가 아키코와 함께한 행복한 시간을 나열할 수 있을까. 당신들은 아마 졸독의 번거로움을 견딜 수 없을 것이다. 하지만 나는 그 증례로서 오늘도 내 가슴속에 역력한 잠깐의 광경을 말하지 않을 수 없다. 나는 당시 열여섯 살의 소년이었고 아키코는 아직 열 살의 소녀였다. 5월 모일 우리는 아키코의 집 잔디밭의 등나무 덩굴시렁

밑에서 즐거이 장난하며 놀았는데 아키코는 내게 한 발로 오래 서 있을 수 있느냐고 물었다. 그래서 내가 못한다고 대답하자 그녀는 왼손을 늘어뜨려 왼쪽 발가락을 잡고 오른손을 들어 균형을 잡으며 한 발로 오랫동안 서 있었다. 머리 위의 보라색 등나무는 봄 햇살을 흔들며 늘어지고 등나무 아래의 아키코는 꼼짝 않고 조각상처럼 서 있었다. 나는 이 그림 같은 몇 분간의 그녀를 지금까지도 잊을 수가 없다. 가만히 돌아보면 내 마음속 깊이 이미 그녀를 사랑하고 있다는 것에 놀란 것도 실은 그 등나무 덩굴시렁 아래에서였다. 그 이후 아키코에 대한 나의 사랑이 점점 깊어져 순간순간마다 그녀를 생각하느라 거의 공부를 하지 않게 되었어도 소심한 마음에 결국 내 진심을 한마디도 토로하지 못했다. 흐림과 갬이 일정하지 않은 감정의 슬픈 하늘 아래 때로는 울고 때로는 웃으며 아득한 수년의 세월을 보냈는데, 스물한 살이 되자 아버지는 갑자기 가업인 의학을 배우러 멀리 영국의 수도 런던으로 가라고 명했다. 나는 이별할 때 아키코에게, 사랑을 하려고 해도 엄숙한 우리의 가정은 이런 기회를 주는 데 인색할 뿐 아니라 유교주의 교육을 받은 나도 품행이 방정하지 못하다는 비난을 우려하여 한없는 이별의 슬픔을 안고 영국의 수도로 유학을 떠난다고 말했다.

영국에 유학한 3년 동안 하이드 파크의 잔디밭에 서서 고향의 보라색 등나무 꽃 아래의 아키코를 얼마나 그리워했는지, 또는 팔말Pall mall가를 걸으며 이향의 나그네인 자신을 얼마나 가엾게 여겼는지는 여기에 서술할 필요가 없을 것이다. 나는 다만 런던에 있던 동안 이른바 장미빛 미래 속에 다가올 우리의 결혼 생활을 몽상하며 간신히 괴로운 심정을 달랬다고 하기만 하면 족하다. 그리하여 영국에서 귀국한 나는 아키코가 이미 시집을 가 제×은행 은행장인 미츠무라 쿄헤이満村恭平의 아내가 되었음을 알았다. 나는 그 자리에서 자살을 결심했지만 겁이 많고 나약한 성격과 유학 중에 귀의한 그리스도교 신앙이 불행하게도 내 손을 마비시켜버린 것을 어찌하겠는가. 당신들이 만약 당시의 내가 얼마나 상심했는지를 알고자 한다면 내가 귀국한 지 열흘 만에 다시 영국의 수도로 돌아가려고 했다가 아버지의 격노를 산 일을 상기하라. 당시의 내 심경은 실로 아키코 없는 일본은 고국 같지만 고국이 아니어서 이 고국 아닌 고국에 머물며 쓸데없이 정신적 패잔병으로서의 생애를 보내기보다는 오히려 차일드 해럴드의 책 한 권*을 안고 이역만리의 쓸쓸한 나그네가 되어 뼈를 이역의 땅에 묻는 것이 훨씬 위안이 될 거라고 믿었다. 하지만 신변 사정으로 끝내 영국으로 건너갈 계획은 포기해야 했다. 그뿐 아니라 아버지의 병원에서 새로이 귀국한 일개 의사로서 수많은 환자의 진료에 쫓기느라 무료한 의자를 떠나지 못했다.

그리하여 나는 실연의 위안을 신에게서 구했다. 당시 츠키

---

* 영국의 낭만주의 시인 바이런의 장편 이야기시 『차일드 해럴드의 편력 Childe Harold's Pilgrimage』을 말한다. 바이런 자신의 지중해 여행을 배경으로 자유를 찾아 이국을 여행하는 청년 차일드의 모습을 이국정조와 함께 그려내 작자의 명성을 높인 작품이다.

지築地*에 거주하는 영국인 선교사 헨리 타운젠드 씨는 그동안 잊기 힘든 나의 친구다. 아키코에 대한 나의 사랑이 수많은 악전고투 끝에 점차 열렬해졌지만 평정한 육친의 감정으로 변화한 것은 오로지 그가 나를 위해 성서 몇 장을 해석해준 결과다. 나는 종종 그와 신을 논하고 신의 사랑을 논하고 다시 인간의 사랑을 논한 후 한밤중에 행인이 드문 츠키지 거류지를 걸어 혼자 집으로 돌아온 일을 기억한다. 만약 당신들이 어린애 같은 정이라고 비웃는다면 나는 거류지 하늘의 반달을 올려다보며 가만히 사촌누이 아키코의 행복을 신에게 빌고 감회에 복받쳐 흐느껴 울었다는 사실을 말해도 좋다.

내가 사랑의 새로운 전환을 얻은 것은 이른바 '체념'의 심리로 설명할 수 있을는지. 나는 이를 상세히 설명할 용기와 여유가 없지만, 내가 육친의 애정으로 비로소 내 마음의 상처를 치유한 일은 의심해서는 안 된다. 이로써 귀국한 이래 아키코 부부의 소식을 듣는 걸 사갈시했던 나는 이제 육친의 애정으로 기꺼이 접근하기를 희망했다. 이는 만약 그들에게서 행복한 부부의 모습을 발견한다면 나의 위안이 더욱 커져 약간의 고민도 없게 될 것이라고 경솔하게 믿었기 때문이다.

나는 이 신념에 따른 결과, 결국 1878년 8월 3일 료고쿠바

---

* 메이지 원년(1868) 9월부터 조약 체결로 일본에 온 여러 외국 관계자를 위해 에도 뎃포즈鐵砲洲, 즉 지금의 츠키지를 외국인을 위한 거류지로 삼았다. 서양관, 교회, 호텔 등이 늘어선 이국적인 한 구역이었는데, 아쿠타가와는 바로 이곳에서 태어났다.

시兩國橋 근처에서 열린 불꽃놀이 때 지인의 소개로, 마침 게이샤 10여 명과 함께 야나기바시柳橋 부근의 요리집 만파치万八에 있던 아키코의 남편 미츠무라 쿄헤이와 처음으로 하루저녁을 함께 보내는 기쁨을 얻었다. 기쁨일까, 기쁨일까, 나는 괴로움이라고 하는 편이 훨씬 나은 까닭을 생각하지 않을 수 없었다. 나는 일기에 "나는 아키코가 저 미츠무라 아무개처럼 음란하고 천박한 놈의 아내라는 것을 생각하니 뱃가죽이 찢어질 만큼의 격렬한 분노와 원망을 어디로 토해야 할지 알 수 없었다. 신은 내게 아키코 보기를 누이동생처럼 해야 한다고 가르쳐주었다. 그러나 내 누이동생을 그런 짐승의 손에 맡겨버린 것은 어찌 된 일인가. 나는 이제 이 잔혹하고 음흉한 신의 장난을 견딜 수 없다. 누가 아내와 누이동생이 도적놈에게 능욕을 당하는데도 여전히 하늘을 우러러 신의 이름을 부르겠는가. 앞으로 나는 결코 신에 의지하지 않고 나 자신의 손으로 내 누이동생 아키코를 그 색마의 손에서 구해낼 것이다"라고 썼다.

나는 이 유서를 적을 때 다시 당시의 저주할 만한 광경이 눈앞에 떠오르는 것을 막을 수 없다. 어둑한 물안개와 수많은 홍등, 그리고 무리를 지어 끝없이 겹쳐 있는 아름답게 장식한 배들의 행렬, 아아, 나는 평생 그날 올려다본 밤하늘에 명멸하던 불꽃을 기억함과 동시에 납량과 불꽃놀이를 구경하기 위해 강가에 설치한 마루 위에서 오른쪽에 게이샤를 안고 왼쪽에 동기童妓를 거느리며 듣기에도 견디기 힘든 외설스러운 유행가를 크게 부르며 거만하게 만취해 있던 뚱뚱한 돼지 같은 미츠무라 쿄헤이도 기억해야 한다. 아니, 아니, 지금은 그의 검정 비단 하오리에 찍혀 있던 양하蘘荷의 꽃이삭 무늬까지도 나는 잊을 수가 없다. 나는 믿는다. 내가 그를 살해하려는 의지를 품기 시작한 것은 바로 그 물가 누각에서 불꽃을 본 저녁이었다는 것을. 또 나는 믿는다. 나의 살인 동기가 되는 것은 발생 당초부터 결코 단순한 질투심이 아니라 오히려 불의를 벌하고 부정을 제거하려는 도덕적 분개에 있었다는 것을.

그 후 나는 마음을 감추고 미츠무라 쿄헤이의 품행에 주목하여 그가 과연 내가 하루저녁에 관찰한 것에 어긋나지 않은 치한인지 아닌지를 조사했다. 다행히 내 지인 중 신문기자를 업으로 하는 자가 단지 두세 명에 그치지 않아서 그의 음탕하고 잔악하며 도리에 어긋난 행적 같은 것도 반드시 내 귀에 들어온다. 내 선배이며 또 지인인 나루시마 류호쿠* 선생으로부터 그가 교토 기온祇園의 기루에서 아직 이성에 눈을 뜨지도 않은 어린 게이샤의 처녀를 빼앗았고 그로 인해 죽게 했다는 풍문을 들은 것도 바로 얼마 전의 일이다. 게다가 이 무뢰한 남편이 온순하고 정숙한 아내 아키코를 일찍부터 노비나 다름없이 대우한다는 말을 듣고 누가 그를 좋게 볼 것이며 또 인간 역병이라 간주하지 않을 수 있겠는가. 이제 그가 존재하는 것은 풍속을 떨어뜨리고 속세를 어지럽히는 이유라는 사실을 알았고, 그를 제거하는 것이 노인을 살리고 어린아이를 불쌍히

---

* 나루시마 류호쿠成島柳北(1837~1884)는 저널리스트로 활약했고 조야朝野신문사 사장에 취임했으며 날카로운 풍자와 경묘하고 깔끔한 문체로 신문계의 제일인자가 되었다.

여기는 방도임을 알았다. 여기에서 나의 살해 의지는 서서히 살해 계획으로 변해갔다.

하지만 만약 여기서 그쳤다면 나는 아마 살인 계획을 실행할 때 여전히 많이 망설였을지도 모른다. 행인지 불행인지 운명은 이 위험한 시기에 나를 나의 어릴 적 친구인 혼다 자작과 스미다가와의 요리집 가시와야柏屋에서 하룻밤 만나게 했다. 술을 마시는 동안 나는 그의 입에서 슬픈 이야기를 들었다. 나는 그때야 비로소 혼다 자작과 아키코가 이미 결혼을 약속한 사이였는데도 미츠무라 쿄헤이가 가진 황금의 위세에 압도되어 끝내 파혼하지 않을 수 없었다는 사실을 알았다. 내 마음의 분개가 어찌 더하지 않았겠는가. 서로 술잔을 주고받는 자리 옆에 있는 등불 하나가, 아름답게 장식된 요리집의 발 안쪽을 어슴푸레 비치는 가운데 혼다 자작과 내가 잔을 채우며 미츠무라를 통렬히 비난하던 당시를 생각하면 나는 지금도 저절로 살이 떨리는 것을 느끼지 않을 수 없다. 하지만 동시에 그날 밤 인력거를 타고 가시와야에서 돌아오는 길에 혼다 자작과 아키코의 옛 언약을 생각하고 뭐라 말할 수 없는 비애를 느낀 것도 나는 또렷이 기억하고 있다. 다시 내 일기를 인용하는 걸 용서하기 바란다.

나는 오늘 저녁 혼다 자작과 만나고 나서 드디어 열흘 안에 미츠무라 쿄헤이를 살해해야 한다고 결심했다. 자작의 말로 보건대 그와 아키코는 단지 결혼 약속만 한 것이 아니라 서로 사랑하는 감정을 품은 것 같다(나는 오늘에야 자작이 독신 생활을 하는 이유를 알아냈다는 걸 깨달았다). 만약 내가 미츠무라를 살해한다면 자작과 아키코가 부부가 되는 것은 별로 어려운 일이 아닐 것이다. 마침 아키코가 미츠무라에게 시집을 가서 아직 아이를 갖지 못한 것은, 마치 하늘의 뜻도 내 계획을 도와주는 것 같은 느낌을 주었다. 나는 그 짐승 같은 거한을 살해한 결과 친애하는 자작과 아키코가 조만간 행복한 생활을 할 거라고 생각하면 저절로 입가에 미소가 번지는 것을 막을 수가 없다.

이제 나의 살인 계획은 일변하여 살인 실행으로 옮겨가려고 한다. 나는 몇 번인가 주도면밀한 생각을 거듭한 후 드디어 미츠무라를 살해할 만한 적당한 장소와 수단을 선정했다. 어디서 어떻게 했는지는 굳이 상세하게 서술할 필요가 없을 것이다. 당신들은 1879년 6월 12일 독일 황손 전하*가 신토미자新富座에서 일본 극인 가부키를 보신 날 밤, 미츠무라 쿄헤이가 그 극장에서 자택으로 돌아가는 도중 마차 안에서 갑자기 병사한 사실을 기억하는가. 나는 신토미자에서 미츠무라의 혈색이 좋지 못하다고 설득하여 소지하고 있던 환약을 복용하도록 권했다. 장년의 일개 의사라는 사실을 말하는 것으로 충분했다. 오호라, 당신들에게 바라건대 그 의사의 얼굴을 상상해보라. 줄지어 달린 작고 동그란 붉은 초롱 빛을 받으며 신토미자의 출

---

* 독일 황제 빌헬름 1세의 손자 하인리히. 나중에 빌헬름 2세가 된다. 1879년 6월 4일 밤 신토미자에서 가부키를 봤다.

입구에 우두커니 서서 장마비 속에 분주하게 떠나는 미츠무라의 마차를 눈으로 전송하자 어제의 분함과 오늘의 환희가 동일하게 가슴속으로 모여들었다. 웃음소리와 오열이 함께 입가에 흘러넘치고, 그곳이 어디인지 시간이 어떻게 되었는지도 거의 잊어버렸다. 게다가 울다 웃다 하며 쓸쓸히 내리는 비를 맞으며 진창길을 걸어 미친 사람처럼 집으로 돌아갈 때 내가 중얼거림을 그칠 수 없었던 것은 아키코라는 이름이었음을 잊지 말라.

나는 밤새 자지 않고 서재를 배회했다. 환희인지, 비애인지, 나는 명확히 알 수 없었다. 단지 뭐라 말하기 힘든 강렬한 감정은 내 전신을 지배하여 한시도 나를 편안히 내버려두지 않았다. 내 탁자 위에는 샴페인이 있었다. 장미꽃이 있었다. 그리고 또 그 환약 상자가 있었다. 나는 거의 천사와 악마를 좌우에 두고 기괴한 향연을 여는 것 같았다.

나는 지금껏 그 이후의 몇 달처럼 행복한 나날을 보낸 적이 없다. 부검의에 의한 미츠무라의 사인은 내 예상과 한 치도 다르지 않은 뇌출혈이라는 병명이었고, 그는 즉각 지하 6척의 암흑 속에서 썩은 고기가 되어 벌레들의 밥이 된 것 같았다. 이제 누가 나를 보고 살인 혐의가 있다고 하겠는가. 게다가 풍문에 따르면 아키코는 남편의 죽음으로 비로소 얼굴색이 돌아왔다고 하지 않은가. 나는 만면에 희색을 띠고 내 환자를 진찰하고 틈만 나면 혼다 자작과 함께 가부키를 보러 신토미자에 갔다.

그곳은 나에게 최후의 승리를 얻은 영광스러운 전장으로, 가끔 그 가스등 샹들리에와 관객석에 걸어둔 벽걸이를 보려는 이상한 욕망을 느꼈을 뿐이다.

하지만 그것은 실로 몇 달뿐이었다. 그 행복한 몇 달이 지남과 동시에 나는 점차 내 생애 중에서 가장 증오할 만한 유혹과 싸워야 할 운명에 다가갔다. 그 싸움이 얼마나 가혹한 것인지, 얼마나 한 발 한 발 나를 사지로 몰아갔는지, 나는 도저히 여기에 설명할 용기가 나지 않는다. 아니, 이 유서를 쓰고 있는 지금조차도 나는 아직 히드라와 같은 유혹과 목숨을 걸고 싸워야 한다. 당신들이 만약 내 번민의 흔적을 보려고 한다면, 바라건대 다음에 골라 적으려는 내 일기를 한 번 훑어보라.

10월 ×일, 아키코, 아이가 없다는 이유로 미츠무라가를 떠난다니, 나는 조만간 혼다 자작과 함께 6년 만에 그녀와 만나야 한다. 귀국한 이래 처음에는 나를 위해 그녀를 보는 걸 참았고, 나중에는 그녀를 위해 그녀를 보는 걸 참았고, 결국 꾸물거리다가 오늘에 이르렀다. 아키코의 아름다운 눈동자, 여전히 6년 전과 같을는지.

10월 ×일, 나는 오늘 혼다 자작을 찾아가 처음으로 함께 아키코의 집을 방문하려고 했다. 그런데 어찌 생각이나 했겠는가. 자작은 나보다 앞서 이미 그녀를 두세 번 만났다지 않은가. 자작이 나를 따돌리다니, 이건 너무 심하지 않은가. 나는 무척 불쾌했다. 그래서 환자 진료를 핑계로 황급히 자작의 집을 떠났다. 자작은 아마 내가 떠난 후 혼자 아키코를 방문하지 않았을까.

11월 ×일, 나는 혼다 자작과 함께 아키코를 방문했다. 아키코는 얼굴이 약간 수척해졌지만 여전히 보라빛 등나무 꽃 아래 서 있던 그때의 소녀를 떠올리는 것은 그리 어려운 일이 아니었다. 아아, 나는 이미 아키코를 보았다. 그러나 마음속으로 오히려 그쳐야 할 비애를 느끼는 것은 왜인가. 나는 그 이유를 알 수 없어 괴로웠다.

12월 ×일, 자작은 아키코와 결혼할 의지가 있는 것 같다. 그리하여 내가 아키코의 남편을 살해한 목적은 비로소 달성되었다. 하지만, 하지만 나는 내가 다시 아키코를 잃은 것 같은 이상한 고통에서 벗어날 수 없었다.

3월 ×일, 자작과 아키코의 결혼식은 올 연말을 기해 거행된다고 한다. 나는 그날도 빨리 오지 않기를 바란다. 현 상황에서 나는 영원히 그치기 힘든 이 고통에서 벗어날 수 없을 것이다.

6월 12일, 나는 혼자 신토미자로 향했다. 작년 오늘 내 손에 당한 희생을 생각하니 가부키를 보는 중에도 저절로 회심의 미소를 금할 수 없었다. 하지만 이 극장에서 돌아가는 길에 문득 내 살인의 동기에 생각이 미치자 거의 종착

점을 잃어버린 느낌에 사로잡혔다. 아아, 나는 누구를 위해 미츠무라 쿄헤이를 죽인 것일까. 혼다 자작을 위해서인가, 아키코를 위해서인가, 애당초 나 자신을 위해서인가. 나도 여기에 답할 수 없는 것은 왜일까.

7월 ×일, 나는 오늘 저녁 자작과 아키코와 함께 마차를 달려, 등롱에 불을 붙여 강물에 흘려보내는 스미다가와의 행사를 구경했다. 마차의 창으로 새어드는 등불에 아키코의 아름다운 눈동자가 더욱 아름다워 나는 거의 옆에 자작이 있다는 것을 잊을 뻔했다. 하지만 그것은 내가 말하려는 것이 아니다. 나는 마차 안에서 자작이 위통을 호소하자 호주머니를 뒤져 환약 상자를 꺼냈다. 그리고 그 '환약'을 보고 깜짝 놀랐다. 나는 무엇 때문에 오늘 밤 이 환약을 가져 왔을까. 우연일까. 나는 진심으로 그것이 우연이 아니기를 간절히 바랐다. 그런데 그것이 꼭 우연인 것만은 아닌 것 같았다.

8월 ×일, 나는 자작과 아키코와 함께 우리 집에서 저녁 식사를 함께 했다. 게다가 나는 내내 호주머니 안에 있는 환약을 잊을 수 없었다. 나는 마음속에 자신도 거의 이해할 수 없는 괴물을 안고 있는 것 같았다.

11월 ×일, 자작은 끝내 아키코와 결혼식을 올렸다. 나는 나 자신에 대해 이루 말할 수 없는 분노를 느끼지 않을 수 없었다. 그 분노가 마치 한번 도주한 병사가 자신의 비겁함에 대해 느끼는 수치심과 비슷한 것 같았다.

12월 ×일, 나는 자작의 청에 따라 그의 병상을 찾아갔다. 아키코 역시 옆에 있었는데 밤새 발열이 심했다고 한다. 나는 진찰한 후 감기에 지나지 않는다고 말하고 곧바로 집으로 돌아와 자작을 위해 스스로 약을 조제했다. 그 두 시간 동안 '그 환약' 상자는 시종일관 내게 가공할 만한 유혹을 계속했다.

12월 ×일, 나는 어젯밤 자작을 살해하는 악몽에 시달렸다. 하루 종일 가슴속의 불쾌함을 버리기 힘들었다.

2월 ×일, 아아, 나는 이제야 비로소 깨달았다. 내가 자작을 살해하지 않기 위해서는 나 자신을 살해하지 않으면 안 된다는 것을. 그렇다면 아키코는 어떻게 될까.

자작 각하, 그리고 부인, 이것은 대략적인 내 일기다. 대략이라고 해도 밤낮으로 계속된 나의 고민은 당신들에게 충분히 이해되지는 않을 것이다. 나는 혼다 자작을 살해하지 않기 위해서는 나 자신을 죽이지 않으면 안 되었다. 하지만 내가 만약 나 자신을 구하기 위해 혼다 자작을 죽인다면 나는 내가 미츠무라 쿄헤이를 죽인 이유를 어디서 찾을 것인가. 만약 그를 독살한 이유가, 내가 자각하지 못한 이기주의에 잠재해 있다고 한다면 나의 인격, 양심, 도덕, 주장은 모두 완전히 사라질 것이다. 물론 그것은 내가 견뎌낼 수 있는 것이 아니다. 나는 오히려 나 자신을 죽이는 것이 나의 정신적 파탄보다 훨씬 나을 거라고 믿고 있다. 그러므로 나는 내 인격을 수립하기 위해 오늘 밤 '그 환약' 상자로 예전에 내 손에 죽임을 당한 희생자와 동일한 운명을 맞으려고 한다.

혼다 자작 각하, 그리고 부인, 나는 이상과 같은 이유로 당신들이 이 유언을 손에 넣었을 때는 이미 사체가 되어 내 침대에 누워 있을 것이다. 다만 죽음에 이르러 내가 저주할 만한 반생의 비밀을 자세히 고백한 것은 역시 당신들을 위해 다소라도 미련 없이 스스로 깨끗이 죽기 위해서일 뿐이다. 당신들은 만약 미워하려면 미워하고, 가엾게 여기려면 가엾게 여기라. 나는, 즉 스스로 미워하고 스스로 가엾게 여기는 나는 기꺼이 당신들의 증오와 연민을 받을 것이다. 그렇다면 나는 붓을 놓고 마차를 타고 곧 신토미자로 향할 것이다. 그리고 한나절의 관극이 끝난 후 나는 '그 환약' 몇 알을 입에 넣고 다시 내 마차를 탈 것이다. 물론 계절은 다르지만 분분하게 흩날리는 가랑비는 나로 하여금 다행히 장마 때의 하늘을 떠올리게 할 것이다. 그리하여 나는 그 뚱뚱한 돼지 같은 미츠무라 쿄헤이처럼 마차의 창밖을 오가는 등불을 보며 마차 덮개 위에 쓸쓸하게 내리는 밤비 소리를 들으며 신토미자를 떠날 것이다. 그리고 머지않아 반드시 최후의 숨을 쉴 것이다. 당신들 역시 내일 신문을 펼칠 때 아마 내 유서를 손에 넣기 전에 기타바타케 기이치로 박사가 가부키를 보고 집으로 돌아가는 중에 마차 안에서 뇌출혈로 급사했다는 기사를 읽지 않겠는가. 마지막으로 나는 진심으로 당신들의 행복과 건재를 기도한다. 당신들에게 늘 충실한 종, 기타바타케 기이치로 드림.

(1918년 6월)

교인의 죽음 奉教人の死

설령 삼백 살을 살고 즐거움이 분에 넘친다고 해도 영원
불멸의 즐거움에 비하면 꿈같은 환상에 지나지 않는다.

　　　　– 게이초慶長 연간에 번역된 Guia do Pecador*

선의 길에 들어서려는 사람은 그 가르침에 깃들어 있는
불가사의한 종교적 환희를 맛볼 것이다.

　　　　– 게이초 연간에 번역된 Imitatione Christi**

---

* '죄인을 (선으로) 인도하는 일'이라는 뜻. 16세기 스페인의 신학자 루이스
데 그라나다Luis de Granada의 원저가 1599년(게이초 4년)에 번역되어
당시 일본의 지식계급과 신자에게 널리 읽혔다.

** '그리스도를 본받아'라는 뜻의 라틴어. 네덜란드의 사제 헤르트 데 흐로테
Geert de Groote(1340~1384)가 기초起草하고 독일의 종교 작가인 사제
토마스 아 켐피스Thomas á Kemmpis(1379~1471) 등이 수정 보증하여
편찬했다는 설이 유력하다. 그리스도교 사회에서 성서 다음으로 널리 읽
힌 명저다.

옛날 일본 나가사키의 '산타루치아'라는 성당에 로렌조라는 이 지방 소년이 있었다. 어느 해 성탄절 날 밤 그 소년이 성당 문 앞에 굶주려 쓰러져 있는 것을 예배를 보러 온 신도들이 거두었고, 그 후 신부님이 가엾게 여겨 성당에서 키우게 되었다. 그런데 어쩐 일인지 그의 성장 과정을 물어보면 고향은 '천국', 아버지 이름은 '천주님' 하는 식으로 늘 아무렇지 않은 듯이 웃어넘길 뿐 진실을 밝힌 적이 전혀 없었다. 하지만 부모 대부터 이교도가 아니었다는 것만은 손목에 찬 사파이어 색 묵주를 봐도 알 수 있었다고 한다. 그러므로 신부님을 비롯한 많은 수도사들도 설마하니 수상한 아이는 아닐 거라며 친절하게 보살펴주었다. 그런데 어린 나이에 어울리지 않게 깊은 신앙심은 장로들이 혀를 내두를 정도였다. 그래서 다들 로렌조는 천사의 환생이 아닐까 하며, 어디서 태어났고 누구의 아이인지도 모르는 소년을 무척 애지중지했다.

또한 '로렌조'는 얼굴이 옥처럼 맑고 목소리도 여자처럼 부드러워 더더욱 사람들의 동정을 샀을 것이다. 그중에서도 이 지방 수도사 중 시메온이라는 사람은 로렌조를 동생처럼 대하며 성당에 드나들 때도 꼭 사이좋게 손을 잡고 다녔다. 시메온은 원래 어느 영주를 모신 무사 집안 출신이었다. 그래서 키도 아주 크고 힘을 타고난 탓에 이교도들의 공격으로부터 신부님을 보호해준 일도 한두 번이 아니었다. 그런데 로렌조와의 사이좋은 모습은 꼭 비둘기와 친한 사나운 독수리 같다고나 할까, 아니면 레바논산의 노송나무에 포도나무 덩굴이 타고 올라가 꽃을 피운 것 같다고나 할 수 있었다.

그럭저럭 3년 남짓한 세월이 흘러 로렌조는 드디어 결혼도 할 만한 나이가 되었다. 하지만 그 무렵 수상한 소문이 돌았다. 산타루치아에서 멀지않은 마을의 우산 가게 아가씨와 로렌조가 가까운 사이라는 것이다. 이 우산 가게의 영감도 천주의 가르침을 받드는 사람이어서 아가씨와 함께 성당에 예배를 보러 다녔는데 아가씨는 기도를 할 때도 향로를 들고 있는 로렌조에게서 눈을 떼는 일이 없었다. 게다가 성당에 드나들 때는 반드시 머리를 예쁘게 꾸미고 늘 로렌조가 있는 쪽으로 눈길을 주었다. 그리하여 저절로 신도들의 눈에도 띄게 되어 아가씨가 지나가며 로렌조의 발을 밟았다고 하는 사람도 있을 뿐 아니라 두 사람이 연서를 주고받는 것을 봤다는 사람도 나왔다.

따라서 신부님도 그냥 내버려둘 수 없다고 생각했을 것이다. 어느 날 로렌조를 불러 흰 수염을 물며 "자네, 우산 가게 아가씨와 이런저런 소문이 있다고 들었는데 설마 사실은 아니겠지, 어떤가?" 하고 아주 다정하게 물었다. 하지만 로렌조는 그저 한탄스럽다는 듯이 고개를 저으며 "그런 일은 결코 있을 리 없습니다" 하고 울먹이는 소리로 되풀이할 뿐이었다. 그래서 신부님도 역시 고집을 꺾고, 나이나 평소의 신심으로 보아 이렇게까지 말하는데 거짓말은 아닐 거라고 생각했다.

그리하여 일단 신부님의 의심은 풀렸지만 산타루치아에 예배를 보러 오는 사람들 사이에서는 그런 소문이 쉽게 끊어질 것 같지 않았다. 그러자 형제나 마찬가지였던 시메온의 걱정은 남들보다 배는 컸다. 처음에는 이런 음란한 일을 야단스럽게 문제 삼는 것이 자신도 부끄러워 노골적으로 말하는 것은 물론이고 로렌조의 얼굴조차 제대로 쳐다볼 수 없을 정도였다. 하지만 어느 날 산타루치아의 뒤뜰에서 로렌조 앞으로 온 아가씨의 연서를 주웠고, 다행히 아무도 없는 방이 있어 로렌조 앞에 그 편지를 들이대고 어르고 달래며 이것저것 추궁했다. 하지만 로렌조는 그저 아름다운 얼굴을 붉히며 "아가씨는 나한테 마음을 주었지만 나는 편지를 받았을 뿐 말을 나눈 적이 한 번도 없어요" 하고 말했다. 그렇지만 세상의 비난도 있어서 시메온이 여전히 캐묻자 로렌조는 쓸쓸한 눈으로 가만히 상대를 바라보나 싶더니 "내가 주님에게까지 거짓말을 할 사람으로 보이나 보네요" 하고 원망하듯이 내뱉고는 마치 제비처럼 그대로 방을 나가버렸다. 그런 말을 듣고 보니 시메온도 자신의 의심이 많은 게 부끄러웠으므로 풀이 죽어 그 자리에서 물러가려고 할 때 갑자기 소년 로렌조가 다시 뛰어 들어왔다. 그런데 덤벼들 듯이 시메온의 목덜미를 안더니 헐떡거리며 "내가 잘못했어요. 용서해줘요" 하고 속삭이고는 이쪽이 한마디도 대답하기 전에 눈물 젖은 얼굴을 감추기 위해선지 상대를 밀어젖히듯이 몸을 떼고는 쏜살같이 다시 원래 왔던 쪽으로 달려가 버렸다고 한다. 하지만 "내가 잘못했어요"라고 속삭인 것이 아가씨와 밀통한 것이 잘못했다는 것인지 아니면 시메온에게 냉정하게 대한 것이 잘못했다는 것인지 도통 짐작할 수가 없었다.

　그런데 그 후 얼마 지나지 않아 그 우산 가게 아가씨가 임신을 했다는 소동이 일어났다. 게다가 그녀는 아버지 앞에서 배속 아이의 아버지는 산타루치아의 로렌조라고 분명히 말했다.

그러자 우산 가게의 영감은 불같이 화를 내며 즉각 신부님에게 자세한 사정을 호소하러 왔다. 이렇게 된 이상 로렌조도 변명의 여지가 전혀 없었다. 그날 안에 신부님을 비롯하여 수도사들 일동의 합의로 로렌조에게 파문을 선고했다. 원래 파문이 결정된 이상 로렌조는 신부님 곁에서 쫓겨나기 때문에 당장 먹고 사는 게 어려워진다. 하지만 그런 죄인을 그대로 산타루치아에 내버려두는 것은 주님의 영광에 관계되는 일이기 때문에 평소 친했던 사람들도 눈물을 머금고 로렌조를 내쫓았다는 것이다.

그중에서도 동정을 산 것은 형제처럼 지냈던 시메온이었다. 그는 로렌조가 쫓겨나게 된 일의 슬픔보다는 로렌조에게 속았다는 분함이 배는 컸다. 그래서 그 가냘픈 소년이 풀이 죽은 채 마침 불어오는 초겨울 찬바람 속으로 문을 나설 때 옆에서 주먹을 날려 그 아름다운 얼굴을 힘껏 때렸다. 로렌조는 불시에 세게 맞았기 때문에 그곳에 넘어졌지만 곧 일어나 눈물을 머금고 하늘을 올려다보며 "주여, 용서하소서. 시메온은 자기가 한 일을 모르옵나이다" 하고 와들와들 떨리는 목소리로 기도했다고 한다. 시메온도 거기에는 기가 꺾였을 것이다. 잠시 입구에 가만히 서서 허공에 주먹을 휘두르고 있었다. 그런데 그 밖의 수도사들도 여러 가지로 달랬기 때문에 그것을 계기로 팔짱을 낀 채 폭풍이라도 불어올 하늘처럼 무시무시하게 어두운 표정으로, 힘없이 산타루치아의 문을 나서는 로렌조의 뒷모습을 탐하듯이 무섭게 지켜보고 있었다. 그때 그 자리에 있던 신도들 이야기에 따르면, 고개를 숙이고 걸어가는 로렌조의 머리 너머로 마침 초겨울 찬바람에 흔들리는 태양이 나가사키 서쪽 하늘로 지는 참이어서 그 소년의 우아한 모습은 마치 온 하늘의 화염 속에 서 있는 것처럼 보였다고 한다.

그 후 로렌조는 산타루치아의 제단에 향로를 장식하던 옛날과는 완전히 달라져 마을 외곽의 천민 오두막에서 기거하는 참으로 가련한 거지가 되었다. 하물며 그 전에는 이교도들에게 백정처럼 천대받던 천주님의 가르침을 받드는 자였던 것이다. 그러므로 마을로 가면 분별없는 아이들에게 비웃음을 사는 것은 물론이고 칼이나 막대기, 기와 조각이나 돌멩이 같은 것에 맞는 봉변을 당하는 일도 종종 있었다고 한다. 아니, 전에는 나가사키 지역에 널리 퍼진 무서운 열병에 걸려 7일 밤낮을 길가에 나뒹굴며 괴로워했다는 것이다. 하지만 무량무변한 신의 애련愛憐은 그때마다 로렌조의 목숨을 구해주었을 뿐 아니라 먹을 것을 얻어먹지 못했을 때는 산속의 열매, 바다의 해산물 등 그날의 양식을 베풀어주곤 했다. 따라서 로렌조도 아침저녁으로 기도를 올리며 산타루치아에 있던 옛날을 잊지 않았고, 손목에 차고 있던 묵주도 사파이어 색이 변하지 않았다는 것이다. 그뿐 아니라 매일 밤이 이슥하여 사람 소리가 잦아지는 무렵이 되면 이 소년은 마을 외곽의 천민 오두막을 빠져나와 달빛을 밟으며 정든 산타루치아로 주 예수 그리스도의 가호를 빌러 다녔다.

하지만 그 무렵에는 같은 성당에 다니는 신도들도 로렌조를 완전히 잊었고, 신부님을 비롯하여 누구 하나 가엾게 여기는 사람이 없었다. 당연한 일이지만 파문을 당할 때부터 수치를 모르는 짓을 한 소년이라고 믿었기 때문에 어찌 밤마다 혼자 성당에 다닐 만큼 신심이 깊다는 것을 알 수 있었겠는가. 이 또한 신의 헤아릴 수 없는 계획의 하나이기 때문에 어쩔 수 없는 일이겠지만, 로렌조의 입장에서는 참으로 가엾은 일이었다.

그런데 이번에는 그 우산 가게 딸이다. 로렌조가 파문을 당하고 얼마 지나지 않아 그 딸은 달도 차지 않은 여자아이를 낳았는데, 아무리 완고하던 아버지라고 해도 첫 손녀의 얼굴은 밉지 않았는지 딸과 함께 정성껏 돌보며 손수 안아주기도 하고 때로는 가지고 놀 인형을 사주기도 했다는 것이다. 노인이야 원래 그렇다 쳐도 이상한 것은 수도사 시메온이었다. 악마도 꺾을 수 있는 덩치 큰 남자는 아가씨가 아이를 낳자마자 틈만 나면 우산 가게 영감을 찾아가 울퉁불퉁한 팔로 아이를 안아 올리고는 씁쓸한 얼굴에 눈물을 글썽이며, 동생처럼 애지중지하던 가냘픈 로렌조의 아름다운 모습을 그리워했다고 한다. 다만 아가씨만은 로렌조가 산타루치아를 떠나 지금까지 전혀 모습을 드러내지 않는 것을 원망하며 탄식하는 기색이었기 때문에 시메온이 찾아가는 것도 어쩐지 불쾌하게 생각하는 것 같았다.

이 나라 속담에도 세월이 흐르는 것은 아무도 막지 못한다는 말이 있듯이 그럭저럭 하는 사이에 어느덧 1년 남짓한 세월이 눈 깜짝할 사이에 지난 것 같았다. 그런데 이때 상상조차 하지 못할 대사건이 일어났다. 어느 날 밤 나가사키의 절반을 태워버린 큰 화재가 발생한 것이다. 그 당시의 참상은 최후의 심판 때 들리는 나팔소리가 온 하늘의 불빛을 뚫고 울려 퍼진 것이 아닌가 싶을 만큼 참으로 소름이 끼치는 것이었다. 그때 그 우산 가게 노인의 집은 불행하게도 바람이 불어 닥치는 쪽에 있었기 때문에 순식간에 화염에 휩싸였다. 그런데 부녀 권속이 서둘러 도망쳐 나오고 보니 딸이 낳은 아이가 보이지 않았다. 틀림없이 방 안에 눕혀놓은 것을 잊고 도망쳐 나왔을 것이다. 그러니 노인은 발을 동동 구르며 울부짖었다. 딸 역시 사람들이 말리지 않았다면 불 속으로 뛰어 들어가 꺼내려는 기색이었다. 하지만 바람이 점점 거세게 불어 불길은 하늘의 별도 태울 것처럼 사나웠다. 그러므로 불을 끄러 달려온 마을 사람들도 그저 갈팡질팡 떠들어대기만 할 뿐 미친 듯이 날뛰는 딸을 말리는 것 말고는 달리 방도가 없었다. 그런데 많은 사람들을 헤치고 한 사람이 달려왔는데 수도사 시메온이었다. 그는 화살과 탄알이 쏟아지는 가운데도 뚫고 지나갈 만큼 늠름한 대장부였으므로 앞뒤 가리지 않고 용감하게 화염 속으로 향했지만 너무나 거센 불길에 질려 물러난 모양이었다. 두세 차례 연기를 뚫고 들어가나 싶었으나 곧 등을 돌리고 쏜살같이 도망쳐 나왔다. 그러고는 노인과 딸이 서 있는 곳으로 와서 "이것도 만사를 행하시는 천주님의 계획 가운데 하나입니다. 도리 없는 일이니 단념하세요"라고 말했다. 그때 노인 옆에서 누구인지 모르나 큰 소리로 "주여, 도와주소서"라고 외치는 자가 있었다. 귀에 익은 목소리여서 시메온이 고개를 돌려 그 목소리의 주인공을 엄한 눈으로 보니, 이게 웬일인가, 그는 틀림없는 로렌조였다. 곱게 말라 수척한 얼굴은 불빛에 붉게 빛나고 바람에 흐트러진 검은머리도 어깨 아래까지 늘어뜨려진 것 같았지만 가련하도록 아름다운 용모는 한눈에 알아볼 수 있었다. 거지꼴의 로렌조가 몰려든 사람들 앞에 서서 눈 한 번 떼지 않고 불타오르는 집을 바라보고 있었다. 그렇게 생각한 것은 정말이지 눈 깜짝할 순간이었다. 무서운 바람이 한바탕 불길을 일으키며 지나가나 싶더니 로렌조는 쏜살같이 달려가 벌써 불기둥, 불타는 벽, 불타는 대들보 안으로 들어가 있었다. 시메온은 자기도 모르게 온몸에 땀을 흘린 채 하늘 높이 십자가를 그리며 자신도 "주여, 도와주시옵소서" 하고 외쳤다. 하지만 어쩐 일인지 마음의 눈에는 초겨울 찬바람에 흔들리는 햇빛을 받으며 산타루치아의 문 앞에 서 있던 아름답고 슬퍼 보이는 로렌조의 모습이 떠올랐다고 한다.

하지만 주위에 있던 신도들은 로렌조의 갸륵한 행동에 놀라워하면서도 파계했던 옛날 일을 잊을 수 없었을 것이다. 금세 이러쿵저러쿵 비난하는 소리가 바람을 타고 웅성거리는 사람들에게 날아들었다. "역시 육친의 정은 어쩔 수 없나보군. 자신의 죄를 부끄러워해서 이 근처에는 얼씬도 하지 않았던 로렌조가 지금은 자기 자식의 목숨을 구하겠다고 불 속으로 뛰어들어간 거지"라고 누구라 할 것 없이 수군거리기 시작했던 것이다. 여기에는 노인도 같은 생각이었는지 로렌조의 모습을 보고 나서는 의심스러운 마음의 동요를 숨기려는 것인지 앉았다 일어섰다 몸부림을 치며 무언가 바보 같은 말만 큰 소리로 외치고 있었다. 하지만 그 딸만은 미친 듯이 땅에 무릎을 꿇고 앉아 두 손으로 얼굴을 감싸고 오로지 기도에만 열중하며 꼼짝할 기색조차 보이지 않았다. 하늘에서는 불티가 비처럼 쏟아졌다. 연기도 땅을 휩쓸며 얼굴을 때렸다. 하지만 딸은 묵묵히 고개를 숙이고 자신도 세상도 잊은 듯 기도에만 빠져 있었다.

그러는 사이에 다시 불 앞에 모인 사람들이 한꺼번에 와아 하고 술렁이는가 싶더니 머리를 풀어헤친 로렌조가 두 손으로 어린애를 안고 어지럽게 날고 있는 화염 속에서, 하늘에서 내려온 듯이 모습을 드러냈다. 하지만 그 순간 불에 타버린 들보 하나가 갑자기 중간에서 부러진 것인지 무시무시한 소리와 함께 연기와 불똥이 한 덩어리가 되어 공중으로 내뿜어졌다고 생각한 순간 로렌조의 모습은 불현듯 사라지고 그 자리에는 오직 불기둥만이 산호처럼 우뚝 서 있을 뿐이었다.

너무나도 끔찍한 일에 정신이 나가서 시메온을 비롯한 노인, 그리고 그 자리에 있던 신도들은 모두 눈앞이 깜깜해지는 것 같았다. 그중에서도 딸은 요란하게 울부짖으며 한 번은 정강이까지 드러내며 펄쩍 뛰어올랐으나 곧 번개라도 맞은 사람처럼 그대로 땅에 쓰러졌다고 한다. 그런데 어찌 하겠는가, 여하튼 쓰러진 딸의 손에 어느새 어린 여자아이가 생사불명인 채 꼭 안겨 있었다. 아아! 광대무변하신 천주님의 지혜와 힘은 뭐라 비유할 말이 없다. 불에 타 무너지는 들보에 깔리면서도 로렌조가 필사적인 힘을 짜내 이쪽으로 던진 어린애는 마침 딸의 발치에 상처도 없이 굴러 떨어진 것이다.

그리하여 딸이 땅에 엎드려 기쁜 눈물에 메인 소리와 함께 두 손을 올리고 선 노인의 입에서는 천주님의 자비를 칭송하는 소리가 저절로 엄숙하게 흘러나왔다. 아니, 바로 막 흘러나오려는 기색이었다고 할까. 그보다 먼저 시메온이 로렌조를 구하려는 일념으로 소용돌이치는 불의 폭풍 속으로 똑바로 뛰어드는 바람에 노인의 목소리는 다시 걱정스럽고 애처로운 기도 소리가 되어 밤하늘 높이 울려 퍼졌다. 그것은 물론 노인만이 아니었다. 모녀를 둘러싼 신도들은 일제히 소리를 모아 "주여, 도와주시옵소서" 하며 울면서 기도를 올렸다. 그리하여 동정녀 마리아의 아들, 모든 사람의 고난과 슬픔을 자신의 일처럼 살펴보시는 우리의 주님 예수 그리스도는 결국 이 기도를 들어주셨다. 보라. 시메온은 처참하게 불에 타 문드러진 로렌조를 안아 재빨리 불과 연기의 한가운데서 구출해 오지 않았는가.

하지만 그날 밤의 큰 사건은 이것만이 아니었다. 숨이 끊어질 듯 말 듯하던 로렌조가 일단 신도들의 손에 이끌려 바람이 불어오는 쪽에 있던 그 성당 문 앞에 눕혀졌을 때의 일이다. 그때까지 아이를 가슴에 안고 눈물에 잠겨 있던 우산 가게의 딸은 마침 문에서 나온 신부님의 발밑에 무릎을 꿇고 한자리에 나란히 있는 사람들의 눈앞에서 "이 아이는 로렌조 님의 아이가 아닙니다. 사실은 제가 옆집 이교도와 밀통해서 얻게 된 아이입니다"라고 생각지도 못한 참회를 했다. 생각에 잠긴 목소리의 떨림으로 보나 눈물에 젖은 두 눈빛으로 보아 이 참회에는 털끝만큼의 거짓도 있을 것 같지 않았다. 당연히 어깨를 나란히 하고 서 있던 신도들은 하늘도 태울 듯하던 맹렬한 불도 잊은 채 숨소리도 내지 않고 숨을 죽이고 있었다.

딸은 눈물을 거두고 말을 이었다. "저는 평소 로렌조 님을 연모해왔습니다. 그런데 그의 신심이 굳어 저를 너무 무정하게 대했습니다. 원망스러운 마음에 그만 임신한 아이를 로렌조 님의 아이라고 속였습니다. 저에게 무정하게 대했던 분함을 뼈저리게 느끼게 해주려고 한 짓이었습니다. 하지만 로렌조 님의 고상한 마음은 제가 지은 큰 죄를 미워하지도 않고 오늘 밤에는 자기 몸의 위험조차 다 잊고 지옥과도 같은 화염 속에서 고맙게도 제 아이의 목숨까지 구해주었습니다. 불쌍히 여기는 마음과 베풀어주는 마음은 정말 주 예수 그리스도의 재림이 아닌가 합니다. 그렇지만 저의 무거운 죄를 생각하면 이 육신은 당장 악마의 손톱에 갈기갈기 찢긴다고 해도 도저히 원망할 수 없을 것입니다."

우산 가게 딸은 참회를 다 마치지도 못한 채 땅바닥에 몸을 던지고 엎드려 울었다. 바로 그때 이중삼중으로 둘러싼 신도들 사이에서는 순교다, 순교다, 하는 소리가 파도처럼 일어났다. 갸륵하게도 로렌조는 죄인을 불쌍히 여기는 마음에서 주 예수 그리스도의 행적을 좇아 거지가 되어서까지 몸을 내던졌다. 그런데도 아버지라며 받들던 신부님도, 형이라며 의지하던 시메온도 모두 그 마음을 몰랐다. 이것이야말로 순교가 아니고 무엇이겠는가.

하지만 정작 로렌조는 그 딸의 참회를 들으며 두어 번 머리를 끄덕였을 뿐이다. 머리카락과 피부가 타고 손발도 움직일 수 없는 데다 지금은 말을 하려는 기색조차 전혀 없었다. 딸의 참회에 가슴이 찢어지는 듯한 노인과 시메온은 그의 머리맡에 무릎을 꿇고 앉아 이것저것 보살피고 있었지만 로렌조의 숨은 시시각각 짧아져 최후의 순간도 이제 멀지 않아 보였다. 다만 평소와 다르지 않은 것은 멀리 하늘을 올려다보는 별 같은 눈동자의 색뿐이었다.

이윽고 우산 가게 딸의 참회에 귀를 기울이던 신부님이 거칠게 불어 닥치는 밤바람에 흰 수염을 날리며 산타루치아의 문을 뒤로 하고 엄숙하게 말했다. "회개한 자는 행복한 사람이다. 그렇게 행복한 사람을 어떻게 인간의 손으로 벌하겠느냐. 앞으로 천주님의 계율을 더욱 명심하고 마음 편히 마지막 심판의 날을 기다려라. 또한 로렌조가 주 예수 그리스도를 본받아 행동하며 받들려는 마음가짐은 이 나라 신도들 중에서도 보기 드문 덕행이다. 특히 소년의 몸이라고 해도……" 아아, 이건 또 무슨 일이란 말인가. 여기까지 말한 신부님은 갑자기 입을 다물고 마치 천국의 빛을 바라보듯 가만히 발밑의 로렌조의 모습을 지켜봤다. 그 공손한 모습은 어떠한가. 두 손이 떨리는 모습도 심상치 않았다. 아, 신부님의 마른 뺨 위로는 눈물이 하염없이 흘러넘쳤다. 보라. 시메온. 보라. 우산 가게 노인이여. 주 예수 그리스도의 피보다 붉은 불빛을 온몸에 안고 소리도 없이 산타루치아의 문 앞에 누워 있는 참으로 아름다운 소년의 가슴에, 불에 타 찢어진 옷 틈으로 해맑은 두 개의 젖무덤이 옥구슬처럼 드러나 있는 게 아닌가. 이제는 불에 타 짓물러진 얼굴에도 자연히 드러나는 부드러움은 숨기려야 숨길 수가 없었다. 아아, 로렌조는 여자였다. 로렌조는 여자였던 것이다. 보라. 맹렬한 불을 뒤로 하고 담장처럼 둘러 서 있는 신도들. 간음하지 말라는 계율을 어긴 이유로 산타루치아에서 쫓겨난 로렌조는 우산 가게 딸과 같은 눈빛을 가진 이 고장의 고운 여자다.

참으로 그 찰나의 고귀한 두려움은 마치 천주님의 목소리가 별빛도 없는 먼 하늘에서 들려오는 듯했다고 한다. 그러므로 산타루치아 성당 앞에 늘어서 있는 신도들은 바람에 날리는 보리이삭처럼 누구에게랄 것도 없이 일제히 고개를 숙이고 로렌조 주위에 무릎을 꿇었다. 그 안에서 들려오는 것은 오직 하늘로 울려 퍼지며 타오르는 드높은 화염 소리뿐이었다. 아니, 누군가의 흐느끼는 소리도 들렸는데 그 소리는 우산 가게 딸이었을까. 아니면 스스로가 형이라고 생각하던 수도사 시메온이었을까. 이윽고 그 적막한 주위를 흔들며 로렌조 위로 손을 높이 올리고 신부님이 성경을 봉독하는 소리가 엄숙하고도 구슬프게 귀에 들려왔다. 그리고 봉독하던 소리가 그쳤을 때 로렌조라 불렸던 이 고장의 젊디젊은 여자는 아직도 어두운 밤 저편으로 천국의 영광을 우러러보며 입가에 잔잔한 미소를 머금은 채 조용히 숨을 거두었다.

그 여자의 일생은 이것 외에 무엇 하나 알려지지 않았다. 하지만 그것이 무슨 상관이겠는가. 대체로 인간 세상의 존귀함은 그 무엇과도 바꿀 수 없는 찰나의 감동 이상은 없다. 어두운 밤 바다로 비유되는 번뇌하는 마음의 하늘에 하나의 물결을 일으켜 아직 뜨지 않은 달빛을 물거품 속에 담고서야 살아갈 보람이 있는 목숨이라고 할 수 있을 것이다. 그렇다면 로렌조의 최후를 아는 자는 로렌조의 일생을 아는 자가 아닐까.

내가 소장하고 있는 나가사키 예수회에서 출판한 책의 제목은 『레겐다 오레아』*다. 아마 'LEGENDA AUREA'**일 것이다. 하지만 그 내용은 꼭 서구의 이른바 『황금전설』***은 아닐 것이다. 그 지방 사도 성인의 언행을 기록하고, 아울러 우리나라 그리스도교도가 용맹하게 정진한 사적을 채록함으로써 복음을 전도하는 데 도움이 되고자 한 것 같다.

체재는 상하 두 권, 미농지에 초서체가 섞인 히라가나 문장이며 인쇄 상태가 몹시 안 좋아 활자인지 아닌지조차 알 수 없다. 상권의 속표지에는 라틴어로 서명이 가로로 쓰여 있고 그밑에는 한자로 '서기 1596년,**** 게이초慶長 2년 3월 상순 퇴고함'이라는 두 줄이 세로로 쓰여 있다. 연대 좌우에는 나팔을 부는 천사 그림이 있다. 몹시 유치하지만 참작할 만한 정취가 없

---

* 허구의 책이다.

** 황금전설.

*** 13세기 이탈리아 제노바의 대주교 야코부스 아 보라지네Jacobus a Voragine가 저술한 성인 사도의 전기. 그리스도교를 위해 순교한 많은 성인들의 생애와 기적, 여러 가지 행사와 관련된 이야기를 윤색하고 전설화한 것이다. 중세 유럽의 그리스도교 세계에서 널리 읽혔다. 아쿠타가와는 윌리엄 캑스턴William Caxton의 영역본 "The golden legend"를 소장하고 있었다.

**** 참고로 게이초 2년은 1597년이다. 처음 발표되었을 때는 게이초 원년이었으나 게이초 원년은 10월 27일이 개원이어서 3월이 없다는 지적을 받고 게이초 2년으로 바꿨지만 서기 1596년은 그대로 두었기 때문에 생겨난 착오다.

지는 않다. 하권도 속표지에 '5월 중순 퇴고함'이라는 구절이 있는 것 말고는 상권과 다르지 않다.

두 권 다 분량은 약 60페이지고, 게재되어 있는 황금전설은 상권 8장, 하권 10장을 헤아린다. 그 밖의 각 권 권두에 저자불명의 서문 및 라틴어를 더한 목차가 있다. 서문은 문장이 원숙하지 못하고 이따금 서구의 문장을 직역한 듯한 어법이 섞여 있는 것으로 보아 서양인 신부의 손에 의해 이루어진 것으로 짐작된다.

위에서 채록한 「교인의 죽음」은 『레겐다 오레아』 하권의 제2장에 의거한 것이다. 아마도 당시 나가사키의 한 성당에서 일어난 일이고, 사실을 충실하게 기록한 것이 아닐까. 다만 기사에 나오는 큰 화재는 『나가사키 항초長崎港草』[*]를 비롯한 여러 서적에도 나타나지만, 그 유무조차 명확하지 않기 때문에 그 사건의 정확한 연대는 제대로 파악할 수 없다.

나는 「교인의 죽음」에서 발표의 필요상 감히 다소의 문식文飾을 했다. 평이하고 고상하며 온화한 원문의 필치가 심히 훼손되지 않았다면 무척 다행일 것이다.

(1918년 8월)

---

[*] 에도 시대 중기의 향토사가 구마노 세이쇼熊野正紹의 지지서地誌書.

가레노쇼 枯野抄

조소*와 쿄라이**를 불렀고 어젯밤 눈도 마주치지 않은 채 문 득 생각하여 돈슈***에게 쓰게 했다. 각자 음미하라.

나그네 길에 병이 드니 꿈은 마른 들판을 달리누나
旅に病むで夢は枯野をかけめぐる

—『하나야 일기 花屋日記』****

---

* 나이토 조소 內藤丈艸(1662~1704). 에도 전기의 하이쿠 시인. 바쇼 문하 의 10대 문하생 중 한 사람.

** 무카이 쿄라이 向井去來(1651~1704). 에도 전기의 하이쿠 시인. 바쇼 문 하의 10대 문하생 중 한 사람.

*** 呑舟. 오사카의 하이쿠 시인. 바쇼의 임종 때 보살폈던 인물.

**** 정식으로는『바쇼옹 호고부미 芭蕉翁反古文』다. 겐로쿠 7년(1694) 9월 21일 이후 바쇼의 여행, 병중, 임종, 장례 등의 모습을 문하생의 수기, 담 화, 서간을 모은 형태로 쓴 것이다. 하지만 사실은 와라이 분교 薬井文曉가 『오이 일기 笈日記』,『바쇼옹 행장기 芭蕉翁行狀記』,『마른 억새 枯尾花』등 을 참조해서 만든 위작이다.

겐로쿠元祿 7년(1694) 10월 12일 오후다. 아침노을이 한바탕 붉게 물든 하늘은 또 어제처럼 초겨울 비가 내리려는지 잠에서 깬 오사카 상인의 눈을 먼 기와지붕 너머로 이끌었다. 하지만 다행히 잎이 진 버드나무 우듬지를 부옇게 흐리게 할 정도의 비는 내리지 않았고, 이윽고 흐리지만 어스레하고 아주 조용한 겨울 낮이 되었다. 줄을 지어 늘어선 상가들 사이를 흐르는 것 같지 않게 흐르는 강물조차 오늘은 어렴풋이 광택을 잃고 그 물에 떠도는 파 찌꺼기도 기분 탓인지 푸른빛이 차갑지 않다. 하물며 강가를 오가는 사람들은 질냄비 모양의 두건을 쓴 사람도, 가죽신을 신은 사람도 초겨울 찬바람이 부는 세상을 잊은 듯이 멍하니 걸어간다. 주렴의 색, 수레의 왕래, 인형극을 하는 먼 데서의 샤미센 소리, 이 모든 것이 어스레하고 아주 조용한 겨울 낮을, 다리의 난간법수에 내려앉은 길의 먼지도 움직이지 않을 만큼 조용히 지키고 있다.

그때 미도마에御堂前 미나미큐타로마치南久太郎町*에 있는 하나야 니자에몬花屋仁左衛門**의 뒷방에서는 당시 하이카이俳諧의 큰 스승으로 숭앙받던 마츠오 바쇼***가 사방에서 모여든 문하

---

* 오사카의 지명.

** 바쇼는 발병 후 이 집으로 옮겨 이곳에서 생애를 마감했다.

*** 松尾芭蕉(1644~1694). 에도 전기의 하이쿠 시인. 종래의 하이카이를 혁신하여 '와비わび', '사비さび'를 중시하여 하이카이에 높은 예술성을 부여함으로써 후세에 하이쿠의 성인聖人이라 불렸다. 아쿠타가와는 「바쇼 잡기芭蕉雜記」, 「속바쇼 잡기續芭蕉雜記」에서 바쇼를 일본 최고의 시인으로 칭송했다.

생들의 보살핌을 받으며 51세를 일기로 "재 속에 묻어둔 불씨의 온기가 식듯이"* 조용히 숨을 거두려 하고 있었다. 시각은 대충 오후 4시쯤이었을까. 칸막이 장지문을 치워버려 그저 넓기만 한 방 안에는 머리맡에 피워놓은 향의 연기 한 줄기가 오르고, 세상의 겨울을 뜰 앞에서 가로막은 새로 바른 미닫이문의 색도 이곳만은 어둡게 그늘져 몸에 사무치듯이 쌀랑하다. 그 미닫이문 쪽에 베개를 두고 쓸쓸하게 누운 바쇼 주위에는 우선 의사인 모쿠세츠**가 침구 밑으로 손을 넣어 뜸한 맥을 짚어보며 우울하게 미간을 찌푸리고 있었다. 그 뒤에 꼼짝 않고 앉아 조금 전부터 작은 소리로 끊임없이 부처님 이름을 외고 있는 사람은 이번에 이가伊賀***에서 함께 온 늙은 하인 지로베治郎兵衛가 틀림없다. 그런가 하면 또 모쿠세츠 옆에는 누가 봐도 금방 알 수 있는 몸집이 크고 뚱뚱한 에노모토 키카쿠****가 네모난 명주 소매를 의젓하게 부풀리며 작은 무늬를 흑갈색으로 물들인 어깨를 쫑긋 세운 자세의 늠름한 쿄라이와 함께 가만히 스승의 용태를 들여다보고 있다. 그리고 키카쿠 뒤에는 스

---

* 『바쇼옹 호고부미』에 보이는 말이다.

** 모치즈키 모쿠세츠望月木節. 오쓰大津의 의사로 바쇼의 문하생. 바쇼가 병중이라는 소식을 듣고 오사카로 가서 간호에 전념했다.

*** 현재의 미에현三重縣으로 바쇼의 고향이다. 1694년 5월 8일 바쇼는 지로베를 데리고 에도에서 마지막 여행을 떠나 오와리, 교토, 이가, 나라를 거쳐 오사카에서 생애를 마쳤다.

**** 榎本其角(1661~1707). 에도 전기의 하이쿠 시인. 바쇼 문하의 10대 문하생 중 필두.

님 같은 조소가 손목에 보리수로 만든 염주를 차고 단정하게 대기하고 있었는데, 그 옆에 자리를 잡은 오토쿠니*가 끊임없이 코를 훌쩍이고 있는 것은 복받치는 슬픔을 견딜 수 없었기 때문일 것이다. 그런 모습을 빤히 쳐다보며 낡은 법의의 소매 자락을 여미며 무뚝뚝하게 아래턱을 젖히고 있는 키 작은 승려는 이젠**으로, 이 사람은 거무스름한 얼굴에 고집스러워 보이는 시코***와 나란히 모쿠세츠의 맞은편에 앉아 있었다. 나머지 문하생 몇 명은 모두 숨소리도 내지 않고 조용히 스승의 침상을 오른쪽, 왼쪽으로 둘러싸고 한없는 사별을 아쉬워하고 있다. 그런데 그중에서도 단 한 사람, 방구석에 납작 엎드린 채 통곡하고 있는 사람은 마사히데****가 아닐까 싶다. 하지만 이 사람도 방 안의 쌀랑한 침묵에 눌려 머리맡의 희미한 향을 흩뜨릴 만큼의 소리도 내지 않는다.

바쇼는 조금 전 가래와 기침에 쉰 목소리로 분명치 않은 유언을 한 후 반쯤 눈을 뜬 채 혼수상태에 빠진 듯하다. 살짝 곰보 자국이 있는 얼굴은 광대뼈만 두드러지게 야위었고, 주름으로 둘러싸인 입술에도 진작 핏기가 가셨다. 특히 애처로운 것은

---

* 가와이 오토쿠니川井乙州(1657~1720). 바쇼 문하의 하이쿠 시인.

** 히로세 이젠廣瀬惟然(?~1711). 바쇼 문하의 하이쿠 시인. 바쇼의 마지막 여행에 수행했으며 병상을 지켰다.

*** 가가미 시코各務支考(1665~1723). 에도 중기의 하이쿠 시인으로 바쇼 문하의 10대 문하생 중 한 사람. 바쇼의 마지막 여행에 수행했으며『오이 일기』를 편집했다.

**** 미즈타 마사히데水田正秀(1658~1723). 바쇼 문하의 하이쿠 시인.

눈빛이다. 멍한 빛을 띠며 마치 지붕 너머에 있는 한없는 겨울 하늘이라도 바라보고 있는 듯이 공연히 먼 곳을 향하고 있다.

'나그네 길에 병이 드니 꿈은 마른 들판을 달리누나.'

어쩌면 이때 종잡을 수 없는 그 시선 속에는 삼사일 전 자신이 죽을 때 남기는 하이쿠로 읊은 대로, 달빛 한 점 없이 망망한 마른 들판의 어스름이 꿈처럼 떠돌고 있었을지도 모른다.

"물."

이윽고 모쿠세츠는 이렇게 말하며 뒤에 있는 지로베를 조용히 돌아보았다. 한 그릇의 물과 깃털을 매단 이쑤시개*는 이미 이 늙은 하인이 준비해둔 터다. 그는 두 물건을 주뼛주뼛 주인의 머리맡에 늘어놓고 갑자기 빠른 어조로 다시 염불을 열심히 외기 시작했다. 산골에서 자란 지로베의 소박한 마음으로는, 바쇼든 누구든 피안에 왕생하려면 다 같이 아미타불의 자비에 매달려야 한다는 굳은 신념이 뿌리 내리고 있기 때문일 것이다.

한편 모쿠세츠는 "물"이라고 말한 순간 과연 자신은 의사로서 만전을 기했는가 하는 평소의 의혹이 고개를 들었다. 하지만 곧 스스로를 격려하는 마음으로 옆에 있던 키카쿠 쪽을 돌아보며 말없이 살짝 신호를 보냈다. 바쇼의 침상을 에워싸고 있던 일동의 마음에 이제 슬슬 때가 되었다는 긴장된 느낌이 순간적으로 번뜩인 것은 그때였다. 하지만 그 긴장된 느낌을 전후해서 일종의 이완된 느낌, 이를테면 와야 할 느낌이 드디

---

* 치아에 물을 들이거나 약을 바를 때 사용하는데 여기서는 임종하는 바쇼의 입술을 물로 적셔줄 때 사용한다.

어 왔다는 안도에 가까운 마음이 스쳐간 것도 어쩔 수 없는 일이었다. 다만 안도에 가까운 이 마음은 누구도 그 의식의 존재를 긍정하려고 하지 않았을 만큼 미묘한 성질의 것이었기 때문인지, 실제로 그곳에 있는 일동 중에서 가장 현실적인 키카쿠조차 때마침 모쿠세츠와 얼굴을 마주했을 때 상대의 눈에서 절박하게 같은 마음을 읽어내고는 실로 흠칫하지 않을 수 없었을 것이다. 그는 황급하게 시선을 밖으로 돌리고는 아무렇지 않게 이쑤시개를 집어 들고 "그럼, 먼저" 하며 옆에 있는 쿄라이에게 말했다. 그리고 그 이쑤시개에 따뜻한 물을 적시며 두툼한 무릎을 움직여 임종 직전인 스승의 얼굴을 살짝 들여다보았다. 사실 그는 이렇게 될 때까지 스승과 이승에서의 이별을 고하는 일이 필시 슬플 거라는 정도의 예측 같은 생각이 없었던 것은 아니다. 하지만 드디어 이렇게 마지막 물을 뜨고 보니 실제 자신의 마음은 연극 같은 그 예측을 완전히 배반하고 너무나도 냉담하고 맑았다. 그뿐 아니라 키카쿠가 더욱 의외였던 것은 말 그대로 피골이 상접하게 수척해진 임종 직전인 스승의 섬뜩한 모습이 거의 고개를 돌리지 않을 수 없을 만큼 심한 혐오의 감정을 불러일으킨 일이다. 아니, 단순히 심하다고 해서는 아직 충분한 표현이 아니다. 그것은 마치 눈에 보이지 않는 독극물처럼 생리적인 작용까지 하는 가장 견디기 힘든 종류의 혐오였다. 그때 그는 우연한 계기로 모든 추함에 대한 반감을 스승의 병든 몸에 쏟은 것일까. 아니면 또 '삶'의 향락가인 그에게 병든 몸으로 상징된 '죽음'이라는 사실이 더할나위 없이 저주할 만한 자연의 위협이었던 것일까. 아무튼 거의 죽어가는 바쇼의 얼굴에서 말할 수 없는 불쾌감을 느낀 키카쿠는 거의 아무런 슬픔도 없이 보라빛이 도는 얇은 입술에 물을 한 번 적시고는 곧바로 얼굴을 찌푸리며 물러났다. 물러날 때 일종의 자책 비슷한 심정이 순간적으로 그의 마음을 스쳤지만 그가 조금 전에 느낀 혐오감은 그런 도덕심을 고려하기에는 너무나도 강렬했던 듯하다.

키카쿠에 이어 이쑤시개를 집어든 사람은 조금 전 모쿠세츠가 신호를 보냈을 때부터 이미 마음의 평정을 잃은 듯한 쿄라이다. 평소부터 공손하고 겸손하기로 소문난 그는 일동에게 가볍게 목례하고는 바쇼의 머리맡으로 바짝 다가갔는데, 거기에 병으로 누워 있는 늙은 하이쿠 시인의 쇠약해진 얼굴을 보자 어떤 만족과 회한이라는 이상하게 착잡한 심정을 싫어도 맛보지 않을 수 없었다. 게다가 그 만족과 회한이란 마치 응달과 양지처럼 떨어질 수 없는 인연을 짊어지고, 실은 사오일 전부터 끊임없이 소심한 그의 기분을 어지럽게 하고 있었던 것이다. 왜냐하면 스승이 중병에 걸렸다는 소식을 듣자마자 심야인데도 곧장 후시미*에서 배를 타고 이곳 하나야의 문을 두드린 이래 그는 스승의 간병을 하루도 게을리 한 적이 없었기 때문이다. 게다가 시도**에게 부탁하여 돕게 해달라고 했고, 스미요시

---

* 교토시 남부의 지명.

** 에모토 시도楸本之道(1659?~1708). 에도 전기의 하이쿠 시인으로 약종상을 운영했으며 오사카에서는 마츠오 바쇼의 첫 문하생. 바쇼는 시도의 집에서 발병했다.

다이묘진住吉大明神*에 사람을 보내 병의 회복을 기원하게 했으며, 또한 하나야 닌자에몬과 의논하여 세간을 구입해오게 하는 등 거의 혼자 부지런히 일하며 모든 것을 살폈다. 물론 그것은 쿄라이가 자진해서 한 일이기 때문에 누구에게 은혜를 입히려는 생각이 전혀 없었다는 것은 분명하지만, 온몸으로 스승의 보살핌에 몰두했다는 자각은 자연스럽게 그의 마음속 밑바닥에 커다란 만족의 씨앗을 뿌렸다. 그것은 단지 의식되지 않은 만족으로서 그의 활동 배경에 따뜻한 마음을 확산시켰던 동안에는 물론 그도 일상에 아무런 신경을 쓰지 않았던 듯하다. 그렇지 않다면 밤을 새워 간호하며 사방등 불빛 아래서 시코와 세상 이야기에 빠져 있을 때도 새삼스럽게 효도의 도리를 늘어놓으며 자신이 스승을 섬기는 것은 부모를 섬기는 셈이라고 장황하게 술회하지는 않았을 것이다. 하지만 그때 의기양양하던 그는 고약한 시코의 얼굴에서 언뜻 번뜩인 쓴웃음을 보자 갑자기 지금까지의 심적 조화에 이상이 생긴 것을 의식했다. 그리고 그 이상의 원인은, 처음 깨달은 자신의 만족과 그 만족에 대한 자기 비평에 있다는 것을 발견했다. 내일을 기약할 수 없는 중병에 걸린 스승을 간호하며 그 용태라도 걱정하는 것인지, 쓸데없이 애를 쓰는 자신의 모습을 만족스러운 눈으로 바라보았다. 그와 같은 정직한 사람에게 그것은 확실히 꺼림칙한 마음이 들게 했을 것이다. 그 이후 쿄라이는 무슨 일을 해

---

* 오사카에 있는 스미요시 신사를 말한다.

도 만족과 회한의 모순으로부터 자연스럽게 어느 정도의 제약을 느끼기 시작했다. 바로 시코의 눈 속에 우연이라도 미소의 빛이 보일 때는 오히려 그 만족의 자각이 한층 명백하게 의식되었고, 그 결과 자신의 비천함이 더욱 한심하게 생각된 일도 종종 있었다. 그런 날이 며칠 이어진 오늘, 이렇게 스승의 머리맡에서 임종의 물을 드리게 되자 도덕적으로 결백한 데다 의외로 신경이 심약한 그가 그런 내심의 모순 앞에서 완전히 침착함을 잃은 것은 딱하긴 하지만 무리도 아니다. 그러므로 쿄라이는 이쑤시개를 집어 들고 묘하게 온몸이 굳어 그 물을 머금은 이쑤시개의 하얀 끝도 바쇼의 입술을 문지르며 자꾸만 떨고 있었을 만큼 이상한 흥분에 휩싸였다. 하지만 다행히도 그와 동시에 그의 속눈썹에 그렁그렁하던 눈물방울도 있었기 때문에 그를 보고 있던 문하생들은, 아마 그 신랄한 시코까지도 그 흥분을 전적으로 그가 슬퍼한 결과라고 해석했을 것이다.

이윽고 쿄라이가 작은 무늬를 흑갈색으로 물들인 어깨를 쫑긋 세우고 주뼛주뼛 자리로 돌아오자 이쑤시개는 다시 그 뒤에 있던 조소의 손에 건네졌다. 평소부터 성실한 그가 신중하게 눈을 내리뜨고 뭔가를 희미하게 입 속으로 외며 조용히 스승의 입술을 적시는 모습은 아마 누구의 눈에도 엄숙하게 보였을 것이다. 하지만 그 엄중한 순간 방구석에서 갑자기 기분 나쁜 웃음소리가 들리기 시작했다. 아니, 적어도 그때는 들리기 시작했다고 생각되었다. 그것은 마치 배 속에서 복받쳐 오르는 웃음이 목과 입술에 막히고, 게다가 여전히 우스움을 참

지 못하고 띄엄띄엄 콧구멍에서 뿜어져 나오는 듯한 소리였다. 하지만 말할 것도 없이 그때 웃음을 터뜨린 사람이 있었던 것은 아니다. 그 소리는 바로 조금 전부터 눈물에 잠겨 있으면서도 참고 또 참아온 마사히데의 통곡이 그때 가슴을 찢고 흘러 나온 것이다. 그 통곡은 물론 몹시 비통했다. 어쩌면 그 자리에 있던 문하생 중에는 "무덤도 움직이네, 내 울음소리는 가을바람塚も動けわが泣く聲は秋の風"*이라는 스승의 유명한 하이쿠를 떠올린 사람도 적지 않았을 것이다. 하지만 그 처절한 통곡에도, 마찬가지로 목메어 울려던 오토쿠니는 그 안에 있는 일종의 과장에 대해, 이렇게 말하는 것이 온당하지 않다면 통곡을 억제할 만한 의지력의 결핍에 대해 다소 불쾌감을 느끼지 않을 수 없었다. 다만 그런 불쾌감은 어디까지나 지적인 성질의 것에 지나지 않았을 것이다. 그의 머리가 아니라고 말하고 있음에도 불구하고 그의 심장은 순식간에 마사히데의 애통한 소리에 이끌려 어느새 눈 안은 눈물로 그렁그렁했다. 하지만 그가 마사히데의 통곡을 불쾌하게 생각하고, 나아가 그 자신의 눈물도 떳떳하게 여기지 않는 것은 조금 전과 조금도 다르지 않다. 더군다나 눈물이 점점 차오른 오토쿠니는 결국 두 손을 무릎 위에 올린 채 저도 모르게 오열하고 말았다. 하지만 그때 흐

---

* 마츠오 바쇼의 『오쿠로 가는 오솔길おくの細道』에 실려 있는 하이쿠. 1689년 가가加賀에 갔을 때 그 지역의 문하생인 잇쇼一笑가 바쇼와의 만남을 열망하며 죽었다는 소식을 듣고 그 추선회追善會에서 읊었던 하이쿠다.

느껴 우는 듯한 기색을 드러내는 사람은 오토쿠니만이 아니었다. 바쇼의 침상 아래쪽에 대기하고 있던 몇 명의 문하생들 사이에서는 그와 거의 동시에 코를 훌쩍이는 소리가 조용히 가라앉은 방의 공기를 진동시키며 단속적으로 들리기 시작했다.

애통하고 슬픈 소리 속에 보리수 염주를 손목에 찬 조소는 전처럼 조용히 자리로 돌아갔고, 그 뒤에는 키카쿠, 쿄라이와 마주하고 있던 시코가 머리맡으로 나아갔다. 하지만 냉소주의자로 알려진 시코에게는 주위의 감정에 휩쓸려 공연히 눈물을 흘리는 심약한 신경이 없었던 듯하다. 그는 평소대로 거무스름한 얼굴에, 평소대로 사람을 무시하는 듯한 표정을 띠고, 또 평소대로 거만하게 굴며 스승의 입술에 아무렇게나 물을 적셨다. 그러나 아무리 그라 하더라도 그때는 물론 다소의 감개가 있었다는 것은 어쩔 수 없는 사실이다. "들판의 해골을 마음에 품으니 몸에 스미는 바람野ざらしを心に風のしむ身かな."* 스승은 사오일 전에 "일찍이 풀을 깔고 흙을 베개 삼아 죽는 자신을 생각했는데 이렇게 아름다운 이불 위에서 죽을 수 있다는 것이 무엇보다 기쁘구나"**, 하고 몇 번이나 자신들에게 예를 표한 적이 있다. 하지만 사실 마른 들판 한복판이나 이곳 하나야의 뒷방이나 큰 차이가 있는 것은 아니다. 실제로 이렇게 입술을 적시고 있는 시코의 경우에도 삼사일 전까지는 스승에게 사세

---

* 길가에 쓰러져 백골이 될지도 모른다고 생각하며 여행을 떠나려 하자 마침 쓸쓸한 가을바람이 몸에 스민다.

** 『바쇼옹 호고부미』의 10월 9일 기사.

구辭世句*가 없는 것을 걱정하고 있었다. 그리고 어제는 스승의 하이쿠를 사후에 한데 모으려는 계획까지 세웠다. 마지막으로 오늘은 바로 지금까지 시시각각 임종을 향해 다가가는 스승을, 어딘가 그 경과에 흥미라도 있는 듯이 객관적인 눈으로 바라보고 있었다. 한 발 더 나아가 냉소적으로 생각한다면, 어쩌면 그런 관찰의 배후에는 훗날 자신의 붓으로 써야 할 종언기終焉記의 한 구절까지 예상하지 않았다고도 할 수 없다. 그러고 보니 스승의 목숨이 다하는 것을 기다리며 자신의 머리를 지배하는 것은 다른 파에 대한 세상의 평판, 문하생들의 이해利害, 또는 자기 자신의 흥미타산 등 모두 직접적으로 빈사의 스승과는 관계없는 일뿐이다. 그러므로 스승은 역시 하이쿠 안에서 종종 마음껏 예상한 대로 한없는 인생의 마른 들판 속에서 백골이 되었다고 해도 별 지장이 없다. 자신들 문하생들은 모두 스승의 최후를 슬퍼하지 않고 스승을 잃은 자신들을 슬퍼하고 있다. 마른 들판에서 병고 끝에 죽은 선배를 슬퍼하지 않고 황혼에 선배를 잃은 자신들을 슬퍼하고 있다. 하지만 그것을 도덕적으로 비난해봤자 원래부터 박정하게 생겨먹은 자신들 인간을 어떻게 하겠는가. 이런 염세적인 감개에 빠지면서, 게다가 그것에 빠지는 것이 능숙했던 시코는 스승의 입술을 적시고 나서 이쑤시개를 원래의 물그릇에 되돌리고는 흐느껴 울고 있는 문하생들을 비웃듯이 둘러보며 서서히 자신의 자리로 돌

---

* 죽을 때 남기는 시가 따위의 문구.

아갔다. 사람 좋은 쿄라이는 처음부터 그 냉담한 태도를 대하고 조금 전의 불안을 새삼 다시 새롭게 했지만, 오직 키카쿠만이 묘하게 겸연쩍은 얼굴을 하고 있었던 것은 어디까지나 차가운 눈초리로 일관하려는 시코가 가진 그 성격상의 버릇을 달갑지 않게 느끼고 있었기 때문인 듯하다.

시코에 이어 이젠이 먹 빛깔의 법의 자락을 느릿느릿 다다미에 끌며 살며시 기어나갔을 때는 바쇼의 단말마도 이미 아주 가까이 다가왔을 것이다. 안색은 전보다 더 핏기를 잃었고, 물에 젖은 입술 사이에서도 때때로 잊은 듯이 숨이 새어나오지 않게 되었다. 그런가 하면 또 갑자기 목이 움찔 크게 움직이고 힘없는 공기가 나오기 시작했다. 게다가 그 목구멍 안쪽에서 두세 번 희미하게 가래 소리가 울렸다. 호흡도 점점 조용해지는 듯했다. 그때 이쑤시개의 하얀 끝을 바로 그 입술에 대려고 했던 이젠은 갑자기 사별의 슬픔과는 인연이 없는 어떤 공포에 휩싸이기 시작했다. 스승 다음으로 죽는 사람은 바로 자신이 아닐까 하는, 거의 이유 없는 공포에 가까운 것이었다. 하지만 이유가 없는 만큼 한번 그 공포에 휩싸이기 시작하면 도저히 저항할 수가 없다. 원래 그는 죽음을 병적으로 두려워하는 유형의 인간으로, 옛날부터 자주 자신이 죽는 것을 생각하면 풍류 여행을 하고 있을 때도 온몸에 땀이 흐르는 섬뜩한 공포를 경험했다. 따라서 또 자기 이외의 인간이 죽었다는 소식을 들으면 자신이 죽지 않아서 다행이라며 안도하게 된다. 그와 동시에 또 만약 자신이 죽는다면 어떻게 될까, 하고 반대의 불안을 느끼는 일도 있다. 이는 역시 바쇼의 경우도 예외일 수 없다. 아직 바쇼의 임종이 이토록 절박하지 않았을 때는, 그러니까 미닫이문에 겨울의 맑은 햇살이 비쳐 소노조*가 보낸 수선화가 청아한 향기를 풍기게 되어 일동이 스승의 머리맡에 모여 병을 위로하는 하이쿠를 지었을 때는 그런 명암의 두 가지 마음 사이를 그때그때 왔다 갔다 하고 있었다. 하지만 점차 임종이 다가왔다. 잊을 수 없는 초겨울 비가 내리던 날, 좋아하던 배를 먹을 수 없는 스승의 모습을 보고 모쿠세츠가 걱정스럽게 고개를 갸우뚱했던 그 무렵부터 안심은 점차 불안에 휩쓸리게 되었고, 마지막에는 그 불안조차 다음에 죽는 것은 자신일지도 모른다는 험악한 공포의 그림자를 마음속에 으스스하게 드리우게 된 것이다. 그러므로 그는 머리맡에 앉아 글자를 새기듯이 스승의 입술을 적시는 동안 그 공포에 시달려 바쇼의 마지막 얼굴을 거의 똑바로 볼 수 없었던 듯하다. 아니, 한번은 똑바로 봤다고 생각되지만, 마침 그때 바쇼의 목에서 가래 끓는 소리가 희미하게 들렸기 때문에 모처럼의 용기도 도중에 좌절되고 말았을 것이다. '스승 다음으로 죽는 사람은 어쩌면 나일지도 모른다.' 끊임없이 이런 예감 같은 목소리를 귓전에 듣고 있던 이젠은 작은 몸을 움츠리며 자기 자리로 돌아간 후에도 무뚝뚝한 얼굴을 더욱 무뚝뚝하게 하고, 가능한 한 누구의 얼굴도 보지 않으려고 눈을 치켜뜨고 있었다.

이어서 오토쿠니, 마사히데, 시도, 모쿠세츠, 그리고 병상을

---

* 시바 소노조斯波園女(1664~1726). 바쇼 문하의 하이쿠 시인으로 남편의 영향으로 하이쿠에 뜻을 두었다.

둘러싸고 있던 문하생들은 차례로 스승의 입술을 적셨다. 하지만 그동안 호흡은 한 번 쉴 때마다 가늘어지더니 횟수조차 점차 줄어들었다. 이제 목구멍도 움직이지 않았다. 옅은 곰보 자국이 있고 어딘지 밀랍처럼 보이는 작은 얼굴, 아득한 공간을 응시하고 있는 빛바랜 눈동자, 그리고 턱에 뻗어 있는 은 같은 하얀 수염, 그것이 모두 인정의 차가움에 얼어붙어 드디어 가야 할 극락정토를 가만히 꿈꾸고 있었던 것으로 보였다. 그런데 그때 쿄라이의 뒷자리에서 잠자코 고개를 숙이고 있던 조소, 그 성실한 선종 승려인 조소는 바쇼의 호흡이 희미해짐에 따라 한없는 슬픔, 그리고 한없이 안온한 마음이 서서히 마음속으로 흘러드는 것을 느끼기 시작했다. 슬픔은 원래 설명할 필요도 없는 것이다. 하지만 그 안온한 마음은 마치 새벽의 차가운 빛이 점차 어둠 속으로 퍼져가는 듯한, 이상하게 상쾌한 마음이다. 게다가 그것은 시시각각 온갖 잡념을 떨쳐내고, 끝내는 눈물 자체도 마음을 찌르는 고통이 털끝만큼도 없는 맑은 슬픔이 되어버린다. 그는 스승의 영혼이 헛된 꿈의 생사를 초월하여 극락정토로 돌아간 것을 기뻐하고 있기라도 하는 것일까. 아니, 이는 그 자신도 긍정할 수 없는 근거였다. 그렇다면, 아아, 누군가 쓸데없이 머뭇거리며 굳이 자신을 속이는 우를 범하는 것이겠지. 조소의 이 안온한 마음은 오랫동안 바쇼의 인격적 압력의 질곡에 헛되이 굴복하고 있던 그의 자유로운 정신이 그 본래의 힘으로 점차 손발을 뻗으려는 해방의 기쁨이었던 것이다. 그는 이 황홀한 슬픈 기쁨 속에서 보리수 염주를 굴리며, 훌쩍거리는 주위의 문하생들이 마음에서 완전히 사라진 것처럼 입술 끝에 희미한 미소를 띤 채 죽음을 맞이하는 바쇼에게 공손하게 예배했다.

이리하여 고금에 전무후무한 하이카이의 대종장 마츠오 바쇼는 '한없이 비탄에 잠긴' 문하생들에게 둘러싸인 채 돌연 타계한 것이다.

(1918년 9월)

개화한 남편 開化の良人

　　언젠가 우에노의 박물관*에서 메이지 시대 초기의 문명에
관한 전람회가 열렸을 때의 일이다. 어느 흐린 날 오후, 나는
그 전람회의 각 전시실을 하나하나 주의 깊게 보며 걸었다. 그
런데 당시의 판화가 진열된 마지막 전시실에 들어갔을 때 그
곳의 유리 진열장 앞에 서서 낡은 동판화 몇 장을 바라보고 있
는 한 신사가 눈에 들어왔다. 신사는 키가 훤칠하고 어딘가 가
냘프지만 고상한 데가 있는 노인으로, 단정한 검정 일색의 양
복에 품위 있는 중산모를 쓰고 있었다. 나는 그 모습을 한 번
보고 금세 그가 사오일 전에 어떤 모임에서 소개받은 혼다 자
작이라는 것을 알았다. 하지만 알게 된 지 얼마 안 된 나도 교
제를 싫어하는 자작의 성격을 전부터 잘 알고 있어서 순간적

---

* 도쿄의 우에노 공원에 있던 제실帝室박물관. 영국인의 설계로 1882년에
　개관했고 현재의 국립박물관이다.

으로 곁으로 다가가 인사를 해야 할지 말아야 할지 결정하기가 어려웠다. 그런데 혼다 자작은 내 발소리가 들린 것인지 서서히 이쪽을 돌아보았고 곧 반백의 수염으로 덮인 입술에 언뜻 미소의 그림자가 움직이더니 중산모를 살짝 들어올리며 "아아" 하며 부드러운 목소리로 말하고는 고개를 살짝 숙여 인사했다. 나는 희미한 마음의 편안함을 느끼고 말없이 정중하게 그 인사에 답하며 살짝 자작 옆으로 걸음을 옮겼다.

혼다 자작은 장년 시절의 아름다운 모습이 살 빠진 얼굴 어딘가에 아직도 노을빛처럼 떠돌고 있는 유형의 사람이었다. 하지만 동시에 또 그 얼굴에는 귀족 계급에는 드문, 마음속 깊숙이에 있는 고생을 반영하듯이 수심에 잠긴 듯한 음영을 떨어뜨리고 있었다. 나는 요전에도 오늘처럼 검은색 일색에 울적한 빛을 발하는 커다란 진주 넥타이핀을 자작 자신의 마음인 것처럼 바라본 기억이 있다.

"어떻습니까, 이 동판화는? 츠키지 거류지 그림인가요? 도안이 꽤 교묘하지 않습니까? 게다가 명암도 상당히 재미있게 된 것 같습니다."

자작은 작은 목소리로 이렇게 말하며 가느다란 지팡이의 은 손잡이로 유리 진열장 안의 그림을 가리켰다. 나는 고개를 끄덕였다. 돌비늘 같은 물결을 새기고 있는 도쿄만, 여러 가지 깃발을 펄럭이는 증기선, 거리를 걸어가는 서양인 남녀의 모습, 그리고 서양식 건물 위의 하늘로 가지를 뻗고 있는 히로시게廣重의 우키요에浮世繪 같은 소나무, 거기에는 취재와 수법 면에서 공통된 일종의 화양 절충이 메이지 초기 예술 특유의 아름다운 조화를 보여주고 있었다. 그 이후 이 조화는 우리의 예술에서 영원히 사라졌다. 아니, 우리가 생활하는 도쿄에서도 사라졌다. 내가 다시 고개를 끄덕이며 이 츠키지 거류지 그림은 단지 동판화로서 흥미가 있을 뿐 아니라 모란꽃에 사자 무늬 그림*을 그린 합승 인력거, 게이샤의 유리판 사진이 개화를 자랑하던 시대를 떠올리게 하기 때문에 한층 정겨움이 느껴진다고 말했다. 자작은 역시 미소를 띠며 내 말을 듣고 있었지만 조용히 그 유리 진열장 앞을 떠나 옆에 나란히 있는 다이소 요시토시大蘇芳年의 우키요에 쪽으로 느릿한 걸음으로 다가가서,

"그럼 이 요시토시의 그림을 보세요. 양복을 입은 키쿠고로**와 이초가에시*** 머리를 한 한시로****가 가부키 무대의 배경 앞에 다는 달 아래서 비극적인 장면을 보여주는 그림입니다. 이것을 보면 더욱 그 시대가, 에도라고도 도쿄라고도 할 수 없는 밤과 낮이 하나가 된 듯한 시대가 눈앞에 생생하게 떠오르지 않습니까."

나는 혼다 자작이 지금은 교제를 싫어하지만 그 무렵에는 서양에서 돌아온 재사才士로서 관계官界만이 아니라 민간에서도 꽤 명성이 자자했다는 소문도 들었다. 그러므로 지금 인기

---

* 당시 인력거에 흔히 그려졌던 그림.

** 가부키 배우, 5대째 오노에 키쿠고로尾上菊伍郎(1845~1903)

*** 상투 위에서 둘로 나눠 좌우로 구부려 반원형으로 묶은 여자의 머리 모양. 에도 후기에 유행했다.

**** 8대째 이와이 한시로岩井半四郎(1829~1882). 막부 말기에서 메이지 초기를 대표하는, 여자 역을 맡은 남자 가부키 배우.

척이 거의 없는 진열실에서 유리 진열장 속에 있는 당시의 판화에 둘러싸인 채 자작의 이런 말을 듣는 것은 처음부터 너무 당연할 정도로 어울리는 일이라고 여겨졌다. 하지만 한편으로는 또 너무 당연한 그 일이 다소의 반발심을 부추겼으므로 나는 자작의 말이 끝남과 동시에 화제를 당시에서 벗어나 일반적인 우키요에의 발달로 옮겨가려고 생각했다. 하지만 혼다 자작은 다시 지팡이의 은 손잡이로 요시토시의 우키요에를 하나하나 가리키며 여전히 나지막한 목소리로 말했다.

"특히 저 같은 사람은 이런 판화를 바라보고 있으면 삼사십 년 전의 그 시대가 아직도 어제 일처럼 생각되어 지금도 신문을 펼치면 로쿠메이칸鹿鳴館*의 무도회 기사가 실려 있을 것 같은 기분이 듭니다. 사실 조금 전 그 진열실에 들어갔을 때부터 이미 저는 그 시대 사람이 모두 되살아나 우리 눈에는 보이지 않지만 여기에도 저기에도 걷고 있고, 그 유령이 때때로 우리 귀에 입을 대고 살짝 옛날이야기를 속삭여주는, 그런 괴상한 생각이 도무지 머리에서 떠나지 않습니다. 특히 방금 그 양복을 입은 키쿠고로 같은 사람은 제 친구와 너무나도 닮았기 때문에 그 초상화 앞에 섰을 때는 오랜만에 인사를 나누고 싶을 정도로, 어쩐지 섬뜩한 그리움마저 느꼈습니다. 어떻습니까? 싫지 않으면 그 친구 이야기라도 들려드릴까요?"

---

* 1883년 도쿄에 생긴 서양식 건물. 조약 개정 교섭을 위한 사교장으로서 화족, 외국 사신에게만 입회를 허락하고 야회, 무도회, 가장회, 여성자선회를 개최하여 그 기사가 연일 신문 지면을 장식했다.

혼다 자작은 일부러 눈을 피하며 나를 거리끼는 듯한 진정되지 않은 말투로 이렇게 말했다. 나는 저번에 자작을 만났을 때 소개를 맡아준 내 친구가 "이 친구는 소설가라 재미있는 이야기라도 있으면 들려주십시오"라고 부탁한 일을 떠올렸다. 또한 그런 일이 없었다고 해도 그때는 나도 언젠가 자작의 회고적인 영탄에 이끌려 가능하면 당장이라도 자작과 둘이서 과거의 안개 속에 감추어져 있는 '잇토렌가一等煉瓦'*의 번화한 시가로 마차를 타고 달리고 싶다는 생각까지 했다. 그래서 나는 고개를 숙이며 기꺼이 "그럼요" 하고 상대를 재촉했다.

"그럼 저쪽으로 가시지요."

자작의 말에 따라 우리는 진열실 한가운데에 놓여 있는 벤치로 가서 함께 앉았다. 실내에는 한 사람도 보이지 않았다. 다만 주위의 많은 유리 진열장에는 흐린 날씨의 차가운 빛 속에 고풍스러운 색의 동판화나 우키요에가 쓸쓸하게 늘어서 있었다. 혼다 자작은 지팡이의 은 손잡이에 턱을 괴고 잠시 자작 자신의 '기억' 같은 진열실을 가만히 바라보고 있다가 곧 눈을 내 쪽으로 돌리더니 가라앉은 목소리로 이렇게 말했다.

그 친구라는 사람은 미우라 나오키三浦直樹라는 남자인데, 프랑스에서 돌아오는 배 안에서 우연히 알게 되었지요. 나이는 저와 같은 스물다섯이었는데, 요시토시의 키쿠고로처럼 피부

---

* 도쿄 긴자의 큰길을 말한다.

가 하얗고 갸름한 얼굴에 긴 머리를 한가운데서 양쪽으로 가르마한, 자못 메이지 초기의 문명이 인간이 된 듯한 그런 신사였습니다. 긴 항해 동안 어느새 저와 친하게 되었고 귀국한 후에도 서로 일주일 넘게 만나지 않는 일이 없을 만큼 친한 사이가 되었습니다.

잘은 몰라도 미우라의 부모는 시타야 근처의 대지주인데, 그가 프랑스로 건너감과 동시에 두 분 다 차례로 돌아가셨기 때문에 외아들이었던 그는 당시 이미 상당한 자산가가 되었겠지요. 제가 알고 난 후 그의 생활은 그저 직책뿐인 제×은행에 나가는 것 외에는 늘 아무 일도 하지 않고 빈둥빈둥 놀고 있는 더할 나위 없이 좋은 신분이었습니다. 그래서 그는 귀국하고 얼마 안 있어 부모 때부터 살고 있는 료고쿠 핫폰구이百本杭 근처의 저택에 멋진 서양식 서재를 신축하여 상당히 사치스러운 생활을 하고 있었습니다.

저는 이렇게 말하는 중에도 저쪽 동판화 한 장을 보는 것처럼 그 서재의 모습이 눈앞에 또렷이 떠오릅니다. 오카와大川* 에 면한 프랑스 창,** 가장자리에 금칠을 한 하얀 천장, 붉은 모로코가죽으로 만든 의자와 소파, 벽에 걸려 있는 나폴레옹 1세의 초상화, 조각이 들어간 커다란 흑단 책장, 거울이 달린 대리석 난로, 그리고 그 위에 올려진 부친이 생전에 애지중지하던 소나무 분재. 이 모든 것이 어떤 오래된 새로움을 느끼게 하는 음

---

* 스미다가와隅田川의 아즈마바시吾妻橋 아래의 하류를 부르는 명칭이다.
** 마룻바닥까지 안으로 열리는 커다란 쌍여닫이 창.

산할 정도로 현란한, 달리 형용하자면 어딘가 상태가 안 좋은 악기 소리를 떠올리게 하는, 역시 그 시대다운 서재였습니다. 게다가 그런 서재 안에서 미우라는 늘 나폴레옹 1세 아래에 진을 치고 유키結城에서 나는 줄무늬 비단 옷인가 뭔가를 겹쳐 입고 빅토르 위고의 『동방시집Les Orientales』이라도 읽고 있겠다고 하니 더더욱 저기에 늘어서 있는 동판화에라도 있을 법한 광경이지요. 그러고 보니 그 프랑스 창의 바깥을 채우며 때때로 커다란 흰 돛이 지나가는 모습도 어딘지 신기한 기분으로 바라본 기억이 있습니다.

미우라는 사치스러운 생활을 했다고 해도 동년배 청년들처럼 신바시新橋나 야나기바시柳橋 같은 유곽에 발길을 하는 기색도 없이 그저 매일 신축한 그 서재에 틀어박혀 은행가라기보다는 젊은 은거자에게나 어울릴 법한 독서삼매경에 빠져 있었지요. 물론 이는 첫째로 그의 허약한 체질이 건강에 유의하게 한 것이겠지만 또 한편으로는 그의 성정이 당시의 타산적인 풍조와는 반대로 남들보다 배는 순수한 이상적 경향을 지니고 있었기 때문에 자연히 고독에 만족하는 처지에 놓인 것이겠지요. 실제로 개화한 모범적인 신사였던 미우라가 그의 시대와 다소 색채를 달리한 것은 그런 이상적인 성정뿐이고, 여기에 이르면 그는 오히려 한 시대 전의 정치적 몽상가와 아주 닮은 점이 있었던 것 같습니다.

그 증거는, 어느 날 그와 둘이서 어딘가의 극장에서 공연하고 있는 신풍련神風連의 난*을 다룬 가부키를 보러 갔던 때의 일입니다. 분명히 오노 뎃페이大野鐵平**가 자결하는 장면의 막이 내린 후였다고 생각하는데, 그는 갑자기 내 쪽을 돌아보며 "자네는 그들한테 동정이 가나?" 하고 진지한 얼굴로 물었습니다. 나는 원래 서양에서 돌아온 사람으로서 모든 낡은 관습을 아주 싫어하던 무렵이어서 "아니, 전혀 동정할 수 없네. 폐도령***이 공포되었다고 해서 무장 봉기를 일으키는 놈들은 자멸하는 게 당연하다고 생각해"라고 아주 냉담하게 대답하자 그는 납득할 수 없다는 듯이 고개를 저으며 "그들의 주장이 틀렸을지도 모르지. 하지만 그 주장에 목숨을 버린 그들의 태도는 동정 이상의 가치가 있다고 생각하네" 하고 말했지요. 그래서 제가 다시 한번 "그럼 자네는 그들처럼 메이지의 세상을 옛날의 신화시대로 돌리자는 어린애 같은 꿈을 위해 둘도 없는 소중한 목숨을 버려도 아깝지 않다고 생각하나?" 하고 웃으며 반문했습니다. 그러자 그는 역시 진지한 어조로 "설사 어린애 같은 꿈이라고 해도 믿는 것에 목숨을 버리는 것이라 나는 그것으로 만족하네" 하고 결심한 듯이 대답했습니다. 그때는 그의 이런 말도 단지 가벼운 마음으로 한 말로서 크게 마음에 두

---

* 메이지 신정부에서 탈락한 옛 구마모토번의 불평 사족이 신정부의 개명 정책에 반항하여 국수주의를 주장하며 일으킨 난. 1876년 폐도령廢刀令 공포를 계기로 그해 10월 약 200명이 구마모토성의 정부군을 습격했다가 다음 날 진압되었다. 이 난 후 각지에서 사족의 반란이 일어났다.

** 신풍련의 수령 오타구로 토모오太田黑伴雄(1835~1876)를 모델로 한 배역 명. 오타구로는 죽을 때 부하에게 목을 치게 했다.

*** 1876년 대례복, 군인, 경찰관 등의 제복 착용자 이외에는 칼을 차는 것을 금지한 법령으로 사족 신분의 큰 발발을 불러왔다.

지 않았습니다만, 이제 와서 생각해보면 실은 그의 말에 이미 훗날의 애처로운 운명의 그림자가 연기처럼 기어 다녔습니다. 하지만 그것은 이야기가 진행되면 차차 자연스럽게 알게 되겠지요.

여하튼 미우라는 끝까지 이런 태도를 관철했기 때문에 결혼 문제도 "나는 사랑 없는 결혼은 하고 싶지 않네" 하며 아무리 좋은 혼담이 들어와도 아쉬워하는 기색도 없이 거절하곤 했습니다. 게다가 그가 말하는 사랑이라는 것이 보통의 연애와 달라서 그가 꽤 마음에 들어 하는 아가씨가 나타나도 "아무래도 내 마음에는 아직 불순한 점이 있는 것 같아서" 하며 좀처럼 결혼까지는 이야기가 진행되지 않았습니다. 그것을 옆에서 보고 있으면 너무 답답해서 때로는 저도 옆에서 "자네처럼 자신의 마음을 샅샅이 점검하고 해나간다면 뭐든지 쉽게는 되지 않을 걸세. 어차피 세상은 이상대로 되지 않는 거라고 포기하고 적당한 후보자로 만족하게"라며 애를 써준 적이 있는데, 미우라는 오히려 그때마다 가엾게 여기는 눈으로 저를 바라보며 "그럴 거라면 내가 굳이 이 나이까지 독신으로 있지 않았겠지" 하며 전혀 상대해주지 않았습니다. 하지만 친구로서는 그 말에 잠자코 있을 수 있지만 친척의 입장에서 보면 그는 원래 병약해서 만약 핏줄이 끊어지지 않을까 하는 걱정도 없지 않았기 때문에 적어도 첩이라도 두는 건 어떠냐고 권한 일도 있었다고 합니다. 물론 미우라는 그런 충고에는 전혀 귀를 기울이지 않았습니다. 아니, 귀를 기울이지 않는 정도가 아니라 그는 첩이라는 말을 아주 싫어해서 평소부터 저를 붙잡고는 "하여튼 아무리 개화했다고 해도 일본에서는 아직도 첩이 공공연히 활개를 치고 있다니까" 하며 자주 비웃었습니다. 그러므로 귀국 후 2, 3년 동안 그는 매일 그 나폴레옹 1세를 상대로 끈기 있게 독서만 하고 있어서 언제쯤 그가 말하는 '사랑 있는 결혼'을 할 것인지 저희들 친구들도 도통 짐작할 수가 없었습니다.

그런 와중에 저는 정부와 관련된 어떤 용건으로 한동안 한국 경성에 부임하게 되었습니다. 그런데 경성에 자리를 잡은 지 아직 한 달도 되지 않았을 때 생각지도 못하게 미우라가 결혼한다는 소식을 보내오지 않았겠습니까. 그때 제가 얼마나 놀랐을지는 대략 상상이 되겠지요. 하지만 놀란 것과 동시에 저는 결국 그에게도 그 사랑의 상대가 생겼구나 싶은 생각에 역시 미소 짓지 않을 수 없었습니다. 소식의 내용은 아주 간단한 것으로, 단지 후지이 카츠미藤井勝美라는 어용상인의 딸과 혼담이 성사되었다는 것뿐이었습니다. 하지만 그 후 이어서 받은 편지에 따르면 그는 어느 날 산책하는 김에 문득 야나기시마柳島의 싸리나무절萩寺*에 들렀는데 마침 그곳에 그의 집에 드나드는 골동품 가게 주인이 후지이 부녀와 함께 참배하고 있었으므로 같이 경내를 걷는 중에 어느새 서로 첫눈에 반했다는 것입니다. 어쨌든 싸리나무절이라고 하면 그 무렵에는 아직 인왕문도 초가지붕이고 "촉촉이 젖은 채 가는 사람도 운치 있구나, 빗속의 싸리나무"라는 마츠오 바쇼의 유명한 시비가 싸리

---

* 도쿄에 있는 천태종 절 류간지龍眼寺의 통칭. 1693년 이래 뜰에 싸리나무를 많이 심어 싸리꽃의 명소로서 유명했다.

나무 속에 남아 있는 정취 있는 곳이어서 실제로 재자가인才子佳人의 우연한 만남에는 안성맞춤인 무대였던 것은 틀림없습니다. 그러나 외출할 때는 반드시 파리에서 맞춘 양복을 입는, 어디까지나 개화한 신사를 자처한 미우라치고는 첫눈에 반하는 방식이 너무 판에 박은 것이라 결혼한다는 소식을 듣고도 이미 미소를 지었던 저는 더욱 낯간지러운 기분을 금할 수 없었습니다. 이렇게 말하면 혼담의 중개 역할은 물론 골동품 가게 주인이 했다는 것도 바로 짐작할 수 있겠지요. 또한 다행히도 그 자리에서 혼담이 성사되어 정식 중매인을 구하자마자 가을 안에 혼례도 순조롭게 마쳤습니다. 그러므로 부부 사이가 좋았던 것은 물론 말할 것도 없겠지만, 특히 제가 우습기도 하고 동시에 샘이 난 것은 그렇게까지 냉정한 학자 기질의 미우라가 결혼 후 최근 상황을 보고하는 편지에서도 거의 딴사람 같은 쾌활함을 보여준 일이었습니다.

그 무렵 그의 편지는 지금도 제가 수중에 보관하고 있습니다만 그것을 하나하나 다시 읽어보면 당시 그의 웃는 얼굴이 눈에 보이는 듯한 기분이 듭니다. 미우라는 아이 같은 기쁜 마음으로 그의 자세한 일상생활을 끈기 있게 써 보냈습니다. 올해는 나팔꽃 배양에 실패한 일, 우에노에 있는 양육원으로부터 기부를 의뢰받은 일, 장마철에 접어들어 책이 대부분 곰팡이가 피어버린 일, 고용한 인력거꾼이 파상풍에 걸린 일, 서양 마술을 보러 미야코자都座에 간 일, 구라마에藏前에 불이 난 일, 하나하나 열거해서는 도무지 한계가 없습니다. 하지만 그중에서도 가장 기뻐했던 것은 그가 고세타 호바이伍姓田芳梅 화백에게 의뢰하여 아내의 초상화를 그려달라고 했다는 일입니다. 그 초상화는 그가 전의 나폴레옹 1세 초상 대신 서재의 벽에 걸었기 때문에 나중에 저도 봤습니다. 잘은 모르지만 속발로 묶은 카츠미 부인이, 가는 금실로 수놓아져 있는 검은 무늬 기모노에 장미 꽃다발을 손에 들고 전신 거울 앞에 서 있는 옆모습을 그린 것이었습니다. 하지만 볼 수는 있어도 당시의 쾌활한 미우라 자신은 끝내 영원히 볼 수 없었습니다.

혼다 자작은 이렇게 말하고는 희미한 한숨을 내쉬며 잠시 입을 다물었다. 그 이야기를 가만히 귀 기울여 듣고 있던 나는 자작이 한국의 경성에서 돌아왔을 때 만약 미우라가 이미 죽은 게 아닐까 싶어 나도 모르게 불안한 눈으로 상대에 얼굴을 쳐다보지 않을 수 없었다. 그러자 자작은 재빨리 그 불안을 느꼈는지 천천히 고개를 흔들며 말을 이었다.

하지만 뭐 이렇게 말했다고 해서 제가 없는 사이에 그가 고인이 된 것은 아닙니다. 다만 그럭저럭 1년쯤 지나 제가 다시 일본으로 돌아와 보니 미우라는 여전히 차분한, 오히려 전보다 우울한 인간이 되어 있었을 뿐입니다. 이는 제가 그 신바시新橋 역에서 일부러 마중 나온 그와 오랜만에 악수를 했을 때 이미 알아차린 것이었습니다. 아니, 아마도 알아차렸다기보다는 지나친 냉정함이 마음에 걸렸다고 해야 하겠지요. 실제로 그때 저는 그의 얼굴을 보자마자 무엇보다 먼저 "어떻게 된 건가? 몸이라도 안 좋은 거 아닌가?" 하고 물었을 만큼 의외의 느낌을 받았습니다. 하지만 그는 오히려 의아해하는 나를 의심스러워하며 그만이 아니라 그의 아내도 지극히 건강하다고 대답하는 것이었습니다. 그 말을 듣고 보니, 아니나 다를까 아무리 '사랑 있는 결혼'을 했다고 해도 단 1년 사이에 갑자기 그의 성정이 변화할 리도 없다고 생각했으므로 저도 더 이상 마음에 두지 않고 "그럼 햇빛 탓에 안색이 좋지 않게 보였던 모양이네" 하고 웃어넘겼습니다. 그런데 머지않아 웃으며 넘어갈 수 없게 되기까지는, 즉 그 우울한 가면에 감춰진 그의 번민을 알아채기까지는 대략 두세 달의 시간이 필요했습니다. 그러나 이야기의 순서로서 그 전에 그의 아내에 대해 이야기해둘 필요가 있겠지요.

제가 처음으로 미우라의 아내를 만난 것은, 경성에서 돌아오고 얼마 지나지 않아 오카와 옆에 있는 그의 저택으로 초대되어 만찬을 대접받았을 때의 일입니다. 듣자하니 그의 아내는 거의 미우라와 동년배라고 합니다만, 몸집이 작은 탓인지 누구의 눈에도 틀림없이 두세 살 어리게 보였습니다. 그런데 눈썹이 짙고 혈색이 좋은 동그란 얼굴이고, 그날 저녁에는 나비와 새를 그린 고풍스러운 무늬의 기모노에 호화로운 수자직 오비*를 매고 있었는데 당시의 말을 써서 형용하자면 아주 고급스러운 느낌을 주었습니다. 하지만 미우라가 사랑하는 상대는, 제가 상상하고 있던 신부에 비하면 어딘가 어울리지 않는

---

* 기모노를 입을 때 허리에 감아서 묶는 가늘고 긴 천.

느낌이 있었습니다. 하지만 그것은 어딘가라는 정도이고 저 자신도 그 이유를 확실히 알 수 있는 것은 아니었습니다. 특히 제 예상이 틀린 것은 이번에 미우라를 처음 만났을 때를 비롯하여 종종 경험한 일이기 때문에 물론 그때도 그저 그렇게 생각했을 뿐이지 그렇다고 해서 특별히 그의 결혼을 축하하는 마음이 식은 것도 아니었습니다. 그뿐 아니라 환한 남포등 불빛을 둘러싸고 잠시 식사를 하는 동안 그 아내의 발랄한 재치는 완전히 저를 감탄하게 했습니다. 흔히 반응을 즉시 보인다는 말은 아마 그런 대응을 가리키겠지요. "부인, 당신 같은 분은 사실 일본보다는 프랑스에서 태어났으면 좋았을 것 같군요." 결국 저는 진지한 얼굴로 이런 말까지 했습니다. 그러자 미우라도 잔을 채우며 "거 보게. 내가 늘 말하는 대로가 아닌가" 하며 놀리듯이 말참견을 했습니다만, 놀리는 듯한 그 말이 순간적으로 제 귀에 좋지 않은 울림을 준 것은 과연 제 기분 탓만이었을까요? 아니, 그때 반은 원망하는 것처럼 삐딱하게 그를 본 카츠미 부인의 눈이 너무 노골적인 요염함을 배반하듯이 여겨진 것은 과연 저의 그릇된 추측에 불과한 걸까요? 아무튼 저는 그 짧은 응답에서 그들 두 사람의 평상시가 번개처럼 번쩍이는 것을 느끼지 않을 수 없었습니다. 지금 생각하면 그것은 저에게 미우라 생애의 비극에 입회한 최초의 개막이었습니다. 하지만 당시에는 물론 저로서도 작은 불안의 그림자만이 위태롭게 머리를 스쳤을 뿐, 그 이후에는 또 원래대로 미우라를 상대로 활기차게 잔을 주고받기 시작했습니다. 그러므로 그 날 밤은 말 그대로 하루저녁의 즐거움을 만끽한 후 그의 저택을 떠날 때도 저는 인력거 위에서 거나하게 취한 채 오카와의 강바람을 맞으며 그를 위해 이른바 '사랑 있는 결혼'에 성공한 일을 몇 번이고 은밀히 축하했습니다.

그런데 그로부터 한 달쯤 지난(원래 저는 그사이에도 때때로 그들 부부와 자주 왕래했습니다) 어느 날 제가 친구인 어느 박사의 권유로 마침 〈오덴노카나부미於伝仮名書〉*를 상연하고 있던 신토미자新富座로 갔습니다. 그런데 바로 맞은편 객석 가운데쯤에 미우라의 아내가 와 있는 것을 발견했습니다. 그 무렵 저는 가부키를 보러 갈 때는 반드시 오페라글라스를 갖고 갔기 때문에 카츠미 부인도 그 동그란 유리 안에서, 타오르는 듯한 태피스트리 앞에 처음으로 모습을 드러냈습니다. 장미인가 싶은 꽃을 속발에 꽂고 수수한 색의 장식용 깃 위에 하얀 군턱을 쉬게 하고 있었습니다만, 제가 그 얼굴을 알아보는 것과 동시에 그쪽도 특유의 요염한 눈을 들어 가볍게 목례를 했습니다. 그래서 저도 오페라글라스를 내리며 그 목례에 답하자 미우라의 아내는 어찌된 일인지 다시 서둘러 제 쪽으로 고개를 숙여 인사를 해오는 게 아니겠습니까. 게다가 그 인사가 전의 그것에 비하면 훨씬 공손한 것이었습니다. 그제야 저는 처음 목례가 저한테 보낸 것이 아니었음을 알았기에 무심코 주위의 높은 객석을 둘러보며 그녀가 인사한 상대를 물색했습니다. 이내 옆 관람석에 화려한 줄무늬의 양복을 입은 젊은 남자가 있

---

* 1876년 살인죄로 체포된 독부 다카하시 오덴의 실화를 각색한 극.

었는데 그도 카츠미 부인이 인사한 상대를 찾을 심산이었겠지요. 냄새가 진한 담배를 물며 우리 쪽을 빤히 쳐다보고 있다가 저와 시선이 딱 마주쳤습니다. 저는 거무스름한 그 얼굴에서 뭔가 불쾌한 기색을 봤기 때문에 얼른 눈길을 돌리며 다시 오페라글라스를 들어 올리고 별 생각 없이 건너편 관람석을 둘러보니 미우라의 아내가 있는 관람석에는 또 한 여성이 앉아 있었습니다. 나라야마楢山 여권론자라고 하면 혹시 들어본 적이 있을지도 모르겠습니다. 당시 상당한 명성이 있던 나라야마라는 변호사의 아내인데 열심히 남녀평등을 주장한, 아무튼 좋지 않은 평판이 끊이지 않은 여자입니다. 저는 나라야마 부인이 검은색 문장이 들어간 어깨를 펴고 금테안경을 쓰며 마치 후견인이라는 식으로 미우라의 아내와 나란히 앉아 있는 것을 바라보니 어쩐지 불길한 예감에 사로잡히지 않을 수 없었습니다. 게다가 그 여권론자는 뼈가 앙상한 얼굴에 옅은 화장을 하고 끊임없이 옷깃에 신경을 쓰며 저희가 있는 쪽, 아니 그보다는 옆의 줄무늬 양복을 입은 사람 쪽에 의미 있는 듯한 눈길을 주고 있는 듯했습니다. 저는 그 가부키를 관람한 하루 동안 무대 위의 키쿠고로나 사단지左團次라는 배우보다는 미우라의 아내와 줄무늬 양복과 나라야마의 아내를 주의하는 데 더 많은 시간을 썼다고 해도 결코 지나친 말이 아니었습니다. 그만큼 저는 떠들썩한 음악과 무대 앞쪽에 매달린 벚꽃나무의 세계에 있으면서도 마음은 그런 것과는 전혀 무관한, 꺼림칙한 색채를 띤 상상에 시달렸습니다. 그러므로 1막이 끝나고 곧 그 두 여성이 맞은편 관람석에서 보이지 않게 되었을 때 저는 실제로 어깨에서 짐을 내려놓은 듯한 안도감을 느꼈습니다. 물론 여성 쪽은 보이지 않게 되었어도 줄무늬 양복은 여전히 옆 관람석에서 끊임없이 담배를 피우며 이따금 제 쪽에 눈길을 주고 있었습니다만, 세 사람 중 두 사람이 없어진 지금은 이전만큼 그 거무스름한 얼굴이 신경 쓰이지 않게 되었습니다.

　이렇게 말하면 제가 굉장히 의심 많은 사람처럼 보입니다만, 이는 그 젊은 남자의 거무스름한 용모가 묘하게 반감이 들게 했기 때문인데, 아무래도 저와 그 남자 사이, 또는 저희와 그 남자 사이에는 처음부터 어떤 적의가 들러붙어 있는 것 같았습니다. 그러므로 그 후 한 달도 지나지 않아 오카와에 면한 미우라의 서재에서 그가 저에게 그 남자를 소개해주었을 때는 마치 수수께끼라도 던져진 것 같은 당혹감에 가까운 감정을 맛보지 않을 수 없었습니다. 잘은 모르나 미우라의 이야기에 따르면 그 남자는 아내의 사촌동생이라고 하는데, 당시 ××방적회사에서도 나이에 비해 중용되고 있는 실력 있는 사원이라는 것이었습니다. 그러고 보니 역시 한 테이블에 앉아 홍차를 마시며 시시한 잡담을 나누고 담배를 피우는 사이에도 그가 상당히 재주가 있는 인물이라는 것은 저도 금방 알 수 있었습니다. 하지만 아무리 재주가 있는 사람이라고 해도 물론 그 인간에 대한 호오의 감정이 변할 리는 없었습니다. 아니, 이미 미우라 아내의 사촌동생이라고 한 이상 그들이 가부키 극장에서 인사를 나누는 정도의 일은 특별히 이상한 일도 아니지 않은가 하고 이성에 호소하며 가능한 한 그 남자에게 접근하려고 노력도 해봤습니다. 하지만 제가 그 노력에 간신히 성공하려 하면 그는 반드시 소리를 내며 홍차를 후루룩거리거나 담뱃재를 아무렇게나 테이블 위에 떨어뜨리거나 또는 자신이 신소리를 하고 큰소리로 웃거나 하는 등 뭔가 불쾌한 짓을 해서 다시 제 반감을 불러일으켰습니다. 그래서 30분쯤 지나 그가 회사의 연회인가에 참석하기 위해 작별 인사를 하고 돌아갔을 때 저는 무심코 일어나 방 안의 속악한 공기를 새롭게 하고 싶은 일념으로 강 쪽을 향한 프랑스 창을 활짝 열었습니다. 그러자 미우라는 여느 때처럼 장미 꽃다발을 든 카츠미 부인의 초상화 아래에 앉으며 "자네는 그 남자가 무척 싫은가 보군" 하고 나무라는 듯한 목소리로 말했습니다. 저는 "아무래도 주는 것 없이 미워서 어쩔 수가 없네. 그게 또 자네 아내의 사촌동생이라니 참 신기하군" 하고 말했습니다. 그러자 미우라가 "신기하다니?"라고 물어서 저는 "뭐, 인간의 종류가 너무 달라서 말이야"라고 대답했습니다. 미우라는 잠시 입을 다물고 이제 저녁노을이 떠돌고 있는 오카와의 수면을 가만히 바라보고 있더니 이윽고 "어떤가, 조만간 낚시라도 하러 가는 건?" 하고 아무런 실마리도 없는 말을 꺼냈습니다. 하지만 저는 무엇보다 화제가 그 아내의 사촌동생에서 다른 것으로 바뀌는 것이 기뻤기 때문에 "좋지. 난 낚시라면 외교보다 자신이 있네" 하고 갑자기 힘차게 대답했습니다. 그러자 미우라도 비로소 미소를 지으며 "외교보다 말인가, 그럼 나는 뭐랄까 우선 사랑보다는 자신이 있을지도 모르겠네" 하고 말했습니다.

"그럼 자네 아내 이상의 어획물이 있을 것 같다는 이야기가 되는데."

"그렇다면 또 자네가 부러워할 테니 좋지 않은가?"

저는 이렇게 말하는 미우라의 말 속에 바늘처럼 제 귀를 찌르는 뭔가가 있다는 걸 알아차렸습니다. 하지만 저녁 어둠 속에서 보니 그는 여전히 차가운 표정을 지은 채 프랑스 창 바깥의 물빛을 끈기 있게 바라보고 있었습니다.

"그런데 낚시는 언제 갈까?"

"언제든지 자네 편할 때 가세."

"그럼 내가 편지를 보내는 걸로 하지."

그래서 저는 붉은 모로코가죽 의자에서 천천히 일어나 말없이 그와 악수를 나누고 그 비밀스러운 황혼의 서재에서 더욱 어둑한 바깥 복도로 가만히 혼자 물러났습니다. 그런데 뜻하지 않게 그 출입구에는 어떤 검은 그림자가 마치 안의 상황을 몰래 엿듣고 있었던 듯 조용히 서 있었습니다. 게다가 그 그림자는 제 모습이 보이자마자 얼른 가까이 다가와 "어머, 벌써 가시게요?" 하고 요염한 목소리로 말하는 게 아니겠습니까. 한순간 숨이 막힌 저는 오늘도 장미를 머리에 꽂은 카츠미 부인을 차갑게 바라보며 역시 말없이 고개를 숙여 인사를 하고 서둘러 인력거가 기다리고 있는 현관 쪽으로 갔습니다. 그때의 제 마음은 저 자신조차 의식할 수 없을 만큼 몹시 혼란스러웠습니다. 저는 그저 제가 탄 인력거가 료고쿠바시 위를 지날 때도 입 안에서 끊임없이 중얼거렸던 것이 '데릴라'라는 이름이었다는 것을 기억하고 있을 뿐입니다.

그 이후 저는 분명히 미우라의 우울한 모습이 감추고 있는 비밀스러운 낌새를 느끼기 시작했습니다. 물론 그 비밀스러운 낌새가 바로 꺼려야 할 간통이라는 두 글자를 제 마음에 각인시킨 것은 굳이 말하지 않아도 될 것입니다. 하지만 만약 그렇다고 한다면 이상가인 미우라는 또 왜 이혼을 단행하지 않는 걸까요. 간통의 의혹을 품고 있어도 그 증거가 없어서일까요. 아니면 혹시 증거가 있어도 여전히 이혼을 주저할 만큼 카츠미 부인을 사랑하고 있는 걸까요. 저는 차례로 이런 억측을 하면서도 그와 낚시하러 갈 약속을 했다는 사실을 보름 동안이나 까맣게 잊고 있었습니다. 가끔 편지를 쓰기는 했지만 그토록 자주 방문했던 오카와 강변에 있는 그의 저택에도 발길을 하지 않았습니다. 그런데 보름이 지나고 나서 저는 또 우연히 어떤 예상 밖의 사건을 만나 결국 전에 했던 약속을 이행하는 한편 그와 마주할 기회를 이용하여 그에게 직접 저의 마음고생을 털어놓으려고 결심했습니다.

그 사건이란 어느 날의 일이었습니다. 저는 역시 친구인 어떤 박사와 나카무라자中村座로 가부키를 보러 갔다가 돌아오는 길에, 땅딸보 주인이라 불리던 도쿄아케보노신문사의 베테랑 기자를 우연히 만나 저녁때부터 내리기 시작한 빗속에 한잔하기 위해 당시 야나기바시에 있던 이쿠이네生稻라는 요정으로 갔습니다. 그곳 2층 객실에서 옛날의 에도江戸를 떠올리게 하는 샤미센 소리를 들으며 한동안 조용히 술을 즐기고 있었습니다. 그러다가 개화 시대의 게사쿠샤戱作者* 같은 땅딸보 주인

---

* 에도 시대 후기의 통속 문학 작자.

이 문득 흥에 겨워 이따금 경묘한 재담을 섞어가며 그 나라야마 부인의 스캔들을 재미있게 들려주었습니다. 잘은 몰라도 부인은 전에 고베 근처의 서양인 첩이었다는 것, 한때는 산유테이 엔교三遊亭円曉를 정부情夫로 두고 있었다는 것, 그 무렵에는 부인의 전성시대로 금반지만 여섯 개나 끼고 있었다는 것, 그런데 2, 3년 전부터 빚을 갚지 못해 거의 옴짝달싹도 못 한다는 것이었습니다. 땅딸보 주인은 그 외에도 아직 여러 가지 품행이 나쁜 내막을 들춰내 들려주었는데 그중에서도 제 마음에 가장 불쾌한 그림자를 드리운 것은 최근에는 어딘가의 젊은 부인이 나라야마 부인을 그림자처럼 따라다닌다는 풍문이었습니다. 게다가 그 젊은 부인이 이따금 여권론자와 함께 스이진水神* 근처로 남자를 데리고 가서 묵는 듯하다는 게 아니겠습니까. 저는 그 말을 들었을 때는 흥겨워야 할 술자리에서조차, 깊은 수심에 빠진 미우라의 모습이 끈질기게 눈앞에 어른거려 의리상으로라도 떠들썩하게 웃을 수가 없었습니다. 하지만 다행히 박사는 일찌감치 제가 우울해 있는 것을 알아차렸는지 교묘하게 상대를 다루며 어느새 화제를 나라야마 부인과는 전혀 인연이 없는 방향으로 돌려주었기 때문에 저는 가까스로 숨을 돌렸고, 아무튼 그 자리의 흥을 깨지 않는 정도로 계속 대응할 수 있었습니다. 하지만 그날 밤은 저에게 무척 불운한 날이었겠지요. 여권론자의 소문에 낙심한 제가 드디어 두

---

* 도쿄의 지명으로 그 부근에는 유명한 요정 등이 있어 당시 남녀 밀회의 메카이기도 했다.

사람과 함께 자리에서 일어나 이쿠이네의 현관에서 돌아갈 인력거를 타려고 하자 갑자기 합승 인력거 한 대가 비에 덮개를 빛내며 기세 좋게 이쪽으로 들어왔습니다. 게다가 제가 인력거 위에 한쪽 발을 올려놓은 것과 건너편 인력거가 덮개를 올리고 안에 있던 한 사람이 신발 벗는 곳으로 기세 좋게 뛰어내린 것은 거의 동시였습니다. 저는 그 모습을 보자마자 재빨리 덮개 밑으로 몸을 던지고 인력거꾼이 끌채를 들어 올리는 순간에도 이상한 흥분에 사로잡히며 "그놈이다"라고 중얼거리지 않을 수 없었습니다. 그놈이라는 건 딴사람이 아니라 미우라 아내의 사촌동생이라는 줄무늬 양복을 입은 거무스름한 사람을 말합니다. 그러므로 저는 빗줄기가 인력거 덮개를 튕기며 등불이 많은 히로코지廣小路 거리*를 날듯이 달려가는 동안에도 그 합승 인력거에 타고 있던 또 한 사람의 인물을 상상하며 몇 번이나 두려운 불안감에 사로잡혔습니다. 과연 나라야마 부인이었을까요. 아니면 또 속발에 장미꽃을 꽂은 카즈미 부인이었을까요. 저는 혼자 누구라고도 할 수 없는 의혹에 시달리며, 오히려 그 의혹이 풀리는 것을 두려워하며 황급히 인력거에 몸을 숨긴 저 자신의 소심함이 화가 나서 견딜 수가 없었습니다. 또 한 사람의 인물이 과연 미우라의 아내였는지 아니면 여권론자였는지는 지금도 여전히 알 수 없는 수수께끼입니다.

---

* 료고쿠히로코지 거리를 말한다. 에도 시대부터 메이지 시대 초기에는 유명한 번화가였다.

혼다 자작은 어디에선가 커다란 비단 손수건을 꺼내 조심스럽게 코를 풀며 이미 어스레한 빛을 띠기 시작한 진열실 안을 둘러보며 조용히 다시 이야기를 계속했다.

　　그렇지만 이 문제는 어떻든 간에, 아무튼 땅딸보 주인한테서 들은 이야기만은 미우라에게 세 번이고 네 번이고 생각해 볼 가치가 있는 일이기 때문에 저는 이튿날 바로 편지를 써서 휴양도 할 겸 약속한 낚시를 하러 가고 싶은 날을 알렸습니다. 그러자 곧바로 미우라에게서 답장이 왔습니다. 읽어보니 그날은 마침 16일 밤이니 낚시보다는 달구경도 할 겸 해가 지고 나서 오카와에 배를 띄우자는 것이었습니다. 물론 저도 특별히 낚시에 집착하고 있는 것도 아니기 때문에 즉시 그의 제안에 동의했습니다. 그리고 당일에는 예전 약속대로 야나기바시의 놀이배를 주선하는 집에서 만나 아직 달이 뜨지 않을 때 길쭉한 강배를 저어 오카와로 나갔습니다.

　　그 무렵 오카와의 저녁 경치는 비록 옛날의 풍류에는 미치지 못할지 모르지만, 그래도 여전히 어딘가 우키요에 같은 아름다움이 남아 있었습니다. 실제로 그날도 야나기바시의 요정 만파치万八 아래를 지나 오카와 연변으로 나가보니 큼지막하게 먹을 칠한 것 같은 료고쿠바시 난간이 한가을의 희미한 저녁 어스름을 흔들리게 하는 강 물결 위에 살짝 휘어진 일자로 새까맣게 걸쳐져 있고, 그 위를 지나는 차마車馬의 그림자가 이미 물 아지랑이로 부예진 가운데 어지럽게 오가는 제등만이 이제 꽈리만큼 조그맣게 점점이 붉게 움직이고 있었습니다. "어떤가, 이 경치는?" 하고 미우라가 물었습니다. 저는 "글쎄, 이것만은 아무리 보고 싶어도 서양이라면 도저히 볼 수 없는 경치일지도 모르겠네" 하고 말했습니다.

"그러면 자네는 경치라면 조금은 옛것이라도 지장이 없다는 건가?"

"글쎄, 경치만은 양보할 수 있지."

"그런데 나는 또 최근 들어 완전히 개화한 것이 싫어졌네."

"확실히는 모르나 구 막부의 우호사절이 불르바르Boulevard 거리를 걷고 있는 것을 보고, 그 입이 건 메리메*라는 작자가 옆에 있던 뒤마**인가 누군가한테 '이봐, 대체 누가 일본인을 저렇게 터무니없이 긴 칼에 묶어둔 거야?'라고 말했다더군. 자네도 조심하지 않으면 금세 메리메의 독설에 당하는 처지가 될 걸세."

"아니, 그보다는 이런 이야기가 있네. 언젠가 사자로 온 하여장何如璋***이라는 중국인이 요코하마의 여관에 묵으며 일본인의 잠옷을 보고 '이건 옛날 잠옷인데, 이 나라에 하나라와 주나라의 옛 풍습이 남아 있다니' 하며 감탄했다지 않은가. 그러니 뭐

---

* 프로스페르 메리메Prosper Mérimée(1803~1870). 프랑스의 소설가. 대표작으로 『카르멘』이 있으며 아쿠타가와에게 많은 영향을 끼쳤다.

** 알렉상드르 뒤마Alexandre Dumas(1802~1870). 프랑스의 소설가. 대표작으로 『삼총사』, 『몽테크리스토 백작』, 『철가면』이 있다. 1882년부터 1884년경 일본에서 뒤마의 소설 여러 편이 번역되어 간행되었다.

*** 청나라의 일본 공사. 1876년 11월에 착임하여 그해 12월 류큐 처분 문제로 사임하고 귀국했다.

든 옛것이라고 다 무시할 수도 없는 거네."

　그사이 밀물이 들어온 강의 수면이 갑자기 어둠을 더해가는 것에 놀라 문득 주위를 둘러보니 어느새 우리를 태운 배는 노 젓는 소리를 한층 빨리하며 이미 료고쿠바시를 뒤로 하고 밤 눈에도 까맣게 보이는 슈비노마츠首尾の松* 앞에 다다르는 참이 었습니다. 거기서 저는 한시바삐 카츠미 부인의 문제로 화제 를 옮겨가려고 생각했기 때문에 곧바로 미우라의 말꼬리를 잡 고 "자네가 그렇게 옛 관습을 좋아한다면 개화한 아내는 어떻 게 할 건가?" 하고 넌지시 미끼를 던졌습니다. 그러자 미우라 는 잠시 제 물음이 들리지 않은 것처럼 아직 달이 뜨려고도 하 지 않는 오타케구라御竹倉**의 하늘을 바라보고 있었는데, 곧 그 눈을 내 얼굴로 향하고 낮지만 힘 있는 목소리로 "어떻게도 하 지 않을 걸세. 일주일쯤 전에 이혼했네" 하고 단호하게 대답하 는 게 아니겠습니까. 저는 의외의 대답에 당황하여 무심코 뱃 전을 붙잡으며 "그럼 자네도 알고 있었나?" 하고 가혹한 목소 리로 물었습니다. 미우라는 여전히 조용한 어조로 "자네야말 로 다 알고 있었던 건가?" 하고 확인하듯이 되물었습니다.

　"다인지 어떤지는 모르지만, 자네 아내와 나라야마 부인의

---

* 야나기바시의 놀이배를 주선하는 집에서 배를 타고 오카와로 나가 요시 와라 유곽 방면으로 가는 곳에 있는, 수면으로 가지를 뻗은 소나무를 이 렇게 불렀다. 여러 설이 있지만, 요시와라 유곽에 들렀다 돌아가는 손님이 이 소나무가 심어져 있는 곳에 배를 대고 그날 밤의 유녀와의 전말首尾을 서로 이야기했다는 데서 이런 말이 생겼다는 설도 있다.

** 이곳은 아쿠타가와가 유년기에 놀았던 장소이기도 하다.

관계만은 들었네."

"그럼 내 아내와 아내의 사촌동생과의 관계는?"

"그것도 어렴풋이 짐작은 하고 있었네."

"그럼 나는 아무 말도 할 필요 없겠군."

"그런데 자네는 그런 관계를 언제부터 알고 있었나?"

"아내와 아내의 사촌동생 말인가? 그건 결혼하고 석 달쯤 지나고 나서네. 바로 아내의 초상화를 고세타 호바이 화백한테 의뢰해서 그려달라고 하기 전의 일이었지."

저에게 또 이 대답이 더욱 의외였던 것은 대체로 상상이 되겠지요.

"자네는 어째서 지금까지 그런 일을 묵인했나?"

"묵인한 게 아니네. 난 인정해주고 있었거든."

저는 재차 의외의 대답에 놀라 잠시 그저 망연히 그의 얼굴만 쳐다보고 있었습니다. 그랬더니 미우라는 조금도 강요하지 않는 모습으로 말했습니다.

"그건 물론 아내와 아내의 사촌동생 사이의 현재 관계를 인정했다는 것은 아니네. 당시 내가 상상하고 있던 그들의 관계를 인정해주었다는 거지. 자네는 내가 '사랑 있는 결혼'을 주장한 일을 기억하고 있을 거네. 그건 내가 나의 이기심을 만족시키기 위한 주장이 아닐세. 내가 사랑을 모든 것 위에 둔 결과였던 거네. 그래서 나는 결혼한 후 우리 사이의 애정이 순수한 것이 아니라는 것을 깨달았을 때 한편으로는 나의 경솔함을 후회함과 동시에 그런 나와 같이 살아야 하는 아내도 딱하다고 생각했던 거지. 자네도 알다시피 나는 원래 몸도 건강하지 못하네. 게다가 나는 아내를 사랑하려고 생각해도 아내는 아무래도 나를 사랑할 수 없는 거네. 아니, 이것도 어쩌면 애초에 내 사랑이라는 것이 상대에게 그만한 열정을 일으킬 수 없을 정도로 빈약했던 건지도 모르지. 그래서 만약 아내와 아내의 사촌동생 사이에 나와 아내 사이보다 좀 더 순수한 애정이 있다면 나는 미련 없이 소꿉친구인 그들을 위해 희생해줄 생각이었네. 그렇게 하지 않으면 사랑을 모든 것 위에 둔다는 내 주장이 사실상 소용없게 될 테니까. 실제로 만약 그렇게 되었을 때는 아내의 초상화도 아내 대신 내 서재에 남겨둘 심산이었네."

미우라는 이렇게 말하며 다시 시선을 건너편 강가의 하늘로 돌렸습니다. 하지만 하늘은 마치 검은 장막이라도 내려뜨린 것처럼 모밀잣밤나무가 마츠우라松浦 저택 위를 음침하게 뒤덮은 채 달이 나올 듯한 구름의 기색은 아직 조금도 보이지 않았습니다. 저는 담배에 불을 붙인 후 "그래서?" 하고 상대를 재촉했습니다.

"그런데 그 후 얼마 안 있어 나는 아내에 대한 사촌동생의 사랑이 불순하다는 것을 알게 되었네. 노골적으로 말하자면 그 남자와 나라야마 부인 사이에도 정교가 있다는 것을 알았던 거지. 어떻게 알게 되었는가는 자네도 굳이 듣고 싶지 않을 거고 나도 새삼스럽게 이야기하고 싶지는 않네. 하지만 아무튼 아주 우연한 기회에 그들이 밀회하는 현장을 내가 직접 봤다는 것만은 말해두지."

저는 담뱃재를 뱃전 밖에 떨며, 비 오던 날 밤 이쿠이네 요정에서의 기억을 생생하게 떠올렸습니다. 하지만 미우라는 막힘없이 말을 이었습니다. "이것이 내게는 바로 첫 번째 충격이었네. 나는 그들의 관계를 인정해줄 근거의 절반을 잃었으니 자연스럽게 전과 같은 호의적인 눈으로 그들의 연애를 볼 수 없게 되었지. 이건 아마 자네가 조선에서 돌아온 무렵의 일일 거네. 그 무렵 나는 아내의 사촌동생한테서 어떻게 아내를 떼어놓을까 하는 문제로 매일 골머리를 썩이고 있었지. 그 남자의 사랑에 거짓이 있어도 아내의 그것은 틀림없이 순수한 것이라 믿고 있던 나는 동시에 또 아내 자신의 행복을 위해서도 그들의 관계에 개입할 필요가 있다고 믿었네. 하지만 그들은, 적어도 아내는 나의 이런 기색을 느끼자 내가 지금까지 그들의 관계를 모르고 있다가 그 무렵에야 알고는 질투에 눈이 멀었다고 해석한 모양이더군. 따라서 아내는 그 이후 나를 적의에 차서 감시하기 시작했지. 아니, 어쩌면 때로는 자네조차 나와 마찬가지로 경계하고 있었을지도 모르네."

"그러고 보니 언젠가 자네 아내가 서재에서 우리가 하는 이야기를 엿듣고 있었던 적이 있네."

"그랬을 거네. 그 정도의 행동은 충분히 할 만한 여자였지."

저희는 잠시 입을 다물고 어두운 강의 수면을 바라보았습니다. 그때도 이미 우리의 배는 예전의 오우마야바시御厩橋 아래를 지나 밤 강물에 배가 지나간 희미한 흔적을 남기며 그럭저럭 고마카타駒形의 가로수 가까이에 당도했습니다. 그러는 가운데 미우라가 다시 가라앉은 목소리로 말했습니다.

"하지만 나는 아직 아내의 성실함을 의심하지 않았네. 그래서 내 마음이 아내에게 통하지 않았다는 점에서, 통하지 않을

244

뿐 아니라 오히려 미움을 샀다는 점에서 나는 그만큼 더 번민했지. 자네를 신바시로 마중을 나간 이래 결국 오늘에 이르기까지 나는 시종 그 번민과 싸워야 했지. 하지만 일주일쯤 전에 하녀인가 누군가의 과실로 아내의 손에 들어갈 편지가 내 서재로 오지 않았겠나. 나는 곧바로 아내의 사촌동생이 보낸 거라고 생각했지. 그래서 결국 그 편지를 뜯어보았네. 그런데 그 편지는 생각지도 못한 남자가 아내한테 보낸 연애편지였네. 바꿔 말하면 그 남자에 대한 아내의 애정도 역시 순수한 것이 아니었던 거지. 물론 이 두 번째 충격은 첫 번째 충격보다 훨씬 더 무서운 힘으로 나의 모든 이상을 분쇄했네. 하지만 그와 동시에 또 내 책임이 갑자기 가벼워진 듯한, 슬퍼해야 할 안위의 감정을 맛본 일 또한 사실이었지."

미우라가 이렇게 말을 마쳤을 때 마침 건너편 강가에 쭉 늘어선 창고 위에는 굉장히 붉은 음력 16일의 달이 비로소 크게 떠오르기 시작했습니다. 제가 조금 전 요시토시의 우키요에를 보고 양복을 입은 키쿠고로로부터 미우라를 떠올린 것은 특히 그 붉은 달이 가부키 무대 안의 등불이 들어간 달과 비슷했기 때문이었습니다. 하얀 피부에 갸름한 얼굴, 긴 머리 가운데에 가르마를 탄 미우라는 그런 달이 뜨는 것을 바라보며 갑자기 긴 한숨을 내쉬고는 쓸쓸한 미소를 띤 목소리로 말했습니다.

"자네는 옛날에 신풍련이 목숨을 걸고 싸웠던 것도 애들 꿈이라고 폄하한 일이 있네. 그럼 자네가 보기에 내 결혼 생활도……"

"그렇다네. 역시 애들 꿈이었는지도 모르지. 하지만 오늘날

우리가 목표로 하고 있는 개화도 백년 후에 보면 역시 마찬가
지로 애들 꿈이 아닐까?"

혼다 자작이 바로 이런 이야기까지 했을 때 어느새 옆으로
다가온 수위가 우리에게 폐관 시간이 다 되었다고 알려주었다.
자작과 나는 천천히 일어나 다시 한번 주위의 우키요에와 동
판화를 둘러보고 나서 가만히 어둑한 전시실 밖으로 나왔다.
마치 우리 자신도 그 유리 진열장에서 나온 과거의 유령인 것
처럼.

(1919년 1월)

밀감蜜柑

어느 흐린 겨울날의 해질 무렵이었다. 나는 요코스카橫須賀
에서 출발하는 상행 이등 객차* 구석에 앉아 멍하니 발차 호각
소리를 기다리고 있었다. 진작 전등이 켜진 객차 안에는 드문
일이게도 승객은 나 말고 한 사람도 없었다. 바깥을 내다보니
어둑한 플랫폼에도 오늘은 이상하게 배웅 나온 사람의 그림자
조차 끊기고 그저 우리에 넣어진 강아지 한 마리가 이따금 슬
프게 짖어대고 있었다. 이것들은 그때의 내 심정과 이상하리만
큼 잘 어울리는 광경이었다. 내 머릿속에는 말할 수 없는 피로

---

* 아쿠타가와는 1916년 12월부터 1919년 3월까지 영어 촉탁 교관으로서
요코스카 해군 기관학교에 근무하고 있었고, 하숙집이 있던 가마쿠라에서
통근할 때나 도쿄로 갈 때 요코스카, 오후나大船 구간의 요코스카선을 이
용했다. 당시 요코스카에서 가마쿠라까지는 30분, 요코스카에서 도쿄까
지는 2시간이 걸렸다. 상행선은 도쿄행이었다. 요코스카는 당시 일본 제
일의 군항으로서 해군의 거점이었다.

와 권태가 마치 눈구름이 낀 하늘처럼 잔뜩 찌푸린 그림자를 드리우고 있었다. 나는 외투 주머니에 지그시 두 손을 찔러 넣은 채 거기에 들어 있는 석간을 꺼내 볼 기운조차 나지 않았다.

하지만 곧 발차 호각 소리가 울렸다. 나는 느긋한 마음을 희미하게 느끼며 뒤쪽의 창틀에 머리를 기대고* 눈앞의 역이 질질 뒤로 물러서기 시작하는 것을 망연히 기다리고 있었다. 그런데 그보다 먼저 아주 소란스러운 굽 낮은 게다 소리가 개찰구 쪽에서 들려오나 싶더니 곧 차장이 뭐라고 욕지거리를 하는 소리와 함께 내가 타고 있는 이등칸 문이 드르륵 열리고 열서너 살 먹은 소녀 하나가 황급히 안으로 들어왔다. 그와 동시에 기차가 한 차례 묵직하게 흔들리더니 서서히 움직이기 시작했다. 하나씩 시야를 끊고 지나가는 플랫폼의 기둥, 놔둔 채 잊어버린 듯한 물 뿌리기 위한 밀차, 그리고 차내의 누군가에게 행하를 줘서 고맙다고 말하는 빨간 모자,** 그런 모든 것이 창에 세차게 불어닥치는 매연 속에 아쉬워하며 뒤로 쓰러져 갔다. 나는 그제야 안도하며 담배에 불을 붙이고는 비로소 나른한 눈꺼풀을 올리고 앞자리에 앉아 있는 소녀의 얼굴을 힐끗 쳐다봤다.

---

* 당시 요코스카선 2등실은 박스형이 아니라 창을 따라 옆으로 긴 좌석이 좌우로 뻗어 있었다.

** 당시 역 구내에서 승객의 짐을 운반하는 일을 하던 사람들로, 빨간 모자를 쓰고 있었다.

윤기 없는 머리를 뒤로 잡아당겨 이초가에시*로 묶었고, 옆으로 긁힌 상처가 있는 튼 자국투성이인 양 볼이 기분 나쁠 만큼 벌겋게 달아오른, 정말이지 시골뜨기인 듯한 소녀였다. 게다가 때에 찌든 연두빛 털목도리가 축 늘어진 무릎 위에는 커다란 보퉁이가 있었다. 또 그 보퉁이를 안은 동상 걸린 손 안에는 빨간 삼등칸 표가 소중하게 꼭 쥐어져 있었다. 나는 이 소녀의 천한 얼굴이 싫었다. 그리고 그녀의 복장이 불결한 것도 불쾌했다. 마지막으로 이등칸과 삼등칸조차 구별하지 못하는 우둔한 마음이 더 괘씸했다. 그래서 담배에 불을 붙인 나는 한편으로 이 소녀의 존재를 잊고 싶은 마음도 있어 이번 에는 호주머니의 석간을 막연히 무릎 위에 펼쳤다. 그러자 그 때 석간의 지면에 떨어지던 외부의 빛이 갑자기 전등 불빛으로 바뀌어 인쇄 상태가 안 좋은 어떤 난인가의 활자가 의외일 만큼 선명하게 내 눈앞에 떠올랐다. 말할 것도 없이 기차는 지금 요코스카선의 많은 터널 중 첫 번째 터널로 들어선 것이다.

하지만 전등 불빛에 비친 석간의 지면을 훑어봐도 역시 나의 우울함을 위로하려는지 세상은 온통 너무나 평범한 사건만

---

* 뒤통수에서 묶은 머리채를 좌우로 갈라 반달 모양으로 둥글려서 은행잎 모양으로 틀어 붙인 여자 머리 모양. 결혼 전 소녀의 머리 모양인데, 다이쇼 시대에 중류 계급 이상은 이렇게 묶지 않았다.

가득했다. 강화講和* 문제, 신랑신부, 독직 사건, 부고, 나는 터널에 들어선 순간 기차가 달리고 있는 방향이 거꾸로 된 것 같은 착각을 느끼며 그런 삭막한 기사들을 거의 기계적으로 대강 훑어나갔다. 하지만 그사이에도 물론 그 소녀가 마치 비속한 현실을 인간으로 만든 듯한 얼굴로 내 앞에 앉아 있는 것을 줄곧 의식하지 않을 수 없었다. 이 터널 안의 기차와 이 시골뜨기 소녀, 그리고 또 이 평범한 기사로 메워져 있는 석간, 이것이 상징이 아니고 무엇이겠는가. 불가해하고 하등하고 따분한 인생의 상징이 아니고 무엇이겠는가. 나는 모든 것이 시시해져 읽다 만 석간을 내던지고 다시 창틀에 머리를 기대며 죽은 듯이 눈을 감고 꾸벅꾸벅 졸기 시작했다.

그러고는 몇 분쯤 지난 후였다. 문득 뭔가에 위협을 받은 것 같은 기분이 들어 무심코 주위를 둘러보니 어느새 그 소녀가 맞은편에서 내 옆자리로 옮겨와 자꾸만 차창을 열려 하고 있었다. 하지만 무거운 차창은 좀처럼 생각대로 열리지 않는 모양이었다. 온통 튼 볼은 더욱 빨개졌고 이따금 코를 훌쩍거리

---

* 제1차 세계대전의 강화 문제. 삼국동맹 측(독일, 오스트리아, 이탈리아)과 삼국협상 측(영국, 프랑스, 러시아에 미국, 중국이 가세)이 싸웠던 제1차 세계대전은 1918년 우선 러시아 혁명 정부가 독일과 단독강화를 맺고 11월에 독일이 미국 대통령 윌슨이 제창한 14개조의 강화 원칙에 기초하여 강화를 맺는 것을 조건으로 항복했다. 1919년부터 1921년에 걸쳐 베르사유 조약을 비롯하여 패전국인 오스트리아, 터키, 불가리아 등과도 강화 조약이 맺어져 세계대전이 종결되었다. 일본은 이 대전 후 중국 산둥반도의 옛 독일 권익을 계승하고 남양군도를 위임통치령으로 했다. 1918년 말부터 1919년 초 강화 문제가 활발하게 지면을 장식했다.

는 소리가 숨이 찬 조그만 목소리와 함께 다급하게 귀로 파고 들었다. 물론 이것은 내게도 얼마간 동정심을 사기에 충분한 것임이 틀림없었다. 그러나 기차가 바로 터널 입구에 다다르고 있다는 것은 저녁 어스름 속에 시든 풀만 환한 양쪽 산허리가 창 쪽으로 아주 가깝게 다가온 것으로도 금세 알 수 있는 일이 었다. 그런데도 이 소녀는 일부러 닫혀 있는 창문을 열려고 하다니, 나는 그 이유를 이해할 수 없었다. 아니, 그것이 내게는 단지 이 소녀의 변덕이라고밖에 생각할 수 없었다. 그래서 나는 마음속으로 여전히 험악한 감정을 품으며 동상 걸린 그 손이 차창을 열려고 악전고투하는 모습을 마치 그것이 영원히 성공하지 않기를 기도하는 듯한 냉혹한 눈으로 바라보고 있었다. 그러자 곧 엄청난 소리를 내며 기차가 터널로 들이닥치는 것과 동시에 소녀가 열려고 한 차창이 마침내 쾅 하고 열렸다. 그리고 그 사각 구멍 속에서 그을음을 녹인 듯한 거무칙칙한 공기가 느닷없이 숨이 막히는 연기가 되어 차내에 자욱이 흘러들기 시작했다. 원래 목이 좋지 않았던 나는 손수건을 얼굴에 댈 틈도 없이 그 연기를 얼굴 전체에 뒤집어써 거의 숨도 쉬지 못할 만큼 기침을 하지 않을 수 없었다. 하지만 소녀는 내게 신경 쓸 기색도 보이지 않고 차창 밖으로 고개를 내밀고 어둠속에 불어닥치는 바람에 귀밑머리를 살랑거리게 하며 가만히 기차가 나아가는 방향을 지켜보고 있었다. 매연과 전등 불빛 속에서 그 모습을 바라보았을 때 창밖은 이미 순식간에 환해졌고 거기서 흙냄새며 시든 풀 냄새며 물 냄새가 차갑게 흘러들어오지 않았다면 겨우 기침이 멎은 나는 이 낯선 소녀를 마구 야단을 쳐서라도 틀림없이 원래대로 차창을 닫으라고 했을 것이다.

하지만 기차는 그때 이미 터널을 거뜬히 빠져나와 시든 풀뿐인 산과 산 사이에 끼인 어떤 가난한 마을 변두리의 건널목을 지나고 있었다. 건널목 근처에는 모두 초라한 초가지붕이며 기와지붕이 너저분하고 옹색하게 들어섰고, 건널목을 지키는 사람이 흔드는 것인지, 단 하나의 하얀 깃발이 나른하게 저녁 어스름을 흔들고 있었다. 겨우 터널을 빠져나왔나 싶은 그때 그 쓸쓸한 건널목 목책 너머로 나는 볼이 빨간 세 남자아이가 떼를 지어 늘어서 있는 것을 보았다. 그들은 모두 구름 낀 하늘에 움츠러들었는가 싶을 만큼 모두 키가 작았다. 그리고 또 이 마을 변두리의 음산한 광경과 같은 색의 옷을 입고 있었다. 그들은 기차가 지나가는 것을 올려다보며 일제히 손을 들고는 애처로운 목을 뒤로 한껏 젖히며 의미를 알 수 없는 함성을 열심히 내질렀다. 그리고 그 순간이었다. 차창에서 몸을 반쯤 내밀고 있던 그 소녀가 동상 걸린 손을 쭉 뻗어 좌우로 힘차게 흔드나 싶더니 갑자기 마음이 들뜨게 할 만한 따뜻한 햇빛에 물들어 있는 밀감 대여섯 개가 기차를 배웅하는 아이들 위로 후드득 떨어졌다. 나는 무심코 숨을 삼켰다. 그리고 그 순간 모든 것을 이해했다. 소녀는, 아마도 지금 고용살이를 하러 떠나는 소녀는 품에 넣고 있던 밀감 몇 개를 창밖으로 던져 일부러 건널목까지 배웅하러 나온 동생들의 수고에 보답한 것이다.

저물어 가는 어스레한 빛을 띤 마을 변두리의 건널목과 작은 새처럼 소리를 지르는 세 아이들, 그리고 그 위로 어지럽게 떨어지는 밀감의 선명한 색, 이 모든 것은 기차 차창 밖으로 눈 깜짝할 사이도 없이 지나가버렸다. 하지만 내 마음에는 그 광경이 애달플 만큼 또렷하게 각인되었다. 그리고 거기에서 정체를 알 수 없는 어떤 쾌활한 마음이 솟아나는 것을 의식했다. 나는 의기양양하게 머리를 들고 마치 딴사람을 보는 듯이 그 소녀를 주시했다. 소녀는 어느새 내 앞 자리로 돌아가 여전히 온통 튼 볼을 연두빛 털목도리에 묻으며 큼직한 보퉁이를 안은 손에 삼등칸 표를 꼭 쥐고 있었다.

나는 그제야 비로소 이루 말할 수 없는 피로와 권태를, 그리고 불가해하고 하등하고 따분한 인생을 겨우 잊을 수 있었다.

(1919년 4월)

크리스토포루스* 성인전 きりしとほろ上人伝

소서 小序

이는 내가 전에 〈미타문학三田文學〉 지상에 게재한 「교인의 죽음」과 마찬가지로, 내가 소장한 기리시탄판 『레겐다 오레아』의 한 장을 다소 윤색한 것이다. 다만 「교인의 죽음」은 이 나라 그리스도교도의 일화였지만 '크리스토포루스 성인전'은 예부터 유럽 천주교 국가들에 널리 유포된 성인행장기聖人行狀記의 일종이다. 나의 『레겐다 오레아』 소개도 이것저것과 어우러져야 비로소 전모가 생생히 떠오를 수 있을지 모르겠다.

전설 중에는 거의 골계에 가까운 시대의 착오나 장소의 착

---

* 3세기 시리아의 그리스도교 순교자. 그리스도교의 14 수호성인의 한 사람으로, 어린이의 모습을 한 예수를 어깨에 메고 강을 건네준 데서 이런 이름이 붙었다고 한다.

오가 속출한다. 하지만 나는 원문의 시대상을 손상시키지 않기 위해 일부러 첨삭을 하지 않기로 했다. 여러분에게 내 상식의 유무가 의심받지 않는다면 무척 다행일 것이다.

1. 산 생활

먼 옛날 일이다. 시리아라는 나라의 깊은 산속에 레푸로보스라는 산 사나이가 있었다. 그 무렵 레푸로보스만큼 덩치가 큰 남자는, 주님이 태양을 비춰주시는 세상이 아무리 넓다고 해도 한 사람도 없었다고 한다. 우선 키는 9미터 남짓 될까. 포도 넝쿨처럼 보이는 머리카락 속에는 몇 마리인지 모르는 귀여운 박새가 둥지를 틀어 살고 있었다. 게다가 손발은 마치 깊은 산의 소나무나 노송나무 같고 발소리는 일곱 계곡들에 메아리칠 정도였다. 그러므로 그날의 양식을 구할 때도 사슴이나 곰을 때려눕히는 것은 손가락 끝을 한 번 비틀 뿐이었다. 또한 가끔 바닷가로 내려가 물고기나 조개를 잡으려 할 때도 청각채만큼의 수염을 늘어뜨린 아래턱을 모래에 딱 붙이고 어느 정도의 물을 한 입 마시면 도미도 가다랑어도 지느러미를 흔들며 우르르 입으로 흘러들어왔다. 경우에 따라서는 앞바다를 지나는 화물선조차 때 아닌 밀물과 썰물에 떠밀려 당황한 선원이 부산을 떠는 일도 있었다고 한다.

하지만 레푸로보스는 천성이 마음씨 고운 사람이어서 산에서 사는 나무꾼이나 사냥꾼은 물론이고 오가는 나그네에게도 해를 입히는 일이 없었다. 오히려 나무꾼이 자르지 못한 나무는 밀어서 넘어뜨려주고 사냥꾼이 쫓다가 놓친 짐승은 잡아주고 나그네가 지기 힘들어하는 짐은 어깨에 걸쳐주는 등 여러 가지로 친절을 베풀었기에 가깝고 먼 산골 마을에서는 이 산 사나이를 미워하는 사람은 한 사람도 없었다. 그중에서도 어느 마을에서는 양치기 아이가 행방불명되었을 때 밤이 이슥하여 그 아이의 부모가 집의 지붕창을 밀어 여는 사람이 있어 깜짝 놀라 올려다보니 도롱이만 한 레푸로보스의 손바닥에 푹 잠든 아이가 올려진 채 별이 총총한 밤하늘에서 유유히 내려온 일도 있었다고 한다. 산 사나이에게 어울리지 않는 참으로 갸륵한 성품이 아닐 수 없다.

그래서 나무꾼이나 사냥꾼들도 레푸로보스를 만나면 떡이나 술을 대접하고 격의 없이 이야기를 나눈 일도 종종 있었다. 그러던 어느 날 나무꾼 한 무리가 나무를 베려고 노송나무가 무성한 산 깊숙이 들어갔을 때 이 산 사나이가 얼룩조릿대 안에서 느릿느릿 나타났기 때문에 대접할 마음으로 낙엽을 태워 술병을 데워주었다. 물방울 만큼인 술병의 술도 레푸로보스는 무척 기뻐하고, 머리에 둥지를 튼 박새에게도 나무꾼들이 먹다 남은 밥을 뿌려주며 크게 책상다리를 하고는 말했다.

"나도 인간으로 태어났다면 눈부신 공을 세워 나중에는 영주라도 되었을 텐데."

그러자 나무꾼들도 무척 즐거워했다.

"물론이지. 자네만큼의 힘이 있으면 성 두세 개쯤 함락시키는 건 한 손으로도 할 수 있을 거네."

그때 레푸로보스가 약간 걱정하는 모습으로 말했다.

"하지만 한 가지 곤란한 일이 있어. 나는 평소 산에만 있으니까 어떤 영주의 부하가 되어 싸움을 해야 할지 전혀 알 수가 없거든. 그런데 지금 천하무쌍의 강자라는 사람은 어떤 나라의 대장일까. 누구든 그 대장의 말 앞으로 달려가 충절을 바칠 거야."

"그렇다면 그거지. 우선 우리의 소견으로는 지금 세상에 안티오키아 황제만큼 무용에 뛰어난 대장도 없을 거네."

산 사나이는 이 말을 듣고 대단히 기뻐하며,

"그렇다면 당장 떠나야지" 하고는 작은 산 같은 몸을 일으켰는데 이때 이상한 일이 일어났다. 머리에 둥지를 튼 박새들이 일시에 요란한 날갯짓 소리를 남기고 하늘에 망을 친 숲의 나무들 우듬지로 새끼도 남김없이 날아가 버렸던 것이다. 비스듬히 가지를 뻗은 노송나무 뒤쪽으로 올라가니 그 나무는 마치 박새가 열린 것 같았다고 한다. 레푸로보스는 박새의 그런 행동을 의아한 눈으로 바라보고 있었지만, 이윽고 초심을 생각해낸 얼굴로 발밑에 모인 나무꾼들에게 공손히 작별을 고하고 다시 숲의 얼룩조릿대를 밟으며 원래 왔던 산속 깊숙한 곳으로 혼자 느릿느릿 걸어갔다.

그래서 레푸로보스가 영주가 되기를 바란다는 것은 곧 가깝고 먼 여기저기 산골 마을에도 알려지게 되었는데 조금 지나자 다시 이런 소문이 바람을 타고 전해왔다. 그것은 국경 근처의 호수에서 수많은 어부들이 진흙에 빠진 큰 배를 끌어내고 있을 때 어디선가 수상한 산 사나이가 나타나 그 배의 돛 기둥을 잡나 싶더니 힘들이지 않고 물가로 끌어내 일동이 몹시 놀라는 사이에 재빨리 모습을 감췄다는 소문이었다. 그러므로 레푸로보스를 봐서 알고 있는 나무꾼이나 사냥꾼들은 모두 정이 두터운 산 사나이가 드디어 시리아에서 떠난 것을 알았기 때문에 한없이 아쉬워서 서쪽 하늘에 병풍을 둘러친 듯한 산봉우리를 올려다볼 때마다 저절로 한숨이 나왔다고 한다. 더욱이 그 양치기 아이 등은 석양이 산그늘로 지려고 할 때는 반드시 마을 외곽의 한 그루 삼나무에 높이 올라가 아래에 모인 양떼도 잊은 듯이 레푸로보스가 그리워, 산 넘어 어디로 갔나, 하고 슬픈 목소리로 불러댔다. 그런데 그 후 레푸로보스가 어떤 행운을 만났는지 그 뒷 이야기를 알고 싶은 분은 일단 다음을 읽어보시라.

2. 갑자기 영주가 된 일

그런데 레푸로보스는 어렵지 않게 안티오키아 성 안으로 들어갔는데 시골의 산골 마을과 달리 이곳 안티오키아의 도읍은 그 무렵 천하에 둘도 없이 번화한 지역이기 때문에 산 사나이가 거리로 들어서자마자 구경꾼 남녀들이 엄청나게 몰려들어 나중에는 통행을 할 수도 없을 것 같았다. 그래서 레푸로보스는 전혀 나아가지 못한 채 방향을 잃고 인파에 이리저리 부대끼며 영주의 저택이 늘어서 있는 네거리에 우뚝 서 있었다. 그런데 마침 그곳에 온 것은 황제의 가마를 둘러싼 병사들의 행렬이었다. 구경꾼들은 앞을 다퉈 산 사나이를 혼자 남겨둔 채 순식간에 사방으로 멀어졌다. 그러므로 레푸로보스는 큰 코끼리의 발로 착각할 만큼 엄청나게 큰 손을 땅바닥에 대고 가마 앞에 고개를 숙이며,

"저는 레푸로보스라고 하는 산 사나이입니다만 지금 안티오키아의 황제는 천하무쌍의 대장이라는 말을 듣고 받들어 모시고자 멀리서 여기까지 찾아왔습니다"라고 말씀드렸다. 그보다 먼저 황제 일행도 레푸로보스의 모습에 몹시 놀라서 선봉은 이미 창과 칼을 뽑으려고 했지만, 그 기특한 말을 듣고 딴마음이 없을 거라고 생각하여 일단 행렬을 거기에 세우고 호위대장의 입으로 그 취지를 여차여차 황제에게 말씀드렸다. 황제는 그 말을 들으시고,

"저 정도로 덩치가 큰 남자라면 틀림없이 무술도 남보다 뛰어나겠지. 부하로 쓰자" 하고 분부를 내리시는 각별한 결정으로 즉각 일행에 가세하게 되었다. 레푸로보스의 기쁨은 말할 것도 없었을 것이다. 그러므로 황제의 행렬 뒤에서 서른 명의 장사도 멜 수 없을 것 같은 긴 궤 열 개의 운반 감독을 맡아 그리 멀지 않은 황궁 문까지 의기양양하게 수행했다. 사실 이때 레푸로보스가 산 같은 긴 궤를 어깨에 메고 사람과 말 행렬을 눈 아래로 내려다보며 활개치고 지나가는 괴이한 모습이야말로 놀랄 만한 일이었으리라.

이렇게 해서 그때부터 레푸로보스는 옻 문양이 들어간 마예복을 입고 주홍색 칼집에 긴 칼을 옆에 차고 아침저녁으로 안티오키아 황제의 궁을 수호하는 관리가 되었다. 그런데 그때

다행히 공을 세울 기회가 찾아왔다. 얼마 후 이웃나라의 대군이 이 도읍을 공략하려고 한꺼번에 밀어닥친 것이다. 원래 이웃나라의 대장은 사자왕도 맨손으로 때려잡는다는 아무나 당해낼 수 없는 강자여서 안티오키아 황제도 소홀히 할 수 없는 전투였다. 그러므로 이번 선봉은 얼마 전에 온 레푸로보스에게 맡겨졌고, 황제는 몸소 가마를 타고 본진으로 나아가 호령을 했다. 그 지휘를 받은 레푸로보스가 너무 기쁜 나머지 발이 땅에 닿는지 안 닿는지도 느끼지 못한 것은 결코 무리가 아닐 것이다.

이윽고 아군이 대열을 갖추자 황제는 레푸로보스를 맨 앞에 내세워 나각과 징, 북소리를 용맹하게 울리며 국경 들판으로 내보냈다. 적의 군대는 원래부터 바라던 전투였으니 어찌 한시라도 주저할 것인가. 들판을 뒤덮은 깃발이 갑자기 물결치는가 싶더니 한꺼번에 와하고 함성을 지르며 당장이라도 단판을 벌일 것처럼 보였다. 그때 안티오키아의 많은 사람 중에서 유유히 혼자 나온 이는 다름 아닌 레푸로보스였다. 이날 산 사나이의 출진은, 물소 투구에 서양식으로 정련한 쇠로 만든 갑옷을 입고 칼날 길이가 칠 척이나 되는 긴 칼을 손잡이 가까이 잡고 마치 성의 천수각에 혼이 깃든 것처럼 대지가 좁다고 흔들며 나오는 것 같았다. 양군의 한복판을 가로막고 선 레푸로보스는 그 긴 칼을 머리 위로 치켜들고 멀리 적의 병력을 향해 뇌성 같은 목소리로 외쳤다.

"멀리 있는 자는 소리로 듣고, 가까이 있는 자는 눈으로 봐라. 나는 안티오키아 황제의 진중에서 만만치 않은 자로 알려진 레푸로보스라는 용사다. 황공하게도 오늘은 선봉대장이 되어 군대를 끌고 나왔으니 자신 있는 사람은 가까이 와서 승부를 겨뤄보자."

이 무사다운 거동의 무시무시함은 옛날 펠리시테의 호걸 골리앗이 지녔다고 들었는데, 비늘을 꿰맨 큰 갑옷에 구리창을 들고 백만 대군을 큰 소리로 호령하는 그의 모습도 뒤지지 않아 보였다. 과연 이웃나라의 강한 병사들도 한동안은 소리를 죽이고 나서는 자가 없었다. 그래서 적의 대장도 이 산 사나이를 죽이지 않고는 당해내지 못할 거라고 생각했을 것이다. 아름답게 무장武裝한 채 삼 척의 칼을 빼든 적의 대장은 강하고 근사한 말에 거품을 물게 하며 큰 소리로 자기 이름을 대며 쏜살같이 레푸로보스에게 달려들었다. 하지만 레푸로보스는 여기에는 눈 하나 까딱하지 않고 긴 칼을 빼들고 두세 번 응대했지만 곧 무기를 획 버리더니 긴 팔을 쭉 뻗어 재빨리 적의 대장을 안장에서 떼어내어 저 멀리 하늘로 돌멩이처럼 날려버렸다. 적군의 대장이 공중에서 빙글빙글 돌다가 아군의 진중에 쿵 하고 떨어져 엉망진창이 되자마자 안티오키아의 대군은 함성을 올리며 황제의 가마를 둘러싸고 눈사태가 일어난 것처럼 공격해 들어갔다. 그래서 이웃나라의 군대는 잠시도 버티지 못하고 도망치려고 무기와 말을 내버리고 사분오열되어 흩어지고 말았다. 사실 그날 안티오키아 황제의 대승리는, 아군이 수중에 넣은 신분 높은 무사의 머릿수만도 일 년의 날수보다 많은 정도였다고 한다.

그래서 대단히 기쁜 황제는 경사스러운 개선가 속에서 군사들을 둘러봤다. 곧 레푸로보스에게는 영주의 지위를 주었고, 게다가 여러 신하에게도 일일이 승리의 연회를 베풀어 정성껏 공훈을 치하하고 위로했다. 그 승리의 연회를 베푼 밤의 일일 것이다. 당시 각 나라의 풍습에 맞춰 그날 밤도 유명한 비파를 켜는 승려가 큰 촛불 밑에서 가락을 넣어 오늘날과 옛날의 전쟁에 대해 손에 잡힐 듯이 이야기했다. 그때 레푸로보스는 전부터 바라던 소원이 성취되었기에 군침을 흘릴 정도로 마구 웃으며 순진하게 적포도주를 주고받았다. 그러고 있을 때 문득 취한 눈에 들어온 것은 비단 장막을 둘러친 정면의 어좌에 계시는 황제의 이상한 행동이었다. 왜냐하면 비파를 켜는 승려가 노래하는 이야기 중에 악마라는 단어가 나오면 황제는 황급히 손을 들어 반드시 십자를 그렸기 때문이다. 그 행동이 대단히 위엄 있게 보였기 때문에 레푸로보스는 동석한 병사에게,

"황제께서는 왜 저렇게 십자를 그리시는 건가?" 하고 갑작스럽게 물어봤는데 그 병사는,

"대체로 악마라는 것은 천하의 인간을 손바닥 위에 올려놓고 가지고 노는, 아주 힘이 센 놈이지. 그래서 황제도 악마의 저주를 떨치려고 계속 십자를 그려 몸을 지키는 거라네" 하고 말했다. 레푸로보스는 이 말을 듣고 수상쩍다는 듯이 다시 되물었다.

"하지만 지금 안티오키아의 황제는 천하에 둘도 없이 강력한 대장이라고 들었네. 그렇다면 악마도 황제의 몸에는 손가락 하나 대지 못하지 않나?"

그러자 병사는 고개를 저으며 대답했다.

"아니, 아니, 황제도 악마만큼의 위세는 없다네."

산 사나이는 이 대답을 듣자마자 크게 분개하여 말했다.

"내가 황제를 모시기로 한 것은 천하무쌍의 강자는 황제라고 들었기 때문이네. 그런데 그런 황제조차 악마에게 허리를 굽힌다면 나는 앞으로 악마의 신하가 되겠네."

레푸로보스가 큰 소리로 이렇게 외치고 곧바로 적포도주 잔을 내던지며 일어서려고 했더니 그 자리의 병사들은 레푸로보스가 이번 공명을 샘낸다고 생각하고서 "산 사나이가 모반을 한다"라고 이구동성으로 욕을 퍼부으며 소란을 피우고는 느닷없이 사방팔방에서 서로 경쟁하듯이 포박하려고 했다. 물론 레푸로보스도 평소 같으면 이 병사들에게 쉽게 붙들릴 리 없을 것이다. 하지만 그날 밤은 적포도주를 마시고 취해 정신이 없었기에 잠시 수많은 상대와 붙었다 떨어졌다 하며 뒤얽혀 싸웠지만 결국 발이 미끄러져 뜻하지 않게 쿵하고 넘어지고 말았다. 병사들은 됐다, 하며 더욱 몸을 포개며 심하게 화를 내는 레푸로보스를 뒷짐결박했다. 황제도 그 꼬락서니를 처음부터 끝까지 다 보시고는,

"은혜를 원수로 갚는 꼴도 보기 싫은 놈 같으니라고. 당장 지하 감옥에 처넣어라" 하며 격분했기 때문에 가련한 레푸로보스는 그날 밤 보기만 해도 지저분한 땅속 감옥에 투옥되었다. 그런데 안티오키아의 감옥에 갇힌 레푸로보스가 그 후 어떤 행운을 만났는지 그 뒷 이야기를 알고 싶은 분은 우선 다음을 읽어보시라.

3. 악마의 왕래

그런데 레푸로보스는 아직 밧줄도 풀지 않고 지하 감옥의 캄캄한 바닥에 던져졌기 때문에 잠시 갓난아기처럼 소리를 내어 엉엉 울 수밖에 없었다. 그때 어디선지 모르게 주홍색 도포를 걸친 대학자가 홀연히 모습을 드러내더니 부드럽게,

"어찌 된 일이냐, 레푸로보스? 너는 왜 이런 곳에 있느냐?" 하고 물으니 산 사나이는 새삼 폭포 같은 눈물을 흘리며,

"제가 황제를 등지고 악마를 섬긴다고 했더니 이렇게 감옥에 처넣었습니다. 엉, 엉, 엉" 하고 분개했다. 대학자는 이 말을 듣고 다시 부드럽게 묻기를,

"그렇다면 너는 지금도 여전히 악마를 섬길 생각이 있느냐?" 하자 레푸로보스는 고개를 끄덕이며,

"지금도 여전히 섬길 생각입니다" 하고 대답했다. 대학자는 이 대답에 크게 기뻐하며 지하 감옥이 울려 퍼질 만큼 껄껄 웃었지만, 이윽고 세 번째로 부드럽게 말하기를,

"너의 소망은 아주 기특하니 이제 곧 감옥에서 빼내주겠다" 하며 몸에 걸친 주홍색 도포를 레푸로보스 위를 덮으니 신기하게도 온몸을 결박하고 있는 것이 모조리 사르르 풀렸다. 산 사나이가 놀란 것은 말할 것도 없었다. 그래서 주뼛주뼛 몸을 일으키고 대학자의 얼굴을 올려다보며 공손하게 고마움을 표하며,

"제 결박을 풀어주신 은혜는 언제까지고 잊지 않겠습니다. 하지만 이 지하 감옥을 어떻게 빠져나간다는 겁니까?" 하고 말

했다. 그러자 대학자는 다시 냉소를 머금고,

"그까짓 게 뭐 그리 어렵겠느냐" 하는 말도 다하기 전에 당장에 주홍색 도포의 소매를 펼치고 레푸로보스를 겨드랑이에 끼었다. 그러자 순식간에 발밑이 어두워지고 미친 듯이 바람이 한바탕 부는가 싶더니 두 사람은 어느새 감옥을 뒤로 하고 허공을 밟으며 가볍게 안티오키아 도읍의 밤하늘로 불꽃을 날리며 날아올랐다. 정말이지 그때 대학자의 모습은 때마침 지려는 달을 등지고 마치 괴상한 큰 박쥐가 검은 구름 같은 날개를 일자로 하고 비행하는 것 같았다고 한다.

그러므로 레푸로보스는 점점 놀라며 대학자와 함께 하늘로 쏜 화살처럼 날아가며 떨리는 목소리로,

"도대체 당신은 누굽니까? 당신처럼 신통한 박사는 세상에 둘도 없을 거라고 생각합니다" 하고 말하자 대학자는 갑자기 어쩐지 기분 나쁜 회심의 미소를 지으며 일부러 아무렇지 않은 목소리로,

"뭘 감추겠느냐, 나는 천하의 인간을 손바닥에 올려놓고 가지고 노는 힘이 센 강자지" 하고 대답해서 레푸로보스는 비로소 대학자의 본성이 악마라는 것을 알 수 있었다. 그런데 악마는 이렇게 말을 주고받는 동안에도 괴상한 별이 흐르는 것처럼 오로지 하늘을 날아갔는데, 안티오키아 도읍의 등불도 지금은 멀리 어둠속으로 가라앉았다. 이윽고 발밑에 떠오른 것은 소문으로만 듣던 이집트의 사막일 것이다. 몇백 리인지도 모르는 모래벌판이 새벽의 달빛 속에 밤눈에도 훤하게 내려다보였다. 그때 대학자는 손톱이 긴 손가락을 펴서 하계를 가리키며,

"저기 초가집에는 한 영험한 은자가 살고 있다고 들었다. 일단 저 지붕 위에 내리자"하고 말하고는 레푸로보스를 겨드랑이에 끼운 채 하늘에서 어떤 모래 산 뒤에 있는 황폐한 집의 용마루로 팔랑팔랑 내려앉았다.

그 사람은 그 황폐한 집에서 정결淨潔한 마음으로 불도 수행에 힘쓰고 있는 은자인 노인이다. 마침 밤이 새는 줄도 모르고 희미한 등불 아래서 경을 읽고 있었는데 홀연 이루 말할 수 없이 향기로운 바람이 불어와 눈이라도 뿌리는 듯이 벚꽃 잎이 분분히 날리나 싶더니 어디서랄 것도 없이 한 미녀가 대모갑 비녀를 원광처럼 꽂고 지옥 그림을 수놓은 예복의 옷자락을 길게 끌면서 선녀 같은 교태를 부리며 눈앞에 꿈처럼 나타났다. 노인은 마치 이집트의 사막이 잠깐 사이에 무로츠室津와 간자키神崎 같은 유곽 마을로 변한 것 같았을 것이다. 너무나 이상해서 정신을 잃고 잠시 멍하니 미인의 모습을 지켜보고 있는데, 상대는 눈보라처럼 흩날리는 벚꽃 잎을 맞으며 생긋 웃더니,

"저는 안티오키아 도읍에서 아주 유명한 유녀입니다. 스님의 무료함을 달래주기 위해 멀리서 여기까지 찾아왔습니다"라고 말했다. 그 아름다운 목소리는 극락에 산다는 가릉빈가伽陵頻伽*에도 뒤지지 않을 것이다. 그래서 그토록 영험한 은자도 그 수에 무심코 넘어갈 뻔했는데, 생각해보니 한밤중에 몇백

---

* 극락에 산다는, 여자 얼굴을 한 목소리가 고운 상상의 새.

리인지도 모르는 안티오키아 도읍에서 미녀가 찾아올 까닭이 없었다. 그렇다면 틀림없이 악마의 나쁜 계략일 거라고 생각하며 경에 바짝 눈을 들이대고 다라니경을 집중하여 읽었다. 그러자 미녀는 기필코 이 은자 노인을 무너뜨리려고 마음먹었다. 난향과 사향이 감도는 아름다운 옷자락을 만지작거리며 나긋나긋한 모습으로 자못 원망스럽다는 듯이 한탄하듯,

"아무리 유녀의 몸이라고 해도 천리 산하를 마다하지 않고 이 사막까지 찾아왔는데 정말이지 재미없는 분이시군요"하고 말했다. 그 모습이 묘하게 아름답기가 떨어지는 벚꽃 색조차 무색하다 싶었는데, 은자 노인은 온몸에 땀을 흘리며 악마를 쫓는 주문을 외고 또 외우며 결코 그 악마의 말에 귀를 기울이려는 기색조차 없었다. 그러자 미인도 이래서는 안 될 것 같아 애가 탔는지, 가만히 지옥 그림이 그려진 옷자락을 나붓거리며 은자의 무릎에 비스듬히 기대나 싶더니,

"왜 이렇게 매정해요?"하고 흑흑 흐느끼며 구애했다. 그걸 보자마자 은자 영감은 전갈에게 물린 듯이 펄쩍 뛰고는 재빨리 몸에 지니고 있던 십자가를 들이대며 벽력같은 큰 소리로,

"죄 많은 짐승아, 주 예수 그리스도의 종에게 무례하게 굴지 마라"라고 말했다. 그리고 그 말이 끝나기도 전에 미인의 얼굴을 탁 쳤다. 얼굴을 맞은 미인은 떨어지는 꽃잎 속에 나긋나긋하게 나뒹굴었는데 그 모습이 홀연히 보이지 않게 되었다. 그저 검은 구름 한 덩이가 솟아오르나 싶더니 괴이한 불꽃 비가 돌멩이처럼 어지러이 날며,

"어머, 아파라. 또 십자가에 맞았어"하고 신음하는 소리가

집의 용마루로 점점 올라가며 사라졌다. 물론 은자는 그럴 거라고 마음속으로 생각하고 있었기 때문에 그사이에도 비밀 진언을 쉬지 않고 소리 높이 외고 있었다. 그런데 순식간에 검은 구름이 얇어지더니 벚꽃도 떨어지지 않고 황폐한 집 안에는 다시 예전처럼 등불만 남았다고 한다.

하지만 은자는 악마의 저주가 다시 있을 거라고 생각했기 때문에 밤새도록 경의 힘에 매달려 눈도 깜박이지 않고 날을 샜다. 그런데 드디어 희붐히 밝아오는 것을 알았을 무렵 누군가 사립문을 두드리는 사람이 있어 십자가를 한 손에 들고 나가보니 이건 또 뭐란 말인가, 초가집 앞에 쭈그리고 앉아 공손하게 절을 하는 사람은 하늘에서 내려온 건지 땅에서 솟아난 건지 작은 산처럼 덩치가 큰 남자였다. 일찌감치 붉게 물든 하늘을 새까맣게 어깨로 가리고 은자 앞에 머리를 숙이고는 주뼛주뼛,

"저는 시리아라는 나라에서 온 레푸로보스라는 산 사나이입니다. 최근에 갑자기 악마의 부하가 되어 멀리 이집트의 사막까지 왔는데 악마도 주 예수 그리스도의 위광에는 당하지 못하여 저 혼자만 남기고 어디론가 사라져버렸습니다. 저는 원래 천하에 비할 바 없는 강자를 찾아 그분을 섬길 생각이니 불민하지만 아무쪼록 주 예수 그리스도의 부하가 되게 해주십시오" 하고 말했다. 은자 영감은 이 말을 듣고 황폐한 집 문 앞에 잠시 멈춰 서서 갑자기 눈살을 찌푸리며,

"거참 부질없는 일이 되었군. 일반적으로 악마의 부하가 된 사람은 고목에 장미가 필 때까지 주 예수 그리스도를 받드는

일이 없다네"라고 말했다. 그러자 레푸로보스는 다시 공손히 고개를 숙이고,

"설령 수천 년이 지난다고 해도 저는 초지일관하기로 결심했습니다. 그러니 일단 주 예수 그리스도의 뜻에 맞는 일을 하나하나 가르쳐주십시오" 하고 말했다. 그리하여 은자 영감과 산 사나이 사이에는 다음과 같은 문답이 진지하게 교환되었다고 한다.

"자네는 성경 구절을 알고 있나?"

"죄송하지만 일언반구도 모릅니다."

"그렇다면 단식은 가능한가?"

"아니, 저는 소문난 대식가입니다. 도저히 단식은 할 수 없습니다."

"곤란하군. 밤을 새우는 건 어떤가?"

"아니, 저는 소문난 잠꾸러기입니다. 도저히 자지 않고 있을 수는 없습니다."

여기에는 제아무리 은자 영감이라도 정말이지 말을 이어갈 계제가 없었지만, 이윽고 손바닥을 탁 치며 의기양양한 얼굴로 말했다.

"여기서 남쪽으로 4킬로미터쯤 가면 사막을 흐르는 큰 강이 있네. 그 강은 수량도 풍부하고 흐름도 화살 같아서 평소에 사람이나 말이 건너는 데 고생을 한다고 들었네. 하지만 자네처럼 덩치가 큰 사람은 손쉽게 걸어서 건널 수 있을 거네. 그렇다면 자네는 앞으로 그 강의 나루터지기가 되어 왕래하는 사람들을 건네주게. 자네가 사람들을 정성껏 대하면 천주님도 자네

를 정성껏 대할 거네."

그러자 덩치 큰 사내는 크게 분발하여,

"어떻게 해서든 그 사막 강의 나루터지기가 되겠습니다" 하고 말했다. 그래서 은자 영감도 레푸로보스의 기특한 마음을 의외로 기뻐하며,

"그렇다면 당장 세례를 주겠네" 하며 몸소 물병을 안고 느릿느릿 초가집의 용마루로 기어올라 간신히 산 사나이의 머리 위로 그 물병의 물을 쏟았다. 그때 이상한 일이 일어났다고 한다. 신자가 되는 의식이 끝나기도 전에 마침 떠오른 태양이 찬란하게 빛나는 가운데서 뭔가 구름 같은 것이 길게 끼었나 싶더니 갑자기 헤아릴 수 없이 많은 박새가 무리를 지어, 하늘로 우뚝 솟은 레푸로보스의 덤불 같은 머리 위로 뿔뿔이 흩어져 내려앉은 것이다. 이런 신기한 일을 본 은자 영감은 엉겁결에 물을 부으려는 방향도 잊은 채 넋을 잃고 아침 해를 바라보고 있다가 곧 공손하게 하늘을 향해 엎드려 절하고 집의 용마루에서 레푸로보스를 손짓하여 부르고는,

"황송하게도 세례를 받은 이상 앞으로는 레푸로보스라는 이름 대신 크리스토포루스라고 하게. 생각건대 천주님도 자네의 신심을 높이 사실 것 같으니까 만약 근행을 게을리 하지 않으면 머지않아 필시 주 예수 그리스도를 직접 뵐 수 있을 거네" 하고 말했다. 그리하여 크리스토포루스로 이름을 바꾼 레푸로보스가 그 후 어떤 행운을 만났는지 그 뒷 이야기를 알고 싶은 분은 일단 다음을 읽어보시라.

4. 왕생

크리스토포루스는 은자 영감에게 작별을 고하고 사막의 강 부근으로 갔다. 정말 탁류가 세차게 흘러 강변의 푸른 갈대를 흔들며 천리의 파도를 일으키는 모습은 배조차 쉽게 지나갈 수 없을 것 같았다. 하지만 산 사나이는 키가 대략 9미터 남짓이나 되기 때문에 강 한복판을 지날 때도 물은 겨우 배꼽 언저리를 소용돌이치며 흘러갈 뿐이었다. 그래서 크리스토포루스는 이쪽 강가에 변변찮은 암자를 짓고 때때로 건너기 힘들어 보이는 나그네가 보이면 곧장 그 근처로 다가가 "나는 이 사막 강의 나루처지기요" 하고 말했다. 원래 보통의 나그네는 산 사나이의 무시무시한 모습을 보면 무슨 천마파순天魔波旬인가 하고 처음에는 깜짝 놀라 도망치지만 얼마 후에는 그 심성이 고운 것을 알게 되어 "그렇다면 신세 좀 지겠습니다" 하고 주뼛주뼛 크리스토포루스의 등에 타는 것이 보통이다. 그런데 크리스토포루스는 나그네를 어깨에 추슬러 올리고는 항상 물가의 버드나무를 뿌리째 뽑은 튼튼한 지팡이를 짚으며 거슬러 소용돌이치는 물결도 아랑곳하지 않고 척척 물살을 가르며 쉽게 건너편 물가로 건넜다. 게다가 그사이에도 박새 여러 마리는 마치 갯버들 꽃이 날리듯이 끊임없이 크리스토포루스의 머리를 둘러싸고 기쁜 듯이 서로 지저귀었다고 한다. 정말 크리스토포루스의 신심에 대한 고마움에, 무심한 작은 새도 기쁜 마음을 참을 수 없었을 것이다.

그리하여 크리스토포루스는 비바람도 아랑곳하지 않고 3년 동안 나루터지기 일을 했다. 하지만 나루터를 찾은 나그네는 많았어도 주 예수 그리스도인 듯한 이의 모습은 한 번도 보지 못했다. 하지만 3년째 되는 어느 날 밤의 일이다. 마침 무시무시한 폭풍이 불고 천둥까지 오싹하게 울려 퍼졌다. 산 사나이는 박새와 암자를 지키며 지난 일들을 꿈처럼 생각하고 있었는데 갑자기 억수로 쏟아지는 장대비를 뚫고 애처로운 목소리가 들려왔다.

"어째서 나루터지기가 없는 거지? 강 한 번 건네주시오."

그래서 크리스토포루스는 몸을 일으켜 밤의 어둠 속인 밖으로 거들먹거리며 나갔다. 어찌 된 일인지 강가에는 채 열 살도 안 된 것 같은 깨끗한 흰옷을 입은 아이가 하늘을 찢을 듯이 치는 번개 속에서 고개를 늘어뜨리고 혼자 우두커니 서 있는 게 아닌가. 산 사나이는 희한한 생각이 들어 천근만근 바위에도 뒤지지 않을 것 같은 커다란 몸을 구부리며 달래듯이 물었다.

"너는 이렇게 야심한 시간에 왜 혼자 걸어온 거냐?"

그러자 아이는 슬픈 눈동자를 들어,

"우리 아버지께 돌아가려고요" 하고 수심에 잠긴 듯한 목소리로 대답했다. 물론 크리스토포루스는 이 대답을 듣고도 수상한 점이 전혀 풀리지 않았지만 아무래도 건너기를 서두르는 모습이 가련하고 다정하게 느껴져,

"그렇다면 간단히 건네주지" 하며 두 손으로 아이를 안아 평소처럼 어깨에 올리고 예의 굵은 지팡이를 짚으며 강변의 푸른 갈대를 헤치고 미친 듯이 폭풍이 치는 밤의 강 속으로 첨

벙 하고 대담하게 몸을 담갔다. 하지만 바람은 검은 구름을 휘감듯이 숨도 쉬기 어려울 만큼 불어 닥쳤다. 비도 강 수면을 화살처럼 쏘아대며 바닥까지 뚫을 정도로 쏟아졌다. 마침 어둠을 깨는 번갯불에 보니 물결은 온통 소용돌이치고 공중으로 오르는 물안개도 마치 무수한 천사들이 눈雪 같은 날개를 펄럭이며 날아오르는 것 같았다. 그래서 천하의 크리스토포루스도 그날 밤에는 건너기가 아주 힘들어 굵은 지팡이에 매달리며 주춧돌이 썩은 탑처럼 몇 번이나 흔들흔들 가지 못하고 서 있었다. 그런데 비바람보다 더 힘들었던 것은 괘씸하게도 어깨 위의 아이가 점점 무거워진다는 사실이었다. 처음에는 이것쯤이야 하고 참을 수 없을 거라고는 생각하지 않았지만 잠시 후 강의 한복판에 이르렀을 때는 흰옷을 입은 아이의 무게가 점점 늘어나 마치 커다란 반석을 지고 있는 것 같았다. 나중에는 크리스토포루스도 너무나도 무거운 무게에 압살되어 결국 이 사막의 강에서 목숨을 잃을 것이라고 각오했는데 문득 귀에 들려온 것은 예의 그 익숙한 박새의 울음소리였다. 아니, 이 어두운 밤에 왜 작은 새가 나는 걸까, 하고 수상하게 여기며 고개를 들어 하늘을 봤더니 신기하게도 아이의 얼굴을 둘러싸고 초승달 같은 동그란 금빛이 찬란하게 빛나고 있고, 박새들은 모두 폭풍에도 아랑곳하지 않고 그 금빛에 가까운 주위에서 어수선하게 미친 듯이 춤을 추고 있었다. 그것을 본 산 사나이는 작은 새조차 이렇게 씩씩한데 나는 인간으로 태어났으면서 어찌 3년의 근행을 하룻밤에 버릴 수 있겠는가, 하고 생각했다. 포도 덩굴로 착각할 것 같은 머리를 획획 공중으로 휘날리며 밀려왔다가 뒤집어지는 거친 물결에 가슴 언저리까지 씻기며 굵은 지팡이가 부러져라 지면에 굳게 버티고 필사적으로 건너편 강가로 서둘러 건너갔다.

그 힘든 일은 대략 한 시간쯤 계속되었을 것이다. 싸우다 지친 사자왕의 모습으로 간신히 건너편 강가에 헐떡이며 올라선 크리스토포루스는 굵은 버드나무 지팡이를 모래에 꽂고 어깨 위의 아이를 안아 내리며 한숨을 내쉬고 말했다.

"거참, 너라는 아이는 무게가 바다와 산처럼 헤아릴 수가 없구나."

그러자 아이는 생긋 웃고 머리 위의 금빛을 폭풍 속에서 한층 더 찬란하게 빛내며 산 사나이의 얼굴을 올려다보고는 자못 친근하게,

"그렇기도 하겠지. 너는 오늘 밤 바로 세계의 고통을 몸에 짊어진 예수 그리스도를 업은 거다" 하고 방울을 흔드는 듯한 목소리로 말했다.

그날 밤 이쪽 사막 강 근처에서는 나루터지기인 산 사나이의 무시무시한 모습을 볼 수 없었다. 단지 뒤에 남은 것은 건너편 강가의 모래에 꽂은 튼튼하고 굵은 버드나무 지팡이뿐이었는데, 말라빠진 줄기 주위에는 이상하게 아름다운 붉은 장미꽃이 향기롭게 피어 있었다고 한다. 그러므로 마태복음에도 기록되어 있는 것처럼 "마음이 가난한 자는 복이 있나니 천국이 저

희 것이요".

(1919년 4월)

용龍

1

우지字治*의 다이나곤大納言** 타카쿠니***는 이렇게 말했습니다.

아이고 맙소사, 낮잠을 자다 꿈에서 깨고 났더니 오늘은 더욱 덥구나. 저 마츠가에松ヶ枝의 등나무 꽃을 흔들 만한 바람조차 불지 않는군. 평소에는 시원하게 들려오는 샘물 소리도 어

---

* 교토 남부의 지역 이름.

** 율령제하의 최고행정 기관인 태정관太政官의 차관.

*** 미나모토노 타카쿠니源隆國(1004~1077). 헤이안 시대 중기의 관리이자 문학자. 일본의 대표적 설화집『곤자쿠 모노가타리 今昔物語』의 편집자라고도 한다.

쩐지 유지매미 소리에 막혀 오히려 숨 막힐 듯이 덥기만 해. 어
디, 사동들에게 부채질이나 받아볼까?

뭐, 길거리에 사람들이 모였다고? 그럼 그쪽으로 가볼까? 사
동들도 큰 부채를 잊지 말고 뒤따라오너라.

자, 여러분, 내가 타카쿠니요. 윗옷을 벗은 무례를 용서하시
오.

그런데 오늘은 여러분들한테 부탁할 일이 있어 일부러 이곳
우지의 정자에 발길을 한 것이오. 최근에 뜻밖에 이곳에 와서
나도 남들처럼 이야기책이나 한 권 써보려고 마음먹었는데 혼
자 곰곰이 생각해보니 공교롭게도 나는 이렇다 하게 글로 쓸
만한 이야기를 모르지 않겠소. 그렇지만 아주 번거로운 취향을
돋우려고 애를 쓰는 것도 나 같은 게으름뱅이한테는 무엇보다
마음이 내키지 않는 일이오. 그래서 오늘부터 거리의 여러분들
에게 옛날이야기를 하나씩 들어보고 그것을 이야기책으로 엮
어볼 생각이오. 그렇게 하면 궁궐 안팎만 어슬렁거리는 나 같
은 사람은 생각지도 못한 세상에 알려지지 않은 진기한 이야
기가 틀림없이 배에도 싣고 수레에도 실을 만큼 사방에서 모
여들 거요. 여러분, 어떻소, 폐가 되겠지만 이런 내 소망을 들
어줄 수 없겠소?

아니, 들어준다고? 그것 참 잘 됐소. 그럼 당장 여러분의 이
야기를 차례로 들려주시오.

자, 사동들아, 좌중에 바람이 통하도록 그 큰 부채로 좀 부쳐
라. 그러면 조금은 시원해질 거 아니냐. 주물공도 도자기공도
사양할 필요 없소. 둘 다 이 책상 가까이 오시오. 초밥 파는 아

낙네도 햇빛이 비치니 통은 저기 가장자리 구석에 놓는 게 좋을 거요. 스님도 금고金鼓*를 벗으면 어떻겠소. 거기 사무라이도 수도자도 대나무 돗자리는 깔았소?

되었소? 준비가 되었으면 먼저 제일 연장자인 도자기공 영감부터 뭐든지 이야기해주시오.

2

노인이 말했습니다.

아니, 이런, 공손한 인사말로 비천한 저희가 하는 이야기를 일일이 이야기책으로 써주신다고 하시니 저로서는 그것만으로도 얼마나 황공한지 모르겠습니다. 하지만 사양한다면 오히려 나리의 뜻을 어기는 것이니 실례를 무릅쓰고 시시한 옛날이야기를 해드리겠습니다. 아무쪼록 지루하시더라도 잠깐만 들어주십시오.

저희가 아직 젊었을 무렵 나라奈良의 궁중에서 잡무를 처리하던 관청인 구로도도코로藏人所에서 일하던 에인惠印이라는, 코가 엄청나게 큰 스님 한 분이 있었습니다. 게다가 그 코끝이 마치 벌에 쏘이기라도 한 것처럼 일 년 내내 아주 새빨갰지요.

---

* 중이 포교 때 목에 걸거나 불당에서 시렁에 달아매고 쳐서 울리는 악기.

그래서 나라의 시중 사람들이 그에게 별명을 붙여 코쿠라鼻藏라고 한 것은, 원래 코가 큰 구로도도코로의 관리라고 불렸는데 그래서는 너무 길다고 해서 곧 누구라 할 것 없이 코쿠로도鼻藏人라고 했습니다. 그런데 얼마 후 그것도 길다고 해서 역시 코쿠라, 코쿠라, 하고 노래까지 불리게 되었습니다. 실제로 저도 그 무렵 나라의 고후쿠지興福寺 경내에서 한두 번 본 적이 있습니다만, 과연 코쿠라라는 놀림을 받을 만큼 정말 볼 만하게 붉은 덴구 코였습니다. 어느 날 밤, 그 코쿠라, 아니 코쿠로도, 그러니까 구로도도코로에서 일하는 큰 코를 가진 스님 에인이 제자도 거느리지 않고 혼자 사루사와 연못猿澤の池 근처로 가서 우네메 버드나무采女柳* 앞의 둑에 "3월 3일 이 연못에서 용이 승천할 것이다"라고 굵은 글씨로 쓴 팻말 하나를 높이 세웠습니다. 하지만 사실 에인은 사루사와 연못에 용이 정말 살고 있는지 어떤지 알 리 없었지요. 하물며 그 용이 3월 3일에 하늘로 올라간다는 것은 순전히 입에서 나오는 대로 지어낸 허풍이었습니다. 아니, 구체적으로 말하자면 하늘로 올라가지 않는다는 것이 더 확실하겠지요. 그렇다면 왜 그런 쓸데없는 짓을 했는가 하면, 에인은 평소부터 나라의 승려나 속인들이 걸핏하면 자신의 코를 웃음거리로 삼는 것이 불만이어서 이번에는 이 코쿠로도가 감쪽같이 속인 뒤에 실컷 비웃어주겠다는

---

* 덴표天平 시대(729~749)에 여러 지방에서 헌상된 후궁의 하급 궁녀(이를 우네메采女라고 한다) 중 한 사람이 천황의 총애가 시들해진 것을 한탄하여 이 버드나무가 있는 곳에서 연못에 투신했다고 한다.

속셈으로 그런 못된 장난을 시도한 것입니다. 나리께서 들으시면 필시 가소롭기 짝이 없는 일이라고 생각하시겠지만, 여하튼 옛날이야기이고 또 그 무렵에는 그런 못된 장난을 하는 자가 어디에나 흔히 있었습니다.

그런데 다음 날 맨 먼저 그 팻말을 발견한 사람은, 매일 아침 고후쿠지의 여래상을 참배하는 노파였습니다. 이 사람이 염주를 건 손으로 대나무 지팡이를 부지런히 짚으며 아직 안개가 끼어 있는 연못 근처에 당도하니 어제까지만 해도 없었던 팻말이 우네메 버드나무 밑에 서 있었습니다. 그런데 법회 팻말 치고는 참 이상한 곳에 서 있구나 하고 수상하게 생각했지만 글자를 읽을 수 없기 때문에 그대로 지나치려고 했습니다. 그때 마침 맞은편에서 편삼을 걸친 스님 한 분이 지나고 있었습니다. 그래서 읽어달라고 부탁하니 "3월 3일에 이 연못에서 용이 승천할 것이다"라고 했습니다. 여기에는 누구라도 놀라겠지요. 그 노파도 기가 막혀서 굽은 허리를 펴며 "이 연못에 용이 있을까요?" 하고 멍하니 스님의 얼굴을 올려다보자 스님은 오히려 침착하게 "옛날 당나라의 어느 학자가 눈썹 위에 혹이 생겨 가려워 견딜 수 없었는데 어느 날 온 하늘이 갑자기 흐려지더니 천둥과 번개를 동반한 비가 억수같이 쏟아졌습니다. 그걸 보고 있었더니 순식간에 그 혹이 툭 터지고 그 안에서 검은 용 한 마리가 구름을 휘감고 일직선으로 승천했다는 이야기도 있지요. 혹 안에도 용이 있다면 하물며 이 정도의 연못 안에는 용이 되지 못한 이무기나 독사가 뒤엉켜 있을지도 모르는 일이지요" 하고 설법했다고 합니다. 아무튼 출가한 사람이 거짓말은 하지 않을 거라고 평소부터 믿고 있던 노파라서 그 말을 듣고 깜짝 놀랐는지 "아니나 다를까 그 말을 듣고 보니 아무래도 저쪽의 물 색깔이 이상해 보이네요" 하며 아직 3월 3일도 되지 않았는데 스님 혼자 뒤에 남기고 헐떡거리며 염불을 외고는 대나무 지팡이를 짚는 것도 답답하다는 듯이 서둘러 도망쳤습니다. 스님은 나중에 보는 사람이 없어지자 배꼽을 잡고 웃었습니다. 그도 그렇겠지요. 사실 그 장본인이자 별명이 코쿠라인 승려 에인이 어젯밤에 세운 높은 팻말에 부딪힌 새가 있을 것 같다는 정도의 아주 발칙한 마음으로 상황을 지켜보며 연못 주위를 걷고 있었으니까요. 그런데 노파가 가고 난 뒤에 일찍 일어난 것으로 보이는 나그네가 다가왔습니다. 동행하는 하인에게 짐을 지게 한 사초 삿갓에 천을 두른 그 여자는 삿갓 밑으로 팻말을 읽고 있었습니다. 그래서 에인은 만약을 대비해 열심히 웃음을 참으며 자신도 팻말 앞에 서서 일단 읽는 척을 하고는 그 커다란 붉은 코를 자못 이상하다는 듯이 킁킁거리는 것을 보여주고 나서 느릿느릿 고후쿠지 쪽으로 돌아왔습니다.

그런데 고후쿠지의 남쪽 문 앞에서 뜻밖에 마주친 사람은, 같은 곳에 살고 있는 에몬惠門이라는 스님이었습니다. 에인을 만나자 평소부터 외고집인 에몬은 징그러운 눈썹을 살짝 찡그리며 "아니, 스님께서 웬일로 이렇게 일찍 일어나셨습니까? 해가 서쪽에서 뜰지도 모르겠네요" 하고 말했습니다. 그러자 에인은 이거 잘됐다 싶어 코를 한껏 히죽이며 "정말 해가 서쪽에서 뜰지도 모르겠습니다. 듣자하니 저 사루사와 연못에서 3월

3일에 용이 승천한다지 않습니까" 하고 의기양양한 얼굴로 대답했습니다. 그 말을 들은 에몬은 의심스럽다는 듯이 에인의 얼굴을 힐끗 노려봤습니다만 곧 가르랑거리며 코웃음을 치고는 "스님은 좋은 꿈이라도 꾸셨나 봅니다. 아니, 용이 승천하는 꿈은 길조라지 않습니까" 하며 반들반들한 머리를 꼿꼿이 세우고 지나가려고 했습니다. 그러자 에인은 마치 혼잣말처럼 "그거 참 충언을 듣지 않는 자는 구제할 도리가 없구나"라고 말했습니다. 중얼거린 소리라도 들었던 것이겠지요. 삼끈을 단 게다의 굽을 비틀어 아주 밉살스럽다는 듯이 돌아보고는 마치 법론이라도 제기하는 듯한 기세로 "아니면 용이 승천한다는 확실한 증거라도 있습니까?" 하고 캐물었습니다. 그래서 에인은 일부러 느긋하게 이미 아침 해가 비치기 시작한 연못 쪽을 가리키며 "소승의 말이 의심스러우면 저 우네메 버드나무 앞에 있는 팻말을 읽어보는 것이 좋을 것 같습니다" 하며 깔보는 듯이 대답했습니다. 그러자 과연 외고집인 에몬도 날카로운 기세가 약간은 꺾였는지 눈부신 듯이 눈을 한 번 깜박이더니 "아아, 그런 팻말이 세워져 있습니까?" 하고 내키지 않는 목소리로 내뱉고는 다시 터벅터벅 걸어가기 시작했는데 이번에는 반들반들한 머리를 갸웃하며 뭔가 생각하며 가는 듯했습니다. 그 뒷모습을 지켜본 코쿠로도가 얼마나 우스웠을지는 대체로 짐작이 갈 것입니다. 에인은 아무래도 붉은 코 안이 근질근질 가려운 것 같아 짐짓 위엄을 부리며 남쪽 문의 돌계단을 올라가는 중에 무심코 웃음을 터뜨리지 않을 수 없었습니다.

그날 아침에만 "3월 3일에 이 연못에서 용이 승천할 것이다"라는 팻말이 이 정도의 효과가 있었고, 게다가 하루 이틀 지나자 나라 시중 어디를 가도 사루사와 연못에서 용이 승천할 거라는 소문이 퍼지지 않은 곳이 없었습니다. 물론 그중에는 "그 팻말도 누군가의 못된 장난이겠지" 하는 자도 있었지만, 마침 교토에서는 신센엔神泉苑에서 용이 승천했다는 평판도 있었기 때문에 그런 자도 내심 반신반의했는지 어쩌면 그런 큰 사건이 일어날지도 모른다는 정도의 생각은 하고 있었습니다. 그런데 그때 또 생각지도 못한 신기한 일이 일어났다고 합니다. 가스가春日의 신사에서 신직神職을 맡고 있는 이의 외동딸로 아홉 살이 된 아이가 그 후 열흘도 지나지 않은 어느 날 밤 어머니의 무릎을 베개 삼고 깜박 잠이 들었는데 하늘에서 검은 용 한 마리가 구름처럼 내려와 "나는 드디어 3월 3일에 승천하게 되었는데 결코 너희들 마을에는 폐를 끼칠 생각이 없으니 아무쪼록 안심하라" 하고 인간의 말을 했습니다. 그래서 그 아이는 잠에서 깨어나자마자 어머니에게 여차여차 이야기했습니다. 그래서 결국 사루사와 연못의 용이 꿈속에 나타났다는 이야기가 또 순식간에 시중에 널리 퍼지게 되었습니다. 이렇게 되자 소문이 과장되어 "어이, 저 아이도 용이 씌어 노래를 불렀다는군", "이보게 여기 무녀한테도 용이 나타나 계시를 내렸다는군" 하며 마치 그 사루사와 연못의 용이 당장이라도 물 위로 머리를 내밀 것 같은 소동이 벌어졌습니다. 아니, 머리까지 내밀지는 않았지만 물속에 있는 용의 정체를 직접 봤다는 남자까지 나타났습니다. 이 남자는 매일 아침 강에서 물고기를 잡아 시장에 팔러 가는 노인으로, 그날도 아직 어둑한데 사루사와 연못에 이르자 우네메 버드나무의 가지가 늘어진 언저리의 팻말이 있는 둑 아래로 끝없이 가득 찬 새벽녘의 물이 그곳만 약간 환하게 보였다고 합니다. 아무래도 용이 승천한다는 소문이 떠들썩하던 시기라서 "아니, 용신의 행차인가" 하고 기쁜지 무서운지 알 수 없이 그저 추위에 오들오들 몸을 떨면서 강 물고기 짐을 거기에 놓고 살금살금 다가가 우네메 버드나무를 붙잡고 연못을 슬쩍 살펴보았습니다. 그러자 그 흐릿한 수면 아래에서 쇠사슬을 감은 듯한 뭔지 알 수 없는 괴상한 것이 가만히 몸을 서리고 있었는데 갑작스러운 인기척에 놀랐는지 괴물은 스르르 똬리를 풀더니 순식간에 연못 수면에 흔적을 남기며 어디론가 사라져버렸다고 합니다. 하지만 그것을 본 노인이 곧 온몸에 땀을 흘리며 짐을 내려놓은 곳으로 가봤더니 어느새 잉어와 붕어 스무 마리 정도가 없어졌다고 했습니다. 그러자 "아마 늙은 수달한테 당한 거겠지"하며 비웃는 자도 있었습니다. 하지만 개중에는 "용왕이 지키는 연못에 수달이 살 리 없으니까 그건 아마 용왕이 물고기의 목숨을 불쌍히 여겨 자신이 있는 연못 안으로 불러들인 게 틀림없어"라고 말하는 자도 생각 외로 많았던 것 같습니다.

"3월 3일에 이 연못에서 용이 승천할 것이다"라는 팻말이 큰 화제가 됨에 따라 코쿠라인 에인 스님은 내심 큰 코를 벌름거리며 히죽히죽 웃고 있었습니다. 그런데 얼마 후, 그러니까 3월 3일이 사오일 앞으로 다가온 어느 날 놀랍게도 셋츠攝津지방의 사쿠라이櫻井에 사는 숙모인 비구니가 용이 승천하는 것을 꼭 보겠다며 먼 길을 찾아왔습니다. 여기에는 에인도 당황하여 어르기도 하고 달래기도 하는 등 여러 가지 수를 써서 사쿠라이로 돌려보내려고 했지만 숙모는 "나도 이 나이잖니. 용왕의 모습을 한 번만이라도 본다면 여한이 없을 것 같구나" 하며 고집스럽게 눌러앉고는 조카가 하는 말은 도무지 들으려고 하지 않았습니다. 그렇다고 이제 와서 그 팻말은 자신이 장난으로 세운 것이라고 고백할 수도 없어서 에인도 결국 고집을 꺾고 3월 3일까지 그 숙모의 시중을 들어줄 뿐만 아니라 당일에는 용신이 승천하는 것을 함께 보러 가자는 약속까지 하고 말았습니다. 그런데 이렇게 된 이상 생각해보면 비구니인 숙모까지 용에 관한 소문을 들었으니 야마토大和*는 말할 것도 없고 셋츠 지방, 이즈미和泉 지방, 가와치河內 지방을 비롯하여 어쩌면 하리마播磨 지방, 야마시로山城 지방, 오우미近江 지방, 단바丹波 지방 일대까지도 그 소문은 이미 쫙 퍼져 있었겠지요. 다시 말해 나라의 노인과 젊은이를 속일 생각으로 했던 못된 장난이 뜻밖에 사방팔방의 수만 명이나 되는 사람들을 속이게 되고 말았던 것입니다. 에인은 그렇게 생각하자 우습다기보다는 어쩐지 무서운 생각이 앞서 아침저녁으로 비구니인 숙모를 안내할 겸 같이 나라의 절들을 구경하며 돌아다니는 동안에도 검비위사檢非違使의 눈을 피해 몸을 숨기고 있는 죄인 같은 꺼림칙한 생각이 들었습니다. 하지만 이따금 오가는 사람들의 이야기에서, 요즘에는 그 팻말에 향과 꽃을 바친다는 소문까지

---

* 지금의 나라현.

듣게 되자 역시 기분이 나쁜 한편으로 어엿하게 큰 공이라도 세운 것 같은 기쁜 마음도 들었습니다.

그러는 동안 점차 날이 지나고 드디어 용이 승천한다는 3월 3일이 되었습니다. 그래서 에인은 약속을 한 체면에 이제 와서 다른 도리도 없고 해서 마지못해 비구니인 숙모를 모시고 사루사와 연못이 한눈에 보이는 고후쿠지 남쪽 문의 돌계단 위로 갔습니다. 마침 그날은 하늘도 쾌청하게 활짝 개었고, 문에 달린 풍경風聲을 울릴 정도의 바람조차 불 기미가 보이지 않았습니다. 그래도 오늘을 학수고대했던 구경꾼들은 나라 시중은 말할 것도 없고 가와치, 이즈미, 셋츠, 하리마, 야마시로, 오우미, 단바 지방에서도 밀려들었겠지요. 돌계단 위에 서서 바라보니 눈에 들어오는 서쪽도 동쪽도 온통 인산인해였고, 또 어렴풋하게 안개가 낀 니조二條 대로의 맨 끝까지 온갖 두건 물결이 술렁거렸습니다. 그런가 하면 군데군데에는 파란색 실이나 빨간색 실 또는 백단향 등으로 공들여서 아취 있게 꾸민 수레가 느릿느릿 주변의 인파를 헤치고 있고, 지붕에 박은 금은 장식이 마침 화창한 봄볕을 받아 눈부시게 반짝이고 있었습니다. 그 외에도 양산을 쓴 사람, 위가 평평한 장막을 친 사람, 또는 길에 어마어마하게 관람 의자를 늘어놓는 사람, 마치 눈 아래 연못 주위에는 때 아닌 가모加茂 축제*에라도 온 것 같은 광경이었습니다. 이를 본 에인 스님은 그 팻말을 세웠을 뿐이어

---

* 교토에 있는 가모 신사에서 5월 15일에 열리는 축제.

서 설마하니 이렇게까지 큰 소동이 시작될 거라고는 꿈에도 생각하지 못했습니다. 그래서 아주 기가 막히다는 듯이 비구니 숙모 쪽을 돌아보자 "허어 참 엄청난 인파구나" 하고 무뚝뚝한 목소리로 말할 뿐이었습니다. 과연 오늘은 큰 코를 쿵쿵거릴 만한 힘도 나지 않는 것 같아 그는 그대로 남쪽 문 기둥밑동에 힘없이 쭈그려 앉고 말았습니다.

하지만 비구니 숙모는 물론 에인의 그런 마음속을 알 리 없었기 때문에 에인을 붙잡고 "과연 용신이 사시는 연못의 풍경은 각별하구나"라든가 "이만큼의 인파가 몰렸으니 용신도 반드시 모습을 나타내실 거야"라는 등 이런저런 말을 했습니다. 그래서 에인도 기둥밑동에 앉아 있을 수만은 없어 마지못해 몸을 일으키고 바라보니 투구 밑에 쓰는 두건이나 사무라이들이 쓰는 두건을 쓴 사람들로 인산인해를 이루고 있었습니다. 그 인파 속에 섞여 있는 에몬 스님도 여전히 반들반들한 머리를 한층 높이 쳐들고 두리번거리지도 않고 연못 쪽만 바라보고 있는 게 아니겠습니까. 에인은 갑자기 지금까지의 한심스러운 마음도 잊어먹고 그저 저 남자까지 속였다는 우스운 생각에 혼자 억지로 웃으며 "스님" 하고 한 번 부르고 나서 "스님도 용의 승천을 보러 오셨습니까?" 하고 놀리듯이 물었습니다. 에몬은 거만한 태도로 돌아보며 뜻밖에 진지한 얼굴로 "그렇습니다. 스님도 저처럼 애타게 기다리는 모양입니다" 하며 그 징그러운 눈썹도 움직이지 않고 대답하는 것이었습니다. 이거 약발이 너무 센 거 아닌가 하는 생각에 자연히 들뜬 목소리도 나오지 않았으므로 에인은 다시 원래대로 아주 불안한 듯한 표정으로 멍하니 인산인해를 이루고 있는 사람들 너머에 있는 사루사와 연못을 내려다보았습니다. 하지만 연못은 이미 누그러진 듯이 그윽하게 빛나는 수면에, 둑을 둘러싼 벚나무와 버드나무를 가만히 선명하게 비춘 채 아무리 시간이 지나도 용이 승천할 기미는 보이지 않았습니다. 특히 그 주위의 사방 수십 리가 빈틈없이 구경꾼들로 뒤덮인 탓인지 오늘은 연못의 크기가 평소보다 한층 더 작게 보였기 때문에 무엇보다 여기에 용이 있다는 것이 애초에 터무니없는 거짓말 같다는 생각이 들었습니다.

하지만 한 시간, 두 시간, 시간이 지나가는 것도 모르는 듯이 구경꾼들은 마른침을 삼키며 느긋하게 용의 승천을 기다리고 있었습니다. 문 아래에 인산인해를 이룬 사람들은 점점 늘어날 뿐이었습니다. 얼마 지나지 않아 수레의 수도 장소에 따라서는 수레바퀴의 축이 서로 밀치락달치락할 정도로 많아졌습니다. 그것을 본 에인이 얼마나 어이없었는지는 지금까지의 과정을 봐도 대충 짐작할 수 있을 것입니다. 하지만 이때 묘한 일이 일어났다는 것은, 어찌 된 일인지 에인의 마음에도 정말 용이 승천할 것 같은, 굳이 말하자면 승천하지 못할 것도 없을 것 같은 기분이 들기 시작했다는 사실입니다. 에인은 물론 그 팻말을 세운 당사자이기 때문에 그런 말도 안 되는 일이 일어날 것 같지는 않았지만, 눈 아래로 밀려드는 두건의 물결을 보고 있으니 아무래도 그런 큰 사건이 벌어질 것 같은 생각이 들어 견딜 수가 없었습니다. 수많은 구경꾼들의 마음이 어느새 코쿠라에게도 옮아간 것일까요. 아니면 그 팻말을 세운 탓에 이런 소동이 시작되었다고 생각하자 어쩐지 양심에 찔렸기 때문에 자기도 모르는 사이에 용이 정말 승천해주었으면 좋겠다고 마음속으로 빌게 된 것일까요. 그런 사정은 어찌 되었건 그 팻말의 문구를 쓴 사람이 자신이라는 것을 잘 알고 있으면서도 에인은 점차 어이없다는 생각이 옅어지고, 자신도 비구니 숙모와 마찬가지로 싫증내지 않고 연못 수면을 바라보기 시작했습니다. 또 정말 그런 생각이 들지 않았다면 아무리 마지못해 말했다고 해도 승천할 기미가 없는 용을 기다리며 남쪽 문 아래에서 거의 하루 종일 서 있을 리는 없었을 것입니다.

하지만 사루사와 연못은 여전히 물결도 일지 않고 봄볕만 반사하고 있을 뿐이었습니다. 하늘도 쾌청하게 활짝 개어 있고, 주먹만 한 구름의 그림자 하나 떠다닐 기미가 보이지 않았습니다. 그러나 구경꾼은 여전히 양산 아래로, 장막 아래로, 또는 관람석 난간 뒤로도 빽빽이 모여들어 아침부터 한낮으로, 한낮에서 저녁으로 햇볕이 옮겨가는 것도 잊은 듯이 용왕이 모습을 드러내기를 이제나저제나 기다리고 있었습니다.

그런데 에인이 그곳에 온 지 한나절이나 지났을 무렵 마치 선향 연기와 같은 한 줄기 구름이 중천으로 뻗어나가나 싶더니 순식간에 커지고, 지금까지 한가하게 개어 있던 하늘이 갑자기 어둑하게 변했습니다. 그러자마자 한바탕 바람이 사루사와 연못으로 불어오더니 거울처럼 보였던 수면에 무수한 물결을 그렸습니다. 각오는 하고 있었어도 역시 당황한 구경꾼들이 저기야, 저기, 하고 말할 틈도 없이 하늘이 불안정해지며 새하얗게 비가 쏴하고 쏟아지는 게 아니겠습니까. 그뿐 아니라 갑자기 천둥소리도 무시무시하게 울리기 시작하고, 번개가 끊임없이 이리저리 어지럽게 치는 것이었습니다. 그것이 일단 갈고리 모양으로 밀려드는 구름을 찢고 그 여세를 몰아 연못의 물을 기둥처럼 감아올리는 것 같았습니다. 그런데 그 순간 물안개와 구름 사이로 금색 발톱을 번쩍이며 일직선으로 하늘로 올라가는 30미터 남짓한 흑룡이 어렴풋이 비쳤습니다. 하지만 그것은 눈 깜짝할 사이였고, 그 뒤에는 그저 비바람 속에서 연못을 둘러싼 벚꽃이 캄캄한 하늘로 날아오르는 것만 보였습니다. 당황한 구경꾼들이 우왕좌왕 도망쳐 연못에 못지않은 인파를 번개 아래서 고생시킨 일은 이제 와서 따로 장황하게 말할 필요도 없을 것입니다.

그런데 곧 호우도 그치고 푸른 하늘이 구름 사이로 보이기 시작하자 에인은 코가 큰 것도 잊은 듯한 안색으로 두리번두리번 주위를 둘러봤습니다. 대체 방금 본 용의 모습은 눈 탓이 아니었을까, 이렇게 생각하자 자신이 팻말을 세운 당사자인 탓에 아무래도 용이 승천한 일은 없었던 것 같다는 생각도 들었습니다. 그래도 본 것은 확실히 본 것이라 생각할수록 점점 의심스러워서 견딜 수가 없었습니다. 그래서 옆의 기둥 아래에 죽은 듯이 앉아 있는 비구니 숙모를 안아 일으키고는 묘하게도 부끄러워하는 느낌도 감추지 않고 "용을 보셨습니까?" 하고 겁먹은 듯이 물어봤습니다. 그러자 숙모는 크게 한숨을 내쉬고는 잠시 말도 할 수 없는 건지 그저 여러 차례 두려운 듯이 고개만 끄덕일 뿐이었습니다. 잠시 후 다시 떨리는 목소리로 "봤고말고, 봤고말고, 금색 발톱만 번쩍인, 온통 새까만 용신이었어"라고 대답하는 것이었습니다. 그러고 보면 용을 본 것은 특별히 코쿠로도인 관리 에인의 눈 탓이 아니었습니다. 아니, 나중에 세간의 소문을 들으니 그날 거기에 있던 남녀노소는 거의 모두 구름 속으로 흑룡이 승천하는 모습을 봤다는 것이었습니다.

그 후 에인은 어떤 일을 계기로 사실 그 팻말은 자신의 장난이었다고 고백했습니다. 그런데 에몬을 비롯한 동료 스님들 중 그 고백을 진짜라고 생각한 사람은 한 명도 없었다고 합니다. 그렇다면 대체 그 팻말의 못된 장난은 적중한 것일까요. 아니면 빗나간 것일까요. 코쿠라, 아니 코쿠로도인 코가 큰 관리인 에인 스님에게 물어봐도 아마 그 대답만은 할 수 없을 것입니다.

3

우지 다이나곤 타카쿠니가 말했습니다.

과연 기괴한 이야기요. 옛날에는 그 사루사와 연못에도 용이 살고 있었던 모양이군. 아니, 옛날에도 있었는지 어땠는지는 모르지. 아니지, 옛날에는 틀림없이 살고 있었을 거야. 옛날에는 천하의 인간도 모두 진심으로 물속에는 용이 산다고 생각했으니까. 그렇다면 용도 자연히 천지 사이를 날며 신처럼 이따금 신기한 모습을 드러냈겠지. 하지만 내가 잔소리를 늘어놓는 것보다는 그대들의 이야기를 들려주시오. 다음은 행각승 차례요.

아니, 그대의 이야기는 이케노오의 젠치 내봉공인가 하는 코가 긴 스님에 대한 것 아니오? 코쿠라 이야기 뒤인 만큼 한층 더 재미있을 것 같군. 그럼 어서 이야기해주시오.

(1919년 4월)

늪지 沼地

　　어느 비 오는 날 오후였다. 나는 어떤 회화 전람회장의 한 전시실에서 작은 유화 한 점을 발견했다. 발견이라고 하면 좀 거창한 이야기지만 실제로 그렇게 말해도 지장이 없을 만큼 그 그림만은 단연 채광이 나쁜 구석진 곳에, 그것도 무척이나 빈약한 액자에 넣어져 잊힌 듯이 걸려 있었다. 그림은 아마 〈늪지 沼地〉인가 그랬는데, 화가도 지명도가 있는 사람이 아니었다. 또한 그림 자체도 그저 탁한 물과 축축한 땅, 그리고 그 땅에 무성한 초목을 그린 것일 뿐이어서 아마 일반적인 관람객들에게는 말 그대로 일고의 가치도 없었을 것이다.

　　게다가 이상하게도 그 화가는 울창한 초목을 그리면서도 초록색으로 붓질을 한 번도 안 했다. 갈대나 미루나무나 무화과나무를 채색한 것은 어디를 봐도 탁한 누런색이다. 마치 젖은 벽토 같은 답답한 누런색이다. 그 화가에게는 초목의 색이 실제로 그렇게 보였던 것일까. 아니면 특별한 취향이 있어서 일부러 그렇게 과장한 것일까. 나는 그 그림 앞에 서서 거기서 받는 느낌을 음미함과 동시에 이런 의문 또한 갖지 않을 수 없었다.

하지만 그 그림에 엄청난 힘이 숨어 있다는 것은, 바라보고 있다 보니 자연히 알게 되었다. 특히 전경인 땅 같은 것은, 그곳을 밟을 때 느껴지는 발의 촉감까지 생생하게 느껴질 만큼 적확하게 그려져 있었다. 밟으면 푸욱 하는 소리를 내며 복사뼈까지 빠질 것 같은 보들보들한 진흙의 느낌이었다. 나는 그 작은 유화에서 예리하게 자연을 포착하려는 애처로운 예술가의 모습을 발견했다. 그리고 모든 뛰어난 예술품에서 받는 것처럼 그 누런 늪지의 초목에서도 황홀한 비장감을 느꼈다. 실제로 같은 전람회장에 걸려 있는 크고 작은 다양한 그림 중에서 그 한 점에 대항할 만큼 강력한 그림은 어디서도 발견할 수 없었다.

"무척 감동한 것 같군요."

이런 말과 함께 누가 내 어깨를 치기에 마치 뭔가가 마음에서 떨어져나간 듯한 기분이 들어 황급히 뒤를 돌아보았다.

"어떻습니까, 이건?"

상대는 아무렇지도 않은 듯이 이렇게 말하며 막 면도한 턱으로 늪지 그림을 가리켰다. 유행하는 갈색 양복을 입은, 풍채가 좋으며 스스로 소식통임을 자임하는 미술 담당 신문기자였다. 나는 이 기자로부터 전에도 한두 번 불쾌한 인상을 받은 기억이 있어서 마지못해 대답했다.

"걸작입니다."

"걸작, 인가요? 그거 참 재미있네요."

기자는 배를 흔들며 웃었다. 그 소리에 놀랐는지 가까이서 그림을 보고 있던 두세 명의 관람객이 약속이나 한 듯이 모두 이쪽을 쳐다봤다. 나는 더욱 불쾌했다.

"이거 참 재미있네요. 원래 이 그림은 회원의 그림이 아닙니다. 하지만 어쨌든 당사자가 입버릇처럼 하도 여기에 걸겠다고 하는 통에 유족이 심사위원에게 부탁해서 간신히 이 구석에 걸게 되었지요."

"유족이요? 그럼 이 그림을 그린 사람은 죽었습니까?"

"죽었습니다. 하기야 살아 있을 때부터 죽은 것 같은 사람이 었지만요."

내 호기심은 어느새 불쾌한 감정보다 강해져 있었다.

"왜지요?"

"이 화가는 꽤 오래전에 미쳤습니다."

"이 그림을 그렸을 때도요?"

"물론입니다. 미치광이가 아니라면 누가 이런 색의 그림을 그리겠습니까? 그걸 당신은 걸작이라며 감탄하고 있었으니. 그게 참 재미있다는 말이지요."

기자는 다시 의기양양하게 소리 내서 웃었다. 그는 내가 자신의 식견 없음을 부끄러워할 거라고 예상했을 것이다. 어쩌면 한 발짝 더 나아가 그 자신의 감식안이 우월하다는 것을 내게 인상 지우려고 생각했을지도 모른다. 그러나 그의 기대는 둘 다 허사가 되었다. 그의 이야기를 들음과 동시에 거의 엄숙함에 가까운 감정이 나의 모든 정신에 이루 말할 수 없는 파동을 전해주었기 때문이다. 나는 오싹한 마음으로 다시 그 늪지 그림을 응시했다. 그리고 다시 그 작은 캔버스에서 엄청난 초조함과 불안에 시달리고 있는 애처로운 예술가의 모습을 발견했다.

"하긴 그림이 생각대로 그려지지 않아 미쳐버렸다고 하는데, 그 점만은 평가해줄 만하겠지요."

기자는 후련한 얼굴로 거의 기쁘다는 듯이 미소 지었다. 그것이 무명 예술가, 즉 우리 중 한 사람이 생명을 희생하며 이 세상에서 겨우 얻을 수 있었던 유일한 보수였던 것이다. 나는 온몸에 이상한 전율을 느끼며 거듭 그 우울한 유화를 들여다보았다. 거기에는 어둑한 하늘과 물 사이에 젖은 황토색을 한 갈대가, 미루나무가, 무화과나무가 자연 그 자체를 보는 듯한 무시무시한 기세로 살고 있었다.

"걸작입니다."

나는 기자의 얼굴을 정면으로 응시하며 의기양양하게 이렇게 되풀이했다.

(1919년 8월)

요상한 노파 妖婆

　당신은 제가 말씀드리는 일을 믿지 않을지도 모릅니다. 아니, 분명히 거짓말이라고 생각하겠지요. 옛날이라면 모르겠지만 앞으로 제가 말씀드릴 일은 다이쇼大正*라는 태평성대에 있었던 일입니다. 게다가 오래 살아 정든 이곳 도쿄에서 있었던 일입니다. 밖으로 나가면 전차나 자동차가 달리고 있고, 안으로 들어가면 전화벨이 울리고 있으며, 신문을 보면 동맹 파업이나 여성 운동에 대한 보도가 나오는 그런 오늘날, 이 대도회의 한구석에서 애드거 앨런 포나 에른스트 호프만의 소설에나 나올 법한 섬뜩한 사건이 일어났다는 것은 제가 아무리 사실이라고 말한들 믿기 힘든 것은 당연합니다. 하지만 도쿄 거리의 등불이 수백 만 개라고 해도 일몰과 함께 덮쳐오는 밤을 모

---

* 1912~1926년.

조리 태워버리고 낮으로 돌릴 수는 없을 겁니다. 바로 그와 마찬가지로 무선전신이나 비행기가 아무리 자연을 정복했다고 해도 그 자연 속에 숨어 있는 신비한 세계의 지도까지도 그릴 수 있었다고 할 수는 없습니다. 그렇다면 이 문명의 빛이 비친 도쿄에서도 평소에는 꿈속에서만 함부로 날뛰는 정령들의 비밀스러운 힘이 때와 경우에 따라서는 아우어바흐의 지하 술집* 같은 불가사의함을 드러내지 않는다고 어떻게 말할 수 있을까요. 때와 경우를 따질 상황이 아닙니다. 제가 보기에 당신이 주의하기에 따라 놀랄 만한 초자연적인 현상이, 마치 밤에 피는 꽃처럼 시종일관 우리 주위에도 출몰하여 어슬렁거리는 것입니다.

예컨대 겨울 한밤중에 긴자 거리를 걸어보면 아스팔트 위에 떨어져 있는 휴지 스무 개 정도가 한 곳에 모여들어 바람에 빙빙 소용돌이 치고 있는 모습이 반드시 눈에 들어올 겁니다. 그것뿐이라면 말할 만한 일이 전혀 아닙니다만, 시험 삼아 그 휴지가 소용돌이치고 있는 곳을 헤아려보세요. 반드시 신바시에서 교바시 사이의 왼쪽에 세 군데, 오른쪽에 한 군데 있고, 게다가 그것이 하나도 빠짐없이 네거리에서 가까운 곳이기 때문에 그것도 어쩌면 기류와 관계있다고 말할 수 있을지도 모릅니다. 하지만 좀 더 주의해서 보면 어떤 휴지 소용돌이에도 반드시 빨간 휴지 하나가 포함되어 있습니다. 활동사진 광고라거

---

* 괴테가 『파우스트』를 쓸 때 영감을 얻었다는 곳으로, 지하 명물 술집인 아우어바흐 켈러 레스토랑.

나 공작용 색종이 조각이라거나 또 성냥 상표 등 물건은 여러 가지로 바뀌어도 빨간색이 보이는 것은 항상 변하지 않습니다. 그것이 마치 다른 휴지를 이끄는 듯이 한바탕 바람이 부나 싶으면 제일 먼저 휙 하고 날아오릅니다. 그러면 희미한 모래 먼지 속에서 속삭이는 듯한 소리가 나고, 여기저기에 하얗게 흩어져 있던 휴지가 순식간에 아스팔트 위의 공중으로 사라집니다. 그냥 사라져버리는 것은 아닙니다. 한꺼번에 휙 원을 그리며 흘러가듯이 날아가는 것입니다. 바람이 약해질 때도 그대로인데, 지금까지 제가 본 바로는 빨간 종이가 먼저 멈췄습니다. 그렇게 되면 아무리 당신이라도 의문이 생기지 않을 수 없을 겁니다. 물론 저는 의심스럽습니다. 실제로 두세 번은 거리에 멈춰 서서 가까운 쇼윈도에서 많은 빛이 비치는 가운데서 끊임없이 날아다니는 휴지를 가만히 지켜본 일도 있습니다. 실제로 그때는 그렇게 보고 있으면 평소에는 인간의 눈에 보이지 않는 것들도 저녁 어둠 속으로 사라지는 박쥐만큼은 어렴풋이나마 보일 것 같은 기분이 들기 때문입니다.

하지만 도쿄의 거리에서 신기한 것은 긴자 거리에 떨어져 있는 휴지만이 아닙니다. 밤늦게 타는 시내 전차에서도 때로는 일반적으로 생각할 수 없는 묘한 사건을 만납니다. 그중에서도 우스운 것은 인적이 끊긴 거리를 달리는 빨간색 불을 켠 전차나 파란색 불을 켠 전차*가, 타는 사람도 없는 정류장에 정확

---

* 행선지를 표시하는 곳에 빨간색 전구를 켠 전차는 그날의 막차를 의미하고 파란색 전구를 켠 전차는 마지막 두 번째 전차를 의미한다.

히 멈추는 일일 겁니다. 이것도 앞에서 본 휴지와 마찬가지로 의심스럽다고 생각되면 오늘 밤이라도 한번 시험해보세요. 같은 시내 전차라도 도자카선動坂線과 스가모선巣鴨線이 많은 것 같은데, 바로 사오일 전날 밤에도 제가 탄 빨간색 불을 켠 전차가 역시 타고내리는 사람이 없는 정류장에 정확히 멈춰선 것은 도자카선의 단고자카시타団子坂下였습니다. 게다가 차장이 벨을 울리는 끈에 손을 대며 거의 거리 쪽으로 몸을 내밀며 평소처럼 "타십니까?" 하고 말을 거는 게 아니겠습니까. 저는 차장 바로 근처에 있었기 때문에 곧바로 창밖을 내다봤습니다. 그런데 밖은 엷은 구름이 낀 달이 흐릿하게 떠 있을 뿐, 정류장 기둥 밑은 물론이고 양쪽 거리의 집들도 모두 문을 닫은 한밤중의 널찍한 거리에는 사람 그림자 하나 보이지 않았습니다. 묘하다고 생각하는 순간 차장이 벨을 울리는 끈을 잡아당겼기 때문에 전차는 그대로 움직이기 시작했지만, 그래도 아직 창으로 밖을 내다보고 있으니 정류장이 멀어짐에 따라 이번에는 제 눈에도 어쩐지 그곳의 달빛 속에 점점 작아져가는 사람 그림자가 있는 듯한 기분이 들었습니다. 이는 말할 것도 없이 제 신경이 혼미한 탓인지도 모르겠지만, 서둘러 가는 빨간색 불을 켠 전차의 차장이 왜 타는 사람도 없는 정류장에 전차를 세웠던 걸까요. 게다가 이런 일을 겪은 사람은 저만이 아니라 제 지인 중에서도 서너 명은 있을 거라는 겁니다. 그러고 보니 설마 전차의 차장이 그때마다 잠이 덜 깼다고 할 수도 없을 것입니다. 실제로 제 지인 중 한 사람은 차장을 붙들고 "아무도 없지 않소?" 하고 다그치자 차장도 의심스럽다는 얼굴로 "많이 있는 줄 알았는데요"라고 대답한 일이 있었다고 합니다.

그 밖에도 열거하자면 포병 공창의 굴뚝에서 나오는 연기가 풍향을 거슬러 흘러간다거나, 치는 사람도 없는 니콜라이 성당의 종이 한밤중에 뜬금없이 울리기 시작한다거나, 같은 번호의 전차 두 대가 앞뒤로 저물녘의 니혼바시를 지나간다거나, 한 사람도 없는 국기관國技館 안에서 매일 밤 수많은 사람의 갈채 소리가 들린다거나 하는 소위 '자연의 밤의 측면'은 마치 아름다운 나방이 날아다니듯이 이 번화한 도쿄의 거리에도 끊임없이 모습을 드러내고 있다는 것입니다. 따라서 앞으로 제가 말씀드리려는 이야기도 실은 당신이 상상하는 것만큼 현실 세계와 동떨어진, 철두철미하게 있을 수 없는 사건인 것은 아닙니다. 아니, 도쿄의 밤이 지닌 비밀을 대충 알게 된 현재라면 당신도 제 이야기를 함부로 무시할 수는 없을 것입니다. 만약 또 마지막까지 들으신 뒤에도 여전히 츠루야 난보쿠* 이래의 소주불燒酎火** 냄새가 나는 것 같다면 그것은 사건 자체에 거짓이 있는 탓이라기보다는 오히려 제가 말씀드리는 방법이 애드거 앨런 포나 에른스트 호프만의 실력에 미칠 만큼 숙달되지 못한 탓일 거라고 생각합니다. 왜냐하면 1, 2년 전에 이 사건의 당사자가 어느 여름날 밤 저와 마주앉아 이런저런 이상한 일

---

* 鶴屋南北(1755~1829). 에도 시대 후기에 활약한 가부키 교겐狂言의 작자.

** 소주나 알코올을 헝겊에 적셔 붙이는 불. 가부키에서 도깨비불이나 유령이 나오는 장면 등에 쓴다.

을 겪은 일이 있다고 자세히 이야기해주었을 때는, 지금도 잊을 수 없을 만큼 저희 주위에 일종의 요기妖氣 같은 것이 음산하게 깔린 듯한 기분이 들었기 때문입니다.

이 당사자라는 남자는 평소 저의 집에 자주 드나드는 니혼바시 근처에 있는 서점의 젊은 주인입니다. 평소에는 용무만 끝나면 서둘러 돌아가는데 마침 그날 밤에는 해 질 녘부터 한바탕 비가 쏟아졌기 때문에 처음에는 비가 그치기를 기다릴 심산으로 평소와 달리 눌러 앉았겠지요. 살갗이 희고 미간이 좁으며 비쩍 마른 젊은 주인은 우란분재 때 조상을 공양하기 위한 제등이 켜진 툇마루의 희미한 불빛 아래 정좌하고 그럭저럭 8시가 지날 무렵까지 잡다한 세상 돌아가는 이야기를 하고 갔습니다. 세상 돌아가는 그 이야기 속에 끼워 넣으며 "이건 꼭 한 번 선생님께 들려드리고 싶었는데요" 하며 아주 걱정스러운 듯한 안색으로 서서히 말을 꺼낸 것이 바로 이 글에서 말하는 요상한 노파 이야기였습니다. 저는 지금도 그 젊은 주인이 고급 마직의 어깨에서부터 한 번 칠하여 먹을 바림한 듯한 여름 하오리 차림으로 수박이 든 접시를 앞에 두고 마치 누가 들을까 꺼리는 듯이 조곤조곤한 목소리로 이야기하던 모습을 확실히 기억하고 있습니다. 그러고 보니 또 한 가지는 머리 위의 환한 제등이 부푼 몸통에 가을 풀 무늬를 아련히 드러내고 있고 그 너머로 비 그친 하늘이 떼구름을 그저 까맣게 온통 흩뜨리고 있던 것도 역시 묘하게 몸에 사무쳐 잊을 수가 없습니다.

그런데 중요한 이야기라는 것은, 신조新藏라는 그 젊은 주인

이 (달리 지장이 있으면 안 되니까 임시로 이렇게 부르겠습니다) 스물세 살 되는 여름에 있었던 일입니다. 당시 약간 걱정거리가 있어 의견을 구하러 혼조 히토츠메—ツ目에 살고 있던 신이 내린 노파를 찾아갔는데 그것이 모든 일의 발단입니다. 확실히는 모르나 6월 상순의 어느 날 신조는 그 부근에 포목점을 내고 있는 상업학교 시대의 친구를 불러내 함께 요헤에즈시与兵衛鮨*를 먹으러 갔다고 합니다. 거기서 술을 한잔하는 동안 묻지도 않는데 그 걱정거리를 이야기하자 그의 친구인 타이泰라는 사람이 갑자기 진지한 얼굴로 "그럼 오시마ぉ島 할멈을 찾아가봐"라고 열심히 권하기 시작한 겁니다. 그래서 자세히 물어보니 그 신 내린 할멈은 2, 3년 전에 아사쿠사에서 지금의 장소로 이사해왔기 때문에 점도 치고 기도도 하는, 그것이 또 여우를 사용하여 술수를 부리는가 싶을 만큼 영험하다는 것이었습니다.

"자네도 알고 있겠지? 바로 얼마 전에 우오마사魚政 마나님이 투신을 했다. 그 시신이 아무리 기다려도 떠오르지 않았는데 오시마 할멈한테 부적을 받아 이치노하시—の橋에서 그것을 강으로 던져 넣자 그날 안에 떠올랐다네. 게다가 부적을 던져 넣은 이치노하시의 교각에서 말이야. 마침 해 질 녘의 밀물이 있었는데 다행히 거기서 일하고 있던 석재 운반선의 사공이 발견했지. 그래서 손님**이다, 익사체다, 하며 소동을 벌이다가 곧

---

* 일반적으로 현재 스시의 효시로 여겨진다.
** 선원들 사이에서는 익사체를 손님御客様이라고도 한다.

바로 다리 옆의 파출소에 신고했겠지. 내가 지나갔을 때는 이미 경찰이 와 있었는데 인파 뒤에서 들여다보니 막 건져 올린 마나님의 시신이 거적을 씌워 눕혀져 있었는데, 그 거적 밑으로 비어져 나온 수포가 생긴 발바닥에 뭐가 있었다고 생각하나, 자네? 그 부적이 비스듬히 딱 붙어 있었다네. 정말 소름이 돋더군."

이렇게 말하는 친구의 이야기를 들었을 때는 신조 역시 등골이 서늘해져 저녁 조수의 색, 교각의 모양, 그리고 그 밑에 떠 있는 마나님의 모습, 그런 것이 한꺼번에 눈앞에 떠오르는 듯한 기분이 들었다고 합니다. 하지만 어쨌든 한잔 마시고 얼큰하게 취한 기분으로 "그거 재미있군. 꼭 한번 찾아가보겠네" 하고 억지로 솔깃해했습니다.

"그럼 내가 안내하지. 얼마 전에 금전 문제를 물어보러 간 이후로 지금은 그 노파와도 꽤 친해졌으니까."

"아무쪼록 부탁하네."

이런 식으로 이쑤시개를 물고 요헤에즈시를 나와서는 장마가 끝나고 맑게 갠 하늘의 석양을 밀짚모자로 피하며 여름 외투를 걸친 어깨를 나란히 하고 신 내린 그 노파를 불쑥 찾아갔다고 합니다.

여기서 신조의 걱정거리를 말하자면, 집에서 부리고 있던 하녀 중에 오토시お敏라는 여자가 있는데 신조와는 1년 넘게 서로 사랑하고 있었습니다. 그런데 무슨 까닭인지 작년 말에 숙모의 병문안을 간다고 떠난 후 소식이 끊기고 말았다는 것입니다. 놀란 것은 신조만이 아니라 오토시를 총애하고 있던

신조의 어머니도 걱정한 나머지 보증인을 비롯하여 온갖 연줄을 다 동원하여 찾아봤지만 도저히 행방을 알 수가 없었습니다. 간호사가 되어 있는 것을 봤다, 첩이 되었다는 소문이 있다는 등 소문은 무성했는데, 정작 끝까지 밝혀 봐도 어떻게 되었는지 전혀 알 수 없었습니다. 신조는 처음에 걱정을 하다가 다음에는 화를 내고, 요즘에는 그저 멍하니 울적해 있을 뿐이었습니다. 그런데 그렇게 힘없는 모습에서 어렴풋하게나마 두 사람의 관계를 눈치챈 어머니는 그것이 새로운 걱정거리가 되었겠지요. 연극을 보러 가게 하기도 하고 탕치를 권하기도 하고 또 아버지를 대신하여 상인 친목회의 연회에 참석하게 하기도 하는 등 억지로라도 신조의 울적한 기분을 애써 북돋아주려고 했습니다. 그래서 그날도 어머니가 혼조 부근의 소매점을 돌아보게 하는 구실로 실은 기분 전환 삼아 놀다오라고 말만 하지 않았을 뿐 지갑 안에는 용돈으로 지폐까지 넣어주었습니다. 그래서 마침 히가시료고쿠東兩國에 소꿉친구가 있는 것을 핑계로 타이 씨를 불러내어 오랜만에 근처의 요헤에즈시로 한잔하러 간 것입니다.

이런 사정이 있었기에 오시마 노파를 찾아간다고 해도 거나하게 취한 신조의 마음속에는 어딘가 진지한 구석이 있었겠지요. 히토츠메바시 옆을 왼쪽으로 꺾어 인적이 드문 다테카와竪川 강기슭을 후타츠메바시二つ目橋 쪽으로 백 미터쯤 가자 미장이 가게와 초물전草物廛 사이에, 대나무 격자창이 달린 그을음투성이의 격자문 구조의 집 한 채가 있었습니다. 그 집이 신 내린 그 노파의 집이라고 들었을 때는 마치 오토시와 자신의 운

명이 그 괴상한 오시마 노파의 말 하나로 정해질 것 같은 섬뜩한 마음이 먼저 들었습니다. 조금 전 마신 취기는 이미 완전히 가셨다고 합니다. 또한 실제로 오시마 노파의 집은 보기만 해도 우울해질 것 같은 차양이 낮은 단층집이고, 요즘 날씨에 색이 드러난 낙수물 떨어지는 돌에 낀 푸른 이끼에서도 버섯 정도는 자랄 것처럼 묘하게 축축해져 있었습니다. 게다가 이웃 초물전과의 경계에 있는 아름드리 버드나무가 창문을 뒤덮을 정도로 가지를 늘어뜨리고 있어서 기와에까지 어두운 그림자가 드리워져 장지문 하나를 사이에 둔 건너편에는 자못 심상치 않은 비밀이 숨어 있을 것 같은 음산한 기운이 있었다고 합니다.

하지만 타이 씨는 아주 무심하게 그 대나무 격자창 앞에 발을 멈추고 신조를 돌아보며 "자, 슬슬 마귀할멈을 만나러 가볼까? 하지만 놀라면 안 되네" 하고 새삼스럽게 으름장을 놓았습니다. 신조는 물론 비웃으며 "애도 아니고 누가 노파를 무서워하겠나?" 하고 내던지듯이 대답했습니다. 하지만 타이 씨는 오히려 그 대답에 고약한 눈빛을 보내며 "뭐야, 할멈을 보고 놀라는 않겠지만 여기에는 자네 같은 사람이 생각지도 못한 미인 한 사람이 있으니까. 그래서 충고하는 거네" 하고 말하며 이미 격자문에 손을 대고 "계십니까?" 하고 기세 좋은 목소리로 소리쳤습니다. 그러자 곧 "네" 하고 우물거리는 대답 소리가 들리고, 슬며시 장지문을 열면서 입구의 문지방에 무릎을 꿇은 사람은 조신한 열일곱, 여덟 살의 아가씨였습니다. 과연 이 정도라면 타이 씨가 "놀라지 마"라고 말한 것도 그다지 이상하지 않았습니다. 살갗이 희고 콧날이 곧으며 이마가 아름다운 갸름한 얼굴에서는 특히 눈이 촉촉했습니다. 하지만 그 용모도 어딘가 애처롭게 여위어 보여 패랭이꽃을 흩뿌린 모슬린 오비까지도 화려한 비백 무늬의 감색 홑옷의 가슴을 조이는 듯한 기분이 들었다고 합니다. 타이 씨는 아가씨의 얼굴을 보자 밀짚모자를 벗으며 "어머님은요?" 하고 물었습니다. 그러자 아가씨는 어쩔 도리가 없다는 듯한 얼굴로 "공교롭게도 나가시고 안 계시는데요" 하고 자못 자신이 나쁜 짓이라도 한 것처럼 눈꺼풀을 붉히며 대답했습니다. 하지만 문득 서늘한 눈을 격자문 밖으로 보내더니 갑자기 안색을 바꾸고는 "어머나" 하고 조그맣게 외치며 뛰어오르려고 하지 않겠습니까. 타이 씨는 장소가 장소인 만큼 틀림없이 괴한이라도 본 건가 싶었다고 합니다만, 황급히 뒤를 돌아보니 지금까지 석양 속에 서 있던 신조의 모습이 보이지 않았습니다. 그래서 다시 놀랄 틈도 없이 타이 씨의 소매에 매달린 것은 그 신 내린 노파의 딸이었습니다. 그녀는 숨을 헐떡이며 열성적인 목소리로 띄엄띄엄 말했다고 합니다.

"지금 같이 온 손님한테 꼭 말씀 좀 전해주세요. 두 번 다시 이 근처에 오면 안 된다고요. 그렇지 않으면 그분의 목숨이 위험해지는 일이 일어날 테니까요"

타이 씨는 뭐가 뭔지, 마치 연기에 싸인 몸으로 한동안은 그저 어안이 벙벙한 채 있었지만, 아무튼 전언을 부탁받은 처지라서 "알겠습니다. 분명히 전하겠습니다"라고 말했습니다. 타이 씨도 아주 당황했겠지요. 밀짚모자도 늘어뜨린 채 갑자기 밖으로 뛰쳐나가 신조의 뒤를 쫓아 50미터쯤 달리기 시작했습니다.

　50미터쯤 떨어진 그곳은 바로 쓸쓸한 이시가시石河岸 앞이었습니다. 위쪽만 석양에 물든 전신주 외에는 아무것도 없었습니다. 신조는 그곳에 여름 외투의 소매를 모으고 기운 없이 발밑을 바라보며 우두커니 서 있었습니다. 하지만 가까스로 달려간 타이 씨가 아직 헐떡이는 어조로 "아니, 말도 안 돼. 놀라지 말라고 한 내가 자네한테 얼마나 놀랐는지 모를 거네. 자네는 대체 그 미인을……" 하고 말하자 신조는 이미 히토츠메바시 쪽으로 불안한 걸음으로 걸어가며 "알고 있어. 그 사람이 바로 오토시라네" 하고 흥분된 목소리로 대답했다고 합니다. 타이 씨는 다시 한번 놀랐습니다, 아니 깜짝 놀랐을 것입니다. 어쨌든 앞으로 그 행방을 알아보려는 그 여자가 하필이면 다른 사람도 아닌 오시마 노파의 딸인 상황이기 때문입니다. 그렇다고 타이 씨도 그 아가씨에게 부탁받은 심각한 전언을 놔두고 놀라고만 있을 수도 없었을 겁니다. 그래서 밀짚모자를 쓰자마자 두 번 다시 이 근처에는 가까이 오지 말라는 오토시의 말을 그 말투 그대로 들려주었습니다. 신조는 그 말을 조용히 듣고 있다가 잠시 후 미간을 찌푸리며 미심쩍은 눈빛으로 "오지 말라는 것은 알겠는데 가면 목숨이 위험하다는 건 이상하지 않나? 이상하다기보다는 오히려 난폭한 이야기네" 하며 화가 난 듯이 말했습니다. 하지만 타이 씨도 그저 전언을 듣기만 하고 어떤 이유인지 묻지도 않은 채 오시마 노파의 집을 뛰쳐나왔기 때문에 아무리 상대를 위로하고 싶어도 적당히 얼버무리는 것 외에는 위로할 방법이 없었습니다. 그러자 신조는 더더욱 마치 딴사람처럼 입을 다물고 지체 없이 걸음을 재촉했다고 합니다. 그런데 다시 요혜에즈시의 깃발이 있는 곳에 이르자 갑자기 타이 씨를 돌아보며 "나는 오토시를 만나서 다행이었어" 하고 아쉬운 듯한 기분을 넌지시 풍겼습니다. 그때 타이 씨가 아무렇지 않게 "그럼 다시 한번 만나러 가세" 하고 놀리듯이 이렇게 말한 것이 나중에 생각해보니 신조의 마음에 타오르는 불꽃같은 그리움에 기름을 붓는 격이 되었겠지요. 머지않아 타이 씨와 헤어지고 곧 신조가 돌아간 곳은 에코인 앞의 보즈샤모坊主軍鷄라는 음식점이었습니다. 신조는 주위가 어두워지기를 기다리며 술도 두세 병 비웠습니다. 그리고 날이 완전히 저물자마자 다시 그곳을 뛰쳐나와 술내가 풍기는 입김을 토하고 여름 외투의 소매를 뒤로 휘날리며 들이닥친 곳은 오토시의 집, 신 내린 그 노파의 집이었습니다.

별 하나 보이지 않는 어두컴컴한 밤이었습니다. 기분 나쁘게 땅에서 김이 오르는 데다 때때로 선뜩한 바람이 부는, 장마철에 흔히 있는 날씨였습니다. 신조는 물론 화가 치밀어 오토시의 본심을 듣기 전에는 그냥 돌아가지 않을 기세였기 때문에 먹물을 풀어놓은 듯한 하늘에 버드나무가 우뚝 솟아 있고 그 아래로 격자창이 불을 밝히고 있는, 어쩐지 기분 나쁜 집에도 개의치 않고 느닷없이 격자문을 드르륵 열고는 좁은 토방에 떡 버티고 서서 "안녕하십니까?" 하고 소리쳤다고 합니다. 그 목소리만 듣고도 누구인지 정도는 금세 짐작했겠지요. 부드럽게 우물거리는 그 목소리의 대답도 그때는 떨리는 것 같았는데, 얼마 후 장지문이 조용히 열리고 문지방을 넘어 손을 짚은 몹시 초췌한 오토시가 옆방에서 비치는 전등 불빛을 받으며 당장이라도 울 것 같을 만큼 풀이 죽은 모습으로 그곳에 나타났습니다. 하지만 신조는 물론 술을 마신 데다 밀짚모자를 뒤로 젖혀 쓴 채 오토시를 매정하게 내려다보며 "어머님 계십니까? 좀 봬주었으면 해서 왔습니다만 봬주실 수 있습니까, 어떻습니까?" 하고 천연덕스럽게 날카로운 말을 했습니다. 그것이 얼마나 괴로웠을까요. 오토시 역시 손을 짚은 채 스러질 듯한 어깨를 축 늘어뜨리고 "네" 하는 말만 하고 잠시 눈물을 삼키는 것 같았습니다. 신조가 다시 한번 호기 있게 취기를 토하며 '안내인'을 부르려고 하자 장지문을 사이에 둔 옆방에서 마치 두꺼비가 중얼거리는 것처럼 "거기, 누구요? 사양치 마시고 이쪽으로 들어오시오" 하는 약삭빠른 오시마 노파의 힘없는 목소리가 들려왔습니다. 저기에 있는 사람도 무시무시하다, 오토시를 숨긴 장본인이다, 먼저 저 사람을 혼내주겠다, 하는 서슬이 퍼렜기 때문에 신조는 여름 외투를 쓰윽 위쪽으로 벗어 던지고는 무심코 제지하려고 한 오토시의 손에 밀짚모자를 남긴 채 의기양양하게 옆방으로 갔습니다. 하지만 가련한 것은 뒤에 남은 오토시였습니다. 그녀는 경계인 장지문 옆에 몸을 딱 붙이고 여름 외투나 밀짚모자를 어떻게 처리할지도 모르고 눈물을 머금은 시원한 눈으로 가만히 천장을 올려다보며 가냘픈 두 손을 가슴에 모으고 자꾸만 뭔가를 열심히 기도하는 것처럼 보였다고 합니다.

그런데 옆방으로 간 신조는 거리낌 없이 방석을 무릎에 깔고 건방지게 주위를 둘러보았는데 방은 상상했던 대로 천장도 기둥도 누르께한 검정색인 초라한 다다미 여덟 장짜리였습니다. 정면에 깊지 않은 1.8미터의 도코노마가 있고 바사라 대신婆娑羅大神이라고 쓰인 족자 앞에 거울 하나, 술병이 한 쌍, 그리고 빨간색, 파란색, 노란색 종이를 잘게 자른 작은 헤이소쿠幣束* 서너 개가 정중하게 장식되어 있었습니다. 그 왼쪽 툇마루 밖은 바로 다테카와 강물인지, 그렇게 생각해서 그런지 꼭 닫은 장지문을 통해 희미한 물소리가 들려왔습니다. 그런데 정작 중요한 상대는, 하고 보니 도코노마 오른쪽에 과자상자, 사이다, 설탕 봉지, 계란 상자 등 선물이 쭉 늘어서 있는 옷장이 있고, 그 아래에 몸집이 크고 틀어 올린 머리를 잘라 뒤쪽으로 묶어서 드리운 노파가 앉아 있었습니다. 코가 낮고 입이 크며 푸르뎅뎅하게 부은 노파는 검은 바탕의 홑옷 옷깃을 드러내고, 속눈썹이 성긴 눈을 감고, 물기가 빠진 손가락을 깍지끼고 도깨비처럼 뒤웅스럽게 다다미를 가득 채우며 앉아 있었습니다. 조금 전 이 노파가 말하는 소리가 두꺼비가 중얼거리는 것 같다고 말했는데, 이렇게 앉아 있는 것을 보니 두꺼비 중에서도 괴물 두꺼비가 인간의 모습으로 둔갑하여 독기를 뿜고 있는 것 같다고 형용할 만한 기색이었습니다. 그래서 아니나 다를까 신조도 머리 위의 전등마저 불빛이 희미해졌나 싶을 만큼 무시무시한 기분이 들었다고 합니다.

---

* 신에게 바치는 물건으로, 찢은 마나 접어서 자른 종이를 가늘고 긴 나무에 끼워서 늘어뜨린 것.

하지만 물론 그 정도의 일은 충분히 각오한 일이었기 때문에 "그럼 한 가지 봐주었으면 하오. 혼담이오만" 하고 딱 잘라 말했습니다. 그 말이 들리지 않았는지 오시마 노파는 눈을 가까스로 가늘게 뜨고 한 손을 귀에 대며 "뭐라고, 혼담?" 하고 되풀이했습니다만, 역시 똑같이 흐릿한 목소리로 "자네, 여자가 필요한가?" 하고 처음부터 코웃음을 쳤다고 합니다. 신조는 바작바작 울화가 치미는 것을 참으며 "필요해서 봐달라는 거요. 그렇지 않으면 누가 이런……" 하고 격에 맞지도 않은 과격한 말을 하며 지지 않고 코웃음을 쳤습니다. 하지만 노파는 당황하지 않고 마치 박쥐의 날개처럼 귀에 댄 한 손을 움직이며 "화내지 말게. 입이 거친 것은 내 버릇이네" 하고 반쯤 비웃으며 신조의 말을 막았지만, 그래도 간신히 말투를 바꾸어 "나이는?" 하고 무슨 사정이 있는 듯이 물었다고 합니다.

"남자는 스물세 살, 닭띠요."

"여자는?"

"열일곱."

"토끼띠요?"

"태어난 달은……"

"됐네, 나이만 알면."

노파는 이렇게 말하며 무릎 위에서 두세 번 손가락을 구부리며 별이라도 헤아리는 듯했는데 얼마 후 살가죽이 늘어진 눈꺼풀을 올리고 눈을 부릅뜬 채 신조를 노려보며 "안 돼, 안 돼. 대흉이야, 대흉" 하며 호들갑스럽게 으르고는 다시 혼자 중얼거리듯이 "이 연을 맺는다면 자네든, 여자든 반드시 한 사람은 죽어"라고 단언했다고 하지 않습니까. 발끈한 것은 신조로, 역시 목숨이 위험하다고 한 것은 이 노파의 조종일 거라고 파악했기 때문에 참을 수가 없었습니다. 천천히 무릎의 방향을 바꾸고 아직 술내가 나는 턱을 치켜 올리며 "대흉은 상관없소. 남자가 한번 반했다면 목숨을 버리는 것쯤은 식은 죽 먹기지요. 화난火難, 검난劍難, 수난水難이 있어야 반하는 일도, 영광도 있다고 생각하오"라고 위압적인 태도로 말했습니다. 그러자 노파는 다시 눈을 가늘게 뜨고 두툼한 입술을 우물우물 움직이며 "그렇지만 남자를 잃은 여자는 어떻게 되겠나? 더군다나 여자를 잃은 남자는 울부짖겠지" 하고 조롱하는 듯한 목소리로 말했습니다. 오토시의 몸에 손가락 하나라도 대보라고, 하며 신조는 마음을 단단히 먹은 기세로 노파를 노려보며 "여자 옆에는 남자가 붙어 있소" 하고 정면으로 단정하자 상대는 여전히 손을 깍지 낀 채 기분 나쁘게 광택이 나는 뺨을 히죽거리며 "그렇다면 남자한테는?" 하고 거짓말을 호언장담하듯이 되물었습니다. 그때는 무심코 오싹했다고 신조가 나중에 이야기했는데, 이는 역시 그 노파가 결투를 신청하는 도전장을 보낸 것이기 때문이 기분이 나빴다는 것은 틀림없을 것입니다. 게다가 그렇게 되물은 후에 노파는 신조의 기가 죽은 기색을 보고 검은 홑옷의 옷깃을 휙 빼내며 "자네가 아무리 헤아린다고 해도 인력으로는 어떻게 할 수 없는 한계가 있다네. 발버둥치려는 생각은 그만두게" 하며 간사한 목소리로 말했습니다. 하지만 갑자기 다시 한번 큰 눈을 허옇게 크게 뜨고 "자, 보게, 증거는 눈앞에 있네. 자네한테는 저 한숨이 들리지 않는가?" 하고 이번에는 두 손을 귀에 대며 자못 중대사인 듯 속삭였다고 합니다. 신조는 자기도 모르게 긴장해서 가만히 귀를 기울였습니다만 맹장지 한 장 너머에 숨어 있는 오토시의 기척을 빼고는 무엇 하나 들리는 게 없었습니다. 그러자 노파는 눈을 점점 희번덕거리며 "들리지 않나? 자네 같은 젊은이가 그 이시가시의 돌 위에서 한숨을 쉬는 소리가 들리지 않는가?" 하고 뒤의 옷장에 비친 그림자가 점차 커지는가 싶을 만큼 무릎을 밀고 다가왔습니다. 그러자 곧 그 노파의 고약한 냄새가 신조의 코를 찌르나 싶더니 장지문도, 맹장지도, 술병도, 거울도, 옷장도, 방석도 모두 음침한 요기 속에 마치 지금까지와는 전혀 다른 수상한 모양을 드러내며 "저 젊은이도 자네처럼 호색한 마음에 눈이 멀었네. 이 노파가 모시는 바사라대신을 거역해보게. 그러면 대번에 천벌을 받아 눈 깜짝할 사이에 죽고 말 거야. 자네한테는 좋은 본보기지. 들어보게" 하는 소리가 무수한 파리의 날개짓 소리처럼 사방에서 신조의 귀를 덮쳐왔습니다. 그 바람에 장지문 밖의 다테카와로 아무도 모르게 몸을 던진 아주 소란스러운 물소리가 초저녁의 어스름을 뚫고 들려왔다고 합니다. 이에 간담이 서늘해진 신조는 그 자리에는 5분도 더 있을 수 없어 울고 있는 오토시조차 잊어버린 듯 제대로 말도 하지 못한 채 비틀거리며 오시마 노파의 집을 뛰쳐나오고 말았습니다.

그런데 니혼바시의 집으로 돌아온 신조가 이튿날 일어나자마자 신문을 보니 과연 어젯밤 다테카와에 몸을 던진 사람이 있었습니다. 그것도 가메자와의 나무통집 아들로, 원인은 실연이고 뛰어든 장소는 이치노하시와 니노하시 사이에 있는 이시가시라고 나와 있었습니다. 그것이 신경을 거슬렸던 탓이겠지요. 신조는 갑자기 열이나 그로부터 사흘간 계속 누워만 있었습니다. 하지만 누워 있어도 마음에 걸린 것은 말할 것도 없이 오토시였습니다. 물론 이제 와서 보면 상대가 마음이 변한 것도 아니고 갑자기 집을 떠난 것도, 두 번 다시 그 부근에 오지 말라고 한 것도 모두 오시마 노파의 계략임이 틀림없기 때문에 새삼스럽게 오토시를 의심한 것이 부끄러워지기 시작했고 또 한편으로는 자신에게 아무런 원한도 없는 오시마 노파가 왜 그런 계략을 꾸미는 것인지 이상해서 견딜 수 없었다고 합니다. 그와 관련해서도 사람 하나를 투신시키는 노파와 함께 있다가는 당장이라도 오토시를 발가벗긴 채 바사라대신이 모셔져 있는 그 방의 낡은 기둥에 꽁꽁 묶어놓고 생 솔잎을 태워 연기를 내서 고문하는 일 정도는 할지도 몰랐습니다. 그런 생각이 들자 신조는 마음 놓고 자고 있을 수 없었기 때문에 나흘째 되는 날 자리에서 일어나자마자 아무튼 타이 씨를 찾아가 조언을 구하려고 나가려는 참에 마침 타이 씨가 전화를 걸어오지 않았겠습니까. 게다가 그 전화는 다름 아닌 오토시에 관한 일이었습니다. 듣자 하니 어젯밤 늦게 타이 씨에게 오토시가 찾아왔는데, 꼭 한 번 신조를 만나서 자세한 이야기를 하고 싶다, 전에 고용살이를 했던 가게에 전화를 걸 수도 없는 처지라 자신에게 전언을 부탁한다는 용건이었다고 합니다. 만나고 싶은 것은 이쪽도 마찬가지라서 신조는 거의 수화기에 달라붙을 듯한 기세로 "어디서 만나자고 하던가?" 하고 열성적으로 묻자 달변가인 타이 씨는 "그게 말이야" 하고 천천히 말문을 열더니 "아무튼 그렇게 내성적인 여자가 두세 번 만났을 뿐인 나한테까지 찾아와서 말한 거니 이리저리 생각다 못해 한 것이겠지. 그렇게 생각하니 나도 완전히 남의 일 같지 않아서 말이야, 곧 약속을 잡으려고 생각했는데 노파한테는 목욕하러 간다고 하고 나온다는 말을 듣고 강 건너는 너무 멀고, 그렇다고 마땅한 다른 장소도 없어서 우리 집 2층을 내주겠다고 했더니 너무 송구하다면서 아무리 해도 받아들이지 않았네. 하긴 그렇게 어려워하는 것도 무리는 아니다 싶어서 그럼 어디 마음에 둔 장소라도 있느냐고 물었더니 역시 얼굴을 붉히더니 조그만 목소리로 내일 저녁 자네더러 근처 이시가시로 나와 달라고 하더군. 노천의 밀회는 죄가 아니니 괜찮네" 하며 웃음을 억지로 참는 것 같았습니다. 하지만 물론 신조는 웃을 상황이 아니어서 "그럼 이시가시로 정해진 거군" 하며 안타까운 듯이 확인했고 타이 씨는 "어쩔 수 없어 그렇게 정해두었네. 시간은 6시에서 7시 사이, 용무가 끝나면 우리 집에도 들러주게" 하고 대답했습니다. 신조는 고맙다는 말과 함께 알았다고 대답하고는 곧 전화를 끊었습니다. 그런데 그때부터 날이 저물기까지가 몹시 기다려졌습니다. 주판알을 튕기며 장부 정리를 돕고, 백중날 돌릴 선물을 지시하는 동안에도 애가 타는 듯한 얼굴로 계산대의 칸막이 격자 위의 시계바늘만 신경 쓰고 있었습니다.

그런 괴로운 생각을 하다가 드디어 가게를 빠져나온 것은 아직 석양이 내리쬐는 5시 전이었는데, 그때 묘한 일이 있었습니다. 어린 점원 하나가 내놓은 굽 낮은 게다를 신고 신간서적

입간판이 아직 덜 말라 페인트 냄새를 풍기는 곳 뒤에서 아스팔트 거리로 한 발 내디디자 신조가 쓰고 있는 밀짚모자 차양을 스치듯이 나비 두 마리가 날아갔습니다. 제비나비라고 하지요. 검은 날개 위에 기분 나쁘게 파란 광택이 나는 나비입니다. 물론 그때는 특별히 신경 쓰지 않고 두 마리 다 석양이 비치는 하늘 높이 팔랑거리며 보이지 않게 되는 것을 힐끗 머리 위로 올려다보며 마침 지나는 우에노행 전차에 올라탔습니다. 그런데 스다초須田町에서 갈아타 고쿠기칸마에國技館前에서 내려 보니 또 팔랑팔랑 밀짚모자에 달라붙는 것은 역시 검은 제비나비 두 마리였습니다. 하지만 설마하니 니혼바시에서 여기까지 나비가 뒤를 따라 왔다고는 생각할 수 없었습니다. 그래서 그때도 별 신경 쓰지 않고 약속 시간까지는 아직 여유도 있고 하기에 거기서 히토츠메바시 쪽으로 돌아가는 도중에 야부藪라고 쓰인 간판의 깔끔한 메밀국수집을 발견하고 준비도 할 겸 해서 들어갔다고 합니다. 하지만 오늘은 삼가는 마음으로 술은 한 방울도 입에 대지 않고, 묘하게 가슴이 멨지만 간신히 냉국수 한 그릇을 다 비우고 거리의 햇살이 사라졌을 때 마치 남의 눈을 피하는 도망자처럼 슬쩍 포렴을 젖히고 밖으로 나왔습니다. 그런데 밖으로 나왔을 때 바싹 뒤따르듯이 잽싸게 다가와 아니, 하는 순간 바로 코앞을 일자로 날아오른 것은 이번에도 검은 벨벳의 날개 위에 파란 가루를 바른 듯한 제비나비 한 쌍이었습니다. 그때는 기분 탓인지 이마 위로 날개짓하는 나비의 모양이 차갑게 막은 황혼의 공기를 까마귀 정도의 크기로 오려냈다고 생각했지만, 깜짝 놀라 무심코 발을 멈추자 그대로 쓰윽 작아져 서로 뒤엉키며 순식간에 하늘빛 속으로 사라졌습니다. 괴상한 나비가 거듭 나타나자 신조도 역시 무서운 생각이 들어 혹시나 이시가시에 가서 서 있으면 몸이라도 던지고 싶어지는 게 아닐까 해서 망설여지기까지 했다고 합니다. 하지만 그만큼 또 걱정인 것은 오늘 밤 만나러 올 오토시여서 신조는 곧 마음을 다잡고 이미 황혼 속의 사람 그림자가 박쥐처럼 드문드문 보이는 에코인 앞의 거리를 곁눈질도 하지 않고 똑바로 걸어 약속 장소로 달려갔습니다. 그랬더니 화강암으로 된 사자상이 늘어서 있는 강가의 하늘에서 다시 한번 나비가 사뿐히 날아와 푸른빛을 띤 날개와 날개가 서로 뒤엉키나 싶더니 곧 두 마리 다 바람에 떠밀려 아직 희미한 빛이 남아 있는 전신주 밑동으로 사라졌다고 합니다.

그러므로 이시가시 앞을 어슬렁거리며 오토시가 오기를 기다리는 동안에도 신조는 제정신이 아니었습니다. 밀짚모자를 고쳐 쓰기도 하고 소매에 몰래 넣어둔 시계를 보거나 하며 거의 한 시간은 조금 전 가게의 계산대 격자 뒤에 있었을 때보다 더 초조한 마음이 들었습니다. 하지만 아무리 기다려도 오토시의 모습이 보이지 않아서 자기도 모르게 이시가시 앞을 떠나 오시마 노파의 집 쪽으로 50미터쯤 걸어가자 오른쪽에 공중목욕탕이 있었습니다. 복숭아 열매를 크게 그려놓고 그 위에 만병통치 복숭아 잎 탕이라고 페인트로 쓰인 간판이 있었습니다. 오토시가 목욕하러 간다는 구실로 집에서 나온다는 것은 이 목욕탕이 아닐까 생각했습니다. 마침 그때 여탕의 포렴이 들리고 땅거미가 진 거리로 나온 것은 틀림없는 오토시였습니다.

옷차림은 얼마 전과 다르지 않은 패랭이꽃 무늬의 오비에 비백무늬의 홑옷이었는데 오늘 밤에는 목욕을 하고 막 나온 참이라 혈색도 아름답고 좌우로 갈라 은행잎 모양으로 틀어 올린 머리의 살쩍 주변도 아직 젖어 있나 싶을 만큼 반지르르한 빗살자국을 보이고 있었습니다. 그런데 오토시는 젖은 수건과 비누갑을 가슴에 안듯이 하고 뭐가 두려운지 거리의 좌우로 걱정스러운 눈길을 향했는데 곧 신조의 모습을 발견했겠지요. 아직도 마음이 놓이지 않은 듯한 눈으로 미소를 짓더니 경박스럽게 불쑥 남자 쪽으로 다가와 "오래 기다리셨지요?" 하고 불안한 듯이 말했습니다.

"뭐, 얼마 안 기다렸어. 그보다 용케 나왔군."

신조는 이렇게 말하며 오토시와 함께 전에 왔던 이시가시 쪽으로 천천히 걷기 시작했습니다. 하지만 상대는 여전히 안정되지 않은 모습으로 안절부절 자꾸 뒤를 돌아보기만 했기 때문에 "왜 그래? 마치 누가 쫓아오기라도 하는 것 같잖아" 하고 일부러 놀리는 듯이 말하자 오토시는 갑자기 얼굴을 붉히며 "아니, 힘들게 와주셨는데 고맙다는 인사도 못 드리고, 정말 잘 나와 주셨어요" 하며 그대로 불안한 듯이 대답했습니다. 그래서 신조도 마음에 걸려 이시가시로 가는 동안 이런저런 것들을 물었지만 오토시는 그저 괴로운 듯 미소만 흘리고 "이렇게 있는 게 들켜보세요. 저뿐만 아니라 당신까지 어떤 무서운 일을 당할지 몰라요" 하는 대답밖에 해주지 않았습니다. 그러는 사이에 두 사람은 이미 약속한 이시가시 앞에 당도했습니다. 그런데 오토시는 어둑한 곳에 쭈그리고 있는 화강암으로 만든

사자상에 눈길을 주며 안도한 듯이 휴우 하고 한숨을 내쉬고
는 느릿느릿 강 아래 쪽으로 내려갔습니다. 네부카와이시根府
川石* 여러 개가 배에서 부려진 채 그대로 놓여 있었는데, 그곳
까지 가서 드디어 걸음을 멈췄다고 합니다. 주뼛주뼛 그 뒤에
서 이시가시 안으로 들어간 신조는 앞서 얘기한 사자상 뒤라
서 거리를 지나는 사람들의 눈에 띄지 않는 것을 다행으로 여
기며 저녁 공기로 눅눅해진 네부카와이시 위에 아무렇게나 앉
으며 "내 목숨이 위험하다느니 무서운 일을 당한다느니 대체
어떻게 된다는 거지?" 하고 다시 조금 전의 대답을 재촉했습니
다. 그러자 오토시는 잠시 검푸르게 돌담을 적시고 있는 다테
카와의 강물을 멀리 바라보며 조용히 입속으로 뭔가 기원하고
있는 듯했지만 곧 그 눈을 신조에게 돌리고 처음으로 기쁜 듯
이 미소 지으며 "이제 여기까지 왔으니 괜찮아요" 하고 속삭이
듯이 말하는 게 아니겠습니까. 신조는 여우에게 홀린 듯한 얼
굴로 말없이 오토시의 얼굴을 돌아봤습니다. 오토시가 자신도
신조 옆에 앉아 띄엄띄엄, 그리고 소곤소곤 말하기 시작한 것
을 들으니 역시 두 사람은 때와 상황에 따라 목숨 정도는 빼앗
길지도 모르는 무서운 적을 앞에 두고 있는 것이었습니다.

원래 세상 사람들이 오시마 노파를 오토시의 어머니처럼 생
각하고 있습니다만 사실은 먼 친척인 숙모입니다. 그런데 오토
시의 부모님이 살아 계실 때는 왕래조차 하지 않았다고 합니

---

* 가나가와현 오다와라시 네부카와에서 나는 돌로, 주로 판석이나 비석 등
  에 쓰인다.

다. 확실히는 모르나 대대로 신사나 절, 궁 따위의 건축을 전문으로 하는 목수였던 오토시의 아버지의 말에 따르면 "그 노파는 인간이 아니야. 거짓말 같으면 옆구리를 봐라. 비늘이 나 있지 않느냐?" 하며 거리에서 오시마 노파를 만난다고 해도 곧바로 부싯돌을 쳐서 정화淨火를 하거나 소금을 뿌릴 정도였습니다. 하지만 그런 아버지가 돌아가신 직후 오토시에게는 소꿉친구이며 어머니에게는 조카에 해당하는 어떤 병든 고아인 여자아이가 오시마 노파의 양녀가 되었기 때문에 자연히 오토시의 집과 그 노파의 집 사이에도 친척다운 왕래가 시작되었습니다. 하지만 그것마저 불과 한두 해 사이의 일이고, 오토시는 어머니가 돌아가시자 돌봐줄 형제도 없었기 때문에 백 일도 지나지 않아 니혼바시의 신조 집으로 고용살이를 가게 되었습니다. 그래서 그 뒤로 오시마 노파와도 왕래가 끊어졌습니다. 오토시가 그런 노파의 집으로 왜 다시 가게 되었는지는 나중에 이야기하게 되겠지요.

그런데 오시마 노파의 내력은 돌아가신 아버지에게라도 들어봤다면 모를까 오토시는 전혀 몰랐습니다. 다만 그저 옛날부터 공수*하는 무녀였다는 것만은 어머니인가 누군가로부터 들었습니다. 하지만 오토시가 알기로는 이제 그 바사라대신이라는 이상한 것의 힘을 빌려 가지加持**나 점을 쳤다고 합니다. 이 바사라대신 역시 오시마 노파처럼 내력을 전혀 모르는 신으로,

---

* 무당이 죽은 사람의 넋이 하는 말이라며 전하는 말.
** 주문을 외며 부처의 도움이나 보호를 빌어 병이나 재앙을 면하는 일.

덴구라느니 여우라느니 여러 가지 소문이 있었습니다. 그런데 오토시가 보기에는 그 사람이 태어난 고장을 수호하는 신인 덴만궁天滿宮의 신주神主가 해신海神이 틀림없다고 말했습니다. 그 탓인지 오시마 노파는 매일 밤 시계가 두 시를 치면 뒤쪽 툇마루에서 사다리를 타고 다테카와에 몸을 머리까지 푹 담그고 30분 넘게 들어가 있었습니다. 그것도 요즘 날씨라면 그다지 힘들지 않겠지만 추위가 심할 때도 역시 홑옷 하나만 입고 어지럽게 쏟아지는 진눈깨비 속에서 마치 사람 얼굴을 한 수달처럼 물속으로 첨벙 들어간다지 않습니까. 한번은 오토시가 걱정되어 전등을 한 손에 든 채 덧문을 열고 슬쩍 강 속을 들여다보니 건너편 기슭의 곳간 지붕에 눈이 하얗게 쌓여 있고 그만큼 더 검은 물 위에 노파의 머리만 둥지처럼 떠 있었다고 합니다. 그 대신 노파가 하는 일은 가지도 점도 효험이 있다면 좋은 일인 것 같지만, 이 노파에게 돈을 써서 부모나 남편, 형제를 저주하여 죽인 사람도 많았습니다. 실제로 얼마 전 이곳 이시가시에서 몸을 던진 남자도 야나기바시의 게이샤에게 연정을 품은 어느 쌀 도매상 주인의 부탁으로 그 노파가 힘들이지 않고 목숨을 버리게 했다고 합니다. 하지만 어떤 비밀스러운 이유가 있는 것인지, 한 사람이라도 저주받아 살해당한 이시가시 같은 장소는 그렇게 대단한 노파의 가지기도도 그 주변에 있는 사람에게는 해를 끼칠 수가 없습니다. 그뿐 아니라 그곳에서 하는 일은 천리안이나 마찬가지인 노파의 눈에도 보이지 않는 모양이었습니다. 그래서 오토시는 일부러 신조를 이곳 이시가시로 불렀던 것입니다.

그렇다면 오시마 노파는 무슨 이유로 오토시와 신조의 사랑을 그토록 방해하는 걸까요. 올봄 무렵부터 주식 시세의 변동을 알기 위해 찾아오는 주식매매업자가 아름다운 오토시에게 눈독을 들여 거금을 미끼로 그 노파를 꾄 결과, 첩으로 주겠다는 약속을 했다고 합니다. 하지만 그것뿐이라면 아무튼 돈으로 해결되겠지만, 여기에 또 한 가지 이상한 문제가 발생합니다. 즉 오토시를 내보내면 그 노파가 가지도 점도 칠 수 없게 된다는 것입니다. 왜냐하면 오시마 노파가 막상 일을 시작하게 되면 우선 오토시의 몸을 빌려 바사라대신에게 접신을 하고 오토시의 입을 통해 하나하나 계시를 받기 때문입니다. 특별히 그렇게 하지 않고 노파 자신이 접신을 하면 될 거라고 생각하겠지만, 꿈이라고도 현실이라고도 할 수 없는 그런 황홀경에 이른 사람은 그사이 사람이 모르는 세계의 소식도 다 알지만 깨어나면 그사이의 일을 완전히 잊어버리기 때문에 어쩔 수 없이 오토시에게 신을 내리게 하고 그 말을 듣는 것이라고 합니다. 이런 사정이 있는 이상 그 노파가 오토시를 내놓지 않는 것도 당연하다고 해야 할 것입니다. 그런데 주식매매업자는 또 그것이 노리는 것이라 오토시를 첩으로 삼으면 반드시 오시마 노파도 따라올 것이 틀림없기 때문에, 주식시세를 점치게 해서 운이 좋으면 천하를 얻으려는, 즉 색과 욕을 채우려는 속셈인 것 같았습니다.

하지만 오토시의 입장에서 보면 아무리 비몽사몽간에 말하는 것이라고 해도 오시마 노파가 나쁜 짓을 하는 것은 완전히 자신의 입을 통한 지시대로이기 때문에 양심이 없다면 모를까 그런 도구로 사용되는 것은 어쩐지 두려운 일임이 틀림없습니다. 그러고 보니 전에 이야기한 오시마 노파의 양녀도 그 역할에 계속 이용되었습니다. 그렇지 않아도 허약한 몸이 점점 더 병약해지고 말았는데, 결국 양심의 가책으로 그 노파가 자는 틈에 목을 매고 죽었다는 것입니다. 오토시가 신조의 집을 나온 것은 그 양녀가 죽었을 때였습니다. 가엾게도 그 양녀가 소꿉친구인 오토시에게 보낸 편지 한 통이 있었다는 걸 구실로 노파는 일찌감치 오토시를 후임으로 앉히려고 생각했겠지요. 감쪽같이 그것을 구실로 집을 나오게 해서 지금의 집으로 불러들이고는, 죽이는 한이 있더라도 주인에게는 돌려보내지 않겠다고 위협조의 무서운 얼굴로 선고했다고 합니다. 하지만 물론 신조와 굳은 약속을 했던 오토시는 그날 밤에도 도망칠 심산이었다고 합니다만 노파도 경계를 했겠지요. 이따금 입구의 격자문을 엿봐도 밖에는 반드시 뱀 한 마리가 커다랗게 몸을 서리고 있어 도저히 한 발짝도 나갈 용기가 나지 않았다는 것입니다. 그 후에도 여러 번 틈을 노려 도망치려고 하면 역시 비슷하게 이상한 일이 있어서 도저히 뜻을 이룰 수 없었습니다. 그래서 요즘은 어쩔 수 없는 운명이라 체념하고 오시마 노파가 시키는 대로 하게 되었습니다.

그런데 얼마 전 신조가 찾아온 이래 두 사람의 관계가 알려지고 보니 평소에도 무자비한 노파는 오토시를 어지간히 괴롭히는 게 아니었습니다. 때리거나 꼬집을 뿐 아니라 밤이 이슥해지기를 기다렸다가 괴상한 수를 써서 두 팔을 위에 매달거나 목에 뱀을 친친 감는 등 듣기만 해도 소름이 돋는 무서운 짓을 했습니다. 하지만 그보다 더 괴로운 것은 그렇게 징계하는 틈틈이 그 노파가 히죽히죽 비웃으며 그래도 단념하지 않으면 신조의 수명을 단축시켜서라도 오토시를 넘기지 않겠다고 밉살스럽게 위협한다는 사실입니다. 그렇게 되자 오토시도 절체절명이라 지금은 무슨 일이든 숙명이라 각오하고 있었지만, 만약 신조에게 돌이킬 수 없는 일이라도 일어나면 큰일이라고 생각하여 끝내 자초지종을 털어놓을 생각이 들었던 것입니다. 하지만 자세한 사정을 들은 후에 신조가 그런 무서운 짓을 하는 여자인가 하며 자신을 미워하거나 경멸할 것 같았기 때문에 더더욱 타이 씨의 집으로 달려갈 때까지 얼마나 망설였는지 모를 정도였다는 것이었습니다.

　오토시는 이런 이야기를 마치자 다시 평소처럼 창백해진 얼굴을 들어 가만히 신조의 눈을 바라보며 "그렇게 불운한 신세였기 때문에 아무리 괴롭고 슬퍼도 아무 일도 없었던 옛날이라고 체념하고 이대로⋯⋯"라고 말을 꺼냈지만 더 이상 참을 수 없게 된 모양인지 남자의 무릎에 매달린 채 소매를 물고 울기 시작했습니다. 신조는 어찌할 바를 모르고 한동안 그저 오토시의 등을 쓰다듬으며 꾸짖기도 하고 격려하기도 했습니다. 그런데 정작 오시마 노파를 상대로 어떻게 하면 무사히 두 사람의 사랑을 이룰 수 있을까, 유감스럽게도 도저히 승산이 없다고 볼 수밖에 없었습니다. 하지만 물론 오토시를 위해서도 약한 모습을 보일 상황이 아니어서 억지로 힘찬 소리로 "뭐, 그렇게 걱정할 것 없어. 오랜 시간이 지나면 또 어떻게든 분별이 선다고 했으니까" 하며 임시방편의 위로를 하자 오토시는 겨우 눈물을 거두고 신조의 무릎에서 떨어졌습니다. 그래도 아직 울먹이는 소리로 "오랜 시간이 지나면 어떻게든 되겠지만 모레 밤에 또 할머니가 신을 내린다고 했어요. 그때 혹시 제가 엉뚱한 말이라도 한다면……" 하고 대책이 없다는 듯이 말했습니다. 여기에는 신조도 다시 가슴이 덜컥하여 애써 부린 허세도 완전히 기운을 잃지 않을 수 없었습니다. 모레라고 하면 오늘 내일 안에 어떻게든 머리를 짜내지 않으면 자신은 물론이고 오토시까지 돌이킬 수 없는 불행의 나락으로 떨어져야 할 것입니다. 하지만 단 이틀 사이에 어떻게 그 괴상한 노파를 꼼짝 못하게 할 수 있을까요. 설사 경찰에 호소한들 신불의 세계에서 일어나는 범죄에는 법률의 힘도 미치지 않습니다. 그렇다고 해서 사회의 여론도 물론 오시마 노파의 악행 따위는 우스운 미신이라며 불문에 부치겠지요. 그렇게 생각하자 신조는 팔짱을 끼고 멍하니 있을 수밖에 없었습니다. 그런 고통스러운 침묵이 잠시 이어진 후 오토시는 눈물 젖은 눈을 들어 별이 어슴푸레 빛나는 저물녘의 하늘을 바라보며 "저는 차라리 죽고 싶어요" 하고 희미한 목소리로 중얼거렸습니다. 그러고는 곧 뭔가에 겁을 먹은 것처럼 주뼛주뼛 주변을 둘러보고는 "너무 늦어지면 또 할머니한테 야단맞으니까 저는 이제 돌아갈게요" 하고 기진맥진한 사람처럼 말했습니다. 아니나 다를까 그러고 보니 그곳에 온 지도 확실히 30분은 지났을 겁니다. 땅거미는 바닷물 냄새와 함께 두 사람 주위를 에워싸고 건너편 강가의 장작더미도, 그 아래에 이어져 있는 뜸으로 지붕을 인 배도 아득한 한 가지 색으로 숨기고 그저 다테카와의 강물만이 마치 큰 물고기의 배처럼 희읍스름하게 구불구불 빛나고 있었습니다. 신조는 오토시의 어깨를 안고 다정하게 입맞춤을 하고 나서 "아무튼 내일 저녁에 다시 여기로 나와 줘. 나도 그때까지는 여러 궁리를 해볼 심산이니까" 하고 열심히 힘을 북돋아주었습니다. 오토시는 뺨의 눈물 자국을 젖은 수건으로 살짝 닦으며 슬픈 듯 말없이 고개를 끄덕였습니다. 하지만 네후카와이시에서 힘없이 일어나 풀이 죽은 신조와 함께 그 화강암 사자상 밑을 지나 쓸쓸한 거리로 나가려다가 갑자기 다시 눈물이 복받쳤을 겁니다. 밤눈에 보기에도 아름다운 목덜미를 보이며 애달픈 듯이 고개를 숙이며 "아, 저는 차라리 죽고 싶어요" 하고 다시 한번 희미하게 말했습니다. 그 순간이었습니다. 조금 전의 그 검은 나비 두 마리가 사라진 그 전신주 밑동에서 인간의 커다란 눈 하나가 어렴풋이 떠오르는 게 아니겠습니까. 그것도 속눈썹이 없는 푸르스름한 막이 쳐진 듯이 눈동자 색이 탁한, 어디를 보고 있는지도 알 수 없는 눈인데, 크기는 대충 90센티미터 남짓이었겠지요. 처음에는 물거품처럼 문득 나타나더니 땅 위를 살짝 벗어난 곳을 떠돌듯이 멍하니 머물렀는데 순식간에 연한 먹빛의 걸쭉한 눈동자가 비스듬히 눈초리 쪽으로 모였다고 합니다. 게다가 이상하게도 그 커다란 눈이 거리를 흐르는 어둠에 스며들어 몽롱했는데도 뭐라 말할 수 없는 악의로 번뜩인 것처럼 보였습니다. 신조는 무심코 주먹을 쥐고 오토시의 몸을 감싸며 필사적으로 그 환상을 지켜보았다고 합니다. 실제로 그때는 온몸의 모공에 모조리 바람을 불어넣었나 싶을 만큼 등골이 오싹하게 서늘해지며 숨마저 막히는 기분이었겠지요. 아무리 목소리를 내려고 해도 혀가 움직이지 않았습니다. 하지만 다행히 그 눈도 잠시 증오를 필사적으로 눈동자에 모아 역시 이쪽을 되받아 보려고 했지만 순식간에 형태가 희미해지고 마지막에는 조개껍데기 같은 눈꺼풀이 떨어지자 거기에는 이제 전신주만 있을 뿐 괴상한 것은 아무것도 보이지 않았습니다. 다만 제비나비 같은 것이 팔랑팔랑 날아오른 것처럼 보였다고 하는데, 그것은 어쩌면 땅바닥을 스치듯이 날아간 박쥐였는지도 모르겠습니다. 그 후 신조와 오토시는 마치 악몽에서 깨어나기라도 한 것처럼 넋을 잃고 아연실색한 얼굴을 마주 보았습니다만, 금세 서로의 눈에서 무서운 각오의 빛을 읽자 저도 모르게 손을 꼭 마주 잡고 몸을 와들와들 떨었다는 것입니다.

그러고는 30분쯤 지난 후 신조는 여전히 눈빛을 바꾼 채 통풍이 잘 되는 뒷방에서 주인인 타이 씨를 앞에 두고 오늘 밤에 일어난 여러 가지 신기한 일을 작은 소리로 소곤소곤 이야기했습니다. 검은 나비 두 마리, 오시마 노파의 비밀스러운 일, 커다란 눈의 환상, 이 모든 것이 현대의 청년에게는 황당무계하다고 말할 수밖에 없는 것이었습니다. 하지만 전부터 그 노파의 괴이한 주술력을 알고 있던 타이 씨는 의심을 품는 기색도 전혀 없이 아이스크림을 권하고 마른침을 삼키며 들어주었습니다.

"그 커다란 눈이 사라지자 오토시는 파랗게 질린 얼굴로 '어떻게 할까요? 여기서 당신을 만난 것을 할머니가 이미 알아버렸어요' 하고 말했네. 하지만 나는 '이렇게 된 이상 그 노파와 우리 사이에는 전쟁이 시작된 것이나 마찬가지니까 알든 모르든 무슨 상관이야' 하고 삐졌지. 하지만 곤란한 일은 방금 말한 것처럼 나는 내일도 그 이시가시에서 오토시와 만나기로 약속했다는 거네. 그런데 오늘 밤에 만난 것을 그 노파가 알았다면 아마 내일 오토시를 내보내지 않을 거라고 생각해. 그러니 설령 그 노파의 손아귀에서 오토시를 구해낼 묘안이 있어도, 게다가 그 묘안이 오늘이나 내일 중에 생각난다고 해도 내일 밤 오토시를 만나지 못하면 모든 계획이 그림의 떡이 되는 거지. 그런 생각을 하니 나는 이제 신에게도 부처님에게도 버림받았다는 마음이 들어. 오토시와 헤어져 여기에 오는 동안에도 마치 발이 땅에 닿지 않는 것 같았네."

신조는 이렇게 자세한 사정을 다 이야기하고는 그제야 생각났다는 듯이 돌연 부채를 부치며 걱정스럽다는 듯이 타이 씨의 얼굴을 살폈습니다. 하지만 타이 씨는 의외로 놀라지도 않고 한동안 그저 처마 끝의 츠리시노부*가 바람에 도는 것을 보고 있었습니다. 그런데 곧 신조 쪽으로 눈을 돌리더니 그래도 약간 미간을 찌푸리며 "그러니까 자네가 목적을 달성하려면 삼중의 난관이 있는 셈이군. 첫째로 자네는 오시마 노파의 손에서 안전하게, 아주 안전하게 오토시 씨를 빼앗아야 하네. 둘째로 그것도 모레까지는 반드시 실행할 필요가 있지. 그리고 그것을 실행할 협의를 하기 위해서는 내일 중에 오토시 씨를

---

* 넉줄고사리를 엮어 여름에 시원하게 느끼도록 처마 끝에 매다는 것.

만나고 싶다는 것이 세 번째 난관이겠지. 그런데 이 세 번째 난관인데 말이야, 첫 번째와 두 번째 난관만 해결한다면 어떻게든 될 거라고 생각하네" 하고 자신 있는 듯한 어조로 말했습니다. 신조는 아직 우울한 얼굴로 "어떻게?" 하고 의심스럽다는 듯이 물었습니다. 그러자 타이 씨는 밉살스러울 정도로 차분한 얼굴로 "뭐, 근거가 있는 건 아니네. 자네가 만날 수 없다면……" 하고 말을 꺼냈지만 갑자기 주위를 둘러보며 "으음, 이건 무슨 일이 일어날 때까지는 덮어두기로 하세. 아무래도 조금 전의 이야기라면 그 노파는 자네 주변에 엄중하게 그물을 치고 있는 것 같으니까 섣부른 말은 안 하는 게 좋을 것 같네. 실은 첫 번째, 두 번째 난관도 깨지 못할 것은 없을 것 같지만 말일세. 자, 모든 건 내게 맡겨두게. 그보다 오늘 밤에는 맥주라도 마시고 용기라도 크게 키워두게" 하며 마지막에는 마음 편한 듯한 웃음으로 얼버무리는 게 아니겠습니까. 신조는 물론 그 말을 안타깝게도, 괘씸하게도 생각했지만 막상 맥주를 마시기 시작하자 역시 타이 씨의 경계가 지당하다고 생각할 만한 일이 일어났습니다. 왜냐하면 두 사람 사이에 울적한 세상 돌아가는 이야기가 시작되고 나서 문득 타이 씨가 정신을 차리고 보니 훈제 연어 접시와 함께 신조의 상에 놓여 있는 잔에 이미 거품이 사라진 흑맥주가 찰랑찰랑한 채 입도 대지 않은 모습으로 놓여 있었습니다. 그래서 타이 씨가 물이 떨어지는 맥주병 밑동을 잡고 "자, 기분 좋게 비우지 않겠나" 하며 상대를 재촉했을 때의 일이었습니다. 아무렇지 않게 그 잔을 집어든 신조가 한 입 쭉 들이켜려고 하자 지름 6센티미터쯤의 원을 그리며 빛나는 흑맥주의 표면에 천장의 전등이나 뒤쪽의 갈대발을 친 문이 비쳤는데, 그 순간 낯선 사람의 얼굴이 비쳤던 것입니다. 아니, 좀 더 정밀하게 말하자면 그저 낯선 얼굴이라고 할 뿐 인간인지 어떤지도 확실히 알 수 없었습니다. 이쪽에서 생각하기에 따라서는 새라고도 짐승이라고도, 아니면 뱀이나 개구리라고도 생각할 수 없는 건 아니었습니다. 얼굴이라기보다는 오히려 그 한 부분, 특히 눈에서 코 언저리가 마치 신조의 어깨 너머로 슬쩍 잔 안을 들여다보는 것처럼 전등 불빛을 가로막고 생생하게 그림자를 떨어뜨리고 있었습니다. 이렇게 말하면 오랫동안 일어난 일인 것 같습니다만, 앞에서 말한 대로 불과 한 순간의 일로, 정말 분명하지 않은 것의 눈이 지름 6센티미터 흑맥주의 원 안에서 신조의 눈을 힐끗 엿보는 것 같더니 순식간에 사라지고 말았던 것입니다. 신조는 마시려고 한 잔을 아래에 놓고 두리번두리번 둘러보았습니다. 하지만 전등도 여전히 환할 뿐 아니라 처마 끝의 츠리시노부도 변함없이 바람에 돌고 있는 등 그 시원한 뒷방에는 요괴 냄새를 띤 어떤 것도 보이지 않았습니다.

"어떻게 된 거지? 벌레라도 들어 있는 건가?"

타이 씨가 이렇게 묻자 신조는 어쩔 수 없이 이마의 땀을 훔치고 "아니, 이 맥주에 묘한 얼굴이 비쳤네" 하고 부끄러운 듯이 대답했습니다. 그 말을 듣자 타이 씨는 "묘한 얼굴이 비쳤다고?" 하며 메아리치듯이 되풀이하고 신조의 잔을 들여다보았지만, 그때는 물론 타이 씨의 얼굴 외에 얼굴다운 것은 아무것도 비치지 않았습니다.

"자네의 신경 탓 아닌가? 설마 그 노파도 우리 집까지는 손을 뻗지 않겠지."

"하지만 지금도 자네는 스스로 그렇게 말하지 않았나? 내 몸 주위에는 그 노파가 빈틈없이 그물을 치고 있을 거라고 말이네."

"정말 그랬지. 하지만 설마하니 그 노파가 맥주잔에 혀를 넣어 한 모금 마셨다는 것은 아니겠지? 그거라면 상관없으니까 비우게."

이런 식으로 타이 씨는 여러모로 가라앉은 상대의 기분을 북돋우려고 했지만 신조는 더욱 우울해지기만 할 뿐 결국 그 잔도 비우기 전에 이미 돌아갈 채비를 시작했습니다. 그래서 타이 씨도 어쩔 수 없이 아무쪼록 힘을 잃지 않도록 거듭 친절한 말을 해주고 나서 전차로는 어쩐지 불안하다며 인력거까지 불러주었다고 합니다.

그날 밤에는 자도 묘한 꿈만 꾸고 여러 번이나 가위에 눌렸습니다. 그래도 아침이 되자 신조는, 어젯밤에는 고마웠다는 말도 할 겸 곧바로 타이 씨의 집으로 전화를 걸었습니다. 그러자 전화를 받은 사람은 타이 씨 가게의 지배인으로, "나리께서는 오늘 아침 일찍 어디론가 나갔습니다" 하는 대답이었습니다. 신조는 혹시 오시마 노파의 집으로 간 게 아닐까 싶었지만 다 털어놓고 그렇게 물을 수도 없고, 또 물어본들 다른 사람이 알고 있을 리도 없었기 때문에 돌아오는 대로 알려달라고 지배인에게 잘 부탁해두고 일단 전화를 끊었습니다. 그런데 그럭저럭 정오 가까이 되자 이번에는 타이 씨로부터 전화가 걸려

왔습니다. 예상한 대로 오늘 아침 오시마 노파의 집으로 그 집의 풍수를 보러 갔다고 합니다.

"다행히 오토시 씨를 만났으니까 내 계획만은 편지로 써서 슬쩍 그 사람 손에 쥐어주고 왔네. 답은 내일이 되어봐야 알겠지만 어쨌든 비상 상황이니까 오토시 씨도 받아들일 것 같네."

타이 씨의 이런 말을 듣고 있으니 모든 일이 다 잘 풀릴 것 같아서 신조는 결국 그 계획이 알고 싶어져 "대체 뭘 어떻게 할 심산인가?" 하고 물었습니다. 타이 씨는 역시 어젯밤처럼 전화로도 히죽히죽 웃고 있는 모양으로 "뭐, 앞으로 이삼일만 기다리게. 그 노파가 상대라면 전화도 방심할 수 없으니까 말이야. 그럼 언제 다시 내 쪽에서 전화를 걸기로 하지. 잘 있게" 하는 식이었습니다. 전화를 끊은 신조는 평소처럼 그 후에 계산대 격자 뒤에 앉았습니다만, 막상 앞으로 이틀 동안 자신과 오토시의 운명이 정해진다고 생각하니 마음이 불안한지 안타까운지 알 수가 없고, 그렇다고 해서 더더욱 기쁘다고도 할 수 없는 그저 이상하게 두근두근한 기분이 들어 장부도 주판도 손에 잡히지 않았습니다. 그래서 그날은 아직 열이 내리지 않은 것 같다는 것을 구실로 정오부터 2층 거실에서 자고 있었습니다. 하지만 그사이에도 끊임없이 마음에 걸렸던 것은 누군가가 자신의 일거수일투족을 가만히 응시하고 있는 듯한 기분이었습니다. 그것은 자고 있거나 깨어 있거나 상관없이 아주 집요하게 따라다니고 있었다고 합니다. 실제로 정오가 지난 3시경에는 확실히 2층으로 올라가는 계단 입구에 누군가 웅크리고 있었고 그 시선이 갈대발 너머로 이쪽을 향하고 있는 것 같아 곧바로 벌떡 일어나 그곳까지 가보았지만 그저 잘 닦인 복도 위에 어렴풋이 창밖의 하늘이 비치고 있을 뿐 사람 같은 것은 아무것도 보이지 않았습니다.

이런 상태로 이튿날이 되자 신조는 더더욱 제정신이 아니어서 타이 씨의 전화가 걸려오기를 이제나저제나 기다리고 있었습니다. 그런데 드디어 어제와 같은 시각이 되어 약속대로 전화기로 불려갔습니다. 그런데 받고 보니 타이 씨는 어제보다 더욱 쾌활한 목소리로 "결국 오토시 씨의 답이 있었는데, 모두 내 계획대로 실행하기로 했네. 아니, 답을 어떻게 받았느냐고? 또 볼일을 만들어 내가 직접 그 노파의 집으로 행차했지. 그러자 어제 편지로 부탁해두어서 안내하러 나온 오토시 씨가 곧 내 손에 답장을 몰래 건넸다네. 귀여운 답장이었지. 히라가나로 '잘 알겠습니다'라고 쓰여 있었거든" 하고 의기양양하게 지껄여댔습니다. 그런데 오늘은 묘한 일로, 이런 말 도중에 타이 씨의 목소리만이 아니라 누군가 또 한 사람의 목소리가 들렸습니다. 무엇보다 그 목소리라는 것도 뭐라고 하는지 전혀 알 수 없었지만, 아무튼 기세 좋은 타이 씨의 목소리와는 반대로 비음 섞인 목소리에 힘이 없고 헐떡이는 듯이 흐리멍덩한 목소리가 마치 음지와 양지처럼 타이 씨가 말하는 틈을 누비며 수화기 밑바닥으로 흘러들었습니다. 처음에는 신조도 혼선일 거라는 정도의 생각으로 특별히 신경도 쓰지 않았기 때문에 "그래서, 그래서?" 하고 재촉하며 그리운 오토시의 소식을 정신없이 물었습니다. 하지만 그러는 사이에 타이 씨에게도 그 묘한 소리가 들렸겠지요. "어쩐지 시끄럽군. 자네 쪽인가?"

하고 물어서 "아니, 이쪽이 아니네. 혼선이겠지" 하고 대답하자 타이 씨는 살짝 혀를 찬 기색으로 "그럼 일단 끊고 다시 걸겠네" 하며 한 번은커녕 두 번이고 세 번이고 교환수에게 잔소리를 늘어놓으며 끈기 있게 다시 연결했지만 여전히 두꺼비가 중얼거리는 듯이 투덜거리는 목소리가 들렸습니다. 타이 씨도 끝내는 고집을 꺾고 "어쩔 수 없군. 어딘가 고장이 난 거겠지. 하지만 그보다 중요한 본론인데, 드디어 오토시 씨가 알았다고 했으니 뭐 모든 건 계획대로 성공할 거라고 생각하네. 그러니 안심하고 좋은 소식이나 기다리고 있게" 하고 다시 조금 전의 이야기를 계속했습니다. 그런데 신조는 역시 타이 씨의 계획이 궁금해서 다시 한번 어제처럼 "대체 뭘 어떻게 할 심산인가?" 하고 묻자 상대는 늘 그렇듯이 점잔을 빼며 "하루만 더 참아주게. 내일 이맘때까지는 아마 자네한테도 알려줄 수 있을 것 같으니까. 뭐, 그렇게 서두르지 말고 마음 단단히 먹고 기다리고 있게. 행운은 누워서 기다리라고 하지 않나" 하고 농담을 섞어 대답했습니다. 그러자 그 소리가 아직 끝나기 전에 갑자기 또 하나의 희미한 목소리가 귓가로 와서 "발버둥질 칠 생각은 그만둬" 하고 분명히 조롱하는 게 아니겠습니까. 타이 씨와 신조는 무심코 동시에 "뭐야, 지금 그 소리는" 하고 서로 물었습니다. 하지만 그 후로 수화기 안은 고요하고 중얼거리는 듯한 콧소리마저 전혀 들리지 않았습니다.

"이거 안 되겠어. 지금 그것은 그 노파야. 잘못하면 애써 세운 계획도…… 뭐, 모든 건 내일 일에 달렸지. 그럼 실례하겠네."

이렇게 말하며 전화를 끊은 타이 씨의 목소리에는 분명히 당황한 듯한 기색이 느껴졌습니다. 또한 실제로 오시마 노파가 두 사람 사이의 전화에까지 주의를 기울이게 되었다면, 당연히 타이 씨와 오토시가 비밀리에 편지를 주고받은 일도 주목하고 있을 게 틀림없기 때문에 타이 씨가 당황한 것도 당연했습니다. 더구나 신조의 입장에서 보면 어떻게 할 심산인지 모른다 하더라도 어쨌든 둘도 없이 소중한 타이 씨의 계획이 그 노파에게 허를 찔린 이상 그야말로 모든 게 허사로 돌아갈 수밖에 없었습니다. 그러므로 신조는 수화기를 놓고 마치 상심한 사람처럼 멍하니 2층의 거실로 가서 날이 저물 때까지 창밖의 푸른 하늘만 쳐다보았습니다. 기분 탓인지 하늘에도 이따금 그 불길한 제비나비 수십 마리가 무리를 지어 기분 나쁜 사라사 문양을 만들어낸 적이 있다고 하는데, 신조는 이제 몸도 마음도 완전히 지쳤기 때문에 그 신기함을 신기하게 느낄 수조차 없었다고 합니다.

그날 밤에도 역시 신조는 계속 악몽만 꾸었고 제대로 잘 수도 없었습니다. 그래도 날이 새자 얼마간 마음에 활기가 생겼기 때문에 모래를 씹는 것보다 맛없는 아침을 마치자마자 곧바로 타이 씨에게 전화를 걸었습니다.

"너무 이른 게 아닌가. 나 같은 늦잠꾸러기한테 지금 이 시간에 전화를 거는 건 너무 잔인하네."

타이 씨는 실제로 아직 졸리는 듯한 목소리로 이렇게 불평을 털어놓았지만 신조는 그것에는 대답도 하지 않고 "나는 말이야, 어제 전화할 때의 그 일이 있고 나서 도저히 빈둥빈둥 집에 있을 수가 없으니까 지금 곧 자네 집으로 가겠네. 아니, 전화로 자네 이야기를 듣는 것으로는 도저히 마음이 놓이지 않아서 말이네. 괜찮나? 금방 갈 테니까"하고 떼를 쓰는 아이처럼 우겼다고 합니다. 이렇게 완전히 흥분한 목소리를 듣자 타이 씨도 달리 방법이 없었겠지요. "그럼 오게. 기다릴 테니"하고 순순히 대답해주었기 때문에 신조는 전화를 끊자마자 걱정하는 듯한 어머니에게도 언짢은 얼굴만 보이고, 어디에 간다는 말도 없이 훌쩍 가게를 뛰쳐나왔습니다. 나오고 보니 하늘은 잔뜩 흐리고 동쪽의 구름 사이로 적동색 빛이 떠돌고 있는, 묘하게 무더운 날씨였습니다. 물론 그런 것에 신경 쓸 여유도 없이 곧바로 전차에 뛰어올라 다행히 비어 있는 한가운데 자리에 앉았다고 합니다. 그러자 일시적으로 회복된 것으로 보였던 피로가 짓궂게도 아직 남아 있었는지 신조는 새삼스럽게 기분이 가라앉아 마치 딱딱한 밀짚모자가 점차 머리를 조이는 것 같다고 여겨질 만큼 심한 두통까지 느꼈습니다. 그래서 기분을 전환하려는 일념에서 지금까지 게다 끝에만 주고 있던 눈을 옆의 근처로 올려보니 이 전차에도 역시 신기한 것이 있었습니다. 왜냐하면 천장 양쪽에 줄지어 나란히 늘어선 손잡이가 전차의 움직임에 따라 모두 진자처럼 흔들렸는데 신조 앞의 손잡이만은 시종일관 움직이지 않고 한 곳에 멈춰 있었습니다. 그것도 처음에는 이상하구나 하는 정도의 마음으로 그다지 심각하게 마음에 두지 않았습니다. 하지만 곧 누군가가 또 엿보는 것 같은 기분 나쁜 마음이 자연히 강해졌기 때문에 이런 손잡이 밑에 앉아 있으면 안 되겠다 싶어 일부러 맞은편 구석에 있는 빈자리로 옮겼습니다. 옮겨가서 문득 위를 보니 지금까지 흔들리고 있던 손잡이가 돌연 붙박이로 만들어놓은 것처럼 움직이지 않고, 그 대신 조금 전의 손잡이가 아주 자유로워진 것을 기뻐하는 듯 힘차게 흔들리기 시작하는 것이 아니겠습니까. 신조는 매번 있는 일이지만 그때도 역시 두통까지 잊을 정도로 뭐라 말할 수 없는 공포를 느끼며 무심코 구원을 바라는 것처럼 다른 승객의 얼굴을 둘러봤습니다. 그러자 신조의 비슷하게 맞은편에 앉아 있는, 어딘가의 마나님 같은 한 노파가 검은색 사紗로 만든 겉옷의 목덜미를 드러내며 금테 안경 너머로 힐끗 신조 쪽을 되받아 봤습니다. 물론 그것은 신 내린 그 노파와는 아무런 인연도 없는 인물인 것은 틀림없겠지만 그 시선을 받자마자 신조는 순간적으로 오시마 노파의 푸르뎅뎅하게 부은 얼굴이 떠올랐기 때문에 이제 애가 타서 가만히 있을 수가 없었습니다. 느닷없이 표를 차장에게 건네고 일을 그르친 소매치기보다 재빨리 전차에서 뛰어내렸습니다. 하지만 아무튼 굉장한 속도로 달리고 있던 전차였으므로 발이 땅에 닿았나 싶더니 밀짚모자가 날아갔습니다. 게다의 끈도 떨어지고, 더군다나 머리를 숙인 쪽 앞으로 넘어져 무릎이 까지기까지 했습니다. 아니, 일어나는 게 조금만 더 늦었다면 모래먼지를 일으키며 달려온 어딘가의 화물 자동차에 치이고 말았겠지요. 먼지투성이가 된 신조는 가솔린 연기를 얼굴에 내뿜고 옆으로 지나간 그 노란색 자동차 뒤에서 상표인 듯한 검은 나비 모양을 바라봤을 때는 목숨을 건진 것이 완전히 신의 조화 같은 기분이 들었다고 합니다.

그것이 구라카케바시鞍掛橋의 정류장 백 미터쯤 전이었는데 다행히 지나가는 인력거 한 대가 있어서 아무튼 그 인력거에 올라타고 아직 낯빛을 붉힌 채 히가시료고쿠로 서둘러 갔습니다. 하지만 그 도중에도 심장이 고동치고 무릎의 상처가 욱신욱신 아팠으며 게다가 조금 전의 소동이 있었던 후라서 그 인력거도 언제 뒤집어질지 모르는 불길한 불안도 있었기 때문에 거의 살아 있다는 기분이 안 들었다고 합니다. 특히 인력거가 료고쿠바시에 당도했을 때 신조는 국기관의 하늘에 어슴푸레한 은색 테두리를 두른 검은 구름이 겹치고 널찍한 오카와의 수면에 부전나비의 날개 같은 돛단배가 무리지어 있는 것을 바라보자 자신과 오토시의 생사의 갈림길이 점점 다가온 듯한 비장한 감정에 사로잡혀 무심코 눈물마저 글썽였습니다. 그러므로 인력거가 다리를 건너 타이 씨의 집 문 앞에서 드디어 채를 내렸을 때는 기쁜 건지 슬픈 건지 자신도 알 수 없을 만큼 그저 까닭 없이 가슴이 복받쳐 의아한 표정을 짓고 있는 인력거꾼의 손에 터무니없이 많은 차비를 건네는 시간도 아깝다는 듯이 허둥지둥 가게의 포렴을 들추고 들어갔습니다.

타이 씨는 신조의 얼굴을 보자 지체하지 않겠다는 듯이 먼젓번의 그 뒷방으로 안내했습니다. 하지만 곧 손발의 상처 자국이며 여름 하오리가 터진 것을 알았는지 "어떻게 된 건가, 그 모습은?" 하고 어처구니없다는 듯이 물었습니다.

"전차에서 떨어졌네. 구라카케바시 쪽에서 잘못 뛰어내렸거든."

"시골뜨기도 아니고, 센스가 없는 것도 정도가 있지. 아니,

그런 데서 왜 뛰어내린 건가?"

그래서 신조는 전차 안에서 겪은 이상한 일을 하나하나 타이 씨에게 들려주었습니다. 그러자 타이 씨는 그 자초지종을 열심히 듣고 나서 평소와 다르게 눈살을 찌푸리며 "형세가 점점 나빠지는군. 나는 오토시 씨가 실패한 게 아닌가 싶네만" 하고 혼잣말처럼 말했습니다. 신조는 오토시의 이름을 듣자 갑자기 다시 심장의 고동이 심해지는 것 같아서 "실패한 것 같다니? 자네는 대체 오토시한테 뭘 시킨 건가?" 하고 힐문하듯이 물었습니다. 하지만 타이 씨는 그 물음에는 대답하지 않고 "하긴 이렇게 된 것도 내 죄일지도 모르네. 내가 오토시 씨한테 편지를 건넨 일을 자네한테 전화로 말하지 않았다면 그 노파도 내 계획을 눈치채지 못했을 게 틀림없으니까 말이야" 하고 아주 당황한 듯이 한숨마저 내쉬었습니다. 신조는 결국 참지 못하고 "지금도 자네의 계획을 알려주지 않는 건 너무 잔인하지 않은가? 그 때문에 나는 이중의 괴로움을 겪어야 하네" 하고 떨리는 목소리로 원망을 해대자 타이 씨는 "아니, 자" 하고 자제시키려는 손짓을 하며 "그거야 아주 당연하네. 지당하다는 것은 나도 잘 알고 있지만 그 노파를 상대로 하는 이상 이것도 어쩔 수 없는 일이라고 생각해주게. 실제로 방금 말한 대로 나는 오토시 씨에게 편지를 건넨 일도 자네한테 털어놓지 않았다면 모든 게 좀 더 잘 진행되었을지도 모른다고 생각하네. 아무튼 자네의 일거수일투족은 모두 그 오시마 노파가 훤히 꿰뚫어보고 있는 것 같으니까 말이야. 아니, 어쩌면 저번에 전화할 때의 일 이후로 나도 그 노파한테 상당히 주목당하고 있네.

하지만 지금까지는 아무래도 나한테 자네만큼의 이상한 사건이 일어나지 않았으니까 실제로 내 계획이 실패했는지 어떤지 그것을 확실히 알 때까지는 아무리 자네의 원망을 듣더라도 모두 내 가슴에 담아두려고 하네" 하고 타이르기도 하고 위로하기도 했습니다. 하지만 신조는 그런 말을 듣고 타이 씨가 하는 말을 충분히 이해한다고 해도 오토시의 안부를 걱정하는 마음에는 변함이 있을 리 없기 때문에 아직도 험악한 표정을 미간에 남긴 채 "그건 그렇고 오토시의 신상에 뭔 일이 생기는 일은 없겠지?" 하고 덤벼들 듯이 확인하자 타이 씨도 역시 걱정스러운 눈빛으로 "글쎄" 하고 말하고는 잠시 생각에 잠겼습니다. 얼마 후 옆방의 벽시계를 힐끗 보며 "나도 그게 마음에 걸려 견딜 수가 없네. 그럼 그 노파의 집에 가지는 않더라도 그 근처까지 정찰을 하러 가볼까?" 하고 결심한 듯이 말했습니다. 사실 신조도 이렇게 느긋하게 앉아 있어도 제정신이 아니었기 때문에 물론 싫다고 할 리는 없었습니다. 그래서 곧 이야기가 정리되고 채 5분도 지나지 않아 여름 하오리를 입은 두 사람은 어깨를 나란히 하고 서둘러 타이 씨의 집을 나섰습니다.

그런데 타이 씨의 집을 나와 채 50미터도 가기 전에 뒤에서 분주하게 달려오는 사람이 있어 두 사람이 동시에 돌아보니 특별히 이상한 사람이 아니라 타이 씨 가게의 어린 점원이 우산 하나를 어깨에 걸치고 황급히 주인 뒤를 따라왔던 것입니다.

"우산이냐?"

"예, 지배인님이 비가 올 것 같으니 가지고 가시라고 했습니다."

"그렇다면 손님 것도 가져왔으면 좋았을걸."

타이 씨가 쓴웃음을 지으며 그 우산을 받아들자 어린 점원은 과장되게 머리를 긁적이고 나서 어색하게 고개를 숙여 인사하고는 기세 좋게 가게 쪽으로 달려갔습니다. 그러고 보니아니나 다를까 머리 위에는 조금 전보다 검은 소나기구름이온통 뭉게뭉게 번져가고 군데군데 새어나오는 하늘의 빛도 마치 연마한 강철 같은, 기분 나쁜 차가움을 띠고 있었습니다. 신조는 타이 씨와 함께 걸으며 하늘의 상태를 바라보니 또 불길한 예감에 휩싸이기 시작했기 때문에 자연히 상대와의 이야기도 활기를 띠지 못하고 무작정 발걸음만 재촉했습니다.

그러므로 타이 씨는 뒤처지기 일쑤여서 내내 종종걸음으로쫓아와서는 자못 수선스럽게 땀을 닦았는데, 그러다 결국 포기한 것이겠지요. 신조를 먼저 보낸 채 자신은 뒤에서 우산을 쓰고 이따금 친구의 뒷모습을 안쓰럽게 바라보며 어슬렁어슬렁걸었습니다. 그런데 두 사람이 이치노하시 옆을 왼쪽으로 꺾어 오토시와 신조가 저물녘에 큰 눈의 환상을 봤던 이시가시앞에 이르렀을 때 뒤에서 인력거 한 대가 다가와 타이 씨 옆을 달려갔습니다. 그 인력거에 탄 손님을 본 타이 씨는 갑자기눈살을 찌푸리며 "이봐, 이보게" 하고 아주 야단스럽게 신조를 불러 세우는 게 아니겠습니까. 그래서 신조도 어쩔 수 없이걸음을 멈추고 마지못해 상대를 돌아보며 귀찮다는 듯이 "무슨 일인가?" 하고 말하자 타이 씨는 급한 걸음으로 따라와서는 "자네, 방금 인력거를 타고 지나간 사람의 얼굴을 봤나?" 하고 묘한 걸 물었습니다.

"봤지. 검은 색안경을 낀 마른 남자였을 거네."

신조는 의아스럽다는 듯이 이렇게 말하며 다시 지체 없이 걷기 시작했습니다. 그런데 타이 씨는 더욱 기세를 꺾지 않고 전보다 한층 위엄 있게 "그 사람, 우리 가게의 단골손님인데 가기소鍵惣라는 투기꾼이네. 어쩌면 오토시 씨를 첩으로 삼고 싶다는 사람이 저 남자가 아닐까 싶은데 어떨지. 아니, 딱히 근거가 있는 건 아니지만 문득 그런 생각이 들었네" 하고 생각지도 못한 말을 꺼냈습니다. 하지만 신조는 역시 가라앉은 어조로 "기분 탓이겠지" 하고 내뱉은 채 예의 그 도요토桃葉湯의 간판도 보지 않고 걸어갔습니다. 그러자 타이 씨는 우산으로 두 사람이 가는 방향을 가리키며 "꼭 기분 탓만은 아니네. 보게. 저 인력거가 오시마 노파의 집 앞에서 멈추지 않는가?" 하며 의기양양하게 신조의 얼굴을 되받아 봤습니다. 실제로 보니 조금 전의 인력거는 비를 기다리고 있는, 어둡게 가지를 늘어뜨린 잎이 무성한 버드나무 아래 금빛 옻칠로 그린 가문家紋이 붙은 뒤를 이쪽으로 향한 채 인력거꾼은 발판 앞에 걸터앉아 있는 듯 느긋하게 채를 내리고 있었습니다. 그것을 본 신조는 비로소 우울한 안색 밑에 희미한 정열을 내비치며 그래도 아직 울적한 처음의 상태를 잃지 않고 "하지만 말이야, 그 노파한테 점을 보러 오는 사기꾼은 가기소 외에도 있을 것 아닌가?" 하고 귀찮은 듯이 대답했습니다. 하지만 그사이에 이미 오시마 노파의 집과 이웃한 미장이 집까지 갔기 때문이겠지요. 타이 씨는 더 이상 자기주장을 하지 않고 빈틈없이 주위에 신경 쓰며 마치 신조의 몸을 감싸듯이 여름 하오리를 입은 어깨를 스치며 천천히 오시마 노파의 집 앞을 지나쳤습니다. 지나치며 두 사람이 눈초리로 상황을 엿보자 그저 평소와 다른 것은 가기소가 타고 온 인력거뿐이었습니다. 이는 멀리서 바라본 것보다 훨씬 가까운 곳, 정확히 미장이 집의 하수구 앞에 커다란 고무바퀴 자국을 딱딱하게 남기고 골든 배트Golden Bat 꽁초를 귀에 꽂은 인력거꾼이 그럴듯하게 신문을 읽고 있었습니다. 하지만 그 외에는 대나무 격자창도, 입구의 그을린 격자문도, 그리고 아직 갈대발을 친 문으로 바뀌지 않은 격자문 안의 낡고 퇴색한 장지문 색깔도 모두 평소와 다르지 않을 뿐 아니라 집 안도 역시 평소처럼 음침한 조용함이 가득 차 있는 것 같았습니다. 더구나 요행을 바라고 온 오토시의 모습인 듯한 그 조신한 비백 무늬의 감색 소매가 번뜩이는 모습조차 눈에 들어오지 않았습니다. 그러므로 두 사람은 오시마 노파의 집 앞을 이웃인 초물전 쪽으로 빠져나가서는 지금까지의 긴장이 풀렸다는 것 이외에도 모처럼의 기대가 빗나갔다는 낙담까지 짊어지지 않을 수 없었습니다.

그런데 그 초물전 앞으로 가서 재생지, 거북 모양의 수세미, 머리 감는 가루 등을 늘어놓은 데다 모기향이라고 쓰인 붉은 초롱이 가득히 내려뜨려진 그 가게 앞을 서성거렸습니다. 그런데 초물전의 여주인과 이야기하는 사람은 틀림없는 오토시가 아니겠습니까? 두 사람은 무심코 얼굴을 마주 보고는 1초도 망설이지 않고 여름 하오리의 옷자락을 휘날리며 성큼성큼 초물전 안으로 들어갔습니다. 그런 기색을 알고 두 사람을 돌아본 오토시는 순식간에 창백한 뺨에 희미하게 혈색이 돌았지만, 과연 초물전 여주인 앞이라는 것도 신경 써야만 했겠지요. 처마 끝에 늘어져 있는 버드나무 가지를 어깨에 걸친 채 억지로 가슴이 뛰는 것을 누르는 듯이 "어머" 하고 희미하게 놀란 소리를 냈다고 합니다. 그러자 타이 씨는 아주 차분하게 살짝 밀짚모자 차양에 손을 대며 "어머님은 댁에 계십니까?" 하고 아무렇지 않게 말을 걸었습니다.

"네, 계세요."

"그런데 당신은?"

"손님 일로 반지를 사러……"

오토시의 이 말이 채 끝나기도 전에 버드나무에 가려진 가게 앞이 한층 어두워지나 싶더니 한줄기 가랑비가 홀연 모기향 빨간 초롱의 몸통을 스치며 비스듬히 차갑게 번쩍 빛났습니다. 그와 동시에 버드나무 잎도 떨리나 싶을 만큼 우르르쾅쾅 천둥이 울렸다고 합니다. 타이 씨는 그것을 계기로 가게 밖으로 한 걸음 물러나며 "그럼 어머님께 말씀 좀 전해주세요. 제가 또 점을 보고 싶은 것이 있어서 찾아왔다고요. 지금도 문앞에서 여러 번 계시냐고 불렀는데 아무런 기척이 없어서 어떻게 된 건가 했더니 정작 중요한 안내인이 여기서 한눈을 팔고 계셨군요" 하며 오토시와 초물전 여주인을 번갈아 보며 솜씨 좋게 쾌활하게 웃어 보였습니다. 물론 아무것도 모르는 초물전 여주인이 이런 타이 씨의 교묘한 연극을 알아챌 리도 없기 때문에 "그럼 오토시 씨, 빨리 가보세요" 하고 부산스럽게 재촉하자 자신도 내리기 시작한 비에 당황하며 모기향 빨간 초롱을 서둘러 싸서 일어났다고 합니다. 그래서 오토시도 "그럼 아주머니, 나중에 또 올게요" 하는 인사를 남기고 타이 씨와 신조를 좌우로 두고 초물전 가게를 나왔습니다. 하지만 당연히 세 사람 모두 오시마 노파의 집 앞에 걸음을 멈추지 않고 이제 뚝뚝 떨어지는 굵은 비를 우산으로 받으며 히토츠메 쪽으로 걸음을 서둘렀습니다. 실제로 그 몇 분간 당사자끼리는 말할 것도 없고 평소에는 활력이 넘치던 타이 씨조차 드디어 운명의 주사위를 던지고 짝수냐 홀수냐가 정해지는 때가 온 것 같다는 생각이 들었겠지요. 이시가시 앞으로 갈 때까지는 세 사람 모두 약속이나 한 듯이 눈을 내리깔고 순식간에 억수같이 쏟아진 비도 의식하지 못한 듯 말없이 계속 걸었습니다.

곧 화강암 사자상이 마주 보고 있는 곳에 이르자 겨우 타이 씨가 얼굴을 들어 "이곳이 제일 안전하다고 하니 비가 그치기를 기다릴 겸 이 안에서 쉬었다 갑시다" 하고 두 사람을 돌아봤습니다. 그래서 모두 한 우산 아래서 비를 그으며 쌓아올린 돌과 돌 사이를 빠져나가 평소에는 석수장이가 일을 하는 곳일 이시가시 구석에 쳐져 있는 거적 지붕 밑으로 들어갔습니다. 그때는 비도 더욱 심해져 다테카와를 사이에 둔 맞은편 강기슭도 보이지 않을 정도로 새하얗게 쏟아져 내렸기 때문에 그 거적 한 장의 지붕으로는 비가 새지 않을 도리가 없었습니다. 그뿐 아니라 밖에서 안개 같은 비의 물보라도 축축한 흙냄새와 함께 자욱하게 들어왔습니다. 그래서 세 사람은 거적 지붕 밑으로 들어가며 아직 우산 하나에 의지한 채 칠이 벗겨지기 시작한 문기둥인 듯한 화강암 위에 바짝 앉았습니다. 그러자 곧 말문을 연 것은 신조였습니다.

"오토시, 나는 이제 널 못 만나는 줄 알았어."

이렇게 말하는 사이에 다시 비 사이로 비스듬히 창백한 번개가 쳤고 구름을 찢을 듯이 천둥이 울렸기 때문에 오토시는 자기도 모르게 머리를 무릎 위로 숙이고 잠시 꼼짝도 않고 있었습니다. 그런데 곧 아연실색한 얼굴을 들고 비몽사몽인 시선으로 넋을 잃고 바깥의 빗줄기를 보더니 "저도 이미 각오하고 있었어요" 하고 기분 나쁠 정도로 조용히 말했습니다. 정사情死라는 점잖지 못한 글자가 마치 낙인이라도 찍힌 것처럼 신조의 머리에 새겨진 것은 바로 오토시의 그 말을 들은 순간이었다고 합니다. 하지만 두 사람 사이에 앉아 크게 우산을 펼쳐 들고 있던 타이 씨는 좌우로 당혹스러운 눈길을 주며 그래도 목소리만은 힘차게 "이봐, 정신 똑바로 차려야 해. 오토시 씨도 용기를 내세요. 자칫하면 이럴 때 사신死神이 들러붙고 싶어 한다고 하니까요. 그건 그렇고 조금 전에 온 손님은 가기소라는 투기꾼이지요? 예, 저도 좀 알고 있습니다. 당신을 첩으로 삼고 싶어 한다는 사람이 그 남자 아닙니까?" 하고 곧바로 실제적인 문제로 화제를 돌렸습니다. 그러자 오토시도 갑자기 꿈에서 깬 것처럼 시원한 눈을 타이 씨의 얼굴로 향하며 "네, 그 사람이에요" 하고 분한 듯이 대답했다고 합니다.

"그것 보게. 역시 내가 예상한 대로가 아닌가?"

이렇게 말한 타이 씨는 의기양양하게 신조를 돌아보았지만 곧 다시 진지한 어조로 위로하듯이 오토시 쪽을 향하며 "이렇게 쏟아지면 아무리 가기소라도 앞으로 이삼십 분은 댁에 있겠지요. 그사이에 한 가지 제 계획이 어떻게 되었는지 이야기해주세요. 만약 모든 일이 끝나 어쩔 도리가 없다면 남자는 좌우간 부딪쳐 부서져야지요. 제가 지금부터 댁으로 가서 직접 가기소와 담판을 해볼 테니까요" 하고는 신조의 귀에도 믿음직스러울 만큼 남자답게 선언했습니다. 그사이에도 천둥은 점점 심해졌고 낮인데도 엄청난 번개가 거의 끊임없이 폭포 같은 비를 퍼붓고 있었지만 오토시는 이제 그 슬픔조차 잊을 만큼 필사적이었습니다. 얼굴도 아름답다기보다는 오히려 무서운 기색을 띠고 있었습니다. 하지만 여전히 변하지 않은 선명한 입술을 떨며 "모든 게 허를 찔려 이제 다 소용없어졌어요" 하고 가늘고 낭랑한 목소리로 대답했습니다. 그러고 나서 오토시가 천둥과 번개를 동반한 비가 쏟아지는 가운데 거적 지붕 아래서 안타깝게도 숨을 헐떡이며 띄엄띄엄 한 이야기를 들어보니, 신조가 모르는 타이 씨의 계획은 단지 어제 하룻밤 사이에 그토록 예리하고 복잡다단하게 세워졌다가 보기 좋게 실패해버린 것이었습니다.

타이 씨가 처음에 신조로부터 오시마 노파가 오토시에게 신을 내리게 하고 신불의 계시를 받는다는 이야기를 들었을 때 순간적으로 머리에 떠오른 것은 그때 오토시가 신이 들린 흉내를 낸 그 노파에게 한 방 먹이는 것이 가장 빠른 지름길이라는 사실이었습니다. 그래서 전에도 말한 대로 집의 풍수를 봐달라는 것을 구실로 오시마 노파의 집에 갔을 때 슬쩍 그런 취지를 적은 편지를 오토시에게 건네고 왔던 것입니다. 오토시도 그 계획을 실행하기 위해서는 상당히 위험한 모험을 해야 한다고 생각했지만 오히려 그 외에는 당장 눈앞의 재난을 벗어날 묘안도 생각나지 않았기 때문에 다음 날 아침 과감히 "알겠습니다" 하는 답장을 타이 씨에게 건넸습니다. 그런데 그날 밤 12시에 여느 때처럼 그 노파가 다테카와의 강물에 몸을 담근 후 드디어 바사라대신을 내리는 일을 시작하자 완전히 사람의 힘으로는 어쩔 수 없는 장애물이 있다는 것을 알았습니다. 그 자세한 사정을 말하기 위해서는 지금 세상에 있을 것 같지 않은 그 노파의 신기한 수법을 이야기하지 않으면 안 될 것입니다. 오시마 노파는 막상 신을 내리게 할 때는 하필이면 오토시에게 속치마 하나만 입히고 두 손을 뒤로 묶은 다음 머리마저 풀어헤치고 전등불을 끈 방 한가운데에 북쪽을 향해 앉힌다고 합니다. 그러고 나서 자신도 발가벗은 채 왼손에는 촛불을 켜고 오른손에는 거울을 쥐고 오토시 앞을 가로막으며 입속으로 비밀의 주문을 외고 거울을 상대에게 들이대며 오로지 기도에만 열중했습니다. 이것만으로도 보통의 여자라면 정신을 잃을 게 틀림없습니다. 그러는 사이에 곧 주문 소리가 커지고 노파는 거울을 방패삼아 조금씩 바싹 다가섭니다. 그러면 끝내 그 거울의 기세에 눌린 것인지 두 손이 말을 듣지 않게 된 오토시의 몸이 뒤로 벌렁 쓰러지게 되는데 노파는 그때까지 손을 늦추지 않고 밀어붙인다는 것입니다. 게다가 그렇게 쓰러뜨린 다음에 노파는 마치 시체의 살을 먹는 파충류처럼 기어서 다가가 오토시의 가슴 위를 덮쳐누르며 촛불이 떨어지는 기분 나쁜 거울 속을 아래에서 정면으로 언제까지고 들여다본다는 게 아니겠습니까. 그러면 곧 바라사대신이 마치 오래된 늪의 밑바닥에서 피어오르는 독기처럼 소리 없이 어둠 속으로 숨어들어와 슬쩍 여자의 몸으로 들어가는 것이지요. 오토시는 점차 눈이 움직이지 않고 손발이 실룩실룩 경련을 일으키면 그때는 빠르게 다그쳐 묻는 노파의 물음에 따라 숨도 쉬지 않고 비밀의 답을 계속한다는 것입니다. 그러므로 그날 밤에도 오시마 노파는 이런 순서를 어기지 않고 신을 내리게 하려고 했지만 오토시는 타이 씨와의 약속을 지켜 겉으로는 제정신을 잃은 척하며 내심으로는 더욱 방심하지 않고 기회만 있으면 아주 그럴싸하게 두 사람의 사랑을 방해하지 말라고 거짓 신탁을 내릴 심산이었습니다. 물론 그때 노파가 시시콜콜 캐묻는 물음은 신의 뜻에 맞지 않는다는 식으로 가장하며 하나도 대답하지 않기로 정한 것입니다. 그런데 그 촛불의 빛을 받아 작지만 반짝반짝 빛나는 거울을 보고 있으니 아무리 마음을 다잡으려고 해도 자연히 마음이 황홀해져 어느새 제정신을 잃을 것 같은 위험에 위협당하기 시작했습니다. 더군다나 그 노파는 주문을 외는 사이에도 빈틈없이 이쪽의 안색을 살피고 있었기 때문에 틈을 노려 거울에서 눈을 뗄 수도 없었습니다. 그러는 사이에 거울은 오토시의 시선을 빨아들이듯이 점점 괴상한 빛을 발하며 조금씩 숙명보다 기분 나쁘게 점점 이쪽으로 다가왔습니다. 게다가 그 푸르뎅뎅한 노파가 끊임없이 중얼거리는 주문소리도 마치 눈에 보이지 않는 거미줄처럼 사방에서 오토시의 마음을 휘감고 어느새 꿈인지 생시인지 알 수 없는 지경으로 끌어가려고 했습니다. 그것이 어느 정도 걸렸는지 오토시 자신은 나중에 생각해도 어렴풋한 기억조차 남아 있지 않았습니다.

하지만 어쨌든 자신에게는 하룻밤 내내라고 여겨질 만큼 아주 오랫동안 그것이 이어진 후에 결국 오토시는 고심한 보람도 없이 그 노파의 비법이라는 함정에 빠져버린 것이겠지요. 어둑한 촛불이 반짝이는 가운데 크고 작은 검은 나비가 수없이 원을 그리며 휙 천장으로 날아올랐나 싶더니 그대로 눈앞의 거울이 보이지 않게 되었고 평소처럼 죽은 사람처럼 깊은 잠에 빠져들었습니다.

오토시는 천둥소리와 빗소리 속에서 눈에도 입술에도 필사적인 기색을 흘러넘치게 하며 이렇게 자초지종을 다 이야기했습니다. 조금 전부터 열심히 귀를 기울이고 있던 타이 씨와 신조는 그때 약속이나 한 듯이 한숨을 내쉬고 힐끗 시선을 교환했습니다. 진작부터 계획이 실패한 것은 각오했다 하더라도 그 자세한 사정을 하나하나 들어보니 이번에야말로 모든 것이 그림의 떡으로 돌아갔다는 절망의 위력을 새삼 뼈저리게 깨달았기 때문이겠지요. 한동안 두 사람은 벙어리처럼 입을 다문 채 하늘을 뒤덮으며 쏟아지는 거센 빗소리를 망연히 듣고 있었습니다. 하지만 타이 씨는 곧 용기를 낸 것인지, 지금까지 몹시 흥분하고 있던 반동인지 순식간에 음울해진 오토시에게 "그사이의 일은 아무것도 기억하지 못합니까?" 하고 위로하듯이 물었다고 합니다. 그러자 오토시는 눈을 내리깔고 "네, 아무것도요" 하고 대답했습니다. 그런데 곧 다시 타이 씨의 얼굴을 향해 주뼛주뼛 애원하는 듯한 시선으로 "겨우 정신을 차렸을 때는 이미 날이 밝아 있었어요" 하고 한스럽다는 듯이 덧붙이고는 갑자기 소매자락에 얼굴을 묻고 소리 죽여 흐느꼈습니다.

그러는 사이에도 바깥의 날씨는 아직 구름 사이로 맑은 하늘이 보이지 않을 뿐 아니라 금방이라도 천둥이 머리 위로 내리칠 것처럼 음산하게 울려 퍼지고 그때마다 눈동자를 태울 듯한 번갯불이 끊임없이 거적 지붕 아래에 번뜩였습니다. 그러자 지금까지 꿈쩍하지 않고 있던 신조가 무슨 생각을 했는지 느닷없이 벌떡 일어나더니 무시무시한 안색으로 미친 듯이 날뛰는 비와 번개 속으로 뛰쳐나가려고 하는 게 아니겠습니까. 게다가 그 손에는 어느새 석수장이가 두고 간 듯한 끌이 들려 있었습니다. 그것을 본 타이 씨는 우산을 내던지기가 무섭게 당장 뒤따라가 안 듯이 매달리며 신조의 어깨를 붙잡았습니다.

"이봐, 정신 나갔어?"

타이 씨가 자신도 모르게 이렇게 고함을 지르며 억지로 상대를 끌어오려고 하자 신조는 딴사람처럼 날카로운 목소리로 "놔주게. 이렇게 된 마당에 내가 죽든가 그 노파를 죽이든가 하는 수밖에 없네" 하고 정신없이 고함을 질렀습니다.

"바보 같은 짓 하지 말게. 무엇보다 오늘은 가기소도 와 있다고 하지 않은가. 그러니 내가 그곳으로 가서……"

"가기소가 어떤 놈인가? 오토시를 첩으로 삼겠다는 놈이 자네의 부탁을 들어줄 성싶은가? 그보다 나를 좀 놔주게. 이보게, 친구라면 좀 놔달라니까."

"자네는 오토시 씨를 잊었는가? 자네가 그런 무모한 짓을 하면 그 사람은 어떻게 되겠나?"

두 사람이 이렇게 밀치락달치락하는 동안 신조는 부드러운 두 팔이 와들와들 떨면서도 강력하게 목덜미에 얽힌 것을 느껐습니다. 그러고는 눈물이 그렁그렁한 시원스러운 눈이 한없이 슬픈 빛을 띠고 가만히 그의 얼굴을 보고 있는 것을 바라봤습니다. 마지막으로 큰 빗소리를 뚫고 거의 알아들을 수 없을 만큼 희미하게 "함께 죽게 해주세요" 하고 속삭이는 목소리를 들었습니다. 그와 동시에 가까운 곳에 벼락이 떨어졌겠지요. 하늘이 찢어지는 듯한 벼락 소리와 함께 보라빛 불꽃이 눈앞에 흩어지자 신조는 연인과 친구에게 안긴 채 의식을 잃고 말았습니다.

그러고 나서 며칠이 지난 후의 일입니다. 신조가 간신히 긴 악몽과도 같은 혼수상태에서 깨어나 보니 자신은 니혼바시에 있는 집 2층에서 얼음주머니를 머리에 대고 조용히 누워 있었습니다. 머리맡에는 약병이나 체온계와 함께 작은 나팔꽃 화분이 있고 자색을 띤 남색의 아름다운 꽃이 피어 있는 걸 보니 아마 아직 아침이겠지요. 비, 천둥소리, 오시마 노파, 오토시…… 이런 기억을 어렴풋이 떠올리며 신조가 문득 시선을 옆으로 돌리자 생각지도 않게 갈대발을 친 문 옆에는 좌우로 틀어 올린 머리의 살쩍이 흐트러지고 아직 안색이 창백한 오토시가 걱정스럽다는 듯이 앉아 있었습니다. 아니, 앉아 있을 뿐 아니라 신조가 정신을 차린 것을 보자 금세 희미하게 얼굴을 붉히며 "도련님, 정신 드셨어요?" 하고 조신하게 말을 걸지 않겠습니까.

"오토시."

신조는 아직 꿈을 꾸고 있는 듯한 기분으로 이렇게 연인의 이름을 중얼거렸습니다. 그런데 그때 또 머리맡에서 "아아, 이

제 안심했네. 아이고, 그냥 그대로, 되도록 안정을 취하고 있어야 하네" 하고, 이 역시 생각지도 못한 타이 씨의 목소리가 들렸습니다.

"자네도 있었나?"

"나도 있고 자네 어머님도 여기 계시네. 의사 선생님은 방금 막 돌아가셨지만."

이런 문답을 주고받으며 신조는 눈을 오토시에게서 마치 먼 곳에 있는 것이라도 보듯이 넋을 잃고 반대쪽을 바라보니 과연 타이 씨와 어머니가 안도한 듯한 얼굴을 마주 보며 머리맡 가까이에 앉아 있었습니다. 하지만 간신히 의식을 회복한 신조는 그 무시무시한 천둥과 폭우가 내리던 밤에 어떻게 니혼바시의 집으로 돌아온 건지 상황을 이해할 수 없어서 한동안 그저 망연히 세 사람의 얼굴만 쳐다보고 있었습니다. 그런데 곧 어머니가 다정하게 신조의 얼굴을 들여다보며 "이제 모든 게 무사히 끝났으니까 너도 이제 보양을 잘 해서 하루빨리 건강을 되찾아야지" 하고 위로하듯이 말해주었습니다. 그러자 타이 씨도 그 뒤에서 "안심하게. 자네들 두 사람의 마음이 신에게 통했다네. 오시마 노파는 가기소와 이야기하던 중에 벼락을 맞아 죽었거든" 하고 평소보다 쾌활하게 덧붙였습니다. 신조는 의외의 낭보를 듣자마자 기쁨이라고도 슬픔이라고도 할 수 없는 이상한 감동에 흔들려 자기도 모르게 눈물이 뺨에 흐르자 그대로 눈을 감아버렸습니다. 그러자 간호를 하고 있던 세 사람에게는 다시 실신한 것으로 보였던 것이겠지요. 갑자기 모두가 안절부절 허둥대는 기색을 드러냈기 때문에 신조는 다시 눈을 떴습니다. 그러자 엉거주춤하게 있던 타이 씨가 일부러 과장되게 혀를 차며 "뭐야, 또 놀라게 하고 말이야. 안심하세요. 애들은 울다가도 금방 웃는다더니" 하고 두 여자를 돌아봤습니다. 실제로 신조는 이 세상에 그 요상한 노파가 없다고 생각하니 자연스럽게 입술에 미소가 번지는 것을 느꼈습니다. 그리고 또 잠시 행복한 미소를 즐긴 후 타이 씨의 얼굴에 시선을 주며 "가기소는?" 하고 물었습니다. 그러자 타이 씨는 웃으며 "가기소 말인가? 가기소는 쩔쩔매기만 했지" 하며 어쩐 일인지 잠깐 머뭇거리는 것 같았는데 곧 생각을 고쳐먹은 듯 "내가 어제 문병을 가서 그 남자한테 직접 들었는데 말이야, 오토시 씨는 신이 내렸을 때 자네들 두 사람의 사랑을 방해하면 그 노파의 목숨이 위험할 거라고 되풀이해서 말했다고 하네. 하지만 그 노파는 연극이라 생각했기 때문에 이튿날 가기소가 갔을 때는, 그렇게 된 바에는 이제 살생을 해서라도 자네들 두 사람 사이를 갈라놓겠다고 아주 난리가 아니었다나봐. 그러고 보니 내 계획이 실패로 끝난 것은 틀림없지만 또 실제로 계획한 일이 일어난 게 아닐까. 하지만 오시마 노파가 그것을 연극이라고 생각한 끝에 결국 자멸한 것은 아무리 생각해도 예상 밖이야. 그렇다면 바사라대신이라는 것도 선인지 악인지 알 수 없게 되었어" 하고 의아하다는 듯이 이야기했습니다. 이런 이야기를 듣는 것과 관련해서도 신조는 정말 저번부터 자신을 손바닥 위에 올려놓고 갖고 놀았던 신불의 세계가 가진 기괴한 힘에 놀라지 않을 수 없었습니다. 하지만 곧 자신은 천둥이 치고 폭우가 쏟아지던 그날 밤 이래 어떻게 있었는지를 생각했기 때문에 "그럼 나는?" 하고 묻자 이번에는 오토시가 타이 씨를 대신하여 "이시가시에서 바로 인력거에 태워 근처의 의사 선생님께 데려갔지만 비를 맞은 탓인지 열이 아주 많이 나서 저물녘에 이쪽으로 돌아와서도 정신을 차리지 못했어요" 하고 차분한 어조로 덧붙였습니다. 이 말을 듣고 타이 씨도 만족스럽다는 듯이 무릎을 내밀고 "그 열이 가까스로 내린 것은 바로 자네 어머님과 오토시 씨 덕분이네. 오늘까지 사흘 내내 잠꼬대만 하는 자네를 간병하느라 오토시 씨는 물론이고 어머님까지 한숨도 못 잤으니까 말이야. 그렇지만 오시마 노파의 명복을 빌어주는 장례식 일체는 내가 도맡아 처리하고 왔다네. 이 것저것 다 어머님의 신세를 졌지만 말이야" 하고 끝에는 격려하듯이 말했습니다.

"어머님, 감사합니다."

"무슨 말인가, 내가 자네한테 고맙다고 해야지."

이렇게 말하는 동안 어머니와 아들, 아니 오토시도, 타이 씨도 모두 눈물을 글썽이고 있었습니다. 하지만 타이 씨는 남자인 만큼 곧 활기찬 목소리로 "이제 그럭저럭 3시가 되었네요. 그럼 저는 이만 물러가겠습니다" 하고 몸을 반쯤 일으키자 신조는 미심적은 듯이 미간을 좁히며 "3시? 아직 아침 아닌가?" 하고 묘한 것을 물었습니다. 어안이 벙벙한 타이 씨는 "농담하지 말게" 하며 허리띠에 찬 시계를 빼서 뚜껑을 열고 보여주려고 했습니다만, 문득 신조의 눈이 머리맡에 있는 나팔꽃 화분에 가 있는 것을 보고 갑자기 환한 미소를 띠며 이런 이야기를 들려주었습니다.

"이 나팔꽃은 말이야, 그 노파 집에 있을 때부터 오토시 씨가 정성껏 키운 화분이라네. 그런데 비가 오던 그날 핀 자색을 띤 짙은 남색 꽃만은 이상하게도 지금까지 시들지 않았지. 오토시 씨는 어쩐지 이 꽃이 피어 있는 한 반드시 자네가 회복할 거라고 자신도 믿고 우리한테도 종종 그렇게 말했다네. 그런 보람이 있어서 자네가 의식을 회복한 거니까 똑같이 신기한 현상이라고 해도 이것만큼은 정말 아름답지 않은가."

(1919년 9월)

마술 魔術

비가 오락가락하는 어느 늦가을 밤의 일입니다. 나를 태운 인력거는 몇 번이고 오모리 부근의 험한 언덕길을 오르락내리락하며 겨우 대숲으로 둘러싸인 작은 서양식 건물 앞에 채를 내렸습니다. 인력거꾼이 내민 등롱 불빛에 보니 이미 쥐색 페인트가 벗겨지기 시작한 비좁은 현관에는 인도인 마티람 미스라*라고 일본 글자로 쓴, 이것만은 새 것인 도자기 문패가 걸려 있습니다.

마티람 미스라 씨라고 하면 여러분 중에도 이미 아시는 분이 적지 않을지도 모릅니다. 미스라 씨는 오랫동안 인도의 독

---

* Matiram Misra. 다니자키 준이치로의 단편소설 「핫산 칸의 요술」(〈중앙공론中央公論〉 1917년 11월)에 등장하는 인물로 오모리에 사는 인도의 혁명 청년. 핫산 칸의 신자로 그의 수제자였던 아버지로부터 마술을 전수받았다. 아쿠타가와는 이 인물을 이용하여 이중 허구를 시도한 것이다.

립*을 꾀하고 있는 콜카타 출신의 애국자이며 동시에 핫산 칸이라는 유명한 브라만교의 비법을 배운 젊은 마술의 대가입니다. 나는 바로 한 달쯤 전부터 어떤 친구의 소개로 미스라 씨와 교제하고 있었는데, 정치경제의 문제 등은 여러 가지로 논의한 적이 있어도 정작 중요한 마술을 하는 자리에는 아직 한 번도 같이한 적이 없습니다. 그래서 오늘 밤에는 사전에 마술을 보여 달라고 편지로 부탁해두었기 때문에 당시 미스라 씨가 살고 있던 조용한 오모리 외곽까지 인력거를 타고 서둘러 갔습니다.

나는 비에 젖은 채 인력거꾼의 미덥지 못한 초롱 불빛을 의지해 문패 아래에 있는 초인종 버튼을 눌렀습니다. 그러자 곧 문이 열리고 현관에 얼굴을 내민 사람은 미스라 씨의 시중을 들고 있는 키 작은 일본인 할멈이었습니다.

"미스라 씨 계십니까?"

"계십니다. 아까부터 당신을 기다리고 계십니다."

할멈은 붙임성 있게 이렇게 말하며 곧장 현관의 막다른 곳에 있는 미스라 씨의 방으로 나를 안내했습니다.

"안녕하세요. 비도 오는데, 참 잘 오셨습니다."

새까만 피부에 큰 눈, 부드러운 콧수염을 기른 미스라 씨는

---

* 1765년 인도의 벵골 지방의 지배권을 손에 넣은 영국은 1858년 인도 전역을 직할령으로 만들었다. 1880년대부터 민족운동이 확대되어 1906년에는 전인도무슬림연맹이 결성되었다. 그 후 제1차 세계대전 중부터 1920년대에 걸쳐 반영독립운동이 한층 강해지고 제2차 세계대전 후인 1947년 8월 15일 인도는 드디어 영국의 오랜 지배로부터 독립했다.

테이블 위에 있는 석유 남포등의 심지를 돌리며 내게 힘차게 인사했습니다.

"뭐, 당신의 마술만 볼 수 있다면 비 정도는 아무것도 아니지요."

나는 의자에 앉고 나서 어둑한 석유 남포등 빛에 비친 음침한 방 안을 둘러보았습니다.

미스라 씨의 방은 검소한 서양식 공간으로, 한가운데에 테이블 하나, 벽 쪽에 적당한 크기의 책장 하나, 창문 앞에 책상 하나, 나머지는 그저 우리가 앉은 의자가 있을 뿐이었습니다. 게다가 그 의자와 책상이 모두 낡은 것뿐으로, 가장자리에 빨갛게 꽃무늬를 넣은 화려한 테이블보조차 당장이라도 너덜너덜 해어지지 않을까 싶을 만큼 실낱이 드러나 있었습니다.

인사를 하고 난 우리는 잠시 바깥의 대숲에 내리는 빗소리를 무심코 듣고 있었습니다만, 곧 시중드는 할멈이 홍차 도구를 들고 들어오자 미스라 씨는 엽궐련 상자의 뚜껑을 열고,

"어떻습니까, 한 대?" 하며 권했습니다.

"고맙습니다."

나는 사양하지 않고 엽궐련 한 대를 뽑아 성냥으로 불을 붙이며,

"아마 당신이 부리는 정령은 진*이라는 이름이었지요? 그러면 앞으로 제가 볼 마술도 진의 힘을 빌려서 하는 건가요?"

---

* 수미산 중턱의 야차의 세계에 사는 마신으로 대범천왕을 섬긴다.

미스라 씨는 자신도 엽궐련에 불을 붙이고는 히죽히죽 웃으며 냄새 좋은 연기를 내뿜었습니다.

"진 같은 정령이 있다고 생각한 것은 이미 수백 년이나 전의 일입니다. 『아라비안나이트』* 시대의 일이라고나 할까요. 제가 핫산 칸에게서 배운 마술은 당신도 하려고만 하면 할 수 있습니다. 기껏해야 진보한 최면술에 지나지 않으니까요. 보세요. 이 손을 그냥 이렇게만 하면 되는 겁니다."

미스라 씨는 손을 들어 내 눈앞에 삼각형 같은 것을 두세 번 그렸습니다만, 곧 그 손을 테이블 위로 옮기더니 가장자리에 빨갛게 넣어진 무늬의 꽃을 집어 올렸습니다. 나는 깜짝 놀라 무심코 의자를 끌어당기며 자세히 그 꽃을 바라봤지만 그것은 분명히 방금까지 테이블보 안에 있던 꽃무늬였습니다. 하지만 미스라 씨가 그 꽃을 내 코앞으로 내밀자 바로 사향인가 뭔가처럼 숨 막힐 듯한 냄새까지 났습니다. 너무 신기해서 몇 번이고 감탄의 목소리를 내자 미스라 씨는 역시 미소를 지은 채 다시 아무렇지 않게 그 꽃을 테이블보 위에 떨어뜨렸습니다. 물론 꽃은 떨어지자마자 원래 넣어진 무늬가 되어 집어 올리기는커녕 꽃잎 하나 자유롭게 움직일 수 없게 되었습니다.

"어떻습니까? 간단하죠? 이번에는 이 남포등을 보세요."

미스라 씨는 이렇게 말하며 테이블 위의 남포등을 가만히 다시 놓았습니다만, 그 순간 어찌 된 일인지 남포등이 마치 팽

---

* 아쿠타가와는 1915년 『아라비안나이트』의 번역을 시도한 적이 있다. 『아라비안나이트』에는 진(여성형은 지니)이 등장한다.

이처럼 빙글빙글 돌기 시작했습니다.

그것도 한 곳에 머문 채 등피를 회전축으로 해서 기세 좋게 돌기 시작한 것입니다. 처음에는 나도 몹시 놀라며 혹시 불이라도 나면 큰일이다 싶어 여러 번 마음을 졸였습니다. 하지만 미스라 씨는 조용히 홍차를 마시며 동요하는 기색도 전혀 없었습니다. 그래서 나중에는 나도 완전히 배짱이 생겨 점점 빨라지는 남포등을, 눈을 떼지 않고 바라봤습니다.

또한 실제 남포등의 덮개가 바람을 일으키며 돌고 있는데도 노란 불꽃 하나는 깜박이지도 않고 켜져 있는 것이 뭐라 말할 수 없이 아름답고 신기한 구경거리였습니다. 하지만 곧 남포등이 더욱 빨리 돌게 되었고 결국 돌고 있다고 보이지 않을 만큼 투명해졌다고 생각했더니 어느새 전처럼 등피 하나 뒤틀린 구석도 없이 테이블 위에 자리 잡고 있었습니다.

"놀랐습니까? 이런 건 애들 속임수 같은 겁니다. 혹시 당신이 원한다면 뭔가 하나 더 보여드릴까요?"

미스라 씨는 뒤로 돌아 벽 쪽의 책장을 쳐다봤습니다만, 곧 그쪽으로 손을 뻗어 부르듯이 손가락을 움직이자 이번에는 책장에 나란히 꽂혀 있던 책이 한 권씩 움직이기 시작하더니 자연스럽게 테이블 위까지 날아왔습니다. 그것도 여름날 저녁에 어지러이 나는 박쥐처럼 표지를 양쪽으로 펼치고 공중으로 훨훨 날아오르는 식이었습니다. 나는 엽궐련을 입에 물고 어안이 벙벙한 채 바라보고 있었습니다만, 책은 어스레한 남포등 불빛 속에 여러 권이나 자유롭게 날아다니다가 하나하나 얌전히 테이블 위에 피라미드 모양으로 쌓였습니다. 게다가 하나도 남김없이 이쪽으로 다 날아왔나 싶더니 곧바로 맨 처음에 날아온 것부터 움직이기 시작하여 원래의 책장에 순서대로 날아서 돌아가는 게 아니겠습니까.

하지만 그중에서도 가장 재미있었던 것은, 가제본한 얇은 책 한 권 역시 날개처럼 표지를 펼치고 두둥실 공중으로 날아올랐는데 잠시 후 테이블 위에서 원을 그리고 나서 갑자기 페이지를 펄럭이더니 내 무릎에 거꾸로 내려앉은 일입니다. 어떻게 된 건가 하고 집어 들고 보니 그것은 내가 일주일쯤 전에 미스라 씨에게 빌려준 프랑스의 새로운 소설이었습니다.

"오랫동안 책을 빌려주어 고마웠습니다."

미스라 씨는 아직 미소를 머금은 목소리로 내게 이렇게 감사 인사를 했습니다. 물론 그때는 이미 많은 책이 모두 테이블 위에서 책장으로 날아 돌아간 후였습니다. 나는 꿈에서 깨어난 심정으로 잠깐 동안은 인사조차 할 수 없었지만 곧 조금 전 미스라 씨가 말했던 '내 마술 같은 건 당신도 하려고만 하면 할 수 있습니다'라는 말이 떠올라 이렇게 말했습니다.

"이야, 전부터 평판은 들었습니다만, 사실 당신이 부리는 마술이 이토록 신기한 것일 줄은 미처 생각지도 못했습니다. 그런데 나 같은 사람도 못할 게 없다는 말은 농담 아닌가요?"

"물론 할 수 있습니다. 누구든 간단히 할 수 있지요. 다만⋯⋯" 하고 말한 미스라 씨는 내 얼굴을 가만히 바라보며 평소와 달리 진지한 어조로 말을 이었습니다.

"다만 욕심이 있는 사람은 할 수 없습니다. 핫산 칸의 마술을 배우려고 한다면 우선 욕심을 버려야 합니다. 당신은 그렇게 할 수 있습니까?"

"할 수 있을 거라고 생각합니다."

나는 이렇게 대답했습니다만, 어쩐지 불안한 마음도 들어서 곧바로 다시 말을 덧붙였습니다.

"마술만 가르쳐준다면요."

그래도 미스라 씨는 의심스러운 눈빛을 보였습니다. 하지만 더 이상 확인하는 것은 무례하다고 생각했겠지요. 곧 점잖게 고개를 끄덕이며 말했습니다.

"그렇다면 가르쳐드리지요. 하지만 아무리 간단히 할 수 있다고 해도 배우는 데는 시간이 걸리니까 오늘 밤에는 우리 집에 머무르세요."

"여러모로 정말 황송합니다."

나는 마술을 배우는 기쁨에 미스라 씨에게 몇 번이고 감사하다고 말했습니다. 하지만 미스라 씨는 그런 것에 신경 쓰는 기색도 없이 조용히 의자에서 일어나더니 할멈에게 말했습니다.

"할멈, 할멈. 오늘 밤에 손님이 묵으니까 잠자리 준비 좀 해주게."

나는 설레는 마음으로 엽궐련 재를 떠는 것도 잊고 석유 남포등 불빛을 정면으로 받고 있는 친절해 보이는 미스라 씨의 얼굴을 무심코 가만히 올려다봤습니다.

내가 미스라 씨에게 마술을 배우고 나서 한 달쯤 지난 후의 일입니다. 이때 역시 비가 억수같이 내리는 밤이었습니다. 나는 긴자의 어느 클럽俱樂部*의 한 방에서 대여섯 명의 친구와 함께 난로 앞에 진을 치고 앉아 가벼운 잡담에 빠져 있었습니다.

여하튼 이곳은 도쿄의 중심이기에 창밖에 내리는 빗줄기도, 끊임없이 오가는 자동차나 마차의 지붕을 적시는 탓인지 오모리 대숲에 몰아치는 그 쓸쓸한 소리는 들리지 않았습니다.

물론 창 안이 쾌활한 것도, 환한 전등 불빛이며 커다란 모로 코가죽 의자, 또 매끈하게 빛나고 있는 쪽매붙임한 마룻바닥은 딱 보기에도 정령이 나올 것 같은 미스라 씨의 방과는 전혀 비교가 안 되었습니다.

우리는 엽궐련의 연기 속에 잠시 사냥 이야기며 경마 이야기를 하고 있었습니다. 그런데 그중 한 친구가 피우다 만 엽궐련을 난로 안에 던져 넣고 내 쪽으로 돌아보며 물었습니다.

"자네는 요즘 마술을 한다는 평판이던데 어떤가? 오늘 밤에 우리 앞에서 해보지 않겠나?"

"좋고말고."

나는 의자 등에 머리를 기댄 채 자못 마술의 명인처럼 건방진 태도로 이렇게 대답했습니다.

"그럼 뭐든지 자네한테 맡길 테니 세상의 마술사들은 할 수

---

* 살롱, 레스토랑, 바, 당구장 등을 갖춘 남성의 사교 클럽. 다이쇼 시대의 긴자에는 회원제 사교 클럽이 여럿 있었다.

도 없는 신기한 재주를 보여주게."

친구들은 모두 찬성하는 것으로 보여 제각기 의자를 가까이 끌어당기며 재촉하듯이 내 쪽을 바라봤습니다. 그래서 나는 서서히 일어났습니다.

"잘 보게. 내가 하는 마술에는 아무런 술수도 트릭도 없는 거니까."

나는 이렇게 말하며 양손의 커프스를 걷어 올리고 난로 안에 활활 타오르고 있는 석탄을 아무렇지 않게 손바닥 위에 집어 올렸습니다. 나를 둘러싸고 있던 친구들은 이것만으로도 이미 간담이 서늘해졌겠지요. 다들 얼굴을 마주보며 무심코 옆으로 다가왔다가 화상이라도 입으면 큰일이라고 무섭다는 듯이 꽁무니까지 빼기 시작했습니다.

그래서 나는 더욱 차분하게 손바닥 위의 석탄불을 잠시 일동의 눈앞에 들이대며 이번에는 기세 좋게 그것을 쪽매붙임한 마룻바닥에 흩뿌렸습니다. 그 순간이었습니다. 창밖에 내리는 빗소리를 압도하고 갑자기 또 하나의 이상한 빗소리가 마룻바닥 위에서 일어난 것은. 그것은 시뻘건 석탄불이 내 손바닥을 떠남과 동시에 아름다운 무수한 금화가 되어 비처럼 바닥 위로 쏟아져내렸기 때문입니다.

친구들은 모두 꿈이라도 꾸는 듯이 어리둥절하여 갈채를 보내는 것조차 잊어버렸습니다.

"일단은 대충 이런 거네."

나는 득의의 미소를 띠며 조용히 다시 원래의 의자에 앉았습니다.

"이거 다 진짜 금화인가?"

어안이 벙벙해 있던 한 친구가 간신히 내게 이렇게 물은 것은 그로부터 5분쯤 지난 후였습니다.

"진짜 금화네. 거짓말 같으면 손으로 집어보게."

"설마 화상을 입는 건 아니겠지?"

한 친구가 주뼛주뼛 마룻바닥에 떨어진 금화를 들고 봤습니다.

"우와, 이거 진짜 금화야. 이보게, 웨이터, 빗자루하고 쓰레받기를 가져와 이걸 다 쓸어 담아주게."

웨이터는 곧 시키는 대로 마룻바닥에 흩뿌려진 금화를 쓸어 모아 옆에 있는 테이블 위에 수북이 쌓았습니다. 친구들은 모두 그 테이블 주위를 둘러쌌습니다.

"대충 20만 엔쯤 되겠는걸."

"아니, 더 될 것 같은데. 튼튼하지 않은 테이블이었다면 찌부러질 정도가 아닌가."

"하여튼 대단한 마술을 배웠군. 석탄불이 금세 금화가 되는 거니까."

"그러면 일주일도 안 되어 이와사키나 미츠이*한테도 지지 않을 만큼의 부자가 되겠군."

친구들은 제각각 내 마술을 칭찬했습니다. 하지만 나는 여

---

* 이와사키 야타로岩崎彌太郎(1835~1885)는 미츠비시三菱 재벌의 창시자. 미츠이三井와 미츠비시는 메이지 시대부터 제2차 세계대전 후의 재벌 해체 때까지 일본의 양대 재벌이었다.

전히 의자에 기댄 채 느긋하게 엽궐련 연기를 내뿜으며 말했습니다.

"아니, 내 마술은 일단 욕심을 부리면 두 번 다시 쓸 수 없게 된다네. 그래서 이 금화도 자네들이 봐버린 이상 곧바로 다시 원래의 난로 안에 던져 넣을 거네."

친구들은 내 말을 듣더니 약속이나 한 듯이 반대하기 시작했습니다. 이만한 거금을 원래의 석탄으로 되돌리는 것은 너무 아깝다는 것이었습니다. 하지만 나는 미스라 씨에게 약속한 체면도 있기 때문에 무슨 일이 있어도 난로에 던져 넣으려고 친구들과 완강히 다퉜습니다. 그러자 그 친구들 중에서도 가장 교활하다는 평판을 받고 있는 자가 코앞에서 코웃음을 치며 말했습니다.

"자네는 이 금화를 원래의 석탄으로 되돌리자고 하네. 우리는 또 그렇게 하고 싶지 않다고 하고. 그렇다면 아무리 시간이 지나도 논쟁이 끝나지 않는 게 당연할 거야. 그래서 내가 생각하기에 이 금화를 밑천으로 해서 자네가 우리와 카드 게임을 하는 거네. 그래서 만약 자네가 이기면 석탄으로 되돌리든 어떻게 하든 자네 마음대로 처리하게. 하지만 만약 우리가 이기면 금화 그대로 우리한테 넘기게. 그렇게 하면 서로의 명분도 서고 아주 만족스럽지 않겠나?"

그래도 나는 아직 고개를 저으며 쉽게 그 제안에 찬성하려고 하지 않았습니다. 그런데 그 친구는 더욱 조롱 섞인 웃음을 띠며 나와 테이블 위의 금화를 능글맞게 빤히 쳐다보며 말했습니다.

"자네가 우리와 카드 게임을 하지 않는 것은 곧 그 금화를 우리한테 빼앗기고 싶지 않다고 생각하기 때문이겠지? 그렇다면 마술을 부리기 위해 욕심을 버렸다느니 뭐라느니 하는 모처럼의 자네 결심도 믿을 수 없게 되는 거 아닌가?"

"아니, 딱히 나는 이 금화가 아까워서 석탄으로 만들겠다는 게 아니네."

"그렇다면 카드 게임을 하세."

몇 번이고 이런 입씨름을 되풀이한 후 결국 나는 그 친구의 말대로 테이블 위의 금화를 놓고 무슨 일이 있어도 카드 게임을 해야 하는 처지에 놓였습니다. 물론 친구들은 모두 크게 기뻐하며 곧바로 남포등을 가져오게 하여 방구석에 있는 카드 게임 책상을 둘러싸고 아직 주저하고 있는 나에게 빨리빨리, 하며 재촉하는 것이었습니다.

그러므로 나도 어쩔 수 없이 잠시 동안은 친구들을 상대로 마지못해 카드 게임을 하고 말았습니다. 하지만 카드 게임을 잘하지도 못하던 내가 어떻게 된 건지 그날 밤만은 평소와 달리 거짓말처럼 계속 이기는 것이었습니다. 그러자 또 묘하게도 처음에는 별로 내키지도 않았는데 점점 재미가 생기기 시작하더니 채 10분도 지나지 않아 나는 어느새 모든 것을 잊고 열심히 카드 게임을 하기 시작했습니다.

친구들은 물론 내게서 그 금화를 남김없이 우려낼 생각으로 일부러 카드 게임을 시작한 것이라 이렇게 되자 다들 조바심이 나서 거의 안색이 바뀌는가 싶을 만큼 정신없이 승부를 겨루기 시작했습니다. 하지만 친구들이 아무리 기를 써도 나는 한 번도 지지 않았을 뿐 아니라 끝내는 그 금화와 거의 같은 정도의 금액만큼 내가 따고 말지 않았겠습니까. 그러자 조금 전의 그 고약한 친구가 마치 미치광이 같은 기세로 내 앞에 패를 들이대며 말했습니다.

"자, 받게. 나는 내 재산을 다 걸겠네. 땅도 집도 말도 자동차도 남김없이 다 걸겠어. 그 대신 자네도 그 금화 외에 지금까지 자네가 딴 돈을 다 걸게. 자, 받아."

그 순간 나는 욕심이 났습니다. 테이블 위에 쌓여 있는 산더미 같은 금화뿐 아니라 모처럼 내가 딴 돈까지 이번에 운 나쁘게 지면 그걸 끝으로 친구에게 몽땅 빼앗길 수밖에 없습니다. 뿐만 아니라 이 승부에 이기기만 하면 나는 그쪽의 전 재산을 한 번에 손에 넣을 수 있습니다. 이런 때에 쓰지 않으면 애써 마술을 배운 보람이 어디 있겠습니까. 그렇게 생각하자 나는 애가 타서 가만히 있을 수가 없었습니다. 그래서 슬쩍 마술을 써서 결투라도 하는 기세로 말했습니다.

"좋네. 먼저 자네부터 받게."

"9."

"킹."

나는 의기양양한 목소리로 새파랗게 질린 상대의 눈앞에 내 패를 보여주었습니다. 그러자 신기하게도 그 카드의 킹이 마치 혼이라도 들어 있는 것처럼 관을 쓴 머리를 쳐들고 훌쩍 패 밖으로 몸을 빼내 똑바로 칼을 든 채 히죽 기분 나쁜 웃음을 띠며,

"할멈, 할멈. 손님들이 돌아가신다고 하니 잠자리는 준비하

지 않아도 되네"

하고 들어본 적이 있는 목소리로 말하는 것이었습니다. 그런가 싶더니 무슨 영문인지 창밖에 내리는 빗줄기까지 갑자기 또 오모리 대숲에 몰아치는 듯한 그 쓸쓸한 비처럼 세차게 내리는 소리가 들리기 시작했습니다.

문득 정신을 차리고 주위를 둘러보니 나는 아직 어스레한 석유 남포등 불빛을 받으며 마치 그 카드의 킹 같은 미소를 띠고 있는 미스라 씨와 마주 앉아 있었습니다.

손가락 사이에 낀 엽궐련의 재조차 여전히 떨어지지 않고 남아 있는 것으로 보아 내가 한 달쯤 지났다고 생각한 것은 불과 이삼 분 사이에 본 꿈이었음이 틀림없습니다. 하지만 그 짧은 이삼 분 동안 내가 핫산 칸의 마술 비법을 배울 자격이 없는 인간이라는 것은 나 자신에게도 미스라 씨에게도 분명해지고 말았습니다. 나는 부끄러운 듯이 머리를 숙인 채 잠시 제대로 말도 할 수 없었습니다.

"내 마술을 쓰려고 생각한다면 먼저 욕심을 버려야 합니다. 당신은 그만한 수업이 되지 않았습니다."

미스라 씨는 딱하다는 듯한 눈빛을 하며 가장자리에 빨간 꽃무늬를 넣은 테이블보 위에 팔꿈치를 괴고 조용히 이렇게 나를 나무랐습니다.

(1919년 11월)

무도회 舞踏會

1

1886년 11월 3일* 밤이었다. 당시 열일곱 살이었던, 어떤 가문의 영애인 아키코明子는 머리가 벗어진 아버지와 함께 오늘 밤 무도회가 열리는 로쿠메이칸鹿鳴館의 계단을 올라갔다. 환한 가스등 불빛에 비친 폭넓은 계단 양쪽에는 거의 인공적인 것에 가까운 큼직한 송이의 국화꽃이 삼중으로 울타리를 이루고 있었다. 국화는 가장 안쪽이 연분홍색, 중간이 진한 노란색, 제일 앞이 새하얀 꽃잎을 술처럼 흩뜨리고 있었다. 그리고 그 국화 울타리가 끝나는 계단 위의 무도실에서는 이제 경쾌한 관현악

---

* 천장절天長節, 즉 메이지 천황의 탄생일. 외무대신 이노우에 가오루 백작 부부 주최로 황족, 대신, 각국 공사 등 약 1600명을 로쿠메이칸에 초대하여 성대한 야회夜會가 개최되었다.

소리가 억제하기 힘든 행복한 한숨처럼 쉬지 않고 흘러나왔다.

아키코는 일찍부터 프랑스어와 무도 교육을 받았다. 하지만 정식 무도회에 참석하는 것은 오늘 밤이 난생 처음이었다. 그러므로 그녀는 마차 안에서도 이따금 말을 거는 아버지에게 건성건성 대답할 뿐이었다. 그만큼 그녀의 가슴속에는 유쾌한 불안이라고 형용해야 할 일종의 들뜬 기분이 뿌리를 내리고 있었다. 그녀는 마차가 로쿠메이칸 앞에 멈출 때까지 몇 번이나 초조한 눈을 들어 창밖으로 흘러가는 도쿄 거리의 빈약한 등불을 바라봤는지 몰랐다.

하지만 로쿠메이칸 안으로 들어가자 그녀는 곧 그 불안을 잊을 만한 사건을 만났다. 계단 중간쯤에 이르렀을 때 두 사람은 한 발 앞서 올라가는 중국 고관을 따라잡았다. 그러자 고관은 뚱뚱한 몸을 비키며 두 사람을 먼저 보내고 아키코에게 놀랍다는 시선을 보냈다. 청초해 보이는 장미빛 무도복, 기품 있게 목에 단 옥색 리본, 그리고 짙은 머리에서 향기를 풍기는 장미꽃 한 송이, 사실 그날 밤 아키코의 모습은 변발을 길게 늘어뜨린 중국 고관의 눈을 놀라게 할 만큼 개화한 일본 소녀의 아름다움을 유감없이 드러내고 있었던 것이다. 그런가 하면 또 잰걸음으로 계단을 내려온 연미복을 입은 젊은 일본인도 도중에 두 사람과 스쳐 지나치며 반사적으로 언뜻 돌아보더니 역시 아키코의 뒷모습에 놀랍다는 시선을 던졌다. 그러고는 어쩐 일인지 뭔가 생각났다는 듯이 하얀 넥타이에 손을 대보고 다시 현관 쪽으로 국화 가운데를 바삐 내려갔다.

두 사람이 계단을 다 올라가자 2층 무도실 입구에는 반백의 구레나룻을 기른 주인역인 백작이 가슴에 여러 개의 훈장을 달고 루이 15세 시대식 복장*을 한 연상의 백작 부인과 함께 여유 있게 손님을 맞이하고 있었다. 이 백작조차도 아키코의 모습을 봤을 때는 그 노회한 얼굴 어딘가에 한순간 순수한 경탄의 기색이 오간 것을 그녀는 놓치지 않았다. 사람 좋은 아키코의 아버지는 기쁜 듯한 미소를 띠며 백작과 그 부인에게 짤막하게 딸을 소개했다. 그녀는 부끄러움과 득의양양함을 번갈아 맛보았다. 하지만 그런 틈에도 거만한 태도로 남을 깔보는 백작 부인의 얼굴에 다소 천박한 구석이 있다는 것을 느낄 만한 여유는 있었다.

무도실 안에도 곳곳에 국화꽃이 아름답게 어우러져 피어 있었다. 그리고 곳곳에 상대를 기다리는 여성들의 레이스나 꽃이나 상아 부채가 상쾌한 향수 냄새 속에 소리 없는 물결처럼 움직이고 있었다. 아키코는 곧 아버지와 헤어져 눈부시게 화려한 한 무리의 여성들에 섞여들었다. 그들은 모두 하나같이 옥빛이나 장미빛 무도복을 입은, 또래로 보이는 소녀들이었다. 그들은 아키코를 맞이하고는 작은 새처럼 재잘대며 제각각 오늘 밤 그녀의 모습이 아름답다고 치켜세웠다.

하지만 그녀가 그 무리에 들어가자마자 낯선 프랑스 해군 장교가 어디선가 조용히 다가왔다. 그리고 두 팔을 늘어뜨린 채 정중하게 일본식으로 인사했다. 아키코는 어렴풋이 볼이 달

---

* 가늘고 긴 조끼나 뼈대를 넣어 넓게 부풀린 스커트 등이 특징.

아오르는 것을 의식했다. 그러나 그 인사가 뭘 의미하는지는 물어볼 것도 없이 분명했다. 그러므로 그녀는 손에 들고 있던 부채를 맡기려고 옆에 서 있는 옥빛 무도복을 입은 아가씨를 돌아보았다. 그와 동시에 뜻밖에도 그 프랑스 해군 장교는 언뜻 볼에 미소를 띠며 이상한 악센트의 일본어로 분명히 그녀에게 이렇게 말했다.

"같이 추지 않겠습니까?"

이윽고 아키코는 그 프랑스 해군 장교와 '아름답고 푸른 도나우강'에 맞춰 왈츠를 추고 있었다. 상대 장교는 볼이 햇볕에 그을리고 이목구비가 뚜렷하며 짙은 콧수염을 기른 남자였다. 그녀는 상대 군복의 왼쪽 어깨에 긴 장갑을 낀 손을 얹기에는 키가 너무 작았다. 하지만 그런 분위기에 익숙한 해군 장교는 그녀를 재치 있게 리드하며 가뿐히 춤추며 무리 속을 돌았다. 그리고 때때로 그녀의 귀에 붙임성 있게 프랑스어로 겉발림 말을 속삭였다.

그녀는 부드러운 그 말에 부끄러운 미소로 답하며 이따금 그들이 춤추고 있는 무도실 주위로 시선을 던졌다. 황실 문장을 발염한 보랏빛 비단 휘장이나 발톱을 뻗은 청룡이 몸을 뒤틀고 있는 중국 국기 아래에는 화병에 꽂힌 국화꽃이 어느 것은 경쾌한 은색을, 어느 것은 음울한 금색을 인파 사이로 어른거리고 있었다. 게다가 그 인파는 샴페인처럼 솟구치는 눈부신 독일 관현악의 선율에 움직이며 잠시도 어지러운 움직임을 그치지 않았다. 아키코는 역시 춤을 추고 있는 한 친구와 눈이 마주치면 분주한 가운데서도 서로 유쾌하게 고개를 끄덕였다. 하지만 그 순간에는 이미 다른 사람이 마치 커다란 나방이 춤추듯이 어디선가 그곳에 나타나 있었다.

하지만 아키코는 그사이에도 상대인 프랑스 해군 장교의 눈이 그녀의 일거수일투족을 주시하고 있다는 것을 알고 있었다. 그것은 일본에 전혀 익숙하지 않은 외국인이 쾌활하게 춤추는 그녀의 모습에 얼마나 흥미를 느끼고 있었는지를 말해주는 점이었다. 이렇게 아름다운 아가씨도 역시 종이와 대나무로 만든 집에서 인형처럼 살고 있는 것일까. 그렇게 가는 금속 젓가락으로 푸른 꽃이 그려진 손바닥만 한 그릇에서 쌀알을 집어 먹는 것일까. 그의 눈에는 이런 의문이 몇 번이고 사무치게 그리운 미소와 함께 오가는 것 같았다. 아키코는 그것이 우스울 뿐 아니라 자랑스럽기도 했다. 그러므로 그녀의 가녀린 장미빛 무용화는 어딘지 신기해하는 듯한 상대의 시선이 이따금 발밑으로 떨어질 때마다 한층 가뿐하게 매끄러운 바닥 위를 미끄러졌다.

하지만 얼마 후 상대 장교는 새끼 고양이 같은 이 아가씨가 지친 것을 알아챈 모양인지 보살피듯이 얼굴을 들여다보며 물었다.

"좀 더 추겠어요?"

"농, 메르시non, merci."

아키코는 숨을 헐떡이며 이번에는 확실히 이렇게 대답했다.

그러자 프랑스 해군 장교는 아직 왈츠 스텝을 계속 밟으며 전후좌우로 움직이고 있는 레이스나 꽃의 물결을 누비며 국화꽃이 꽂힌 화병이 있는 벽 쪽으로 천천히 그녀를 데려갔다. 그리고 마지막 한 바퀴를 돈 후 그곳에 있는 의자에 그녀를 멋지게 앉히고 자신은 일단 군복을 입은 가슴을 펴고 다시 전처럼 공손하게 일본식으로 인사했다.

그 후 다시 폴카와 마주르카를 추고 나서 아키코는 이 프랑스 해군 장교와 팔짱을 끼고 흰색과 노란색과 분홍색의 삼중 국화 울타리 사이를 지나 아래층의 넓은 방으로 내려갔다.

연미복과 하얀 어깨가 끊임없이 오가는 가운데 은이나 유리 식기로 뒤덮인 여러 식탁에는 고기와 송로버섯이 산더미를 이루고 있기도 하고, 샌드위치와 아이스크림이 탑처럼 우뚝 솟아 있기도 하고, 또 석류와 무화과가 삼각 탑을 쌓고 있기도 했다. 특히 국화꽃이 채우지 못하고 남은 방의 한쪽 벽에는 솜씨 있는 인공 포도넝쿨이 푸르게 휘감겨 있는 아름다운 금색 격자가 있었다. 그리고 그 포도 잎 사이에는 벌집 같은 보랏빛 포도 송이가 주렁주렁 달려 있었다. 아키코는 그 금색 격자 앞에 머리가 벗어진 아버지가 동년배인 신사와 나란히 엽궐련을 물고 있는 모습을 보았다. 아버지는 아키코의 모습을 보더니 만족스럽게 고개를 살짝 끄덕였지만, 다시 동료를 보며 엽궐련을 피우기 시작했다.

프랑스 해군 장교는 아키코와 한 식탁으로 가서 같이 아이스크림 스푼을 집어 들었다. 그녀는 그사이에도 상대의 시선이 이따금 그녀의 손이나 머리나 옥빛 리본을 단 목에 쏟아지고 있다는 사실을 깨달았다. 그것은 물론 그녀에게 전혀 불쾌한 일이 아니었다. 하지만 어떤 순간에는 여자다운 의심도 스치지 않을 수 없었다. 그래서 까만 벨벳 옷을 입은 가슴에 붉은 동백꽃을 단 독일인인 듯한 젊은 여자가 두 사람 옆을 지나갈 때 그녀는 이 의심을 넌지시 드러내기 위해 이런 감탄의 말을 만들어냈다.

"서양 여성분은 정말 아름답네요."

해군 장교는 이 말을 듣자 뜻밖에도 진지하게 고개를 가로저었다.

"일본 여성이 더 아름답습니다. 특히 당신은요."

"그렇지 않아요."

"아뇨, 겉치레로 하는 말이 아닙니다. 그대로 곧장 파리의 무도회에도 나갈 수 있습니다. 그러면 다들 놀라겠지요. 와토*의 그림 속에 나오는 아가씨 같으니까요."

아키코는 와토를 알지 못했다. 그러므로 해군 장교의 말이 불러일으킨 아름다운 과거의 환상도, 어슴푸레한 숲속 분수와 말라가는 장미의 환상도 한순간 후에는 흔적 없이 사라질 수밖에 없었다. 하지만 남들보다 배는 감각이 예민한 그녀는 아이스크림 스푼을 움직이며 하나 더 남아 있는 화제에 매달리는 것을 잊지 않았다.

"저도 파리 무도회에 가보고 싶어요."

"아니, 파리 무도회도 이것과 똑같습니다."

해군 장교는 이렇게 말하며 두 사람의 식탁을 둘러싸고 있는 인파와 국화꽃을 둘러보며 금세 짓궂은 미소의 물결이 눈

---

* Jean Antoine Watteau(1684~1721). 프랑스의 화가. 18세기 로코코 양식을 대표하는 우아한 화풍으로, 주로 옥외의 연회 등을 제재로 삼았다.

동자 안에서 움직이나 싶더니 아이스크림 스푼을 멈추고,

"파리만이 아닙니다. 무도회는 어디나 같습니다" 하고 반쯤 혼잣말처럼 덧붙였다.

한 시간 후 별빛이 달빛처럼 밝은 밤, 아키코와 프랑스 해군 장교는 역시 팔짱을 긴 채 수많은 일본인이나 외국인과 함께 무도실 밖에 있는 발코니에 서 있었다.

난간 하나를 사이에 둔 발코니 건너편에는 넓은 정원을 뒤덮고 있는 침엽수가 고요히 가지를 엇갈리고 있고 그 우듬지 사이로 점점이 붉은 초롱 불빛이 새어나오고 있었다. 게다가 차가운 밤공기 밑에는 아래의 정원에서 올라오는 이끼 냄새며 낙엽 냄새가 희미하게 쓸쓸한 가을의 숨을 떠돌게 하는 것 같았다. 하지만 그 직후의 무도실에서는 역시 레이스나 꽃의 물결이, 꽃잎이 열여섯 개인 국화*를 발염한 보라빛 비단 휘장 아래 쉼 없는 움직임을 계속하고 있었다. 그리고 또 격조 높은 관현악의 회오리바람이 여전히 그 인간의 바다 위로 사정없이 채찍을 가하고 있었다.

물론 이 발코니 위에서도 끊임없이 떠들썩한 이야기 소리와 웃음소리가 밤공기를 흔들고 있었다. 더구나 어두운 침엽수 위의 하늘에 아름다운 불꽃이 올라갈 때는 거의 사람의 함성에 가까운 소리가 일동의 입에서 새어나온 일도 있었다. 그 속에 섞

---

* 국화國花이자 황실의 문장紋章이다.

여 있던 아키코도 그곳에 있던 친한 아가씨들과는 조금 전부터 가벼운 잡담을 나누고 있었다. 하지만 얼마 후 정신을 차리고 보니 그 프랑스 해군 장교는 아키코에게 팔을 빌려준 채 정원 위의 별빛이 달빛처럼 밝은 밤하늘을 말없이 바라보고 있었다. 그녀에게는 그의 모습이 어쩐지 향수라도 느끼는 것처럼 보였다. 그래서 아키코는 그의 얼굴을 아래에서 가만히 올려다보며,

"고향 생각을 하고 계시죠?" 하고 반쯤 응석을 부리듯이 물어봤다.

그러자 해군 장교는 여전히 미소를 머금은 눈으로 조용히 아키코를 돌아보았다. 그리고 '농' 하고 대답하는 대신 어린아이처럼 고개를 가로저었다.

"하지만 뭔가 생각하고 계신 것 같았는걸요."

"뭔지 맞혀 보세요."

그때 발코니에 모여 있던 사람들 사이에는 또 한차례 바람 같은 웅성거림이 일기 시작했다. 아키코와 해군 장교는 약속이나 한 듯이 이야기를 그만두고 정원의 침엽수를 내리누르고 있는 밤하늘로 눈을 돌렸다. 거기에는 마침 붉은색과 파란색 불꽃이 거미줄처럼 방사형으로 어둠을 튕기며 바야흐로 사라지려는 참이었다. 아키코에게는 어쩐 일인지 그 불꽃이 거의 슬픈 마음을 불러일으킬 만큼 아름다워 보였다.

"저는 불꽃을 생각하고 있었습니다. 우리의 인생 같은 불꽃을요."

잠시 후 프랑스 해군 장교는 다정하게 아키코의 얼굴을 내려다보며 가르쳐주는 듯한 어조로 말했다.

2

1918년 가을이었다. 당시의 아키코는 가마쿠라의 별장으로 가는 도중 안면이 있는 청년 소설가와 우연히 기차에서 자리를 함께하게 되었다. 청년은 그때 선반 위에 가마쿠라의 지인에게 줄 국화 꽃다발을 올려놓고 있었다. 그러자 당시의 아키코, 곧 지금의 H 노부인은 국화꽃을 볼 때마다 떠오르는 이야기가 있다며 그에게 로쿠메이칸에서 열렸던 무도회의 추억을 자세히 들려주었다. 청년은 그 사람 자신의 입에서 이런 추억을 듣는 것에 대단한 흥미를 느끼지 않을 수 없었다.

그 이야기가 끝났을 때 청년은 H 노부인에게 아무렇지 않게 이런 질문을 했다.

"부인은 그 프랑스 해군 장교의 이름을 알고 계십니까?"

그러자 H 노부인은 뜻밖의 대답을 했다.

"알고말고요. 줄리앙 비오Julien Viaud*라는 분이었어요."

"그럼 로티였군요. 『국화부인』을 쓴 그 피에르 로티였던 거네요."

---

* 프랑스의 소설가 피에르 로티Pierre Loti(1850~1923)의 본명. 해군 장교로서 세계를 편력하고 그 체험을 기초로 이국정취가 흘러넘치는 작품을 썼다. 1885년 일본을 방문하여 나가사키, 교토, 도쿄, 닛코 등을 돌아다녔고 11월 3일 야회에도 출석했다. 그사이의 견문에 기초하여 소설 『국화부인』, 인상기 『가을의 일본』을 썼다. 1900년 일본을 다시 방문하여 『국화부인』의 후일담을 썼다. 로티가 그린 여수, 방랑, 이국정서, 계절감 등은 일본의 근대 작가에게 모범이 되었고 소설가 나가이 카후 등에게 큰 영향을 끼쳤다.

청년은 유쾌한 흥분을 느꼈다. 하지만 H 노부인은 이상하다는 듯이 청년의 얼굴을 보며 몇 번이고 이렇게 중얼거릴 뿐이었다.

"아뇨, 로티라는 분이 아니었어요. 줄리앙 비오라는 분이었어요."

(1919년 12월)

가을 秋

1

노부코는 여자대학에 다닐 때부터 재원이라는 명성이 자자
했다. 그녀가 조만간 작가로 문단에 등장할 거라는 사실을 의
심한 사람은 거의 없었다. 그중에는 그녀가 재학 중에 이미
3백 매*인가의 자전적 소설을 완성했다는 소문을 퍼뜨리고 다
니는 사람도 있었다. 하지만 학교를 졸업하고 보니 아직 여학
교도 나오지 않은 여동생 테루코와 그녀를 데리고 과부로 수
절해온 어머니 앞에서 자기 생각만을 말할 수 없는 복잡한 사
정이 없는 것도 아니었다. 그래서 그녀는 창작을 시작하기 전
에 먼저 세상의 관습대로 혼담부터 정하지 않을 수 없었다.

---

* 400자 원고지.

그녀에게는 슌키치라는 사촌 오라버니가 있었다. 당시 그는 아직 대학 문과에 적을 두고 있었는데 역시 장래에는 작가가 될 뜻이 있는 듯했다. 노부코는 사촌 오라버니인 그 대학생과 예전부터 친하게 왕래하고 있었다. 그런데 서로에게 문학이라는 공통 화제가 생기고 나서는 친밀감이 더욱 깊어진 것 같았다. 다만 그는 노부코와 달리 당시에 유행한 톨스토이즘* 따위에는 전혀 경의를 표하지 않았다. 그리고 시종 프랑스 문학에서 배운 빈정거림이나 경구만 늘어놓았다. 슌키치의 그런 냉소적인 태도는 때때로 매사에 진지한 노부코를 화나게 하곤 했다. 하지만 그녀는 화를 내면서도 슌키치의 빈정거림이나 경구 속에서 뭔가 경멸할 수 없는 것을 느끼지 않을 수 없었다. 그러므로 그녀는 재학 중에도 그와 함께 전람회나 음악회에 가는 일이 드물지 않았다. 하지만 그럴 때는 대개 여동생인 테루코도 함께였다. 그들 세 사람은 갈 때도 돌아올 때도 스스럼없이 웃으며 이야기를 나누었다. 하지만 여동생 테루코만은 이따금 이야기 밖으로 밀려나 있는 일도 있었다. 그래도 테루코는 아이답게 쇼윈도 안의 파라솔이나 비단 숄을 들여다보고 걸으며 소외당하는 것에 특별히 불만을 갖지는 않는 듯했다. 하지만 노부코는 그것을 알아채면 반드시 화제를 돌려 곧바로 예전처

---

* 톨스토이의 사상에 영향을 받아 19세기 말부터 20세기 초에 걸쳐 세계적으로 유행한 인도주의적 사상. 일본에서는 메이지 말기부터 다이쇼 초기에 시라카바파白樺派의 이상주의 문학으로 나타났다. 아쿠타가와는 중학생 무렵부터 톨스토이의 작품을 애독하고 평생 그의 문학을 높이 평했지만 톨스토이즘의 유행에는 비판적이었다.

럼 다시 여동생에게도 말을 걸려고 했다. 그런데도 먼저 테루코라는 존재를 잊어버리는 사람은 늘 노부코 자신이었다. 슌키치는 모든 일에 무심한 것인지 여전히 재치 있는 농담만 던지며 어지러운 거리의 인파 속을 큰 걸음으로 천천히 걸어갔다.

물론 노부코와 사촌 오라버니의 관계는, 누구의 눈에도 앞으로 그들이 결혼할 거라는 예상을 하기에 충분한 것이었다. 동창들은 그녀의 미래를 제각기 부러워하기도 하고 질투하기도 했다. 특히 슌키치를 모르는 사람은 (우스꽝스럽다고 할 수밖에 없지만) 그런 감정이 한층 심했다. 노부코 역시 한편으로는 그들의 추측을 부정하면서도, 다른 한편으로는 분명한 그 일을 일부러 넌지시 내비치기도 했다. 따라서 동창들의 머릿속에는 그들이 학교를 졸업하기 전에 어느새 그녀와 슌키치의 모습이 마치 신혼부부의 사진처럼 함께 또렷이 각인되어 있었다.

그런데 학교를 졸업하자 노부코는 그들의 예상과 달리 최근에 오사카의 어느 상사에 근무하게 된 고등상업학교* 출신의 청년과 돌연 결혼하고 말았다. 그리고 결혼식이 끝나고 이삼일 후 신랑과 함께 근무처인 오사카로 떠났다. 그때 도쿄역으로 전송하러 간 사람의 이야기에 따르면, 노부코는 평소와 다름없이 환한 미소를 지으며 자칫하면 눈물을 흘릴 것만 같은 여동생 테루코를 여러모로 위로했다고 한다.

---

* 현재의 히토츠바시—橋 대학.

동창들은 모두 이상히 여겼다. 이상히 여기는 마음속에는 묘하게 기쁜 감정과 전과는 전혀 다른 의미의 시기 어린 감정이 교차했다. 어떤 이는 그녀를 신뢰하여 모든 일을 어머니의 의지로 돌렸다. 또 어떤 이는 그녀를 의심하여 변심했다는 말도 퍼뜨렸다. 하지만 그러한 해석이 결국 상상에 지나지 않는다는 사실은 그들 자신도 모르는 게 아니었다. 그녀는 왜 슌키치와 결혼하지 않았을까. 그들은 그 후 한동안 기회만 있으면 중대한 듯이 반드시 그 의문을 화제로 삼았다. 그리고 그럭저럭 두 달쯤 지나자 모두 노부코를 잊었다. 물론 그녀가 썼다고 했던 장편소설 이야기도.

그사이 노부코는 오사카 교외에 행복해야 할 새로운 가정을 꾸렸다. 그들의 집은 그 부근에서 가장 한적한 솔밭에 있었다. 남편이 집에 없을 때 2층 건물의 새 셋집 안에서는 늘 송진 냄새와 햇빛 같은 것이 싱싱한 침묵을 지배하고 있었다. 그런 쓸쓸한 오후 노부코는 이따금 이유도 없이 기분이 울적해지면 꼭 반짇고리의 서랍을 열고 그 밑바닥에 접혀 있는 분홍색 편지지를 펼쳐보았다. 편지지에는 조그만 펜글씨로 이런 것이 쓰여 있었다.

오늘을 마지막으로 이제 언니와 함께 있을 수 없다고 생각하니, 이 편지를 쓰는 동안에도 하염없이 눈물이 나. 언니, 제발, 제발 나를 용서해줘. 나는 과분한 언니의 희생 앞에서 뭐라 말해야 좋을지 모르겠어.

언니는 나 때문에 이번 혼담을 결정했어. 그렇지 않다

고 말해도 나는 다 알고 있어. 언젠가 함께 제국 극장에 갔던 날 밤, 언니는 내게 슌키치 오라버니를 좋아하느냐고 물었어. 그리고 또 좋아한다면 언니가 반드시 애를 쓸 테니까 슌키치 오라버니에게 시집가라고 했어. 그때 언니는 이미 내가 슌키치 오라버니에게 보내려던 편지를 읽었던 거야. 그 편지가 없어졌을 때 정말 나는 언니가 원망스러웠어. (미안해. 그 일만으로도 나는 얼마나 미안한지 모르겠어.) 그러니까 그날 밤에는 언니의 친절한 말도 내게는 빈정거리는 것만 같았어. 내가 화를 내며 제대로 된 대답을 하지 않았던 일은 물론 잊지 않았을 거야. 하지만 그로부터 이삼일 지나 갑자기 언니의 혼담이 정해졌을 때 나는 정말 죽어서라도 용서를 빌려고 생각했어. 언니도 슌키치 오라버니를 좋아했으니까. (숨기는 건 싫어. 나는 다 알고 있으니까.) 내 걱정만 안 했다면 틀림없이 언니가 슌키치 오라버니에게 시집을 갔을 거야. 그래도 언니는 나한테 슌키치 오라버니를 좋아하지 않는다고 몇 번이나 말했어. 그리고 결국 마음에도 없는 결혼을 하고 말았어. 나의 소중한 언니, 내가 오늘 닭을 안고 와서 오사카로 떠나는 언니에게 인사를 하라고 말한 것을 아직 기억해? 나는 키우고 있는 닭도 나와 함께 언니에게 용서를 빌게 하고 싶었어. 그랬더니 아무것도 모르는 어머니까지 우셨지.

　언니, 이제 내일은 오사카로 가겠지. 하지만 제발 언제까지나 언니의 동생인 나를 버리지 말아줘. 나는 매일 아침 닭에게 모이를 주며 언니를 생각하고 아무도 모르게 울고 있어.

　노부코는 소녀 같은 이 편지를 읽을 때마다 매번 눈물이 났다. 특히 도쿄역에서 기차를 타려고 할 때 슬쩍 이 편지를 그녀에게 건네던 테루코의 모습이 떠오르면 뭐라 말할 수 없이 애처로운 마음이 들었다. 하지만 그녀의 결혼은 과연 여동생의 예상대로 전적으로 희생적인 것이었을까. 그렇게 의심하는 일은 눈물을 흘린 후 그녀의 울적한 마음을 더해주곤 했다. 노부코는 그런 울적함을 피하기 위해 대개는 가만히 기분 좋은 감상에 빠져 있었다. 그럭저럭하는 동안 바깥의 솔밭에 온통 쏟아지던 햇빛이 점점 누렇게 노을빛으로 변해가는 것을 바라보며.

2

　결혼 후 그럭저럭 석 달쯤은 여느 신혼부부와 마찬가지로 그들도 행복한 나날을 보냈다.

　남편은 어딘가 여성적이며 말수가 적은 사람이었다. 매일 회사에서 돌아오면 저녁을 먹은 후 몇 시간은 반드시 노부코와 함께 시간을 보냈다. 노부코는 뜨개바늘을 움직이며 요즘 세상을 떠들썩하게 하는 소설이나 희곡 이야기를 했다. 그 이야기에는 때에 따라 그리스도교 냄새가 나는 여자대학 취향의 인생관이 반영되는 일도 있었다. 남편은 저녁 반주로 불콰해진 얼굴로 읽다 만 석간을 무릎에 올리고 신기한 듯이 귀를 기울였다. 하지만 그 자신의 의견다운 것은 한마디도 덧붙인 적이 없었다.

그들은 또 거의 일요일마다 오사카나 교외의 유람지로 가서 마음 편히 하루를 보냈다. 노부코는 기차나 전차를 탈 때마다 아무데서나 거리낌 없이 음식을 먹는 간사이 사람이 모두 천하게 보였다. 실제로 그런 사람들 속에 섞여 있으면 깔끔한 남편의 모습은, 모자에서도 양복에서도 또는 붉은 가죽 목달이구두에서도 비누 냄새 비슷한 일종의 청신한 분위기가 발산되고 있는 듯했다. 특히 여름휴가 중에 마이코舞子*까지 갔을 때는, 같은 요리집에서 우연히 만난 남편의 동료들과 비교해도 한층 자랑스러운 마음이 들지 않을 수 없었다. 하지만 남편은 상스러운 동료들에게 의외로 친밀감을 갖고 있는 듯했다.

그러는 사이 노부코는 오랫동안 버려두었던 창작을 생각해 냈다. 그래서 남편이 집에 없는 동안에는 한두 시간씩 책상 앞에 앉았다. 남편은 그 이야기를 듣자 "드디어 여류작가가 되는 건가" 하며 부드러운 입가에 희미한 미소를 지었다. 하지만 책상을 마주해도 생각과는 달리 펜은 나아가지 않았다. 그녀는 멍하니 턱을 괴고 염천의 솔밭 매미 소리에 자기도 모르게 귀를 기울이고 있는 자신을 발견하곤 했다.

그런데 늦더위가 초가을로 바뀌려 할 무렵, 남편은 어느

---

* 당시 해수욕장으로 유명했다.

날 회사에 가려고 할 때 땀에 전 옷깃을 바꾸려고 했다. 공교롭게도 옷깃은 하나도 남김없이 세탁업자에게 맡긴 상태였다. 남편은 평소 깔끔한 만큼 불쾌한 듯이 얼굴을 찌푸렸다. 그리고 바지 멜빵을 걸며 "소설만 읽고 있으면 곤란하지"라고 평소와 달리 싫은 소리를 했다. 노부코는 잠자코 눈을 감고 윗옷의 먼지를 떨었다.

그러고는 이삼일 지난 어느 날 밤 남편은 석간에 나왔던 식량 문제*를 꺼내며 매달 생활비를 좀 더 줄일 수 없느냐고 물었다. "당신이 언제까지고 여학생도 아니고 말이야." 이런 말도 입에 담았다. 노부코는 마음에 없는 대답을 하며 남편의 넥타이에 수를 놓고 있었다. 그러자 남편은 의외일 정도로 집요하게 "그 넥타이도 사는 게 더 싸지 않아?"라고 역시 끈덕진 어투로 말했다. 그녀는 더욱 말을 할 수 없게 되었다. 남편도 결국에는 시큰둥한 얼굴로 흥미 없다는 듯이 장사에 관련된 잡지만 보고 있었다. 하지만 침실의 전등을 끄고 나서 노부코는 남편에게 등을 돌린 채 "이제 소설 같은 건 쓰지 않을 거예요" 하고 속삭이는 듯한 목소리로 말했다. 남편은 그래도 입을 다물고 있었다. 잠시 후 그녀는 같은 말을 전보다 희미하게 되풀이했다. 그러고 나서 곧 울음소리가 새어나왔다. 남편은 두

---

* 1918년 7월에서 9월경까지 신문지상을 떠들썩하게 했던 쌀 소동을 가리킨다. 쌀값은 당시 제1차 세계대전 후의 인플레이션, 재벌에 의한 외국 쌀 수입의 독점, 시베리아 출병 등으로 폭등을 지속했고, 그 결과 1918년 9월 데라우치 내각이 무너졌다.

세 마디 그녀를 나무랐다. 그 후에도 그녀의 훌쩍거림은 띄엄 띄엄 들려왔다. 그러나 노부코는 어느새 남편에게 단단히 매달려 있었다.

이튿날 그들은 또 원래대로 사이좋은 부부로 돌아왔다.

그런데 이번에는 열두 시가 지나도 남편이 회사에서 돌아오지 않을 때가 있었다. 게다가 간신히 돌아와서는 비옷도 혼자 벗지 못할 만큼 술 냄새를 풍겼다. 노부코는 눈살을 찌푸리며 부지런히 남편의 옷을 갈아 입혔다. 그런데도 남편은 잘 돌아가지 않는 혀로 비아냥거리기까지 했다. "오늘 저녁에는 내가 돌아오지 않았으니까 소설이 상당히 진척되었겠지." 이런 말이 여러 차례 여자 같은 남편의 입에서 흘러나왔다. 그녀는 그날 밤 잠자리에 들자 자기도 모르게 눈물을 뚝뚝 흘렸다. 테루코가 이런 모습을 봤다면 함께 울어주었겠지. 테루코. 테루코. 내가 믿는 것은 오직 너 하나뿐이야. 노부코는 여러 번 마음속에서 여동생에게 이렇게 호소하고 남편의 술 냄새에 괴로워하며 밤새 거의 뜬눈으로 뒤척이기만 했다.

하지만 이튿날이 되자 두 사람 사이는 자연히 다시 좋아져 있었다.

그런 일이 몇 번인가 되풀이되는 동안 가을이 점점 깊어갔다. 노부코는 어느새 책상 앞에 앉아 펜을 드는 일이 드물어졌다. 그때는 이미 남편도 전처럼 그녀의 문학 이야기를 신기하게 여기지 않았다. 그들은 매일 밤 화로를 사이에 두고 사소한 가정 경제 이야기로 시간을 보내는 방법을 배우기 시작했다. 게다가 그런 화제는 적어도 저녁 반주 후의 남편에게 가장 흥미가 있는 듯했다. 그래도 노부코는 딱하게도 이따금 남편의 안색을 살피는 일이 있었다. 하지만 그는 아무것도 모른 채 최근 들어 기르고 있는 수염을 씹으며 평소보다 상당히 쾌활하게 "이제 아이라도 생기면……" 하는 생각을 이야기했다.

그런데 그 무렵부터 매달 잡지에 사촌 오라버니의 이름이 보였다. 노부코는 결혼식 후 잊은 것처럼 슌키치와의 편지 왕래도 끊었다. 다만 그의 동정, 그러니까 대학 문과를 졸업했다거나 동인잡지를 시작했다거나 하는 것은 여동생의 편지로 알 뿐이었다. 또한 그 이상으로 그에 대해 알고 싶다는 생각도 일지 않았다. 하지만 그의 소설이 잡지에 실린 것을 보면 반가움은 예전과 같았다. 그녀는 페이지를 넘기며 몇 번이나 혼자 미소를 지었다. 슌키치는 역시 소설에서도 냉소와 해학이라는 두가지 무기를 미야모토 무사시*처럼 사용하고 있었다. 하지만 그렇게 생각해서인지 그녀에게는 그 경쾌한 빈정거림 뒤에 지금까지의 사촌 오라버니에게 없었던 뭔가 쓸쓸한 자포자기 같은 분위기가 숨어 있는 것 같았다. 그와 동시에 그렇게 생각하는 것에 꺼림칙한 마음이 들지 않은 것도 아니었다.

노부코는 그 이후 남편에게 한층 다정하게 행동했다. 남편은 추운 밤 긴 화로 건너편에서 늘 환하게 웃는 그녀의 얼굴을

---

* 宮本武藏(1584~1645). 에도 초기의 검객. 니텐류二天流(이도류)의 창시자로서 간류지마巖流島에서 사사키 고지로佐々木小次郎를 쓰러뜨린 일로 유명하다. 무도의 비법을 담은 『오륜서伍輪書』를 썼으며 회화와 조각에도 뛰어났다.

보게 되었다. 그녀의 얼굴은 전보다 젊고 항상 화장을 하고 있었다. 그녀는 바느질감을 펼치며 그들이 도쿄에서 식을 올리던 당시의 기억 등을 이야기하기도 했다. 남편은 노부코가 그 일을 세세하게 기억하고 있는 것이 뜻밖이기도 하고 기쁘기도 했다. "당신은 그런 것까지 잘도 기억하고 있군그래." 남편이 이렇게 놀리면 노부코는 반드시 말없이 눈으로만 애교 있는 대답을 보여주었다. 하지만 왜 그렇게까지 잊지 않고 있는지 그녀 자신도 내심 이상하게 생각하는 일이 종종 있었다.

그러고는 얼마 후 어머니가 노부코에게 여동생의 납폐納幣가 끝났음을 편지로 알려왔다. 그 편지에는 또 슌키치가 테루코를 맞이하기 위해 야마노테* 교외에 신혼집을 얻었다는 내용도 덧붙어 있었다. 노부코는 곧 어머니와 여동생에게 긴 축하 편지를 썼다. "아무래도 저희는 일손이 없어 본의 아니게 식에는 참석할 수 없지만……"이라는 문구를 쓰는 중에 (그녀에게는 왠지 알 수 없었지만) 펜이 잘 나가지 않는 일이 여러 번 있었다. 그러면 그녀는 눈을 들고 반드시 바깥 솔밭을 바라봤다. 소나무는 초겨울 하늘 아래 검푸르게 우거져 있었다.

그날 밤 노부코와 남편은 테루코의 결혼 이야기를 했다. 남편은 늘 엷은 웃음을 띠고 그녀가 여동생의 흉내를 내는 걸 재미있다는 듯이 듣고 있었다. 하지만 그녀에게는 어쩐지 그녀 자신에게 테루코 이야기를 하는 듯한 기분이 들었다. "자, 이제

---

* 도쿄 내의 약간 고지대에 있는 중상류층의 주택가.

잘까?" 두세 시간 후 남편은 부드러운 수염을 어루만지며 나른하다는 듯이 긴 화로 앞을 떠났다. 노부코는 아직 여동생에게 보낼 축하 선물을 정하지 못하고 부젓가락으로 재에 글자를 쓰고 있었다. 그런데 갑자기 얼굴을 들고 "하지만 묘해요. 저한테도 제부가 생긴다고 생각하니" 하고 말했다. "당연하잖소. 여동생이 있으니까." 남편이 이렇게 말해도 그녀는 깊은 생각에 빠진 눈빛으로 아무런 대답도 하지 않았다.

테루코와 슌키치는 12월 중순에 결혼식을 올렸다. 그날은 정오가 조금 안 되었을 때부터 흰 눈이 팔랑팔랑 나부끼기 시작했다. 노부코는 혼자 점심을 먹은 후 언제까지고 그때의 생선 냄새가 입에 남아 없어지지 않았다. '도쿄에도 눈이 오고 있을까?' 이런 생각을 하며 노부코는 가만히 어둑한 거실의 목제 화로에 기대어 있었다. 눈발이 점점 세졌다. 하지만 입 안의 비린내는 여전히 가시지 않았다.

3

이듬해 가을, 노부코는 회사일로 출장을 가는 남편과 함께 오랜만에 도쿄 땅을 밟았다. 하지만 짧은 일정에 해야 할 일이 많았던 남편은 그녀의 친정에 잠깐 얼굴을 내비쳤을 뿐 거의 하루도 그녀를 데리고 외출할 기회를 갖지 못했다. 그래서 그녀는 동생 부부가 사는 교외의 신혼집으로 찾아갈 때도 신개지 같은 전차 종점에서 혼자 인력거에 흔들리며 갔다.

그들의 집은 거리가 파밭으로 바뀌는 지점 근처에 있었다. 하지만 인근에는 모두 셋집인 것 같은 신축한 집들이 다닥다닥 늘어서 있었다. 처마가 있는 대문, 홍가시나무 울타리, 그리고 장대에 널린 빨래, 모든 것이 어느 집이나 다르지 않았다. 이 평범한 집 모양에 노부코는 다소 실망했다.

　하지만 그녀가 문 앞에서 사람을 부르자 목소리를 듣고 나온 사람은 의외로 사촌 오라버니였다. 슌키치는 예전과 마찬가지로 귀한 손님의 얼굴을 보더니 "야아" 하고 쾌활한 목소리로 말했다. 그녀는 그가 어느새 짧게 깎은 머리가 아닌 것을 봤다.

　"오랜만이네요."

　"자, 올라와. 하필이면 나 혼자지만."

　"테루코는 집에 없어요?"

　"심부름 갔어. 하녀도."

　노부코는 묘하게 부끄러움을 느끼며 화려한 안감이 달린 코트를 살며시 현관 구석에 벗어 놓았다.

　슌키치는 그녀를 서재 겸 거실인 다다미 여덟 장짜리 방에 앉게 했다. 방 안에는 어디를 봐도 책만 난잡하게 쌓여 있을 뿐이었다. 특히 오후의 해가 닿는 장지문 옆의 조그만 자단 책상 주위에는 신문, 잡지, 원고지가 손을 댈 수 없을 만큼 흩어져 있었다. 그 안에서 아내의 존재를 말해주는 것은 오직 도코노마의 벽에 세워둔 새 거문고 하나뿐이었다. 노부코는 그런 주위로부터 한동안 호기심 어린 시선을 떼지 못했다.

　"온다는 것은 편지로 알고 있었지만 오늘 올 거라고는 생각하지 못했어."

슌키치는 담배에 불을 붙이고는 과연 반가운 눈빛을 보여주었다.

"어떻든, 오사카의 생활은?"

"오라버니야말로 어떠세요? 행복해요?"

노부코도 두세 마디 나누는 중에 역시 예전 같은 반가움이 되살아나는 것을 의식했다. 편지 왕래도 제대로 하지 않고 그럭저럭 2년이 지난 어색한 기억은 생각했던 것보다 그녀를 번거롭게 하지 않았다.

그들은 화로에 같이 손을 쬐며 여러 가지 이야기를 나누었다. 슌키치의 소설이며 공통의 지인 이야기며 도쿄와 오사카의 비교 등 얼마든지 말해도 화제는 끊이지 않을 정도로 많았다. 하지만 두 사람 다 약속이나 한 듯이 살림살이 문제는 전혀 언급하지 않았다. 노부코에게는 그것이 사촌 오라버니와 이야기를 나누고 있다는 느낌을 한층 강하게 했다.

하지만 이따금 두 사람 사이에 침묵이 찾아올 때도 있었다. 그때마다 그녀는 미소를 머금은 채 눈을 화로의 재에 떨어뜨렸다. 거기에는 기다린다고 말할 수 없을 만큼의 뭔가를 기다리는 마음이 있었다. 그러면 고의인지 우연인지 슌키치는 곧바로 화제를 찾아내 언제나 그 마음을 깨버렸다. 그녀는 점차 사촌 오라버니의 얼굴을 살피지 않을 수 없게 되었다. 하지만 그는 태연히 담배 연기를 내뿜으며 특별히 부자연스러운 표정을 짓는 기색도 보이지 않았다.

그러는 동안 테루코가 돌아왔다. 그녀는 언니의 얼굴을 보자 손을 맞잡으며 기뻐했다. 노부코도 입술은 웃으면서 눈에는 어느새 눈물이 고였다. 두 사람은 잠시 슌키치도 잊고 작년 이후 서로의 생활을 묻기도 하고 대답하기도 했다. 특히 테루코는 볼에 혈색이 돌며 활기차게 지금도 키우고 있는 닭 이야기까지 들려주는 걸 잊지 않았다. 슌키치는 담배를 입에 문 채 만족스럽게 두 사람을 바라보며 여전히 히죽히죽 웃고 있었다.

그때 하녀도 돌아왔다. 슌키치는 하녀의 손에서 엽서 몇 장을 받아들자 곧바로 옆의 책상으로 가서 부지런히 펜을 움직이기 시작했다. 테루코는 하녀도 집을 비운 일이 의외인 듯한 기색을 보였다.

"그럼 언니가 왔을 때는 집에 아무도 없었어?"

"응, 슌키치 오라버니만."

노부코는 이렇게 대답하는 것이 억지로 태연함을 가장하는 듯한 기분이 들었다. 그러자 슌키치가 고개를 돌리지 않은 채 "남편한테 감사해. 그 차도 내가 끓인 거야" 하고 말했다. 테루코는 언니와 눈을 맞추고 장난스럽게 키득 웃었다. 하지만 남편에게는 꾸민 듯이 아무런 대답도 하지 않았다.

잠시 후 노부코는 여동생 부부와 함께 저녁 식탁에 둘러앉았다. 테루코의 설명에 따르면 밥상에 오른 달걀은 모두 집에서 키우는 닭이 낳은 것이다. 슌키치는 노부코에게 포도주를 권하며 "인간의 생활은 약탈로 이루어지는 거지. 작게는 이 달걀부터가" 하며 사회주의자 같은 논리를 늘어놓았다. 그런 주제에 그 자리에 있는 세 사람 중에서 달걀에 가장 애착을 보인 사람은 슌키치 자신이었다. 테루코는 그것이 우습다며 아이처럼 웃었다. 노부코는 이런 식탁 분위기에서도 멀리 솔밭 사이에 있는 쓸쓸한 거실의 생활을 떠올리지 않을 수 없었다.

이야기는 식후의 과일을 먹은 후에도 끊이지 않았다. 약간 취한 슌키치는 긴 밤을 밝히는 전등 아래에 책상다리를 하고 앉아 열심히 특유의 궤변을 늘어놓았다. 그 활발한 담론이 다시 한번 노부코를 젊게 만들었다. 그녀는 열띤 눈빛으로 "나도 소설을 써볼까" 하고 말했다. 그러자 사촌 오라버니는 대답하는 대신 구르몽*의 경구를 읊었다. 그것은 "뮤즈들은 여자니까 그들을 자유롭게 포로로 삼는 자는 남자뿐이다"라는 말이었다. 노부코와 테루코는 동맹하여 구르몽의 권위를 인정하지 않았다. "그럼 여자가 아니면 음악가가 될 수 없다는 건가요? 아폴로는 남자 아닌가요?" 테루코는 진지하게 이런 말까지 했다.

그러는 사이에 밤이 깊었다. 노부코는 결국 묵고 가기로 했다.

자기 전에 슌키치는 툇마루의 덧문 하나를 열고 잠옷 바람으로 뜰로 내려갔다. 그러고는 딱히 누구라고 말하지 않고 "잠깐 나와 봐. 달이 좋으니까" 하고 말했다. 노부코는 혼자 그의 뒤에서 섬돌 위에 있는 게다에 발을 내렸다. 버선을 벗은 그녀의 발에 차가운 이슬의 느낌이 전해졌다.

달은 뜰 구석에 있는 마른 노송나무 우듬지에 걸려 있었다.

---

* Rémy de Gourmont(1858~1915). 프랑스의 비평가, 소설가. 상징주의의 옹호자. 박학과 날카로운 분석력을 무기로 삼았고, 『관념 도야』에서는 "여자가 꼭 미를 독점하는 것이 아니라 남자야말로 진정한 미를 대표한다"고 주장했다.

사촌 오라버니는 노송나무 아래에 서서 희미하게 밝은 밤하늘을 바라보고 있었다. "풀이 정말 많이 자랐네요." 노부코는 황폐한 뜰을 기분 나쁘다는 듯이 주뼛주뼛 그가 있는 쪽으로 걸어갔다. 하지만 그는 여전히 달을 바라보며 "음력 13일 밤인가" 하고 중얼거릴 뿐이었다.

잠시 침묵이 이어진 후 슌키치는 조용히 눈을 돌려 "닭장에 가볼까?" 하고 말했다. 노부코는 잠자코 고개를 끄덕였다. 닭장은 바로 노송나무의 반대쪽 구석에 있었다. 두 사람은 어깨를 나란히 하고 천천히 그곳까지 걸어갔다. 하지만 거적으로 둘러친 닭장 안에는 오직 닭 냄새가 나는 어렴풋한 빛과 그림자만 있었다. 슌키치는 그 닭장을 들여다보며 거의 혼잣말처럼 "자고 있군" 하고 그녀에게 속삭였다. '달걀을 사람한테 빼앗긴 닭.' 노부코는 풀 속에 우두커니 선 채 이렇게 생각하지 않을 수 없었다.

두 사람이 뜰에서 돌아오자 테루코는 남편의 책상 앞으로 가서 멍하니 전등을 바라보고 있었다. 갓 위에 푸른 벌레 한 마리가 기어가는 전등을.

4

이튿날 아침 슌키치는 단벌 양복을 입고 밥을 먹자마자 서둘러 현관으로 갔다.

듣자하니 죽은 친구의 1주기 참배를 하러 간다는 것이었다.

"알았지? 기다리고 있어야 해. 정오까지는 꼭 돌아올 테니까."

그는 외투를 걸치며 노부코에게 이렇게 다짐했다. 하지만 그녀는 가냘픈 손에 그의 중절모를 든 채 잠자코 미소 지을 뿐이었다.

테루코는 남편을 배웅한 후 언니를 긴 화로 맞은편에 앉히고 부지런히 차를 권했다. 이웃에 사는 부인 이야기, 방문 기자 이야기, 그리고 슌키치와 보러 간 어떤 외국 가극단* 이야기, 그 밖의 유쾌한 화제가 그녀에게는 아직 많이 있는 듯했다. 하지만 노부코의 마음은 가라앉아 있었다. 그녀는 문득 정신을 차려보니 건성으로 대답만 하는 그녀 자신이 거기에 있었다. 결국 나중에는 테루코의 눈에도 보이게 되었다. 여동생은 걱정스럽다는 듯이 그녀의 얼굴을 들여다보며 "무슨 일이야?" 하고 묻기도 했다. 하지만 노부코 자신도 어떻게 된 일인지 확실한 것은 알 수 없었다.

벽시계가 10시를 쳤을 때 노부코는 나른한 눈을 들어 "오라버니가 꽤 안 돌아오네" 하고 말했다. 테루코도 언니의 말을 듣고 힐끗 시계를 쳐다봤지만 뜻밖에 냉담하게 "아직……"이라고만 대답했다. 노부코는 그 말에 남편의 사랑에 만족해하는 새색시의 마음이 있는 것 같았다. 그렇게 생각하자 그녀의 마음은 우울해지지 않을 수 없었다.

"테루코, 너는 행복하구나." 노부코는 턱을 옷깃에 묻으며

---

* 1919년 9월에 러시아 그랜드오페라단이 제국 극장에서 〈아이다〉, 〈춘희〉 등을 공연했다.

농담처럼 이렇게 말했다. 하지만 자연히 거기에 스며든 진지한 선망의 어조만큼은 어떻게 할 도리가 없었다. 테루코는 순진한 듯이 역시 활기차게 미소 지으며 "각오해" 하며 흘기는 흉내를 냈다. 그러고는 곧 다시 "언니도 행복하면서" 하고 어리광을 부리듯이 덧붙였다. 그 말이 노부코를 아프게 때렸다.

그녀는 약간 눈꺼풀을 들고 "그렇게 생각해?" 하고 되물었다. 되묻고는 바로 후회했다. 테루코는 한순간 묘한 얼굴을 하며 언니와 눈을 마주쳤다. 그 얼굴에도 역시 감추기 힘든 후회의 감정이 움직이고 있었다. 노부코는 억지로 미소를 지었다. "그렇게 생각해주는 것만으로도 행복해."

두 사람 사이에는 침묵이 흘렀다. 그들은 시간을 새겨가는 벽시계 아래 화로의 철 주전자에서 나는 물 끓는 소리를 무심결에 귀 기울여 듣고 있었다.

"하지만 형부가 잘 해주지 않아?" 이윽고 테루코는 작은 목소리로 흠칫흠칫 이렇게 물었다. 그 목소리에는 분명히 딱하게 여기는 듯한 울림이 있었다. 하지만 이 경우 노부코의 마음은 무엇보다 연민에 반발했다. 그녀는 신문을 무릎 위에 올리고 거기에 눈을 떨어뜨린 채 일부러 아무런 대답도 하지 않았다. 신문에는 오사카와 마찬가지로 쌀값 문제가 실려 있었다.

잠시 후 조용한 거실에는 희미하게 울음소리가 들리기 시작했다. 노부코는 신문에서 눈을 떼고 화로 건너편에서 소매에 얼굴을 묻고 있는 여동생을 쳐다봤다. "울지 않아도 돼." 테루코는 언니가 이렇게 위로해도 쉽사리 울음을 그치려 하지 않았다. 노부코는 잔혹한 기쁨을 느끼며 잠시 여동생의 떨리는 어깨에 무언의 시선을 보내고 있었다. 그러고는 하녀의 귀를 꺼리듯이 테루코 쪽으로 얼굴을 돌리고 "잘못했다면 내가 사과할게. 나는 너만 행복하면 무엇보다 고맙다고 생각해. 정말이야. 오라버니가 너를 사랑해주기만 한다면……"하고 나지막한 목소리로 말을 이었다. 말을 이어가는 중에 그녀의 목소리도 그녀 자신의 말에 동요되어 점점 감상적이 되어가기 시작했다. 그러자 갑자기 테루코는 소매를 내리고 눈물에 젖어 있는 얼굴을 들었다. 그녀의 눈에는 의외로 슬픔도 분노도 보이지 않았다. 하지만 걷잡을 수 없는 질투심만이 눈동자를 타는 듯이 이글거리게 하고 있었다. "그럼 언니는…… 언니는 왜 어젯밤에도……"테루코는 말을 다 끝내기도 전에 또 얼굴을 소매자락에 묻고 발작적으로 심하게 울기 시작했다.

두세 시간 후 노부코는 전차 종점으로 서둘러 가려고 차양을 씌운 인력거 위에서 흔들리고 있었다. 그녀의 눈에 들어오는 외부 세계는 앞부분의 차양을 잘라낸 사각의 셀룰로이드 창뿐이었다. 그곳에는 변두리인 듯한 집들과 단풍이 든 잡목의 우듬지가 서서히, 게다가 끊임없이 뒤로, 뒤로 흘러갔다. 만약 그 안에 하나라도 움직이지 않는 것이 있다면 그것은 엷은 구름이 떠도는 차가운 가을하늘뿐이었다.

그녀의 마음은 고요했다. 하지만 그 고요함을 지배하는 것은 쓸쓸한 체념일 수밖에 없었다. 테루코의 발작이 끝난 후 화해는 새로운 눈물과 함께 쉽게 두 사람을 원래대로 사이좋은 자매로 돌려놓았다. 하지만 사실은 사실로서 지금도 노부코의 마음을 떠나지 않았다. 그녀가 사촌 오라버니의 귀가도 기다리지 않고 이 인력거 위에 몸을 실었을 때 이미 여동생과는 영원히 타인이 된 듯한 마음이 짓궂게 그녀의 가슴을 얼어붙게 하고 있었다.

노부코는 문득 눈을 들었다. 그때 셀룰로이드 창 안에는 너저분한 마을을 걸어오는, 지팡이를 든 사촌 오라버니의 모습이 보였다. 그녀의 마음은 동요했다. 인력거를 세울까. 아니면 이대로 지나칠까. 그녀는 두근거리는 가슴을 누르며 잠시 그저 차양 아래 헛된 망설임만을 거듭하고 있었다. 하지만 슌키치와 그녀 사이의 거리는 순식간에 가까워졌다. 그는 엷은 햇살을 받으며 물웅덩이가 많은 길을 천천히 걸어오고 있었다.

'오라버니', 하는 소리가 한순간 노부코의 입술에서 새어나오려고 했다. 실제로 슌키치는 그때 이미 그녀의 인력거 바로 옆에 익숙한 모습을 드러냈다. 하지만 그녀는 다시 망설였다. 그러는 사이에 아무것도 모르는 그는 결국 인력거와 지나쳤다. 엷게 흐린 하늘, 드문드문한 집들, 키 큰 나무들의 누런 우듬지, 뒤에는 여전히 왕래가 적은 변두리 동네가 있을 뿐이었다.

'가을······'

노부코는 쌀쌀한 차양 아래 온몸으로 쓸쓸함을 느끼며 절실히 이렇게 생각하지 않을 수 없었다.

(1920년 4월)

검은 옷의 성모 黑衣聖母

──── 눈물을 흘리며 부르짖나이다. 슬픔의 골짜기에
서…… 불쌍한 저희를 인자하신 눈으로 굽어보소서……
너그러우시고, 자애로우시며 오! 아름다우신 동정 마리아
님. ────

── 일본어역『케렌도』* ──

"어떻습니까, 이건?"

타시로는 이렇게 말하며 하나의 마리아 관음상을 테이블 위
에 올려 보였다.

---

* Credo. 그리스도교의 기본적 교의를 간결하게 모아놓은 것으로 기도의
하나. 현재 가톨릭교에서는 '사도신경'이라고 하며 세례식이나 성무일과
에서 암송된다. 다만 이 인용은 '케렌도'가 아니라 '성모 찬송Salve Regi-
na'이다.

마리아 관음상이라는 것은 기리시탄 종문을 금지하던 시대의 천주교도가 종종 성모 마리아 대신 예배를 드린, 대부분은 백자로 만들어진 관음상이다.* 하지만 지금 타시로가 보여준 것은 그 마리아 관음상 중에서도 박물관의 진열실이나 세상의 평범한 수집가의 캐비닛에 있는 듯한 것은 아니다. 무엇보다 이것은 얼굴을 제외한 다른 부분이 모두 흑단을 조각한 30센티미터쯤 되는 입상이다. 그뿐 아니라 목에 걸린 십자가 모양의 장식품도 금과 자개를 상감한 아주 정교한 세공인 듯하다. 게다가 얼굴은 아름다운 상아로 조각한 것이고, 게다가 입술에는 산호 같은 한 점의 붉은색까지 더해져 있다.

나는 잠자코 팔짱을 낀 채 잠시 이 검은 옷을 입은 성모의 아름다운 얼굴을 바라보고 있었다. 하지만 바라보고 있는 동안 상아로 조각된 얼굴 어딘가에 뭔가 괴상한 표정이 떠돌고 있는 듯한 느낌이 들었다. 아니, 괴상하다고 한 것으로는 뭔가 부족하다. 내게는 그 얼굴 전체가 어떤 악의에 찬 조소를 흘리고 있는 듯한 느낌마저 들었던 것이다.

"어떻습니까, 이건?"

타시로는 모든 수집가에게 공통되는 과장된 미소를 띠며 테이블 위의 마리아 관음상과 내 얼굴을 번갈아 보며 다시 한번 이렇게 물었다.

"이건 진기한 물건이네요. 하지만 어쩐지 이 얼굴은 기분 나

---

* 그리스도교 금지 시대의 그리스도교도는 관음상을 성모 마리아의 변신으로서 예배했다.

쁜 구석이 있는 것 같지 않습니까?"

"부족함이 없이 원만한 얼굴이라고는 할 수 없을까요? 그러고 보니 이 마리아 관음상에는 묘한 전설이 따라다니고 있습니다."

"묘한 전설요?"

나는 마리아 관음상에서 무심코 타시로의 얼굴로 시선을 옮겼다. 타시로는 의외로 진지한 표정을 지으며 잠깐 그 마리아 관음상을 테이블 위에서 들어 올렸다가 곧 제자리에 돌려놓으며 말했다.

"예, 이건 재앙을 복으로 바꾸는 대신에 복을 재앙으로 바꾸는 불길한 성모라는 것이지요."

"설마요."

"그런데 실제로 소유주한테 그런 일이 있었다는 겁니다."

타시로는 의자에 앉더니 거의 깊은 수심에 잠긴 것 같다고 형용할 만큼 음울한 눈빛으로 내게도 테이블 맞은편 의자에 앉으라는 손짓을 했다.

"정말인가요?"

나는 의자에 앉자마자 저도 모르게 괴상한 소리를 냈다. 타시로는 나보다 한두 해 전에 대학을 졸업한, 수재라는 소문이 자자한 법학사다. 또 내가 아는 한, 이른바 초자연적 현상은 추호도 믿지 않는 교양이 풍부한 새로운 사상가다. 그런 타시로가 이런 말을 꺼낸 이상, 설마 그 묘한 전설이라는 것도 황당무계한 괴담은 아닐 것이다.

"정말입니까?"

내가 재차 이렇게 묻자 타시로는 천천히 파이프에 성냥불을 붙이며 말했다.

"글쎄요, 그건 당신의 판단에 맡길 수밖에 없을 겁니다. 하지만 아무튼 이 마리아 관음상에는 기분 나쁜 내력이 있다고 합니다. 따분하지 않다면 이야기하겠습니다만……"

이 마리아 관음상은 제 손에 들어오기 전에 니가타의 어느 마을의 이나미라는 재산가가 소유하고 있었습니다. 물론 골동품으로 소유한 것이 아니라 일가의 번영을 기원할, 신앙하는 종파의 신으로 모시고 있었지요.

이나미라는 그 당주는 마침 저와 법학사 동기로, 회사에도 관계할 뿐 아니라 은행에도 손을 대고 있는 꽤 잘나가는 사업가입니다. 그런 관계상 저도 한두 번 이나미를 위해 어떤 편의를 봐준 적이 있습니다. 그 사례였겠지요. 이나미는 어느 해 상경한 김에 집안 대대로 보물로 전해지는 마리아 관음상을 저에게 주고 갔습니다.

제가 이른바 묘한 전설이라고 한 것도 그때 이나미에게 직접 들은 것입니다. 물론 그 자신은 그런 이상한 것을 믿고 있는 것도 아니었습니다. 다만 어머니에게 들은 대로 이 성모 마리아 관음상의 내력을 대충 설명해줬을 뿐입니다.

잘은 모르나 이나미의 어머니가 열 살인가 열한 살이 되던 해의 가을이었다고 합니다. 흑선黑船이 우라가항을 떠들썩하게 했던 가에이嘉永 말년쯤*일까요, 그 어머니의 동생인 모사쿠茂作라는 여덟 살짜리 남자아이가 심한 홍역에 걸렸습니다. 이나

미의 어머니는 오에이お榮라고 하는데 그 2, 3년 전에 역병으로 부모가 다 세상을 떠난 후 모사쿠와 오에이 남매는 이미 일흔이 넘은 할머니의 손에 키워졌다고 합니다. 그래서 모사쿠가 중병에 걸리자 이나미에게는 증조모에 해당하는 기리가미切髮**를 한 그 노인네의 걱정은 이만저만이 아니었습니다. 하지만 아무리 의사가 손을 써도 모사쿠의 병은 심해지기만 할 뿐, 일주일도 지나지 않아 거의 오늘내일하는 상태가 되었습니다.

그러던 어느 날 밤의 일이었습니다. 오에이가 푹 잠들어 있는 방으로 할머니가 갑자기 들어오더니 졸려하는 것을 억지로 안아 일으키고 나서 남의 손도 빌리지 않고 바지런히 옷을 갈아입혔다고 합니다. 오에이는 아직 꿈이라도 꾸고 있는 듯이 멍한 마음으로 있었는데 할머니는 곧 그 손을 이끌고 어두침침한 등롱으로 인기척이 없는 복도를 비추며 낮에도 좀처럼 들어간 적이 없는 흙벽으로 된 광으로 오에이를 데려갔습니다.

광 안쪽에는 옛날부터 화재를 막는 신통력이 있는 이나리稻荷***가 모셔져 있다는, 칠하지 않은 나무로 만든 신사神社가 있었습니다. 할머니는 오비 사이에서 열쇠를 꺼내 그 신사의 문을 열었는데, 바로 등롱 빛에 비쳐보니 낡은 비단 장막 뒤에 단

***

* 가에이 6년(1853) 6월 미국 동인도 함대 사령관 페리가 일본에 파견한 국사國使로서 군함 4척을 이끌고 우라가浦賀에 내항했다.

** 에도 시대에서 메이지 시대에 걸쳐 주로 무가武家의 과부가 출가했다는 의미로, 틀어 올린 머리를 잘라 뒤쪽으로 묶어서 드리운 머리 모양.

*** 오곡을 관장하는 신.

정히 서 있는 신체神體는 다름 아닌 이 마리아 관음상이었습니다. 오에이는 그것을 보자마자 갑자기 귀뚜라미 소리도 들리지 않는 한밤중의 광이 무서워서 무심코 할머니의 무릎에 매달린 채 훌쩍훌쩍 울기 시작했습니다. 하지만 할머니는 평소와 달리 오에이가 우는데도 아랑곳하지 않고 그 마리아 관음상의 신사 앞에 앉아 공손하게 이마에 십자가를 긋고 오에이는 알아들을 수 없는 기도를 올리기 시작했다고 합니다.

기도가 10분 남짓이나 계속되고 나서 할머니는 조용히 손녀를 안아 일으키고 무서워하는 것을 자꾸 달래며 자기 옆에 앉혔습니다. 그리고 이번에는 오에이도 알아들을 수 있도록 이 흑단의 마리아 관음상에 이런 소원을 빌기 시작했습니다.

"동정녀 마리아님, 제가 하늘에도 땅에도 크게 의지하고 있는 것은 올해 여덟 살인 손자 모사쿠와 여기에 데려온 손녀 오에이뿐입니다. 보시는 대로 오에이도 아직 사위를 얻을 나이는 아닙니다. 지금 모사쿠의 몸에 만약의 일이라도 생긴다면 이 나미가는 당장 내일이라도 대가 끊기고 맙니다. 그런 불상사가 일어나지 않도록 제발 모사쿠의 목숨을 지켜주시옵소서. 그것도 저 같은 것의 신심으로 이룰 수 없는 일이라면 적어도 제 목숨이 붙어 있는 동안만이라도 모사쿠의 목숨을 구해주시옵소서. 저도 나이를 먹을 만큼 먹었으니 영혼을 천주님께 바칠 날도 멀지 않았습니다. 하지만 그때는 손녀인 오에이도 불의의 재난만 당하지 않는다면 대충 적령기가 되겠지요. 아무쪼록 제가 눈을 감을 때까지라도 좋으니 죽음의 천사의 칼이 모사쿠의 몸에 닿지 않도록 자비를 베풀어 주시옵소서."

할머니는 기리가미 머리를 숙이고 이렇게 열심히 기도를 드렸습니다. 그러자 그 말이 끝났을 때 주뼛주뼛 얼굴을 쳐든 오에이의 눈에는 기분 탓인지 마리아 관음상이 미소를 지은 것처럼 보였다고 말하는 겁니다. 물론 오에이는 조그맣게 말하며 다시 할머니의 무릎에 매달렸습니다. 하지만 할머니는 오히려 만족한 듯이 손녀의 등을 쓰다듬으며,

"자, 이제 저쪽으로 가자. 마리아님은 고맙게도 이 할미의 기도를 들어주셨으니까"

하고 몇 번이나 되풀이해서 말했다고 합니다.

그런데 이튿날이 되자 아니나 다를까 할머니의 소원이 이루어졌는지 모사쿠는 어제보다 열이 내리고 지금까지는 전혀 의식이 없었는데 점차 제정신이 돌아왔습니다. 그 모습을 본 할머니의 기쁨은 이루 말할 수가 없었습니다. 듣건대 이나미의 어머니는 그때 할머니가 웃으며 눈물을 흘리던 얼굴을 아직도 잊을 수가 없다고 하더랍니다. 할머니는 곧 병든 손자가 새근새근 자는 것을 보고 자신도 잠시 매일 밤 계속된 간병의 피로를 풀 심산이었겠지요. 병상 옆방에 잠자리를 깔고 희한하게도 거기에 드러누웠습니다.

그때 오에이는 구슬 튕기기 놀이를 하며 할머니 머리맡에 앉아 있었습니다. 그런데 노인네는 기진맥진할 정도로 지쳐 있었던지 마치 죽은 사람처럼 곧바로 잠이 들었다고 합니다. 그런데 그럭저럭 한 시간쯤 지나자 모사쿠의 간병을 하고 있던 나이 든 하녀가 슬쩍 옆방의 장지문을 열고 "아가씨, 할머니 좀 깨워주세요" 하며 허둥대는 듯한 목소리로 말했습니다. 그

래서 오에이는 어린아이라 곧 할머니 옆으로 가서 "할머니, 할머니"하고 두세 번 솜을 둔 잠옷 소매를 끌어당겼다고 합니다. 하지만 잠귀가 밝은 할머니가 그때만은 어찌된 일인지 불러도 대답할 기색조차 보이지 않았습니다. 곧 하녀가 이상하다는 듯이 병상에서 옆방으로 들어와 할머니의 얼굴을 보고는 미치기라도 한 듯이 느닷없이 노인의 잠옷에 매달리며 "할머니, 할머니"하고 필사적으로 울먹이는 소리를 지르기 시작했습니다. 하지만 할머니는 눈가에 희미한 보라빛을 띤 채 여전히 미동도 하지 않고 자고 있었습니다. 그러자 곧 또 한 하녀가 황망히 장지문을 여나 싶더니 얼굴빛이 변하며 "할머니,…… 도련님이…… 할머니"하며 떨리는 목소리로 소리 높이 불렀습니다. 물론 이 하녀가 '도련님이……'라고 말한 것은 오에이의 귀에도 분명히 모사쿠의 병세가 변했다는 사실을 알리는 힘이 있었습니다. 하지만 할머니는 여전히 머리맡에 쓰러져 우는 하녀의 목소리도 들리지 않는 듯 가만히 눈을 감고 있었습니다.

그러고 나서 10분도 지나지 않아 모사쿠도 결국 숨을 거두었습니다. 마리아 관음상은 약속대로 할머니의 목숨이 붙어 있는 동안은 모사쿠를 죽이지 않고 놔두었던 것입니다.

타시로는 이렇게 말을 마치고는 다시 음울한 눈을 들어 가만히 내 얼굴을 바라봤다.

"어떻습니까? 당신한테는 이 전설이 정말 있었을 거라고 생각합니까?"

나는 망설였다.

"글쎄요…… 하지만…… 어떨까요?"

타시로는 잠시 입을 다물고 있었다. 하지만 곧 연기가 나지 않는 파이프에 다시 한번 불을 붙이고는 말했다.

"저는 정말 있었다고 생각합니다. 다만 그게 이나미가의 성모 탓인지 어떤지는 의문이지만요. 그러고 보니 당신은 아직 이 마리아 관음상의 받침대에 새겨진 글을 보지 않았지요? 보세요. 여기에 새겨져 있는 서양 문자를요. —— DESINE FATA DEUM LECTI SPERARE PRECANDO(너의 기도로 신이 결정한 바가 흔들리는 일을 바라지 말지어다)……"

나는 이 운명 그 자체와도 같은 마리아 관음상에 무심코 기분 나쁜 시선을 옮겼다. 성모는 흑단 옷을 걸친 채 여전히 그 아름다운 상아 얼굴에 영원히 어떤 악의를 품은 냉랭한 조소를 띠고 있다.

(1920년 4월)

난징의 그리스도 南京の基督

1

어느 가을날 깊은 밤이었다. 난징 기망가奇望街 어떤 집의 한 방에는 창백한 얼굴의 한 중국 소녀가 낡은 테이블 위에 턱을 괴고 쟁반에 담긴 수박씨를 무료한 듯 깨물고 있었다.

테이블 위에 놓인 남포등이 어둑한 빛을 발하고 있었다. 그 빛은 방 안을 환하게 한다기보다는 오히려 한층 음울한 효과를 내는 힘이 있었다. 벽지가 벗겨진 방구석에는 담요가 비어져 나온 등나무 침대가 먼지 냄새가 나는 듯한 장막을 드리우고 있었다. 그리고 테이블 맞은편에는 역시 낡아빠진 의자 하나가 마치 잊힌 듯이 내버려져 있었다. 하지만 그 외에는 어디를 봐도 장식다운 가구류는 하나도 보이지 않았다.

그런데도 소녀는 수박씨를 씹다 말고는 때때로 서늘한 눈을 들어 테이블 한쪽에 면한 벽을 가만히 바라보는 일이 있었다.

아나나 다를까 그 벽에는 바로 코앞의 구부러진 못에 조그만 놋쇠 십자가가 다소곳이 걸려 있었다. 그리고 그 십자가 위에는 조잡하게 만들어진 수난의 그리스도가 두 팔을 쫙 벌리고 무지러진 부조浮彫의 윤곽을 그림자처럼 어렴풋이 드러내고 있었다. 소녀의 눈은 그 예수를 볼 때마다 긴 속눈썹 뒤의 쓸쓸한 빛이 한순간에 어딘가로 사라지고 그 대신 순수한 희망의 빛이 생생하게 되살아나는 것 같았다. 하지만 곧 시선이 옮겨가면 그녀는 반드시 한숨을 내쉬며 광택이 없는 검은 공단 윗도리의 어깨를 힘없이 떨어뜨리고 다시 한번 쟁반의 수박씨를 톡톡 깨물기 시작했다.

소녀는 이름이 송금화宋金花라고 하는데, 가난한 살림을 돕기 위해 밤마다 그 방에서 손님을 맞는 올해 열다섯 살의 창녀다. 친화이秦淮의 많은 창녀 중에는 금화 정도의 용모를 지닌 사람이라면 얼마든지 있을 것이다. 하지만 금화만큼 마음씨가 고운 소녀가 이 지역에 달리 있을지, 적어도 그것만은 의심스럽다. 그녀는 동료 매춘부와 달리 거짓말도 안 할 뿐 아니라 버릇없이 굴지도 않으며 밤마다 유쾌한 듯한 미소를 띠며 이 음울한 방을 찾는 다양한 손님과 노닥거리고 있었다. 그리고 그들이 내고 가는 돈이 간혹 약속한 금액보다 더 많았을 때는 하나뿐인 아버지에게 좋아하는 술을 한 잔이라도 더 사드리는 것을 낙으로 삼고 있었다.

이런 금화의 품행은 물론 그녀의 타고난 성격에 따른 것임이 틀림없었다. 하지만 그 외에도 뭔가 이유가 있다고 한다면 그것은 금화가 어렸을 때부터 벽 위의 십자가가 보여주는 대로, 돌아가신 어머니에게 배운 로마 가톨릭교의 신앙을 계속 가지고 있다는 점이다.

그러고 보니 올봄 상하이에서 경마를 구경할 겸 중국 남쪽의 풍광을 찾아온 일본의 젊은 여행가가 호기심에 금화의 방에서 하룻밤을 보낸 적이 있었다. 그때 그는 여송연을 물고 양복을 입은 무릎에 조그만 금화를 가볍게 올려 안고 있었는데 문득 벽 위의 십자가를 보고는 미심쩍은 표정을 지으며,

"너는 예수교도냐?"라고 서툰 중국어로 물었다.

"네, 다섯 살 때 세례를 받았어요."

"그런데 이런 일을 하고 있는 거야?"

그 순간 그의 목소리에는 빈정거리는 어조가 섞여 있는 것 같았다. 하지만 금화는 그의 팔에 까만 머리를 기대며 여느 때와 같이 송곳니가 보이도록 환하게 웃음을 지었다.

"이 일을 하지 않으면 아버지도 저도 굶어 죽으니까요."

"너의 아버지는 노인이네냐?"

"네, 이제는 허리도 펴지 못해요."

"하지만 말이야, 하지만 이런 일을 하면 천국에 갈 수 없다는 생각은 안 해?"

"안 해요."

금화는 십자가를 힐끗 바라보며 사려 깊은 눈빛을 했다.

"천국에 계시는 그리스도님은 반드시 제 마음을 헤아려주실 거라고 생각하니까요. 그렇지 않다면 그리스도님은 야오자姚家 거리의 경찰서 경찰이나 마찬가지인 걸요."

일본의 젊은 여행가는 미소를 지었다. 그리고 윗옷 안주머

니를 뒤지더니 비취 귀걸이 한 쌍을 꺼내 손수 그녀의 귀에 걸어주었다.

"이건 아까 일본에 가져갈 선물로 산 귀걸이인데, 오늘 밤 기념으로 너한테 주마."

금화는 처음으로 손님을 받은 밤부터 실제로 이런 확신을 갖고 스스로 안심하고 있었다.

그런데 그럭저럭 한 달쯤 전부터 이 경건한 창녀는 불행히도 악성 매독에 걸렸다. 그 소리를 들은 동료 진산차陳山茶는 진통에 좋다며 아편주鴉片酒 마시는 것을 가르쳐주었다. 그 후 다른 동료 모영춘毛迎春은 친절하게도 그녀 자신이 복용하던 홍람환汞藍丸*과 남은 가로미迦路米를 일부러 가져다주었다. 하지만 금화의 병은 어찌된 일인지 손님을 받지 않고 틀어박혀 있어도 전혀 나아지지 않았다.

그러던 어느 날 진산차가 금화의 방에 놀러왔을 때 이런 미신 같은 요법을 그럴듯하게 말해주었다.

"네 병은 손님한테서 옮은 거니까 빨리 누군가한테 다시 옮겨버려. 그러면 아마 이삼일 안에 틀림없이 나을 거야."

금화는 턱을 괸 채 침울한 얼굴을 바꾸지 않았다. 그러나 산차의 말에 다소 호기심이 발동한 모양인지,

"정말?" 하고 가볍게 되물었다.

"그럼, 정말이야. 우리 언니도 너처럼 아무리 해도 병이 낫지

---

* 매독에 효과가 있다는 수은으로 만든 약.

않았어. 그런데 손님한테 옮겨버렸더니 금방 좋아졌거든."

"그 손님은 어떻게 됐는데?"

"손님이야 불쌍하게 됐지. 그 탓에 눈까지 멀었다니까."

산차가 방을 나간 후 금화는 혼자 벽에 걸린 십자가 앞에 무릎을 꿇고 수난의 그리스도를 올려다보며 열심히 이런 기도를 올렸다.

"천국에 계시는 주님. 저는 아버지를 부양하기 위해서 천한 일을 하고 있습니다. 하지만 제 일은 저 한 사람을 더럽히는 외에는 누구한테도 폐를 끼치지 않습니다. 그래서 저는 이대로 죽더라도 반드시 천국에 갈 수 있다고 생각했습니다. 하지만 지금의 저는 손님에게 이 병을 옮기지 않는 한 지금까지와 같은 일을 할 수가 없습니다. 그렇다면 설령 굶어죽더라도…… 그렇게 하면 이 병도 낫는다고 하는데…… 손님과 함께 한 침대에서 자지 않도록 명심해야 한다고 생각합니다. 그렇지 않으면 저희의 행복을 위해 원한도 없는 남을 불행하게 만드는 일이니까요. 하지만 누가 뭐래도 저는 여자입니다. 언제 어떤 유혹에 빠질지 모릅니다. 천국에 계시는 주님. 부디 저를 지켜주세요. 저는 당신 외에 기댈 사람이 하나도 없는 여자니까요."

이런 결심을 한 송금화는 그 후 산차나 영춘이 아무리 일을 권해도 고집스럽게 손님을 받지 않고 있었다. 또한 때때로 그녀 방에 단골손님이 놀러 와도 같이 담배를 피우는 것 외에는 결코 손님의 의사에 따르지 않았다.

"저는 무서운 병을 갖고 있어요. 가까이 하시면 당신께도 옮을 거예요."

그래도 술 취한 손님이 억지로 그녀를 마음껏 하려고 하면 금화는 항상 이렇게 말하며 실제로 그녀가 병을 앓고 있다는 증거를 보여주는 것마저 꺼리지 않았다. 그래서 손님은 그녀의 방에는 점차 놀러오지 않게 되었다. 그와 동시에 그녀의 살림도 날이 갈수록 어려워졌다.

　오늘 밤도 그녀는 이 테이블에 기대어 오랫동안 멍하니 앉아 있었다. 하지만 여전히 그녀의 방에는 손님이 찾아올 기색이 보이지 않았다. 그러는 중에 밤은 여지없이 깊어가고 그녀의 귀에 들리는 소리는 오직 어디선가 울고 있는 귀뚜라미 소리뿐이었다. 그뿐 아니라 불기 없는 방의 추위가 방바닥에 깐 돌 위에서부터 점차 그녀의 쥐색 공단 신발을, 그 신발 속의 가냘픈 발을 물처럼 덮쳐왔다.

　금화는 조금 전부터 넋을 잃고 어둑한 남포등을 바라보고 있다가 이윽고 몸을 한 번 떨고 나서 비취 귀걸이를 한 귀를 긁고는 작은 하품을 억지로 참았다. 그러자 거의 그 순간 페인트칠을 한 문이 힘차게 열리더니 낯선 외국인이 비틀거리듯이 밖에서 들어왔다. 그 기세가 거셌기 때문일 것이다. 테이블 위의 남포등 불은 한층 더 타올랐고 묘하게 새빨갛게 그을린 빛이 좁은 방 안에 흘러넘쳤다. 손님은 정면으로 그 빛을 받아 한 번은 테이블 쪽으로 고꾸라질 뻔했지만 곧 다시 똑바로 서더니 이번에는 뒤로 휘청거리며 방금 닫힌 페인트칠을 한 문에 쿵 하고 등을 기대고 말았다.

　금화는 무심코 일어나 이 낯선 외국인에게 어안이 벙벙한 시선을 보냈다. 손님의 나이는 서른 대여섯쯤일까. 줄무늬가 있는 듯한 갈색 양복에 같은 옷감의 사냥 모자를 쓴, 눈이 크고 턱수염이 있으며 햇볕에 뺨이 탄 남자였다. 하지만 단 한 가지 이해할 수 없는 것은, 외국인인 것은 틀림없지만 이상하게 서양인인지 동양인인지 구별이 안 된다는 점이었다. 검은 머리카락을 모자 아래로 드러내고 불 꺼진 파이프를 문 채 문간을 막고 서 있는 모습은 아무리 봐도 고주망태가 된 취객이 길을 잃고 잘못 들어온 것처럼 보였다.

"무슨 일인가요?"

금화는 약간 으스스한 느낌에 사로잡혀 여전히 테이블 앞에 우뚝 선 채 따지듯이 이렇게 물었다. 그러자 상대는 고개를 흔들며 중국말은 모른다는 몸짓을 했다. 그러고는 물고 있던 파이프를 빼더니 무슨 의미인지 알 수 없는 유창한 외국어를 한마디 내뱉었다. 하지만 이번에는 금화가 테이블 위의 남포등 불빛에 비춰 귀걸이를 반짝이며 고개를 가로저을 수밖에 없었다.

그녀가 당혹스러운 듯 아름다운 눈썹을 찡그리는 것을 본 손님은 갑자기 크게 웃으며 사냥 모자를 벗고 비틀비틀 걸어왔다. 그리고 테이블 건너편 의자에 기력이 다한 듯 털썩 앉았다. 이때 금화는 이 외국인의 얼굴을 언제 어디서라는 기억은 없지만 분명히 본 적이 있는 것 같다는 일종의 친근감이 들기 시작했다. 손님은 쟁반의 수박씨를 멋대로 집었는데, 그렇다고 그것을 씹는 것도 아니고 물끄러미 금화를 바라보고 있었다. 이윽고 다시 묘한 손짓을 섞어가며 뭔가 외국어를 말하기 시작했다. 그녀는 그 뜻을 알 수 없었지만 단지 이 외국인이 그녀의 일에 대해 어느 정도 알고 있다는 것을 어렴풋이 추측할 수 있었다.

중국어를 모르는 외국인과 긴 하룻밤을 보내는 것도 금화에게는 특별한 일이 아니었다. 그래서 그녀는 의자에 앉아 거의 습관이 되어 있는 애교 있는 미소를 보이며 상대에게는 전혀 통하지 않는 농담을 하기 시작했다. 하지만 손님은 그 농담을 이해하는 게 아닐까 싶을 정도로 한두 마디 하고는 기분 좋게 소리 내어 웃으며 전보다 더 현란하게 여러 가지 손짓을 하기 시작했다.

손님이 내뿜는 입김에서는 술 냄새가 심하게 났다. 하지만 거나하게 붉어진 얼굴은 이 삭막한 방 분위기가 환해지는가 싶을 만큼 남자다운 활력으로 흘러넘치고 있었다. 적어도 금화에게 그 얼굴은 평소 눈에 익은 난징의 동족은 말할 것도 없고, 지금까지 그녀가 본 적이 있는 어떤 동서양의 외국인보다 근사했다. 그럼에도 불구하고 전에 한 번 이 얼굴을 본 기억이 있다는 조금 전의 느낌만은 도저히 지울 수가 없었다. 어찌해도 부정할 수 없었다. 금화는 손님의 이마로 흘러내린 검은 곱슬머리를 바라보며 가벼운 마음으로 애교를 부리는 동안에도 이 얼굴을 처음 봤을 때의 기억을 열심히 떠올리려고 했다.

'저번에 뚱뚱한 부인과 함께 유람선을 탔던 사람인가? 아니, 아니, 그 사람은 머리 색깔이 훨씬 빨갰어. 그럼 친화이의 공자님 사당에 사진기를 향했던 사람일지도 몰라. 하지만 그 사람은 이 손님보다 나이가 더 먹은 것 같기도 해. 그래, 맞아, 언젠가 이섭교利涉橋 옆의 식당 앞에 많은 사람이 모였나 싶었는데 마침 이 손님과 많이 닮은 사람이 굵은 등나무 지팡이를 쳐 들어 인력거꾼의 등을 때렸었지. 혹시…… 하지만 아무래도 그 사람의 눈동자는 파란 것 같았는데.'

금화가 이런 생각을 하는 동안 여전히 유쾌한 듯한 외국인 은 어느새 파이프에 담배를 채워 넣고는 향기로운 연기를 내 뿜고 있었다. 그런데 갑자기 또 무슨 말인가를 하더니 이번에 는 얌전히 히죽히죽 웃고는 한 손의 손가락 두 개를 펴서 금화 의 눈앞으로 내밀며 ? 하는 의미의 몸짓을 했다. 손가락 두 개 가 2달러라는 금액을 가리킨다는 것은 물론 누구의 눈에도 분 명했다. 하지만 손님을 받을 수 없는 금화는 능숙하게 수박씨 로 소리를 내며 안 된다는 표시로 딱 두 번, 그것도 웃는 얼굴 을 가로저었다. 그러자 손님은 테이블 위에 건방지게 두 팔꿈 치를 기댄 채 어둑한 남포등 불빛 안으로 취한 얼굴을 가까이 내밀며 가만히 그녀를 지켜보았으나 곧 손가락 세 개를 다시 내밀며 답을 기다린다는 눈빛을 보였다.

금화는 의자를 살짝 비켜놓고 수박씨를 입에 넣은 채 당혹 스러운 표정을 지었다. 손님은 확실히 2달러로는 그녀가 몸을 허락하지 않는다고 생각한 모양이었다. 그렇다고 해서 말이 통 하지 않는 그에게 자세한 내막을 이해시키는 일은 도저히 가 능할 것 같지 않았다. 그래서 금화는 새삼스럽게 자신의 경솔 함을 후회하며 서늘한 시선을 밖으로 돌리며 어쩔 수 없이 확 실하게 다시 한번 고개를 흔들어 보였다.

하지만 상대인 외국인은 잠시 엷은 웃음을 띠며 망설이는 듯한 기색을 보인 후 손가락 네 개를 펴서 뭔가 또 외국어로 말했다. 어찌할 바를 모른 금화는 뺨에 손을 대고 미소를 지을 기력도 없어졌지만, 순간적으로 이렇게 된 이상 언제까지고 계속 고개를 저어 상대가 단념하기를 기다릴 수밖에 없다고 결심했다. 그러나 그렇게 생각하는 와중에도 손님의 손은 뭔가 눈에 보이지 않는 것을 잡으려는 듯 마침내 다섯이 다 펴졌다.

그러고 나서 두 사람은 오랫동안 손짓과 몸짓을 섞은 입씨름을 계속했다. 그동안 손님은 끈기 있게 손가락 수를 하나씩 늘려간 끝에 10달러를 내도 아깝지 않다는 기세를 보여주었다. 하지만 창녀에게는 큰돈인 10달러도 금화의 결심을 무너뜨릴 수 없었다. 그녀는 조금 전부터 의자에서 떨어져 비스듬히 테이블 앞에 서 있었는데 상대가 두 손의 손가락을 보여주자 애가 타는 듯이 발을 구르며 몇 번이나 계속해서 고개를 저었다. 그 순간 어찌된 일인지 못에 걸려 있던 십자가가 떨어져 희미한 금속음을 내며 발밑의 돌바닥에 떨어졌다.

그녀는 황급히 손을 뻗어 소중한 십자가를 집어 들었다. 그때 아무렇지 않게 십자가에 새겨진 수난의 그리스도 얼굴을 보았는데 그것이 묘하게도 테이블 건너편에 있는 외국인의 얼굴을 쏙 빼닮았다.

'어쩐지 어디선가 본 것 같았는데 그리스도의 얼굴이었어.'

금화는 검정 공단 윗옷 가슴에 놋쇠 십자가를 꼬옥 누른 채 테이블을 사이에 둔 손님의 얼굴로 무심코 놀라움의 시선을 보냈다. 손님은 여전히 남포등 불빛에 취기를 띠어 달아오른 얼굴로 이따금 파이프 연기를 내뿜고는 의미 있는 듯한 미소를 짓고 있었다. 게다가 그 눈은 그녀의 모습, 아마 하얀 목덜미에서부터 비취 귀걸이를 단 귀 언저리를 끊임없이 헤매고 있는 것 같았다. 그러나 이런 손님의 모습도 금화에게는 일종의 상냥한 위엄으로 가득 찬 것 같다는 생각이 들었다.

이윽고 손님은 파이프 담배를 그만 피우고는 부자연스럽게 고개를 갸웃하며 웃는 목소리로 무슨 말을 했다. 금화의 마음에 그것은 거의 교묘한 최면술사가 상대의 귀에 속삭이는 듯한 암시와도 같은 작용을 했다. 그녀는 그 다부진 결심도 완전히 잊어버렸는지 살짝 미소 짓는 눈을 내리뜨고 놋쇠 십자가를 만지작거리며 이 수상한 외국인 옆으로 수줍은 듯이 다가갔다.

손님은 바지 주머니를 뒤져 짤랑짤랑 은화 소리를 내며 여전히 엷은 웃음을 띤 눈으로 서 있는 금화의 모습이 마음에 든다는 듯이 한동안 바라보고 있었다. 하지만 그 눈 속의 엷은 웃음이 열이 있는 듯한 빛으로 바뀌나 싶더니 갑자기 의자에서 벌떡 일어나 술 냄새가 나는 양복을 입은 팔로 금화를 힘껏 껴안았다. 금화는 마치 기절한 듯이 비취 귀걸이가 달린 머리를 뒤로 축 젖힌 채였다. 그러나 창백한 볼 밑으로 선명한 혈색을 비추며 가늘게 뜬 눈으로, 코앞으로 다가온 그의 얼굴에 황홀한 시선을 던지고 있었다. 이 신기한 외국인에게 자신의 몸을 허락할지, 아니면 병을 옮기지 않기 위해 그의 키스를 거절할지, 물론 그런 생각을 할 여유는 어디서도 찾아볼 수 없었다. 금화는 수염투성이인 손님의 입에 그녀의 입을 맡기며 그저 불타는 듯한 연애의 환희가, 처음으로 알게 된 연애의 환희가 격렬하게 그녀의 가슴에 차오르는 것을 느낄 수 있을 뿐이었다.

2

몇 시간 후 남포등이 꺼진 방 안에는 오직 희미한 귀뚜라미 소리가 침대에서 새어나오는 두 사람의 숨소리에 쓸쓸한 가을 정취를 더하고 있었다. 하지만 그사이 금화의 꿈은 먼지 낀 침대 장막에서 지붕 위의 별빛이 달빛처럼 밝은 밤하늘로 연기처럼 드높이 올라갔다.

금화는 자단목 의자에 앉아 테이블 위에 놓여 있는 여러 가지 요리에 젓가락을 대고 있었다. 제비집, 상어 지느러미, 삶은 달걀, 훈제 잉어, 통돼지 구이, 해삼탕…… 요리는 아무리 헤아려도 도저히 다 헤아릴 수가 없었다. 더구나 그 그릇이 모조리 파란 연꽃이나 금색 봉황이 그려진 근사한 접시와 사발들뿐이었다.

그녀의 의자 뒤에는 붉은색 커튼을 친 창문이 있고, 또 그 창문 밖에는 강이 있는지 고요한 물소리와 노 젓는 소리가 여기까지 끊임없이 들려왔다. 그것이 아무래도 그녀에게는 어릴 때부터 낯익은 친화이 같은 느낌이 들었다. 하지만 지금 그녀가 있는 곳은 확실히 천국에 있는 그리스도의 집이 틀림없었다.

금화는 때때로 젓가락질을 멈추고 테이블 주위를 바라보았다. 하지만 널찍한 방 안에는 음식에서 피어오르는 김 사이로 용이 조각된 기둥이나 큰 송이 국화꽃 화분이 어렴풋이 보이는 것 외에는 한 사람도 보이지 않았다.

그런데도 테이블 위에는 그릇 하나가 비면 즉시 어디선가 새로운 음식이 따뜻한 향기를 풍기며 그녀의 눈앞에 나타났다. 그런가 하면 젓가락도 대지 않은 사이 통째로 구운 꿩이 날개 짓을 하며 소흥주紹興酒 병을 넘어뜨리고 방 천장으로 푸드득 날아오르는 일도 있었다.

그러는 동안 금화는 어떤 사람이 소리도 없이 그녀의 의자 뒤에 다가온 것을 알았다. 그래서 젓가락을 쥔 채 조용히 뒤를 돌아보았다. 그러자 거기에는 어찌된 일인지 있다고 생각했던 창문이 없고 비단 방석을 깐 자단목 의자에 낯선 한 외국인이 놋쇠 물담배 파이프를 물고 여유 있게 앉아 있었다.

금화는 한눈에 그 남자가 오늘 밤 그녀의 방에 자러 온 남자라는 걸 알았다. 하지만 단 한 가지 그와 다른 것은 마치 초승달 같은 빛의 고리가 그 외국인의 머리 30센티미터 위에 떠 있다는 사실이었다. 그때 또 금화의 눈앞에는 뭔가 김이 나는 큼직한 접시 하나가 마치 테이블에서 솟아난 것처럼 갑자기 맛있는 요리를 담고 나타났다. 그녀는 바로 젓가락을 들어 접시 안의 진미를 집으려고 했지만 문득 그녀의 뒤에 있는 외국인을 떠올리고 어깨 너머로 그를 돌아보며,

"당신도 이리 오시지 않겠어요?" 하고 조심스럽게 말했다.

"아니다, 너나 먹어라. 그걸 먹으면 오늘 밤 안에 네 병이 나

을 것이다."

후광을 이고 있는 외국인은 여전히 물담배 파이프를 문 채 무한한 사랑을 담은 미소를 흘렸다.

"그럼 당신은 드시지 않는 건가요?"

"나 말이냐? 나는 중국 요리를 싫어한다. 너는 아직 나를 모르겠느냐? 예수 그리스도는 한 번도 중국 요리를 먹어본 적이 없단다."

난징의 그리스도는 이렇게 말하나 싶더니 자단목 의자에서 천천히 일어나 어안이 벙벙한 금화의 뒤에서 뺨에 부드러운 키스를 했다.

천국 꿈에서 깨어난 것은 이미 가을의 새벽빛이 좁은 방 안에 으스스하게 퍼지기 시작한 무렵이었다. 하지만 퀴퀴한 장막을 친 작은 배 같은 침대 안에는 아직 미적지근하게 희미한 어둠이 남아 있었다. 그 어둑함 속에 떠올라 있는, 반쯤 위를 향한 금화의 얼굴은, 오래돼서 색깔도 알 수 없는 담요에 동그란 군턱을 숨긴 채 아직 졸린 눈을 뜨지 않고 있었다. 그러나 혈색이 좋지 않은 뺨에는 어젯밤의 땀에 들러붙어 있는지 기름기로 떡진 머리가 흐트러져 있고, 약간 벌어진 입술 사이로는 찹쌀처럼 작고 가지런한 이가 어렴풋이 하얗게 들여다보였다.

금화는 잠에서 깨어난 지금도 국화꽃이나 물소리, 꿩 통구이, 예수 그리스도, 그 밖의 여러 가지 꿈의 기억으로 비틀비틀

헤매고 있었다. 하지만 곧 침대 안이 밝아오자 꿈을 꾸는 듯한 기분 좋은 마음에도 방약무인傍若無人한 현실이 어젯밤의 이상한 외국인과 함께 이 등나무 침대에 들었던 일이 또렷이 의식 속에 들어왔다.

'혹시 그 사람한테 병이라도 옮겼다면……'

이런 생각이 들자 금화는 갑자기 마음이 무거워져 오늘 아침에는 다시 그의 얼굴을 보기 힘들 것 같다는 생각이 들었다. 하지만 한번 잠에서 깬 이상, 햇볕에 그을린 그의 그리운 얼굴을 언제까지고 보지 않는 것은 더욱 견딜 수 없는 일이었다. 그래서 잠시 망설인 후 그녀는 주뼛주뼛 눈을 뜨고 지금은 이미 환해진 침대 속을 바라보았다. 하지만 거기에는 뜻밖에도 담요에 덮어진 그녀 외에 십자가의 예수를 닮은 그는 물론이고 사람 그림자조차 보이지 않았다.

'그렇다면 그것도 꿈이었을까?'

때 묻은 담요를 밀어젖히자마자 금화는 침대에서 일어나 앉았다. 그리고 두 손으로 눈을 비비고 나서 묵직하게 내려뜨려진 장막을 걷어 올리고 아직도 지르퉁한 시선을 방 안에 던졌다.

방은 싸늘한 아침 공기로 모든 물건의 윤곽을 잔혹할 정도로 또렷하게 그리고 있었다. 낡은 테이블, 불이 꺼진 남포등, 그리고 다리 하나는 바닥에 넘어져 있고 다른 하나는 벽을 향하고 있는 의자…… 모든 것이 어젯밤 그대로였다. 그뿐 아니라 실제로 테이블 위에는 수박씨가 흩어져 있는 가운데 조그만 놋쇠 십자가까지 둔한 빛을 발하고 있었다. 금화는 부신 눈을 깜박이며 멍하니 주위를 둘러보며 잠시 흐트러진 침대 위에서 추운 듯이 다리를 모으고 옆으로 앉은 자세를 바꾸지 않았다.

"역시 꿈이 아니었어."

금화는 이렇게 중얼거리며 그 외국인의 이해할 수 없는 행방에 대해 이리저리 생각했다. 물론 생각할 것도 없이 그는 그녀가 잠자는 사이에 슬쩍 방을 빠져나가 집으로 돌아갔을지도 모른다는 생각이 들었다. 하지만 그토록 그녀를 애무했던 그가 이별의 말 한마디 없이 가버렸다는 것은 믿을 수 없다기보다는 오히려 믿기 힘들었다. 게다가 그녀는 그 수상한 외국인으로부터 아직 약속한 10달러를 받는 것도 잊고 있었다.

'아니면 진짜 돌아간 걸까?'

그녀는 무거운 마음을 안고 담요 위에 벗어놓은 검정 공단 윗도리를 걸치려고 했다. 하지만 돌연 그 손을 멈춘 그녀의 얼굴에는 순식간에 생생한 혈색이 퍼지기 시작했다. 그것은 페인트칠을 한 문 너머에서 그 수상한 외국인의 발소리라도 들었기 때문일까. 아니면 베개나 담요에 밴 술내 나던 그가 남긴 향기가 우연히 부끄러운 어젯밤의 기억을 불러온 때문일까. 아니, 금화는 그 순간 그녀의 몸에 일어난 기적, 하룻밤 사이에 악성 매독이 흔적도 없이 사라졌다는 사실을 깨달았던 것이다.

'그렇다면 그 사람이 그리스도였던 거야.'

그녀는 무심코 속옷 차림 그대로 구르듯이 침대에서 기어내려가 차가운 돌바닥에 무릎을 꿇고 부활하신 주님과 말을 나누었던 아름다운 막달라 마리아처럼 열심히 기도를 올리기 시작했다.

3

　이듬해 봄의 어느 날 밤 송금화를 찾아온 일본의 젊은 여행가가 다시 어둑한 남포등 아래서 그녀와 테이블을 사이에 두고 있었다.

　"아직도 십자가가 걸려 있잖아."

　그날 밤 그가 어쩌다가 놀리는 듯이 이렇게 말하자 금화는 갑자기 진지한 모습으로 하룻밤 난징에 내려오신 그리스도가 그녀의 병을 치유했다는 신기한 이야기를 하기 시작했다.

　그 이야기를 들으며 일본의 젊은 여행가는 혼자 이런 생각을 하고 있었다.

　'나는 그 외국인을 알고 있다. 그 사람은 일본인과 미국인의 혼혈이다. 이름이 아마 George Murry였을 것이다. 그 녀석은 내가 아는 로이터 통신사 사람에게, 그리스도교 신자인 난징의 창녀와 하룻밤을 보냈는데 그녀가 새근새근 자는 틈에 슬쩍 도망쳐 나왔다는 이야기를 자랑스럽게 했다고 한다. 내가 저번에 왔을 때는 마침 그 녀석도 나와 같은 상하이의 호텔에 묵었기 때문에 얼굴은 지금도 기억하고 있다. 확실히는 모르지만 역시 영자신문 통신원이라고 했는데 남자다운 풍채에 어울리지 않게 사람이 안 좋아 보이는 녀석이었다. 그 녀석이 그 후 악성 매독으로 결국 미쳐버린 것은 어쩌면 이 여자에게서 병이 옳았기 때문인지도 모른다. 하지만 이 여자는 지금도 그렇게 불량한 혼혈아를 예수 그리스도라고 생각하고 있다. 나는 대체 이 여자를 위해 꿈을 깨게 해줘야 할까. 아니면 영원히 입을 다물어 옛날의 서양 전설 같은 꿈을 계속 꾸게 그냥 놔둬야 하는 걸까?'

금화의 이야기가 끝났을 때 그는 느닷없이 성냥을 긋고 향기 좋은 엽궐련을 피우기 시작했다. 그리고 일부러 관심이 있다는 듯이 이런 궁한 질문을 했다.

"그래? 그거 참 신기하군. 하지만…… 하지만 너는 그 후로 한 번도 앓은 적이 없어?"

"네, 한 번도요."

금화는 수박씨를 씹으며 얼굴을 아주 환하게 빛내며 조금도 망설이지 않고 대답했다.

이 작품을 쓸 때 다니자키 준이치로谷崎潤一郎 씨의 작품 「친화이의 하룻밤秦淮の一夜」에 빚진 바가 적지 않다. 여기에 덧붙여 쓰는 것으로 감사의 뜻을 표한다.

(1920년 6월)

두자춘 杜子春*

1

어느 봄날의 저물녘이었습니다.

당나라 수도 낙양의 서문 아래 멍하니 하늘을 올려다보는
한 젊은이가 있었습니다.

젊은이의 이름은 두자춘이라고 하는데 원래는 부잣집 아들
이었지만 지금은 재산을 탕진하여 그날그날 살아가기도 힘들
정도로 가련한 신세가 되었습니다.

여하튼 그 무렵 낙양이라고 하면 천하에 둘도 없이 번창한

---

* 당나라 이복언李復言이 편찬한 『속현괴록續玄怪錄』에 실려 있는 신선 소
설 「두자춘전」을 전거로 한 작품이다. 다만 아쿠타가와는 당나라 때의 이
야기 두자춘전의 주인공을 이용했지만 이야기의 3분의 2 이상은 창작에
의한 것이라고 했다.

도읍이어서 거리에는 아직 끊임없이 사람과 수레가 지나다니고 있었습니다. 문 가득 비치고 있는 기름 같은 노을빛 속에 노인이 쓴 얇은 비단 모자나 터키 여자의 금 귀걸이, 백마에 장식한 색실로 된 고삐가 끊임없이 흘러가는 모습은 꼭 그림처럼 아름다웠습니다.

하지만 두자춘은 여전히 문 벽에 몸을 기대고 멍하니 하늘만 바라보고 있었습니다. 하늘에는 이제 가느다란 달이 화창하게 너울거리는 봄 안개 속에 마치 손톱의 흔적인가 싶을 만큼 어렴풋이 하얗게 떠올랐습니다.

'날은 저물고 배는 고프고, 게다가 이제 어디를 가도 재워줄 곳이 없을 것 같고…… 이런 생각이나 하고 살 바에는 차라리 강물에 몸이라도 던져 죽는 게 나을지도 모르겠구나.'

두자춘은 조금 전부터 혼자 걷잡을 수 없이 이런 생각을 하고 있었습니다.

그러자 어디서 찾아왔는지 불현듯 그 앞에 애꾸눈 노인이 발길을 멈추었습니다. 노인은 노을빛을 받으며 문에 커다란 그림자를 드리우고 두자춘의 얼굴을 지그시 바라보며,

"자네는 무슨 생각을 하고 있나?" 하고 아주 으스대며 말을 걸었습니다.

"저 말입니까? 저는 오늘 밤 잘 곳이 없어서 어떻게 하나, 하는 생각을 하고 있었습니다."

노인이 갑작스럽게 물은 탓에 두자춘은 역시 눈을 내리깔고 무심결에 솔직하게 대답했습니다.

"그런가? 그거 참 안됐군."

노인은 잠시 무슨 생각을 하는 것 같았는데 곧 거리에 비치는 노을빛을 가리키며 말했습니다.

"그렇다면 내가 좋은 것 한 가지 가르쳐주지. 지금 이 노을 속에 서서 자네 그림자가 땅에 비치면 그 머리가 닿는 곳을 한밤중에 파보게. 필시 수레에 가득 찰 만큼 황금이 파묻혀 있을 테니."

"정말입니까?"

두자춘은 깜짝 놀라 내리깔고 있는 눈을 들었습니다. 그런데 더욱 이상하게도 그 노인은 어디로 가버렸는지 주위에는 이미 그 사람의 자취도 보이지 않았습니다. 그 대신 하늘의 달빛은 전보다 더욱 하얘졌고, 쉬지 않고 오가는 사람들 위에는 이제 성급한 박쥐 두세 마리가 팔락팔락 날아다니고 있었습니다.

2

두자춘은 하룻밤 사이에 낙양 도읍에서 가장 큰 부자가 되었습니다. 그 노인의 말대로 노을빛에 그림자를 비쳐보고 그 머리에 해당하는 곳을, 한밤중에 가서 슬쩍 파보았더니 커다란 수레에도 넘칠 만큼 많은 황금 한 무더기가 나왔던 것입니다.

큰 부자가 된 두자춘은 곧 근사한 집을 사고 현종 황제에게도 지지 않을 만큼 사치스러운 생활을 하기 시작했습니다. 난릉蘭陵의 술을 사고, 계주桂州의 용안육龍眼肉을 주문하고, 하루에 네 번 색이 변하는 모란을 정원에 심게 하고, 흰 공작 여러 마리를 놓아먹이고, 옥을 모으고, 비단으로 옷을 짓게 하고, 향나무로 수레를 만들게 하고, 상아 의자를 맞추고, 이런 사치를 하나하나 적고 있다가는 언제까지고 이야기가 끝나지 않을 정도였습니다.

그러자 이런 소문을 듣고 지금까지는 길에서 마주쳐도 인사도 하지 않았던 친구들이 아침저녁으로 놀러왔습니다. 그것도 날마다 숫자가 늘어나 반년이 지나기 전에 낙양에 이름이 알려진 수많은 재자가인 중에서 두자춘의 집에 와보지 않은 사람은 한 사람도 없을 정도가 되었습니다. 두자춘은 그 손님들을 상대로 매일 술잔치를 벌였습니다. 그 술잔치가 또 얼마나 성대했는지는 말로 다할 수 없을 정도였습니다. 아주 간추려서만 말해도 두자춘이 금잔에 서양에서 온 포도주를 따르고 인도 출신의 마법사가 단도를 삼켜 보이는 재주에 넋을 잃고 있으면 그 주위에는 스무 명의 여자들 중 열 명은 비취 연꽃을, 나머지 열 명은 마노 모란꽃을 모두 머리에 장식하고 피리나 칠현금을 흥겹게 연주하는 광경이었습니다.

하지만 아무리 큰 부자라고 해도 돈에는 한계가 있으므로 역시 사치가인 두자춘도 한두 해 지나는 동안 점점 가난해지기 시작했습니다. 그렇게 되자 사람은 박정한 법이라 어제까지는 매일 찾아온 친구도 오늘은 문 앞을 지나도 인사 한 번 하지 않았습니다. 더구나 3년째인 봄, 결국 두자춘이 이전대로 빈털터리가 되고 보니 넓은 낙양 도읍 안에서도 그에게 잠자리를 내어주겠다는 집은 한 곳도 없었습니다. 아니, 잠자리를 빌려주기는커녕 지금은 물 한 그릇 베풀어주는 자가 없었습니다.

그래서 그는 어느 날 저녁 다시 한번 그 낙양 서문 아래로 가서 멍하니 하늘을 올려다보며 어찌할 바를 모른 채 서 있었습니다. 그러자 역시 옛날처럼 애꾸눈의 노인이 어디선가 모습을 나타내,

"자네는 무슨 생각을 하고 있나?" 하고 물어보지 않겠습니까.

두자춘은 노인의 얼굴을 보자 부끄러운 듯 고개를 떨군 채 잠시 대답도 하지 못했습니다. 하지만 노인은 그날도 친절하게 같은 말을 되풀이해서 두자춘도 전과 마찬가지로,

"저는 오늘 밤 잘 곳이 없어서 어떻게 하나, 하는 생각을 하고 있었습니다" 하고 주뼛주뼛 대답했습니다.

"그런가? 그거 참 안됐군. 그렇다면 내가 좋은 것 한 가지 가르쳐주지. 지금 이 노을 속에 서서 자네 그림자가 땅에 비치면 그 머리가 닿는 곳을 한밤중에 가서 파보게. 필시 수레에 가득 찰 만한 황금이 파묻혀 있을 테니."

노인은 이렇게 말하나 싶더니 이번에도 역시 인파 속으로 감쪽같이 사라지고 말았습니다.

두자춘은 그 이튿날부터 순식간에 천하제일의 큰 부자로 돌아갔습니다. 그와 동시에 여전히 마음껏 사치를 부리기 시작했습니다. 정원에 피어 있는 모란꽃, 그 안에 잠들어 있는 흰 공작, 그리고 단도를 삼켜 보이는 인도에서 온 마법사, 이 모든 것이 옛날 그대로였습니다.

그러므로 수레에 가득했던 그 엄청난 황금도 다시 3년이 지나는 동안 완전히 동이 나고 말았습니다.

3

"자네는 무슨 생각을 하고 있나?"

애꾸눈 노인은 세 번째로 두자춘 앞으로 와서 같은 것을 물었습니다. 물론 그는 그때도 낙양 서문 아래에서 근근이 안개를 뚫고 비치는 초승달 빛을 바라보며 멍하니 서 있었습니다.

"저 말입니까? 저는 오늘 밤 잘 곳이 없어서 어떻게 하나, 하는 생각을 하고 있었습니다."

"그런가? 그거 참 안됐군. 그렇다면 내가 좋은 것 한 가지 가르쳐주지. 지금 이 노을 속에 서서 자네 그림자가 땅에 비치면 그 머리가 닿는 곳을 한밤중에 가서 파보게. 필시 수레에 가득 찰 만한……"

노인이 여기까지 말하자 두자춘은 다급하게 손을 들어 그 말을 막았습니다.

"아뇨, 이제 돈은 필요 없습니다."

"돈은 이제 필요하지 않다? 하아, 그렇다면 사치를 부리는 것도 이제 질린 모양이군."

노인은 미심쩍다는 눈빛으로 가만히 두자춘의 얼굴을 바라봤습니다.

"아니, 사치에 질린 것이 아닙니다. 인간이라는 것에 정나미가 떨어졌습니다."

두자춘은 불만스러운 듯한 얼굴로 퉁명스럽게 이렇게 말했습니다.

"그거 참 재미있군. 어째서 인간한테 정나미가 떨어졌나?"

"인간은 다들 박정합니다. 제가 큰 부자가 되었을 때는 간살부리는 말도 하고 아첨도 하지만 일단 가난해져보세요. 다정한 얼굴조차 보여주지 않습니다. 그런 생각을 하면 설사 다시 한 번 큰 부자가 된다고 한들 무슨 소용이 있나 하는 생각이 듭니다."

노인은 두자춘의 말을 듣고는 갑자기 히죽히죽 웃기 시작했습니다.

"그런가? 아니, 자네는 젊은 사람답지 않게 기특하게도 세상 물정을 아는군. 그렇다면 앞으로 가난하더라도 편하게 살아갈 생각인가?"

두자춘은 잠시 망설였습니다. 하지만 곧 결심한 눈을 들더니 호소하듯이 노인의 얼굴을 쳐다보며,

"그것도 지금의 저는 할 수 없습니다. 그러니 저는 당신의 제자가 되어 선술仙術 수업을 받고 싶습니다. 아니, 숨기시면 안 됩니다. 당신은 덕이 높은 신선이시지요? 신선이 아니라면 하룻밤 사이에 저를 천하제일의 큰 부자로 만들 수는 없을 테니까요. 부디 저의 스승이 되어 신기한 선술을 가르쳐주십시오."

노인은 미간을 찡그린 채 잠자코 뭔가 생각하는 것 같았습니다. 얼마 후 다시 빙긋 웃으며,

"사실 나는 아미산峨眉山에 사는 철관자鐵冠子라는 신선이네. 처음에 자네 얼굴을 봤을 때 어딘가 이해력이 좋은 것 같아서 두 번까지 큰 부자로 만들어주었는데, 정 그렇게 신선이 되고 싶다면 내 제자로 삼아주지" 하고 흔쾌히 소원을 들어주었습니다.

두자춘은 이루 말할 수 없이 기뻤습니다. 노인의 말이 채 끝나기도 전에 그는 땅바닥에 이마를 대고 철관자에게 몇 번이나 절을 했습니다.

"아니, 그렇게 고마워할 것 없네. 아무리 내 제자로 삼았다고 한들 훌륭한 신선이 될지 못 될지는 자네한테 달려 있으니까 말이야. 하지만 어쨌든 일단 나와 함께 아미산으로 가보세. 오오, 다행히 여기에 대나무 지팡이 하나가 떨어져 있군. 그럼 얼른 올라타서 단숨에 하늘을 날아가기로 하세."

철관자는 거기에 있는 푸른 대나무 하나를 주워들고는 입속으로 주문을 외우며 두자춘과 함께 말에라도 타는 듯이 그 대나무에 걸터앉았습니다. 그러자 신기한 일이 아니겠습니까. 대나무 지팡이는 순식간에 용처럼 기세 좋게 하늘로 날아올라 맑게 갠 봄날의 저녁 하늘을 아미산 쪽으로 날아갔습니다.

두자춘은 간이 떨어질 만큼 놀라며 주뼛주뼛 아래를 내려다봤습니다. 하지만 아래에는 저녁 어스름 속에 그저 푸른 산들만 보일 뿐이고 낙양의 서문은 (진작 안개에 휩싸여 보이지 않게 되었겠지요) 아무리 찾아도 보이지 않았습니다. 그러는 사이에 철관자는 흰 살쩍을 바람에 휘날리며 드높이 노래를 부르기 시작했습니다.

아침에는 북쪽 바다에서 노닐고, 저녁에는 창오蒼梧*에서
노니네.

소매 안의 푸른 뱀, 배짱 한번 두둑하구나.

세 번이나 악양루에 올랐건만, 날 알아보는 이 없네.

드높이 노래하며 날아 지나는 동정호洞庭湖.

4

두 사람을 태운 푸른 대나무는 곧 아미산으로 내려갔습니
다.

그곳은 깊은 골짜기에 면한 폭이 넓은 너럭바위였는데, 아
주 높은 곳인 모양인지 중천에 떠 있는 북두칠성이 밥그릇만
큼 크게 빛나고 있었습니다. 물론 인적이 끊긴 산속이라 주위
는 쥐 죽은 듯 조용해서 귀에 들어오는 것은 기껏해야 뒤쪽 절
벽에 자라고 있는 구불구불한 소나무 한 그루가 밤바람에 윙
윙 울어대는 소리뿐이었습니다.

두 사람이 그 바위 위로 가자 철관자는 두자춘을 절벽 밑에
앉히고,

"나는 앞으로 천상으로 가서 서왕모를 뵙고 올 테니 자네는
그동안 여기에 앉아 내가 돌아올 때까지 기다리게. 아마 내가

---

* 순舜 임금이 남방을 순행하다 죽었다는 곳. 여기서는 아주 먼 남쪽을 의
  미한다.

없어지면 온갖 마귀들이 나타나 자네를 속이려들 텐데, 설사 무슨 일이 일어나도 절대 소리를 내서는 안 되네. 만약 한마디 라도 하면 자네는 도저히 신선이 될 수 없다는 걸 각오하게. 알 았나? 천지가 갈라져도 잠자코 있어야 하네" 하고 말했습니다.

"알겠습니다. 절대 소리를 내지 않겠습니다. 숨이 끊어져도 잠자코 있겠습니다."

"그런가? 그 말을 들으니 나도 안심이 되는군. 그럼 나는 다 녀오겠네."

노인은 두자춘에게 이별을 고하고 다시 그 대나무 지팡이에 걸터앉아 밤눈에도 깎아지른 듯한 산들 위의 하늘로 일자를 그리며 사라졌습니다.

두자춘은 혼자 바위 위에 앉은 채 조용히 별을 바라보고 있 었습니다. 그러자 그럭저럭 한 시간쯤 지나 심산의 밤공기가 쌀쌀하게 얇은 옷 속으로 스며들 때쯤 갑자기 공중에서 소리 가 들리기를,

"거기에 있는 건 누구냐?" 하고 엄하게 꾸짖는 것이 아니겠 습니까.

하지만 두자춘은 신선의 가르침대로 아무런 대답도 하지 않 고 있었습니다.

그런데 잠시 후 역시 같은 목소리가 울리더니,

"대답을 하지 않으면 당장 목숨이 날아갈 줄 각오해라" 하 고 준엄하게 위협하는 것이었습니다.

두자춘은 물론 입을 다물고 있었습니다.

그러자 어디에서 올라왔는지 눈을 번쩍번쩍 빛내는 호랑이

한 마리가 홀연히 바위 위로 뛰어올라 두자춘을 노려보며 사납게 한 번 으르렁거렸습니다. 그뿐 아니라 동시에 머리 위의 소나무 가지가 심하게 술렁술렁 흔들리나 싶더니 뒤쪽 절벽 꼭대기에서는 너 말들이 통만 한 백사白蛇 한 마리가 불꽃같은 혀를 날름거리며 순식간에 가까이 내려왔습니다.

하지만 두자춘은 눈썹 하나 까딱하지 않고 태연히 앉아 있었습니다.

호랑이와 뱀은 먹잇감 하나를 놓고 서로 빈틈을 노리고 있는 건지 잠시 서로 노려보기만 하고 있었는데 얼마 후 어느 쪽이 먼저랄 것도 없이 한꺼번에 두자춘에게 덤벼들었습니다. 하지만 호랑이 이빨에 물리든 뱀의 혀에 물리든 두자춘의 목숨은 순식간에 사라질 거라고 생각한 순간 호랑이와 뱀은 안개처럼 밤바람과 함께 사라지고, 뒤에는 오직 절벽의 소나무가 조금 전처럼 윙윙 가지를 울리고 있을 뿐이었습니다. 두자춘은 휴우 하고 안도의 한숨을 내쉬고 다음에는 무슨 일이 일어날까 하고 은근히 기다리고 있었습니다.

그러자 한바탕 바람이 일더니 먹물 같은 검은 구름이 온통 주위를 뒤덮자마자 연보라빛 번개가 갑작스레 어둠을 둘로 가르고 엄청난 천둥이 울리기 시작했습니다. 아니, 천둥만이 아니었습니다. 천둥과 함께 폭포 같은 비까지 느닷없이 쫘쫘 쏟아지기 시작했습니다. 두자춘은 이 천재지변 속에서 겁내는 기색도 없이 앉아 있었습니다. 바람 소리, 장대비, 그리고 끊임없는 번갯불, 한동안은 그 대단하던 아미산도 뒤집힐 것 같은 정도였지만, 곧 귀청을 찢을 정도로 큰 천둥소리가 울리는가 싶더니 하늘에 소용돌이치던 먹구름 속에서 시뻘건 불기둥 하나가 두자춘의 머리 위로 떨어졌습니다.

두자춘은 무심결에 귀를 막고 너럭바위 위에 넙죽 엎드렸습니다. 하지만 곧 눈을 뜨고 보니 하늘은 이전처럼 맑게 개어 있고 건너편에 우뚝 솟은 산들 위에도 밥그릇만 한 북두칠성이 역시 반짝반짝 빛나고 있었습니다. 그러고 보니 조금 전의 엄청난 폭풍우도 호랑이나 백사와 마찬가지로 철관자가 없는 틈을 노리고 마귀들이 못된 장난을 한 것이 틀림없었습니다. 두자춘은 겨우 안심하고 이마의 식은땀을 훔치며 다시 바위 위에 고쳐 앉았습니다.

하지만 그 한숨이 채 가시기도 전에 이번에는 그가 앉아 있는 곳 앞에 금 갑옷을 입은 키가 3장丈이나 될 것 같은 위엄 있는 신장神將이 나타났습니다. 신장은 손에 삼지창을 들고 있었는데 갑자기 그 창끝을 두자춘의 가슴께에 겨누고 눈을 부라리며 엄하게 꾸짖는 것을 들으니,

"이놈, 네놈은 대체 누구냐? 이 아미산은 천지개벽하던 옛날부터 내가 살고 있는 곳이다. 그것도 꺼리지 않고 혼자 여기에 발을 들여놓다니, 설마 보통 사람은 아니겠지? 자, 목숨이 아깝거든 한시 바삐 대답해라" 하고 말하는 것이었습니다.

하지만 두자춘은 노인의 말대로 묵묵히 입을 다물고 있었습니다.

"대답 안 할 거야? 안 하겠다고? 좋아. 대답하든 말든 맘대로 해. 그 대신 내 일족이 너를 갈기갈기 찢어놓을 거야."

신장은 창을 높이 쳐들고 건너편 산 위의 하늘을 가리키며

불렀습니다. 그 순간 어둠이 휙 걷히더니 놀랍게도 무수한 신병神兵들이 구름처럼 하늘을 가득 메우고 다들 창이나 칼을 번뜩이며 당장이라도 이곳으로 한꺼번에 밀고 들어오려고 했습니다.

그 광경을 본 두자춘은 무심코 악 하고 비명을 지를 뻔했지만 곧 철관자의 말을 떠올리고는 필사적으로 입을 다물었습니다. 신장은 그가 두려워하지 않는 것을 보더니 몹시 화를 냈습니다.

"이 고집스러운 놈. 끝까지 대답을 안 하겠다면 약속대로 목숨을 빼앗아주지."

신장은 이렇게 크게 외치고는 삼지창을 번뜩이며 단숨에 두자춘을 찔러 죽였습니다. 그리고 아미산도 울릴 만큼 껄껄 크게 웃으며 어디론가 사라졌습니다. 물론 이때는 이미 무수한 신병도, 불어오는 밤바람 소리와 함께 꿈처럼 사라진 후였습니다.

북두칠성은 또 쌀쌀한 듯이 너럭바위 위를 비추기 시작했습니다. 절벽의 소나무도 전과 다름없이 윙윙 가지를 울리고 있었습니다. 하지만 두자춘은 진작 숨이 끊어진 채 벌렁 나자빠져 있었습니다.

5

두자춘의 몸은 바위 위에 벌렁 나자빠져 있었으나 두자춘의 영혼은 조용히 몸에서 빠져나와 지옥 밑바닥으로 내려갔습니다.

이 세상과 지옥 사이에는 암혈도闇穴道*라는 길이 있는데 그곳은 일 년 내내 어두운 하늘에 얼음 같은 차가운 바람이 쌩쌩 불어대고 있습니다. 두자춘은 그 바람을 맞으며 잠시 그저 나뭇잎처럼 하늘을 떠돌아다녔는데 곧 삼라전森羅殿**이라는 현판이 걸려 있는 멋진 궁전 앞으로 갔습니다.

궁전 앞에 있던 수많은 귀신은 두자춘의 모습을 보자마자 곧바로 그 주위를 둘러싸더니 계단 앞으로 데려가 앉혔습니다. 계단 위에는 한 왕이 새까만 옷에 금관을 쓰고 위엄 있게 주위를 주시하고 있었습니다. 이는 일찍이 소문으로 듣던 염라대왕이 틀림없었습니다. 두자춘은 어떻게 될까 생각하며 주뼛주뼛 그곳에 무릎을 꿇고 있었습니다.

"이놈, 너는 뭐 때문에 아미산 위에 앉아 있었느냐?"

염라대왕의 목소리는 천둥처럼 계단 위에서 울렸습니다. 두자춘은 그 물음에 곧바로 대답하려고 했습니다만, 문득 다시 생각난 것은 '절대 말을 하지 마라'는 철관자의 훈계였습니다. 그래서 오직 고개를 떨군 채 벙어리처럼 입을 다물고 있었습니다. 그러자 염라대왕은 갖고 있던 쇠로 된 홀을 들어 얼굴에 가득한 수염을 곤두세우며,

"너는 여기가 어디라고 생각하느냐? 얼른 대답하는 게 좋을

---

* 과라국果羅國으로 죄인을 보낼 때 중죄인을 통과시켰다는 어두운 길.
** 우주의 모든 것이 모이는 어전.

거야. 그렇지 않으면 당장 지옥의 벌을 받게 해주지" 하고 고압적으로 소리쳤습니다.

하지만 두자춘은 여전히 입술을 꼭 다물고 있었습니다. 그것을 본 염라대왕은 곧바로 귀신들 쪽을 보며 거칠게 뭐라고 명령을 하니 귀신들은 한꺼번에 잘 알겠다고 하며 순식간에 두자춘을 일으켜 세우고는 삼라전 하늘 위로 날아올랐습니다.

다들 알고 있는 대로 지옥에는 검산劍山이나 혈지血池 외에도 초열지옥焦熱地獄이라는 불길 계곡이나 극한지옥極寒地獄이라는 얼음 바다가 새까만 하늘 아래 늘어서 있었습니다. 귀신들은 그런 지옥 안으로 번갈아가며 두자춘을 던져 넣었습니다. 그래서 두자춘은 무참하게도 검이 가슴을 꿰뚫고 불길에 얼굴이 타고 혀가 뽑히고 가죽이 벗겨지고 쇠 절굿공이에 찧어지고 기름 냄비에 삶아지고 독사에게 뇌수가 빨리고 뿔매에 눈이 파먹히는 등 그 고통을 일일이 헤아리면 도무지 끝이 없을 정도로 온갖 고통을 당했습니다. 그래도 두자춘은 참을성 있게 이를 악물고 한마디도 하지 않았습니다.

여기에는 귀신들도 아주 질리고 말았겠지요. 다시 한번 밤 같은 하늘을 날아 삼라전 앞으로 돌아오자 조금 전처럼 두자춘을 계단 아래에 앉히고 어전 위의 염라대왕에게,

"이 죄인은 아무리 해도 말을 할 기색이 없습니다" 하고 입을 모아 아뢰었습니다.

염라대왕은 눈살을 찌푸리고 잠시 생각에 잠겨 있다가 곧 뭔가 생각난 모양인지,

"이놈의 부모는 축생도에 빠져 있을 테니 어서 끌고 오너

라" 하고 한 귀신에게 명했습니다.

귀신은 순식간에 바람을 타고 지옥의 하늘로 날아올랐습니다. 그러나 했더니 또 별이 흐르는 것처럼 짐승 두 마리를 몰아대며 횡하니 삼라전 앞으로 내려왔습니다. 그 짐승을 본 두자춘은 아주 깜짝 놀랐습니다. 왜냐하면 그 두 마리는, 모습은 볼품없이 비쩍 마른 말이었지만 얼굴은 꿈에도 잊을 수가 없는 돌아가신 부모님이었기 때문입니다.

"이놈, 너는 뭐 때문에 아미산 위에 앉아 있었느냐, 당장 실토하지 않으면 이번에는 네놈 부모한테 따끔한 맛을 보여줄 것이다."

두자춘은 이런 협박을 받아도 여전히 대답을 하지 않았습니다.

"이런 불효막심한 놈 같으니라고. 네놈은 부모가 고통을 당해도 네놈만 괜찮으면 된다고 생각하느냐?"

염라대왕은 삼라전까지 무너져 내릴 만큼 무시무시한 소리를 내질렀습니다.

"쳐라, 귀신들아. 이 짐승 두 마리의 살과 뼈까지 분쇄해버려라."

귀신들은 일제히 "옛" 하고 대답하며 철 채찍을 들고 일어나 사방팔방에서 말 두 마리를 아무런 주저함도 없이 때려눕혔습니다. 채찍은 쉭쉭 바람을 가르며 어디든 상관없이 비처럼 말의 몸을 때려 부셨습니다. 말은, 곧 짐승이 된 부모는 괴로운 듯이 몸부림을 치고 눈에는 피눈물을 머금은 채 차마 볼 수 없을 만큼 소리 높이 울어댔습니다.

"어떠냐? 네놈은 그래도 실토하지 않겠느냐?"

염라대왕은 귀신들에게 잠깐 채찍을 멈추게 하고 다시 한번 두자춘의 대답을 재촉했습니다. 그때는 이미 말 두 마리도 살이 찢어지고 뼈는 부서져 숨이 끊어질 듯이 계단 앞에 쓰러져 있었습니다.

두자춘은 필사적으로 철관자의 말을 떠올리며 눈을 꾹 감고 있었습니다. 그러자 그때 그의 귀에는 거의 목소리라고는 생각되지 않을 만큼 희미한 목소리가 들려왔습니다.

"걱정할 것 없다. 우리가 어떻게 되든 너만 행복할 수 있다면 그보다 나은 일은 없으니까. 대왕이 뭐라고 하든 말하고 싶지 않은 것은 말하지 말거라."

그것은 분명히 그리운 어머니의 목소리였습니다. 두자춘은 무심결에 눈을 떴습니다. 그리고 말 한 마리가 힘없이 땅바닥에 쓰러진 채 슬픈 듯이 그의 얼굴을 가만히 보고 있는 것을 봤습니다. 어머니는 그런 고통 속에서도 아들의 마음을 헤아려 귀신들의 채찍질을 원망하는 기색조차 보이지 않았습니다. 큰 부자가 되면 겉발림 말을 하고 가난해지면 말도 붙이지 않는 세상 사람들에 비하면 이 얼마나 고마운 마음일까요. 이 얼마나 갸륵한 결심일까요. 두자춘은 노인의 훈계도 잊고 구르듯이 그쪽으로 달려가 두 손으로 빈사 상태인 말의 목을 안고 눈물을 뚝뚝 흘리며 "어머니" 하고 한마디를 외쳤습니다.

그 소리에 정신을 차리고 보니 두자춘은 여전히 노을빛을 받으며 낙양 서문 아래에 멍하니 서 있었습니다. 부예진 하늘, 하얀 초승달, 끊임없는 사람과 수레의 물결, 이 모든 것이 아미산으로 가기 전과 같았습니다.

"어떤가? 내 제자가 되어봤자 도저히 신선은 될 수 없을 거네."

애꾸눈 노인이 미소를 머금고 말했습니다.

"될 수 없습니다. 될 수는 없지만, 저는 될 수 없었던 것이 오히려 기쁜 것 같습니다."

두자춘은 아직 눈에 눈물을 머금은 채 무심결에 노인의 손을 잡았습니다.

"아무리 신선이 된다고 해도 저는 지옥의 그 삼라전 앞에서 채찍을 맞고 있는 부모님을 보고 잠자코 있을 수는 없었습니다."

"만약 자네가 잠자코 있었다면……" 하고 철관자는 갑자기 위엄 있는 얼굴로 두자춘을 지그시 바라봤습니다.

"만약 자네가 잠자코 있었다면 나는 그 자리에서 자네 목숨을 끊어놓을 생각이었다네. 자네는 이제 신선이 되고 싶다는 소망도 갖고 있지 않네. 물론 큰 부자가 되는 것도 질렸을 거고. 그렇다면 자네는 앞으로 뭐가 되면 좋을 것 같나?"

"뭐가 되든 인간다운 정직한 생활을 할 생각입니다."

두자춘의 목소리에는 지금까지 없었던 후련함이 담겨 있었습니다.

"그 말을 잊지 말게. 그럼 나는 오늘을 끝으로 두 번 다시 자네를 만나지 않을 테니."

철관자는 이렇게 말하며 이미 걷기 시작했는데, 갑자기 다시 발길을 멈추고 두자춘을 돌아보며,

"아아, 다행히 지금 생각났네만 나는 태산泰山 남쪽 기슭에 집 한 채를 갖고 있네. 그 집을 밭과 함께 자네한테 줄 테니 당장 가서 살게. 요즘은 마침 집 주위에 온통 복숭아꽃이 피어 있을 거야" 하고 자못 유쾌한 듯이 덧붙였습니다.

(1920년 7월)

아그니 신 アグニの神*

1

중국 상하이의 어떤 동네입니다. 낮에도 어둑한 어느 집 2층에 인상이 고약한 인도인 노파가 상인처럼 보이는 한 미국인과 열심히 무슨 이야기를 나누고 있었습니다.

"실은 이번에도 할멈한테 점을 좀 봐달라고 왔는데요……"

미국인은 이렇게 말하며 새 담배에 불을 붙였습니다.

"점 말인가요? 점은 당분간 안 보기로 했어요."

노파는 비웃듯이 힐끗 상대의 얼굴을 봤습니다.

---

* Agni. 인도 베다 신화에 나오는 불의 신. 이 작품은 내용의 유사성으로 인해 1919년에 발표한 「요상한 노파妖婆」의 동화판으로 여겨진다. 장소를 도쿄 혼조本所에서 중국의 상하이로, 점쟁이 할멈을 일본인에서 인도인으로 바꾸었다.

"요즘에는 애써 봐줘도 답례조차 제대로 하지 않는 사람이 많아졌으니까요."

"그야 물론 사례는 하겠습니다."

미국인은 아까워하는 기색도 없이 3백 달러짜리 수표 한 장을 노파 앞에 던졌습니다.

"우선 이것만 받아두세요. 만약 할멈의 점이 맞으면 그때는 별도로 사례를 할 테니까요."

노파는 3백 달러짜리 수표를 보자 갑자기 상냥해졌습니다.

"이렇게 많이 받으니 오히려 미안하네요. 그런데 당신은 대체 무슨 점을 봐달라는 건가요?"

"제가 알고 싶은 것은……"

미국인은 담배를 물고 교활한 웃음을 띠었습니다.

"대체 미국과 일본의 전쟁이 언제 일어날까 하는 것입니다. 그것만 제대로 알 수 있으면 우리 상인들은 순식간에 큰돈을 벌 수 있으니까요."

"그럼 내일 오세요. 그때까지 점을 봐둘 테니까요."

"그래요? 그럼 틀림없도록……"

인도인 노파는 자신 있다는 듯이 가슴을 뒤로 젖혔습니다.

"제 점은 지난 50년 동안 한 번도 빗나간 적이 없어요. 하여튼 제 점은 아그니 신이 직접 계시를 내려주는 거니까요."

미국인이 돌아가자 노파는 옆방 문 앞으로 가서,

"에렌惠蓮, 에렌" 하고 불렀습니다.

그 소리를 듣고 나온 사람은 아름다운 중국인 여자아이였습니다. 하지만 무슨 힘든 일이라도 있는지 여자아이의 아래로 불룩한 볼은 마치 밀랍 같은 색이었습니다. "뭘 그렇게 꾸물대고 있어? 정말 너처럼 뻔뻔한 여자도 없을 거야. 또 부엌에서 졸고 있었던 거 아냐?"

에렌은 아무리 야단을 맞아도 고개를 숙인 채 잠자코 있었습니다.

"잘 들어. 오늘 밤에는 오랜만에 아그니 신께 계시를 받을 테니까, 그런 줄 알고 있어."

여자아이는 슬픈 듯한 눈을 들어 새까만 노파의 얼굴을 쳐다봤습니다.

"오늘 밤에요?"

"오늘 밤 열두 시. 알았지? 잊으면 안 돼."

인도인 노파는 위협하듯이 손가락을 쳐들었습니다.

"또 네가 전처럼 성가시게 하면 이번에는 네 목숨이 없는 줄 알아. 너 같은 건 죽이려고 마음만 먹으면 병아리 목을 비트는 것보다……"

이렇게 말하다 만 노파는 갑자기 얼굴을 찡그렸습니다. 문득 에렌을 보니 어느새 창가로 가서 마침 열려 있던 유리창으로 쓸쓸한 거리를 바라보고 있었습니다.

"뭘 보고 있는 거야?"

에렌은 더욱 얼굴빛이 변하며 다시 한번 노파의 얼굴을 쳐다보았습니다.

"좋아, 좋아, 나를 그렇게 무시하다니 네가 아직 혼이 덜난 모양이구나."

노파는 분노가 이글거리는 눈으로 그곳에 있던 빗자루를 치켜들었습니다.

　바로 그 순간이었습니다. 밖에 누가 찾아왔는지 갑자기 거칠게 문을 두드리는 소리가 들렸습니다.

2

　그날 거의 같은 시각에 젊은 일본인 한 사람이 이 집 밖을 지나고 있었습니다. 무슨 생각을 했는지 2층 창문으로 얼굴을 내민 중국인 여자아이를 힐끗 보더니 어안이 벙벙해진 것처럼 잠시 멍하니 서 있었습니다.

　또 그곳을 지나던 사람은 나이 든 중국인 인력거꾼이었습니다.

　"이보시오, 저 2층에 누가 살고 있는지 아시오?"

　일본인은 인력거꾼에게 불쑥 이렇게 물었습니다. 중국인은 인력거 채를 쥔 채 높은 2층을 올려다보고는 "저기 말입니까? 저기에는 어떤 인도인 할멈이 살고 있습니다" 하고 기분 나쁘다는 듯이 대답하고는 서둘러 가려고 했습니다.

　"아니, 기다리시오. 그런데 그 할멈은 무슨 장사를 하고 있소?"

　"점쟁이입니다. 확실히는 모르지만 이 근처의 소문으로는 무슨 마법까지 쓴다고 합니다. 뭐, 목숨이 소중하다면 그 할멈한테는 가지 않는 게 좋겠지요."

　중국인 인력거꾼이 가고 나자 일본인은 팔짱을 끼고 뭔가 생각하는 것 같았습니다만 곧 결심이라도 한 것인지 지체 없이 그 집 안으로 들어갔습니다. 그런데 갑작스럽게 들려온 것은, 욕설을 퍼붓는 노파의 소리에 섞인 중국인 여자아이의 울음소리였습니다. 일본인은 그 소리를 듣자마자 한꺼번에 두세 계단씩 어둑한 계단을 뛰어 올라갔습니다. 그리고 노파의 방문을 힘껏 두드리기 시작했습니다.

곧 문이 열렸습니다. 하지만 일본인이 안으로 들어가 보니 거기에는 인도인 노파 혼자만 서 있고 중국인 여자아이는 이미 옆방에라도 숨었는지 흔적도 보이지 않았습니다.

"무슨 볼일이라도 있어요?"

노파는 자못 의심스럽다는 듯이 상대의 얼굴을 빤히 쳐다봤습니다.

"당신은 점쟁이지요?"

일본인은 팔짱을 낀 채 노파의 얼굴을 노려봤습니다.

"그런데요."

"그렇다면 나의 볼일 같은 건 물어보지 않아도 알고 있는 것 아니오? 나도 일단 당신한테 점을 보러 왔소."

"뭘 봐드릴까요?"

노파는 더욱 의심스럽다는 듯이 일본인의 행색을 살폈습니다.

"내가 모시는 어르신의 따님이 작년 봄에 행방불명이 되었소. 그걸 한 번 봐줬으면 하는데……"

일본인은 한마디 한마디에 힘을 주어 말했습니다.

"내가 모시는 어른은 홍콩의 일본 영사요. 따님의 이름은 다에코라고 하고. 나는 엔도라는 서생인데, 어떻소? 그 따님은 어디에 계시오?"

엔도는 이렇게 말하며 윗옷 호주머니에 손을 넣더니 권총을 꺼냈습니다.

"이 근처에 계시지 않소? 홍콩 경찰서에서 조사한 바로는 따님을 데려간 것은 인도인인 것 같다고 했는데, 숨기려 하면 좋지 않을 거요."

하지만 인도인 노파는 조금도 두려워하는 기색이 보이지 않았습니다. 보이지 않는 정도가 아니라 오히려 입술에는 무시하는 듯한 미소까지 짓고 있었습니다.

"당신은 무슨 말을 하는 건가요? 그런 아가씨는 얼굴도 본 적이 없어요."

"거짓말 하지 마시오. 방금 창에서 밖을 내다보고 있던 사람은 분명히 영사님의 따님인 다에코였소."

엔도는 한 손에 권총을 쥔 채 다른 한 손으로 옆방 문을 가리켰습니다.

"그래도 고집을 부린다면 저기에 있는 중국인을 데려오시오."

"그 아이는 내 양녀요."

노파는 여전히 조롱하는 듯이 히죽히죽 혼자 웃었습니다.

"양녀인지 아닌지 한 번 보면 알 수 있겠지. 당신이 데려오지 않으면 내가 저기로 가서 보겠소."

엔도가 옆방으로 들어가려고 하자 인도인 노파는 재빨리 그 문을 막아섰습니다.

"여기는 내 집이오. 일면식도 없는 당신 같은 사람한테 안으로 들어가게 할 성싶소?"

"물러서시오. 물러서지 않으면 사살하겠소."

엔도는 권총을 들었습니다. 아니, 들려고 했습니다. 하지만 그 순간 노파가 까마귀 울음소리 같은 소리를 내나 싶더니 마치 전기에 감전된 것처럼 손에서 권총을 떨어뜨리고 말았습니다. 여기에는 투지가 샘솟던 엔도도 과연 기세가 꺾였겠지요. 잠깐 신기하다는 듯이 주위를 둘러봤습니다만 곧 다시 용기를 내서,

"이 마녀 같은 년" 하고 욕하며 호랑이처럼 노파에게 덤벼들었습니다.

하지만 노파도 여간내기가 아니었습니다. 몸을 휙 피하자마자 거기에 있던 빗자루를 집어 들고 다시 붙잡으려는 엔도의 얼굴에 바닥의 먼지를 쓸어 흩뿌렸습니다. 그러자 그 먼지가 모두 불티가 되어 눈이고 입이고 할 것 없이 엔도의 얼굴 여기저기에 눌어붙었습니다.

엔도는 끝내 견디지 못하고 불티 회오리바람에 쫓기며 구르듯이 밖으로 도망쳐 나왔습니다.

3

그날 밤 12시에 가까운 시각, 엔도는 혼자 노파의 집 앞에 멈춰 서서 2층 유리창에 비치는 불빛을 분한 듯이 바라보고 있

었습니다.

'애써 아가씨의 소재를 알아냈는데도 되찾을 수 없다는 게 안타깝다. 차라리 경찰서에 신고할까? 아니, 아니, 중국 경찰이 굼뜬 것은 홍콩에서 이미 신물이 났어. 만약 이번에 놓치면 다시 찾는 건 아주 고생스러울 거야. 그렇다고 그 마녀한테는 권총도 도움이 안 되고⋯⋯'

엔도가 이런 생각을 하고 있으니 갑자기 높은 2층 창문에서 종이쪼가리가 팔랑팔랑 떨어졌습니다.

"아니, 종이쪼가리가 떨어졌는데, 혹시 아가씨의 편지가 아닐까?"

이렇게 중얼거린 엔도는 그 종이쪼가리를 집어 들고 감추고 있던 회중전등을 꺼내 슬쩍 동그란 빛에 비쳐봤습니다. 그러자 과연 종이쪼가리에는 틀림없이 다에코가 쓴, 지워질 것 같은 연필 흔적이 있었습니다.

엔도 씨. 이 집의 할머니는 무서운 마법사입니다. 이따금 한밤중에 '아그니'라는 인도의 신을 제 몸에 들어오게 합니다. 저는 그 신이 들어와 있는 동안 죽은 것 같은 상태가 됩니다. 그러므로 무슨 일이 일어나는지 알 수가 없지만 할머니의 이야기로는 '아그니' 신이 제 몸을 빌려 여러 가지 예언을 한다고 합니다. 오늘 밤에도 12시에 할머니가 또 '아그니' 신을 들어오게 할 것입니다. 평소라면 저는 자기도 모르는 사이에 정신을 잃고 맙니다만 오늘 밤에는 그렇게 되기 전에 일부러 마법에 걸린 흉내를 내려고 합니다. 그리고 저를 아버지에게 돌려보내지 않으면 '아그니' 신이 할머니의 목숨을 빼앗을 거라고 말할 겁니다. 할머니는 무엇보다 '아그니' 신을 두려워하기 때문에 그 말을 들으면 아마 저를 돌려보내줄 거라고 생각합니다. 아무쪼록 내일 아침에 다시 한번 할머니 집으로 와주세요. 이 계략 외에는 할머니의 손에서 도망칠 수 있는 길이 없습니다. 안녕히 계세요.

엔도는 편지를 다 읽고 회중시계를 꺼내 봤습니다. 시계는 12시 5분 전을 가리켰습니다.

"이제 슬슬 그 시간이 되었군. 상대는 그런 마법사이고 아가씨는 아직 어린아이라 어지간히 운이 좋지 않으면……"

엔도의 말이 끝나기도 전에 이미 마법이 시작되었겠지요. 지금까지 환했던 2층의 창문이 갑자기 깜깜해졌습니다. 그와 동시에 신기한 향냄새가 거리의 포석에까지 스며들 정도로 어디선가 조용히 떠돌았습니다.

4

그 시간, 인도인 노파는 남포등을 끈 2층 방 책상에 마법 책을 펼치고 열심히 주문을 외웠습니다. 향로 불빛이 어둑한 가운데서도 책의 글자만은 어렴풋이 떠올랐습니다.

노파 앞에는 걱정하는 듯한 에렌, 아니 중국옷을 입은 다에

코가 의자에 가만히 앉아 있었습니다. 조금 전 창문으로 떨어뜨린 편지는 무사히 엔도 씨의 손에 들어갔을까? 그때 거리에 있던 사람 그림자는 분명히 엔도 씨인 것 같았는데 혹시 사람을 잘못 본 걸까? 이렇게 생각한 다에코는 초조해서 견딜 수가 없었습니다. 하지만 지금 무심코 그런 내색을 했다가 할머니의 눈에라도 들어간다면 끝장이다. 이렇게 무시무시한 마법사의 집에서 도망치려는 계략은 금세 간파당하고 말 것이다. 그래서 다에코는 필사적으로 떨리는 두 손을 깍지 끼고 미리 짜둔 대로 아그니 신이 들린 것처럼 보여줄 때가 다가오는 것을 이제나저제나 하며 기다리고 있었습니다.

노파는 주문을 외더니 이번에는 다에코를 에워싸며 여러 가지 손짓을 하기 시작했습니다. 앞에 선 채 두 손을 좌우로 들어 보이기도 하고 뒤로 와서 마치 눈가리개라도 하듯이 다에코의 이마 앞을 살짝 가려보기도 했습니다. 만약 그때 방 밖에서 누군가 노파의 모습을 봤다면 그것은 아마 커다란 박쥐나 뭔가가 파르스름한 향로 불빛 속을 날아다니기라도 하는 것처럼 보였겠지요.

그러는 동안 다에코는 평소처럼 점점 졸음이 몰려왔습니다. 하지만 여기서 잠들어버리면 애써 꾸민 계략도 해볼 수 없게 됩니다. 그리고 그렇게 못 하면 물론 두 번 다시 아버지에게 돌아갈 수 없습니다.

'일본의 신들이여, 부디 제가 잠들지 않게 지켜주시옵소서. 그 대신 저는 다시 한번, 비록 단 하루라도 아버지의 얼굴을 볼 수 있다면 바로 죽어도 좋습니다. 일본의 신들이여, 부디 할머

니를 속일 수 있도록 힘을 빌려주시옵소서.'

다에코는 몇 차례나 마음속으로 열심히 기도를 올렸습니다. 하지만 차츰 졸음이 심해질 뿐이었습니다. 그와 동시에 다에코의 귀에는 마치 징이라도 울리는 듯한 정체 모를 음악 소리가 희미하게 들리기 시작했습니다. 그것은 아그니 신이 하늘에서 내려올 때 항상 들려오는 소리였습니다.

이렇게 되면 아무리 참아도 잠들지 않을 수가 없습니다. 실제로 눈앞의 향로불이나 인도인 노파의 모습조차 기분 나쁜 꿈이 희미해지는 것처럼 순식간에 사라져버렸습니다.

'아그니 신이시여, 아그니 신이시여, 부디 저의 기도를 들어주소서.'

얼마 후 그 마법사가 바닥에 엎드린 채 갈라진 목소리를 냈을 때 다에코는 의자에 앉으며 거의 생사도 모르는 것처럼 어느새 푹 잠들어버렸습니다.

5

다에코는 물론이고 노파 또한 이 마법을 부리는 장면이 누구의 눈에도 띄지 않을 거라고 생각했을 것입니다. 하지만 사실은 방 밖에서 또 한 사람이 문의 열쇠구멍으로 엿보고 있었습니다. 그는 대체 누구일까요? 말할 것도 없이 서생 엔도입니다.

엔도는 다에코의 편지를 보고 나서 잠시 거리에 선 채 날이 새기를 기다릴까 하고도 생각했습니다. 하지만 아가씨의 신상을 생각하면 도저히 가만히 있을 수가 없었습니다. 그래서 결국 도둑처럼 슬쩍 집 안으로 들어와 재빨리 2층 출입구로 가서 조금 전부터 엿보고 있었던 것입니다.

하지만 엿보고 있다고 해도 어쨌든 열쇠구멍으로 들여다보는 것이라 파르스름한 향로 불빛을 받은, 죽은 사람 같은 다에코의 얼굴이 정면으로 간신히 보일 뿐이었습니다. 그 밖에는 책상도 마법 책도 바닥에 넙죽 엎드린 노파의 모습도 엔도의 눈에는 전혀 들어오지 않았습니다. 하지만 노파의 쉰 목소리는 손에 잡힐 듯이 분명히 들렸습니다.

"아그니 신이시여, 아그니 신이시여, 부디 저의 기도를 들어주시옵소서."

노파가 이렇게 말했나 싶더니, 숨도 쉬지 않는 것처럼 앉아 있던 다에코가 여전히 눈을 감은 채 갑자기 말을 하기 시작했습니다. 게다가 그 목소리는 아무래도 다에코 같은 소녀라고는 여겨지지 않는 거친 남성의 목소리였습니다.

"아니, 나는 너의 기도 따위는 들어주지 않을 것이다. 너는 내 명령을 거부하고 늘 악행만 저질러왔다. 나는 이제 오늘 밤을 끝으로 너를 버리려고 한다. 아니, 그뿐 아니라 악행에 대한 벌을 내리려고 한다."

노파는 어안이 벙벙했겠지요. 잠깐은 아무 대답도 하지 않고 헐떡이는 듯한 소리만 내고 있었습니다. 하지만 다에코는 노파를 신경 쓰지 않고 엄숙하게 이야기를 계속했습니다.

"너는 가련한 아버지의 손에서 이 여자아이를 훔쳐왔다. 만약 목숨이 아깝거든 내일이 아니라 오늘 밤 안에 얼른 이 여자아이를 돌려줘라."

엔도는 열쇠구멍에 눈을 댄 채 노파의 대답을 기다리고 있었습니다. 그러자 노파는 놀라기라도 할 것 같으냐는 듯 뜻밖에도 아주 밉살스러운 웃음소리를 흘리며 느닷없이 다에코 앞에 버티고 섰습니다.

"사람을 바보 취급하는 것도 적당히 해둬라. 너는 나를 누구라고 생각하느냐. 나는 아직 너한테 속을 만큼 늙지는 않았다고 생각한다. 너를 얼른 아버지한테 돌려보내라고? 아그니 신이 경찰도 아니고 그런 명령을 내릴 성싶으냐?"

노파는 어디서 꺼냈는지 눈을 감은 다에코의 얼굴 앞으로 칼을 들이댔습니다.

"자, 솔직히 털어놔. 너는 불경스럽게도 아그니 신의 음색을 쓰고 있는 거지?"

엔도는 조금 전부터 상황을 엿보고 있었는데, 물론 다에코가 실제로 잠들어 있다는 것은 알 수 없었습니다. 그러므로 엔도는 그걸 보고 결국 계략이 들통 난 것인가 하고 무심코 가슴을 졸였습니다. 하지만 다에코는 여전히 눈꺼풀 하나 움직이지 않고 비웃듯이 대답했습니다.

"너도 죽을 때가 가까워진 모양이구나. 너한테는 내 목소리가 인간의 목소리로 들리느냐? 내 목소리는 낮아도 천상에 타오르는 불꽃의 목소리다. 너는 그걸 모르겠느냐? 모르겠다면 멋대로 해라. 나는 그저 너한테 물을 뿐이다. 당장 여자아이를 돌려보내겠느냐, 아니면 내 명령을 거역하겠느냐……"

노파는 잠깐 망설이는 것 같았습니다. 하지만 곧 용기를 되찾더니 한 손에 칼을 쥐고 다른 한 손에 다에코의 목덜미를 움켜쥐고 곁으로 질질 끌어당겼습니다.

"이년, 아직도 고집을 부릴 생각이냐? 좋아, 좋아, 그럼 약속대로 단숨에 목숨을 끊어주지."

노파는 칼을 치켜들었습니다. 이제 1분만 늦어도 다에코의 목숨은 없어지고 맙니다. 엔도는 즉시 몸을 일으켜 자물쇠가 채워진 입구의 문을 억지로 열려고 했습니다. 하지만 문은 쉽게 부서지지 않았습니다. 아무리 밀고 두드려도 손만 까질 뿐이었습니다.

6

그사이 방에서는 느닷없이 악 하는 누군가의 외침소리가 어둠 속에 울려 퍼졌습니다. 그러고는 바닥에 누군가 쓰러지는 소리도 들린 것 같았습니다. 엔도는 거의 미치광이처럼 다에코의 이름을 부르며 전신의 힘을 어깨에 모아 몇 번이고 입구의 문에 부딪쳤습니다.

판자 부서지는 소리, 자물쇠 튕겨나가는 소리, 문은 결국 부서졌습니다. 하지만 정작 중요한 방 안에는 아직 향로에 파르스름한 불이 활활 타오르고 있을 뿐 인기척도 없이 조용했습니다.

엔도는 그 불빛에 기대어 주뼛주뼛 주위를 둘러보았습니다.

그러자 곧장 눈에 들어온 것은 역시 가만히 의자에 앉아 있는, 죽은 사람 같은 다에코였습니다. 어쩐 일인지 엔도에게는 그것이 머리에 후광이라도 있는 것처럼 엄숙한 느낌을 불러일으켰습니다.

"아가씨, 아가씨." 엔도는 의자로 가서 다에코의 귓가에 입을 대고 아주 열심히 외쳤습니다. 하지만 다에코는 눈을 감은 채 전혀 입을 열지 않았습니다.

"아가씨. 정신 좀 차리세요. 엔도입니다."

다에코는 가까스로 꿈에서 깬 것처럼 희미하게 눈을 떴습니다.

"엔도 씨?"

"그렇습니다. 엔도입니다. 이제 괜찮으니까 안심하세요. 자, 얼른 도망갑시다."

다에코는 아직 비몽사몽인 듯이 가냘프게 말했습니다.

"계략은 실패했어요. 제가 그만 잠들어버려서요, 용서하세요."

"계략이 들통 난 것은 아가씨 탓이 아닙니다. 아가씨는 저와 약속한 대로 아그니 신이 들린 흉내를 내지 않았습니까? 그런 것은 아무래도 좋습니다. 자, 얼른 도망갑시다."

엔도는 답답한 듯이 의자에서 다에코를 안아 일으켰습니다.

"어머, 아니에요. 저는 잠들어 버렸는걸요. 무슨 말을 했는지 모르겠어요."

다에코는 엔도의 가슴에 기대며 중얼거리듯이 이렇게 말했습니다.

"계략은 실패했어요. 저는 도저히 도망칠 수가 없어요."

"그런 일이 어디 있겠어요? 저와 함께 갑시다. 이번에 실패하면 큰일입니다."

"하지만 할머니가 있잖아요?"

"할머니?"

엔도는 다시 한번 방 안을 둘러봤습니다. 책상 위에는 조금 전 그대로 마법 책이 펼쳐져 있었습니다. 그 인도인 노파가 그 밑에 벌렁 쓰러져 있었습니다. 노파는 의외로 자신의 가슴에 칼을 꽂은 채 피 웅덩이 속에 죽어 있었습니다.

"할머니는 어떻게 되었어요?"

"죽었습니다."

다에코는 엔도를 올려다보며 아름다운 눈썹을 찡그렸습니다.

"저는 전혀 몰랐어요. 할머니는 엔도 씨가 죽인 거예요?"

엔도는 시선을 노파의 시체에서 다에코의 얼굴로 옮겼습니다. 오늘 밤의 계략이 실패한 것이, 하지만 그 때문에 노파도 죽었을 뿐 아니라 다에코도 무사히 되찾은 것이 운명의 불가사의한 힘이라는 것을 엔도가 알게 된 것은 그 순간이었습니다.

"제가 죽인 게 아닙니다. 그 할머니를 죽인 것은 오늘 밤 여기에 온 아그니 신입니다."

엔도는 다에코를 안은 채 엄숙하게 이렇게 속삭였습니다.

(1920년 12월)

호색 好色

헤이추平中[*]는 호색가로, 궁녀는 말할 것도 없고 남의 딸까지 탐하는 등 몰래 만나지 않은 상대가 없을 정도였다.

우지슈이모노가타리宇治拾遺物語[**]

왠지 이 사람을 만나지 않고는 견딜 수 없다며 어찌할 바를 모르더니 헤이추는 병이 들었다.

그러고는 괴로워하더니 죽고 말았다.

곤자쿠모노가타리今昔物語[***]

---

[*] 다이라노 사다부미平貞文(?~923). 『고금집古今集』 등의 가인. '헤이추모노가타리平中物語'의 주인공. 수많은 여성과의 교제가 헤이추 골계담으로서 설화화되었다.

[**] 가마쿠라 시대의 설화집. 이는 권3의 18에서 인용한 것.

[***] 헤이안 말기의 설화집. 이는 권30의 제1에서 인용한 것.

호색이라는 것은 이런 행동을 말한다.

짓킨쇼十訓抄*

1. 초상肖像

태평한 시절에 어울리는 우아하고 아름다우며 화려한 두건
아래로 아랫볼이 오동통한 얼굴이 이쪽을 보고 있다.

통통하게 살이 오른 볼에 선명하게 붉은 기가 도는 것은 딱
히 연지를 바림해서가 아니다. 남자에게는 드문 희고 고운 살
결이 자연스럽게 핏기를 비쳐 보이게 한 것이다. 수염은 고상
한 코밑에, 아니 그보다는 얇은 입술 좌우에 마치 엷은 먹을 찍
은 것처럼 아주 조금만 남아 있다. 하지만 윤기 있는 살쩍 위로
는 안개도 끼지 않은 하늘빛조차 아련하게 푸른 기를 띠고 있
다. 그 살쩍 가장자리에 있는 귀는 살짝 올라간 귓불만 보인다.
그것이 대합 같은 따스한 색을 띠는 것은 희미한 빛 때문인 듯
하다. 눈은 남보다 가는데 그 안에는 끊임없이 미소가 떠돌고
있다. 대체로 그 눈동자 속에는 언제나 활짝 핀 벚꽃 가지가 떠
올라 있는 게 아닌가 싶을 만큼 해맑은 미소가 감돌고 있다. 하
지만 다소 주의해서 본다면 거기에는 반드시 행복만 깃들어
있지 않다는 걸 알 수 있을지도 모른다. 이것은 멀리 있는 뭔가

---

* 가마쿠라 시대의 설화집. 이는 제1의 29에서 인용한 것.

를 동경하는 미소다. 동시에 또 가까이에 있는 모든 것에 경멸을 품은 미소다. 얼굴에 비해 목은 차라리 너무 가녀리다고 해도 좋다. 그 목에는 하얀 한삼 옷깃이 희미하게 향기를 배게 한 유채꽃 색 관복의 옷깃과 가느다란 선을 그리고 있다. 얼굴 뒤로 흘끗 보이는 것은 학을 짜 넣은 휘장일까. 아니면 한가로운 산자락의 적송을 그린 장지문일까. 여하튼 흐려진 은 같은, 희읍스름하게 환한 배경이 펼쳐져 있다.

이것이 옛날이야기 속에서 내 앞에 떠오른 '천하제일의 호색한' 다이라노 사다부미의 초상이다. 다이라노 요시카제平の好風에게는 아들 셋이 있었는데 바로 그 차남으로 태어났기에 헤이추平中라는 별명으로 불렸다는, 나의 돈 후안Don Juan의 초상이다.

2. 벚꽃

헤이추는 기둥에 기대고 멍하니 벚꽃을 바라보고 있다. 처마에 바싹 다가온 벚꽃은 이미 한창때가 지난 듯하다. 붉은 기가 약간 퇴색한 꽃에는 긴 한낮이 지난 햇빛이 서로 엇갈린 가지 각각에 복잡한 그림자를 던지고 있다. 하지만 헤이추의 눈은 벚꽃에 있어도 마음은 벚꽃에 없다. 그는 조금 전부터 멍하니 시종侍從을 생각하고 있다.

'처음으로 시종을 본 것은……'

헤이추는 이렇게 생각을 이어갔다.

'처음으로 시종을 본 것은…… 그게 언제였더라? 그래그래, 확실히는 모르나 이나리稲荷 신사에 참배하러 간다고 했으니까 분명히 2월의 첫 오일午日 아침이야. 그 여자가 가마에 타려고 할 때 내가 그곳을 지나간 것이 일의 시작이었지. 얼굴은 부채로 가린 뒤로 힐끗 보였을 뿐이었지만 진분홍빛과 연두빛 옷을 겹쳐 입은 위로 보라빛 웃옷을 걸치고 있는 그 모습은 뭐라 형용할 수 없어. 게다가 가마에 타려는 참이라 한 손으로 하카마*를 쥔 채 허리를 약간 구부린…… 그 모습 또한 아주 그만이었지. 본원 대신**의 저택에는 여자들도 아주 많지만, 일단 그 정도 되는 사람은 한 사람도 없어. 그런 여자라면 내가 반했다고 해도……'

헤이추는 약간 진지한 얼굴이 되었다.

'하지만 정말 반한 걸까? 반했다고 하면 반한 것 같기도 하고, 반하지 않았다고 하면 반하지…… 원래 이런 일은 생각하면 점점 더 모르게 되는 법이지만, 뭐 일단은 반한 거겠지. 하긴 내 일이니까 아무리 시종에게 반했다고 해도 눈앞이 캄캄해지지는 않아. 언젠가 노리자네範実와 그 시종에 대한 이야기를 할 때 애석하게도 머리숱이 적다는 말을 들은 것 같다고 했었지. 그런 것은 한번 봤을 때 이미 정확히 알아차렸어. 노리자네 같은 남자는 피리야 좀 불겠지만 호색 이야기가 되면…… 뭐, 녀석은 그냥 내버려두자고. 일단 내가 생각하고 싶은 것은

---

* 일본 옷의 겉에 입는 주름 잡힌 하의.

** 후지와라노 토키히라藤原時平를 말함. 본원은 토키히라의 저택.

시종 한 사람이니까…… 그런데 좀 더 욕심을 내자면 얼굴이 너무 쓸쓸해 보여. 그것도 너무 쓸쓸해 보이는 것뿐이라면 어딘가 옛날 에마키絵巻* 같은 고상한 구석이 있겠지만, 쓸쓸한데도 박정해 보이고, 또 묘하게 침착한 구석이 있는 것은 아무리 생각해도 미덥지가 않아. 여자라도 그런 얼굴인 것은 의외로 사람을 무시하고 있다는 거지. 게다가 피부도 하얀 편이 아니야. 거무스름하다고까지는 하지 못해도 호박색 정도는 된다고 봐야지. 하지만 언제 봐도 그 여자는 어쩐지 아주 눈에 띄어서 달려가 확 안고 싶은 모습이란 말이지. 그건 확실히 어떤 여자도 흉내 낼 수 없는 자태일 거야.'

헤이추는 하카마의 무릎을 세우며 멍하니 처마 끝의 하늘을 올려다봤다. 무성한 꽃들 사이로 하늘은 온화하게 파르스름한 빛을 띠고 있다.

'그건 그렇고 얼마 전부터 아무리 서신을 전해도 답장 하나 보내오지 않다니, 고집을 부리는 데도 정도가 있는 거 아냐? 뭐, 내가 서신을 보낸 여자는 대개 세 번이면 꺾이고 마는데. 가끔 질긴 여자가 있긴 해도 다섯 번을 보낸 적은 없어. 에겐惠眼이라는 불공佛工의 딸은 시 한 수에 넘어왔지. 그것도 내가 지은 시가 아니야. 누군가가, 그래그래, 요시스케義輔가 지은 시였지. 요시스케는 그 시를 지어 보내도 그쪽 여자가 도무지 상대를 해주지 않았다고 했는데, 같은 시라도 내가 보내면……

---

* 이야기와 그에 관한 삽화를, 가로로 긴 두루마리에 표현한 것.

하긴 시종은 내가 지어도 여전히 답장을 보내지 않았으니까 그렇게 자랑할 수 없을지도 모르지만. 그래도 하여튼 내 서신에는 반드시 여자의 답장이 오고, 답장이 오면 만나게 되지. 만나게 되면 큰 소동이 벌어지고. 큰 소동이 벌어지면…… 다음에는 또 그게 시큰둥해지고 말지. 뭐 그렇게 되기 마련인 거야. 그런데 시종에게는 단 한 달 동안 무려 스무 통이나 서신을 보냈는데 아무 소식도 없는 거니까. 내 연서의 문체가 그렇게 한없이 있는 것도 아니고, 이제 슬슬 바닥이 드러나는데. 하지만 오늘 보낸 서신에는 "하다못해 그냥 봤다는 두 글자만이라도 보내주시오"라고 썼으니까 이번에는 뭐라고 답장이 오겠지. 안 오려나? 만약 오늘도 안 온다면…… 아아, 아아, 얼마 전까지만 해도 내가 이런 일에 마음고생을 할 만큼 기개 없는 인간이 아니었는데 말이지. 듣자니 부라쿠인豊樂院의 늙은 여우가 여자로 둔갑한다고 하는데, 그 여우한테 홀리면 아마 이런 기분일 거야. 같은 여우라도 나라자카奈良坂의 여우는 세 아름이나 되는 삼나무로 둔갑하지. 사가嵯峨의 여우는 소달구지로 둔갑하고. 가야가와高陽川의 여우는 소녀로 둔갑하지. 모모조노桃薗의 여우는 큰 연못으로 둔갑하고…… 여우 같은 건 아무래도 좋아. 아, 그런데 뭘 생각하고 있었더라?'

헤이추는 하늘을 올려다본 채 살짝 하품을 삼켰다. 꽃으로 뒤덮인 처마 끝에서는 기울어지기 시작한 햇빛에 이따금 하얀 것이 휘날린다. 어디선가 비둘기도 울고 있는 듯하다.

'아무튼 그 여자한테는 끈기에서 졌어. 설령 사귀겠다고 하지는 않더라도 나와 한번 이야기만 한다면 분명히 손에 넣을 수 있을 텐데 말이지. 하물며 하룻밤만 만나게 된다면…… 셋 츠攝津도, 고추조小中將도 나를 모를 때는 남자를 싫어한다고 했었거든. 그런데 내 손에 걸리자 그렇게 좋아하게 되지 않았 느냐고. 시종도 돌부처가 아닌 다음에야 아주 기뻐하지 않을 리가 없어. 하지만 그 여자는 막상 그때가 되어도 고추조처럼 부끄러워하지는 않겠지. 그렇다고 또 셋츠처럼 묘하게 새침을 떠는 성격도 아닐 거고. 아마 소매를 입에 대고 눈만 생긋 웃으 며……'

"나리."

'어차피 밤일이니 등잔불이든 뭐든 켜져 있을 거야. 그 불빛 이 그 여자의 머리에……'

"나리."

헤이추는 약간 당황한 듯 두건을 쓴 머리를 뒤로 돌렸다. 뒤 에는 어느새 어린 하인이 가만히 눈을 내리깔고 서신 한 통을 내밀고 있었다. 어쩐지 열심히 웃음을 참고 있는 것 같았다.

"소식이냐?"

"예, 시종 님의……"

아이는 이렇게 말하고 총총히 헤이추 앞에서 물러갔다.

'시종 님의? 정말일까?'

헤이추는 거의 주뼛주뼛 푸르스름한 박엽지에 쓰인 서신을 펼쳤다.

'노리자네나 요시스케의 장난 아닐까? 그놈들은 무엇보다 이런 짓을 좋아하는 한가한 녀석들이니까…… 아니, 이건 시종 의 서신이야. 시종의 서신이 틀림없는데…… 이 서신은, 이건

무슨 서신이지?'

헤이추는 서신을 내팽개쳤다. 서신에는 '하다못해 그냥 봤다라는 두 글자만이라도 보내주시오'라고 써서 보낸 그 '봤다'라는 두 글자…… 그것도 헤이추가 보낸 서신에서 그 두 글자만 오려낸 것이 박엽지에 붙어 있었던 것이다.

'아아, 아아, 천하제일의 호색한이라 불리는 나를 이렇게까지 무시하다니, 배짱도 좋군. 그건 그렇고 시종이라는 자는 꼴도 보기 싫은 여자가 아닌가. 조만간 어떻게 할지 어디 두고 보라고.'

헤이추는 무릎을 안은 채 멍하니 벚나무 우듬지를 올려다보았다. 푸르스름한 박엽지 위에는 이미 바람에 날린 꽃잎 여러 개가 점점이 떨어져 있었다.

3. 비 내리는 밤

그로부터 두 달쯤 지난 후다. 장마가 이어지던 어느 날 밤, 헤이추는 혼자 본원의 시종이 있는 처소로 숨어들었다. 비는 밤하늘이 녹아내릴 듯이 무시무시한 소리를 내고 있다. 길은 진창이라기보다는 홍수가 난 것이나 다름없다. 이런 밤에 일부러 찾아가면 아무리 박정한 시종이라도 당연히 가엾게 여길 것이다. 이렇게 생각한 헤이추는 처소 입구를 살피며 다가가 은박을 두른 부채를 소리 나게 부치며 안내를 청하듯이 헛기침을 했다.

그러자 열대엇 살의 하녀가 곧바로 모습을 드러냈다. 자깝스러운 얼굴에 분을 바른, 아주 졸린 듯한 어린 하녀다. 헤이추는 얼굴을 가까이 대며 나직한 목소리로 시종에게 안내해달라고 부탁했다.

일단 안으로 들어간 하녀는 처소 입구로 돌아오자 역시 작은 목소리로 이렇게 대답했다.

"아무쪼록 여기서 기다려주십시오. 곧 모두가 잠자리에 들면 만난다고 하시니까요."

헤이추는 무심코 미소를 지었다. 그리고 하녀의 안내대로 시종의 거처 옆인 듯한 미닫이문 옆에 앉았다.

'역시 나는 영리하다니까.'

하녀가 어디론가 물러간 후 헤이추는 혼자 히죽거리고 있었다.

'그렇게 대단하던 시종도 이번에는 결국 마음을 꺾은 모양이야. 아무튼 여자란 애틋함을 잘 느낀다니까. 그럴 때 친절함을 보이기만 하면 금방 맥없이 무너지지. 이런 급소를 모르니까 요시스케나 노리자네는 뭐니 뭐니 해도…… 잠깐. 하지만 오늘 밤 만날 수 있다는 건 어쩐지 일이 너무 잘 풀리는 것 같단 말이야.'

헤이추는 슬슬 불안해지기 시작해졌다.

'하지만 만나지도 않을 사람이 만난다고 할 리도 없을 거고. 그렇다면 내가 비뚤어진 건가? 하여튼 무려 60통이나 계속 서신을 보냈는데도 답장 한 번 받지 못했으니 마음이 비뚤어지는 것도 당연하지. 하지만 내 마음이 비뚤어진 게 아니라면…… 다시 곰곰이 생각하자 비뚤어진 것이 아니라는 생각도 든다. 아무리 친절함에 이끌려도 지금까지는 쳐다보지도 않던 시종이…… 그래도 상대는 나니까. 나한테 이 정도로 사랑을 받게 되면 갑자기 마음이 풀리는지도 모르지.'

헤이추는 의관을 고치며 주뼛주뼛 주위를 살폈다. 하지만 그 주변에는 어둠 외에 아무것도 보이지 않는다. 그런 가운데 오로지 빗소리만 노송나무 껍데기로 만든 지붕을 울리고 있다.

'비뚤어진 거라고 생각하면 비뚤어진 것 같고, 비뚤어진 게 아니라면…… 아니, 비뚤어진 거라고 생각하면 비뚤어진 것도 뭣도 아니게 되고, 비뚤어진 게 아니라고 생각하면 의외로 비뚤어진 것 같다. 대체로 운이라는 것은 얄궂게 생겨먹은 것이니까. 그러고 보면 뭐든지 열심히 비뚤어진 게 아니라고 생각하는 거야. 그렇게 하면 당장이라도 그 여자가…… 아니, 이제 다들 잠자리에 들기 시작한 모양이군.'

헤이추는 귀를 쫑긋 세웠다. 아니나 다를까, 문득 정신을 차리고 보니 여전히 쉬지 않고 내리는 빗소리와 함께 어전에서 일하고 있던 시녀들이 각자 자기 처소로 돌아가는 모양인지 웅성거리는 소리가 들려온다.

'지금이 견뎌야 할 때로군. 이제 반시간만 지나면 별로 힘들이지 않고 늘 생각하던 일이 이루어질 거야. 하지만 아직 마음속 안쪽에는 어쩐지 안심할 수 없다는 기분도 들어. 그래그래, 이게 좋은 거였지. 만날 수 없다고 생각하면 이상하게도 만날 수 있게 되거든. 하지만 얄궂은 운이라는 놈은 이런 내 속셈도 다 들여다볼지도 몰라. 그럼 만날 수 있다고 생각할까? 그렇다고 해도 타산적이니까 역시 이쪽이 생각하는 대로는…… 아아, 마음이 괴로워. 차라리 시종과는 아무런 인연이 없는 것으로 생각하자. 어느 처소나 꽤 조용해졌군. 들리는 건 빗소리뿐이야. 그럼 당장 눈을 감고 비라도 생각하자. 봄비, 5월의 장마, 소나기, 가을비…… 가을비라는 말이 있던가? 가을비, 겨울비, 낙수물, 새는 빗물, 우산, 기우祈雨, 우룡雨龍,* 청개구리雨蛙, 비를 막는 덮개, 비긋기……'

이런 생각을 하는 사이에 생각지도 못한 소리가 헤이추의 귀를 놀라게 했다. 아니, 놀라게 한 것만이 아니다. 이 소리를 들은 헤이추의 얼굴은 갑자기 아미타불이 극락정토로 맞이하러 오기를 참배하는 신심 깊은 승려보다 훨씬 더 환희에 차 있다. 왜냐하면 미닫이문 너머에서 누군가 문고리를 여는 소리가 확실히 들렸던 것이다.

헤이추는 미닫이문을 밀어보았다. 그의 생각대로 문이 문지방 위를 스르륵 미끄러졌다. 그 건너편에는 이상할 정도로 향내가 자욱한 어둠이 온통 펼쳐져 있다. 헤이추는 조용히 문을 닫고는 무릎으로 슬슬 기면서 손으로 더듬으며 안쪽으로 다가갔다. 하지만 이 요염한 어둠 속에는 천장의 빗소리 외에 그 어떤 낌새도 느껴지지 않는다. 우연히 손이 닿았나 싶으면 옷걸이나 경대뿐이다. 헤이추는 가슴이 점점 두근거리기 시작했다.

'아무도 없나? 있다면 뭐라고 할 것 같은데.'

---

* 중국의 상상 속 동물. 비를 내리게 한다.

그가 이렇게 생각했을 때 헤이추의 손이 우연히 부드러운 여자의 손에 닿았다. 그러고 나서 계속 더듬자 비단인 듯한 옷의 소매가 닿는다. 그 옷 속의 가슴이 닿는다. 오동통한 볼과 턱이 닿는다. 얼음보다 차가운 머리가 닿는다. 헤이추는 마침내 어둠 속에 혼자 가만히 누워 있는 그리운 시종을 찾아냈다.

이것은 꿈도 환상도 아니다. 시종은 헤이추의 코앞에 옷 하나만 걸친 채 흐트러진 모습으로 누워 있다. 그는 그곳에 못 박힌 채 자기도 모르게 와들와들 떨기 시작했다. 하지만 시종은 여전히 몸을 움직일 기색조차 보이지 않는다. 이런 일은 분명히 무슨 이야기책에 쓰여 있었던 것 같기도 하다. 아니면 몇 년 전쯤에 저택의 등불 아래에서 본 어떤 두루마리 그림에 있었는지도 모른다.

'고맙구나. 고마워. 지금까지는 박정하다고만 생각했는데 이제부터는 부처님보다 너에게 신명을 바칠 생각이다.'

헤이추는 시종을 끌어당기며 그녀의 귀에 이렇게 속삭이려고 했다. 하지만 아무리 마음이 급해도 혀는 위턱에 착 들러붙어 목소리다운 것이 입 밖으로 나오지 않는다. 머지않아 시종의 머리 냄새나 묘하게 따스한 살 냄새가 거리낌 없이 그를 감싼다. 이렇게 생각하자 그의 얼굴에는 시종의 희미한 입김이 닿았다.

한순간…… 그 한순간이 지나면 그들은 반드시 애욕의 폭풍에 빗소리도, 은은하게 풍기는 향냄새도, 본원의 대신도, 어린 하녀도 망각하고 말 것이다. 그러나 이런 아슬아슬한 순간에 시종은 몸을 반쯤 일으키더니 헤이추의 얼굴에 자신의 얼굴을 가까이 대며 부끄러운 듯한 목소리로 말했다.

"잠깐 기다려주세요. 아직 저쪽 장지문에는 걸쇠를 걸지 않았으니 저걸 걸고 오겠습니다."

헤이추는 그저 고개만 끄덕였다. 시종은 두 사람의 요에 향기 좋은 온기를 남긴 채 살짝 일어나 그곳으로 갔다.

'봄비, 시종, 아미타여래, 비긋기, 낙수물, 시종, 시종……'

헤이추는 눈을 똑바로 뜨고 그 자신도 분명치 않은 여러 가지 일을 생각하고 있다. 그러자 저쪽 어둠 속에서 찰칵 하고 걸쇠를 거는 소리가 났다.

'우롱, 향로, 비 내리는 밤의 품평회, 밤의 어둠 속에서 실제로 만난 것과 현실감 있는 확실한 꿈속에서 만난 것은 그리 다르지 않구나,[*] 꿈속에서라도…… 어떻게 된 거지? 걸쇠는 진작 내린 것 같았는데.'

헤이추는 고개를 들고 봤다. 하지만 주위에는 조금 전과 마찬가지로 향내가 떠도는 그윽한 어둠이 있을 뿐이다. 시종은 어디론가 가버린 걸까, 옷 스치는 소리조차 들리지 않는다.

'설마…… 아니, 어쩌면……'

헤이추는 요에서 기어 나와 다시 조금 전처럼 손으로 더듬으며 저쪽 장지문으로 갔다. 그러자 장지문에는 방 밖에서 엄중하게 걸쇠가 채워져 있다. 게다가 귀를 기울여 봐도 발소리 하나 들리지 않는다. 많은 비가 쏟아지는 가운데 각 방은 쥐 죽

---

[*] 『고금집』에 나오는 연가 5·767번.

은 듯 조용하다.

"헤이추, 헤이추, 너는 이제 천하제일의 호색가도 뭐도 아니다."

헤이추는 장지문에 기댄 채 상심한 듯 중얼거렸다.

"너의 용모도 수척해졌다. 너의 재능도 예전만 못하다. 너는 노리자네나 요시스케보다 경멸할 만한 겁쟁이다."

4. 호색문답

이는 헤이추의 두 친구인 요시스케와 노리자네 사이에 오간 실없는 이야기의 한 부분이다.

요시스케 : 그 시종이라는 여자한테는 천하의 헤이추도 당해내지 못한 모양이더군.

노리자네 : 그런 소문이야.

요시스케 : 그 녀석한테는 좋은 본보기인 거지. 녀석은 후궁이나 궁녀가 아니면 어떤 여자든지 손을 대는 놈이야. 조금은 따끔한 맛을 보여주는 게 좋아.

노리자네 : 허어, 자네도 공자의 제자인가?

요시스케 : 공자의 가르침 같은 건 모르지만, 얼마나 많은 여자가 헤이추 때문에 눈물을 흘렸는지는 알고 있지. 이왕 얘기가 나온 김에 한마디만 더하자면, 얼마나 많은 남편들이 괴로워하고, 얼마나 많은 부모가 분통을 터뜨리고, 얼마나 많은 하인들이 원망을 했는지, 그것도 전혀 모르진 않네. 그렇게 폐를 끼치는 놈은 당연히 큰 소리로 나무라야지. 자네는 그렇게 생각하지 않나?

노리자네 : 그렇게만 되는 것도 아니니까. 정말 헤이추 한 사람 때문에 세상이 힘들어졌을지도 모르네. 하지만 그 죄는 헤이추 한 사람이 져야 하는 건 아니지 않을까?

요시스케 : 그럼 그 밖에 또 누가 져야 한다는 건가?

노리자네 : 그건 여자한테도 지게 해야지.

요시스케 : 여자한테 지게 하는 건 너무 가여운 일이네.

노리자네 : 헤이추한테 지게 하는 것도 가여운 일 아닌가?

요시스케 : 하지만 헤이추가 꼬드긴 거니까.

노리자네 : 남자는 전쟁터에서 칼싸움을 하지만 여자는 자는 사람의 목밖에 베지 못하네. 그렇다고 살인죄가 달라지

나?

요시스케 : 묘하게 헤이추 편을 드는군. 하지만 이것만은 확실할 거야. 우리는 세상을 힘들게 하지 않지만 헤이추는 세상을 힘들게 하네.

노리자네 : 그것도 어떤지 알 수 없네. 대체로 우리 인간은 어떤 업보인지는 모르겠지만 서로 상처를 주지 않고는 한시도 살아갈 수 없는 법이네. 다만 헤이추는 우리보다는 세상을 좀 더 힘들게 하지. 그런 천재한테 그런 점은 어쩔 수 없는 운명이네.

요시스케 : 농담하지 말게. 헤이추가 천재라면 이 연못의 미꾸라지도 용이 될 거네.

노리자네 : 헤이추는 확실히 천재네. 그 녀석 얼굴을 주의 깊게 보게. 그 녀석 목소리를 들어보게. 그 녀석 문장을 읽어보게. 만약 자네가 여자라면 그 녀석과 하룻밤 만난다고 생각해보게. 그 녀석은 고승 구카이空海(774~835)*나 오노노 토후小野道風(894~966)**와 마찬가지로 어머니의 태내를

---

* 헤이안 시대에 진언종眞言宗을 개창한 승려 홍법대사弘法大師.

** 헤이안 시대 중기의 서예가. 서도에서 일본적 양식의 기초를 쌓았다. '삼적三跡'의 한 사람.

떠난 때부터 비범한 능력을 타고난 거네. 그게 천재가 아니면 천하에 천재는 한 사람도 없을 거야. 그런 점에서 우리 두 사람 같은 건 도저히 헤이추의 상대가 되지 않네.

요시스케 : 하지만 말이야, 천재라고 해서 자네의 말처럼 죄만 짓지는 않지 않나? 예를 들어 토후의 글씨를 보면 미묘한 필력에 감동을 받는다든가, 구카이 스님의 독경을 들으면……

노리자네 : 나는 천재가 죄만 짓는다고는 말하지 않네. 죄도 짓는다고 말한 거지.

요시스케 : 그럼 헤이추와 다르지 않나? 그 녀석이 짓는 것은 죄뿐이네.

노리자네 : 그건 우리가 모를 걸세. 가나仮名도 제대로 쓰지 못하는 자한테는 토후의 글씨도 시시할 게 아닌가? 신심이 전혀 없는 자한테는 구카이 스님의 독경보다는 창부의 노래가 더 재미있을지도 모르네. 천재의 공덕을 알기 위해서는 그에 걸맞은 자격이 필요한 거지.

요시스케 : 그건 자네 말이 맞네만, 헤이추 존자尊者의 공덕 같은 건……

노리자네 : 헤이추의 경우도 같지 않겠나? 그런 호색 천재의 공덕은 여자만이 알 테지. 자네는 아까 얼마나 많은 여자들이 헤이추 때문에 눈물을 흘렸느냐고 했는데, 나는 반대로 이렇게 말하고 싶네. 얼마나 많은 여자들이 헤이추 때문에 무상의 환희를 맛보았는지, 얼마나 많은 여자들이 헤이추 때문에 절실히 삶의 보람을 느꼈는지, 얼마나 많은 여자들이 헤이추 때문에 희생의 존귀함을 배웠는지, 얼마나 많은 여자들이 헤이추 때문에……

요시스케 : 아니, 그 정도면 충분하네. 자네처럼 구실을 댔다가는 허수아비도 갑옷을 입은 무사가 되고 말걸세.

노리자네 : 자네처럼 질투심이 많으면 갑옷을 입은 무사도 허수아비로 생각할 테고.

요시스케 : 질투심이 많다고? 허어, 그것 참 뜻밖이군.

노리자네 : 자네는 헤이추를 비난하는 것만큼 음탕한 여자는 비난하지 않지 않는가? 설령 말로는 비난해도 마음속으로는 비난하지 않을 테지. 그건 같은 남자라서 어느새 질투가 생겨서 그런 거네. 우리는 다들 다소나마 헤이추가 될 수 있다면 헤이추가 되어보고 싶은 야심을 갖고 있네. 그 때문에 우리는 헤이추를 반역자보다 더 미워하는 거지. 생각해보면 가여운 일이야.

요시스케 : 그럼 자네도 헤이추가 되고 싶나?

노리자네 : 내가? 나는 별로 되고 싶지 않네. 그래서 내가 헤이추를 보는 것은 자네가 보는 것보다 공평한 거지. 헤이추는 여자가 한 명 생기면 금세 그 여자한테 싫증을 내네. 그리고 누군가 다른 여자한테 이상할 정도로 빠져버리지. 그건 헤이추의 마음속에 늘 무산신녀巫山神女* 같은 인류을 초월한 미인의 모습이 생생하게 떠오르기 때문이네. 헤이추는 세상 여자들한테서 늘 그런 아름다움을 보려고 하지. 실제로 반해 있을 때는 볼 수 있었을 거야. 하지만 물론 두세 번 만나면 그런 신기루는 사라지고 말지. 그 때문에 녀석은 이 여자에서 저 여자로 전전하며 열중하는 거라네. 하지만 말법 세상에 그런 미인이 있을 리 없으니 결국 헤이추의 일생은 불행하게 끝날 수밖에 없는 거지. 그런 점에서 자네나 나 같은 사람이 훨씬 행복한 거네. 그런데 헤이추가 불행한 것은, 말하자면 천재라서야. 그건 헤이추한 사람만 그런 게 아니네. 구카이 스님이나 오노노 토후도 분명 녀석과 비슷했을 거야. 여하튼 행복해지기 위해서는 우리같이 평범한 사람이 제일이네.

---

* 중국 신화 속의 여신.

5. 변*도 아름답다고 탄식하는 남자

헤이추는 혼자 쓸쓸히 본원 시종의 처소에 가까운, 인기척이 없는 복도에 잠시 멈춰 서 있다. 그 복도의 난간에 비친 기름 같은 햇빛의 빛깔을 보면 오늘도 더위가 심해질 것 같다. 하지만 차양 밖 하늘에는 초록을 추출한 소나무가 빽빽이 늘어서 조용히 시원함을 지키고 있다.

'시종은 나를 상대도 해주지 않아. 나도 이제 시종은 단념했어.'

헤이추는 창백한 얼굴로 멍하니 이런 생각을 하고 있다.

'하지만 아무리 단념해도 시종의 모습은 환상처럼 반드시 눈앞에 떠올라. 나는 언젠가 비 내리던 그날 밤 이후로 오로지 그 모습을 잊고 싶어 사방의 신불에게 얼마나 열심히 기원했는지 몰라. 하지만 가모加茂의 신사神社에 가면 거울 속에 생생하게 시종의 얼굴이 비쳐 보여. 기요미즈데라清水寺의 본당에 들어가면 관세음보살의 모습조차 그대로 시종으로 변해버리고. 만약 그 모습이 언제까지나 내 마음에서 떠나지 않는다면 나는 아마 상사병으로 죽고 말 거야.'

헤이추는 긴 한숨을 내쉬었다.

'하지만 그 모습을 잊으려면 딱 한 가지 방법밖에 없어. 그건

---

* 임금의 변을 '매화'라고 하듯이 아쿠타가와는 시종의 변을 '마리まり'라고 표현한다. 배설하다는 뜻의 동사 마루まる의 명사형이다. 아쿠타가와의 조어인 듯하다.

어쩌면 그 여자의 한심한 모습을 발견하는 걸 거야. 설마 시종도 천상계에 사는 사람도 아닐 테니 이런저런 불결한 점도 갖고 있겠지. 그걸 하나만 발견하면 마치 여자로 둔갑한 여우가 꼬리 달린 것을 들킨 것처럼 시종에 대한 환상도 무너지고 말거야. 내 목숨도 그 순간에야 겨우 내 것이 되는 거지. 하지만 어떤 게 한심한지, 어떤 게 불결한지 그건 아무도 가르쳐주지 않아. 아아, 대자대비하신 관세음보살 님, 부디 그걸 가르쳐주세요. 시종도 실은 다리 밑의 여자 거지와 조금도 다르지 않다는 증거를.'

헤이추는 이렇게 생각하며 문득 울적한 시선을 들었다.

'아니, 저기에 오는 건 시종의 처소에 있는 어린 하녀 아닌가.'

영리해 보이는 어린 하녀는 여러 배색의 얇은 속옷에 짙은 색 하카마를 끌며 마침 이쪽으로 걸어온다. 그런데 붉은 종이의 그림 부채 뒤로 무슨 상자를 숨기고 있는 것으로 보아 아마 시종이 본 변을 버리러 가는 게 틀림없다. 그 모습을 얼핏 보자 불현듯 헤이추의 마음속에는 어떤 대담한 결심이 번개처럼 번뜩였다.

헤이추는 눈빛을 바꾸자마자 어린 하녀가 가는 길을 막아섰다. 그리고 그 상자를 낚아채자마자 복도 건너편에 보이는 사람 없는 방으로 뛰어 들어갔다. 기습을 당한 어린 하녀는 물론 우는소리를 내며 발을 동동 구르고 쫓아온다. 하지만 그 방으로 뛰어든 헤이추는 미닫이문을 닫자마자 재빨리 걸쇠를 걸어버렸다.

'그래. 이 안을 보면 틀림없어. 백년의 사랑도 한순간에 연기

처럼 사라지고 말 거야.'

헤이추는 와들와들 떠는 손으로 상자 위에 사뿐히 덮인 연한 황갈색의 옷감을 들춰보았다. 상자는 의외로 아주 정교하게 만든 것으로 아직 새것인 마키에蒔絵다.

'이 안에 시종의 변이 있다. 동시에 내 목숨도 있다.'

헤이추는 그곳에 선 채 가만히 아름다운 상자를 바라보았다. 처소 바깥에서는 어린 하녀가 남몰래 훌쩍이는 소리가 계속되고 있다. 하지만 그것은 어느새 무거운 침묵에 묻히고 만다. 그러자 미닫이문도 장지문도 점점 안개처럼 사라지기 시작한다. 아니, 헤이추에게는 지금이 낮인지 밤인지도 분명하지 않다. 오로지 그의 눈앞에는 두견새를 그린 상자 하나가 확실히 공중에 떠올라 있다.

'내 목숨을 구하는 것도, 시종과 일생의 이별을 하는 것도 모두 이 상자에 달렸다. 이 상자 뚜껑을 열기만 하면…… 아니, 그건 생각해볼 일이지. 시종을 잊어버리는 것이 좋을지, 보람 없는 목숨을 오래 부지하는 것이 좋을지, 나는 어느 쪽으로도 대답할 수 없어. 설령 상사병으로 죽는다 하더라도 이 상자 뚜껑만은 열지 말아야 하나?'

헤이추는 여윈 볼 위로 눈물 자국을 빛내며 새삼 망설였다. 하지만 잠시 생각에 잠긴 후 갑자기 눈빛을 빛내더니 이번에는 마음속으로 이렇게 큰 소리로 외쳤다. '헤이추! 헤이추! 너는 어쩌면 그렇게 패기가 없느냐? 비 내리던 그날 밤을 잊었느냐? 시종은 지금도 네 사랑을 비웃고 있을지도 모른다. 살아라! 훌륭하게 살아봐! 시종의 변을 보기만 하면 반드시 너는

이겨서 뽐낼 수 있다.'

헤이추는 거의 미치광이처럼 마침내 상자 뚜껑을 열었다. 상자에는 엷은 주황색 물이 절반쯤 넉넉히 담겨 있고 그 가운데에 짙은 주황색 덩어리 두세 개가 바닥에 가라앉아 있다. 그런데 정향나무 향기가 꿈처럼 코를 찔렀다. 이것이 시종의 변일까? 아니, 길상천녀도 이런 변을 볼 리가 없다. 헤이추는 미간을 찌푸리며 가장 위에 떠 있는 두 치 정도의 덩어리를 집어 올렸다. 그리고 콧수염에 닿을 정도로 몇 번이고 냄새를 맡아 보았다. 냄새는 틀림없이 침향나무 냄새다.

'이건 어쩌냐! 이 물도 냄새가 나는 것 같은데⋯⋯'

헤이추는 상자를 기울이며 물을 살짝 후루룩 마셔봤다. 물도 정향나무를 끓인 웃물임에 틀림없다.

'그렇다면 이것도 향나무인가?'

헤이추는 방금 집어 올린 두 치 정도의 덩어리를 씹어봤다. 그러자 이에도 배어들 만큼의 쓴맛 섞인 단맛이 났다. 게다가 그의 입 안에는 순식간에 귤꽃보다 시원한, 미묘한 냄새가 가득 찼다. 시종은 어떻게 짐작했는지 헤이추의 계획을 무너뜨리기 위해 향으로 세공한 변을 만든 것이다.

"시종! 너는 헤이추를 죽였다!"

헤이추는 이렇게 신음하며 마키에 상자를 툭 떨어뜨렸다. 그리고 불상이 넘어지듯 바닥에 쓰러지고 말았다. 반죽음 상태의 눈동자 속에 자마황금紫磨黃金의 후광으로 둘러싸인 채 태연히 그에게 미소 짓는 시종의 모습을 떠올리며.

(1921년 9월)

덤불 속 藪の中

검비위사檢非違使의 심문에 대한 나무꾼의 진술

그렇습니다. 그 시신을 발견한 것은 제가 틀림없습니다. 저는 오늘 아침 평소처럼 뒷산으로 삼나무를 베러 갔습니다. 그런데 산그늘의 덤불 속에 그 시신이 있었습니다. 시신이 있었던 곳 말입니까? 그건 야마시나山科 역로驛路에서 4, 5백 미터쯤 떨어진 곳일 겁니다. 대숲에 가느다란 삼나무가 섞여 있는, 인적 없는 곳이었습니다.

시신은 연한 남색 옷에 교토풍의 주름 잡힌 두건을 쓴 채 하늘을 보고 누운 자세로 쓰러져 있었습니다. 여하튼 단칼에 베였다고는 해도 가슴께를 찔린 상처여서 시신 주위에 떨어져 있던 댓잎이 검붉게 물든 것 같았습니다. 아니요, 피는 더 이상 흐르지 않았습니다. 상처도 말라붙은 것 같았습니다. 게다가 제 발소리도 들리지 않는지 거기에는 말파리 한 마리가 딱 붙어 있었습니다.

칼 같은 것은 보이지 않았느냐고요? 아니요, 아무것도 없었습니다. 그저 그 옆의 삼나무 밑동에 밧줄 하나가 떨어져 있었습니다. 그리고…… 아, 맞아요, 밧줄 말고도 빗 하나가 있었습니다. 시신 주변에 있었던 것은 그 두 가지뿐이었습니다. 하지만 풀이나 댓잎은 온통 마구 짓밟혀 있었던 걸로 보아 그 남자는 아마 살해당하기 전에 꽤 심하게 저항했을 겁니다. 뭐라고요, 말은 없었느냐고요? 거긴 아예 말 같은 게 들어갈 수 없는 곳입니다. 아무튼 말이 지나는 길하고는 덤불숲 하나쯤 떨어져 있었으니까요.

검비위사의 심문에 대한 행각승의 진술

분명히 그 남자의 시신과는 어제 마주쳤습니다. 어제……
그러니까 정오쯤이었을 겁니다. 장소는 세키야마關山에서 야마시나로 가는 도중이었습니다. 그 남자는 말에 탄 여자와 함께 세키야마 쪽으로 걷고 있었습니다. 여자는 얼굴을 덮는 삿갓을 쓰고 있어서 저는 얼굴을 볼 수 없었습니다. 제가 본 것은 그저 보라빛인 듯한 옷 색깔뿐이었습니다. 말은 흰 바탕에 불그스름한 반점이 섞인 적부루마…… 분명히 갈기를 잘 깎은 말인 것 같았습니다. 키 말인가요? 말 키는 넉 자 네 치쯤 되었을까요? 아무튼 저는 중이라 그런 건 확실히 모르겠습니다. 남자는……
아니요, 칼도 차고 있었고 화살도 매고 있었습니다. 특히 까맣게 옻칠을 한 화살 통에 화살이 스무 개 남짓 들어 있었던 것은 지금도 또렷이 기억하고 있습니다.

그 남자가 그렇게 될 줄은 꿈에도 생각하지 못했습니다만, 정말 인간의 목숨이란 이슬처럼 덧없고 번개처럼 한순간에 사라지는 것이 틀림없습니다. 거참, 뭐라 말할 수 없는 딱한 일을 당했지요.

검비위사의 심문에 대한 호멘放免*의 진술

제가 잡아들인 사내 말입니까? 그자는 분명히 다조마루多裏丸라는 아주 유명한 도둑놈입니다. 하지만 제가 붙잡았을 때는 말에서 떨어졌는지 아와다구치粟田口의 돌다리 위에서 끙끙 신음하고 있었습니다. 시각 말인가요? 시각은 어젯밤 8시쯤이었습니다. 언젠가 제가 잡을 뻔했다가 놓쳤을 때도 역시 이 감색 옷에 새로 만든 칼을 차고 있었습니다. 다만 지금은 그 외에도 보시는 바와 같이 활과 화살 같은 것도 갖고 있었습니다. 그렇습니까? 죽은 그 남자가 갖고 있었던 것도…… 그렇다면 그 남자를 죽인 것은 이 다조마루가 틀림없습니다. 가죽을 감은 활, 까맣게 옻칠을 한 화살 통, 매의 깃털이 달린 화살이 열일곱 개…… 이건 모두 그 남자가 갖고 있었던 것이겠지요. 예. 말씀

---

* 도형徒刑, 유형流刑을 면제받는 대신에 방면되어 검비위사 밑에서 죄인의 추포나 호송에 협력하는 업무를 담당했다.

하시는 대로 말도 갈기를 잘 깎은 적부루마였습니다. 그 빌어 먹을 놈한테 죽임을 당한 것은 어떤 운명임이 틀림없습니다. 말은 돌다리 조금 못 미친 데서 긴 고삐를 끌며 길가의 푸른 참억새를 뜯어먹고 있었습니다.

이 다조마루라는 놈은 교토 시내를 배회하는 도둑놈 중에서 도 계집을 좋아하는 놈입니다. 작년 가을 도리베데라鳥部寺의 빈두로賓頭盧* 존자상 뒤쪽 산으로 참배하러 온 듯한 부인과 여 자아이를 함께 살해한 것은 그놈 짓이라는 말도 있었습니다. 이놈이 그 남자를 죽였다면 적부루마를 타고 있던 그 여자도 어디서 어떻게 했는지 모릅니다. 주제넘은 소리지만 그것도 조 사해주십시오.

검비위사의 심문에 대한 노파의 진술

예, 그 시신은 제 딸과 결혼한 사위입니다. 하지만 교토 사람 은 아닙니다. 와카사若狹 고쿠후國府**의 사무라이입니다. 이름 은 가나자와 타케히로金澤武弘, 나이는 스물여섯입니다. 아니요, 마음씨가 온화해서 원한 같은 걸 살 리가 없습니다.

제 딸 말인가요? 딸의 이름은 마사고眞砂, 나이는 열아홉입 니다. 남자한테도 지지 않을 만큼 억척스러운 아이입니다만,

---

* 십육나한十六羅漢의 한 명.
** 지방관의 관청.

아직 한 번도 사위 외의 남자를 사귄 적이 없습니다. 얼굴은 거무스름한 편이고 왼쪽 눈가에 점이 있으며 작고 갸름한 형입니다.

사위는 어제 딸과 함께 와카사로 떠났는데, 이런 일을 당하다니, 이 무슨 업보일까요? 하지만 딸이 어떻게 되었을지, 사위야 포기한다고 해도, 딸만은 걱정되어 견딜 수가 없습니다. 제발 이 늙은이의 평생소원이니, 설사 풀숲을 다 뒤져서라도 딸의 행방을 꼭 찾아주십시오. 어쨌건 죽일 놈은 다조마루인가 뭐라는 도둑놈입니다. 사위뿐 아니라 딸까지……(그다음에는 마냥 울기만 하고 말이 없었음)

다조마루의 자백

그 남자를 죽인 것은 접니다. 하지만 여자는 죽이지 않았습니다. 그럼 어디로 갔느냐고요? 그거야 저도 모릅니다. 자, 잠깐 기다려주세요. 아무리 고문을 한다고 해도 모르는 것은 말할 수 없습니다. 게다가 저도 이렇게 된 이상 비겁하게 숨길 생각은 없습니다.

저는 어제 정오가 조금 지난 시각에 그 부부를 만났습니다. 그때 부는 바람에 삿갓에 드리운 천이 올라가 얼핏 여자의 얼굴이 보였습니다. 얼핏 보았다고 생각한 순간에는 이미 보이지 않게 되었지만, 한편으로는 그 때문이기도 한 것인지 저에게는 그 여자의 얼굴이 보살처럼 보였습니다. 저는 그 눈 깜짝할 사이에 설령 남자를 죽이는 한이 있더라도 여자를 빼앗자고 결심했습니다.

뭐, 남자를 죽이는 것쯤이야 당신들이 생각하는 것처럼 그리 대단한 일은 아닙니다. 어차피 여자를 빼앗게 되면 반드시 남자는 죽임을 당하는 겁니다. 다만 저는 죽일 때 허리에 찬 칼을 쓰지만 당신들은 칼을 쓰지 않고 그저 권력으로 죽이고 돈으로 죽이고 여차하면 그럴싸하게 위해주는 척하는 말만으로도 죽이지요. 과연 피는 흘리지 않고 남자는 엄연히 살아 있지요. 하지만 그래도 죽인 겁니다. 죄의 무게를 생각해보면 당신들이 나쁜지 제가 나쁜지, 어느 쪽이 더 나쁜지 모르는 겁니다.(빈정거리는 웃음)

그러나 남자를 죽이지 않고도 여자를 빼앗을 수 있다면 특별히 불만은 없습니다. 아니, 그때는 가능한 한 남자를 죽이지 않고 여자를 빼앗으려고 결심했습니다. 하지만 그 야마시나 역로에서는 도저히 그렇게 할 수 없었습니다. 그래서 저는 그 부부를 산속으로 데려갈 궁리를 했습니다.

그것도 별로 어렵지 않았습니다. 저는 그 부부와 길동무가 되어, 맞은편 산에는 고분이 있다, 그 고분을 파봤더니 거울이나 칼이 많이 나왔다, 나는 아무도 모르게 산그늘의 덤불 속에 그런 물건을 묻어두었다, 혹시 원한다면 뭐든지 헐값으로 넘기겠다, 하는 이야기를 했습니다. 남자는 어느새 제 이야기에 점점 마음이 동하기 시작했습니다. 그러고 나서는…… 어떻습니까? 욕심이라는 게 무섭지 않습니까? 그러고는 반시간도 지나지 않아 그 부부는 저와 함께 산길로 말을 돌렸습니다.

저는 덤불 앞으로 가서 보물은 저 안에 묻혀 있으니 보러 가자고 했습니다. 남자는 욕심에 눈이 멀어 있었기 때문에 이견이 있을 리 없었습니다. 여자는 말에서 내리지도 않고 기다리고 있겠다고 했습니다. 그 무성한 덤불을 보면 그렇게 말하는 것도 무리는 아닐 것입니다. 사실 이것도 제가 생각한 것과 맞아떨어졌기 때문에 여자만 남겨둔 채 남자와 덤불 속으로 들어갔습니다.

덤불은 한동안 대나무뿐이었습니다. 하지만 50미터쯤 들어가면 약간 트인 삼나무 숲이 있습니다. 제 일을 처리하기에 그보다 좋은 장소는 없을 겁니다. 저는 덤불을 헤치고 나아가며 보물은 삼나무 밑에 묻어두었다고 그럴싸한 거짓말을 했습니다. 남자는 내가 그렇게 말하자 이제 가느다란 삼나무가 보이는 쪽으로 열심히 나아갔습니다. 머지않아 대나무가 듬성듬성해지고 삼나무 몇 그루가 나란히 있었는데, 저는 그곳에 이르자마자 느닷없이 상대를 깔아 눕혔습니다. 남자도 칼을 차고 있는 만큼 상당히 힘이 있었던 것 같지만 허를 찔렸기 때문에 어쩔 수 없었겠지요. 순식간에 삼나무 밑동에 묶어버렸습니다. 밧줄 말인가요? 다행히 저는 도둑이라 언제 담을 넘을지 모르는 형편이라 밧줄은 늘 허리춤에 차고 있습니다. 물론 소리를 지르지 못하도록 댓잎을 입에 처넣고 나니 달리 귀찮은 일은 없었습니다.

저는 남자를 처리하고 이번에는 다시 여자가 있는 곳으로 가서 남자가 갑자기 병이 난 것 같으니 보러 와달라고 말하러 갔습니다. 이것도 제 생각대로 된 것은 말할 것도 없습니다. 여자는 삿갓을 벗은 채 제 손을 잡고 덤불 속으로 들어갔습니다. 그런데 그곳에 가서 보니 남자는 삼나무 밑동에 묶여 있는 겁니다. 여자는 힐끗 그걸 보자마자 어느새 품에서 꺼냈는지 단도를 뻔쩍 빼들었습니다. 저는 지금까지 그 정도로 기질이 과격한 여자는 한 번도 본 적이 없습니다. 그때도 만약 방심했다면 단칼에 옆구리를 찔렸을 것입니다. 아니, 몸을 피했다 하더라도 죽을힘을 다해 마구 휘두르는 동안에는 어떤 상처를 입을지도 모르는 일이었습니다. 하지만 저도 다조마루니까요, 그럭저럭 칼도 빼지 않고 결국 단도를 쳐서 떨어뜨렸습니다. 아무리 성질이 드센 여자라고 해도 무기가 없으면 어쩔 수가 없습니다. 저는 결국 생각대로 남자를 죽이지 않고도 여자를 손에 넣을 수 있었습니다.

남자의 목숨을 끊지 않고도…… 그렇습니다. 저는 그런 상황에서도 남자를 죽일 생각은 없었습니다. 그런데 엎드려 울고 있는 여자를 뒤로 하고 덤불 밖으로 도망치려고 하자 돌연 여자가 미친 사람처럼 제 팔에 매달리는 것이었습니다. 게다가 헐떡이며 외치는 소리를 들어보니 당신이 죽든가 남편이 죽든가 어느 한 사람이 죽어 달라, 두 남자에게 수치를 보이는 것은 죽는 것보다 괴롭다는 것이었습니다. 아니, 어느 쪽이든 둘 중에서 살아남은 남자를 따라가고 싶다, 이렇게 헐떡거리며 말하는 것이었습니다. 저는 그때 강렬하게 남자를 죽이고 싶다는 기분이 들었습니다.(음울한 흥분)

이런 말을 하면 아마 저는 당신들보다 잔혹한 인간으로 보이겠지요. 하지만 그것은 당신들이 그 여자의 얼굴을 보지 않았기 때문입니다. 특히 그 한순간의 불타는 듯한 눈동자를 보지 않았기 때문입니다. 저는 여자와 눈이 마주쳤을 때, 설사 벼락을 맞아 죽는 한이 있더라도 이 여자를 아내로 삼고 싶다고 생각했습니다. 아내로 삼고 싶다…… 제가 염원한 것은 단지 그 한 가지뿐이었습니다. 이것은 당신들이 생각하는 것처럼 천박한 색욕이 아닙니다. 혹시 그때 색욕 외에 아무것도 바라는 것이 없었다면 저는 아마 여자를 걷어차고 도망쳤을 겁니다. 그랬다면 남자도 제 칼에 피를 묻히는 일은 없었겠지요. 하지만 어둑한 덤불 속에서 가만히 여자의 얼굴을 본 순간 저는 남자를 죽이지 않고서는 이곳을 떠나지 않겠다는 각오를 했습니다.

하지만 남자를 죽인다고 해도 비겁한 방법으로 죽이고 싶지는 않았습니다. 저는 남자를 묶은 밧줄을 풀어주고 칼로 겨루자고 했습니다.(삼나무 밑동에 떨어져 있던 것은 그때 버리고 잊어먹은 밧줄입니다.) 남자는 안색을 바꾼 채 두꺼운 칼을 뽑아 들었습니다. 그러더니 아무 말도 없이 분연히 저한테 덤벼들었습니다. 그 칼싸움이 어떻게 되었는지는 말할 것도 없겠지요. 제 칼은 스물세 합째에 상대의 가슴을 찔렀습니다. 아무쪼록 스물세 합째라는 걸 잊지 마시기 바랍니다. 저는 지금도 그것만은 감탄할 만하다고 생각합니다. 저와 스물세 합을 겨뤘다는 자는 천하에 그 남자뿐이었으니까요.(쾌활한 웃음)

저는 남자가 쓰러지는 것과 동시에 피로 물든 칼을 내린 채 여자 쪽을 돌아보았습니다. 그런데…… 어떻게 된 일인지 그 여자는 어디에도 없는 게 아니겠습니까? 저는 여자가 어디로 도망간 건가 해서 삼나무 숲 사이를 찾아보았습니다. 하지만 댓잎 위에는 이렇다 할 흔적도 남아 있지 않았습니다. 다시 귀를 기울여 봐도 들리는 것은 그저 남자의 목구멍에서 나오는 단말마의 소리뿐이었습니다.

어쩌면 그 여자는 제가 칼싸움을 시작하자마자 도움이라도 청하기 위해 덤불을 빠져나가 도망간 것인지도 모릅니다. 그런 생각이 들자 이번에는 제 목숨이 걸린 일이라서 칼과 활, 화살을 빼앗고는 곧바로 원래의 산길로 나왔습니다. 그곳에는 아직 여자의 말이 조용히 풀을 뜯고 있었습니다. 그 후의 일은 말해 봐야 쓸데없는 얘기에 지나지 않을 겁니다. 다만 교토로 들어오기 전에 칼만은 팔아치웠습니다. 저의 자백은 이것뿐입니다. 어차피 한 번은 멀구슬나무 우듬지에 매달릴 목이라고 생각한 터라 부디 극형에 처해주십시오.(의기양양한 태도)

기요미즈데라 淸水寺에 온 여자의 참회

감색 옷을 입은 그 사내는 저를 욕보이고는 묶인 남편을 바라보며 비웃는 듯이 웃었습니다. 남편은 얼마나 원통했겠습니까. 하지만 아무리 몸부림을 쳐도 온몸을 묶고 있는 밧줄의 매듭은 바짝 더 조이기만 할 뿐이었습니다. 저는 무심코 남편 쪽으로 구르듯이 달려갔습니다. 아뇨, 달려가려고 했습니다. 하

지만 사내는 눈 깜짝할 사이에 저를 발로 차서 그쪽으로 넘어
뜨렸습니다. 바로 그 순간이었습니다. 저는 남편의 눈 속에서
뭐라 말할 수 없는 빛이 깃들어 있는 것을 깨달았습니다. 뭐라
말할 수 없는…… 저는 그 눈을 떠올리면 지금도 몸서리를 치
지 않을 수가 없습니다. 한마디도 말할 수 없는 남편은 그 순간
눈으로 모든 마음을 전했습니다. 하지만 거기에 번쩍였던 것은
분노도 아니고 슬픔도 아닌…… 그저 저를 경멸하는 차가운
빛이 아니겠습니까. 저는 사내에게 걷어차인 것보다 그 눈빛에
얻어맞은 것처럼 저도 모르게 뭐라고 외치고는 그만 정신을
잃고 말았습니다.

얼마 있다가 정신을 차려보니 그 감색 옷을 입은 사내는 이
미 어디론가 가버리고 없었습니다. 그저 삼나무 밑동에 남편이
묶여 있을 뿐이었습니다. 저는 댓잎 위에서 간신히 몸을 일으
키자마자 남편의 얼굴을 지켜봤습니다. 하지만 남편의 눈빛은
조금 전과 조금도 다르지 않았습니다. 역시 차가운 경멸 속에
증오의 빛을 띠고 있었습니다. 치욕, 슬픔, 노여움…… 그때의
제 마음을 뭐라 말해야 좋을지 모르겠습니다. 저는 비틀거리며
일어나 남편 쪽으로 다가갔습니다.

"여보, 이제 이렇게 된 이상 당신과 함께 살 수 없어요. 저는
눈 딱 감고 죽을 생각이에요. 하지만…… 하지만 당신도 죽어
주세요. 당신은 제 치욕을 봤어요. 저는 이대로 당신 혼자 남겨
둘 수는 없어요."

저는 열심히 이런 말을 했습니다. 그래도 남편은 역겹다는
듯이 저를 바라볼 뿐이었습니다. 저는 찢어질 듯한 가슴을 억

누르며 남편의 칼을 찾았습니다. 하지만 그 도둑놈에게 빼앗겼겠지요. 칼은 물론 활과 화살도 덤불 속에서는 보이지 않았습니다. 다행히 단도만은 제 발밑에 떨어져 있었습니다. 저는 그 단도를 치켜들고 다시 한번 남편에게 이렇게 말했습니다.

"그렇다면 목숨을 제게 맡겨주세요. 저도 곧 따라갈게요."

남편은 이 말을 들었을 때 이윽고 입술을 움직였습니다. 물론 입에는 댓잎이 가득 차 있어서 목소리는 전혀 들리지 않았습니다. 하지만 저는 그것을 보고 순식간에 그 말을 알아들었습니다. 남편은 저를 경멸한 채 "죽여" 하는 한마디를 했습니다. 저는 거의 비몽사몽간에 남편의 엷은 남색 옷의 가슴팍에 단도를 푹 찔렀습니다.

저는 이때도 정신을 잃고 말았을 겁니다. 간신히 주위를 둘러봤을 때 남편은 묶인 채 진작 숨이 끊어져 있었습니다. 그 창백한 얼굴 위에는 대나무가 섞인 삼나무 숲 하늘에서 석양이 한 줄기 쏟아졌습니다. 저는 울음을 삼키며 시신을 묶은 밧줄을 풀어서 버렸습니다. 그리고…… 그리고 제가 어떻게 되었느냐고요? 그것만은 이제 말씀드릴 힘도 없습니다. 아무튼 저는 도저히 죽을 기력이 없었습니다. 단도로 목을 찌르기도 하고 산기슭 연못에 몸을 던지기도 하는 등 이런저런 방법을 써봤지만, 죽지 못하고 이렇게 살아 있는 한 이것도 자랑거리는 되지 못할 겁니다.(쓸쓸한 미소) 저처럼 한심한 사람은 대자대비하신 관세음보살도 내버렸는지도 모릅니다. 하지만 남편을 살해한 저는, 도둑에게 능욕을 당한 저는 대체 어떻게 하면 좋을까요? 대체 저는…… 저는……(돌연 격렬한 흐느낌)

무녀의 입을 빌린 혼령의 말

도둑은 내 아내를 욕보이고 나서 거기에 앉은 채 이리저리 아내를 위로하기 시작했다. 나는 물론 말을 할 수 없다. 몸도 삼나무 밑동에 묶여 있다. 하지만 나는 그사이 몇 번이나 아내에게 눈짓을 보냈다. 이 사내가 하는 말을 곧이듣지 마, 무슨 말을 해도 거짓말이라고 생각해…… 나는 이런 뜻을 전하려고 했다. 하지만 아내는 기운 없이 댓잎에 앉아 가만히 무릎만 내려다보고 있다. 그것이 아무래도 도둑의 말을 새겨듣는 것처럼 보이지 않겠는가. 나는 질투에 몸부림쳤다. 하지만 도둑은 잇달아 교묘하게 이야기를 해나갔다. 한 번이라도 몸을 더럽히고 나면 남편과의 사이도 돌이킬 수 없을 것이다. 그런 남편과 같이 사는 것보다 내 아내가 될 생각은 없는가. 나는 아주 사랑스럽다고 생각해서 도리에 어긋난 짓을 한 것이다…… 도둑은 마침내 대담하게도 그런 이야기까지 꺼냈다.

도둑이 이렇게 말하자 아내는 넋을 잃고 얼굴을 들었다. 나는 아직 그때만큼 아름다운 아내를 본 적이 없다. 하지만 그 아름다운 아내는 묶여 있는 나를 앞에 두고 도둑에게 뭐라고 대답했던가. 나는 중유中有*를 헤매고 있어도 아내의 대답을 떠올릴 때마다 분노에 불타오르지 않은 적이 없다. 아내는 분명히 이렇게 말했다. "그럼 어디로든 데려가주세요."(긴 침묵)

---

* 사람이 죽은 뒤 다음 생을 받을 때까지의 49일 동안.

아내의 죄는 그것만이 아니다. 그것뿐이라면 이 어둠 속에서 나도 이토록 괴로워하지 않을 것이다. 하지만 아내는 꿈처럼 도둑에게 손을 잡혀 덤불 밖으로 나가려고 하다가 순간적으로 안색이 하얘진 채 삼나무 밑동에 묶인 나를 가리켰다. "저 사람을 죽여주세요. 저는 저 사람이 살아 있는 한 당신과 함께할 수 없어요." 아내는 미친 사람처럼 몇 번이고 이렇게 소리쳤다. "저 사람을 죽여주세요." 이 말은 폭풍처럼 지금도 먼 어둠 속으로 나를 거꾸로 밀어 떨어뜨리려고 한다. 그토록 가증스러운 말이 한 번이라도 인간의 입에서 나온 적이 있을까. 그토록 저주스러운 말이 한 번이라도 인간의 귀에 들린 적이 있을까. 한 번이라도 그토록……(느닷없이 용솟음치는 듯한 조소) 그 말을 들었을 때는 도둑조차 얼굴빛이 변하고 말았다. "저 사람을 죽여주세요." 아내는 이렇게 외치며 도둑의 팔에 매달렸다. 도둑은 물끄러미 아내를 바라본 채 죽인다고도 죽이지 않는다고도 대답하지 않았다. 그 순간 아내는 단 한 방에 걷어차여 댓잎 위로 쓰러졌다.(다시 용솟음치는 것 같은 조소) 도둑은 조용히 팔짱을 끼고는 내게 눈길을 주었다. "저 여자는 어떻게 할까? 죽일까, 아니면 도와줄까? 대답은 그저 고개를 끄덕이기만 하면 돼. 죽일까?" 나는 이 말만으로도 도둑의 죄는 용서해주고 싶다.(다시 긴 침묵)

아내는 내가 망설이는 동안 뭔가 한마디를 외치더니 곧장 덤불 속으로 내달리기 시작했다. 도둑도 즉시 달려갔지만 소매도 잡지 못한 모양이었다. 나는 단지 환상처럼 그런 광경을 바라보고 있었다.

아내가 도망친 후 도둑은 칼과 활, 화살을 빼앗고 나를 묶은 밧줄 한 군데를 잘랐다. "이번에는 내 차례군." 나는 도둑이 덤불 밖으로 모습을 감출 때 이렇게 중얼거린 것을 기억하고 있다. 그 뒤에는 사방이 조용했다. 아니, 아직 누군가의 울음소리가 들린다. 나는 밧줄을 풀면서 가만히 귀를 기울였다. 하지만 그 목소리도 정신을 차리고 보니 나 자신이 울고 있는 목소리가 아닌가.(세 번째 긴 침묵)

나는 간신히 삼나무 밑동에서 지칠 대로 지친 몸을 일으켰다. 내 앞에는 아내가 떨어뜨린 단도 하나가 빛나고 있었다. 나는 그 단도를 집어 들고 단숨에 내 가슴을 찔렀다. 뭔가 비릿한 덩어리가 입으로 치밀어 올랐다. 하지만 고통은 조금도 없었다. 다만 가슴이 차가워지자 주위가 한층 더 조용해졌다. 아아, 어찌 이리 조용하단 말인가. 산그늘의 덤불 위 하늘에는 작은 새 한 마리 지저귀러 오지 않았다. 그저 삼나무와 대나무 가지 끝에 쓸쓸한 햇빛이 떠돌았다. 햇빛이…… 그것도 점차 흐려졌다. 이제 삼나무도 대나무도 보이지 않았다. 나는 그곳에 쓰러진 채 깊은 정적에 휩싸였다.

그때 누군가 발소리를 죽이며 내 옆으로 다가왔다. 나는 그쪽을 보려고 했다. 하지만 내 주위에는 어느새 어스레한 어둠이 자욱했다. 누군가…… 그 누군가는 보이지 않는 손으로 가만히 내 가슴의 단도를 뽑았다. 동시에 내 입에서는 다시 한번 피가 흘러넘쳤다. 나는 그대로 중유의 어둠 속으로 영원히 가라앉았다.

(1921년 12월)

신들의 미소 神神の微笑

어느 봄날 저녁 오르간티노 신부*는 긴 법의 옷자락을 끌며 홀로 난반지 南蛮寺** 뜰을 걷고 있었다.

뜰에는 소나무와 노송나무 사이로 장미, 올리브, 월계수 등 서양 식물이 심어져 있다. 특히 막 피기 시작한 장미꽃은 나무들을 희미하게 하는 저녁 어스름 속에 달짝지근한 향기를 피우고 있었다. 그것은 이 뜰의 정적에다 뭔가 일본이라고는 생각되지 않는 불가사의한 매력을 더해주는 것 같았다.

---

* Padre Organtino(1530~1609). 이탈리아인 선교사로 포르투갈의 예수회 수도사. 1570년 일본으로 갔고, 오다 노부나가의 신임을 얻어 아즈치安土에 신학교, 교토에 교회(난반지)를 설립했다. 오다 노부나가의 사후에는 박해를 받아 효고현 무로츠室津로 도망갔고 나가사키에서 사망했다.

** 무로마치 시대 말기부터 에도 시대에 걸쳐 있었던 그리스도교 교회(성당)를 일컫는다.

오르간티노는 붉은 모래가 깔린 오솔길을 쓸쓸하게 거닐며 멍하니 추억에 젖어 있었다. 로마의 대본산,[*] 리스본의 항구, 하베카[**] 소리, 아몬드 맛, '주님, 내 영혼의 거울'이라는 노래, 이런 추억은 어느새 홍모紅毛의 수행자 마음에 슬픈 향수를 불러일으켰다. 그는 슬픔을 떨쳐버리기 위해 살짝 천주님의 이름을 불러보았다. 그런데 슬픔이 가시기는커녕 그의 가슴에 전보다 더한 울적한 기분을 채워놓았다.

'이 나라의 풍경은 아름답구나.'

오르간티노는 반성했다.

'이 나라의 풍경은 아름답다. 우선 기후도 온화하다. 토인은…… 그 누런 얼굴의 난쟁이보다는 차라리 흑인이 더 나을지도 모르겠다. 하지만 이들의 기질은 대체로 친해지기 쉬운 점이 있다. 뿐만 아니라 최근에는 신도들도 몇 만을 헤아릴 정도가 되었다. 실제로 이 나라 수도 한가운데에도 이런 사원이 우뚝 솟아 있다. 그러고 보면 이곳에 사는 것은 비록 유쾌하지는 않더라도 불쾌하지는 않지 않은가. 하지만 나는 툭하면 우울의 밑바닥까지 가라앉는 일이 있다. 리스본의 거리로 돌아가고 싶고, 이 나라를 떠나고 싶을 때가 있다. 이는 단지 슬픈 향수 때문일까? 아니, 나는 리스본이 아니더라도 이 나라를 떠날 수만 있다면 어느 곳이라도 가고 싶다. 지나(중국)라도, 샴

---

[*] 로마가톨릭교의 본산인 산 피에트로 대성당을 말한다.

[**] rabeca. 호궁胡弓과 비슷하지만 4현絃으로 되어 있는 포르투갈의 악기로 시위로 긁어서 탄다.

(태국)이라도, 인도라도, 즉 슬픈 향수는 내 우울의 전부가 아니다. 나는 단지 이 나라에서 하루빨리 도망치고 싶다. 하지만, 하지만 이 나라의 풍경은 아름답다. 기후도 일단 온화하다.'

오르간티노는 한숨을 내쉬었다. 그때 우연히 그의 눈은 여기저기 나무 그늘의 이끼에 떨어진 희끄무레한 벚꽃을 포착했다. 벚꽃! 오르간티노는 놀란 듯 어슴푸레한 숲속을 응시했다. 거기에는 네다섯 그루의 종려나무 사이로 가지를 늘어뜨린 수양벚나무 한 그루가 꿈인 양 꽃을 연기처럼 흐려 보이게 하고 있었다.

'주여, 지켜주시옵소서!'

오르간티노는 한 순간 항마降魔의 십자를 그으려고 했다. 실제로 그 순간 그의 눈에는 저녁 어스름에 핀 수양벚나무가 그렇게나 기분 나쁘게 보였던 것이다. 기분 나쁘다기보다는 오히려 이 벚꽃이 왠지 그를 불안하게 하는 일본 그 자체처럼 보였다. 하지만 잠시 후 그는 그것이 전혀 이상하지 않은, 그저 벚꽃이라는 사실을 발견하고는 부끄러운 듯 쓴웃음을 지으며 조용히 원래 왔던 오솔길로 다시 힘없이 발걸음을 돌렸다.

삼십 분 후 그는 난반지 예배당에서 천주님께 기도를 올리고 있었다. 그곳에는 오로지 둥근 천장에 매달린 남포등이 있을 뿐이었다. 그 남포등 불빛 속에 예배당을 둘러싼 프레스코화로 장식된 벽에는 성 미카엘이 모세의 시체를 놓고 지옥의 악마와 싸우고 있었다. 그런데 용감한 대천사는 물론이고 사납게 울부짖던 악마조차 오늘밤에는 어슴푸레한 빛 탓인지 여느 때보다 묘하게 우아해 보였다. 어쩌면 그것은 제단 앞에 바쳐진 싱싱한 장미나 금작화가 향기를 풍기고 있기 때문인지도 몰랐다. 그는 제단 뒤에서 가만히 머리를 숙인 채 열심히 이런 기도를 올렸다.

"나무南無 대자대비하신 천주님! 저는 배를 타고 리스본을 떠날 때부터 이 한 목숨 당신께 바쳤나이다. 그러니 어떤 곤경에 처한다 해도 십자가의 영광을 빛내기 위해 한 발짝도 물러서지 않고 앞으로 나아가겠나이다. 이는 물론 저 혼자서 능히 할 수 있는 일이 아니옵니다. 모든 것이 천지의 주인이신 당신의 은혜이옵니다. 그런데 이곳 일본에 사는 동안 저는 차츰 저의 사명이 얼마나 어려운지를 깨닫기 시작했나이다. 이 나라에는 산에도, 들에도, 또 집들이 늘어선 마을에도 뭔가 이상한 힘이 깃들어 있나이다. 그래서 그것이 부지불식간에 저의 사명을 방해하고 있나이다. 그렇지 않다면 제가 요즘처럼 아무런 이유도 없이 깊은 우울에 빠질 리도 없을 것이옵니다. 그렇다면 그 힘이란 무엇일까요? 그것은 저로서도 알 수가 없나이다. 하지만 어쨌든 그 힘은 바로 땅속의 샘처럼 이 나라 전체에 두루 미치고 있나이다. 우선 그 힘을 깨부수지 않는다면, 오오, 나무 대자대비하신 천주님! 사교에 현혹된 일본인은 영원히 천국의 장엄함을 볼 수 없을지도 모르나이다. 그 때문에 저는 요 며칠 번민에 번민을 거듭하고 있나이다. 부디 당신의 종 오르간티노에게 용기와 인내를 내려주시옵소서."

그때 오르간티노는 문득 닭 울음소리를 들은 것 같았다. 하지만 그것에는 주의도 기울이지 않고 다시 이렇게 기도를 계속했다.

"저는 사명을 다하기 위해서는 이 나라 산천에 깃들어 있는 힘과, 아마 인간으로 보이지 않는 영혼과 싸워야만 할 것이옵니다. 당신은 옛날에 애급(이집트)의 군대를 홍해 밑바닥에 침몰시키었나이다. 이 나라의 영혼도 강력하기가 애급의 군대 못지않사옵니다. 부디 옛날의 예언자처럼 저도 이 영혼과의 싸움에……"

기도 소리는 어느새 그의 입술에서 사라져버렸다. 이번에는 갑자기 제단 근처에서 닭 울음소리가 요란하게 들려왔던 것이다. 오르간티노는 수상하다는 듯이 주위를 둘러봤다. 그러자 그의 바로 뒤에서 새하얀 꼬리를 늘어뜨린 닭 한 마리가 제단 위에서 가슴을 펼친 채 다시 한번 동이라도 튼 것인 양 새벽을 알리고 있는 게 아닌가.

오르간티노는 뛰어오르기가 무섭게 법의를 입은 양손을 벌리고 황급히 그 닭을 쫓아내려고 했다. 하지만 두세 발짝 내딛나 싶더니 "주님" 하며 끊일 듯 말 듯 소리치고는 망연히 그 자리에 못 박히고 말았다. 어슴푸레한 예배당 안에는 언제 어디서 들어왔는지 수없이 많은 닭들로 가득 차 있었다. 닭들은 공중으로 날기도 하고 또 여기저기 뛰어다니기도 해서 그의 눈에 비치기에는 거의 닭 벼슬 천지인 것 같았다.

"주여, 지켜주시옵소서!"

그는 다시 십자를 그으려고 했다. 하지만 그의 손은 이상하게도 바이스*인가 뭔가에 의해 조여지기라도 한 것처럼 한 치도 자유롭게 움직일 수 없었다. 그사이 예배당 안에는 어디서 온 것인지도 모르게 장작 불빛 비슷한 붉은 빛이 점점 흘러나왔다. 그 빛이 비치기 시작한 것과 동시에 오르간티노는 헐떡거리며 그 주위에 어렴풋이 사람 그림자가 있는 것을 발견했다.

사람 그림자는 순식간에 뚜렷해졌다. 어디에서도 본 적이 없는 소박한 남녀의 무리였다. 그들은 모두 목에 실로 꿴 구슬을 두르고 유쾌한 듯 웃고 있었다. 그들의 모습이 또렷이 보이자 예배당에서는 무리를 지은 수많은 닭들이 지금까지보다 한층 더 소리 높이 울어댔다. 동시에 예배당의 벽…… 성 미카엘을 그린 벽은 안개처럼 밤의 어둠에 삼켜지고 말았다. 그 자리에는……

어리둥절한 오르간티노 앞에 일본의 바카날리아Bacchanalia**가 신기루처럼 떠올랐다. 붉은 화톳불 빛으로 그는 고대의 복장을 한 일본인들이 빙 둘러 앉아 술잔을 나누고 있는 것을 보았다. 그 한가운데의 한 여자…… 일본에서는 아직 본 적이 없는 당당한 체격의 여자가 엎어 놓은 큰 통 위에서 미친 듯이 춤을 추고 있었다. 통 뒤에는 역시 작은 산처럼 건장한 한 남자가 뿌리째 뽑힌 듯한 비쭈기나무 가지에 구슬과 거울이 드리워져 있는 것을 침착하게 앞세우고 있었다. 그들 주위에는 수

---

* 공작 작업에서 재료를 끼워 고정하는 기구.
** 고대 로마에서 술의 신 바쿠스를 기리던 축제.

백 마리의 닭들이 꽁지깃이나 벼슬을 서로 스치며 기쁜 듯이 끊임없이 울고 있었다. 또 그 맞은편에는…… 오르간티노는 새삼 그의 눈을 의심하지 않을 수 없었다. 또 그 맞은편에는 밤안개 속에 석굴의 문 같은 바위 하나가 육중하게 우뚝 솟아 있었다.

통 위에 서 있는 여자는 언제까지고 춤을 멈추지 않았다. 그녀의 머리를 감고 있던 넝쿨은 팔랑팔랑 하늘에 나부꼈다. 그녀의 목에 늘어뜨린 구슬은 몇 번이고 싸라기눈처럼 울려 퍼졌다. 그녀의 손에 쥔 조릿대 가지는 종횡으로 바람을 휘저었다. 더욱이 드러낸 그 가슴! 붉은 화톳불 빛 안에서 반들반들 떠오른 두 개의 젖가슴은, 오르간티노의 눈에는 정욕 그 자체로밖에 보이지 않았다. 그는 천주님을 생각하며 열심히 고개를 돌리려고 했다. 하지만 역시 그의 몸은 어떤 신비한 저주의 힘인지 꼼짝하는 것도 쉽지 않았다.

그사이 돌연 환상의 남녀들 사이에 침묵이 흘렀다. 통 위로 올라간 여자도 다시 한번 제정신을 차린 듯 드디어 미친 듯한 춤을 멈추었다. 아니, 앞 다투어 울던 닭마저도 그 순간은 목을 늘어뜨린 채 한꺼번에 쥐 죽은 듯 조용해지고 말았다. 그러자 그 침묵 속에서 어디선가 영원히 아름다운 여자의 목소리가 엄숙하게 들려왔다.

"내가 여기에 숨어 있으면 세상은 어둠이 되었을 것 아닌가? 신들은 그것을 즐겁다는 듯이 웃으며 흥겨워하는 것으로 보인다."

그 목소리가 밤하늘로 사라졌을 때 통 위에 올랐던 여자는 힐끗 일동을 둘러보며 의외로 얌전하게 대답했다.

"그것은 당신보다 뛰어난 새로운 신이 계셔서 서로 기뻐하고 있는 것입니다."

그 새로운 신이라는 것은 천주님을 가리키는 것인지도 모른다. 오르간티노는 잠깐 동안 그런 기분에 힘을 얻어 이 괴이한 환상의 변화를 약간 흥미롭게 바라보았다.

침묵은 한동안 깨지지 않았다. 하지만 곧 닭의 무리가 일제히 울어대는가 싶더니 맞은편 밤안개를 막고 있던 석굴의 문 같은 바위 하나가 서서히 좌우로 열리기 시작했다. 그리고 그 틈새로 이루 말할 수 없는 노을빛이 사방에서 홍수처럼 흘러나왔다.

오르간티노는 소리치려고 했다. 하지만 혀가 움직이지 않았다. 오르간티노는 도망치려고 했다. 하지만 발도 꼼짝하지 않았다. 그는 그저 밝은 빛 때문에 심하게 현기증이 나는 것을 느꼈을 뿐이다. 그리고 그 빛 속으로 크게 기뻐하는 수많은 남녀의 소리가 솟구치며 하늘로 올라가는 것을 들었다.

"오히루메무치*! 오히루메무치! 오히루메무치!"

"새로운 신 같은 건 없습니다. 새로운 신 같은 건 없습니다."

"당신을 거역하는 자는 멸망합니다."

"보세요, 어둠이 사라지는 것을."

---

* 大日靈貴. 아마테라스 오미카미天照大神의 별칭. 원시적인 명칭으로 여겨진다. 일본 신화 속의 최고신으로 태양신과 황조신皇朝神이라는 두 가지 성격을 갖는다.

"보이는 것은 다 당신의 산, 당신의 숲, 당신의 강, 당신의 마을, 당신의 바다입니다."

"새로운 신 같은 건 없습니다. 누구든 다 당신의 종입니다."

"오히루메무치! 오히루메무치! 오히루메무치!"

이런 소리가 터져 나오는 가운데 식은땀을 흘리던 오르간티노는 뭔가 괴로운 듯이 외치고는 그만 그곳에 쓰러지고 말았다.

그날 밤 자정쯤, 바닥에 실신해 있던 오르간티노는 간신히 의식을 회복했다. 그의 귀에는 신들의 목소리가 아직도 울려 퍼지고 있는 것 같았다. 하지만 주위를 둘러보자 사람 소리도 들리지 않는 예배당에는 둥근 천장의 남포등 불빛이 조금 전과 마찬가지로 어렴풋이 벽화를 비추고 있을 뿐이었다. 오르간티노는 신음을 하며 천천히 제단 뒤를 떠났다. 그는 그 환상에 어떤 의미가 있는지 이해할 수가 없었다. 하지만 그 환상을 보여준 것이 천주님이 아닌 것만은 분명했다.

"이 나라의 영혼과 싸우는 것은……"

오르간티노는 걸으며 저도 모르게 살짝 혼잣말을 흘렸다.

"이 나라의 영혼과 싸우는 것은 생각보다 힘들 것 같구나. 이길까, 아니면 질까……"

그러자 그때 그의 귓가에 이렇게 속삭이는 자가 있었다.

"질 겁니다!"

오르간티노는 섬뜩하다는 듯이 소리가 난 쪽을 뚫어지게 쳐다봤다. 하지만 거기에는 여전히 어슴푸레한 장미나 금작화 외에 사람 그림자 같은 것은 하나도 보이지 않았다.

✛ ✛ ✛ ✛ ✛

오르간티노는 이튿날 저녁에도 난반지의 뜰을 거닐고 있었다. 하지만 그의 푸른 눈에는 어딘가 기쁜 기색이 있었다. 그것은 오늘 하루 동안 일본의 사무라이 서너 명이 천주교 신자 대열에 들어섰기 때문이다.

뜰의 올리브와 월계수는 가만히 저녁 어둠 속에 우뚝 솟아 있었다. 다만 그 침묵을 깨뜨리는 것은 성당의 비둘기가 처마로 돌아가는 허공의 날갯짓 소리밖에 없었다. 장미 향기, 모래의 촉촉함, 날개 있는 천사들이 '인간인 여자의 아름다움을 보고' 아내를 찾아 내려온[*] 고대의 어느 날 저녁처럼 모든 것은 평화로웠다.

'역시 십자가의 위광 앞에서는 추잡한 일본 영혼의 힘도 승리를 차지하기는 어려워 보인다. 그러나 어젯밤에 봤던 환상은? 아니, 그것은 환상에 지나지 않는다. 악마는 안토니우스[**] 성인에게도 그런 환상을 보이지 않았을까? 오늘 한꺼번에 몇 명의 신자까지 생긴 일이 그 증거다. 머지않아 이 나라에도 도처에 천주님을 모시는 사원이 세워질 것이다.'

오르간티노는 이렇게 생각하며 붉은 모래가 깔린 오솔길을

---

[*] 『구약성서』의 「창세기」 제6장 제2절에 있는 이야기.

[**] St. Antonius(251?~356). 이집트인으로 수도원 제도의 창시자. 재산을 버리고 황야에서 살며, 야수의 모습을 빌려 나타나는 악마의 다양한 유혹과 싸우는 정결한 삶의 태도로 많은 제자가 모였다. 그 제자들을 조직하여 하나의 계율하에서 생활하는 공동체를 창설했다.

걸어갔다. 그러자 누군가 뒤에서 살짝 어깨를 두드리는 자가 있었다. 그는 곧바로 돌아보았다. 하지만 뒤에는 길을 사이에 두고 플라타너스의 어린잎에 저녁놀이 희미하게 떠돌고 있을 뿐이었다.

"주여, 지켜주시옵소서!"

그는 이렇게 중얼거리고 나서 서서히 고개를 원래대로 돌렸다. 그러자 그 옆에는 언제 그곳에 숨어들었는지 어젯밤에 환상으로 보인 대로 목에 구슬을 두른 한 노인이 아련히 흐려 보이는 모습으로 서서히 걸음을 옮기고 있었다.

"누구냐, 너는?"

불시에 허를 찔린 오르간티노는 무심코 그 자리에 멈춰 섰다.

"나는…… 누구라도 상관없습니다. 이 나라의 영혼 가운데 한 사람입니다."

노인은 미소를 띠며 친절하게 대답했다.

"자, 함께 걸읍시다. 나는 당신과 잠시 이야기하려고 왔습니다."

오르간티노는 십자를 그었다. 하지만 노인은 그 표시에 조금도 공포의 빛을 드러내지 않았다.

"나는 악마가 아닙니다. 보세요, 이 구슬이나 검을요. 지옥의 불꽃에 탄 물건이라면 이렇게 깨끗하지는 않을 겁니다. 자, 이제 주문 같은 걸 외는 건 그만두세요."

오르간티노는 어쩔 수 없이 불쾌한 듯 팔짱을 낀 채 노인과 함께 걷기 시작했다.

"당신은 천주교를 포교하러 온 거지요?"

노인은 조용히 이야기하기 시작했다.

"그것도 나쁜 일이 아닐지도 모릅니다. 하지만 천주님도 이 나라에 오면 아마 마지막에는 지고 말 겁니다."

"천주님은 전능하신 주님이라, 천주님께……"

오르간티노는 이렇게 말하고 나서 문득 생각난 듯이 항상 이 나라 신도를 대하는 정중한 어조로 말하기 시작했다.

"천주님께 이길 자는 없을 겁니다."

"그런데 사실은 있습니다. 자, 들어보세요. 멀고 먼 이 나라까지 건너온 것은 천주님만이 아니었습니다. 공자, 맹자, 장자, 그 외에 중국에서는 철인들 여러 명이 이 나라로 건너왔습니다. 게다가 당시엔 이 나라가 막 생겼을 무렵이었습니다. 중국의 철인들은 도道 외에도, 오吳나라의 비단이나 진秦나라의 옥玉 같은 여러 가지 물건들을 가져왔습니다. 아니, 그런 보물보다 소중하고 영묘한 문자까지 가져왔지요. 하지만 그 때문에 중국은 우리를 정복할 수 있었을까요? 예컨대 문자를 보세요. 문자는 우리를 정복하는 대신 우리에게 정복당했습니다. 내가 예전에 알고 있던 토인 중에 가키노모토노 히토마로*라는 시인이 있었습니다. 그 사람이 지은 칠석七夕의 노래는 지금도 이 나라에 남아 있는데, 그걸 읽어보세요. 그 노래에서는 견우와 직녀를 찾아볼 수 없습니다. 거기서 노래되는 연인

---

* 柿本人麻呂(660년경~724). 아스카飛鳥 시대의 가인. 『만엽집万葉集』의 대표적인 가인으로 36가선歌仙 중의 한 사람이다.

들은 어디까지나 히코보시와 다나바타츠메*입니다. 그들의 머리맡에 울려 퍼진 것도 바로 이 나라의 강물처럼 맑은 은하수의 여울물 소리였습니다. 중국의 황하나 양자강과 닮은 은하의 물결 소리가 아니었습니다. 하지만 나는 시가보다는 문자에 대한 이야기를 해야 합니다. 히토마로는 그 노래를 짓기 위해 중국 문자를 썼습니다. 그런데 그렇게 한 것은 의미 때문이라기보다는 발음 때문이었습니다. 주舟(슈, しゅう)라는 문자가 들어온 다음에도 '배船'(후네, ふね)라는 말은 항상 '배'였습니다. 그렇지 않았다면 우리말은 아마 중국말이 되어버렸을지도 모릅니다. 물론 이것은 히토마로보다 히토마로의 마음을 지켜준 우리나라 신의 힘입니다. 뿐만 아니라 중국의 철인들은 서도書道를 이 나라에 전했습니다. 구카이,** 토후, 사리,*** 고제,**** 나는 이들이 있는 곳에 언제나 남몰래 갔었습니다. 그들이 글씨의 모범으로 하고 있던 것은 모두 중국의 필적입니다. 그러나 그들의 붓끝에서 점차 새로운 의미가 탄생했습니다. 그

---

* 彦星, 棚機津女. 일본에서 견우성과 직녀성의 호칭.

** 空海(774~835). 진언종眞言宗의 개조 고호弘法 대사. 헤이안 초기에 '삼필三筆'의 한 사람으로 진晉, 당唐의 서법을 본뜬 뛰어난 글씨를 남겼다.

*** 후지와라노 스케마사藤原佐理(944~998). 후지와라노 사리라고도 불린다. 헤이안 중기의 서예가. '삼적'의 한 사람.

**** 후지와라노 유키나리藤原行成(972~1027). 후지와라노 고제라고도 불린다. 헤이안 중기의 서예가. '삼적'의 한 사람. '삼필'의 당나라식에 비해 '삼적'에 의해 일본식 글씨가 확립되었다.

들의 글씨는 어느새 왕희지*도 아니고 저수량**도 아닌 일본인의 글씨가 되기 시작했습니다. 하지만 우리가 이긴 것은 글씨만이 아닙니다. 우리의 숨결은 파도나 바람처럼 노자와 장자의 도교와 공자의 유교마저도 진정시켰습니다. 이 나라의 토인에게 물어보십시오. 그들은 모두 맹자의 저서는 우리의 노여움을 사기 쉽기 때문에, 그것을 실은 배가 있으면 반드시 뒤집힌다고 믿고 있습니다. 시나도科戶의 신***은 아직 한 번도 그런 장난을 치지 않았습니다. 하지만 그런 신앙 안에서도 이 나라에 살고 있는 우리의 힘은 희미하게 느껴질 터입니다. 당신은 그렇게 생각하지 않습니까?"

오르간티노는 망연히 노인의 얼굴을 돌아보았다. 이 나라 역사에 어두운 그는 모처럼 보여준 상대의 웅변도 절반 정도는 알아들을 수가 없었다.

"중국의 철인들 뒤에 온 이는 인도의 왕자 싯다르타였습니다."

노인은 말을 계속하며 길가의 장미꽃을 꺾어 들더니 기쁜 듯이 그 향기를 맡았다. 그러나 장미를 꺾은 그 자리에는 여전히 그 꽃이 남아 있었다. 단지 노인의 손에 있는 꽃은 색이나 모양은 꼭 같아 보여도 어딘가 안개처럼 희미했다.

---

* 王羲之(307경~365경). 중국 동진東晉의 서예가. 나라 시대에 그의 글씨가 전해져 일본에 큰 영향을 끼쳤다.

** 褚遂良(596~658). 당나라 초기의 서예가.

*** 일본 신화에서 바람을 관장하는 신.

"부처의 운명도 마찬가집니다. 그러나 그런 일을 하나하나 이야기하는 것은 지루함만 더할 뿐일지도 모르겠습니다. 다만 주의하셨으면 하는 것은 본지수적本地垂跡*의 가르침입니다. 그 가르침은 이 나라 토인들에게, 오히루메무치를 대일여래大日如來**와 같은 것으로 생각하게 했습니다. 그러면 오히루메무치가 이긴 걸까요? 아니면 대일여래가 이긴 걸까요? 가령 오늘날 이 나라의 토착민들이 오히루메무치는 몰라도 대일여래를 아는 사람이 많다고 해보십시오. 그래도 토인들의 꿈에 보이는 대일여래의 모습에서는 인도 불佛의 모습보다는 오히루메무치의 모습이 엿보이지 않을까요? 나는 신란***이나 니치렌****과 함께 사라쌍수*****의 꽃그늘도 걸었습니다. 토인들이 기쁜 마음으로 숭상한 부처는 원광이 있는 흑인이 아닙니다. 우아한 위엄으로 가득 찬 쇼토쿠 태자****** 등의 형제입니다. 하지만 이런 것을 장황하게 이야기하는 것은 약속한 대로 그만두기로 하지요. 요컨대 내가 말하고 싶은 것은, 천주처럼 이 나라에 와도 그가 이길 자는 없을 거라는 겁니다."

---

* 부처나 보살이 중생을 구제하기 위한 방편으로 여러 가지 신명神明한 몸을 나타내는 일.

** 우주와 일체로 생각되는 범신론적 밀교의 교주.

*** 親鸞(1173~1262). 가마쿠라 시대 초기의 승려. 정토진종의 개조.

**** 日蓮(1222~1282). 가마쿠라 시대 중기의 승려. 니치렌종의 개조.

***** 부처가 입적했을 때 동서남북에 한 쌍씩 서 있었다는 나무.

****** 聖德太子(574~622). 아스카 시대의 황족이자 정치가로 강력한 중앙집권 체제 확립을 꾀하는 한편 불교와 유교의 흥륭에 진력했다.

"자, 기다리십시오. 당신은 그렇게 말씀하시지만……"

오르간티노가 끼어들었다.

"오늘은 사무라이 두세 명이 한꺼번에 가르침에 귀의했습니다."

"그거야 몇 명이라도 귀의하겠지요. 다만 귀의한 것뿐이라면 이 나라 토착민은 대부분 싯다르타의 가르침에 귀의했습니다. 그러나 우리의 힘은 파괴하는 힘이 아닙니다. 바꾸는 힘입니다."

노인은 장미꽃을 던졌다. 꽃은 손을 떠나자마자 순식간에 저녁 어스름 속으로 사라졌다.

"역시 바꾸는 힘입니까? 그러나 그것은 당신들에게 국한된 일은 아니겠지요. 어느 나라에서나, 예를 들면 그리스의 신들이라 불렸던 그 나라에 있는 악마도……"

"위대한 목신Pan은 죽었습니다. 아니, 목신도 언젠가는 다시 되살아날지도 모릅니다. 그러나 우리는 이대로 아직 살아 있습니다."

진기한 듯 오르간티노는 곁눈질로 노인의 얼굴을 보았다.

"당신은 목신을 알고 있습니까?"

"뭐, 서쪽 지방 다이묘의 자녀들*이 서양에서 가지고 왔다는

---

* 덴쇼유구사절天正遺歐使節을 의미하는지도 모른다. 덴쇼유구사절은 1582년 규슈익 기리시탄 다이묘大名들이 로마 황제 및 스페인 국왕에게 파견한 소년 사절단이다. 1590년에 귀국했다. 그러나 정확히 말하면 그들은 다이묘의 자녀들은 아니다. 또한 그들이 귀국할 때는 이미 그리스도교가 박해를 받고 있었고 오르간티노가 교토에 있던 시기보다 나중이다.

책에 있었습니다. 그것도 지금의 이야깁니다만, 설사 이 바꾸는 힘이 우리에게만 국한된 것은 아니라 하더라도 역시 방심은 금물입니다. 아니, 오히려 그만큼 더 주의하라고 말하고 싶습니다. 우리는 오래된 신들이니까요. 저 그리스의 신들처럼 세상의 여명을 본 신들이니까요."

"그러나 천주님은 이길 겁니다."

오르간티노는 완강히 같은 말을 한 번 더 했다. 그러나 노인은 그 말이 들리지 않는 듯 이렇게 천천히 이야기를 계속했다.

"나는 바로 사오일 전에 서쪽 지방의 해변에 상륙한 그리스의 뱃사람을 만났습니다. 그 남자는 신이 아닙니다. 보통 사람이었습니다. 나는 그 뱃사람과 달밤에 바위 위에 앉아 여러 가지 이야기를 나눴지요. 애꾸 신에게 잡힌 이야기라든가 사람을 돼지로 만드는 여신 이야기라든가 목소리가 고운 인어 이야기라든가, 당신은 그 남자의 이름을 알고 있습니까? 그 남자는 나를 만난 때부터 이 나라 토인으로 변했습니다. 지금은 유리와카*라 불린답니다. 그러니 당신도 조심하십시오. 천주가 꼭 이긴다고는 할 수 없습니다. 천주교가 아무리 강해진다고 해도 꼭 이긴다고는 할 수 없습니다."

노인의 목소리는 점점 작아졌다.

---

* 百合若. 호메로스의 장편서사시 『오디세이아』가 일본에 전해져 일본적 설화가 된 『유리와카셋쿄百合若説経』의 주인공. 오랑캐 또는 귀신을 퇴치하지만 무인도에 남겨지는 전설의 영웅. 그 이름은 원어의 주인공 오디세우스의 라틴어 이름인 율리시스에서 온 것이다.

"어쩌면 천주 자신도 이 나라 토착민으로 변하겠지요. 중국이나 인도도 변했습니다. 서양도 변하지 않으면 안 됩니다. 우리는 나무들 속에도 있습니다. 얕게 흐르는 물결 속에도 있습니다. 장미꽃을 스치는 바람결에도 있습니다. 사원 벽에 남아 있는 저녁놀에도 있습니다. 언제 어디에나 있습니다. 조심하세요. 조심하세요."

드디어 그 목소리가 끊기나 싶더니 노인의 모습은 그림자가 사라지듯 저녁 어둠 속으로 사라지고 말았다. 그와 동시에 사원의 탑에서는 눈을 찌푸린 오르간티노 위로 아베마리아의 종이 울리기 시작했다.

난반지의 오르간티노 신부는…… 아니, 오르간티노에게 국한된 일은 아니다. 유유히 법의 옷자락을 끌던 코 큰 홍모인은 황혼 빛이 떠도는 가공의 월계수와 장미 속에서 한 첩의 병풍 속으로 들어가 버렸다. 남만선입진도南蛮船入津図가 그려진 3세기 이전의 낡은 병풍 속으로.

안녕히. 오르간티노 신부여! 당신은 지금 당신의 동료들과 일본 해변을 거닐며 금박가루 안개 속에 깃발을 올린 큰 남만선南蛮船을 바라보고 있다. 천주님이 이길 것인가? 오히루메무치가 이길 것인가? 그것은 오늘날에도 아직 쉽게 단정할 수 없을지도 모른다. 그러나 결국 우리의 사업이 단정을 내려야 할 문제다. 당신은 과거의 그 해변에서 조용히 우리를 보고 있으

라. 설령 당신은 같은 병풍 속에서 개를 끄는 선장이나 양산을 쓴 흑인 아이와 함께 망각의 잠에 빠져 있다고 해도, 새로이 수평선에 나타난 우리 흑선의 대포 소리는 반드시 예스러운 당신들의 꿈을 깨울 때가 있으리니, 그때까지…… 안녕히. 오르간티노 신부여! 안녕히. 난반지의 오르간티노 신부여!

(1921년 12월)

광차 トロッコ

오다와라小田原와 아타미熱海 사이에 경편輕便 철도 부설 공사가 시작된 것*은 료헤이良平가 여덟 살 때였다. 료헤이는 매일 동구 밖으로 그 공사를 구경하러 갔다. 공사라고 해봤자 그저 광차로 흙을 운반하는 것이었는데, 그게 재미있어 보러 간 것이다.

인부 두 명이 흙을 실은 광차 위에 서 있었다. 광차는 산을 내려오는 것이라 사람 손을 빌리지 않고 달려온다. 차체가 덜커덕거리며 움직이기도 하고 인부의 작업복 옷자락이 펄럭거리기도 했는데 료헤이는 그런 광경을 바라보며 인부가 되고 싶다고 생각한 적이 있다. 하다못해 한 번이라도 인부와 함께 광차에 타보고 싶다고 생각한 적도 있다. 광차는 동구 밖 평지

* 1907년 8월이고 공사를 마친 것은 그해 12월이며 오다와라와 아타미 구간의 경편 철도가 영업을 개시한 것은 1908년 8월이다.

로 오면 자연히 그곳에 멈춘다. 그와 동시에 인부들은 가볍게 광차에서 뛰어내리자마자 그 선로의 종점에 차의 흙을 쏟아놓는다. 그러고는 다시 광차를 밀고 밀어 원래 왔던 산 쪽으로 오르기 시작한다. 료헤이는 그때 타볼 수는 없어도 미는 것이라도 할 수 있다면 좋겠다고 생각했다.

2월 초순의 어느 저녁이었다. 료헤이는 두 살 어린 동생, 그리고 동생과 동갑인 이웃집 아이와 광차가 놓여 있는 동구 밖으로 갔다. 광차는 흙투성이가 된 채 어스레한 가운데 늘어서 있었다. 하지만 그 외에는 어디를 봐도 인부들의 모습은 보이지 않았다. 세 아이는 주뼛주뼛 가장 끝에 있는 광차를 밀었다. 광차는 세 사람이 힘을 합치자 갑자기 데구루루 바퀴가 돌았다. 료헤이는 그 소리에 가슴이 철렁했다. 하지만 두 번째 바퀴 소리는 이제 그를 놀라게 하지 않았다. 데구루루, 데구루루 광차는 이런 소리와 함께 세 사람의 손에 밀리며 슬슬 선로를 올라갔다.

머지않아 그럭저럭 18미터쯤 가자 선로의 경사가 급해지기 시작했다. 광차도 세 사람의 힘으로는 아무리 밀어도 움직이지 않았다. 자칫하면 광차와 함께 되밀릴 것 같기도 했다. 료헤이는 이제 되었다고 생각했으므로 어린 두 명에게 신호를 보냈다.

"자, 타자!"

그들은 한꺼번에 손을 떼고 광차 위로 뛰어올랐다. 광차는 처음에는 서서히, 그러더니 순식간에 기세 좋게 선로를 내려가기 시작했다. 그 순간 마주치는 풍경은 순식간에 양쪽을 가르듯이 빠르게 눈앞에 펼쳐졌다. 얼굴에 닿는 황혼의 바람, 발밑에 뛰어오르는 광차의 진동, 료헤이는 기뻐서 어쩔 줄을 몰랐다.

그러나 광차는 2, 3분 후 원래의 종점에 멈췄다.

"자, 다시 한번 밀자."

료헤이는 어린 두 명과 함께 다시 광차를 밀고 올라가기 시작했다. 하지만 바퀴가 아직 움직이기도 전에 갑자기 그들 뒤에서 누군가의 발소리가 들려오기 시작했다. 그뿐 아니라 그 소리가 들려오기 시작하나 싶더니 갑자기 이런 고함으로 바뀌었다.

"이놈들! 누가 함부로 광차에 손댔어?"

그곳에는 낡은 작업복에 철 지난 밀짚모자를 쓴 키 큰 인부가 서 있었다. 그런 모습이 눈에 들어왔을 때 료헤이는 어린 두 명과 함께 이미 10미터쯤 달아나 있었다. 그 후로 료헤이는 심부름 갔다 돌아오는 길에 인기척이 없는 공사장의 광차를 봐도 두 번 다시 타보려고 생각한 적이 없었다. 다만 그때 인부의 모습은 지금도 류헤이의 머릿속 어딘가에 또렷한 기억으로 남아 있다. 어스레한 가운데 희미하게 보이던 조그만 누런 밀짚모자, 하지만 그 기억조차 해가 갈수록 그 색이 엷어지는 것 같았다.

그로부터 열흘쯤 지나고 나서 료헤이는 다시 정오가 지난 공사장에 혼자 서서 광차가 오는 것을 바라보고 있었다. 그러자 흙을 실은 광차 외에 침목을 실은 광차 한 량이 본선이 될 모양인 굵은 선로를 타고 왔다. 그 광차를 밀고 있는 사람은 둘다 젊은 남자였다. 료헤이는 그들을 봤을 때부터 어쩐지 친해지기 쉬울 것 같은 기분이 들었다. '이 사람들이라면 야단치지 않을 거야.' 료헤이는 이렇게 생각하며 광차 옆으로 달려갔다.

"아저씨, 밀어줄까요?"

그중 한 사람, 줄무늬 셔츠를 입은 남자는 고개를 숙인 채 광차를 밀며 생각했던 대로 흔쾌히 대답했다.

"그래, 밀어봐라."

료헤이는 두 사람 사이에 들어가 힘껏 밀기 시작했다.

"너 힘이 꽤 세구나."

귀에 담배를 끼운 다른 남자도 료헤이를 이렇게 칭찬해주었다.

곧 선로의 경사가 점점 편해지기 시작했다. '이제 밀지 않아도 된다.' 료헤이는 당장이라도 이런 말을 듣지 않을까 내심 걱정되어 견딜 수가 없었다. 하지만 젊은 두 인부는 전보다는 허리를 편 채 묵묵히 광차를 계속 밀었다. 료헤이는 결국 견디지 못하고 머뭇머뭇 이렇게 물어봤다.

"언제까지고 밀어도 좋아요?"

"좋고말고."

두 사람은 동시에 이렇게 대답했다. 료헤이는 '친절한 사람들이다' 하고 생각했다. 5, 6백 미터쯤 계속 밀었더니 선로는 다시 한번 급경사가 되었다. 그곳에는 양쪽이 밀감 밭으로 노란 열매 여러 개가 햇빛을 받고 있었다.

'오르막길이 더 좋다, 언제까지고 밀게 해주니까.' 료헤이는 이렇게 생각하며 온몸으로 광차를 밀었다.

밀감 밭 사이를 다 올라가자 선로는 갑자기 내리막길이 되었다. 줄무늬 셔츠를 입은 남자가 료헤이에게 "야, 타" 하고 말했다. 료헤이는 곧장 뛰어올랐다. 세 사람이 올라타자마자 광차는 밀감 밭 냄새를 흩날리며 미끄러지듯이 선로를 달리기 시작했다. '미는 것보다 타는 게 훨씬 좋다.' 료헤이는 하오리 가득 바람을 맞으며 당연한 것을 생각했다. '갈 때 미는 곳이 많으면 돌아갈 때는 타는 곳이 많다.' 또 이런 생각도 했다.

대숲이 있는 곳에 이르자 광차는 달리는 것을 조용히 멈췄다. 세 사람은 다시 전처럼 묵직한 광차를 밀기 시작했다. 대숲은 어느새 잡목림이 되었다. 완만한 오르막길에는 붉은 녹이 슨 선로도 보이지 않을 정도로 군데군데 낙엽이 쌓여 있는 곳도 있었다. 그 길을 겨우 다 올라가니 이번에는 높은 벼랑 너머로 드넓고 으스스한 바다가 펼쳐졌다. 그와 동시에 료헤이의 머리에는 갑자기 너무 멀리 왔다는 생각이 들었다.

세 사람은 다시 광차에 올라탔다. 광차는 바다를 오른쪽에 두고 잡목 가지 밑을 달려갔다. 하지만 료헤이는 조금 전처럼 재미있다는 기분을 느낄 수 없었다. '이제 돌아가면 좋을 텐데.' 료헤이는 이렇게 마음속으로 빌어봤다. 하지만 갈 데까지 가지 않으면 광차도 그들도 돌아갈 수 없다는 것은 물론 료헤이도 잘 알고 있었다.

그다음 광차가 멈춘 곳은 깎아내린 산을 등지고 있는 초가지붕의 찻집 앞이었다. 두 인부는 그 가게로 들어가 젖먹이를 업은 여주인을 상대로 느긋하게 차를 마시기 시작했다. 료헤이는 혼자 초조해하며 광차 주위를 둘러봤다. 광차에는 튼튼한 차대의 판자에 튀어 오른 흙이 말라붙어 있었다.

잠시 후 찻집을 나오려고 할 때 담배를 귀에 꽂은 남자는 (그때는 이미 꽂혀 있지 않았지만) 광차 옆에 있는 료헤이에게 신문지에 싼 막과자를 주었다. 료헤이는 냉담하게 "고맙습니다" 하고 말했다. 하지만 곧 냉담하게 말해서는 상대에게 미안하다고 생각을 고쳐먹었다. 료헤이는 그 냉담함을 얼버무리려는 듯이 과자 하나를 입에 넣었다. 과자에는 신문지에 있었던 듯한 석유 냄새가 배어 있었다.

세 사람은 광차를 밀며 완만한 경사를 올라갔다. 료헤이는 광차에 손을 대고 있어도 마음속으로는 딴생각을 하고 있었다.

그 언덕 너머로 다 내려가자 또 비슷한 찻집이 있었다. 인부들이 그 안으로 들어간 후 료헤이는 광차에 앉아 돌아갈 일만 걱정하고 있었다. 찻집 앞에는 활짝 핀 매화에 비치는 석양빛이 사라지고 있었다. '벌써 해가 진다.' 료헤이는 이렇게 생각하자 멍하니 앉아 있을 수가 없었다. 광차의 바퀴를 차보기도 하고 혼자서는 움직일 수 없다는 것을 알면서도 끙끙 밀어보기도 하며 기분을 달래고 있었다.

그런데 인부들은 찻집에서 나오자 광차 위의 침목에 손을 대며 아무렇지 않게 그에게 이렇게 말했다.

"너는 이제 돌아가. 우리는 오늘 저쪽에서 묵을 거니까."

"너무 늦게 돌아가면 너희 집에서도 걱정할 거야."

료헤이는 순간적으로 어안이 벙벙했다. 벌써 그럭저럭 어두워졌다는 것, 작년 말에 어머니와 이와무라岩村까지 가봤지만 오늘 온 길은 그보다 서너 배가 된다는 것, 그 길을 지금부터 혼자 걸어서 돌아가야 한다는 것, 그것을 한꺼번에 깨달은 것이다. 료헤이는 거의 눈물이 나올 것 같았다. 하지만 울어도 소용없다고 생각했다. 울고 있을 때가 아니라고도 생각했다. 료헤이는 젊은 두 인부에게 어색하게 인사를 하고는 지체 없이 선로를 따라 달리기 시작했다.

료헤이는 한동안 무아지경으로 선로 옆을 계속 달렸다. 그러는 동안 품속의 과자 꾸러미가 거추장스럽게 느껴져 그것을 길가에 내던진 김에 바닥에 널조각을 댄 조리도 벗어 그곳에 던져버렸다. 그러자 얇은 양말 안으로 직접 작은 돌이 들어왔지만 발만은 훨씬 가벼워졌다. 그는 왼쪽으로 바다를 느끼며 급한 오르막길을 뛰어올랐다. 이따금 눈물이 복받쳐 오르면 자연스레 얼굴이 일그러졌다. 눈물은 억지로 참았지만 코만은 끊임없이 쿨쿨거렸다.

대숲 옆을 달려 지나가자 히가네야마日金山의 하늘도 이미 저녁놀이 사라지고 있었다. 료헤이는 점점 제정신이 아니었다. 갈 때와 올 때가 바뀐 탓인지 경치가 다른 것도 불안했다. 그러자 이번에는 옷까지도 땀에 흠뻑 젖어 마음에 걸렸기 때문에 역시 필사적으로 계속 달리며 하오리를 벗어 길가에 내던졌다.

밀감 밭에 이르렀을 무렵에는 주위가 온통 어두워지기만 했다. '목숨만 구할 수 있다면' 하고 료헤이는 생각하며 미끄러져도 발이 걸려 넘어져도 계속 달렸다.

가까스로 먼 어둠 속에 동구 밖의 공사장이 보였을 때 료헤이는 눈 딱 감고 울고 싶어졌다. 하지만 그때도 울상을 짓기는 했지만 끝내 울지 않고 계속 달렸다.

그의 마을에 들어가 보니 이미 양쪽의 집들에는 전등 불빛이 비치고 있었다. 료헤이는 그 전등 불빛에 머리에서 김이 모락모락 나는 것을 그 자신도 확실히 알 수 있었다. 우물가에서 물을 긷고 있던 여자들이나 밭에서 돌아오는 남자들은 료헤이가 숨을 헐떡이며 달려가는 것을 보고는 "야, 무슨 일이야?" 하고 말을 걸었다. 하지만 료헤이는 말없이 잡화점이며 이발소며 환한 집 앞을 달려 지나갔다.

그의 집 문간으로 뛰어들었을 때 료헤이는 결국 큰 소리로 와앙 하고 울음을 터뜨리지 않을 수 없었다. 그 울음소리는 그의 주위로 한꺼번에 아버지와 어머니를 모여들게 했다. 특히 어머니는 뭐라고 말하며 료헤이의 몸을 안으려고 했다. 하지만 료헤이는 손발을 버둥거리며 훌쩍훌쩍 계속 울었다. 그 소리가 너무 컸던 탓인지 이웃 여자들 서너 명이 어둑한 문간으로 모여들었다. 아버지, 어머니는 물론이고 그 사람들은 저마다 그가 우는 이유를 물었다. 하지만 료헤이는 무슨 말을 들어도 소리 내어 울어댈 수밖에 없었다. 그 먼 길을 달려온 지금까지의 불안감을 돌이켜보면 아무리 큰 소리로 계속 울어대도 성에 차지 않는 기분에 내몰리며……

료헤이는 스물여섯이던 해에 처자와 함께 도쿄로 올라왔다. 지금까지는 어느 잡지사의 2층에서 교정 보는 일을 하고 있다. 하지만 그는 때때로 아무런 이유도 없이 그때의 자신을 떠올리는 일이 있다. 아무런 이유도 없는데? 속세의 고생에 지친 그 앞에는 지금도 여전히 그때처럼 어스레한 덤불숲이나 언덕이 있는 길 한 줄기가 이어졌다 끊어졌다 하고 있다.

(1922년 2월)

보은기 報恩記

아마카와 진나이 阿媽港甚內의 이야기

저는 진나이라는 사람입니다. 성姓은, 글쎄요, 세상 사람들은 오래전부터 아마카와 진나이라고 하는 것 같습니다. 아마카와 진나이, 당신도 이 이름을 알고 있습니까? 아니, 놀랄 것까지는 없습니다. 저는 당신이 알고 있는 대로 악명 높은 도둑입니다. 하지만 오늘 밤에는 훔치러 들어온 것이 아닙니다. 아무쪼록 그것만은 안심해주세요.

당신은 일본에 있는 신부 중에서도 덕이 높은 사람이라고 들었습니다. 그러고 보니 도둑이라고 불리는 사람과 잠깐이라도 함께 있다는 것은 유쾌한 일이 아닐지도 모르겠습니다. 하지만 저도 예상과 달리 도둑질만 하지는 않습니다. 언젠가 주라쿠테이聚樂第*에 초대받은 루손 스케자에몬呂宋助左衛門** 밑에서 일하던 점원 한 사람도 아마 진나이라는 이름이었을 겁니다. 또한 리큐*** 거사가 귀중하게 여기던 '길고 빨간 털 가발'이라 불리던 물병도, 그것을 보낸 렌가시連歌師****의 본명도 진나이라고 들었습니다. 그러고 보면 2, 3년 전에 『아마카와 일기阿媽港日記』*****라는 책을 쓴 오무라大村****** 근처의 통역관 이름도 진나이라고 하지 않았던가요? 그 외에 산조가와라三條河原 전투에서 카피탄******* '말도나도'를 구한 보화종普化宗 승려, 사카이堺의 묘코쿠지妙國寺 산문 앞에서 서양 약을 팔던 상인, 이들도 이름을 밝히면 틀림없이 아무개 진나이였을 것입니다. 아니, 그보다 중요한 것은 작년 이 '산 프란시스코' 성당에 성모 마리아의 손톱을 넣은 황금 사리탑을 진상한 사람도 역시 진나이라는 신도였을 것입니다.

하지만 오늘 밤에는 안타깝게도 일일이 그런 행적을 이야기

---

* 도요토미 히데요시가 교토에 세운 성곽 형식의 저택. 1586년 봄에 착공하여 이듬해 가을에 완성했다.

** 루손 무역으로 부를 얻은 호상豪商이라 루손 스케자에몬이라 불렸다. 1594년 루손에서 귀국할 때 도요토미 히데요시에게 많은 물품을 헌상했으나 나중에 히데요시에게 벌을 받아 몰락했다.

*** 센 리큐千利休(1522~1591). 오다 노부나가, 도요토미 히데요시를 모셨던 다인茶人. 히데요시의 측근이었지만 나중에 히데요시의 분노를 사서 자결했다.

**** 렌가連歌 작가. 렌가는 두 사람 이상이 와카和歌의 상구上句와 하구下句를 서로 번갈아 읊어 나가는 형식의 노래.

***** 아쿠타가와가 지어낸 허구의 책으로 여겨진다.

****** 현재의 나가사키현 오무라시 근처.

******* capitão(포르투갈어). 에도 시대 나가사키의 네덜란드 상관의 관장, 또는 일본에 찾아온 유럽 선박의 선장.

할 여유가 없습니다. 다만 아무쪼록 아마카와 진나이는 세상의 보통 사람들과 그다지 다르지 않다는 사실을 믿어주십시오. 그렇습니까? 그렇다면 제 용건을 가능한 한 간략하게 말씀드리기로 하겠습니다. 저는 어떤 남자의 영혼을 위해 '미사'라는 기도를 부탁하러 왔습니다. 아뇨, 저의 혈연은 아닙니다. 그렇다고 저의 칼날에 피를 묻힌 사람도 아닙니다. 이름 말입니까? 이름은, 글쎄요, 그걸 밝혀도 될지 어떨지 저도 판단이 서지 않습니다. 어떤 남자의 영혼을 위해, 아니면 '포우로'라는 일본인을 위해 명복을 빌어주고 싶습니다. 안 됩니까? 역시 아마카와 진나이에게 이런 일을 부탁받았으니 가볍게 들어줄 마음이 들지 않을 겁니다. 그렇다면 어쨌든 사정만이라도 대강 말해보기로 하겠습니다. 하지만 그렇게 하기 위해서는 생사를 묻지 말고 다른 사람에게 말하지 않겠다는 약속이 필요합니다. 당신은 가슴의 십자가에 걸고 반드시 약속을 지키겠습니까? 아니, 실례는 용서하시기 바랍니다. (미소) 신부인 당신을 의심하는 것은 도둑인 저로서는 주제넘은 짓이겠지요. 하지만 이 약속을 지키지 않으면 (돌연 진지하게) 지옥 불에 타 죽지 않는다 하더라도 현세에 벌이 내릴 것입니다.

　벌써 2년 남짓 전의 이야기입니다. 바로 찬바람이 불던 어느 초겨울 한밤중이었습니다. 저는 행각승으로 변장하여 교토 시내를 어정거리고 있었습니다. 교토 시내를 배회한 것은 그날 밤에 시작된 일이 아니었습니다. 그럭저럭 닷새쯤 늘 초경初更*만 지나면 반드시 사람 눈에 띄지 않게 슬쩍 집들을 엿봤습니다. 물론 무엇 때문이었는지는 설명할 필요도 없을 것입니다.

특히 그 무렵에는 말라카까지 잠시 건너갈 생각이어서 더더욱 돈이 필요하기도 했습니다.

거리는 물론 오래전에 사람의 통행이 끊겼습니다. 별만 반짝이는 하늘에는 조금도 쉬지 않고 바람 소리가 울리고 있었습니다. 저는 어두운 처마를 따라 오가와 거리를 내려가서는 문득 네거리를 한 번 꺾은 모퉁이에 면해 커다란 저택이 있는 것을 발견했습니다. 그 집은 교토에서도 유명한 호조야 야소에몬北條屋弥三右衛門의 본가였습니다. 똑같이 항해를 생업으로 해도 호조야는 도저히 가도쿠라**와 어깨를 나란히 할 수는 없을 것입니다. 하지만 아무튼 시암***이나 루손에 배 한두 척을 보내고 있으니 어엿한 재산가임에는 틀림없습니다. 저는 특별히 그 집을 목표로 배회한 것은 아닙니다만 마침 그곳에 있었다는 것을 구실로 한몫 챙길 생각이 들었습니다. 게다가 앞에서 말한 대로 밤은 이슥하고 바람도 불고 있어 제가 일을 시작하기에는 모든 게 안성맞춤인 상황이었습니다. 저는 길가의 빗물 받는 통 뒤에 삿갓과 지팡이를 숨기고 순식간에 높은 담을 뛰어넘었습니다.

세상의 소문을 들어보십시오. 아마카와 진나이는 둔갑술을 쓴다, 다들 이렇게 이야기합니다. 하지만 당신은 속인들처럼 그런 것이 사실이라고 생각하지 않을 것입니다. 저는 둔갑술을

---

* 하룻밤을 오경으로 나눈 첫째 부분. 저녁 7시에서 9시 사이.
** 가도쿠라 료이角倉了以(1554~1614). 에도 시대 초기의 대무역상.
*** 타이의 옛 명칭.

쓰지 않을 뿐 아니라 악마도 제 편으로 두고 있지도 않습니다. 다만 아마카와에 있던 시절 포르투갈의 배에 있는 의사에게 구리학究理學*을 배웠습니다. 그것을 실제로 써먹기만 하면 커다란 자물쇠를 비틀어 끊거나 무거운 빗장을 벗기는 일은 그리 어려운 일이 아닙니다. (미소) 지금까지 없었던 도둑질 방법도 일본이라는 미개한 땅에서는 십자가나 총포의 도래**와 마찬가지로 역시 서양에서 배운 것입니다.

저는 잠깐 사이에 호조야의 저택 안으로 들어갔습니다. 하지만 어두운 복도의 막다른 곳에 이르자 놀랍게 야심한 밤인데도 아직 등불이 켜 있을 뿐 아니라 작은 방에서는 이야기 소리가 들렸습니다. 주위의 상황으로 보아 그 방은 아무래도 다실임이 틀림없었습니다. '초겨울 찬바람 속에 즐기는 차인가', 저는 이렇게 쓴웃음을 지으며 슬며시 그곳으로 다가갔습니다. 사실 그때는 사람 소리가 나는 것에 대해 일의 방해가 된다고 생각하기보다는 공들여서 아취 있게 꾸민 다실 안에서 이 집의 주인과 손님으로 온 동료가 어떤 풍류를 즐기고 있을까, 하는 것에 마음이 끌렸습니다.

장지문 밖에 몸을 바싹 대기가 무섭게 제 귀에는 생각했던 대로 솥에서 물 끓는 소리가 들려왔습니다. 하지만 그 소리가

---

* 물리학을 말한다. 1877년까지는 물리학을 구리학이라고 불렀지만, 메이지 시대 중반에 '물리학'이라는 명칭이 일반화되었다.
** 그리스도교는 1549년 프란시스코 사비에르의 도래, 총포는 1543년 포르투갈인의 다네가시마種子島 도래에서 시작되었다.

나는 것과 동시에 뜻밖에도 누군가 이야기를 하더니 우는 소리가 들려왔습니다. 누굴까, 그보다는 다시 듣지 않아도 여자라는 사실까지는 알 수 있었습니다. 이런 대저택의 다실에서 한밤중에 여자가 울고 있다는 것은 하여간 보통 일이 아닙니다. 저는 숨을 죽인 채 다행히 열려 있는 장지문 틈으로 다실 안을 들여다보았습니다.

사방등 불빛에 비친 낡은 색지色紙*인 듯한 도코노마**의 족자. 거는 꽃병에 꽂힌 서리 내리는 계절에 피는 국화꽃. 다실 안에는 생각한 대로 고색창연한 아취가 떠돌고 있었습니다. 그 도코노마 앞, 바로 제 정면에 앉은 노인은 주인인 야소에몬이겠지요. 뭔가 자잘한 당초무늬의 하오리를 입고 가만히 팔짱을 끼고 있었는데, 밖에서 보기에는 솥에서 끓고 있는 소리라도 듣고 있는 것 같았습니다. 야소에몬의 아랫자리에는 기품 있는 고가이마게笄髷***를 한 늙은 여자가 옆얼굴을 보인 채 이따금 눈물을 훔치고 있었습니다.

'아무리 궁색하지 않다 하더라도 역시 걱정거리는 있는 모양이군.' 저는 이렇게 생각하며 자연히 미소를 흘렸습니다. 미소를 흘렸다고 말한다고 해도 그것은 호조야나 부부에게 악의

* 와카나 하이쿠를 쓰기 위한 네모진 두꺼운 종이. 여러 가지 빛깔이나 무늬가 있고, 후세에는 종이 크기도 일정해졌다.
** 일본식 다다미방 한쪽 바닥을 한 층 높게 만들어 벽에는 족자를 걸고 바닥에는 꽃이나 장식물을 꾸며놓는 곳.
*** 비녀의 주위에 머리를 싸매는 모양의 머리.

가 있었던 것은 아닙니다. 저처럼 40년간 악명만 높이고 있던 사람에게는 타인, 특히 행복한 듯한 타인의 불행은 자연히 미소를 짓게 하는 법입니다. (잔혹한 표정) 그때도 저는 부부의 탄식이 가부키를 보는 것처럼 유쾌했습니다. (빈정거리는 미소) 하지만 그것은 저 한 사람에게 한정된 일은 아닐 것입니다. 누구나 좋아하는 이야기라면 슬픈 이야기일 게 뻔한 것 같습니다.

야소에몬은 잠시 후 한숨을 내쉬듯이 이렇게 말했습니다.

"이제 이렇게 된 이상 울어도 소리쳐도 돌이킬 수 없소. 나는 내일 점포 점원을 해고하기로 결심했소."

그때 다시 심한 바람이 갑자기 다실을 흔들었습니다. 거기에 목소리가 묻혔겠지요. 야소에몬 아내가 뭐라고 했는지는 알 수가 없었습니다. 하지만 남편은 고개를 끄덕이며 두 손을 무릎 위에서 깍지 끼고 삿자리무늬의 천장에 시선을 던졌습니다. 굵은 눈썹, 뾰족한 광대뼈, 특히 길게 째진 눈초리, 이는 확실히 보면 볼수록 언젠가 한 번은 만났던 얼굴이었습니다.

"우리 주 예수 그리스도시여, 아무쪼록 저희 부부의 마음에 당신의 힘을 베풀어 주시옵소서."

야소에몬은 눈을 감은 채 기도를 올리기 시작했습니다. 노부인 역시 남편처럼 천주님의 가호를 빌고 있는 것 같았습니다. 저는 그동안 눈도 깜박이지 않고 야소에몬의 얼굴을 계속 지켜봤습니다. 그러자 또 초겨울의 차가운 바람이 불어왔을 때 제 마음속에 번뜩인 것은 20년 전의 기억이었습니다. 저는 그 기억 속에서 확실히 야소에몬의 모습을 찾아냈습니다.

20년 전의 기억이라는 것은 아니, 그것을 이야기할 수는 없습니다. 다만 간략하게 사실만 전하자면 제가 아마카와로 건너가 있었을 때 어떤 일본인 선원이 위태롭던 저의 목숨을 구해 주었습니다. 그때는 서로 통성명도 하지 않고 그대로 헤어지고 말았습니다만, 지금 제가 본 야소에몬은 당시 그 선원임이 틀림없었습니다. 저는 우연한 만남에 놀라며 역시 그 노인의 얼굴을 지켜봤습니다. 그리고 보니 우락부락한 어깨 언저리나 마디가 굵은 손 모양에는 아직 산호초 바닷물의 물보라나 백단향 냄새가 배어 있는 것 같았습니다.

야소에몬은 긴 기도를 끝내고 조용히 노부인에게 이렇게 말했습니다.

"나머지 일은 그저 무슨 일이나 천주님의 뜻이라고 생각하시오. 그럼 솥의 물이 끓고 있으니 차라도 한 잔 마실까?"

하지만 노부인은 새삼스레 복받치는 눈물을 참는 듯이 기어들어가는 목소리로 대답했습니다.

"네. 그래도 아직 분한 것은……"

"자, 그게 불평이라는 거요. 호조마루北條丸가 가라앉은 것도, 나게가네抛銀*가 모두 날아간 것도……"

"아니, 그런 게 아니에요. 적어도 아들 야사부로라도 있어주

---

* 에도 시대 초기, 일본의 호상豪商들이 포르투갈인, 중국인 또는 해외로 가는 일본인에게 항해무역 자금으로 투기적으로 빌려 준 돈. 이자가 아주 높았지만 배가 난파한 경우 채권자는 변제 의무가 없었기에 빌려준 이의 손해가 되었다. 호조야는 자신의 배 호조마루가 가라앉은 데다 나게가네를 빌려준 배도 침몰하여 파산에 내몰렸다.

었으면 하지만……"

저는 이 이야기를 듣는 중에 다시 한번 미소를 지었습니다. 하지만 이번에는 호조야의 불운에 유쾌함을 느낀 게 아니었습니다. '옛날의 은혜를 갚을 때가 왔다', 이렇게 생각한 것이 기뻤던 것입니다. 저에게도, 수배자인 아마카와 진나이에게도 훌륭하게 은혜를 갚을 수 있는 유쾌함, 아니, 이 유쾌함을 아는 사람은 저 말고는 없을 것입니다. (빈정거리듯이) 세상의 선인은 불쌍합니다. 무엇 하나 악행을 저지르지 않은 대신 어느 정도 선행을 베풀었을 때는 얼마나 기쁜 마음이 드는지, 그런 것도 제대로 알지 못하니까요.

"뭐, 사람 같지도 않은 그런 놈은 없는 게 다행일 정도지."

야소에몬은 씁쓸한 듯이 사방등으로 눈길을 돌렸습니다.

"그놈이 써버린 돈이라도 있다면 이번에도 급한 불은 껐을지도 모르지. 그걸 생각하면 의절한 것은……"

야소에몬은 이렇게 말하다 말고 깜짝 놀란 듯이 저를 쳐다보았습니다. 놀란 것도 무리는 아니었습니다. 저는 그때 말도 하지 않고 경계인 장지문을 열었으니까요. 게다가 제 옷차림은 행각승의 모습으로 변장한 데다 삿갓을 벗은 대신 모자를 쓰고 있었으니까요.

"누구냐, 너는?"

야소에몬은 나이가 들었어도 순간적으로 몸을 일으켰습니다.

"아니, 놀랄 것 없습니다. 저는 아마카와 진나이라고 합니다. 자, 조용히 해주십시오. 아마카와 진나이는 도둑입니다만, 오늘 밤 갑자기 찾아뵌 것은 좀 다른 이유가 있어서입니다."

저는 모자를 벗으며 야소에몬 앞에 앉았습니다.

그 후의 일은 이야기하지 않아도 당신은 짐작할 수 있겠지요. 저는 호조야를 위급한 상황에서 구하기 위해 사흘이라는 기한을 하루도 어기지 않고 6천 관이라는 돈을 조달하겠다는 보은의 약속을 한 것입니다. 아니, 문 밖에서 누군가의 발소리가 들려오지 않습니까? 그렇다면 오늘 밤은 실례하겠습니다. 아무튼 내일이나 모레 밤 다시 한번 여기로 숨어들겠습니다. 저 큰 십자가 별빛*은 아마카와의 하늘에는 빛나고 있어도 일본 하늘에는 보이지 않습니다. 저도 바로 그렇게 일본에서는 모습을 감추고 있지 않으면 오늘 밤 '미사'를 부탁하러 온 '포우로'의 영혼을 위해서도 미안한 일입니다.

뭐, 저의 도망갈 길 말인가요? 그런 것은 걱정할 것 없습니다. 이 높은 천창을 통해서도, 저 큰 난로를 통해서도 자유자재로 나갈 수 있습니다. 그러니 아무쪼록 은인 '포우로'의 영혼을 위해서 다른 사람에게는 절대 말을 삼가주시기 바랍니다.

호조야 야소에몬의 이야기

신부님. 부디 저의 참회를 들어주십시오. 잘 아시겠지만 요

---

* 남십자성.

즘 세상의 악명 높은 아마카와 진나이라는 도둑이 있습니다. 네고로데라根來寺*의 탑에 살고 있었던 것도, 살생 간파쿠關白**의 칼을 훔친 것도, 또 멀리 바다 건너에서는 루손의 태수를 습격한 것도 모두 그 사내라고 전해 들었습니다. 그자가 드디어 포박당한 데다 이번에 이치조모도리바시一條戾り橋*** 근처에서 효수 당하게 되었다는 것도 들으셨겠지요. 저는 그 아마카와 진나이에게 적잖은 은혜를 입었습니다. 하지만 또 큰 은혜를 입은 만큼 지금으로서는 뭐라 말할 수 없는 슬픈 일도 겪었습니다. 아무쪼록 그 자세한 이야기를 들으신 후 죄인과 호조야 야소에몬에게도 천주님의 자비를 빌어주십시오.

정확히 지금으로부터 2년쯤 전인 겨울에 있었던 일입니다. 흉어만 계속된 데다 갖고 있던 배 호조마루는 가라앉았고 나게가네는 모두 날아갔으며 이런저런 일이 겹친 끝에 호조야 일가는 뿔뿔이 흩어질 수밖에 없는 처지에 빠지고 말았습니다. 아시다시피 상인에게는 거래처는 있어도 친구라 할 만한 사람은 없습니다. 이렇게 되자 저희 가업은 소용돌이치는 조수에 휘말린 큰 배처럼 거꾸로 뒤집어져 나락 밑바닥으로 떨어질 뿐이었습니다. 그러던 어느 날 밤, 지금도 그날 밤의 일은 잊

---

* 와카야마현 나하군那賀郡에 있는 신의진언종新義眞言宗의 총본산.

** 도요토미 히데츠구豊臣秀次(1568~1598). 도요토미 히데요시의 조카. 히데요시의 아들이 사망한 후 그의 양자가 되어 간파쿠關白를 물려받았지만 히데요시의 차남이 태어난 후 모반을 이유로 할복 명령을 받았다.

*** 이 다리 부근은 죄인을 효수형에 처하는 장소였다.

을 수가 없습니다. 초겨울 바람이 차갑던 어느 날 밤이었습니다. 저희 부부는 잘 아시는 다실에서 밤이 새는 줄도 모르고 이야기를 나누고 있었습니다. 그때 갑자기 들어온 사람은 행각승 차림에 모자를 쓴 그 아마카와 진나이였습니다. 저는 물론 놀라기도 했지만 또 화가 나기도 했습니다. 하지만 진나이의 이야기를 들어보니 그 사내는 역시 도둑질을 하러 저희 집에 숨어들었다가 다실에 아직 등불이 켜져 있을 뿐 아니라 사람 소리가 들리더랍니다. 그래서 장지문 너머로 엿보았더니 이 호조야 야소에몬이 진나이의 목숨을 구한 적이 있는 20년 전의 은인이었다고 하지 않겠습니까.

그러고 보니 그럭저럭 20년이 되었겠지요. 제가 아직 아마카와항을 왕래하는 '푸스타'선*의 선원으로 일하고 있던 무렵, 그곳에 배가 정박하고 있는 동안 수염조차 제대로 나지 않은 한 일본인을 도와준 일이 있습니다. 잘은 모르나 그때의 이야기로는 술을 마시고 사소한 다툼 끝에 중국인 한 사람을 죽였기 때문에 추격자가 따라붙었다고 했습니다. 그러고 보니 그 사람이 오늘날 아마카와 진나이라는 유명한 도둑이 된 것이겠지요. 하여간 저는 진나이의 말도 거짓말이 아니라는 것을 알았기 때문에 집안사람들이 모두 자고 있다는 구실로 우선 그 용건을 물어봤습니다.

그러자 진나이가 말하기를, 자기 힘이 닿는 일이라면 20년

---

* fusta(포르투갈어). 에도 시대에 주인선의 면허증을 얻어 남양 방면과 무역을 한 소형 범선.

전의 은혜를 갚아 호조야를 위급한 상황에서 구해주고 싶다, 당장 필요한 돈의 액수는 어느 정도냐고 물었습니다. 저는 무심코 쓴웃음을 지었습니다. 도둑에게 돈을 조달하다니, 그게 우스워서 견딜 수가 없었습니다. 아무리 아마카와 진나이라고 해도 그런 돈이 있다면 뭐 하러 일부러 저희 집으로 도둑질을 하러 들어왔겠습니까. 하지만 그 금액을 말하자 진나이는 고개를 갸우뚱하며 오늘 밤 안에는 어렵지만 사흘만 기다려주면 조달해보겠다고 대수롭지 않게 받아들였습니다. 하지만 어쨌든 필요한 돈이 6천 관이라는 거금이어서 조달할 수 있을지 어떨지 믿을 수는 없었습니다. 아니, 제 소견으로는 우선 주사위 눈을 믿는 것보다 미덥지 못하다고 각오하고 있었습니다.

진나이는 그날 밤 제 아내에게 느긋하게 차를 대접받은 뒤 초겨울 찬바람 속으로 돌아갔습니다. 하지만 이튿날이 되어도 약속한 돈은 오지 않았습니다. 이틀째가 되어도 마찬가지였습니다. 사흘째 되는 날, 그날은 눈이 내렸습니다만 역시 밤이 되고 나서도 소식 하나 없었습니다. 저는 앞에서 진나이의 약속을 믿지 않았다고 했습니다. 하지만 점원을 해고하지 않고 되어가는 형편에 맡겨두고 있었던 것을 보면 그래도 얼마간 은근히 기대하고 있었던 것이겠지요. 또 실제로 사흘째 되는 날 밤에는 다실의 사방등을 향하고 있어도 쌓인 눈의 무게로 나뭇가지가 부러지는 소리가 날 때마다 귀를 쫑긋 세우고 있었습니다.

그런데 자정도 지났을 무렵, 갑자기 다실 밖의 정원에서 사람 싸우는 소리가 들려오지 않겠습니까? 제 마음속에 번뜩인 것은 물론 진나이의 신상에 관한 것이었습니다. 혹시 포졸에게 걸린 게 아닐까? 저는 순간적으로 이렇게 생각했기 때문에 정원 쪽 장지문을 열자마자 사방등을 들고 살펴봤습니다. 눈이 수북이 쌓인 다실 앞의 대명죽이 축 늘어진 근처에서 누군가 두 사람이 드잡이를 하고 있었습니다. 그런데 그중 한 사람은 달려드는 상대를 뿌리치더니 정원수 뒤로 빠져나가 순식간에 담 쪽으로 도망쳤습니다. 눈이 무너져 내리는 소리, 벽을 기어오르는 소리, 그것을 끝으로 조용해진 것은 이미 담장 너머 어딘가로 무사히 멀리 달아난 것이겠지요. 하지만 뿌리쳐진 상대는 특별히 뒤를 쫓으려고도 하지 않고 몸에 묻은 눈을 떨며 조용히 제 앞으로 다가왔습니다.

"접니다. 아마카와 진나이입니다."

저는 어안이 벙벙한 채 진나이의 모습을 지켜보았습니다. 진나이는 오늘 밤에도 모자에 법의를 입고 있었습니다.

"아니, 뜻하지 않는 소동을 벌였습니다. 드잡이 소리에 잠을 깬 사람이 없었으면 다행이겠습니다만."

진나이는 다실로 들어오자마자 슬쩍 쓴웃음을 흘렸습니다.

"뭐, 제가 숨어들자 마침 이 마루 밑으로 기어들려는 자가 있는 겁니다. 그래서 일단 손으로 잡은 다음 얼굴을 보려고 했지만 결국 놓치고 말았습니다."

저는 아직 조금 전처럼 포졸 걱정을 했기 때문에 관리가 아니었느냐고 물어보았습니다. 하지만 진나이는 관리는커녕 도둑이라고 했습니다. 도둑이 도둑을 잡으려고 했다, 이만큼 진기한 일도 없을 것입니다. 이번에는 진나이보다 제 얼굴에 자연스럽게 쓴웃음이 떠올랐습니다. 하지만 그것이 어찌 되었든 조달의 성패를 듣기 전에는 제 마음도 편해지지 않았습니다. 그러자 진나이는 말하기도 전에 제 마음을 읽었는지 유유히 전대를 풀며 화로 앞에 돈 보따리를 풀어놓았습니다.

"안심하세요. 6천 관은 마련했으니까요. 실은 어제까지 대충 조달했습니다만, 2백 관 정도가 부족해서 오늘 밤에는 그것을 마련해서 가져왔습니다. 아무쪼록 이 보따리를 받아주십시오. 또 어제까지 모은 돈은 당신들 부부도 모르는 사이에 이 다실 마루 밑에 숨겨두었습니다. 아마 오늘 밤의 그 도둑놈도 그 돈 냄새를 맡고 온 것이겠지요."

저는 꿈이라도 꾸는 것처럼 그런 말을 듣고 있었습니다. 도둑에게 돈을 받다니, 그것은 당신에게 묻지 않아도 확실히 선한 일은 아닐 것입니다. 하지만 조달을 할 수 있을지 없을지 반신반의하는 경계선에 있었을 때는 선악도 생각하지 않고 있었고, 또 이제 와서 생각해보면 딱 잘라 받지 못하겠다고 할 수도 없었습니다. 더욱이 그 돈을 받지 않게 되면 저뿐 아니라 집안 사람까지도 길바닥에 나앉게 됩니다. 아무쪼록 이 마음에 연민을 베풀어주십시오. 저는 어느새 진나이 앞에 공손하게 두 손을 짚고 아무 말도 못하고 울기만 했습니다.

그 후 저는 2년 동안 진나이의 소식을 듣지 못했습니다. 하지만 결국 뿔뿔이 흩어지지 않고 무사히 그날을 넘길 수 있었던 것은 모두 진나이 덕분이었기 때문에 항상 그 사내의 행복을 위해 남들 몰래 성모 마리아님께도 기도를 드렸습니다. 그런데 어떻게 된 걸까요? 요즘 항간의 이야기를 들으니 아마카와 진나이가 체포된 데다 모도리바시에 목이 걸려 있다고 하지 않습니까? 저는 깜짝 놀랐습니다. 남몰래 눈물도 흘렸습니다. 하지만 적악積惡의 응보라고 생각하면 그것도 어쩔 수 없을 것입니다. 아니, 오히려 오랫동안 천벌도 받지 않고 있었던 것이 이상할 정도입니다. 하지만 적어도 보은의 뜻으로 남몰래 명복을 빌어주고 싶었기 때문에 저는 오늘 동행도 거느리지 않고 곧바로 이치조모도리바시에 내걸린 목을 보러 갔습니다. 모도리바시 근처로 가자 이미 목을 매단 곳 앞에는 많은 사람들이 있었습니다. 죄상을 적은 나무 표찰, 목을 지키는 하급 관리, 그것은 항상 변하지 않습니다. 하지만 세 개를 짜 맞춘 푸른 대나무 위에 얹혀 있는 목은, 아아, 그 끔찍한 피투성이 목은 뭐라고 말해야 할까요? 저는 떠들썩한 사람들 속에서 그 창백한 목을 보자마자 무심코 그 자리에 못 박혔습니다. 그 목은 그 사내가 아니었습니다. 아마카와 진나이의 목이 아니었습니다. 굵은 눈썹, 튀어나온 광대뼈, 미간의 칼자국, 무엇 하나 진나이와 닮지 않았습니다. 그러나 저는 돌연 햇빛도 제 주위 사람들도 대나무 위에 얹은 목도 모두 어딘가 먼 세계로 흘러가버렸나 싶을 만큼 격심한 놀라움에 휩싸였습니다. 그 목은 진나이가 아니었습니다. 제 목이었습니다. 20년 전의 저, 바로 진나이의 목숨을 구해준 그 무렵의 저였습니다. '야사부로弥三郎.' 저는 혀만 움직일 수 있었다면 이렇게 외쳤을지도 모릅니다. 하지만 목소리를 내기는커녕 제 몸은 학질에 걸린 사람처럼 와들와들 떨고 있을 뿐이었습니다.

야사부로! 저는 그저 환상처럼 아들의 목을 바라봤습니다.

머리는 약간 위로 향한 채 반쯤 열린 눈꺼풀 아래로 가만히 저를 지켜보고 있었습니다. 이게 어찌 된 일일까요? 제 아들은 뭐가 잘못되어 진나이로 여겨진 것일까요? 하지만 문초라도 받았다면 그런 착오는 일어나지 않을 것입니다. 아니면 아마카와 진나이가 제 아들이었던 걸까요? 저희 집으로 찾아온 가짜 행각승은 누군가 진나이의 이름을 빌린 딴사람이었을까요? 아니, 그럴 리 없습니다. 사흘 기한을 하루도 어기지 않고 6천 관의 돈을 마련할 수 있는 사람은 이 넓은 일본이라는 나라에도 진나이 외에 누가 있을까요? 그러고 보니 그때 제 마음속에는 2년 전 눈이 내리던 밤, 진나이와 정원에서 싸웠던 누구인지도 모르는 남자의 모습이 갑자기 또렷이 떠올랐습니다. 그 남자는 누구였을까요? 혹시 제 아들이 아니었을까요? 그러고 보니 그 남자의 모습은 힐끗 한 번 본 것만으로도 어쩐지 제 아들 야사부로와 닮은 것 같았습니다. 하지만 그것은 제 마음속의 미혹이었을까요? 만약 제 아들이었다면, 저는 꿈에서 깨어난 듯 목을 찬찬히 바라보았습니다. 그러자 보랏빛이 도는, 묘하게 느슨해진 입술에는 뭔가 미소에 가까운 것이 어렴풋이 남아 있었습니다.

내걸린 목에 미소가 남이 있다니, 당신은 이런 이야기를 들으면 웃을지도 모르겠습니다. 저도 그것을 알아챘을 때는 눈 탓이라고 생각했습니다. 하지만 몇 번을 다시 봐도 바짝 마른 그 입술에는 분명히 미소인 듯한 환한 것이 떠돌고 있었습니다. 저는 그 신기한 미소를 오랫동안 넋을 잃고 보고 있었습니다. 그러자 어느새 제 얼굴에도 역시 미소가 떠올랐습니다. 그

러나 미소가 떠오르는 것과 동시에 눈에는 자연스럽게 뜨거운
눈물도 흘러나왔습니다.

'아버지, 용서해주십시오.'

그 미소는 무언중에 이렇게 말하고 있었습니다.

'아버지. 불효막심한 죄를 용서하세요. 저는 2년 전 눈이 오
던 날 밤, 의절한 일에 대해 사죄를 드리고 싶은 마음에 슬쩍
집 안으로 숨어들었습니다. 낮에는 점포 사람들 눈에 띄는 것
도 부끄러웠기 때문에 일부러 밤이 깊어지기를 기다렸다가 아
버지의 침실 문을 두드려서라도 뵐 생각이었습니다. 그런데 문
득 다실 장지문에 등불이 비치고 있어서 주뼛주뼛 다가갔더니
누군가가 뒤에서 말도 걸지 않고 느닷없이 달려들었습니다.

아버지, 그 뒤에는 어떻게 되었는지 아버지가 알고 계신 대
로입니다. 저는 너무나도 갑작스러운 일이라 아버지의 모습을
보자마자 그 수상한 놈을 밀치고 높은 담장 밖으로 도망쳤습
니다. 하지만 눈빛에 본 상대의 모습은 이상하게도 행각승 같
았으므로 아무도 쫓아오는 사람이 없는 것을 확인한 후 다시
한번 그 다실 밖으로 대담하게 숨어들었습니다. 저는 다실 장
지문 너머에서 모든 이야기를 엿들었습니다.

아버지, 호조야를 구한 진나이는 저희 일가의 은인입니다.
저는 진나이의 몸에 위급한 일이 있으면 설령 목숨을 던져서
라도 은혜에 보답하자고 결심했습니다. 또 그 은혜를 갚는 일
은 의절당한 부랑인 제가 아니면 안 될 것입니다. 저는 지난
2년간 그런 기회를 기다리고 있었습니다. 그리고 그 기회가 찾
아왔습니다. 아무쪼록 불효막심한 죄는 용서해주세요. 저는 방

탕하게 생겨먹었지만 일가의 큰 은혜만은 갚았습니다. 그것이
제 유일한 위안입니다.'

저는 집으로 돌아오는 도중에 울기도 하고 웃기도 하며 제
아들의 기특함을 칭찬해주었습니다. 당신은 모르시겠지만 제
아들 야사부로도 저와 마찬가지로 이 종문에 귀의했기 때문
에 원래는 '포우로'라는 이름까지 받았습니다. 그러나 제 아들
도 불운한 놈이었습니다. 아니, 제 아들만이 아닙니다. 아마카
와 진나이가 일가의 몰락만 구해주지 않았다면 저도 이런 탄
식은 하지 않았을 텐데. 아무리 미련이 남아서라고 해도 이것
만은 견딜 수 없습니다. 뿔뿔이 흩어지지 않는 것이 좋을지, 제
아들을 죽이지 않는 것이 좋을지, (갑자기 괴로운 듯이) 부디 저
를 도와주세요. 저는 이대로 살아 있다면 큰 은인인 진나이를
미워하게 될지도 모릅니다…… (오랫동안 흐느껴 운다)

'포우로' 야사부로의 이야기

아아, 성모 마리아님! 저는 날이 새는 대로 목이 잘리게 됩
니다. 제 목은 땅에 떨어져도 제 영혼은 작은 새처럼 당신 곁으
로 날아가겠지요. 아니, 악행만 저지른 저는 '파라이소'(천국)
의 장엄함을 보는 대신 무서운 '인페르노'(지옥)의 맹렬한 불
길 밑바닥으로 거꾸로 떨어질지도 모릅니다. 하지만 저는 만족
합니다. 제 마음에는 20년 동안 이렇게 기쁜 마음이 깃든 적은
없습니다.

저는 호조야 야사부로입니다. 하지만 잘린 제 목은 아마카와 진나이라 불리겠지요. 제가 그 아마카와 진나이라니, 이만큼 유쾌한 일이 어디 있을까요? 아마카와 진나이, 어떻습니까? 좋은 이름 아닙니까? 저는 그 이름을 입에 담는 것만으로도 이 어두운 감옥 안조차 천상의 장미꽃이나 백합꽃으로 가득한 기분이 듭니다.

잊을 수도 없는 2년 전 겨울, 바로 어느 폭설이 내린 날 밤이었습니다. 저는 노름 밑천이 필요해 아버지 집으로 숨어들었습니다. 그런데 아직 다실 장지문에 등불이 비치고 있어서 슬쩍 그곳을 엿보려고 하자 갑자기 누군가 말도 걸지 않고 제 목덜미를 붙잡았습니다. 뿌리치자 또 덤벼들었습니다. 상대가 누구인지 몰랐지만 힘이 센 것이 보통내기가 아닌 것 같았습니다. 그뿐 아니라 두세 번 밀치락달치락하는 사이에 다실 장지문이 열리나 싶더니 정원으로 사방등을 내민 것은 아버지 야소에몬이 틀림없었습니다. 저는 있는 힘을 다해 붙잡힌 멱살을 뿌리치고 높은 담장 밖으로 도망쳤습니다.

하지만 50미터쯤 도망치다가 저는 어느 처마 밑에 숨어서 거리의 앞뒤를 둘러봤습니다. 거리에는 밤눈에도 이따금 새하얗게 눈보라가 치는 것 외에는 어디에도 움직이는 것이 보이지 않았습니다. 상대는 포기했는지 이제 쫓아오지도 않는 것 같았습니다. 하지만 그 남자는 어떤 사람일까요? 순간적으로 본 바로는 확실히 승복을 입고 있었습니다. 하지만 조금 전의 그 팔 힘을 보면, 특히 병법에도 능한 것을 보면 평범한 스님은 아닐 것이다, 무엇보다 이렇게 큰 눈이 내리는 밤에 정원 앞에

스님이 와 있다, 그건 이상하지 않습니까? 저는 잠시 생각한 후, 설사 위험한 곡예를 해서라도 아무튼 다시 한번 다실 밖으로 숨어들기로 결심했습니다.

그러고 나서 한 시간쯤 지났을 때입니다. 그 괴상한 행각승은 바로 눈이 그친 것을 구실로 오가와 거리를 내려갔습니다. 그가 아마카와 진나이였습니다. 무사, 렌가시, 상인, 보화종 승려, 무엇으로든 변장한다는, 장안에서도 유명한 도둑입니다. 저는 뒤에서 숨었다 나왔다 하며 진나이의 뒤를 밟았습니다. 그때만큼 묘하게 기뻤던 일은 한 번도 없었을 것입니다. 아마카와 진나이! 아마카와 진나이! 저는 꿈속에서도 얼마나 그 남자의 모습을 그리고 있었을까요. 살생 간파쿠의 칼을 훔친 사람도 진나이입니다. 샤무로야沙室屋*의 산호수를 편취한 것도 진나이입니다. 히젠備前 재상**의 침향나무를 벤 것도, 카피탄 페레이라의 시계를 빼앗은 것도, 하룻밤에 흙으로 만든 다섯 개의 광을 부순 것도, 여덟 명의 미카와參河 무사를 베어 쓰러뜨린 것도, 그 외에 후세에도 전해지는 희한한 악행을 저지른 것은 언제나 아마카와 진나입니다. 그 진나이가 지금 제 앞에 삿갓을 기울이며 어스레한 눈길을 걷고 있다. 이런 모습을 볼 수 있는 것만으로도 행복한 것이 아닐까요? 하지만 저는 그보다 더 행복해지고 싶었습니다.

저는 조곤지淨嚴寺 뒤로 가서 쏜살같이 진나이를 쫓아갔습니

---

* 당시 대무역상 중의 한 사람이었던 오카치 간베岡地勘兵衛.

** 우키타 히데이에宇喜多秀家(1572~1655). 센고쿠戰國 시대의 다이묘.

다. 그곳은 상가가 없고 토담이 계속 이어지고 있어서 설령 낮이라도 사람 눈을 피하기에는 가장 안성맞춤인 장소였습니다. 하지만 진나이는 저를 봐도 특별히 놀란 기색을 보이지 않고 조용히 거기서 발을 멈췄습니다. 게다가 저의 말을 기다리듯이 지팡이를 짚은 채 한마디도 하지 않았습니다. 저는 사실 주뼛주뼛 진나이 앞으로 손을 내밀었습니다. 그러나 그 침착한 얼굴을 보니 생각처럼 말이 나오지 않았습니다.

"아무쪼록 무례를 용서하십시오. 저는 호조야 야소에몬의 아들 야사부로라고 합니다."

저는 얼굴을 붉히며 간신히 이렇게 입을 열었습니다.

"실은 좀 부탁이 있어 당신 뒤를 따라왔습니다만……"

진나이는 그냥 고개를 끄덕였습니다. 소심한 저는 그것만으로도 얼마나 고마운 마음이 들었는지 모릅니다. 저는 용기가 솟아났기 때문에 여전히 눈밭에 손을 짚은 채 아버지에게 의절을 당한 일, 지금은 악당 무리에 들어가 있는 일, 오늘 밤에는 아버지 집에 도둑질을 하러 들어갔다가 뜻밖에 진나이를 만난 일, 또한 아버지와 진나이의 밀담을 하나도 빠짐없이 다 들었던 일, 그런 일들을 간략하게 이야기했습니다. 하지만 진나이는 여전히 묵묵히 입을 다문 채 차갑게 저를 쳐다봤습니다. 저는 그 이야기를 하고는 무릎을 더욱 앞으로 밀고 나아가며 진나이의 얼굴을 들여다봤습니다.

"호조 일가가 받은 은혜는 저하고도 관계되어 있습니다. 저는 그 은혜를 잊지 않겠다는 표시로 당신의 부하가 되기로 결심했습니다. 아무쪼록 저를 써주십시오. 저는 도둑질도 알고 있습니다. 불을 놓는 기술도 알고 있습니다. 그 외에 대체적인 악행만은 남들 못지않게 알고 있습니다."

하지만 진나이는 잠자코 있었습니다. 저는 두근거리는 가슴으로 더욱 열심히 설명했습니다.

"제발 저를 써주십시오. 저는 확실히 일하겠습니다. 교토, 후시미, 사카이, 오사카, 제가 모르는 곳은 없습니다. 저는 하루에 150리를 걷습니다. 너 말들이 섬을 한 손으로 들 만큼 힘도 셉니다. 사람도 두세 명은 죽여봤습니다. 제발 저를 써주십시오. 저는 당신을 위해서라면 무슨 일이든 하겠습니다. 후시미성의 흰 공작도 훔치라면 훔쳐 오겠습니다. '산 프란시스코' 성당의 종루도 태우라면 태우고 오겠습니다. 우대신右大臣의 아가씨도 유괴해오라고 하시면 유괴해오겠습니다. 장관의 목도 베라고 하면……"

저는 이렇게 말하다가 갑자기 발길에 차여 눈 속에 쓰러졌습니다.

"이 바보 같은 놈!"

진나이는 한마디 소리를 질러 꾸짖고는 원래 가던 길을 가려고 했습니다. 저는 거의 미치광이처럼 법의 옷자락에 매달렸습니다.

"제발 저를 써주십시오. 저는 어떤 경우에도 절대 당신을 떠나지 않겠습니다. 당신을 위해서라면 물불을 가리지 않겠습니다. '이솝' 이야기*에서는 사자조차 쥐의 도움으로 목숨을 구하지 않았습니까? 저는 그 쥐가 되겠습니다. 저는……"

"닥쳐. 이 진나이는 너 같은 놈의 은혜는 받지 않아."

진나이는 저를 뿌리치고는 다시 한번 차서 그곳에 넘어뜨렸습니다.

"이 문둥이 같은 놈! 부모한테 효도나 해!"

저는 두 번째로 차여 넘어졌을 때 갑자기 분함이 복받쳤습니다.

"좋아요! 반드시 은혜를 갚을 테니까요!"

하지만 진나이는 뒤도 돌아보지 않고 지체 없이 눈길을 서둘러 갔습니다. 어느새 비치기 시작한 달빛에 삿갓을 은은하게 비추며…… 그걸 끝으로 저는 2년간 진나이를 보지 못했습니다. (갑작스럽게 웃는다) "이 진나이는 너 같은 놈의 은혜는 받지 않아." 그 사람은 이렇게 말했습니다. 하지만 저는 날이 밝는 대로 진나이 대신 죽임을 당할 겁니다.

아아, 성모 마리아님! 저는 지난 2년간 진나이의 은혜를 갚고 싶어 얼마나 괴로워했는지 모릅니다. 은혜를 갚고 싶어서? 아니, 은혜라기보다는 오히려 원한을 갚고 싶어서입니다. 그러나 진나이는 어디에 있을까? 진나이는 뭘 하고 있을까? 누가 그것을 알고 있을까? 무엇보다 진나이는 어떤 사람일까? 그것조차 아는 사람이 없습니다. 제가 만난 가짜 행각승은 마흔 전후의 키가 작은 남자였습니다. 하지만 야나기마치柳町의 유곽

---

* 일본에서는 1593년 규슈 아마쿠사天草 예수회에서 로마자 구어체 번역의 『ESOPONO FABVLAS』가 기리시탄판으로 출판되었다. 또 1659년에는 그림이 들어간 목판본 『이소호 이야기伊曾保物語』가 간행되어 널리 읽혔다. 야사부로가 든 이야기는 「사자와 쥐」라는 한 편으로, 사자에게 목숨을 구한 쥐가 덫에 걸린 사자를 도와 은혜를 갚는 이야기다.

에 있던 사람은 아직 서른이 안 된 불그레한 얼굴에 수염을 기른 떠돌이 무사라고 하지 않겠습니까? 가부키 가설극장을 떠들썩하게 만들었다는 허리가 굽은 서양사람紅毛人, 묘코쿠지妙國寺의 보물을 훔쳤다는 앞머리를 늘어뜨린 젊은 무사, 그런 사람들을 모두 진나이라고 한다면 인력으로는 도저히 그 사람의 정체를 분간하는 일조차 할 수 없을 것입니다. 게다가 저는 작년 말부터 토혈하는 병*에 걸리고 말았습니다.

제발 원한을 갚고 싶다, 저는 날마다 야위어가며 그 일만 생각하고 있었습니다. 그러던 어느 날 밤 제 마음에 돌연 한 가지 계책이 번뜩였습니다. 마리아님! 마리아님! 이 한 가지 계책을 가르쳐주신 것은 당신의 은혜임이 틀림없습니다. 그저 제 몸을 버리는 것, 토혈하는 병으로 쇠약해져 피골이 상접한 몸을 버리는 것, 그것만 각오하면 제 소망은 이루어질 것입니다. 그날 밤 저는 너무 기쁜 나머지 언제까지고 혼자 웃으며 같은 말을 되풀이했습니다. "진나이 대신 목이 잘린다. 진나이 대신 목이 잘린다……"

진나이 대신 목이 잘리는 것, 이 얼마나 멋진 일입니까? 물론 그렇게 하면 저와 함께 진나이의 죄도 사라집니다. 진나이는 드넓은 일본 어디서나 떳떳하게 다닐 수 있습니다. 그 대신 (다시 웃는다) 그 대신 저는 하룻밤 사이에 희대의 대도적이 되는 것입니다. 루손 스케자에몬 점포의 지배인 대리였던 것도,

---

* 폐결핵을 말한다.

히젠 재상의 침향나무를 벤 것도, 리큐 거사의 친구가 된 것도, 샤무로야의 산호수를 편취한 것도, 후시미성의 금고를 부순 것도, 여덟 명의 미카와 무사를 벤 것도, 아무튼 이 모든 진나이의 명예는 모조리 저한테 빼앗기는 겁니다. (세 번째로 웃는다) 이를테면 진나이를 돕는 것과 동시에 진나이의 명예를 없애고, 일가의 은혜를 갚는 것과 동시에 제 원한도 푸는, 이만큼 유쾌한 보복이 어디 있겠습니까. 그날 밤 제가 기쁜 나머지 계속 웃었던 것도 당연합니다. 지금 이 감옥 안에서도 어떻게 웃지 않을 수 있겠습니까.

저는 이 계책을 생각해낸 후 도둑질을 하러 대궐로 들어갔습니다. 땅거미가 진 어스름한 초저녁이어서 발 너머로 등불이 어른거리기도 하고 소나무 사이로 꽃만 힐끗 보이기도 하고, 그런 걸 본 것으로 기억하고 있습니다. 하지만 긴 복도의 지붕에서 인기척이 없는 정원으로 뛰어내리자 순식간에 네다섯 명의 경호 무사에게, 바라는 대로 포박 당했습니다. 그때였습니다. 저를 깔아 눕힌 수염을 기른 무사는 열심히 오랏줄로 묶으며 "이번에야말로 진나이를 맨손으로 잡은 거야" 하고 중얼거리지 않겠습니까? 그렇습니다. 아카마와 진나이 말고 누가 대궐 같은 곳에 숨어들겠습니까? 저는 그 말을 듣고 필사적으로 몸부림을 치는 동안에도 무심코 웃음을 흘렸습니다.

"이 진나이는 너 같은 놈의 은혜는 받지 않아." 그 사람은 이렇게 말했습니다. 하지만 저는 날이 밝는 대로 진나이 대신 죽임을 당할 겁니다. 이 얼마나 유쾌한 앙갚음일까요. 저는 목이 잘린 채 그 사람이 오는 걸 기다리겠습니다. 진나이는 반드시 제 목에서 소리 없는 홍소를 느끼겠지요. '어떻소, 야사부로가 은혜를 갚은 것이?' 그 홍소는 이렇게 말할 것입니다. '당신은 이제 진나이가 아닙니다. 아마카와 진나이는 이 목입니다. 천하에 유명한, 일본 제일의 대도적은요!' (웃음) 아아, 저는 유쾌합니다. 이렇게 유쾌한 적은 평생 한 번뿐입니다. 하지만 만약 아버지인 야소에몬이 제 목을 보게 된다면, (괴로운 듯이) 용서해주세요, 아버지! 토혈하는 병에 걸린 저는 설령 목이 잘리지 않는다고 해도 3년을 넘기지 못합니다. 제발 불효를 용서해주십시오. 저는 불한당으로 생겨먹었지만 어쨌든 일가의 은혜만은 갚을 수 있었으니까요.

(1922년 3월)

오긴 おぎん

겐나 시대인지 간에이 시대*인지 여하간 먼 옛날 일이다.

천주교를 믿는 자는 그 무렵에도 이미 발견되는 대로 화형이나 책형을 당했다. 하지만 박해가 심한 만큼 '모든 것을 이루시는 주님'도 그 무렵에는 이 나라의 신도에게 한층 영험한 가호를 베푸신 듯하다. 나가사키 근처의 마을에는 때때로 석양빛과 함께 천사나 성도가 찾아오는 일이 있었다. 실제로 세례자 성 요한도 한차례 우라카미浦上의 신도 미카엘 야혜의 물레방앗간에 모습을 드러냈다고 전해진다. 그와 동시에 악마도 신도의 정진을 방해하기 위해 낯선 흑인이 되거나 외래종 풀꽃이 되거나 삿자리로 지붕을 한 우차가 되어 자주 같은 마을에 출몰했다. 밤낮조차 분간할 수 없는 지하 감옥에서 미카엘 야

---

* 겐나元和 시대는 1615~1624년, 간에이寬永 시대는 1624~1644년으로 에도 시대 초기의 연호다. 특히 그리스도교 탄압이 심했던 시대다.

혜를 괴롭혔던 쥐도 사실 악마가 둔갑한 것이었다고 한다. 야헤는 겐나 8년(1622) 가을 열한 명의 신도와 함께 화형을 당했다.

그런 겐나 시대인지 간에이 시대인지, 여하간 먼 옛날의 일이다.

역시 우라카미의 야마자토무라山里村에 오긴이라는 소녀가 살고 있었다. 오긴의 아버지와 어머니는 오사카에서 멀리 나가사키로 흘러들어 왔다. 하지만 아무것도 남기지 못하고 오긴 혼자만 남겨둔 채 두 사람 다 고인이 되고 말았다. 물론 타관 사람들이었던 그들은 천주교를 알 리 없었다. 그들이 믿은 것은 불교다. 선禪이든 법화法華든 정토淨土든 모두 석가의 가르침이다. 어떤 프랑스 예수회의 한 수도사에 따르면 천성적으로 간사한 지혜가 풍부한 석가는 중국 각지를 편력하며 아미타라 불리는 불도를 설파했다. 그 후 다시 일본에도 그 도를 가르치러 왔다. 석가가 설파한 가르침에 따르면 우리 인간의 영혼은 그 죄의 가볍고 무거움, 깊고 얕음에 따라 작은 새가 되기도 하고 소가 되기도 하고 수목이 되기도 한다고 한다. 그뿐 아니라 석가는 태어날 때 그의 어머니를 죽였다고 한다. 석가의 가르침이 황당무계한 것은 물론이고, 석가의 큰 죄악 또한 명백하다.(장 크라세*) 그러나 오긴의 어머니는 앞에서도 잠깐 쓴 대로 이런 진실을 알 리 없었다. 그들은 숨을 거둔 후에도 석가의

---

* Jean Crasset(1618~1692). 프랑스 예수회의 수도사.

가르침을 믿었다. 쓸쓸한 묘지의 소나무 그늘에서 끝내는 지옥에 떨어질 줄도 모르고 덧없는 도락을 꿈꾸고 있다.

하지만 오긴은 다행히 부모의 무지에 물들지 않았다. 아마 자토무라에 살고 있는 농부인 동정심 깊은 요한 마고시치는 진작 이 소녀의 이마에 세례의 물을 뿌리고 마리아라는 이름을 주었다. 오긴은 석가가 이 세상에 태어날 때 하늘과 땅을 가리키며 '천상천하 유아독존'이라고 한 사자후 따위는 믿지 않았다. 그 대신 '너그러우시고, 자애로우시며 오! 아름다우신 동정녀 마리아님'이 저절로 잉태하신 일을 믿었다. '십자가에 못 박혀 돌아가시고 석관에 넣어져' 땅속에 묻힌 예수가 사흘 후에 부활하신 것을 믿었다.

저승에 가시어 사흗날에 죽은 이들 가운데서 부활하시고 심판의 나팔 소리만 울려 퍼지면 '주님께서 크나큰 위광, 크나큰 위세로써 천하에 내려오셔서 흙먼지가 된 사람들의 육신을 원래의 영혼에 따라 부활하게 하고 선인은 천상의 쾌락을 얻고 또 악인은 마귀와 함께 지옥에 떨어지는' 것을 믿었다. 특히 '말씀의 성덕에 의해 빵과 술의 색깔과 형태는 변하지 않더라도 그 정체가 주님의 피와 살로 바뀌는' 존귀한 성찬식을 믿었다. 오긴의 마음은 부모처럼 열풍이 부는 사막이 아니다. 소박한 들장미 꽃이 섞인 결실이 풍부한 보리밭이다. 오긴은 부모를 잃은 후 요한 마고시치의 양녀가 되었다. 마고시치의 아내 요한나 오스미 역시 마음씨가 고운 사람이다. 오긴은 이 부부와 함께 소를 몰고 보리를 베며 행복하게 하루하루를 보내고 있었다. 물론 그런 생활 속에서도 마을 사람들의 눈에 띄지 않는 한 단식과 기도도 게을리 하지 않았다. 오긴은 우물가의 무화과 그늘에서 커다란 초승달을 바라보며 종종 열심히 기도를 올렸다. 머리를 길게 늘어뜨린 소녀의 기도는 이런 간단한 것이었다.

"너그러우신 성모님, 당신께 감사드립니다. 유배된 자가 되신 하와의 자식, 당신께 외칩니다. 가엾은 이 눈물의 골짜기에 자비로우신 눈을 돌려주소서. 아멘."

그러던 어느 해 성탄절 날 밤, 악마는 몇 명의 관리와 함께 불쑥 마고시치의 집으로 들어왔다. 마고시치의 집에는 커다란 이로리에 '밤새 피울 장작'불이 타오르고 있었다. 그리고 그을린 벽에도 오늘 밤만은 십자가가 모셔져 있었다. 마지막으로 뒤쪽의 외양간에 가면 아기 예수님을 목욕시키기 위한 물이 구유에 담겨 있었다. 관리는 서로 고개를 끄덕이고는 마고시치 부부를 밧줄로 묶었다. 동시에 오긴도 묶였다. 하지만 그들 세 명은 모두 전혀 주눅이 든 기색이 없었다. 영혼의 구원을 위해서라면 그 어떤 심한 괴로움도 각오하고 있었다. 주님은 반드시 우리를 위해 틀림없이 가호를 베풀어주실 것이다. 무엇보다 성탄절 날 밤에 체포당한다는 것은 하늘의 은총이 두터운 증거가 아니겠는가. 그들은 모두 입이라도 맞춘 듯이 이렇게 확신하고 있었다. 관리는 그들을 포박한 후 관청으로 끌고 갔다. 하지만 그들은 그 도중에도 어둠 속의 바람을 맞으며 성탄의 기도를 계속 암송했다.

"베들레헴에서 태어나신 어린 주님, 지금은 어디에 계시옵니까? 모두 찬송하고 받드세."

악마는 그들이 포박된 것을 보고 손뼉을 치고 기뻐하며 웃었다. 하지만 그들의 의연한 모습에는 적잖이 화가 난 모양이었다. 악마는 혼자가 된 후 화가 치민 듯이 침을 뱉자마자 순식간에 커다란 돌절구가 되었다. 그리고 데굴데굴 굴러 어둠 속으로 사라져버렸다.

요한 마고시치, 요한나 오스미, 마리아 오긴, 이 세 사람은 지하 감옥에 던져졌고 천주님의 가르침을 버리라고 이런저런 심한 괴로움을 겪었다. 하지만 물고문과 불 고문을 당해도 그들의 결심은 흔들리지 않았다. 설사 살과 가죽이 문드러지더라도 천국의 문으로 들어가려면 이제 조금만 견디면 되었다. 아니, 천주님의 크나큰 은혜를 생각하면 어두운 지하 감옥조차 그대로 천국의 장엄함과 다르지 않았다. 그뿐 아니라 존귀한 천사와 성도는 비몽사몽간에 자주 그들을 위로하러 찾아왔다. 특히 그런 행복은 오긴이 가장 많이 느낀 모양이었다. 오긴은 세례자 성 요한이 큼직한 두 손바닥에 메뚜기를 가득 떠올려 먹으라고 하는 것을 본 적이 있다. 또한 대천사 가브리엘이 하얀 날개를 접은 채 아름다운 금색 잔에 물을 주는 것을 본 적도 있다.

관청의 행정관은 천주님의 가르침은 물론이고 석가의 가르침도 몰랐기 때문에 그들이 왜 고집을 피우는지 전혀 이해할 수 없었다. 때로는 세 명 모두 미치광이가 아닐까 생각한 적도 있었다. 하지만 미치광이가 아니라는 것을 알자 이번에는 이무기나 일각수, 아무튼 인류과는 인연이 없는 동물 같다는 생각이 들기 시작했다. 그런 동물을 살려두어서는 오늘날의 법률에 위반될 뿐 아니라 일국의 안위와도 관련되는 일이다. 그래서 행정관은 그들을 한 달쯤 지하 감옥에 넣어둔 후 결국 세 사람 모두 화형 시키기로 했다. (사실 이 행정관도 세상의 보통 사람들처럼 일국의 안위에 관련되는지 어떤지 하는 것은 거의 생각하지 않았다. 그것은 무엇보다 법률이 있고 또 인민의 도덕이 있으니 일부러 생각해보지 않아도 특별히 문제되지 않았기 때문이다.)

요한 마고시치를 비롯한 세 명의 신도는 동구 밖의 형장으로 끌려가는 도중에도 두려워하는 기색을 보이지 않았다. 형장은 바로 묘지 옆의 돌이 많은 공터였다. 그들은 그곳에 도착하자 죄상 하나하나를 들은 후 굵고 네모난 기둥에 묶였다. 그리고 오른쪽에 요한나 오스미, 중앙에 요한 마고시치, 왼쪽에 마리아 오긴 순으로 형장의 한가운데에 세워졌다. 오스미는 연일 이어진 모진 고문 때문에 갑자기 나이가 든 것처럼 보였다. 마고시치도 수염이 자란 볼에는 거의 핏기가 없었다. 이 두 사람에 비하면 오긴은 그래도 평소와 그리 다르지 않았다. 하지만 그들 세 명은 모두 산더미처럼 쌓인 장작을 밟고 선 채 고요한 얼굴을 하고 있었다.

형장 주위에는 오래전부터 수많은 구경꾼이 에워싸고 있었다. 또 그 구경꾼 너머의 하늘에는 묘지의 소나무 대여섯 그루가 천개天蓋처럼 가지를 뻗고 있었다.

모든 준비가 끝났을 때 관리 한 사람이 위엄 있게 세 사람 앞으로 나아가 천주의 가르침을 버릴지 말지 잠시 여유를 줄 테니 다시 한번 잘 생각해봐, 만약 가르침을 버린다고 하면 즉시 밧줄을 풀어주겠다, 하고 말했다. 하지만 그들은 대답하지 않았다. 모두 먼 하늘을 바라본 채 입가에는 미소마저 띠고 있었다.

관리는 물론 구경꾼들까지 그 몇 분간만큼 쥐 죽은 듯 조용해진 예는 없었다. 무수한 눈은 깜박이지도 않은 채 세 사람의 얼굴에 쏟아지고 있었다. 하지만 모두들 너무 애처로운 나머지 숨을 죽이고 있었던 것이 아니다. 구경꾼들은 대부분 불이 붙여지기를 이제나저제나 기다리고 있었던 것이다. 관리는 다시 처형 시간이 길어지는 것에 완전히 진저리가 나 있었기 때문에 이야기를 할 용기도 나지 않았던 것이다.

그때 갑자기 일동의 귀에 너무나 뜻밖의 말이 들렸다.

"저는 가르침을 버리겠습니다."

목소리의 주인은 오긴이었다. 구경꾼들은 일제히 술렁거리기 시작했다. 한차례 수런거린 후 순식간에 다시 조용해졌다. 그것은 마고시치가 슬픈 듯이 오긴 쪽을 돌아보며 힘없는 목소리로 말했기 때문이다.

"오긴! 너는 악마에게 넘어갔느냐? 이제 조금만 참으면 주님의 얼굴을 뵐 수 있단다."

그 말이 끝나기도 전에 오스미도 멀리 오긴 쪽을 향해 열렬하게 말했다.

"오긴! 오긴! 너한테는 악마가 쒼 거야. 기도해라. 기도해."

하지만 오긴은 대답하지 않았다. 그저 눈은 수많은 구경꾼들 너머로 천개처럼 가지를 뻗은 묘지의 소나무를 바라보고 있었다. 그사이에 다른 관리가 오긴의 밧줄을 풀라고 명했다.

요한 마고시치는 그것을 보자마자 체념한 듯이 눈을 감았다.

"모든 것을 이루시는 주님, 주님의 뜻에 맡기옵니다."

드디어 밧줄이 풀린 오긴은 멍하니 한참을 우두커니 서 있었다. 하지만 마고시치와 오스미를 보고는 갑자기 그 앞에 무릎을 꿇으며 아무 말도 하지 않고 눈물을 흘렸다. 마고시치는 여전히 눈을 감고 있었다. 오스미도 얼굴을 돌린 채 오긴 쪽은 보려고도 하지 않았다.

"아버지, 어머니, 부디 용서해주세요."

오긴은 드디어 입을 열었다.

"저는 주님의 가르침을 버렸습니다. 그 이유는 문득 저 너머에 보이는 천개 같은 소나무 우듬지에 생각이 미쳤기 때문입니다. 저 묘지의 소나무 그늘에 잠들어 있는 저의 친부모는 천주님의 가르침도 모르고 아마 지금쯤 지옥에 떨어져 있을 겁니다. 그런데 저 혼자 천국의 문으로 들어가는 것은 너무나도 죄스러운 일입니다. 저는 역시 지옥의 밑바닥으로 친부모님의 뒤를 따라가겠습니다. 아버지, 어머니는 부디 예수님과 마리아님 옆으로 가세요. 그 대신 주님의 가르침을 버린 이상 저도 살아 있을 수는 없습니다……"

오긴은 띄엄띄엄 이렇게 말하고 나서는 흐느껴 우는 소리에 잠겨버렸다. 그러자 이번에는 요한나 오스미도 발로 밟고 선장작 위에 눈물을 뚝뚝 흘리기 시작했다. 앞으로 천국에 들어가려는 사람이 쓸데없는 탄식에 잠겨 있는 것은 물론 신도가 해야 할 일이 아니었다. 요한 마고시치는 쓸쓸한 듯이 옆의 아내를 돌아보며 새된 목소리로 꾸짖었다.

"당신도 악마에게 홀린 거요? 천주님의 가르침을 버리고 싶으면 당신만 멋대로 버리시오. 난 혼자라도 불에 타 죽겠소."

"아뇨, 저도 함께 하겠어요. 하지만 그건…… 그건."

오스미는 눈물을 삼키고 나서 반쯤 절규하듯이 말을 던졌다.

"하지만 그건 천국에 가고 싶어서가 아니에요. 그저 당신과, …… 당신과 함께 하려는 것일 뿐이에요."

마고시치는 오랫동안 잠자코 있었다. 하지만 그 얼굴은 창백해지기도 했다가 다시 핏기가 흘러넘치기도 했다. 그와 동시에 얼굴에 알알이 땀방울이 맺히기 시작했다. 마고시치는 지금 마음의 눈으로 그의 영혼을 보고 있었다. 그의 영혼을 다투는 천사와 악마를 보고 있었던 것이다. 만약 그때 발밑의 오긴이 쓰러져 흐느끼던 얼굴을 들지 않았다면, …… 아니, 이미 오긴은 얼굴을 들었다. 게다가 눈물이 흘러넘치는 눈에는 이상한 빛이 깃든 채 가만히 그를 지켜보고 있었다. 그 눈 안쪽에서 번뜩인 것은 순진한 소녀의 마음만이 아니었다. '유배된 자가 되신 하와의 자식', 모든 인간의 마음이었다.

"아버지! 지옥에 가십시다. 어머니도, 저도, 그곳의 아버지와 어머니도, …… 모두 악마에게 맡깁시다."

마고시치는 결국 타락했다.

이 이야기는 이 나라에 많았던 신도의 수난 중에서도 가장 부끄러워해야 할 좌절로서 후대에 전해진 이야기다. 듣건대 그들 세 사람이 주님의 가르침을 버리게 되었을 때는 천주가 무엇인지 알지 못했던 남녀노소 구경꾼들조차 모두 그들을 증오했다고 한다. 그것은 모처럼의 화형을 보지 못하게 된 것에 대한 원망이었는지도 모른다. 게다가 또 전해오는 바에 따르면 악마는 그때 크게 환영한 나머지 큼직한 책으로 둔갑하여 밤새 형장 위를 날아다녔다고 한다. 이것도 그렇게 마구 기뻐할 만큼 악마가 성공했는지 어떤지 작자는 심히 회의적이다.

(1922년 8월)

시로白

1

어느 봄날 오후였습니다. 시로白라는 개는 흙냄새를 맡으며 한적한 길을 걷고 있었습니다. 좁은 길 양쪽에는 움을 틔운 산울타리가 쭉 이어지고 또 산울타리 사이에는 드문드문 벚꽃이 피어 있었습니다. 시로는 산울타리를 따라가며 문득 어떤 골목길로 들어섰습니다. 하지만 그쪽으로 들어서나 싶더니 깜짝 놀란 듯이 갑자기 멈춰 서고 말았습니다.

그것도 무리는 아니었습니다. 그 골목의 약 15미터 앞에는 상호가 새겨진 작업복을 입은 개백정 한 사람이 올가미를 뒤춤에 감추고 검정개 한 마리를 노리고 있었습니다. 게다가 검정개는 아무것도 모르고 개백정이 던져준 빵인지 뭔지를 먹고 있었습니다. 하지만 시로가 놀란 것은 그 탓만은 아니었습니다. 낯선 개라면 모를까 지금 개백정이 노리고 있는 것은 옆집에서 키우는 검정개인 구로黑였습니다. 매일 아침 얼굴을 마주할 때마다 서로의 코 냄새를 맡는, 아주 사이가 좋은 구로였습니다.

시로는 무심코 큰 소리로 '구로! 위험해!'라고 외치려고 했습니다. 하지만 그 순간 개백정은 힐끗 시로를 쳐다봤습니다. '가르쳐주기만 해봐! 네놈부터 먼저 올가미를 씌울 테니까.' 개백정의 눈에는 이런 위협이 생생하게 떠올라 있었습니다. 시로는 너무나 두려워 무의식중에 짖는 것을 잊었습니다. 아니, 잊은 것만이 아니었습니다. 한시도 가만히 있을 수 없을 만큼 겁에 질렸던 것입니다. 시로는 개백정의 눈치를 살피며 천천히 뒷걸음질 치기 시작했습니다. 그리고 다시 산울타리 뒤로 개백정의 모습이 보이지 않게 되자마자 불쌍한 구로를 남겨둔 채 줄행랑을 치고 말았습니다.

그 순간 올가미가 던져졌겠지요. 계속해서 아주 요란한 구로의 울음소리가 들려왔습니다. 그러나 시로는 되돌아가기는커녕 발을 멈출 기색도 없었습니다. 진창을 뛰어넘고 자갈을 흩뜨리며 통행금지 줄을 빠져나가 쓰레기통을 뒤집고 뒤도 돌아보지 않고 계속 도망쳤습니다. 보세요. 언덕을 뛰어 내려가는 시로를! 아, 자동차에 치일 뻔했습니다! 시로는 이제 살고 싶은 마음에 정신이 없었을지도 모릅니다. 아니, 시로의 귓속에는 아직도 구로의 울음소리가 등에처럼 윙윙거리고 있었습니다.

"깨갱, 깽, 살려줘! 깨갱, 깽, 살려줘!"

시로는 헐떡거리며 간신히 주인집으로 돌아왔습니다. 검은 담벼락 아래쪽의 개구멍으로 들어가 헛간을 돌기만 하면 개집이 있는 뒤뜰입니다. 시로는 거의 바람처럼 뒤뜰의 잔디밭으로 뛰어들었습니다. 이제 여기까지 도망쳐 왔으니 올가미에 걸릴 염려는 없습니다. 게다가 푸르디푸른 잔디밭에는 다행히 아가씨와 도련님이 공 던지기를 하며 놀고 있었습니다. 그것을 본 시로의 기쁨을 뭐라고 하면 좋을까요? 시로는 꼬리를 흔들며 단숨에 그곳으로 뛰어갔습니다.

"아가씨! 도련님! 오늘 개백정을 만났어요."

시로는 두 사람을 올려다보며 단숨에 이렇게 말했습니다. (하지만 아가씨나 도련님은 개의 말을 알아들을 수 없기 때문에 멍멍 하는 소리로만 들릴 뿐입니다.) 하지만 오늘은 어찌된 일인지 아가씨도 도련님도 아직 어리둥절한 모양인지 머리도 쓰다듬어주지 않았습니다. 시로는 이상하게 생각하며 다시 한번 두 사람에게 말을 걸었습니다.

"아가씨! 당신은 개백정을 아세요? 무서운 놈이에요. 도련님! 저는 살았지만 옆집 구로는 붙잡히고 말았어요."

그래도 아가씨와 도련님은 얼굴을 마주 볼 뿐이었습니다. 게다가 두 사람은 잠시 후 이런 묘한 말까지 했습니다.

"어느 집 개야? 하루오."

"어느 집 개일까? 누나."

어느 집 개냐고? 이번에는 시로가 어리둥절했습니다. (시로는 아가씨와 도련님의 말도 제대로 알아들을 수 있습니다. 우리는 개의 말을 모르기 때문에 개도 우리의 말을 알아듣지 못할 거라고 생각하지만 실은 그렇지 않습니다. 개가 재주를 익히는 것은 우리의 말을 알아들을 수 있기 때문입니다. 하지만 우리는 개의 말을 알아들을 수 없기 때문에 어둠 속에서 보는 법이며 희미한 냄새를 맡는 법 등 개가 가르쳐주는 재주는 하나도 익힐 수가 없습니다.)

"어느 집 개라니, 무슨 말이에요? 저예요! 시로예요!"

하지만 아가씨는 여전히 기분 나쁜 듯이 시로를 바라봤습니다.

"옆집 구로의 형제일까?"

"구로의 형제일지도 모르겠는데." 도련님도 배트를 갖고 놀면서 사려 깊은 듯이 대답했습니다. "이 녀석도 온몸이 새까만 걸 보니까."

시로는 갑자기 등의 털이 곤두서는 것 같았습니다. 새까맣다고! 그럴 리가 없습니다. 시로는 강아지 때부터 우유처럼 하얬으니까요. 그러나 지금 앞다리를 보니, 아니, 앞다리만이 아닙니다. 가슴도, 배도, 뒷다리도 고상하게 쭉 뻗은 꼬리도 모두 냄비 밑바닥처럼 새까맣습니다. 새까맣다! 새까맣다! 시로는 미친 듯이 뛰어오르기도 하고 이리저리 뛰어다니기도 하면서 열심히 짖어댔습니다.

"어머, 어떡하지? 하루오. 이 개는 아마 미친개인가 봐."

아가씨는 그 자리에 못 박혀 당장이라도 울 것 같은 목소리로 말했습니다. 하지만 도련님은 용감했습니다. 시로는 순식간에 왼쪽 어깨를 딱 하고 배트로 맞았습니다. 그러자마자 두 번

째 배트가 머리 위로 날아왔습니다. 시로는 그 아래를 빠져나
오자마자 원래 왔던 방향으로 도망쳤습니다. 하지만 이번에는
조금 전처럼 백 미터도 2백 미터도 도망치지 않았습니다. 잔디
밭 끝에는 종려나무 그늘에 크림색으로 칠한 개집이 있습니다.
시로는 개집 앞으로 가서 어린 주인들을 돌아봤습니다.

"아가씨! 도련님! 저는 시로예요. 아무리 새까매졌다고 해도
역시 시로라고요."

시로의 목소리는 뭐라 말할 수 없는 슬픔과 분노로 떨렸습
니다. 하지만 아가씨나 도련님은 그런 시로의 심정을 알 리가
없습니다. 실제로 아가씨는 얄밉다는 듯이 "아직도 저기서 짖
고 있어. 정말 뻔뻔한 들개라니까" 하고 발을 동동 굴렀습니다.
도련님도, …… 도련님은 샛길에 있는 돌을 집어 들고 시로에
게 힘껏 던졌습니다.

"빌어먹을! 아직도 꾸물거리고 있어. 어디, 이래도야? 이래
도?"

돌은 계속해서 날아왔습니다. 돌 중에는 시로의 귀 밑동에
피가 번질 만큼 세게 맞힌 것도 있습니다. 시로는 결국 꼬리를
말고 검은 담장 밖으로 빠져나갔습니다. 검은 담장 밖에는 봄
볕에 은색 가루를 뒤집어쓴 배추흰나비 한 마리가 느긋하게
팔랑팔랑 날고 있었습니다.

'아아, 오늘부터 집 없는 개가 된 건가?'

시로는 한숨을 내쉬고 한동안 전봇대 밑에서 그저 멍하니
하늘만 바라보고 있었습니다.

3

아가씨와 도련님에게 쫓겨난 시로는 도쿄 여기저기를 어슬 렁어슬렁 돌아다녔습니다. 하지만 어디로 가서 뭘 하든 잊을 수 없는 것은 새까매진 모습이었습니다. 시로는 손님의 얼굴을 비치고 있는 이발소의 거울이 무서웠습니다. 비 개인 하늘을 비치고 있는 거리의 물웅덩이가 무서웠습니다. 거리의 어린잎 을 비치고 있는 쇼윈도의 유리가 무서웠습니다. 아니, 카페의 테이블에 흑맥주를 채우고 있는 잔조차도요. 하지만 그게 무슨 소용일까요? 저 자동차를 보세요. 네, 저 공원 밖에 서 있는 커 다란 검은색 자동차입니다. 옻칠을 반짝이는 자동차의 차체는 지금 이쪽으로 걸어오는 시로의 모습을 비추고 있습니다. 거울 처럼 또렷하게. 시로의 모습을 비추는 것은 손님을 기다리는 그 자동차처럼 가는 곳마다 있습니다. 만약 그것을 봤다면 시 로는 얼마나 무서웠을까요. 자, 시로의 얼굴을 보세요. 시로는 고통스러운 듯이 신음하나 싶더니 순식간에 공원 안으로 뛰어 들어갔습니다.

공원 안에는 플라타너스의 어린잎에 잔잔한 바람이 불고 있 습니다. 시로는 고개를 떨군 채 나무들 사이를 걸어갔습니다. 여기에는 다행히 연못 외에는 모습을 비추는 것이 보이지 않 습니다. 그저 백장미에 떼를 지어 몰려드는 벌 소리가 들릴 뿐 입니다. 시로는 평화로운 공원의 공기에 한동안 추한 검정개가 된 슬픔도 잊고 있었습니다.

하지만 그런 행복조차 5분이나 이어졌는지 모르겠습니다.

시로는 그저 꿈처럼 벤치가 늘어서 있는 길가로 나갔습니다. 그러자 그 길모퉁이 건너편에서 아주 요란한 개 소리가 났습니다.

"깨갱, 깽. 살려줘! 깨갱, 깽, 살려줘!."

시로는 무심코 몸을 부르르 떨었습니다. 그 소리는 시로의 마음속에 그 무서웠던 구로의 마지막을 다시 한번 확실히 떠올리게 했던 것입니다. 시로는 눈을 감은 채 원래 왔던 쪽으로 도망치려고 했습니다. 하지만 그것은 말 그대로 한순간의 일이었습니다. 시로는 무시무시한 신음 소리를 내더니 획 다시 돌았습니다.

"깨갱, 깽, 살려줘! 깨갱, 깽, 살려줘!"

그 소리는 다시 시로의 귀에 이런 말로도 들렸습니다.

"깨갱, 깽, 겁쟁이가 되지 마! 깨갱, 깽, 겁쟁이가 되지 마!"

시로는 머리를 숙이자마자 소리가 나는 쪽으로 달려갔습니다.

하지만 그곳으로 가보니 시로의 눈앞에 나타난 것은 개백정 따위가 아니었습니다. 그저 학교에서 돌아가는 길인 듯 양복을 입은 아이 두세 명이 목에 줄을 맨 갈색 강아지를 질질 끌고 가며 왁자지껄 떠들어대고 있었습니다. 강아지는 끌려가지 않으려고 열심히 발버둥 치며 "살려줘" 하고 거듭 소리쳤습니다. 하지만 아이들은 그런 목소리에 귀를 기울일 기색도 없었습니다. 그저 웃거나 소리치거나, 아니면 강아지의 배를 발로 걷어찰 뿐이었습니다.

시로는 조금도 망설이지 않고 아이들을 향해 짖어댔습니

다. 기습을 당한 아이들은 몹시 놀랐습니다. 또한 실제로 시로의 모습은, 불길처럼 타오른 눈빛이며 칼날처럼 드러낸 송곳니며 금방이라도 달려들어 물어뜯을 것처럼 무서운 서슬이었습니다. 아이들은 사방으로 흩어져 도망쳤습니다. 그중에는 너무 당황한 바람에 길가의 화단으로 뛰어든 아이도 있었습니다. 시로는 4, 5미터를 쫓아간 후 휙 강아지를 돌아보고는 꾸짖듯이 이렇게 말했습니다.

"자, 나하고 함께 가자. 네 집까지 바래다줄 테니까."

시로는 원래 온 나무들 사이로 다시 쏜살같이 뛰어갔습니다. 갈색 강아지도 기쁜 듯이 벤치를 빠져나가 장미를 흩뜨리며 시로에게 지지 않으려고 뛰어갔습니다. 아직 목에 매달린 긴 줄을 끌면서.

두세 시간 지난 후 시로는 허름한 카페 앞에 갈색 강아지와 함께 잠시 멈춰 서 있었습니다. 낮에도 어둑한 카페 안에는 이미 붉게 전등이 켜져 있고 긁힌 듯한 축음기 소리는 나니와부시浪花節인가 뭔가인 것 같았습니다. 강아지는 의기양양하게 꼬리를 흔들며 시로에게 이렇게 말했습니다.

"나는 여기에 살고 있어요. 다이쇼켄이라는 이 카페 안에요. 아저씨는 어디 살아요?"

"아저씨 말이야? 아저씨는 아주 먼 동네에 살아."

시로는 쓸쓸한 듯이 한숨을 내쉬었습니다.

"그럼 아저씨는 이제 집으로 돌아갈게."

"아, 잠깐만요. 아저씨네 주인은 까다로워요?"

"주인? 그런 건 왜 물어보는 거지?"

"만약 주인이 까다롭지 않으면 오늘 밤은 여기서 자고 가세요. 그리고 우리 엄마한테 목숨을 구해준 인사라도 하게 해주세요. 우리 집에는 우유며 카레라이스며 비프스테이크 같은 맛있는 것이 많이 있어요."

"고맙다. 고마워. 하지만 아저씨는 볼일이 있으니까 대접 받는 건 나중에 하자. 그럼 네 어머니께 안부 전해줘."

시로는 슬쩍 하늘을 보고 나서 조용히 포석 위를 걷기 시작했습니다. 하늘에는 카페의 지붕 끝에 걸린 초승달도 슬슬 빛을 내고 있었습니다.

"아저씨, 아저씨, 아저씨!"

강아지는 슬픈 듯이 코를 킁킁거렸습니다.

"그럼 이름만이라도 알려주세요. 제 이름은 나폴레옹이에요. 나포짱이라고도 하고 나포공公이라고도 해요. 아저씨 이름은 뭐예요?"

"아저씨는 시로라고 한단다."

"시로, 말인가요? 시로라니, 이상하네요. 아저씨는 온통 까맣잖아요?"

시로는 가슴이 벅찼습니다.

"그래도 시로라고 한단다."

"그럼 시로 아저씨라고 할까요? 시로 아저씨, 조만간 꼭 다시 한번 오세요."

"나포공, 안녕!"

"안녕히 가세요, 시로 아저씨! 안녕, 안녕!"

4

그 후 시로는 어떻게 되었을까요? 그것은 일일이 말하지 않
아도 여러 신문에 실려 있습니다. 누구든 대략 알고 있겠지요.
종종 위험에 처한 사람의 목숨을 구한 용감한 검정개 한 마리
가 있었다는 것을요. 또 한때 〈의견義犬〉이라는 활동사진이 유
행했다는 것도요. 그 검정개가 바로 시로였습니다. 하지만 불
행하게도 아직 모르는 분이 있다면 부디 아래에 인용한 신문
기사를 읽어주세요.

도쿄니치니치신문 東京日日新聞.

지난 18일(5월) 오전 8시 40분, 오우선娛羽線 상행 급행열차
가 다바타역 부근의 건널목을 통과할 때 건널목 파수꾼의 과
실로 인해 다바타 123 회사원 시바야마 테츠타로의 장남 사네
히코(4세)가 열차가 지나는 선로 안에 들어가 열차에 치일 뻔
했다. 그때 늠름한 검정개 한 마리가 번개처럼 건널목으로 뛰
어들어 눈앞에 다가온 열차 바퀴에서 멋지게 사네히코를 구출
해냈다. 이 용감한 검정개는 사람들이 웅성거리는 사이에 어디
론가 모습을 감추었기 때문에 당국은 표창을 하고 싶어도 할
수 없어 무척 난감해하고 있다.

도쿄아사히신문 東京朝日新聞.

가루이자와에서 피서 중인 미국의 부호 에드워드 버클리 씨의 부인은 페르시아산 고양이를 총애하고 있었다. 그런데 최근 그녀의 별장에 2미터가 넘는 큰 뱀이 나타나 베란다에 있는 고양이를 삼키려고 했다. 그때 갑자기 낯선 검정개 한 마리가 고양이를 구하러 달려들어 20분에 걸친 분투 끝에 결국 그 큰 뱀을 물어 죽였다. 그러나 이 기특한 개는 어디론가 모습을 감췄기 때문에 부인은 5천 달러의 현상금을 걸고 개의 행방을 찾고 있다.

고쿠민신문 國民新聞.

일본 알프스 횡단 중 한때 행방불명이 된 제일고등학교의 학생 세 명은 7일(8월) 가미코치 온천에 도착했다. 일행은 호타카야마穗高山와 야리가타케槍ヶ岳 사이에서 길을 잃고 또 일전의 폭풍우로 텐트와 식량 등을 잃었기 때문에 거의 죽음을 각오하고 있었다. 그런데 어디선가 검정개 한 마리가 일행이 헤매고 있던 계곡에 나타나 마치 안내를 하는 것처럼 앞장서서 걷기 시작했다. 일행은 그 개의 뒤를 따라 하루 넘게 걸은 후 드디어 가미코치에 도착할 수 있었다. 그러나 개는 눈 아래로 온천장의 지붕이 보이자 기쁜 듯이 한 번 짖고는 다시 원래 왔던 얼룩조릿대 안으로 모습을 감추었다고 한다. 일행은 모두 그 개가 나타난 것은 신의 가호라고 믿고 있다.

지지신보時事新報.

13일(9월) 나고야시의 큰불로 사상자가 10여 명에 이르렀는데 나고야 시장인 요코제키 씨도 자식을 잃을 뻔했다. 아들 다케노리(3세)가 가족의 실수에서인지 맹렬한 불길 속에 2층에 남겨져 잿더미가 될 뻔한 것을 검정개 한 마리가 물고 나왔다. 시장은 앞으로 나고야시에 한해서 들개를 때려죽이는 일을 금지했다고 한다.

요미우리신문讀賣新聞.

오다와라마치 성내城內 공원에서 연일 인기를 모으고 있던 미야기 순회 동물원의 시베리아산 늑대가 25일(10월) 오후 2시경 갑자기 튼튼한 우리를 부수고 문지기 2명에게 부상을 입힌 후 하코네 방면으로 탈주했다. 그 때문에 오다와라 경찰서는 비상 동원하여 전 지역에 걸쳐 경계선을 쳤다. 그러던 오후 4시 반경 그 늑대는 주지마치에 나타나 검정개 한 마리와 싸우기 시작했다. 검정개는 악전고투 끝에 적을 물어 쓰러뜨렸다. 그때 경계 중인 경찰이 달려가 곧바로 늑대를 총살했다. 이 늑대는 루프스 기간티쿠스Lupus giganticus라는 가장 흉악한 족속이라고 한다. 한편 미야기 동물원의 주인은 늑대의 총살이 부당하다며 오다와라 서장을 상대로 고소하겠다고 기세가 등등하다.

어느 가을날 한밤중이었습니다. 몸도 마음도 녹초가 된 시로는 주인집으로 돌아왔습니다. 물론 아가씨와 도련님은 진작 잠자리에 들었습니다. 아니, 지금은 누구 하나 깨어 있는 사람은 없을 것입니다. 조용한 뒤뜰의 잔디밭 위에도 그저 커다란 종려나무 우듬지에 하얀 달이 걸려 있을 뿐이었습니다. 시로는 예전의 개집 앞에서 이슬에 젖은 몸을 쉬고 있었습니다. 그러고 나서 쓸쓸한 달을 상대로 이런 혼잣말을 시작했습니다.

"달님! 달님! 저는 구로를 죽게 내버려뒀습니다. 제 몸이 새까매진 것도 아마 그 탓일 거라고 생각합니다. 하지만 저는 아가씨나 도련님께 작별을 고하고 나서 온갖 위험과 싸워왔습니다. 어쩌다가 검댕보다 까만 몸을 보자 겁쟁이인 것이 부끄러워졌기 때문입니다. 하지만 나중에는 검은 것이 싫어서, 검은 나를 죽이고 싶어서 불속에 뛰어들기도 하고 늑대와 싸우기도 했습니다. 하지만 이상하게도 제 목숨은 그 어떤 강적에게도 빼앗기지 않았습니다. 죽음도 제 얼굴을 보면 어디론가 도망치고 말았습니다. 저는 결국 괴로운 나머지 자살하려고 결심했습니다. 다만 자살을 하더라도 꼭 한 번 보고 싶은 것은 귀여워해주신 주인이었습니다. 물론 아가씨나 도련님은 내일이라도 제 모습을 보면 아마 또 들개라고 생각하겠지요. 어쩌면 도련님의 배트에 맞아 죽을지도 모릅니다. 하지만 그래도 만족할 겁니다. 달님! 달님! 저는 주인의 얼굴을 보는 것 외에 바라는 것이 아무것도 없습니다. 그걸 위해 오늘 밤에는 일부러 멀리서 다

시 한번 이곳으로 돌아왔습니다. 부디 날이 새는 대로 아가씨
와 도련님을 만나게 해주세요."

시로는 혼잣말을 마치자 잔디밭에 턱을 내뻗고 어느새 잠이
들고 말았습니다.

"깜짝 놀랐어, 하루오."

"어떻게 된 거지? 누나."

시로는 어린 주인의 목소리에 눈을 확 떴습니다. 눈을 뜨고
보니 아가씨와 도련님이 개집 앞에 선 채 이상한 듯한 표정으
로 얼굴을 마주 보고 있었습니다. 시로는 한 번 쳐든 눈을 다시
잔디밭 위로 내리깔고 말았습니다. 아가씨와 도련님은 시로가
새까맣게 변했을 때도 지금처럼 놀랐던 것입니다. 그때의 슬픔
을 생각하면, 시로는 지금 돌아온 것을 후회하는 마음까지 일
었습니다. 그런데 그 순간이었습니다. 도련님은 갑자기 뛰어오
르더니 큰 소리로 이렇게 외쳤습니다.

"아빠! 엄마! 시로가 다시 돌아왔어요!"

시로가! 시로는 무심코 벌떡 일어났습니다. 그러자 도망이
라도 치는 줄 알았겠지요. 아가씨는 두 손을 뻗어 시로의 목을
단단히 눌렀습니다. 동시에 시로는 아가씨의 눈을 가만히 쳐다
봤습니다. 아가씨의 검은 눈동자에는 개집이 생생하게 비치고
있었습니다. 키 큰 종려나무의 그늘에는 크림색 개집이 있는
건 당연합니다. 하지만 그 개집 앞에 쌀 한 톨 만큼 작은 흰 개

한 마리가 앉아 있는 것이었습니다. 청아하고 호리호리하게.
시로는 그저 황홀하게 그 개의 모습을 들여다봤습니다.

"어머, 시로가 울고 있어."

아가씨는 시로를 안은 채 도련님의 얼굴을 올려다봤습니다.
도련님은…… 보세요, 도련님이 으스대고 있는 모습을!

"흥, 누나도 울고 있으면서!"

(1923년 7월)

아바바바바 *あばばばば*

야스키치는 꽤 오래전부터 그 가게의 주인을 알고 있었다.

아주 오래전부터, 또는 해군 학교에 부임한 당일이었을지도 모른다. 그는 문득 성냥을 사기 위해 그 가게에 들어갔다. 가게에는 조그만 진열창이 있고 그 창 안에는 대장기大將旗를 내건 군함 미카사三笠*의 모형 주변에 퀴라소** 병이며 코코아 캔이며 건포도 상자가 늘어서 있었다. 하지만 가게 앞에는 '담배'라고 빨갛게 칠해진 간판이 튀어나와 있기에 성냥을 팔지 않을 리 없었다. 그는 가게 안을 들여다보며 "성냥 하나 주시오" 하고 말했다. 가게 앞의 높은 계산대 뒤에 사팔뜨기 젊은이가 따분하다는 듯이 우두커니 서 있었다. 그의 얼굴을 보자 젊은이

---

* 러일전쟁의 해전에서 연합함대의 기함이었다.

** 라라하 귤의 껍질을 말려 그것으로 향을 낸 리큐어를 말한다. 라라하 귤은 퀴라소 섬에서 자란다.

는 주판을 세로로 세운 채 조금도 웃지 않고 대답했다.

"이걸 가져가세요. 하필이면 성냥이 떨어져서요."

가져가라는 것은 담배에 딸려 있는 가장 작은 성냥이었다.

"그냥 받는 것은 미안한데, 그럼 아사히* 한 갑 주게."

"뭐, 괜찮습니다. 가져가세요."

"아니, 그냥 아사히 한 갑 주게."

"가져가세요. 이걸로 괜찮다면요. 필요 없는 걸 살 것까지는
없습니다."

사팔뜨기 남자의 말이 친절한 것은 틀림없었다. 하지만 그
목소리와 안색은 너무나도 무뚝뚝했다. 순순히 받는 것이 꺼림
칙했다. 그렇다고 가게에서 나와 버리는 것은 상대에게 좀 미
안했다. 야스키치는 어쩔 수 없이 계산대 위에 1전짜리 동전
하나를 내밀었다.

"그럼 그 성냥 두 개를 주게."

"두 개든 세 개든 가져가세요. 하지만 돈을 낼 필요는 없습
니다."

그때 다행히 입구에 내려뜨린 긴센金線 사이다** 포스터 뒤에
서 어린 점원이 고개를 내밀었다. 표정이 몽롱하고 여드름투성
이의 어린 점원이었다.

---

* 朝日. 1904년 전매제 실시 후 최초로 발매된 네 종류의 담배 중 가장 싼
것.
** 일본인의 손으로 제조된 최초의 사이다. 요코하마의 아키모토 미노스케秋
元巳之助가 1899년 '킨센 사이다'라는 이름으로 판매했다.

"나리, 성냥은 여기 있습니다."

야스키치는 내심 개가를 올리며 대형 성냥 하나를 샀다. 가격은 물론 1전이었다. 하지만 그는 이때만큼 성냥의 아름다움을 느낀 적이 없었다. 특히 삼각파도 위에 서양식의 대형 범선을 띄운 상표는 액자에 넣어도 좋을 정도였다. 그는 바지 주머니 깊숙이 성냥을 넣은 후 득의양양하게 가게를 뒤로 했다.

야스키치는 그 후 반년쯤 학교를 오갈 때마다 물건을 사러 그 가게에 들렀다. 지금은 눈을 감아도 그 가게를 또렷이 떠올릴 수 있다. 천장의 대들보에서 내려뜨려진 것은 가마쿠라 햄*이 틀림없었다. 교창의 색유리는 회반죽을 바른 벽에 초록색 햇빛을 비치고 있었다. 널마루에 흩어진 것은 연유condensed milk 광고일 것이다. 정면의 기둥에는 시계 밑에 큼직한 달력이 걸려 있었다. 그 외에 진열창 속의 군함 미카사도, 긴센 사이다 포스터도, 의자도, 전화도, 자전거도, 스코틀랜드 위스키도, 미국의 건포도도, 마닐라의 엽궐련도, 이집트의 궐련도, 훈제 청어도, 소고기 통조림도 거의 기억하지 못하는 건 없었다. 특히 높은 계산대 뒤에서 무뚝뚝한 얼굴을 드러낸 주인은 질릴 정도로 익숙했다. 아니, 익숙한 것만이 아니었다. 그가 어떻게 기침을 하는지, 어떻게 어린 점원에서 명령을 하는지, 코코아 캔 하나를 살 때도 "Fry**보다는 이걸로 하세요. 이건 네덜란

---

*1874년 영국인이 가마쿠라에서 축산업을 시작하고 요코하마에서 외국인을 상대로 가마쿠라 햄을 판매하기 시작했다.

** 코코아의 상품명.

드의 Droste*입니다"라고 하는 등 손님을 어떻게 고민하게 하는지, 주인의 일거수일투족까지 모두 알고 있었다. 알고 있는 것은 나쁜 것이 아니다. 하지만 따분한 것은 사실이다. 야스키치는 때때로 그 가게에 가면 묘하게 교사를 한 것도 오래되었다는 생각을 하기도 했다. (그런데 앞에서도 말한 대로 그의 교사 생활은 아직 1년도 되지 않았다!)

하지만 모든 법칙을 지배하는 변화는 역시 그 가게에도 일어나지 않을 수 없었다. 야스키치는 어느 초여름 날 아침, 담배를 사려고 그 가게에 들어갔다. 가게 안은 평소대로였다. 물을 뿌린 바닥에 연유 광고가 흩어져 있는 것도 달라지지 않았다. 하지만 사팔뜨기 주인 대신 계산대 뒤에 앉아 있는 사람은 서양식으로 머리를 묶은 여자였다. 나이는 고작 열아홉 정도일 것이다. En face**로 본 얼굴은 고양이를 닮았다. 햇빛에 내내 눈을 가늘게 뜬, 다른 색 털이 한 올도 섞이지 않은 흰 고양이를 닮았다. 야스키치는 어라, 하고 생각하며 계산대 앞으로 걸어갔다.

"아사히 두 갑 주시오."

"네."

여자의 대답은 부끄러운 듯했다. 그뿐 아니라 내놓은 것도

---

* 네덜란드의 유명한 코코아. 네덜란드의 코코아는 색이 짙고 매끄러워 고급품으로 여겨졌다.

** 정면에서.

아사히가 아니었다. 두 갑 모두 뒷면에 욱일기旭日旗*를 그려넣은 미카사三笠**였다. 야스키치는 무심코 담배에서 여자의 얼굴로 시선을 옮겼다. 동시에 또 여자의 코 밑에서 긴 고양이 수염을 상상했다.

"아사히를 …… 이건 아사히가 아니오."

"어머, 그렇네요. 정말 죄송해요."

고양이, 아니, 여자는 얼굴이 빨개졌다. 그 순간 감정의 변화는 진짜 아가씨처럼 보였다. 그것도 요즘 아가씨가 아니다. 5, 6년 전에 없어진 겐유샤硯友社*** 취향의 아가씨다. 야스키치는 잔돈을 찾으며 「키재기たけくらべ」,**** 입구를 벌리면 제비 꼬리 같은 모양이 되는 휴대용 보자기, 제비붓꽃, 료고쿠兩國,***** 가부라기 기요카타,****** 그 외에 여러 가지 것들을 떠올렸다. 여자는 물론 그사이에도 계산대 아래를 들여

---

* 옛 일본 해군의 군기.

** 담배 상품명.

*** 1885년 오자키 코요尾崎紅葉, 야마다 비묘山田美妙 등이 결성한 문학 결사. 에도, 겐로쿠元祿 문학의 정서를 계승하고 화류계 여성을 많이 그렸다. 메이지 중기까지 코요를 중심으로 문단의 주류가 되어 수많은 여성 독자를 획득했다.

**** 1896년에 쓰인 히구치 이치요樋口一葉의 단편. 요시와라 유곽 근처에 사는 소년, 소녀의 아련한 모정慕情을 풍부한 낭만적 정취로 그렸다.

***** 도쿄의 지명으로 메이지, 다이쇼 시대에도 야나기바시柳橋의 화류계나 강 놀이 개시를 축하하여 초여름에 열리는 불꽃놀이 등의 에도 정서, 시타마치下町 정서가 남아 있었다.

****** 鏑木清方(1878~1972). 일본화 화가로 에도 정취나 메이지 풍속을 우키요에 전통을 잇는 미인화나 초상화로 그려냈다.

다보기도 하며 열심히 아사히를 찾고 있었다.

그러자 안에서 나온 사람은 그 사팔뜨기 주인이었다. 주인은 미카사를 힐끗 보고는 대충 상황을 파악한 모양이었다. 오늘도 여전히 아주 못마땅한 표정으로 계산대 아래에 손을 넣자마자 아사히 두 갑을 야스키치에게 건넸다. 하지만 그 눈에는 희미하게나마 미소 같은 것이 비쳤다.

"성냥은?"

여자의 눈 또한 고양이가 가르릉 소리를 내듯이 교태를 띠고 있었다. 주인은 대답을 하는 대신 고개를 살짝 끄덕였다. 여자는 즉시(!) 계산대 위의 소형 성냥 하나를 내밀었다. 그러고는 다시 한번 부끄러운 듯이 웃었다.

"정말 죄송합니다."

죄송한 것은 특별히 아사히를 내놓지 않고 미카사를 내놓은 것만이 아니었다. 야스키치는 두 사람을 견주어보며 그 자신도 어느새 미소를 지었다고 느꼈다.

그 후 언제 가더라도 여자는 계산대 뒤에 앉아 있었다. 하지만 지금은 처음처럼 머리를 서양식으로 묶지 않았다. 둥글게 틀어 올린 머리에 빨간 댕기를 묶고 있었다. 하지만 손님에 대한 태도는 여전히 때묻지 않았다. 응대는 답답하고 물건은 틀리고 게다가 때때로 얼굴이 빨개진다. 여주인다운 면모는 전혀 보이지 않는다. 야스키치는 점점 이 여자에게 어떤 호감을 느끼기 시작했다. 그렇다고 사랑에 빠진 것은 아니었다. 그저 그녀의 익숙해지지 않는 어떤 점에 가벼운 그리움을 느끼기 시작한 것이다.

늦더위가 심한 어느 날 오후 야스키치는 학교에서 돌아오는 길에 코코아를 사러 그 가게에 들어갔다. 여자는 오늘도 계산대 뒤에서 〈고단쿠라부講談俱樂部〉*인가 뭔가를 읽고 있었다. 야스키치는 여드름이 많은 어린 점원에게 Van Houten**은 없느냐고 물었다.

"지금 있는 것은 이것뿐인데요."

어린 점원이 건넨 것은 Fry였다. 야스키치는 가게를 둘러보았다. 그러자 과일 통조림 사이에 서양의 수녀 상표를 붙인 Droste 캔 하나도 섞여 있었다.

"저기에 Droste도 있잖아?"

어린 점원은 그쪽을 힐끗 보더니 여전히 멍한 표정을 짓고 있었다.

"예, 저것도 코코아입니다."

"그럼 이것뿐인 게 아니잖아?"

"예, 그래도 이것뿐입니다. 주인아주머니, 코코아는 이것뿐인 거 맞죠?"

야스키치는 여자를 돌아보았다. 눈을 약간 가늘게 뜬 여자는 아름다운 초록색 얼굴을 하고 있었다. 하지만 이는 신기한일이 아니었다. 교창의 색유리를 통해 들어온 오후 햇빛의 작용이었다. 여자는 잡지를 팔꿈치 아래에 둔 채 여느 때처럼 주

---

* 고단샤講談社가 발행한 대중문학 잡지. 1911년에 창간하여 제2차 세계대전에 의한 일시 중단을 거쳐 1962년에 폐간되었다.
** 1828년 반 호텐이 발명한 최상품 코코아.

저하는 듯한 대답을 했다.

"네에, 그것뿐이었을 텐데요."

"실은 이 Fry 코코아에 가끔 벌레가 끓던데……"

야스키치는 진지하게 말했다. 하지만 실제로 벌레가 끓은 코코아를 본 적이 있는 것은 아니다. 그저 이렇게 말하기만 하면 혹시 Van Houten의 유무를 확인하게 하는 효과가 있을 거라고 믿었기 때문이다.

"그것도 꽤 큰놈이 있었으니까. 딱 이 새끼손가락만 한……"

여자는 약간 놀란 듯이 계산대 위로 반신을 내밀었다.

"저쪽에도 또 있지 않을까? 그래, 그 뒤쪽 선반 안에도."

"빨간 것뿐입니다. 여기에 있는 것도."

"그럼 이쪽은?"

여자는 여성용 게다를 걸치고 걱정스러운 듯이 물건을 찾으러 가게로 나왔다. 멍한 점원도 어쩔 수 없이 통조림 사이를 들여다보고 있었다. 야스키치는 담배에 불을 붙인 후 그들에게 박차를 가하려고 생각을 거듭하며 말을 계속했다.

"벌레가 끓은 것을 마시면 아이들은 배탈이 나기도 하고 말이야. (그는 어느 피서지의 셋방에 혼자 살고 있다) 아니, 아이들만이 아니지. 아내도 한 번 호된 일을 겪은 적이 있어. (물론 아내가 있어본 적은 없다) 아무튼 조심하는 것보다 나은 것은 없으니까."

야스키치는 문득 입을 다물었다. 여자는 앞치마에 손을 닦으며 당혹스러운 듯이 그를 쳐다보고 있었다.

"아무래도 보이지 않는 것 같습니다만."

여자의 눈은 안절부절못하고 있었다. 입가도 억지로 미소를 짓고 있었다. 특히 우스꽝스럽게 보인 것은 코에도 송알송알 땀이 맺혀 있었다는 점이다. 야스키치는 여자와 눈이 마주친 순간 갑자기 악마가 씐 것을 느꼈다. 이 여자는 이른바 함수초含羞草다. 일정한 자극을 주기만 하면 반드시 그가 생각하는 대로 틀림없이 반응을 보여준다. 하지만 자극은 간단하다. 가만히 얼굴을 바라봐도 된다. 또는 손가락 끝으로 건드려도 된다. 여자는 아마 그 자극에서 야스키치의 암시를 받을 것이다. 받은 암시를 어떻게 할지는 물론 미지의 문제다. 하지만 다행히 반발하지 않는다면, 아니, 고양이는 키워도 된다. 하지만 고양이를 닮은 여자를 위해 영혼을 악마에게 팔아넘기는 일은 아무래도 좀 생각해볼 문제다. 야스키치는 피우다 만 담배와 함께 자신에게 씐 악마를 내팽개쳤다. 허를 찔린 악마는 공중제비를 하는 바람에 어린 점원의 콧구멍으로 뛰어들었을 것이다. 어린 점원은 목을 움츠리자마자 잇따라 크게 재채기를 했다.

"그럼 어쩔 수 없지. Droste 하나만 주시오." 야스키치는 쓴웃음을 지으며 주머니에서 동전을 찾기 시작했다.

그 후에도 그는 이 여자와 이따금 똑같은 교섭을 되풀이했다. 하지만 다행히 그 외에는 악마가 씐 기억이 없었다. 아니, 어쩌다가 한번쯤은 천사가 온 것을 느낀 적까지 있었다.

가을이 깊어진 어느 날 오후 야스키치는 담배를 산 김에 그 가게의 전화를 빌려 썼다. 주인은 볕이 드는 가게 앞에 공기 펌프를 움직이며 자전거 수리를 하고 있었다. 어린 점원도 오늘은 심부름을 간 모양이었다. 여자는 여전히 계산대 앞에서 영수증인가 뭔가를 정리하고 있었다. 이런 가게의 광경은 언제 봐도 나쁘지 않았다. 어딘가 네덜란드의 풍속화 같은 고요한 행복감이 흘러넘치고 있었다. 야스키치는 여자 바로 뒤에서 수화기를 귀에 댄 채 그가 애장하고 있는 사진판 De Hooghe*의 그림 한 폭을 떠올렸다.

하지만 전화는 아무리 시간이 지나도 쉽게 상대와 연결되지 않는 듯했다. 그뿐 아니라 교환수도 어찌된 일인지 한두 번 "몇 번요?"라는 말을 되풀이한 후에는 완전히 침묵을 지키고 있었다. 야스키치는 몇 번이나 벨을 울렸다. 하지만 수화기는 그의 귀에 지지직 하는 소리만 전할 뿐이었다. 이렇게 되면 De Hooghe의 그림을 떠올리고 있을 상황이 아니었다. 야스키치는 우선 주머니에서 Spargo**의 『속성 사회주의』를 꺼냈다. 다행히 전화기에는 독서대 같은 뚜껑이 비스듬히 된 상자도 달려 있었다. 그는 그 상자에 책을 올리고 눈은 활자를 좇으며 손으로는 가능한 한 천천히 고집스럽게 벨을 울리기 시작했다. 이는 무례한 교환수에 대한 그의 전법 가운데 하나였다. 언젠가 긴자銀座 오와리초尾張町***의 자동전화기에 들어갔을 때는 역

---

* 피테르 데 호흐Pieter de Hooghe(1629~1684). 네덜란드의 화가. 렘브란트의 영향 아래 시민의 일상적인 정경 등을 그려 고요한 정감을 떠돌게 하는 작품을 남겼다.

** 존 스파르고John Spargo(1876~1966). 영국 태생의 미국 사회민주주의자.

*** 긴자의 중심부에서 가장 번화한 곳.

시 벨을 계속 울리며 결국 「사하시 진고로佐橋甚伍郎」* 한 편을 다 읽어버렸다. 오늘도 교환수가 나오기 전에는 결코 벨을 누르는 손을 멈추지 않을 심산이었다.

교환수와 호된 싸움 끝에 결국 전화를 마친 것은 20분쯤 후였다. 야스키치는 고맙다는 말을 하려고 뒤쪽의 계산대를 돌아보았다. 그러자 거기에는 아무도 없었다. 여자는 어느새 가게 출입구에서 주인과 무슨 이야기를 나누고 있었다. 주인은 아직 가을 햇빛 속에서 자전거 수리를 계속하고 있는 듯했다. 야스키치는 그쪽으로 걸어가려고 했다. 하지만 무심코 발길을 멈췄다. 여자는 그에게 등을 돌린 채 주인에게 이런 것을 묻고 있었다.

"아까 말이에요, 여보, 젠마이 커피를 찾는 손님이 있었는데, 젠마이 커피라는 게 있어요?"

"젠마이 커피?"

주인의 목소리는 아내에게도 손님을 대할 때처럼 무뚝뚝했다.

"젠마이玄米 커피를 잘못 들은 거 아냐?"

"젠마이 커피요? 아아, 현미로 만든 커피. 어쩐지 우습다고 생각했어요. 젠마이(고비)는 야채가게에 있는 거죠?"

야스키치는 두 사람의 뒷모습을 바라보았다. 동시에 또 천사가 와 있는 것을 느꼈다. 천사는 햄이 늘어뜨려진 천장 근

---

* 모리 오가이의 단편 역사소설. 1913년 4월 〈중앙공론中央公論〉에 발표.

처로 날아올라 아무것도 모르는 두 사람에게 축복을 내려주고 있음이 틀림없었다. 하지만 훈제 청어 냄새에 얼굴만은 약간 찡그리고 있었다. 야스키치는 문득 훈제 청어 사는 걸 잊어버렸다는 사실을 떠올렸다. 청어는 그의 코앞에 비참한 형해를 겹치고 있었다.

"여기, 이 청어 좀 주시오."

여자는 즉시 돌아보았다. 돌아본 것은 마침 젠마이가 야채 가게에 있다는 것을 깨달았을 때였다. 여자는 물론 그 이야기를 그가 들었을 거라고 생각했음이 틀림없었다. 고양이를 닮은 얼굴은 눈을 들었나 싶더니 순식간에 부끄럽다는 듯이 물들기 시작했다. 앞에서도 말한 대로 야스키치는 여자가 얼굴을 붉히는 것을 지금까지도 종종 봐왔다. 하지만 아직은 이때만큼 새빨개진 것을 본 적은 없었다.

"아, 청어요?"

여자는 조그맣게 되물었다.

"예, 청어."

야스키치도 이때만큼은 아주 기특하게 즉각 대답을 했다.

이런 사건이 있고 난 지 두 달쯤 지난 무렵이었을 것이다. 확실히 이듬해 정월의 일이다. 여자는 어떻게 되었는지 뚝 모습을 감추고 말았다. 그것도 사흘이나 닷새가 아니었다. 언제 물건을 사러 가도 낡은 난로를 놓은 가게에는 예의 그 사팔뜨기 주인 한 사람이 무료하게 앉아 있을 뿐이었다. 야스키치는 약간 아쉬움을 느꼈다. 또 여자가 보이지 않는 이유를 여러 가지로 상상해보기도 했다. 하지만 일부러 무뚝뚝한 주인에게 '여주인은요?' 하고 물어볼 마음도 들지 않았다. 실제로 또 주인은 물론이고 부끄러움을 잘 타는 그 여주인에게도 '뭔가를 주게'라고 말하는 것 말고는 인사조차 나눈 적이 없었던 것이다.

그러던 중 겨울철의 황량한 길 위에도 하루나 이틀씩 가끔은 따뜻한 햇빛이 비쳤다. 하지만 여자는 얼굴을 보이지 않았다. 가게는 여전히 주인 주변에 황량한 공기를 떠돌게 하고 있었다. 야스키치는 어느새 여자가 없다는 것을 조금씩 잊어가기 시작했다.

그런데 2월 말의 어느 날 밤, 학교의 영어 강연회를 겨우 일단락 지은 야스키치는 미지근한 남풍을 맞으며 특별히 살 생각도 없이 문득 그 가게 앞을 지났다. 가게에는 전등이 켜진 가운데 서양 술병이나 통조림 등이 눈부시게 진열되어 있었다. 이건 물론 이상한 일이 아니었다. 하지만 문득 정신을 차리고 보니 가게 앞에서 한 여자가 두 팔에 갓난아기를 안은 채 시시한 소리를 하고 있었다. 야스키치는 가게에서 길로 폭넓게 비친 전등 불빛으로 그 젊은 어머니가 누구인지를 알았다.

"아바바바바바바, 바아!"

여자는 가게 앞을 걸어 다니며 재미있다는 듯이 갓난아기를 어르고 있었다. 그런데 갓난아기를 추슬러 올리는 바람에 우연히 야스키치와 눈이 마주쳤다. 야스키치는 순간적으로 여자의 눈이 망설이는 모습을 상상했다. 그리고 밤눈에도 여자의 얼굴이 빨개지는 모습을 상상했다. 하지만 여자는 시치미를 떼고 있었다. 눈도 조용히 미소 짓고 있을 뿐 아니라 얼굴도 수줍음 같은 건 띠고 있지 않았다. 그뿐 아니라 의외의 한순간이 지난 후 추슬러 올린 갓난아기로 시선을 떨어뜨린 후 남 앞인 것도 부끄러워하지 않고 되풀이했다.

"아바바바바바바, 바아!"

야스키치는 여자를 뒤로 하며 자기도 모르게 히죽히죽 웃기 시작했다. 여자는 이제 '그 여자'가 아니었다. 배짱이 좋은 한 어머니가 된 것이다. 예로부터 일단 아이를 위해서라면 어떤 악행도 서슴지 않는 무서운 '어머니'가 된 것이다. 이 변화는 물론이고, 여자를 위해서는 온갖 축복을 다 해주어도 좋다. 하지만 소녀 같던 아내 대신 뻔뻔스러운 어머니를 발견한 것은…… 야스키치는 계속 걸어가며 멍하니 집들 위의 하늘을 올려다보았다. 하늘에는 남풍이 불어오는 사이로 어렴풋이 동그란 봄달이 새하얗게 걸려 있었다.

(1923년 11월)

한 줌의 흙 —塊の土

　오스미의 아들이 죽은 것은 차잎 따기가 시작되는 시기였
다. 아들 니타로는 햇수로 8년을 일어나지 못하고 거의 누워
서만 지냈다. 그런 아들이 죽은 것은 '복 많은' 사람이라는 말
을 듣는 오스미에게도 꼭 슬프기만 한 일은 아니었다. 오스미
가 니타로의 관 앞에 선향 하나를 올렸을 때는, 어쨌든 아사히
나朝比奈의 산을 깎아 만든 길을 가까스로 빠져나온 것 같은 기
분이 들었다.

　니타로의 장례를 마친 후 우선 문제가 된 것은 며느리 오타
미의 신세였다. 오타미에게는 아들이 하나 있었다. 게다가 몸
져누운 니타로 대신 들일도 대부분 그녀가 떠맡아 하고 있었
다. 그러므로 지금 며느리를 내보내면 아이를 돌보는 것이 곤
란한 것은 물론이고 살림도 도저히 꾸려나갈 수 없었다. 어쨌
든 오스미는 사십구재가 끝나면 오타미에게 데릴사위를 얻어
주고 아들이 있었던 때와 마찬가지로 일을 하게 할 생각을 하

고 있었다. 데릴사위로는 니타로의 사촌동생에 해당하는 요키치를 맞이하면 된다는 생각도 하고 있었다.

그런 만큼 바로 칠일재 다음 날 아침, 오타미가 짐을 정리하는 걸 보고 오스미가 놀란 것도 각별했다. 오스미는 그때 손자인 히로지를 뒷방의 툇마루에서 놀게 했다. 놀게 한 장난감은 학교에서 꺾어온 활짝 핀 벚꽃 가지 하나였다.

"저기, 아가, 내가 지금까지 말 안 한 것은 잘못이지만, 너는 이 아이와 나를 버려두고 벌써 나가려는 거냐?"

오스미는 따진다기보다는 호소하듯이 말했다. 하지만 오타미는 눈길도 주지 않고 "무슨 말씀이세요, 어머님?" 하고 웃을 뿐이었다. 그래도 오스미는 얼마나 안심했는지 모른다.

"그렇겠지. 설마 그렇게는 하지 않겠지……"

오스미는 여전히 투덜투덜 푸념 섞인 탄원을 되풀이했다. 동시에 또 그녀 자신의 말에 점점 감정이 복받쳤다. 끝내는 눈물 몇 줄기가 주름투성이의 뺨을 타고 흘러내렸다.

"그럼요. 저도 어머님만 좋으시다면 언제까지나 이 집에 있을 생각이에요. 저 아이도 있는데 누가 좋다고 나가겠어요?"

오타미도 어느새 눈물을 글썽이며 히로지를 무릎 위에 안아 올렸다. 히로지는 묘하게 부끄럽다는 듯이 뒷방의 낡은 다다미에 던져진 벚꽃 가지만 신경 쓰고 있었다.

오타미는 니타로가 살아 있을 때와 조금도 다르지 않게 일을 계속했다. 하지만 신랑을 얻는 이야기는 생각보다 쉽게 정리되지 않았다. 오타미는 그 이야기에 아무런 흥미도 없는 듯했다. 물론 오스미는 기회만 있으면 슬쩍 오타미의 마음을 떠보기도 하고 노골적으로 의논을 하기도 했다. 하지만 오타미는 그때마다 "글쎄요, 아무튼 내년이 되어봐야" 하고 되는대로 대답할 뿐이었다. 그 말에 오스미는 걱정스럽기도 하고 기쁘기도 했다. 오스미는 사람들 신경을 쓰면서도 어쨌든 며느리가 말한 대로 해가 바뀌기를 기다리기로 했다.

하지만 오타미는 이듬해가 되어도 여전히 들일을 하러 나가는 것 외에는 아무 생각도 없는 듯했다. 오스미는 다시 한번 작년보다 한층 더 소원을 비는 것처럼 데릴사위를 들이자고 권하기 시작했다. 우선 친척들에게 꾸중을 듣고 사람들에게 험담을 들을까봐 걱정하고 있던 탓도 있었다.

"하지만 말이야, 아가, 지금 이렇게 젊은데 남자 없이 살아갈 수는 없을 거야."

"그래도 어쩔 수 없잖아요. 이런 상황에 딴사람이라도 들어와 봐요. 히로지도 불쌍하고 어머님도 신경 쓰일 거고, 무엇보다 제 마음고생이 이만저만 아닐 거예요."

"그러니까 요키치를 들이자니까. 그 녀석도 요즘은 노름을 끊었다고 하더라."

"그거야 어머님한테는 친척이지만 저한테는 생판 남이에요. 뭐, 나만 참고 살면……"

"하지만 그 참는다는 게 한두 해도 아니니까 그러는 거 아니냐."

"괜찮아요. 히로지를 위해서니까요. 제가 지금 고생하면 이 집의 논밭은 둘로 나뉘지 않고 그냥 다 히로지의 손에 넘어가잖아요."

"하지만 말이야, (오스미는 이 대목에서 늘 진지하게 목소리를 낮추었다) 네가 지금 내 앞에서 한 말을 그대로 남들한테도 말해라."

두 사람 사이에 이런 문답이 몇 차례나 오갔는지 모른다. 하지만 그 때문에 오타미의 결심이 강해지는 일은 있어도 약해지는 일은 없는 것 같았다. 실제로 또 오타미는 남자 손을 빌리지 않고도 감자를 심거나 보리를 베는 등 이전보다 더 열심히 일했다. 그뿐 아니라 여름에는 암소를 키우고 비오는 날에도 꼴을 베러 나갔다. 이렇게 열심히 일하는 모습은 이제 와서 집 안에 남을 들이는 것에 대한 그녀의 강력한 항변이었다. 오스미도 결국 데릴사위를 들이자는 이야기를 단념했다. 하지만 단념하는 것이 그녀에게 꼭 불쾌한 일만은 아니었다.

오타미는 여자 혼자의 몸으로 일가의 살림을 꾸려나갔다. 거기에는 물론 '히로지를 위해'라는 일념이 있었을 것이다. 하지만 또 그녀의 마음에 깊이 뿌리내린 유전의 힘도 있었던 것 같다. 오타미는 메마른 산간 지방에서 이 부근으로 이주해온 이른바 '타관 사람'의 딸이었다. "당신네 며느리는 얼굴에 어울리지 않게 힘이 셉디다. 저번에도 볏단을 네 단씩이나 짊어지고 가더라니까." 오스미는 이웃 노파들에게 종종 이런 말을 들었다.

오스미는 또 오타미에 대한 감사를 자신의 일로 나타내려고 했다. 손자를 보고 소를 돌보고 밥을 짓고 빨래를 하고 물을 길어야 하는 등 집안일도 적지 않았다. 하지만 오스미는 허리를 굽힌 채 이것저것 즐겁게 일했다.

가을도 기울어져 가던 어느 날 오타미는 솔잎 다발을 안고 밤늦게야 집으로 돌아왔다. 마침 오스미는 히로지를 업은 채 비좁은 토방 구석에서 목욕통 아궁이에 불을 때고 있었다.

"늦었구나. 추웠지?"

"오늘은 평소보다 잔일이 많아서요."

오타미는 솔잎 다발을 우물가에 던져놓고 진흙투성이의 짚신도 벗지 않은 채 커다란 화롯가로 올라갔다. 화로에는 상수리나무 뿌리 하나가 벌겋게 타오르고 있었다. 오스미는 곧바로 일어나려고 했다. 하지만 히로지를 업은 허리는 목욕통 가장자리를 짚지 않고는 쉽게 일어설 수가 없었다.

"얼른 목욕이나 해라." "목욕보다는 배가 고파서요. 어디, 먼저 고구마라도 먹을 게요. 삶아놓은 거 있죠, 어머니?"

오스미는 비척비척 우물가로 가서 새참으로 찐 고구마를 냄비째 화롯가에 내려놓았다.

"진작 쪄놓고 기다렸는데 벌써 식었을 거다."

두 사람은 고구마를 대꼬치에 찔러 들고 함께 화롯불에 데우기 시작했다.

"히로지는 잘 자네요. 바닥에 눕혀두면 될 텐데요."

"아니다, 오늘은 너무 추워서 바닥에선 쉬이 잠이 안 들 거야."

오타미는 그사이에도 연기가 나는 고구마를 잔뜩 입에 넣기 시작했다. 그렇게 먹는 것은 하루의 노동에 지친 농부만이 알고 있다. 고구마는 대꼬치에서 빠지는 쪽부터 오타미의 입 속으로 한입에 들어갔다. 오스미는 조그맣게 코를 골고 있는 히로지의 무게를 느끼며 부지런히 고구마를 불에 데웠다.

"아무튼 너처럼 일하면 남들보다 두 배는 배가 고플 거야."

오스미는 때때로 며느리의 얼굴을 감탄에 찬 눈으로 바라보았다. 하지만 오타미는 그을려 검게 된 장작불 빛을 받으며 말없이 고구마를 걸신들린 듯이 먹었다.

오타미는 점점 더 몸을 아끼지 않고 남자 일을 계속했다. 때로는 밤에도 호롱불 아래서 푸성귀 따위를 솎아내는 일도 했다. 오스미는 이렇게 남자보다 일을 잘하는 며느리에게 늘 경의를 느꼈다. 아니, 경의라기보다는 오히려 두려움을 느꼈다. 오타미는 들이나 산 일 외에는 모두 오스미에게 떠맡겼다. 요즘에는 그녀 자신의 속옷까지도 거의 빤 적이 없었다. 오스미는 그래도 불평하지 않고 구부정한 허리를 펴가며 열심히 일했다. 그뿐 아니라 이웃 노파라도 만나면 "아무튼 며느리가 저러니까 난 이제 죽어도 우리 집은 걱정할 필요가 없어" 하며 진지한 얼굴로 며느리를 칭찬했다.

하지만 오타미의 '돈벌이 병'은 쉽게 만족하지 않는 것 같았다. 오타미는 다시 1년이 지나자 이번에는 강 건너 뽕밭으로 손을 뻗치겠다고 말하기 시작했다. 잘은 몰라도 오타미의 말에 따르면 1,500평에 가까운 그 밭을 10엔의 소작료에 내놓고 있는 것은 아무리 생각해도 바보 같은 짓이라고 한다. 그보다는 그곳에 뽕나무를 심어 짬짬이 양잠을 하면 누에 시세에 변동이 없는 한 아마 1년에 150엔은 손에 쥘 수 있다는 것이다. 하지만 아무리 돈 욕심이 난다고 해도 오스미는 더 이상 바빠지는 것을 도저히 견딜 수 없었다. 특히 손이 많이 가는 양잠 같은 건 할 수 없다는 생각도 한계를 넘어섰다. 오스미는 결국 푸념을 섞어 오타미에게 이렇게 반박했다.

"괜찮을까, 애야? 나도 피하려는 게 아니야. 피하려는 건 아니지만 남자 손도 없지, 어린애는 있지, 지금도 짐이 너무 많아. 그건 말이 안 돼, 어떻게 양잠을 할 수 있겠니? 내 생각도 좀 해줘야지."

오타미도 시어머니가 우는소리를 하니 그래도 하겠다는 것은 도리가 아니라고 생각했다. 하지만 양잠은 단념해도 뽕밭을 만드는 것만은 고집을 부려 관철시켰다. "괜찮지요? 어차피 밭에는 저 혼자 나가면 되니까요." 오타미는 불만스럽다는 듯이 오스미를 바라보며 이렇게 비아냥거리는 말투로 중얼거렸다.

오스미는 다시 그때 이후 데릴사위를 들이는 이야기를 생각하기 시작했다. 이전에도 살림 걱정을 하거나 사람들 눈을 의식해서 데릴사위를 들일 생각을 이따금 했다. 하지만 이번에는 한시라도 집을 지키는 고역에서 벗어나기 위해 데릴사위를 들일 생각을 시작했던 것이다. 그런 만큼 이전에 비하면 데릴사위를 들이자는 이번 생각은 아주 절실했다.

마침 뒤쪽의 귤 밭에 꽃이 가득 피었을 무렵 남포등 앞에 자리를 잡은 오스미는 커다란 밤일용 안경 너머로 슬슬 그 이야기를 꺼내보았다. 하지만 화롯가에 책상다리를 하고 앉은 오타미는 소금물로 간을 해서 볶은 완두콩을 씹으며 "또 데릴사위 이야기예요? 전 몰라요" 하고 아예 상대해줄 기색을 보이지 않았다. 예전의 오스미라면 그것만으로 대개는 단념했을 것이다. 하지만 이번만은 오스미도 아득바득 설득하기 시작했다.

"그래도 그런 말만 하고 있을 수는 없어. 내일 미야시타네 장례식 때는 마침 우리 집에 무덤 파는 순번이 돌아왔어. 이럴 때 남자 손이 없는 건……"

"괜찮아요. 거기는 제가 나갈 테니까요."

"설마, 여자인 네가……"

오스미는 일부러 웃으려고 했다. 하지만 오타미의 얼굴을 보니 섣불리 웃는 것도 생각해볼 문제였다.

"어머니, 혹시 살림을 물려주고 편하게 지내고 싶어진 거예요?"

오타미는 책상다리를 한 무릎을 안고 냉정하게 이렇게 못을 박았다. 갑자기 급소를 찔린 오스미는 무심코 큰 안경을 벗었다. 하지만 무엇 때문에 벗었는지 그녀 자신도 알 수 없었다.

"아니, 무슨 그런 말을!"

"어머니는 히로지 애비가 죽었을 때 자신이 한 말을 잊으셨어요? 이 집의 논밭을 둘로 나누는 건 조상님께도 죄스러울 거라고……"

"그거야 그렇게 말했지. 하지만 생각해봐라. 그때그때 변하는 시대의 추세라는 것도 있으니까. 이건 아무래도 어쩔 수 없는 일이야."

오스미는 열심히 남자 손이 필요하다는 이야기를 계속했다. 아무튼 오스미의 의견은 그녀 자신의 귀에도 그럴 듯한 울림을 전해주지 못했다. 그것은 무엇보다 그녀의 속마음, 즉 그녀가 편해지고 싶다는 이야기를 꺼낼 수 없기 때문이었다. 오타미는 다시 그 점을 노리고 여전히 짭짤한 완두콩을 씹으며 가차 없이 시어머니를 몰아붙였다. 그뿐 아니라 여기에는 오스미도 모르고 있던 천성적으로 좋은 오타미의 입심도 거들었다.

"어머니는 그래도 좋겠지요. 먼저 가실 테니까요. 하지만 어머니, 제 처지가 되어보면 그렇게 말하며 심통을 부리고 계실 수는 없을 거예요. 저도 뭐가 좋은 일이고 자랑이라고 과부로 있으려 하겠어요? 뼈마디가 쑤셔서 잠을 잘 수 없는 밤에는 바보같이 고집을 부려도 소용없다고 절실히 느끼는 일이 없는 것도 아니에요. 그렇긴 하지만 이것도 다 집안을 위해서고 히로지를 위해서라고 생각을 고쳐먹고 여전히 울고 싶은 마음으로 하고 있는 거예요."

오스미는 그저 멍하니 며느리의 얼굴만 바라보았다. 그럭저럭하는 사이에 그녀의 마음은 어느새 확실히 어떤 사실을 파악하기 시작했다. 그것은 아무리 발버둥을 쳐봐도 눈을 감을 때까지는 도저히 편하게 지낼 수 없을 거라는 사실이었다. 오스미는 며느리가 말을 마치자 다시 한번 커다란 안경을 썼다.

그러고 나서 반쯤 혼잣말처럼 이렇게 이야기의 결말을 지었다.

"하지만 아가, 세상일이라는 게 그렇게 이치로만 되는 게 아니야. 너도 차분히 생각 좀 해봐라. 나는 이제 아무 말도 안 할 테니까."

20분 후 누군가 마을의 한 젊은이가 높지도 낮지도 않은 목소리로 노래를 하며 조용히 이 집 앞을 지나갔다. "젊은 아주머니, 오늘은 풀베기인가. 풀이여 나부껴라. 낫이여 잘 들어라." 노랫소리가 멀어졌을 때 오스미는 다시 한번 안경 너머로 힐끗 오타미의 얼굴을 쳐다보았다. 하지만 오타미는 남포등 너머로 발을 길게 뻗은 채 선하품을 하고 있을 뿐이었다.

"이제 자야지. 아침에 일찍 일어나야 하니."

오타미는 이윽고 이렇게 말하나 싶더니 짭짤한 완두콩 한 줌을 집어든 후 피곤한 듯이 화롯가에서 일어섰다.

오스미는 그 후 3, 4년 동안 묵묵히 고생을 견뎌냈다. 그것은 이를테면 한창 때의 말과 같은 멍에를 짊어진 늙은 말이 경험하는 고생이었다. 오타미는 여전히 집 밖에서 열심히 들일을 했다. 오스미도 남들이 보기에는 여전히 집안일을 바지런히 하고 있었다. 하지만 보이지 않는 채찍의 그림자는 끊임없이 그녀를 위협하고 있었다. 목욕통 물을 데워놓지 않았다고, 벼를 말리지 않았다고, 소고삐가 풀려 나갔다고 오스미는 늘 기가 센 오타미에게 빈정거림을 당하거나 잔소리를 듣기 일쑤였다.

하지만 그녀는 대꾸도 하지 않고 가만히 괴로움을 참고 있었다. 그것은 먼저 참고 견디는 데 익숙한 정신을 갖고 있었기 때문이다. 또한 손자인 히로지가 어머니보다 오히려 할머니인 그녀를 더 잘 따랐기 때문이다.

오스미는 겉으로 보기에는 실제로 이전과 거의 달라지지 않았다. 만약 조금이라도 달라졌다면 그것은 그저 이전처럼 며느리를 칭찬하지 않는다는 점뿐이었다. 하지만 이런 사소한 변화는 특별히 남들의 눈을 끌지 못했다. 적어도 이웃 노파들에게는 늘 '복 많은' 오스미였다.

어느 여름날 뙤약볕이 내리쬐는 한낮에 오스미는 헛간 앞을 뒤덮은 포도덩굴 아래에서 이웃 노파와 이야기를 하고 있었다. 주위에는 외양간의 파리 소리 외에 아무 소리도 들려오지 않았다. 이웃 노파와 이야기를 하며 짤막한 담배를 피우기도 했다. 그것은 아들이 피운 꽁초를 차곡차곡 모아온 것이었다.

"며느리는? 으음, 건초 베러? 젊은 사람이 뭐든지 하는구면."

"뭐, 여자란 밖에 나가는 것보다 집안일을 하는 게 제일이지."

"아니, 밭일을 좋아하는 건 무엇보다 좋은 일이야. 우리 며느리는 시집온 지 7년이나 되었는데 밭은 고사하고 풀 뽑는 것조차 단 하루도 나간 적이 없으니 원. 아이들 옷을 빤다느니 자기 옷을 고친다느니 하며 매일 긴 하루를 보내고 있으니까."

"그렇게 하는 게 좋아. 애들 차림도 보기 좋게 하고 자기도 예뻐지고 하는 것이 역시 인생의 멋이지."

"하지만 요즘 젊은 애들은 도무지 들일을 싫어하니까. 아니,

뭐지, 방금 그 소리는?"

"방금 그 소리? 그거야, 소가 방귀뀌는 소리지."

"소가 방귀뀌는 소리라고? 아이고, 세상에. 하긴 땡볕에 등 짝을 태우며 조밭의 풀을 뽑는 건 젊을 때는 힘들 테니까."

두 노파는 이런 식으로 대체로 평화롭게 이야기를 나누었다.

니타로가 죽고 난 후 8년 남짓 오타미는 여자 혼자 힘으로 일가의 살림을 꾸려왔다. 동시에 또 오타미의 이름은 어느새 마을 밖으로 퍼져나가기 시작했다. 오타미는 이제 '돈벌이 병'에 밤이고 낮이고 없는 젊은 과부가 아니었다. 하물며 마을 젊은이들의 '젊은 아주머니'는 더더욱 아니었다. 그 대신 며느리의 모범이었다. 요즘 세상 열녀의 귀감이었다. "강 건너 오타미 씨를 봐라" 하는 말이 잔소리와 함께 누구의 입에서나 나올 정도였다. 오스미는 그녀의 괴로움을 이웃 노파에게도 호소하지 않았다. 호소하고 싶은 생각도 없었다. 하지만 그녀의 마음속 깊은 곳에는 확실히 의식하지 않고 있다고 해도 어딘가 하늘의 뜻에 맡기고 있었다. 그 기대도 결국 수포로 돌아갔다. 지금은 이제 손자 히로지 말고는 믿을 것이 하나도 없었다. 오스미는 열두세 살이 된 손자에게 필사적인 사랑을 쏟았다. 하지만이 최후의 기대가 끊어질 것 같은 일도 종종 있었다.

맑은 날이 이어지던 어느 가을날 오후 책보를 안은 손자 히로지가 허둥지둥 학교에서 돌아왔다. 오스미는 마침 헛간 앞에서 솜씨 있게 칼을 움직이며 떫은 감을 깎아 곶감을 만들고 있었다. 히로지는 좁쌀 벼를 넣어둔 가마니를 가볍게 뛰어넘나 싶더니 두 발을 똑바로 하고 잠깐 할머니에게 거수경례를 했다. 그러고는 아무런 계제도 없이 진지하게 이렇게 물었다.

"저기, 할머니. 엄마가 아주 훌륭한 사람이야?"

"왜?"

오스미는 칼을 든 손을 멈추고 손자의 얼굴을 바라보지 않을 수 없었다.

"아니, 선생님이 수신 시간에 그렇게 말했어. 히로지의 어머님은 이 근처에서 둘도 없이 훌륭한 사람이라고."

"선생님이?"

"응, 선생님이. 거짓말이야?"

오스미는 우선 당황했다. 손자조차 학교 선생님에게 그런 터무니없는 거짓말을 배워오다니, 사실 오스미에게는 그만큼 뜻밖의 사건은 없었다. 하지만 순간적으로 당황한 후 발작적인 분노에 휩싸인 오스미는 딴사람처럼 오타미의 험담을 하기 시작했다.

"그럼, 거짓말이고말고. 새빨간 거짓말이야. 네 엄마라는 사람은 밖에서 일만 하니까 남들한테는 아주 좋아 보이지만 마음은 아주 고약한 사람이야. 할머니만 부려먹고 성질만 지나치게 사납고……"

히로지는 그저 놀란 듯이 안색이 변한 할머니를 쳐다보고 있었다. 그러다가 오스미는 마음에 반작용이 일어났는지 금세 다시 눈물을 흘리기 시작했다.

"그러니까 이 할미는 말이야, 너 하나만 믿고 살고 있어. 너는 그걸 잊어먹으면 안 된다. 너도 열일곱 살이 되면 바로 장가를 가서 이 할미도 숨 좀 쉬게 해줘야 해. 어미는 징병*이 끝날 때까지 안 된다고 한가한 소리를 하는데 그때까지 어떻게 기다리겠어! 알았니? 너는 이 할미한테 네 애비 몫까지 효도를 하는 거야. 그렇게 하면 이 할미도 나쁘게는 안 할 테니까. 뭐든지 너한테 줄 거니까 말이야."

"이 감도 익으면 나한테 줄 거야?"

히로지는 벌써 먹고 싶은 마음에 바구니 속의 감을 만지작거렸다.

"그럼, 주고말고. 너는 나이가 어려도 뭐든지 잘 알아들어. 언제까지고 그런 마음을 잊어서는 안 된다."

오스미는 눈물을 흘리다가 딸꾹질을 하듯 웃기 시작했다.

이런 작은 사건이 있던 이튿날 저녁, 오스미는 결국 사소한 일로 오타미와 심한 말다툼을 했다. 사소한 일이란 오타미가 먹을 감자를 오스미가 먹었다는 것이었다. 하지만 점점 말이 심해지다가 오타미는 냉소를 띠며 "어머니, 일하는 게 싫어졌으면 죽는 수밖에 없어요" 하고 말했다. 그러자 오스미는 평소와 달리 미친 사람처럼 울부짖기 시작했다. 마침 그때 손자 히로지는 진작 할머니 무릎을 베고 새근새근 자고 있었다. 하지

---

* 제2차 세계대전 전에는 병역법에 따라 남자는 만 20세가 되면 징병검사를 받고 일정한 기간 군사훈련에 복무할 의무가 있었다.

만 오스미는 그 손자까지 "히로지, 어서 일어나"하고 흔들어 깨우고는 언제까지고 이렇게 험담을 해대기 시작했다.

"히로지, 어서 일어나. 히로지, 어서 일어나. 네 어미가 하는 소리 좀 들어봐라. 네 어미가 나한테 죽으라는구나. 응, 잘 들어봐라. 그야 네 어미 덕에 돈은 좀 불어났지만 4천 평쯤 되는 밭은 모두 할아버지와 이 할미가 개간한 거야. 그런데 뭐라고? 네 어미는 편해지고 싶으면 죽으라는구나. 애야. 나는 죽어야지. 죽는 게 뭐가 그리 무섭겠어? 아니, 네가 시키는 대로는 못하지. 나는 죽을 거야. 무슨 일이 있어도 죽을 거야. 죽어서 너한테 딱 들러붙어 주마."

오스미는 큰 소리로 악다구니를 퍼붓고는, 울기 시작한 손자를 부둥켜안고 있었다. 하지만 오타미는 여전히 화롯가에 드러누운 채 짐짓 못 들은 체하고 있을 뿐이었다.

하지만 오스미는 죽지 않았다. 그 대신 이듬해 삼복더위가 시작되기 전 건강을 자랑하던 오타미가 장티푸스에 걸렸고, 발병 후 여드레째 되는 날 덜컥 죽고 말았다. 당시 장티푸스 환자는 이 작은 마을에서도 여러 명이나 나왔다. 게다가 오타미는 발병하기 전에 역시 장티푸스로 쓰러진 대장장이의 장례를 위한 묘를 파러 갔다. 대장간에는 아직 장례식 날 간신히 전염병 환자를 수용하는 병원으로 보내진 제자 아이도 남아 있었다. "아마 그때 옮았을 거야." 오스미는 의사가 돌아간 후 얼굴이 빨갛게 된 환자 오타미에게 이런 비난을 내비치기도 했다.

오타미의 장례식 날은 비가 내렸다. 하지만 촌장을 비롯한 마음 사람들은 한 사람도 빠짐없이 장례식에 참석했다. 장례식에 참석한 사람은 또 한 사람도 빠짐없이 젊어서 죽은 오타미를 애석히 여겼고, 돈을 벌 중요한 사람을 잃은 히로지와 오스미를 가엾어 했다. 특히 마을 이장은 군에서도 조만간 오타미의 근로를 표창할 예정이었다는 이야기를 했다. 오스미는 그런 말에 그저 고개를 숙일 수밖에 없었다. "뭐 운이라고 생각하고 포기해야지. 우리도 오타미 씨의 표창을 위해서 작년부터 군청에 진정서를 냈고, 촌장님과 나는 기차 삯을 써가며 다섯 번이나 군수님을 만나러 갔으니까, 애를 쓴 거지. 하지만 우리도 포기했으니까 할멈도 일단 단념해야겠소." 사람 좋은 대머리 이장이 이런 농담까지 덧붙였다. 그것을 또 젊은 초등학교 선생님이 불쾌한 듯이 뚫어지게 쳐다봤다.

오타미의 장례식을 마친 날 밤, 오스미는 불단이 있는 뒷방 구석에서 히로지와 함께 모기장 안에 들어가 있었다. 평소에는 물론 둘 다 깜깜한 데서 잤다. 하지만 이날 밤에는 아직 불단의 신불에 올리는 등불이 켜져 있었다. 게다가 묘한 소독약 냄새도 낡은 다다미에 스며들어 있는 것 같았다. 오스미는 이런저런 일 탓에 언제까지고 쉽사리 잠들지 못했다. 오타미의 죽음은 확실히 그녀에게 큰 행복을 가져다주었다. 그녀는 이제 일하지 않아도 된다. 잔소리를 들을 염려도 없다. 게다가 지금은 3천 엔이나 되고 밭은 4천 평이나 된다. 앞으로는 매일 손자와 함께 마음껏 쌀밥을 먹을 수도 있다. 평소에 좋아하는 소금에 절인 송어를 자루째 살 수도 있다. 오스미는 아직 평생 동안 이렇게 안도해본 기억이 없었다. 이렇게 안도했다? 하지만 기억은 확실히 9년 전의 어느 날 밤을 불러냈다. 그날 밤도 한숨 돌린 일을 생각하면 거의 오늘 밤과 다르지 않았다. 그것은 피를 나눈 아들의 장례식이 끝난 날 밤이었다. 오늘 밤은? 오늘 밤도 손자 하나를 낳은 며느리의 장례식을 막 끝낸 참이었다.

오스미는 무심코 눈을 떴다. 손자는 그녀의 바로 옆에 천장을 보고 누워 정신없이 자고 있었다. 오스미는 손자의 잠든 얼굴을 보고 있는 중에 그녀 자신이 점점 무정한 인간이 되어가는 것 같았다. 동시에 또 그녀와 악연을 맺은 아들 니타로와 며느리 오타미도 무정한 인간이라고 생각하기 시작했다. 그 변화는 순식간에 9년간의 증오나 분노를 밀어냈다. 아니, 그녀를 위로했던 장래의 행복조차 밀어냈다. 그들 세 사람 모두 무정한 인간이었다. 하지만 그중 혼자 살아남아 수치를 당한 그녀 자신이 가장 무정한 인간이었다. "아가, 너는 왜 죽은 거냐?" 오스미는 자기도 모르게 입 안에서 망자에게 이렇게 말을 걸었다. 그러자 갑자기 눈물이 하염없이 뚝뚝 흘러내리기 시작했다.

오스미는 네 시를 알리는 소리를 들은 후 가까스로 곤한 잠에 빠져들었다. 그러나 그때는 이미 이 집의 초가지붕 위의 하늘도 서늘한 새벽을 맞고 있었다.

(1923년 12월)

김 장군 金將軍

　어느 여름날, 삿갓을 쓴 스님 둘이 조선 평안남도 용강군 동우리의 시골길을 걷고 있었다. 이 두 사람은 단순한 행각승이 아니다. 실은 멀리 일본에서 조선이라는 나라를 염탐하러 온 히고肥後의 영주 가토 키요마사加藤淸正와 셋츠攝津의 영주 고니시 유키나가小西行長다.

　두 사람은 주위를 둘러보며 벼가 푸릇푸릇한 논 사이를 걸어갔다. 그러자 곧 길가에 농부의 자식인 듯한 아이 하나가 동그란 돌을 베개 삼아 새근새근 잠을 자고 있었다. 가토 키요마사는 삿갓 아래로 가만히 그 아이를 바라봤다.

　"이 애송이는 특이한 상을 하고 있군."

　악귀 키요마사鬼上官*는 두말 않고 베개로 삼은 돌을 걸어찼

---

　* 가토 키요마사는 조선의 민중들 사이에 두려움의 대상으로 '악귀 키요마사'라는 별명이 붙었다고 한다.

다. 하지만 신기하게도 그 아이는 머리를 흙에 떨어뜨리기는커녕 돌이 있던 허공을 베개로 삼은 채 변함없이 조용히 자고 있고 있지 않은가!

"확실히 이 애송이는 보통 놈이 아니야."

키요마사는 황갈색 승복에 감춘 계도戒刀 손잡이에 손을 댔다. 왜국倭國의 재앙이 될 만한 것은 싹부터 없애버리려고 생각한 것이다. 하지만 유키나가가 코웃음을 치며 키요마사의 손을 제지했다.

"이 애송이가 뭘 할 수 있겠나? 무익한 살생을 해서는 안 되네."

두 스님은 다시 벼가 푸릇푸릇한 논 사이를 걷기 시작했다. 하지만 억세고 뻣뻣한 수염을 기른 악귀 키요마사만은 아직 뭔가 불안한 듯이 이따금 그 아이를 돌아보았다.

30년 후 그때의 두 스님, 가토 키요마사와 고니시 유키나가가 수많은 병사와 함께 조선 팔도를 쳐들어왔다. 집이 불탄 팔도의 백성들은, 부모는 자식을 잃고 남편은 아내를 빼앗겨 도망치려고 우왕좌왕했다. 한양은 이미 함락되었다. 평양도 지금은 임금의 영토가 아니다. 선조는 간신히 의주로 피신하여 명나라의 원군을 애타게 기다리고 있었다. 만약 이대로 팔짱을 낀 채 왜군이 유린하는 걸 내버려둔다면 아름다운 팔도강산도 순식간에 불타는 들판으로 변할 수밖에 없었을 것이다. 하지만 하늘은 다행히 아직 조선을 버리지 않았다. 왜냐하면 옛날에 벼가 푸릇푸릇한 논둑에서 기적을 드러낸 한 아이, 곧 김응서로 하여금 나라를 구하게 했기 때문이다.

김응서는 의주의 통군정統軍亭으로 달려가 초췌한 선조의 용안을 배알했다.

"소인이 이렇게 있사오니 부디 염려 놓으십시오."

선조는 슬픈 듯이 미소 지었다.

"왜장은 귀신보다 강하다고 한다. 만약 그대가 칠 수 있다면 우선 왜장의 목을 가져오게."

왜장의 한 사람인 고니시 유키나가는 계속 평양의 대동관에서 기생 계월향을 총애하고 있었다. 계월향은 8천 기생 중에서 견줄 자가 없을 만큼 아름다운 여인이었다. 하지만 나라를 근심하는 마음은 머리에 꽂은 해당화 꽃과 함께 하루도 잊은 적이 없었다. 맑고 아름다운 눈동자는 웃고 있을 때조차 늘 긴 속눈썹 그늘에 서글픈 빛이 서려 있었다.

어느 겨울밤, 유키나가는 계월향에게 술을 따르게 하며 그녀의 오라버니와 술잔치를 벌이고 있었다. 그녀의 오라버니 역시 살갗이 희고 풍채가 근사한 사내였다. 계월향은 평소보다 한층 아양을 떨며 계속해서 유키나가에게 술을 권했다. 그 술 안에는 어느새 수면제를 탄 상태였다.

잠시 후 계월향과 그녀의 오라버니는 취해 쓰러진 유키나가를 뒤로 한 채 슬쩍 어딘가로 모습을 감췄다. 유키나가는 비취와 금이 장식된 휘장 밖에 비장의 보검을 걸어두고 정신없이 자고 있었다. 하지만 이는 꼭 유키나가가 방심한 것만은 아니었다. 이 휘장 역시 방울이 달려 있다. 누구든 휘장 안으로 들어가려고 하면 휘장을 둘러싸고 있는 방울은 순식간에 아주 소란스러운 울림과 함께 유키나가의 잠을 깨워버린다. 다만 유키나가는 계월향이 이 방울도 울리지 않도록 어느새 방울 구멍에 솜을 채워 넣은 것을 몰랐던 것이다.

계월향과 그녀의 오라버니는 다시 한번 그곳으로 돌아왔다. 그녀는 오늘 밤 수를 놓은 치맛자락에 아궁이의 재를 담아왔다. 그녀의 오라버니도, 아니 그녀의 오라버니는 아니다. 왕명을 받은 김응서는 소매자락을 높이 걷어 올린 손에 청룡도 한 자루를 들고 있었다. 그들은 조용히 유키나가가 있는 비취와 금으로 장식된 휘장에 다가가려고 했다. 그러자 유키나가의 보검이 저절로 칼집에서 나오자마자 마치 날개가 돋은 것처럼 김 장군 쪽으로 날아왔다. 하지만 김 장군은 조금도 동요하지 않고 순간적으로 그 보검을 겨냥하여 침을 한 번 뱉었다. 보검은 침 범벅이 되는 것과 동시에 순식간에 신통력을 잃었는지 바닥으로 뚝 떨어졌다.

김응서는 사납게 울부짖으며 청룡도를 한 번 휘둘러 유키나가의 목을 베어 떨어뜨렸다. 하지만 이 무서운 왜장의 머리는 분한 듯이 이를 악물고 원래의 몸으로 돌아가려고 했다. 이 괴이한 광경을 본 계월향은 치맛자락 안으로 손을 넣자마자 유키나가의 목을 벤 자리에 재 몇 줌을 뿌렸다. 목은 몇 차례 뛰어올랐지만 재투성이가 된 벤 자리에 끝내 한 번도 붙지 않았다.

하지만 목이 없는 유키나가의 몸은 손으로 더듬어 보검을 집어 드나 싶더니 김 장군에게 그것을 내던졌다. 허를 찔린 김 장군은 계월향을 겨드랑이에 낀 채 높은 대들보 위로 뛰어올랐다. 하지만 유키나가가 던진 보검은 공중으로 날아간 김 장군의 새끼발가락을 베어 떨어뜨렸다.

그날 밤 날이 새기 전이었다. 왕명을 완수한 김 장군은 계월향을 등에 업고 인기척이 없는 들판을 달리고 있었다. 들판 끝에는 마침 새벽달이 어두운 언덕 뒤로 지려는 참이었다. 김 장군은 문득 계월향이 임신했다는 사실을 떠올렸다. 왜장의 아이는 독사와 같다. 지금 죽이지 않으면 얼마나 큰 피해를 당할지 모른다. 이렇게 생각한 김 장군은 30년 전의 키요마사처럼 계월향 모자를 죽이는 것 외에 달리 방법이 없다고 각오했다.

예로부터 영웅은 센티멘털리즘을 발밑에 유린하는 괴물이다. 김 장군은 순식간에 계월향을 죽이고 배 속의 아이를 끄집어냈다. 새벽달 빛에 비친 태아는 아직 흐릿한 핏덩어리였다. 하지만 그 핏덩어리는 몸을 부르르 떨며 갑자기 인간처럼 큰 소리를 질렀다.

"이놈, 이제 석 달만 기다리면 아버지의 원수를 갚아줄 수 있었는데!"

목소리는 물소가 으르렁거리듯이 어스레한 들판 가운데로 울려 퍼졌다. 동시에 새벽달 역시 순식간에 언덕 너머로 지고 말았다.

이는 조선에 전해지는 고니시 유키나가의 최후다. 유키나가는 물론 임진왜란 중에 목숨을 잃지 않았다. 하지만 역사를 거짓으로 꾸미는 것은 꼭 조선만이 아니다. 일본 역시 아이에게 가르치는 역사는, 또는 아이와 큰 차이가 없는 일본 남아에게 가르치는 역사는 이런 전설로 가득 차 있다. 예컨대 일본의 역사 교과서는 한 번도 이런 패전의 기록을 실은 적이 없지 않을까.

　당나라 장군이 전함 170척을 이끌고 백촌강(조선 충청도 서천군)*에 진을 치다. 무신戊申 2년(덴치天智 천황 2년 가을 8월 27일) 야마토(일본)의 수군이 비로소 당도하여 당나라 수군과 전쟁을 벌이다. 야마토는 싸움이 불리해져 퇴각하다. 기유년己酉年(28일)…… 다시 야마토의 흐트러진 대오와 본진의 군사를 이끌고 당나라군을 공격하다. 당나라군은 곧 좌우에서 배를 사이에 두고 싸우다. 순식간에 관군이 패하다. 강물로 뛰어들어 익사한 자가 많았다. 뱃머리도 돌릴 수 없었다.

—『일본서기日本書紀』

　어떤 나라의 역사도 그 국민에게는 반드시 영광스러운 역사다. 특별히 김 장군의 전설만이 일소에 부칠 만한 것은 아니다.

(1924년 1월)

---

* 白村江. 금강의 옛 이름.

다이도지 신스케의 반생 大導寺信輔の半生

― 어느 정신적 풍경화或精神的風景畵 ―

1. 혼조

다이도지 신스케大導寺信輔가 태어난 곳은 혼조本所의 에코인回向院* 근처였다. 그의 기억에 남아 있는 것 중 아름다운 거리는 하나도 없었다. 아름다운 집 역시 하나도 없었다. 특히 그의 집 주변에는 움막을 짓거나 목욕통을 만드는 목공소며 막과자를 파는 가게며 고물상뿐이었다. 그런 집들에 면한 길도 진창 아닌 적이 한 번도 없었다. 게다가 그 길의 막다른 곳은 오타케구라お竹倉**의 큰 도랑이었다. 수초가 떠 있는 큰 도랑은 늘 악취를 풍기고 있었다. 그는 물론 이런 동네에 우울함

---

* 도쿄 스미다구 료고쿠兩國(전 혼조구)에 있는 정토종의 절. 1781년 이후
 경내에서 중생에게 불도를 권하여 선도하기 위해 스모를 흥행했다.
** 스미다구墨田區 요코아미초橫網町 잇초메 근처의 통칭.

을 느끼지 않을 수 없었다. 하지만 또 혼조 이외의 동네들은 더욱 불쾌했다. 게다가 집들이 많은 야마노테山の手*를 비롯하여 깔끔한 가게들이 늘어서 있는 에도 시대 이래의 시타마치下町**도 뭔가 그를 압박했다. 그는 혼고本鄕나 니혼바시日本橋보다는 오히려 호젓한 혼조를, 에코인을, 고마도메바시駒止橋를, 요코아미橫綱를, 혼조의 하수로를, 한노키바바榛の木馬場를, 오타케구라의 큰 도랑을 사랑했다. 그것은 어쩌면 사랑보다 연민에 가까운 것이었는지도 모른다. 하지만 연민이었다고 하더라도 30년 후인 지금도 이따금 그의 꿈에 나오는 것은 아직 그런 장소들뿐이다.

철들고 난 이후의 신스케는 늘 혼조의 거리를 사랑했다. 가로수도 없는 혼조의 거리는 항상 모래먼지로 뒤덮여 있었다. 하지만 어린 신스케에게 자연의 아름다움을 가르쳐준 것은 역시 혼조의 거리였다. 그는 너저분한 거리에서 막과자를 먹으며 자란 소년이었다. 시골은, 특히 논이 많은 혼조 동쪽에 펼쳐진 시골은 그렇게 자란 그에게 조금도 흥미를 주지 못했다. 그것은 자연의 아름다움보다는 오히려 자연의 추악함을 직접 보게 해줄 뿐이었다. 하지만 혼조의 거리는 비록 자연이 부족했다고 해도 꽃을 피운 지붕의 풀이나 웅덩이에 비친 봄날의 구름에

---

* 도쿄도 서부의 고지대 주택지. 고지마치, 요츠야, 아카사카, 우시코메, 고이시카와, 혼고 등을 말하며 관리나 군인이 많이 살았다.

** 도쿄의 낮은 지대이며 상인이나 장인 등이 많이 사는 지역. 다이토구台東區, 치요다구千代田區, 추오구中央區에서 스미다가와隅田川 오른쪽에 걸친 지역을 말한다.

서 뭔가 애처로운 아름다움을 보여주었다. 그는 그런 아름다움 때문에 어느새 자연을 사랑하기 시작했다. 하지만 자연의 아름다움에 점차 그의 눈을 뜨게 한 것은 혼조의 거리만이 아니었다. 책도, 그가 초등학교 시절 몇 번이나 열심히 읽은 도쿠토미 로카의 『자연과 인생』*이나 러보크의 『자연미론』** 번역본도 물론 그를 계발시켰다. 하지만 자연을 보는 그의 눈에 가장 영향을 끼친 것은 확실히 혼조의 거리였다. 집도 수목도 거리도 묘하게 초라한 거리였다.

실제로 자연을 보는 그의 눈에 가장 영향을 끼친 것은 초라한 혼조의 거리였다. 그는 훗날 혼슈本州의 여러 지방으로 가끔 짧은 여행을 떠났다. 하지만 아주 거친 기소木曾의 자연은 항상 그를 불안하게 했다. 또 부드러운 세토우치瀨戶内의 자연도 항상 그를 따분하게 했다. 그는 그런 자연보다는 훨씬 초라한 자연을 사랑했다. 특히 인공 문명 중에 희미하게 숨 쉬고 있는 자연을 사랑했다. 30년 전의 혼조는 하수로의 버드나무를, 에코인의 광장을, 오타케구라의 잡목림을…… 이런 자연의 아름다움을 아직 곳곳에 남기고 있었다. 그는 그의 친구처럼 닛코나 가마쿠라에 갈 수 없었다. 하지만 매일 아침 아버지와 함께 그

---

* 도쿠토미 로카德富蘆花(1868~1927)의 소품집. 회화적인 자연 묘사를 간결하고 참신한 문어체로 시도한 산문시는 널리 읽혀 메이지, 다이쇼 시대의 문장에 큰 영향을 끼쳤다.

** 존 러보크John Lubbock(1834~1913)의 "The Beauties of Nature and the Wonders of the World we live in"(1892)을 번역한 『자연미론自然美論』은 1905년에 간행되었다.

의 집 근처로 산보를 나갔다. 당시의 신스케에게 그것은 확실히 큰 행복이었다. 하지만 또 그의 친구 앞에서 의기양양하게 이야기하기에는 주눅이 드는 그런 행복이었다.

어느 날 아침놀이 사라지고 있던 아침, 아버지와 그는 평소처럼 햣폰구이百本杭*로 산책을 갔다. 햣폰구이는 오카와大川**의 강기슭인데, 특히 낚시꾼이 많은 곳이었다. 하지만 그날 아침에는 둘러봐도 낚시꾼은 한 사람도 보이지 않았다. 넓은 강기슭에는 돌담 사이로 갯강구가 기어 다니고 있을 뿐이었다. 그는 아버지에게 오늘 아침에는 왜 낚시꾼이 보이지 않느냐고 물어보려고 했다. 하지만 입을 열기도 전에 순간적으로 그 답을 발견했다. 아침놀이 어른거리는 물결에 빡빡머리의 시신 하나가 갯비린내 나는 수초와 쓰레기가 뒤엉킨 말뚝 사이에 떠 있었다. 그는 아직도 생생한 그날 아침의 햣폰구이를 기억하고 있다. 30년 전의 혼조는 감상적인 신스케의 마음에 무수한 추억의 풍경화를 남겼다. 하지만 그날 아침의 햣폰구이는, 또 이 한 장의 풍경화는 동시에 혼조의 거리가 던진 정신적 음영의 전부였다.

---

* 요코아미초 부근으로 스미다가와에 면한 강기슭의 속칭.
** 도쿄를 흐르는 스미다가와의 하류 쪽을 이르는 통칭.

2. 우유

신스케는 어머니의 젖을 한 번도 빨아본 적이 없는 소년이 었다. 원래 몸이 약했던 어머니는 외아들인 그를 낳은 후 젖 한 방울 주지 못했다. 그뿐 아니라 그의 집은 유모를 둘 형편이 못 되었다. 그 때문에 그는 태어난 직후부터 우유를 먹고 자랐다. 당시의 신스케에게 그것은 미워하지 않을 수 없는 운명이었 다. 그는 매일 아침 부엌으로 오는 우유병을 경멸했다. 또 아무 것도 모른다고 해도 어머니의 젖만은 알고 있는 그의 친구를 부러워했다. 실제로 초등학교에 들어갈 무렵 젊은 그의 숙모 는 새해 인사인가 뭔가로 집에 왔다가 젖이 불어 고통스러워 했다. 양치질할 때 쓰는 놋쇠 사발에 아무리 짜도 젖은 나오지 않았다. 숙모는 얼굴을 찡그린 채 반쯤 놀리듯이 "신스케, 네가 좀 빨아줄래?" 하고 말했다. 하지만 우유를 먹고 자란 그는 물 론 빠는 방법을 알 리 없었다. 숙모는 결국 옆집 아이, 즉 움막 을 짓거나 목욕통을 만드는 목수집의 여자아이에게 딱딱한 젖 을 빨게 했다. 유방은 부풀어 오른 반구 위에 푸른 정맥을 내비 치고 있었다. 부끄럼을 잘 타는 신스케는 설령 빠는 방법을 알 았다고 해도 도저히 숙모의 젖을 빨 수는 없었을 것이다. 하지 만 그런데도 역시 옆집 여자아이가 미웠다. 동시에 또 옆집 여 자아이에게 젖을 물린 숙모가 미웠다. 이 작은 사건은 그의 기 억에 울적한 질투만을 남겼다. 하지만 어쩌면 그 외에도 그의 Vita sexualis*는 당시에 시작되었을지도 모른다.

신스케는 병에 담긴 우유 외에 어머니의 젖을 모른다는 사실을 부끄러워했다. 이는 그의 비밀이었다. 누구에게도 결코 알릴 수 없는 그의 평생 비밀이었다. 그 비밀은 또 당시의 그에게 어떤 미신도 동반하고 있었다. 그는 단지 머리만 큰 섬뜩할 정도로 비쩍 마른 소년이었다. 그뿐 아니라 부끄럼을 잘 타는 데다 잘 갈린 정육점 칼만 봐도 심장이 벌렁거리는 소년이었다. 그 점은, 특히 그 점은 후시미伏見·도바鳥羽 전쟁**에서 총알을 뚫고 나아간, 평소 담력과 용기를 자랑하는 아버지를 전혀 닮지 않은 것이었다. 그는 대체 몇 살부터인지, 또는 어떤 논리에서인지 아버지와 닮지 않은 것을 우유 때문이라고 확신했다. 아니, 몸이 약한 것을 우유 때문이라고 확신했다. 만약 우유 때문이라고 한다면, 조금이라도 약점을 보일 경우 친구는 곧바로 그의 비밀을 간파해버릴 것이다. 그는 그 때문에 어떤 경우에도 친구의 도전에 응했다. 도전은 물론 한 가지가 아니었다. 오타케구라의 큰 도랑을 장대를 쓰지 않고 뛰어넘는 것이기도 했고, 에코인의 큰 은행나무에 사다리도 걸치지 않고 오르는 것이기도 했고, 그들 한 사람과 서로 치고받고 싸우는 것이기도 했다. 신스케는 큰 도랑 앞에 서면 이미 무릎이 떨리는 것을 느꼈다. 하지만 눈을 꾹 감고 수초가 떠 있는 수면을 기를 쓰고 뛰어 넘었다. 그 공포나 주저는 에코인의 큰 은행나무에 오를

---

* 라틴어로 성욕적인 생활이라는 뜻이다.
** 1868년 도쿠가와 요시노부德川慶喜를 옹호하는 막부군 세력이 사츠마번 토벌을 위해 교토로 들어가려고 교토의 후시미, 도바에서 사츠마·조슈長 州 군대와 충돌한 싸움. 막부군이 대패했다.

때도, 그들 중 한 사람과 싸움을 할 때도 역시 그를 엄습했다. 하지만 그는 그때마다 용감하게 그것들을 극복했다. 미신에서 나온 것이었다고는 해도 그것은 확실히 스파르타식 훈련이었다. 그 스파르타식 훈련은 그의 무릎에 평생 사라지지 않는 상흔을 남겼다. 아마 그의 성격에도. 신스케는 위압적인 태도를 보이던 아버지의 잔소리를 아직도 기억하고 있다. "너는 패기도 없는 주제에 무슨 일을 하든 고집불통이라 틀려먹었어."

그러나 그의 미신은 다행히도 점차 없어졌다. 그뿐 아니라 그는 서양사에서 적어도 그의 미신에는 반증에 가까운 것을 발견했다. 로마의 건국자 로물루스에게 젖을 먹인 것은 늑대였다는 한 구절이다. 그는 그 이후 어머니의 젖을 모르는 것에 한층 냉담해졌다. 아니, 우유를 먹고 자란 것은 오히려 그의 긍지가 되었다. 신스케는 중학교에 들어간 해 봄, 나이 든 그의 숙부와 함께 당시 그가 경영하던 목장에 간 일을 기억하고 있다. 특히 간신히 목책 위로 교복의 가슴팍을 얹은 채 눈앞으로 다가온 흰 소에게 건초를 준 일을 기억하고 있다. 소는 그의 얼굴을 올려다보며 조용히 건초에 코를 내밀었다. 그는 그 얼굴을 바라보았을 때 문득 소의 눈동자에서 뭔가 인간과 비슷한 것을 느꼈다. 공상? 어쩌면 공상일지 모른다. 하지만 그의 기억 속에서는 아직도 커다란 흰 소 한 마리가 꽃이 활짝 핀 살구나무 가지 밑의 목책에 기댄 그를 올려다보고 있다. 물끄러미, 그리운 듯이.

3. 빈곤

신스케의 집은 가난했다. 하지만 그들의 가난은 쪽방에 잡거하는 하류 계층의 빈곤이 아니었다. 겉모습을 꾸미기 위해 고통을 받아야 하는 중하층 계급의 빈곤이었다. 퇴직한 관리였던 그의 아버지는 저금에서 나오는 약간의 이자를 제외하면 1년에 5백 엔의 연금으로 하녀를 포함한 다섯 가족의 입에 풀칠을 해야 했다. 그 때문에 물론 몹시 절약해야 했다. 그들은 현관과 다섯 칸짜리 집, 게다가 조그만 뜰이 있는 솟을대문 집에서 살았다. 하지만 누구도 새 옷 같은 건 좀처럼 짓지 않았다. 아버지는 항상 손님에게 내놓을 수 없는 질 나쁜 술로 저녁 반주를 하는 것에 만족하고 있었다. 어머니 역시 하오리 속에 기운 자리투성이의 오비를 감추고 있었다. 신스케도, 아니 신스케는 아직도 니스 냄새가 나는 그의 책상을 기억하고 있다. 책상은 낡은 것을 샀지만 겉에 바른 녹색 나사지도, 은색으로 빛난 서랍의 쇠장식도 얼핏 깔끔하게 만들어져 있었다. 하지만 사실 나사지도 얇고 서랍도 제대로 열린 적이 없었다. 이것은 그의 책상이라기보다는 그의 집의 상징이었다. 겉만은 늘 꾸며야 하는 집안 생활의 상징이었다.

신스케는 그 빈곤을 미워했다. 아니, 지금도 여전히 당시의 증오가 그의 마음속 깊이 사라지기 힘든 반향을 남기고 있다. 그는 책을 살 수 없었다. 여름학교에도 갈 수 없었다. 새 외투도 입을 수 없었다. 하지만 그의 친구는 모두 그런 것들을 애용하고 있었다. 그는 그들을 부러워했다. 때로는 그들을 시기하

기도 했다. 하지만 그 질투와 선망을 인정하는 것은 수긍할 수 없었다. 그것은 그들의 재능을 경멸하고 있었기 때문이다. 하지만 빈곤에 대한 증오는 그 때문에 조금도 달라지지 않았다. 그는 낡은 다다미를, 어두침침한 남포등을, 담쟁이덩굴 그림이 바래져가는 장지를…… 가정의 모든 초라한 것들을 증오했다. 하지만 그것은 그래도 나았다. 그는 그저 초라함 때문에 그를 낳은 부모를 미워했다. 특히 그보다 키가 작은 대머리 아버지를 미워했다. 아버지는 이따금 학교의 보증인 회의*에 참석했다. 신스케는 그의 친구 앞에 그런 아버지를 보이는 게 부끄러웠다. 동시에 또 육친인 아버지를 부끄러워하는 자신의 비루한 마음이 부끄러웠다. 구니키다 돗포國木田獨步를 모방한** '자신의 거짓 없는 기록自ら欺かざるの記'의 그 누런 괘지 한 장에 이런 한 구절을 남기고 있다.

"나는 부모를 사랑할 수가 없다. 아니, 사랑할 수 없는 것이 아니다. 부모 자체는 사랑해도 부모의 외견을 사랑할 수 없는 것이다. 외모로 사람을 판단하는 것은 군자로서 부끄러워해야 하는 점이다. 하물며 부모의 외모 운운해서야. 하지만 나는 도저히 부모의 외견을 사랑할 수 없다."

하지만 이런 초라함보다 그가 더 미워하는 것은 빈곤에서

---

* 학생의 보증인(대부분 부모)이 모여 학생 지도, 감독 등에 대해 의견을 교환하는 모임. 지금의 학부모회의.

** 소설가 구니키다 돗포國木田獨步(1871~1908)에게는 사실을 기록한 일기와는 별도로 스물세 살부터 스물일곱 살까지 쓴 문학적 일기 『거짓 없는 기록欺かざるの記』이 있다.

기인하는 거짓이었다. 어머니는 후게츠도風月堂*의 과자 상자에 담은 카스텔라를 친척에게 선물했다. 그러나 그 내용물은 후게츠도가 아니라 근처 과자점의 카스텔라였다. 아버지도…… 아버지는 얼마나 그럴싸하게 '근검상무勤儉尙武'**를 가르쳤던가. 아버지가 가르친 바에 따르면 낡은 옥편 한 권 외에 한일사전漢日辭典을 사는 것조차 사치문약奢侈文弱한 일이었다! 그뿐 아니라 신스케 자신도 거짓에 거짓을 더하는 것이 꼭 부모에게 뒤떨어진 것은 아니었다. 그것은 한 달 50전의 용돈을 1전이라도 더 받아 무엇보다도 그가 굶주려 있던 책이나 잡지를 사기 위해서였다. 그는 잔돈을 잃어버렸다고 하거나 공책을 산다고 하거나 학우회 회비를 낸다고 하거나…… 온갖 그럴듯한 구실로 부모의 금전을 빼내려고 했다. 그래도 돈이 부족할 때는 교묘하게 부모의 환심을 사서 다음 달 용돈을 우려내려고 했다. 그중에서도 특히 그에게 너그러웠던 노모의 비위를 맞추려고 했다. 물론 그에게는 그 자신의 거짓말도 부모의 거짓말처럼 불쾌했다. 하지만 그는 거짓말을 했다. 대담하게 교활한 거짓말을 했다. 그에게 그것은 무엇보다 먼저 필요한 것이었음이 틀림없다. 하지만 동시에 또 병적인 유쾌함을…… 뭔가 신을 죽이는 것과 비슷한 유쾌함을 주었던 것도 틀림없었다. 그는 확실히 이 점만은 불량소년에 근접해 있었다. 그의 '자신의 거짓 없는 기록'은 마지막 장에 이런 몇 줄을 남기고

---

* 에도 시대부터 긴자에 있던 유명한 과자점.
** 맡은 일은 열심히 하고 절약을 중시하며 무용武勇을 존중하는 것.

있다.

"돗포는 사랑을 사랑한다*고 말한다. 나는 증오를 증오하려고 한다. 빈곤에 대한, 허위에 대한 온갖 증오를 증오하려고 한다."

이는 신스케의 충정이었다. 그는 어느새 빈곤에 대한 증오 자체도 증오했다. 이중의 테를 두른 이런 증오는 스무 살 전의 그를 계속 괴롭혔다. 하지만 그에게도 다소의 행복이 전혀 없는 것은 아니었다. 그는 시험 때마다 3등이나 4등의 성적을 받았다. 또 어떤 미소년 하급생은 원하지도 않는데 그에게 사랑을 표현했다. 하지만 그것들도 신스케에게는 흐린 하늘 사이로 새어 나오는 햇빛이었다. 증오는 어떤 감정보다도 그의 마음을 누르고 있었다. 그뿐 아니라 어느새 그의 마음에 지우기 힘든 흔적을 남겼다. 그는 빈곤을 벗어난 후에도 빈곤을 미워하지 않을 수 없었다. 동시에 또 빈곤과 마찬가지로 호사도 미워하지 않을 수 없었다. 호사도⋯⋯ 이 호사에 대한 증오는 중하층 계급의 빈곤이 주는 낙인이었다. 그는 오늘도 그 자신 안에서 이 증오를 느끼고 있다. 빈곤과 싸워야 하는 Petty Bourgeois의 도덕적 공포를.

마침 대학을 졸업한 해 가을, 신스케는 법과에 재학 중인 어떤 친구를 찾아갔다. 그들은 벽도 장지도 낡은 다다미 여덟 장짜리 방에서 이야기를 하고 있었다. 그 후 얼굴을 내민 사람은

---

* 구니키다 돗포에게는 단편소설 「사랑을 사랑하는 사람戀を戀する人」이 있다.

예순 전후의 노인이었다. 신스케는 그 노인의 얼굴에서…… 알코올 중독인 노인의 얼굴에서 퇴직한 관리임을 직감했다.

"우리 아버지."

그의 친구는 그 노인을 간단히 이렇게 소개했다. 노인은 오히려 거만하게 신스케의 인사를 흘려들었다. 그러고 나서 안으로 들어가기 전에 "천천히 놀다 가라. 저기 의자도 있으니까" 하고 말했다. 아니나 다를까 팔걸이의자 두 개는 거무스름한 툇마루에 나란히 있었다. 하지만 자리가 높고 빨간 쿠션의 색이 바랜 반세기 전의 낡은 의자였다. 신스케는 그 의자 두 개에서 전체 중하층 계급을 느꼈다. 동시에 그의 친구도 그처럼 아버지를 부끄러워하는 것을 느꼈다. 이런 작은 사건도 그의 기억에 고통스러울 정도로 확실히 남아 있다. 사상은 앞으로도 그의 마음에 잡다한 음영을 줄지도 모른다. 하지만 그는 무엇보다 먼저 퇴직한 관리의 아들이었다. 하층 계급의 빈곤보다는 더욱 허위를 감수해야 하는 중하층 계급의 빈곤이 낳은 인간이었다.

4. 학교

신스케에게는 학교 역시 어두운 기억만 남아 있다. 그는 대학 재학 중에 필기도 하지 않고 출석한 두세 개의 강의를 제외하면, 학교의 어떤 수업에서도 흥미를 느낀 적이 한 번도 없었다. 하지만 중학교에서 고등학교, 고등학교에서 대학으로 몇몇

학교를 통과하는 것은 간신히 빈곤을 탈출하는 단 하나의 구명대였다. 하지만 중학교 시절에 신스케는 그런 사실을 인정하지 않았다. 적어도 분명하게는 인정하지 않았다. 하지만 중학교를 졸업한 무렵부터 빈곤의 위협은 흐린 하늘처럼 신스케의 마음을 내리누르기 시작했다. 그는 대학이나 고등학교에 다닐 때 몇 번이고 자퇴를 계획했다. 하지만 빈곤의 위협은 그때마다 어둑어둑한 미래를 보여주며 함부로 그것을 실행할 수 없게 했다. 그는 물론 학교를 미워했다. 특히 구속이 많은 중학교를 미워했다. 수위의 나팔 소리는 얼마나 각박한 울림을 주었던가. 또 운동장의 미루나무는 얼마나 울적한 색으로 우거져 있었던가. 신스케는 거기서 서양 역사의 연대를, 실험도 하지 않는 화학 방정식을, 유럽과 미국의 한 도시 주민의 수를…… 온갖 쓸모없는 사소한 지식을 배웠다. 그것은 다소의 노력만 하면 그리 힘든 일이 아니었다. 하지만 쓸데없는 사소한 지식이라는 사실을 잊는 것도 어려웠다. 도스토옙스키는 『죽음의 집의 기록』*에서 예컨대 첫 번째 양동이의 물을 일단 두 번째 양동이로 옮기고, 다시 두 번째 양동이의 물을 첫 번째 양동이로 옮기는 것과 같은 쓸데없는 노역을 강요받은 죄수가 자살하는 이야기를 한다. 신스케는 쥐색 학교 건물에서…… 키 큰 미루나무가 한들거리는 가운데 그런 죄수가 경험하는 정신적 고통을 경험했다. 그뿐 아니라……

---

* 도스토옙스키가 시베리아로 유형을 갔을 때 옴스크 감옥에서의 생활을 기초로 쓴 기록 소설.

그뿐 아니라 그가 교사를 가장 증오한 것도 중학교 때였다. 교사가 모두 개인으로서는 악인이 아니었다는 것은 틀림없었다. 하지만 '교육상의 책임', 특히 학생을 처벌하는 권리는 저절로 그들을 폭군으로 만들었다. 그들은 자신의 편견을 학생의 마음에 접종하기 위해 어떤 수단도 가리지 않았다. 실제로 그들 중 어떤 사람은…… 그러니까 달마라는 별명을 가진 영어 교사는 '건방지다'는 이유로 가끔 신스케에게 체벌을 가했다. 하지만 '건방지다'는 그 이유는 바로 신스케가 구니키다 돗포나 다야마 카타이*의 작품을 읽는다는 것이었다. 또 그들 중 어떤 사람은…… 그 사람은 왼쪽 눈에 의안을 한 국어와 한문을 가르친 교사였다. 그 교사는 그가 무예나 운동 경기에 흥미가 없다는 것을 기뻐하지 않았다. 그 때문에 몇 번이고 신스케를 "너는 여자냐?" 하며 조소했다. 어느 날 신스케는 욱하는 바람에 "선생님은 남자입니까?" 하고 반문했다. 교사는 물론 그의 불손함에 엄벌을 가하지 않을 수 없었다. 그 외에 이미 종이가 누레진 '자신의 거짓 없는 기록'을 다시 읽어 보니 그가 굴욕을 당한 일은 열거하기가 힘들 정도였다. 자존심이 강한 신스케는 고집스럽게도 그 자신을 지키기 위해 늘 그런 굴욕에 반발하지 않을 수 없었다. 그렇지 않으면 불량소년처럼 그 자신을 업신여기는 것으로 끝날 뿐이었다. 그는 자강술自強術의 도구를 당연히 '자신의 거짓 없는 기록'에서 찾았다.

---

* 田山花袋(1871~1930). 소설가. 1907년에 「이불布団」을 발표하여 일본 자연주의 문학의 선구가 되었다.

내가 받는 악명은 많지만 세 가지로 나눌 수 있다.

첫 번째는 문약文弱이다. 문약이란 육체의 힘보다 정신의 힘을 중시하는 것을 말한다.

두 번째는 경조부박輕佻浮薄이다. 경조부박이란 공리功利 외에 아름다운 것을 사랑하는 걸 말한다.

세 번째는 오만함이다. 오만은 함부로 다른 것 앞에서 자신의 소신을 굽히지 않는 것을 말한다.

하지만 교사가 모두 그를 박해한 것은 아니었다. 그들 중 어떤 사람은 가족이 참석한 다과회에 그를 초대했다. 또 그들 중 어떤 사람은 그에게 영어 소설책을 빌려주었다. 그는 4학년을 졸업했을 때 그렇게 빌린 소설 중에서 『사냥꾼의 일기』*의 영어 번역본을 발견하고 기뻐하며 읽은 일을 기억하고 있다. 하지만 '교육상의 책임'은 항상 그들과 인간적 친밀함을 나누는 일을 방해했다. 그것은 그들의 호의를 얻는 것에도 뭔가 그들의 권력에 아첨하는 비열함이 숨어 있기 때문이었다. 그렇지 않다면 그들의 동성애에 아첨하는 추악함이 숨어 있기 때문이었다. 그는 그들 앞에 나가면 아무래도 자유롭게 행동할 수 없었다. 그뿐 아니라 때로는 부자연스럽게 담배갑에 손을 내밀거

---

* 러시아의 문호 투르게네프의 단편집. 러시아의 자연을 배경으로 비참한 농노의 생활을 그려 농노 해방의 추진력이 되었다. 아쿠타가와는 중학교 4, 5학년 때 친구인 니시카와 에이지로西川英次郎로부터 영역된 『사냥꾼의 일기』를 빌려 애독했다.

나 입석으로 본 가부키를 떠들어댔다. 물론 그들은 그 무례함을 불손 때문이라고 해석했다. 물론 그렇게 해석하는 것도 당연했다. 그가 원래 호감이 가는 학생이 아닌 것은 분명했다. 상자 안에 있는 옛날 사진 속의 그는 몸과 어울리지 않게 머리가 크고 쓸데없이 눈만 빛나는 병약한 소년이었다. 게다가 안색이 안 좋은 그 소년은 끊임없이 독을 품은 질문을 던져 사람 좋은 교사를 괴롭히는 걸 더없이 유쾌하게 여겼던 것이다!

신스케는 시험 때마다 늘 높은 점수를 받았다. 하지만 이른바 품행 평가만은 한 번도 6점을 넘지 못했다. 그는 6이라는 아라비아 숫자에서 교무실 안의 냉소를 느꼈다. 실제로 또 교사가 품행 평가를 방패삼아 그를 비웃었다는 것은 사실이었다. 그의 성적은 그 6점 때문에 늘 3등을 넘지 못했다. 그는 그런 복수를 증오했다. 지금도…… 아니, 지금은 어느새 당시의 증오를 잊고 있다. 그에게 중학교 시절은 악몽이었다. 하지만 악몽이었던 것이 꼭 불행한 것이었다고는 할 수 없었다. 그 때문에 그는 적어도 고독을 견디는 성정을 얻었다. 그렇지 않았다면 그의 반생은 지금보다 더 힘들었을 것이다. 그는 자신이 꿈꾸었던 것처럼 책 몇 권의 저자가 되었다. 하지만 그에게 주어진 것은 결국 적막한 고독이었다. 그 고독에 만족한 지금…… 또는 그 고독에 만족하는 것 외에 달리 어쩔 수 없다는 것을 안 지금, 20년 전을 돌아보면 그를 괴롭힌 중학교 건물은 오히려 아름다운 장미빛을 띤 희미한 빛 속에 가로놓여 있다. 운동장의 미루나무만은 여전히 울창하게 우거진 우듬지에 쓸쓸한 바람 소리를 머물게 하지만.

5. 책

책에 대한 신스케의 정열은 초등학교 시절에 시작되었다. 그에게 그 정열을 가르쳐준 것은 아버지의 책 상자 밑바닥에 있던 제국문고帝國文庫로 나온 『수호전』*이었다. 머리만 큰 초등학생은 어두침침한 남포등 아래서 몇 번이나 『수호전』을 다시 읽었다. 그뿐 아니라 책을 읽지 않을 때도 동관童貫이 송나라 천자로부터 하사받은 깃발이나 경양강景陽岡의 큰 호랑이나 장청張靑이 대들보에 매단 인간 허벅지를 상상했다. 상상? 하지만 그 상상은 현실보다 훨씬 더 현실적이었다. 그는 또 몇 번이나 목검을 들고 푸성귀를 말리려고 매달아 놓은 뒤뜰에서 『수호전』 속의 인물인 일장청一丈靑 호삼랑扈三娘이나 화상상花和尙 노지심魯智深과 격투를 벌였다. 그 정열은 30년간 끊임없이 그를 지배했다. 그는 종종 책을 읽으며 밤을 새운 일을 기억하고 있다. 아니, 책상 앞, 전차 안, 화장실, 때로는 길거리에서도 열심히 책을 읽었던 일을 기억하고 있다. 목검은 물론 『수호전』 이후 두 번 다시 그의 손에 쥐어지지 않았다. 하지만 그는 책 안에서 몇 번이나 웃고 울었다. 그것은 이른바 전신轉身이었다. 책 속의 인물로 변하는 일이었다. 그는 인도의 석가모

---

* 1893년부터 1897년까지 하쿠분칸博文館에서 매월 두 번 간행한 문학 총서. 일본과 중국의 소설, 통속적인 읽을거리, 실록 등을 수록하여 널리 보급했다. 제국문고에 수록된 것은 다키자와 바킨瀧澤馬琴이 번역한 『신편 수호 화전新編水滸畫伝』이었다.

니처럼 무수한 전생에서 빠져나왔다. 이반 카마라조프를, 햄릿을, 안드레이 공작*을, 돈 후안을, 메피스토펠레스를, 여우 라이네케**를…… 게다가 그것들 중 어떤 것은 한때의 전신만이 아니었다. 실제로 어느 가을날 오후 그는 용돈을 받기 위해 나이 든 숙부를 찾아갔다. 숙부는 조슈長州의 하기萩 사람이었다. 그는 숙부 앞에서 일부러 유신의 대업을 거침없이 논하고, 위로는 무라타 세이후***에서부터 밑으로는 야마가타 아리토모****에 이르는 조슈의 인재를 찬양했다. 하지만 허위의 감격으로 가득 찬 창백한 안색의 이 고등학교 학생은 당시의 다이도지 신스케보다는 오히려 『적과 흑』의 주인공인 젊은 쥘리앵 소렐이었다.

　이런 신스케는 또 당연히 책에서 온갖 것을 배웠다. 적어도 책에서 힘입은 바가 전혀 없는 것은 하나도 없었다. 실제로 그는 인생을 알기 위해 거리의 행인을 바라보지 않았다. 오히려 행인을 바라보기 위해 책 속의 인생을 알려고 했다. 그것은 어쩌면 인생을 아는 데 멀리 돌아가는 방법이었을지도 모른다. 하지만 거리의 행인은 그에게 단지 행인에 불과했다. 그들을 알기 위해서는…… 그들의 사랑을, 그들의 증오를, 그들

---

* 톨스토이의 『전쟁과 평화』에 나오는 주요 인물.

** 괴테의 우화소설에 나오는 주인공이자 제목.

*** 村田淸風(1783~1855). 막부 말기의 조슈 번사藩士.

**** 山縣有朋(1838~1922). 메이지 시대의 군인, 정치가. 조슈 번사로서 기병대를 조직하여 막부를 토벌하는 전쟁에서 활약, 유신 후 이토 히로부미와 더불어 번벌 정부의 최고 권력자가 되었다.

의 허영심을 알기 위해서는 책을 읽는 수밖에 없었다. 책을, 특히 세기말 유럽이 낳은 소설과 희곡을. 그는 그 차가운 빛 속에서 드디어 그 앞에 전개되는 인간 희극을 발견했다. 아니, 어쩌면 선악을 구분하지 않는 그 자신의 영혼도 발견했다. 그것은 인생에만 한정되지 않았다. 그는 혼조의 거리에서 자연의 아름다움을 발견했다. 하지만 자연을 보는 그의 눈에 다소의 예리함을 더한 것은 역시 몇 권의 애독서, 그중에서도 특히 겐로쿠元祿 시대*의 하이카이俳諧**였다. 그는 그것들을 읽었기 때문에 "도읍에 가까운 산의 모양都に近き山の形"***을, "울금 밭의 가을바람鬱金畠うこんばたけの秋の風"****을, "앞바다에 내리는 초겨울 비에 내려갔다 올라갔다 하는 돛沖の時雨しぐれの眞帆片帆"*****을, "어둠 속을 날아가는 해오라기 소리闇やみのかた行く伍位の聲"******를, 혼조의 거리가 가르쳐주지 않은 자연의 아름다움

---

* 1688~1704년.

** 겐로쿠 시대에는 지금까지의 하이쿠俳句에서 파생되어 새로운 미의식을 도입한 '하이카이'가 탄생한다. 그리고 하이카이는 지금의 하이쿠로 진화해간다.

*** "송이버섯이여, 도읍에 가까운 산의 모양松茸や都に近き山の形", 에도 시대 전기의 하이쿠 시인 이젠惟然의 하이쿠.

**** "아침 이슬이여, 울금 밭의 가을바람朝露や鬱金畠の秋の風", 에도 시대 전기의 하이쿠 시인 본초凡兆의 하이쿠.

***** "바쁘구나, 앞바다에 내리는 초겨울 비에 내려갔다 올라갔다 하는 돛いそがしや沖の時雨の眞帆片帆", 에도 시대 전기의 하이쿠 시인 쿄라이去來의 하이쿠.

****** "번개여, 어둠 속을 날아가는 해오라기 소리稻妻や闇の方行く伍位の聲", 에도 시대 전기의 하이쿠 시인 바쇼芭蕉의 하이쿠.

을 발견했다. 신스케에게 '책에서 현실'로는 항상 진리였다. 그는 반생 동안 몇 명의 여자에게서 사랑을 느꼈다. 하지만 그들은 누구 한 사람 여성의 아름다움을 가르쳐주지 않았다. 적어도 책에서 배운 것 외에 여성의 아름다움을 가르쳐주지 않았다. 그는 햇빛을 투과시킨 귀나 볼에 떨어진 속눈썹의 그림자를 고티에*나 발자크나 톨스토이에게서 배웠다. 그 때문에 지금도 신스케에게 여자는 아름다움을 전하고 있다. 만약 그것들에서 배우지 않았다면 그는 어쩌면 여자 대신 암컷만 발견했을지도 모른다.

그렇지만 가난한 신스케는 도저히 그가 읽고 싶은 책을 자유롭게 살 수 없었다. 그가 그럭저럭 그런 어려움을 벗어난 것은 첫째로 도서관 덕분이었다. 둘째로 세책점 덕분이었다. 셋째로 인색하다는 비난까지 받았던 그의 검약 덕분이었다. 그는 확실히 기억하고 있다. 큰 도랑에 면한 세책점을, 사람 좋은 세책점 할멈을, 할멈이 부업으로 만들던 꽃 비녀를. 할멈은 드디어 초등학교에 들어간 '도련님'의 순진함을 믿고 있었다. 하지만 그 '도련님'은 어느새 책을 찾는 시늉을 하며 훔쳐 읽는 방법을 알아냈다. 그는 또 확실히 기억하고 있다. 헌책방만 다닥다닥 늘어선 20년 전의 진보초神保町 거리를, 그 헌책방 지붕 위로 햇빛을 받고 있는 구단자카九段坂의 경사면을. 물론 당시의 진보초 거리는 전차도 마차도 다니지 않았다. 그는…… 열

---

* Théophile Gautie(1811~1872). 프랑스의 낭만파 시인, 소설가.

두 살의 초등학생은 도시락이나 공책을 옆구리에 낀 채 오하시大橋 도서관*에 다니기 위해 몇 번이고 이 거리를 왕래했다. 길은 왕복 6킬로미터였다. 오하시 도서관에서 제국帝國 도서관**으로. 그는 제국 도서관이 준 첫 번째 감명도 기억하고 있다. 높은 천장에 대한 공포를, 커다란 창에 대한 공포를, 무수한 의자를 다 채운 무수한 사람들에 대한 공포를. 하지만 공포는 다행히도 두세 번 다니는 사이에 소멸했다. 그는 금세 열람실에, 철 계단에, 카탈로그 상자에, 지하 식당에 친숙해졌다. 그러고는 대학의 도서관이나 고등학교의 도서관으로. 그는 그런 도서관에서 몇 백 권인지 알 수 없는 책을 빌렸다. 또 그런 책 안에서 몇 십 권인지도 모르는 책을 사랑했다. 하지만……

하지만 그가 사랑한 것은…… 거의 내용의 여하를 불문하고 책 자체를 사랑한 것은 역시 그가 산 책이었다. 신스케는 책을 사기 위해 카페에도 발을 들여놓지 않았다. 하지만 그의 용돈은 항상 부족했다. 그 때문에 그는 일주일에 세 번 친척 중학생에게 수학(!)을 가르쳤다. 그래도 돈이 부족할 때는 어쩔 수 없이 책을 팔러 갔다. 하지만 새 책이라도 파는 값은 사는 값의 반 이상이 된 적이 없었다. 그뿐 아니라 오랫동안 갖고 있던 책을 헌책방에 넘기는 일은 항상 비극이었다. 그는 자국눈이 내

---

* 치요다구 구단九段에 있던 사립 도서관. 1901년 실업가 오하시 신타로大橋新太郎가 창설하여 입장료를 받고 일반에 공개했다.

** 우에노 공원 안에 있는, 현재의 국립국회도서관 지부 우에노 도서관의 전신.

리던 어느 날 밤 진보초 거리의 헌책방을 한 집 한 집 들여다 보며 걸었다. 그중 어느 헌책방에서 『차라투스트라는 이렇게 말했다』 한 권을 발견했다. 그것도 단순한 『차라투스트라는 이렇게 말했다』가 아니었다. 두 달쯤 전에 그가 팔았던 손때 묻은 『차라투스트라는 이렇게 말했다』였다. 그는 가게에 우뚝 선 채 이 낡은 『차라투스트라는 이렇게 말했다』를 군데군데 읽어 보았다. 그런데 다시 읽을수록 점점 그리움을 느끼기 시작했다.

"이거 얼마입니까?"

10분쯤 서 있다가 그는 헌책방 여주인에게 이미 『차라투스트라는 이렇게 말했다』를 보여주고 있었다.

"1엔 60전, 깎아서 1엔 50전에 드리지요."

신스케는 단 70전에 이 책을 팔았던 일을 떠올렸다. 하지만 판 가격의 두 배인 1엔 40전으로 깎은 다음 결국 다시 한번 사기로 했다. 눈 내리는 밤의 거리는 집들도 전차도 어쩐지 미묘하게 고요했다. 그는 이런 거리를 돌아 멀리 혼고로 가는 중에 끊임없이 그의 품 안에서 강철 색 표지의 『차라투스트라는 이렇게 말했다』를 느끼고 있었다. 그러나 또 동시에 입 안에서는 몇 번이고 그 자신을 조롱하고 있었다.

6. 친구

신스케는 재능의 다소를 불문하고 친구를 사귈 수 없었다.

설령 아무리 군자라고 해도 품행 이외에 장점이 없는 청년은 그에게 쓸모없는 행인이었다. 아니, 오히려 얼굴을 볼 때마다 야유를 할 수밖에 없는 어릿광대였다. 품행 평가 6점인 그에게 는 당연한 태도임이 틀림없었다. 그는 중학교에서 고등학교, 고등학교에서 대학으로 몇몇 학교를 거치는 동안 끊임없이 그들을 조소했다. 물론 그들 중 어떤 사람은 그의 조소에 분개했다. 하지만 또 그들 중 어떤 사람은 그의 조소를 느끼기에는 너무나도 모범적인 군자였다. 그는 항상 '싫은 녀석'이라 불리는 것에서 다소의 유쾌함을 느꼈다. 하지만 그 어떤 조소에도 전혀 반응을 보이지 않는 데는 그 자신이 분개하지 않을 수 없었다. 실제로 그런 군자 중 한 명인 어떤 고등학교의 문과 학생은 리빙스턴* 숭배자였다. 같은 기숙사에 있던 신스케는 언젠가 그에게 아주 그럴싸하게 바이런도 리빙스턴전을 읽고 눈물을 흘렸다는 엉터리 이야기를 했다. 그 이후 20년이 지난 지금, 그 리빙스턴 숭배자는 어떤 그리스도교 교회의 기관지에서 여전히 리빙스턴을 찬미하고 있었다. 그뿐 아니라 그의 문장은 이런 한 행으로 시작했다. "악마적 시인 바이런조차 리빙스턴의 전기를 읽고 눈물을 흘렸다는 것은 우리에게 무엇을 가르쳐주는 걸까?"

신스케는 재능의 다소를 불문하고 친구를 사귈 수 없었다. 설령 군자가 아니라고 해도 지적 탐욕을 모르는 청년은 역시

---

* David Livingstone(1813~1873). 영국의 탐험가, 선교사.

그에게는 자신과 아무런 상관이 없는 길가의 사람이었다. 그는 그의 친구에게 다정한 감정을 요구하지 않았다. 그의 친구는 청년다운 심장을 갖지 않은 청년이라도 좋았다. 아니, 이른바 친구는 오히려 그에게는 공포였다. 그 대신 그의 친구는 두뇌를 가져야 했다. 두뇌를, 듬직하게 이루어진 두뇌를. 그는 어떤 미소년보다 그런 두뇌의 소유자를 사랑했다. 동시에 또 어떤 군자보다 그런 두뇌의 소유자를 증오했다. 실제로 그의 우정은 늘 사랑 안에 얼마간 증오를 품은 정열이었다. 신스케는 지금도 그 정열 이외에 우정은 없다고 믿고 있다. 적어도 그 정열 이외에 Herr und Knecht(주인과 종)의 색채를 띠지 않는 우정이 없다고 믿고 있다. 더군다나 어떤 면에서 당시의 친구는 양립할 수 없는 치명적인 적이었다. 그는 그의 두뇌를 무기로 끊임없이 그들과 격투했다. 휘트먼, 자유시, 창조적 진화*……전장은 거의 도처에 있었다. 그는 그런 전장에서 그의 친구를 타도하기도 하고 그의 친구에게 타도당하기도 했다. 이 정신적 격투는 무엇보다 살육의 환희 때문에 일어난 것임이 틀림없었다. 하지만 그사이에 저절로 새로운 관념이나 새로운 미의 모습을 드러낸 것도 사실이다. 새벽 3시의 촛불은 그들의 논쟁을 얼마나 비췄던가. 또 무샤노코지 사네아츠**의 작품은 그들의

---

* 프랑스 철학자 베르그송 사상의 근본 개념. 베르그송은 그의 주저 『창조적 진화』에서 창조적으로 진화해야 할 생의 철학을 주장하여 세계에 큰 영향을 끼쳤다.

** 武者小路實篤(1885~1976). 톨스토이의 영향을 받아 인도주의를 제창한 시라카바파白樺派의 대표적 소설가.

논쟁을 얼마나 지배했던가. 신스케는 9월의 어느 날 밤 촛불로 모여든 커다란 불나방을 또렷이 기억하고 있다. 불나방은 깊은 어둠 속에서 갑자기 현란하게 태어났다. 하지만 불꽃에 닿자마자 거짓말처럼 파닥파닥 죽어갔다. 이는 새삼스럽게 신기하게 여길 만한 일이 아닐지도 모른다. 하지만 신스케는 지금도 여전히 그 작은 사건을 떠올릴 때마다, 신기하게 아름다운 불나방의 생사를 떠올릴 때마다, 왠지 그의 마음속 깊은 곳에서 다소의 쓸쓸함을 느낀다.

신스케는 재능의 다소를 불문하고 친구를 사귈 수 없었다. 기준은 그저 그것뿐이었다. 그러나 역시 그 기준에도 전혀 예외가 없는 것은 아니었다. 그것은 그의 친구와 그 사이를 단절시키는 사회적 계급의 차이였다. 신스케는 그와 성장 과정이 비슷한 중류 계급의 청년에게는 아무런 구애도 느끼지 않았다. 하지만 그가 아는 상류 계급의 청년에게는, 때로는 중상층 계급의 청년에게도 묘하게 타인 같은 증오를 느꼈다. 그들 중 어떤 사람은 나태했다. 그들 중 어떤 사람은 겁쟁이였다. 또 그들 중 어떤 사람은 관능주의의 노예였다. 하지만 그가 증오한 것은 꼭 그것들 때문만은 아니다. 아니, 오히려 그것들보다는 뭔가 막연한 것 때문이었다. 하지만 그들 중 어떤 사람은 스스로 의식하지도 못한 채 그 '뭔가'를 증오했다. 그 때문에 또 하류 계급에, 그들의 사회적 대척점에 병적인 희열을 느꼈다. 그는 그들을 동정했다. 하지만 그의 동정도 결국 도움이 되지 않았다. 그 '뭔가'는 악수하기 전에 늘 바늘처럼 그의 손을 찔렀다. 바람이 차갑던 4월 어느 날의 오후, 고등학생이었던 그는 그들 중 한 사람인 어느 남작의 장남과 에노시마의 벼랑 위에 우두 커니 서 있었다. 눈 아래는 바로 파도가 거친 바닷가였다. 그들 은 잠수하는 소년들을 위해 동전 몇 개를 던져주었다. 소년들 은 동전이 떨어질 때마다 풍덩풍덩 바닷속으로 뛰어들었다. 하 지만 한 해녀만은 벼랑 아래에서 쓰레기를 태우려고 지핀 불 앞에서 웃으며 바라보고 있을 뿐이었다.

"이번에는 저 여자도 뛰어들게 해주지."

그의 친구는 동전 한 닢을 담배갑의 은박지에 쌌다. 그러고 는 몸을 뒤로 젖히나 싶더니 힘껏 동전을 던졌다. 동전은 반짝 반짝 빛나며 바람 높은 파도 너머로 떨어졌다. 그러자 해녀가 맨 먼저 바다로 뛰어들었다. 신스케는 아직도 생생하게 입가에 잔혹한 미소를 띤 그 친구를 기억하고 있다. 그 친구는 보통 사 람 이상으로 어학적 재능을 갖고 있었다. 그러나 또 확실하게 보통 사람 이상으로 예리한 송곳니를 갖고 있었다.

부기 : 이 소설은 앞으로 이것의 서너 배를 더 쓸 생각이다. 이번에 게재하는 만큼 「다이도지 신스케의 반생」이라는 제목은 어울리지 않는 게 틀림없지만 달리 바꿀 제목도 없 기 때문에 어쩔 수 없이 그냥 쓰기로 했다. 「다이도지 신스 케의 반생」의 제1편이라 생각해주면 다행이겠다. 1924년 12월 9일 작자 씀.

점귀부 点鬼簿

1

　나의 어머니*는 광인이었다. 나는 한 번도 어머니에게 어머니다운 친밀함을 느껴본 적이 없다. 어머니는 머리를 끈으로 묶지 않고 빗에 감아 틀어 올리고 늘 시바芝의 친가에 혼자 앉아 긴 곰방대로 뻐끔뻐끔 담배를 피웠다. 얼굴도 작지만 몸집도 작았다. 또 얼굴은 어쩐 일인지 전혀 생기가 없는 잿빛이었다. 나는 언젠가 『서상기西廂記』**를 읽다가 토구기니취미土口氣泥臭味라는 구절을 만났을 때 순간적으로 어머니의 얼굴을, 여

---

* 아쿠타가와 류노스케의 어머니 이름은 후쿠이고, 그의 생후 7개월에 발광했다.

** 중국 원나라 때의 왕실보王實甫가 지은 잡극. 장생長生이란 남자와 최앵앵崔鶯鶯이란 여자가 어려운 고비를 겪은 끝에 사랑을 성취하는 내용.

위어서 홀쭉한 어머니의 옆얼굴을 떠올렸다.

이런 나는 어머니의 보살핌을 받아본 적이 전혀 없다. 확실치는 않지만 한번은 양어머니*와 일부러 2층으로 인사하러 갔다가 느닷없이 긴 곰방대로 머리를 맞은 기억이 있다. 하지만 대체로 어머니는 아주 조용한 광인이었다. 나나 누나가 그림을 그려달라고 조르면 반의반으로 접은 반지半紙에 그림을 그려주었다. 그림은 먹만 쓰는 게 아니었다. 누나의 물감으로 자녀의 나들이 옷이며 초목의 꽃을 그려주었다. 다만 그 그림들 속의 인물은 모두 여우 얼굴을 하고 있었다.

어머니가 돌아가신 것은 내가 열한 살 되던 해의 가을이었다. 병 때문이라기보다는 쇠약해서 돌아가셨을 것이다. 돌아가신 전후의 기억만은 비교적 확실히 남아 있다.

위독하다는 전보라도 왔기 때문일 것이다. 바람도 없는 어느 날 깊은 밤에 나는 양어머니와 함께 인력거를 타고 혼조에서 시바까지 달려갔다. 나는 그때까지 아직 목도리를 해본 적이 없었다. 하지만 특별히 그날 밤만은 남종화의 산수인가 뭔가를 그린 얇은 비단 손수건을 목에 둘렀던 것을 기억하고 있다. 그리고 그 손수건에는 '아야메** 향수'라는 향수의 향이 났던 것도 기억하고 있다.

어머니는 2층 바로 밑의 다다미 여덟 장짜리 방에 누워 있었다. 나는 네 살 터울인 누나와 어머니의 머리맡에 앉아 둘 다

---

* 아쿠타가와 도모. 류노스케의 외삼촌인 아쿠타가와 도쇼의 아내.

** 붓꽃이라는 뜻이다.

끊임없이 소리 내어 울었다. 특히 누군가가 내 뒤에서 "임종하셨습니다"라고 말했을 때는 한층 애달픈 마음이 복받쳤다. 하지만 그때까지 눈을 감고 있던, 죽은 사람이나 다름없던 어머니는 갑자기 눈을 뜨고 무슨 말을 했다. 우리 모두는 슬픈 가운데서도 작은 소리로 킥킥 웃기 시작했다.

나는 다음 날 밤에도 어머니의 머리맡에 새벽 가까이까지 앉아 있었다. 하지만 어쩐 일인지 어젯밤처럼 조금도 눈물이 나지 않았다. 나는 거의 울음소리를 그치지 않는 누나에게 부끄러워 열심히 우는 시늉을 하고 있었다. 동시에 또 내가 울 수 없는 이상 어머니가 죽는 일은 결코 없을 거라고 믿고 있었다.

어머니는 사흘째 되는 날 밤 거의 고통스러워하지 않고 죽어갔다. 죽기 전에는 제정신이 돌아왔는지 우리의 얼굴을 바라보고는 하염없이 눈물을 뚝뚝 흘렸다. 하지만 역시 평소처럼 아무 말도 하지 않았다.

나는 납관을 끝낸 후에도 때때로 울지 않을 수 없었다. 그러자 오지 숙모님이라는 어떤 먼 친척 할머니가 "정말 기특하구나" 하고 말했다. 하지만 나는 묘하게 기특해하는 사람이라고 생각했을 뿐이다.

어머니의 장례식 날 누나는 위패를 들고 나는 그 뒤에서 향로를 든 채 둘 다 인력거를 타고 갔다. 나는 가끔 꾸벅꾸벅 졸다가 아차하고 눈을 뜨는 바람에 하마터면 향로를 떨어뜨릴 뻔했다. 하지만 야나카谷中는 좀처럼 나오지 않았다. 상당히 긴 장례 행렬은 쾌청한 가을 날씨의 도쿄 거리를 조용히 지나갔다.

어머니의 기일은 11월 28일이다. 또 계명은 귀명원묘승일진대자歸命院妙乘日進大姉다. 그런데 친아버지의 기일이나 계명은 기억하고 있지 않다. 그것은 아마 열한 살인 내게는 기일이나 계명을 기억하는 일이 자랑거리 가운데 하나였기 때문일 것이다.

2

내게는 누나 한 명이 있다. 그러나 그 누나는 병든 몸이면서도 두 아이의 어머니가 되었다. 물론 내 점귀부點鬼簿*에 올리고 싶은 사람은 이 누나가 아니다. 바로 내가 태어나기 전에 갑자기 요절한 누나다. 우리 세 형제자매 중에서 가장 영리했다는 누나다.

그 누나를 하츠코初子라고 한 것은 장녀로 태어났기 때문일 것이다. 우리 집 불단에는 아직도 하츠코의 사진 한 장이 조그만 액자 속에 들어 있다. 하츠코는 조금도 연약해 보이지 않았다. 작은 보조개가 있는 양 볼도 잘 익은 살구처럼 토실토실하다.

아버지와 어머니의 사랑을 가장 많이 받은 사람은 누가 뭐래도 하츠코다. 하츠코는 시바의 신센자新錢座에서 일부러 츠

---

* 죽은 사람의 이름을 적은 장부.

키지의 서머즈 부인이 운영하던 유치원에 다녔다. 하지만 토요일과 일요일에는 반드시 어머니의 집, 혼조의 아쿠타가와가에 가서 잤다. 하츠코가 외출할 때는 아직 메이지 20년대였는데도 현대풍의 서양 옷을 입었을 것이다. 나는 초등학교에 다닐 무렵 하츠코가 입던 옷의 자투리를 얻어 고무인형에 입혔던 일을 기억하고 있다. 그 자투리는 약속이라도 한 듯이 자잘한 꽃이나 악기 무늬가 흩어진, 외국에서 들어온 옥양목뿐이었다.

어느 해 이른 봄날의 일요일 오후, 하츠코는 뜰에서 걷다가 방에 있는 큰이모에게 물었다.(나는 물론 그때의 누나도 서양 옷을 입고 있었던 것으로 상상하고 있다.)

"큰이모, 이건 무슨 나무예요?"

"어떤 나무?"

"꽃봉오리가 있는 이 나무요."

외갓집의 뜰에는 키 작은 명자나무 한 그루가 오래된 우물로 가지를 드리우고 있었다. 머리를 땋아 내려뜨린 하츠코는 아마 눈을 크게 뜨고 가시 돋친 명자나무를 바라보고 있었을 것이다.

"이건 너하고 이름이 같은 나무야."

큰이모의 장난은 공교롭게도 통하지 않았다.

"그럼 바보나무라는 나무구나."

큰이모는 하츠코 이야기만 나오면 아직도 이 문답을 되풀이한다. 실제로 하츠코 이야기라고 해도 그것 말고는 남아 있지 않았다. 그리고 나서 하츠코는 며칠 지나지 않아 관 속에 들어

가고 말았을 것이다. 나는 작은 위패에 새겨진 하츠코의 계명은 기억하지 못한다. 하지만 하츠코의 기일이 4월 5일이라는 것만은 묘하게 확실히 기억하고 있다.

나는 왠지 이 누나에게, 전혀 모르는 이 누나에게 어떤 친근감을 느끼고 있다. 하츠코가 지금 살아 있다면 마흔이 넘었을 것이다. 마흔이 넘은 하츠코의 얼굴은 어쩌면 시바의 친가 2층에서 멍하니 담배를 피우고 있던 어머니의 얼굴을 닮았을지도 모른다. 나는 이따금 환상처럼 어머니인지, 누나인지 알 수 없는 마흔쯤 되어 보이는 여인이 어딘가에서 내 일생을 지켜보고 있는 듯한 느낌이 든다. 이는 커피와 담배에 찌든 내 신경 탓일까? 아니면 또 어떤 기회에 실재 세계에도 모습을 드러내는 초자연적인 힘의 소행일까?

3

나는 어머니가 발광했기 때문에 태어나자마자 양가로 보내졌으므로(양가는 외삼촌댁이었다) 아버지와도 냉담했다. 아버지는 우유업자로 규모는 작았지만 성공한 사람 중의 한 사람인 모양이었다. 당시 내게 새로운 과일과 음료를 가르쳐준 것은 모두 아버지였다. 바나나, 아이스크림, 파인애플, 럼주, 이외에도 더 있었을지 모른다. 나는 당시 신주쿠에 있던 목장 밖의 떡갈나무 나뭇잎 그늘에서 럼주를 마신 일을 기억하고 있다. 럼주는 알코올 성분이 아주 적은, 등황색을 띤 음료였다.

아버지는 어린 내게 그렇게 진기한 것을 권하고 양가에서 나를 데려오려고 했다. 어느 날 밤 나는 아버지가 오모리大森의 우오에이魚栄에서 아이스크림을 권하며 노골적으로 친가로 도망쳐오라고 설득한 일을 기억하고 있다. 아버지는 그럴 때 대단한 교언영색을 늘어놓는다. 하지만 하필이면 그 권유는 한 번도 효과를 보지 못했다. 그것은 내가 양가의 부모를, 특히 큰이모를 사랑했기 때문이다.

아버지는 또 성격이 급해서 종종 아무하고나 싸움을 했다. 나는 중학교 3학년 때 아버지와 스모를 하다가 내 특기인 밭다리후리기로 아버지를 멋지게 넘어뜨렸다. 아버지는 일어났나 싶더니 "한 판 더" 하며 내게 다가왔다. 나는 또 손쉽게 넘어뜨렸다. 아버지는 세 번째로 "한 판 더" 하며 낯빛을 붉히며 덤벼들었다. 이 스모를 보고 있던 작은 이모, 그러니까 어머니의 여동생이자 아버지의 후처였던 작은 이모는 두세 번 내게 눈짓을 했다. 나는 아버지와 밀치락달치락한 후 일부러 뒤로 벌렁 넘어지고 말았다. 하지만 만약 그때 지지 않았다면 아버지는 반드시 내게 다시 덤벼들었을 것이다.

나는 스물여덟 살이 되었을 때, 그러니까 아직 교사를 하던 때 "아버지 입원"이라는 전보를 받고 황급히 가마쿠라에서 도쿄로 향했다. 아버지는 인플루엔자로 인해 도쿄 병원에 입원해 있었다. 나는 그럭저럭 사흘쯤 양가의 큰이모, 친가의 작은이모와 함께 병실 구석에서 묵었다. 그러다 보니 슬슬 따분해지기 시작했다. 그때 내가 친하게 지내던 어느 아일랜드의 신문기자가 츠키지의 어떤 요리집으로 밥을 먹으로 오지 않겠느냐는 전화를 걸어왔다. 나는 그 신문기자가 곧 미국으로 건너간 다는 것을 구실로 빈사의 아버지를 놔둔 채 츠키지의 요리집 으로 나갔다.

우리는 네다섯 명의 게이샤와 함께 유쾌하게 일본풍의 식사를 했다. 식사는 아마 10시경에 끝났을 것이다. 나는 그 신문기자를 남겨둔 채 좁은 계단을 내려갔다. 그러자 뒤에서 누군가 "저기요" 하고 내게 말을 걸어왔다. 나는 계단 중간에서 발을 멈추고 계단 위를 돌아보았다. 그곳에 와 있던 한 게이샤가 가만히 나를 내려다보고 있었다. 나는 잠자코 계단을 내려가 현관 밖에서 택시를 탔다. 택시는 곧 움직이기 시작했다. 하지만 나는 아버지보다 서양식으로 머리를 묶은 그녀의 싱싱한 얼굴을, 특히 그녀의 눈을 생각하고 있었다.

내가 병원으로 돌아가자 아버지는 나를 몹시 기다리고 있었다. 뿐만 아니라 두 폭 병풍 밖으로 모두 물러나게 하고 내 손을 잡았다 쓰다듬었다 하며 내가 모르는 옛날 일을, 어머니와 결혼한 당시의 일을 이야기했다. 어머니와 둘이서 옷장을 사러 갔다든가 스시를 배달시켜 먹었다든가 하는 사소한 이야기에 지나지 않았다. 하지만 나는 그 이야기를 듣는 중에 어느새 눈시울이 뜨거워졌다. 아버지도 살이 빠진 볼에 눈물을 흘리고 있었다.

아버지는 다음 날 아침 별로 고통스러워하지 않고 돌아가셨다. 죽기 전에는 머리도 좀 이상해졌는지 "저렇게 깃발을 내건 군함이 왔다. 다들 만세를 부르자" 하고 말했다. 나는 아버지의 장례식이 어땠는지 기억나지 않는다. 다만 아버지의 유해를 병원에서 집으로 모실 때 커다란 봄달이 아버지의 운구차 위를 비추고 있었다는 것을 기억하고 있다.

4

나는 올 3월 중순, 아직 손난로를 품에 넣은 채 오랜만에 아내와 성묘를 갔다. 오랜만에…… 하지만 작은 묘는 물론이고 묘 위로 가지를 뻗은 소나무도 변함이 없었다.

점귀부에 올린 세 사람은 모두 이 야나카의 묘지 구석에, 그것도 같은 석탑 아래 그들의 뼈를 묻고 있다. 나는 어머니의 관이 그 묘 아래로 조용히 내려갔을 때의 일을 떠올렸다. 그것은 하츠코도 마찬가지였을 것이다. 다만 아버지만은…… 나는 아버지의 뼈가 하얗고 곱게 빻아진 것 속에 금니가 섞여 있었던 것을 기억한다.

나는 성묘를 좋아하지 않는다. 만약 잊고 있을 수 있다면 부모님과 누나도 잊고 싶다. 하지만 특히 그날만은 육체적으로 약해져 있었던 탓인지, 이른 봄날 오후의 햇살 속에서 거무스름한 석탑을 바라보며 그들 세 사람 중 누가 가장 행복했을까 하고 생각했다.

아지랑이여, 무덤 밖에 살고 있을 뿐
かげろふや塚より外に住むばかり

나는 사실 그때만큼 나이토 조소(內藤丈草)의 이런 심정이 절절하게 다가온 적이 없었다.

(1926년 10월)

겐카쿠 산방 玄鶴山房

1

……아담하게 지어진 웅숭깊은 대문이 있는 집이었다. 물론 이 부근에는 이런 집도 드물지 않았다. 하지만 '겐가쿠 산방玄鶴山房'이라는 현판이나 울타리 너머로 보이는 정원수 등은 어느 집보다 공들여 아취 있게 꾸며져 있다.

이 집의 주인, 호리코시 겐카쿠堀越玄鶴는 화가로서도 어느 정도 알려져 있다. 하지만 자산을 모은 것은 고무도장 특허를 받았기 때문이다. 어쩌면 고무도장 특허를 받고 나서 땅 매매를 했기 때문이다. 실제로 그가 갖고 있던 교외의 어떤 땅은 생강마저 제대로 자라지 않는 듯했다. 하지만 지금은 붉은 벽돌집이나 푸른 기와집이 즐비한, 소위 '문화촌'*으로 변했다.

그러나 '겐카쿠 산방'은 아무튼 아담하게 지어졌다. 웅숭깊은 대문이 있는 집이었다. 특히 요즘은 담장 옆에 심어진 소나무에 제설용 새끼줄이 쳐져 있기도 하고 현관 앞에 깔린 시든 솔잎에 자금우 열매가 붉기도 해서 한층 풍류를 더했다. 그뿐 아니라 이 집이 있는 골목도 거의 사람의 왕래가 없었다. 두부 장수조차 이곳을 지날 때는 짐을 한길에 내려놓은 채 나팔을 불며 지나갈 뿐이다.

"겐카쿠 산방…… 겐카쿠라는 게 뭘까?"

우연히 이 집 앞을 지나던 머리가 긴 미술학교 학생은 길쭉한 물감 상자를 옆구리에 낀 채 같은 금색 단추가 달린 제복을 입은 또 한 명의 미술학교 학생에게 이렇게 말하기도 했다.

"뭘까, 설마 엄격嚴格(겐카쿠)이라는 말장난도 아닐 테고 말이야."

그들은 둘 다 웃으며 가벼운 마음으로 이 집 앞을 지나갔다. 그 뒤에는 그저 얼어붙은 길에 그들 중 누군가가 버리고 간 담배 '골든배트'**의 꽁초 하나가 희미하게 푸른 연기 한 줄기를 가느다랗게 피워 올리고 있을 뿐이었다.

2

주키치重吉는 겐카쿠의 사위가 되기 전부터 어느 은행에 다

---

* 교외에 서양식 또는 서양식을 절충하여 지은 봉급생활자를 위한 수택이 모여 있는 구역.

** golden bat. 가장 값싼 담배.

니고 있었다. 따라서 집으로 돌아오는 것은 늘 전등을 켤 때쯤이었다. 그는 며칠 전부터 문 안으로 들어가기가 무섭게 금방 묘한 냄새를 맡았다. 노인에게는 드문 폐결핵으로 자리를 보전한 젠카쿠가 숨을 쉴 때 나는 냄새였다. 물론 집 밖으로는 그런 냄새가 샐 리 없었다. 겨울 외투의 겨드랑이 밑에 접는 가방을 안은 주키치는 현관 앞의 디딤돌을 밟으며 이런 그의 신경을 수상히 여기지 않을 수 없었다.

젠카쿠는 '별채'에 잠자리를 마련하고, 드러누워 있지 않을 때는 이불 더미에 기대고 있었다. 주키치는 외투와 모자를 벗으면 반드시 이 별채에 얼굴을 내밀고 "다녀왔습니다"라든가 "오늘은 어떻습니까?" 하고 말은 거는 것이 상례였다. 그러나 별채의 문지방 안에 발을 들여놓은 적은 거의 없었다. 그것은 장인의 폐결핵에 감염되는 것이 두렵기 때문이기도 하고 또 숨 쉴 때 나는 냄새가 불쾌하기 때문이기도 했다. 젠카쿠는 그의 얼굴을 볼 때마다 늘 그저 "어어"라든가 "어서 오게"라고 대답했다. 그 목소리는 또 힘이 없어서 목소리라기보다는 숨에 가까웠다. 주키치는 장인이 이렇게 말하면 이따금 자신의 몰인정함에 꺼림칙한 마음도 들었다. 하지만 별채에 들어가는 일은 아무래도 무서웠다.

그러고 나서 주키치는 거실 옆방에 역시 자리를 보전하고 있는 장모 오토리お鳥에게 문안을 여쭈었다. 오토리는 젠카쿠가 자리보전하기 전부터, 그러니까 7, 8년 전부터 허릿심이 빠져 변소에도 다닐 수 없는 몸이 되었다. 젠카쿠가 그녀를 아내로 맞이한 것은 그녀가 어떤 큰 번藩 가로家老*의 딸이라는 것

외에도 용모가 뛰어난 여인을 원했기 때문이라고 했다. 그녀는 그런 만큼 나이가 들었어도 눈 같은 곳은 아름다웠다. 하지만 이 사람도 침상에 앉아 정성껏 흰 버선을 깁고 있는 모습은 미라와 다르지 않았다. 주키치는 역시 그녀에게도 "어머님, 오늘은 어떠십니까?" 하는 짧은 한마디를 남긴 채 다다미 여섯 장이 깔린 거실로 들어갔다.

아내 오스즈는 거실에 없으면 신슈信州 출신의 하녀 오마츠お松와 좁은 부엌에서 일하고 있었다. 깔끔하게 정리된 거실은 물론이고 문화 부뚜막**을 설치한 부엌조차 장인이나 장모의 거처보다는 훨씬 친근감이 들었다. 그는 한때 지사를 지내기도 한 어느 정치가의 차남이었다. 하지만 호걸 기질인 아버지보다는 예전의 여류가인이었던 어머니와 가까운 수재였다. 그것은 또 그의 붙임성 있는 눈이나 갸름한 턱을 봐도 분명했다. 주키치는 이 거실로 들어가면 양복을 전통 옷으로 갈아입은 다음 긴 화로 앞에 편안히 앉아 싸구려 담배를 피우기도 하고 올해에 초등학교에 입학한 외아들 다케오武夫를 놀리기도 했다.

주키치는 항상 오스즈나 다케오와 밥상에 둘러앉아 식사를 했다. 그들의 식사는 떠들썩했다. 하지만 요즘은 '떠들썩'하다고 해도 어딘가 좀 거북했다. 그것은 바로 겐카쿠 곁에서 시중

---

* 에도 시대에 다이묘大名의 중신重臣으로 가신家臣의 무사를 통솔하고 가무家務를 총괄하는 지위.

** 쇼와 시대 초기에 등장한, 선 채 조리할 수 있는 등 경제적이고 편리한 신형 부뚜막. 당시에는 새로운 상품(주택 등에도)에 흔히 문화라는 단어를 붙였다.

을 드는 고노甲野라는 간호사가 와 있기 때문이다. 하지만 다케오는 '고노 씨'가 있어도 장난치는 것은 조금도 변함이 없었다. 아니, 어쩌면 고노 씨가 있기 때문에 더욱 장난을 칠 정도였다. 오스즈는 때때로 눈살을 찌푸리며 그런 다케오를 노려보기도 했다. 하지만 다케오는 어리둥절한 채 일부러 호들갑스럽게 밥그릇의 밥을 쓸어 넣을 뿐이었다. 주키치는 소설을 읽고 있는 만큼 다케오가 떠들어대는 것에서도 '남자'를 느끼고 불쾌해지는 일도 없지는 않았다. 하지만 대개는 미소를 지은 채 잠자코 밥을 먹었다.

겐카쿠 산방의 밤은 조용했다. 아침 일찍 집을 나서는 다케오는 물론이고 주키치 부부도 대개는 10시에 잠자리에 들었다. 그 후에도 아직 자지 않고 있는 사람은 9시 전후부터 밤새 시중을 드는 간호사 고노뿐이다. 고노는 겐카쿠의 머리맡에 벌겋게 타오르는 화로를 두고 졸지도 않고 앉아 있었다. 겐카쿠는…… 겐카쿠도 이따금 잠에서 깨어나곤 했다. 하지만 탕파가 식었다거나 습포가 말랐다거나 하는 것 외에는 거의 말을 한적이 없었다. 이런 별채에도 들려오는 것은 정원수 숲의 대나무가 살랑거리는 소리뿐이었다. 고노는 으스스한 정적 속에서 가만히 겐카쿠를 지켜보며 이런저런 생각을 하고 있었다. 이일가 사람들의 심정이나 그녀 자신의 미래 등을.

3

눈이 개인 어느 날 오후, 스물네댓 살의 한 여자가 가냘픈 남자아이의 손을 잡고 천창 너머로 푸른 하늘이 보이는 호리코시가의 부엌에 얼굴을 내밀었다. 주키치는 물론 집에 없었다. 마침 재봉틀을 돌리고 있던 오스즈는 다소 예상은 하고 있었지만 당혹스러움에 가까운 것을 느꼈다. 그러나 아무튼 이 손님을 맞이하러 직사각형의 목제 화로 앞에서 일어났다. 손님은 부엌으로 들어온 후 그녀 자신의 신발이나 남자아이의 신발을 가지런히 정리했다. (남자아이는 흰색 스웨터를 입고 있었다.) 그녀가 열등감을 느끼고 있는 것은 이런 태도만으로도 분명했다. 하지만 그것도 무리는 아니었다. 그녀는 5, 6년 전에 도쿄 근교에서 젠카쿠가 공공연히 살림을 차린 하녀 출신의 오요시お芳였다.

오스즈는 오요시의 얼굴을 봤을 때 그녀가 의외로 늙었다고 생각했다. 게다가 그것은 얼굴만이 아니었다. 오요시는 4, 5년 전에는 손이 통통했다. 하지만 세월은 그녀의 손까지 정맥이 보일 정도로 가늘게 만들었다. 그리고 그녀가 몸에 걸친 것도…… 오스즈는 그녀의 싸구려 반지에서 뭔가 살림살이의 때가 묻은 쓸쓸함을 느꼈다.

"이건 오라버니가 주인 어르신께 드리라고 해서요."

오요시는 거실로 들어가기 전에 정말 주눅이 든 것처럼 낡은 신문지 꾸러미 하나를 슬쩍 부엌 구석에 내밀었다. 마침 설거지를 하고 있던 오마츠는 열심히 손을 움직이며 윤이 나고 싱싱한, 머리를 반달 모양으로 둥글려서 은행잎 모양으로 틀어 올린 오요시를 이따금 곁눈질로 살펴보기도 했다. 하지만 이 신문지 꾸러미를 보더니 더욱 악의에 찬 표정을 지었다. 그것은 또 실제로 문화 부뚜막이나 고상한 접시나 작은 사발과 어울리지 않는 악취를 풍기고 있음이 틀림없었다. 오요시는 오마츠를 보지 않았지만 적어도 오스즈의 안색에서 묘한 분위기를 느낀 모양인지 "이건, 마늘입니다" 하고 설명했다. 그러고는 손가락을 물고 있던 아이에게 "자, 도련님, 인사해야지" 하고 말을 걸었다. 남자아이는 물론 겐카쿠가 오요시에게 낳게 한 분타로文太郎였다. 오요시가 그 아이를 '도련님'이라고 부른 것은 오스즈에게는 정말 어처구니없는 일이었다. 하지만 그녀의 상식은 곧 이런 여자에게는 그것도 어쩔 수 없는 일이라고 고쳐 생각하게 했다. 오스즈는 아무렇지 않은 얼굴로 거실 구석에 앉은 모자母子에게 마침 집에 있는 과자나 차를 권하며 겐카쿠의 용태를 이야기하거나 분타로의 비위를 맞추거나 했다.

겐카쿠는 오요시와 살림을 차린 후 쇼센省線 전차*를 갈아타는 번거로움도 마다하지 않고 일주일에 한두 번은 반드시 첩에게 다녀왔다. 오스즈는 그런 아버지의 태도에 혐오감을 가졌다. '조금은 어머니의 체면도 생각해주면 좋을 텐데', 이따금 이런 생각도 했다. 하지만 오토리는 모든 것을 체념한 듯했다. 그런 만큼 오스즈는 어머니를 더욱 가엾게 생각하여 아버지가

---

* 철도성, 운수성의 관리하에 있던 전차 및 그 노선의 통칭. JR(1987년 국철이 분할 민영화되어 발족)의 옛날 명칭.

첩에게 간 후에도 어머니에게는 "오늘은 시詩 모임이래요" 하고 속이 빤히 들여다보이는 거짓말을 하기도 했다. 그 거짓말이 도움이 되지 않는다는 사실은 그녀 자신도 모르는 것이 아니었다. 하지만 때때로 어머니의 얼굴에서 냉소에 가까운 표정을 보면 거짓말을 한 것을 후회한다기보다는 오히려 자신의 마음도 헤아려주지 못하는, 자리보전을 한 어머니에게 뭔가 매정함을 느끼곤 했다.

오스즈는 아버지를 배웅한 후 집안일을 생각하기 위해 재봉틀 돌리던 손을 멈추는 일도 종종 있었다. 겐카쿠는 오요시와 살림을 차리기 전에도 그녀에게는 '훌륭한 아버지'가 아니었다. 물론 마음씨 고운 그녀에게 그것은 아무래도 좋았다. 다만 그녀의 마음에 걸린 것은 아버지가 서화 골동품까지도 척척 첩의 집으로 가져가는 일이었다. 오스즈는 오요시가 하녀였을 때부터 그녀를 나쁜 사람으로 생각한 적이 없었다. 아니, 오히려 보통 사람보다 내성적인 여자라고 생각했다. 하지만 도쿄의 어느 변두리에 생선 가게를 하는 오요시의 오라버니가 무슨 일을 꾸미고 있는지 알 수 없었다. 실제로 그녀의 눈에 그는 묘하게 교활한 남자로 보였다. 오스즈는 더러 주키치를 붙들고 그녀의 걱정을 털어놓기도 했다. 하지만 그는 상대해주지 않았다. "내가 아버님께 말씀드릴 수는 없어." 그가 이렇게 말하면 오스즈는 입을 다물 수밖에 없었다.

"설마 아버님도 오요시가 라양봉羅兩峯*의 그림을 이해할 거라고는 생각하지 않겠지만."

주키치도 이따금 오토리에게 아무렇지 않게 이런 이야기를 하기도 했다. 하지만 오토리는 주키치를 올려다보며 늘 그저 웃으며 이렇게 말했다.

"그게 그 양반의 성품이네. 어쨌든 그 양반은 나한테조차 '이 벼루 어때?' 하고 말하는 사람이니까."

하지만 그런 것도 이제 와서 보면 아주 어리석은 걱정이었다. 젠카쿠는 올겨울 이래 갑자기 병이 위중해져 첩의 집도 다닐 수 없게 되었다. 그래서 주키치가 첩과 인연을 끊는 게 어떠냐는 이야기를 꺼내자(하지만 그 이야기의 조건 등은 사실상 그보다는 오토리나 오스즈가 마련한 것에 가까웠다) 의외로 순순히 승낙했다. 그것은 또 오스즈가 두려워하고 있던 오요시의 오라버니도 마찬가지였다. 오요시는 위자료로 천 엔을 받고 가즈사의 어느 해안에 있는 친정으로 돌아간 후 매월 분타로의 양육비로 약간의 돈을 받는다, 그는 이런 조건에 조금도 이견을 달지 않았다. 그뿐 아니라 첩의 집에 갖다 놓았던 젠카쿠가 소중히 간직하고 있는 차 달이는 도구 등도 재촉 받기 전에 가져다주었다. 오스즈는 전에 의심했던 만큼 한층 그에게 호의를 느꼈다.

"그래서 누이가 혹시 일손이 부족하시면 간병하러 오고 싶다고 합니다만."

오스즈는 이 부탁에 응하기 전에 자리보전한 어머니와 의논했다. 이는 그녀의 실책이라고 해도 지장이 없음이 틀림없었

---

* 중국 청나라 때의 화가. 산천, 인물, 꽃과 대나무 그림을 많이 그렸고 초현실적인 신경의 감각을 표현했다.

다. 오토리는 그녀의 이야기를 듣더니 내일이라도 오요시에게 분타로를 데려오라고 했다. 오스즈는 어머니의 기분 외에도 집 안 분위기가 어지러워질까 두려워 몇 번이고 어머니에게 다시 생각해달라고 했다. (그러면서도 또 한편으로는 아버지 젠카쿠와 오요시의 오라버니 사이에 서 있는 관계로 어느새 그쪽의 부탁을 매정하게 거절할 수 없는 상황에 처해 있었다.) 하지만 오토리는 끝까지 그녀의 말을 순순히 받아들이지 않았다.

"그게 내 귀에 들어오기 전이라면 또 모르겠지만…… 오요시 보기가 부끄럽잖니."

오스즈는 어쩔 수 없이 오요시의 오라버니에게 오요시가 오는 걸 승낙했다. 그것도 어쩌면 세상물정 모르는 그녀의 실책이었는지도 모른다. 실제로 주키치는 은행에서 돌아와 오스즈에게 그 이야기를 들었을 때 여자처럼 부드러운 미간에 약간 불쾌한 표정을 드러냈다. "그야 일손이 늘어나는 건 고마운 일임이 틀림없겠지만…… 아버님께도 일단 말씀드려보면 좋을 텐데. 아버님이 거절하면 당신한테도 책임이 없는 거니까." 이런 말을 입에 올리기도 했다. 오스즈는 평소와 달리 울적하게 "그러게요" 하고 대답했다. 하지만 젠카쿠에게 의논하는 것은…… 물론 오요시에게 미련이 있는 빈사의 아버지에게 의논하는 것은 이제 와서 봐도 불가능한 의논임이 틀림없었다.

오스즈는 오요시 모자를 상대하며 이런 곡절을 떠올리기도 했다. 오요시는 직사각형의 목제 화로에 손을 쬐지도 않고 띄엄띄엄 그녀의 오라버니나 분타로 이야기를 했다. 그녀의 말은 4, 5년 전처럼 '소레와(그것은)'를 S-rya로 발음하는 시골 사투리를 고치지 않은 것이었다. 오스즈는 그 시골 사투리에서 어느새 그녀의 마음도 어떤 편안함을 갖기 시작했음을 느꼈다. 동시에 또 장지문 하나 너머에서 기침 한 번 하지 않고 있는 어머니 오토리에게 뭔가 막연한 불안을 느꼈다.

"그럼 일주일쯤 있어줄 수 있어요?"

"네, 이쪽 분들만 지장이 없으시다면요."

"그래도 갈아입을 옷 같은 건 있어야 하지 않아요?"

"그건 오라버니가 밤에라도 가져다준다고 했으니까요."

오요시는 이렇게 대답하며 따분한 듯한 분타로에게 품에서 캐러멜을 꺼내 주기도 했다.

"그럼 아버님께 그렇게 말씀드리고 오지요. 아버님도 많이 쇠약해지셔서요. 장지문 쪽 귀만 동상이 걸리기도 했어요."

오스즈는 화로 앞을 떠나기 전에 아무렇지 않게 쇠 주전자를 다시 걸었다.

"어머니."

오토리는 뭐라고 대답을 했다. 그것은 그녀가 부르는 소리에 겨우 잠에서 깬 듯한 끈적끈적한 목소리였다.

"어머니, 오요시 씨가 왔어요."

오스즈는 겨우 안심하는 마음으로 오요시의 얼굴을 보지 않으려고 즉시 목제 화로 앞에서 일어났다. 그러고는 옆방을 지나며 다시 한번 "오요시 씨가" 하고 말했다. 오토리는 누운 채 이불깃에 입을 묻고 있었다. 하지만 그녀를 올려다보며 눈에만 미소에 가까운 것을 띠며 "어머, 이렇게 빨리" 하고 대답했다. 오스즈는 확실히 그녀의 등 뒤로 오요시가 오는 것을 느끼며 눈이 쌓인 뜰 쪽의 복도를 지나 안절부절 '별채'로 서둘러 갔다.

별채는 환한 복도에서 갑자기 들어온 오스즈의 눈에는 실제 이상으로 어둑했다. 겐카쿠는 마침 일어나 앉은 채 고노가 읽어주는 신문을 듣고 있었다. 하지만 오스즈의 얼굴을 보더니 느닷없이 "오요시냐?" 하고 말했다. 그것은 묘하게 절박한, 힐문에 가까운 쉰 목소리였다. 오스즈는 장지문 옆에 우뚝 선 채 반사적으로 "네" 하고 대답했다. 그러고는 아무도 입을 열지 않았다.

"바로 이리 보낼게요."

"그래. 오요시 혼자더냐?"

"아뇨……"

겐카쿠는 잠자코 고개를 끄덕였다.

"그럼 고노 씨, 잠깐 이쪽으로."

오스즈는 고노보다 한 발 먼저 복도를 종종걸음으로 서둘러 갔다. 마침 눈이 남아 있는 종려나무 잎 위에서는 할미새 한 마리가 꼬리를 흔들고 있었다. 그러나 그녀는 그런 것보다 병자 냄새가 나는 별채에서 뭔가 섬뜩한 것이 따라오는 것처럼 느껴져 견딜 수 없었다.

4

오요시가 머물게 되고 나서 집안 분위기는 눈에 띄게 험악해질 뿐이었다. 그것은 우선 다케오가 분타로를 괴롭히는 데서 시작되었다. 분타로는 아버지 겐카쿠보다는 어머니 오요시를 닮은 아이였다. 게다가 소심한 구석까지 어머니 오요시를 꼭 닮은 아이였다. 물론 오스즈도 그런 아이에게 동정심이 없지는 않은 것 같았다. 하지만 때로는 마음 한구석에서 분타로를 패기가 없다고 생각하기도 했다.

간호사 고노는 직업상 이 흔한 가정적 비극을 냉정하게 바라보고 있다기보다는 오히려 즐기고 있었다. 그녀의 과거는 어두웠다. 그녀는 병든 남편이나 병원 의사와의 관계 때문에 몇 번이나 청산가리 한 덩어리를 먹으려고 했는지 몰랐다. 그런 과거는 어느새 그녀의 마음에 타인의 고통을 즐기는 병적인 흥미를 심어놓았다. 그녀는 호리코시가에 들어왔을 때 자리보전한 오토리가 변을 볼 때마다 손을 씻지 않는 걸 발견했다. '이 집의 따님은 눈치가 빠르다. 우리가 눈치채지 못하게 물을 가져다주는 모양이니까.' 그런 것도 한때는 의심 많은 그녀의 마음에 그림자를 드리웠다. 하지만 사오일 지내는 동안 그것은 전적으로 고생을 모르고 자란 오스즈의 부주의였다는 것을 발견했다. 그녀는 이 발견에서 뭔가 만족에 가까운 것을 느끼고 오토리가 변을 볼 때마다 대야에 물을 떠다 주었다.

"고노 씨, 당신 덕분에 남들처럼 손을 씻을 수 있네요."

오토리는 손을 모으고 눈물을 흘렸다. 고노는 오토리의 기쁨에는 조금도 마음이 움직이지 않았다. 하지만 그 이후 세 번에 한 번은 물을 가져다주어야 하는 오스즈를 보는 게 유쾌했다. 따라서 이런 그녀에게는 아이들의 싸움도 불쾌하지 않았다. 그녀는 겐카쿠에게 오요시 모자를 동정하는 듯한 태도를 보였다. 동시에 오토리에게는 오요시 모자에게 악의가 있는 듯한 태도를 보였다. 그것은 비록 서서히 진행되었다고 해도 확실히 효과를 냈다.

오요시가 머문 지 일주일쯤 된 후 다케오는 또 분타로와 싸움을 했다. 싸움은 단지 돼지 꼬리는 감꼭지와 비슷하다느니 비슷하지 않다느니 하는 것에서 시작되었다. 다케오는 그의 공부방 구석, 그러니까 현관 옆의 다다미 넉 장 반을 깐 공부방 구석에 연약한 분타로를 밀어붙이고는 심하게 때리거나 차거나 했다. 마침 그곳에 간 오요시는 울음소리도 내지 않는 분타로를 안아 올리며 다케오를 이렇게 나무랐다.

"도련님, 약한 사람을 괴롭혀서는 안 돼요."

그것은 내성적인 그녀에게 아주 드문 가시 있는 말이었다. 다케오는 오요시의 무서운 서슬에 놀라 이번에는 그 자신이 울며 오스즈가 있는 거실로 도망쳤다. 그러자 오스즈도 화가 났는지 손재봉틀 일을 하다 말고 오요시 모자가 있는 곳으로 다케오를 억지로 끌고 갔다.

"네가 정말 제멋대로인 거야. 자, 오요시 씨한테 잘못했다고 해, 제대로 무릎을 꿇고 잘못했다고 빌어."

오요시는 이런 오스즈 앞에서 분타로와 함께 눈물을 흘리며 진심으로 사죄할 수밖에 없었다. 또 그 중재역을 맡은 사람은 반드시 간호사 고노였다. 고노는 얼굴을 붉힌 오스즈를 돌려보내며 늘 또 한 사람, 가만히 이 소동을 지켜보고 있는 겐카쿠의 심정을 상상하고 내심 냉소를 보내고 있었다. 하지만 물론 그런 태도는 결코 안색에 드러낸 적이 없었다.

하지만 집안을 불안하게 한 것은 꼭 아이들 싸움만이 아니었다. 오요시는 또 어느새 모든 걸 포기한 듯한 오토리의 질투를 부추기고 있었다. 하지만 오토리는 오요시 본인에게 한 번도 원망하는 말을 한 적이 없었다. (이는 또 5, 6년 전 오요시가 아직 하녀 방에서 거처하던 무렵에도 같았다.) 하지만 전혀 관계없는 주키치에게는 이것저것 심하게 대하곤 했다. 주키치는 물론 대응하지 않았다. 오스즈는 그것을 딱하게 생각해서 이따금 어머니 대신 사과하기도 했다. 그러나 그는 쓴웃음만 짓고 "당신까지 히스테리를 일으키면 곤란해" 하며 이야기를 딴 데로 돌리곤 했다.

고노는 오토리의 질투에도 역시 흥미를 느끼고 있었다. 오토리의 질투 자체는 물론이고 그녀가 주키치를 심하게 대하는 심정도 고노는 분명히 알고 있었다. 그뿐 아니라 그녀는 어느새 자신도 주키치 부부에게 질투에 가까운 것을 느끼고 있었다. 그녀에게 오스즈는 '아씨'였다. 주키치도…… 주키치는 아무튼 평범하게 생겨먹은 남자임이 틀림없었다. 하지만 그녀가 경멸하는 수컷 한 마리인 것도 틀림없었다. 이런 그들의 행복은 그녀에게 거의 부정한 일이었다. 그녀는 그렇게 부정한 것을 고치기 위해(!) 주키치에게 친한 듯한 태도를 보였다. 그것은 어쩌면 주키치에게는 아무렇지 않은 일일지도 모른다. 하지만 오토리를 애타게 하는 데는 좋은 기회를 주는 것이었다. 오토리는 무릎도 드러낸 채 "주키치, 자넨 내 딸로는…… 자리보전한 사람의 딸로는 부족한가?" 하고 독살스러운 말을 하기도 했다.

하지만 오스즈만은 그 때문에 주키치를 의심하는 것 같지 않았다. 아니, 실제로 고노를 딱하게 생각하는 것 같았다. 고노는 그것에 불만을 가졌을 뿐 아니라 새삼스레 사람 좋은 오스즈를 경멸하지 않을 수 없었다. 하지만 어느새 주키치가 그녀를 피하기 시작한 것은 유쾌했다. 뿐만 아니라 그녀를 피하는 사이에 오히려 그녀에게 남자다운 호기심을 갖기 시작한 것이 유쾌했다. 이전에 그는 고노가 있을 때도 부엌 옆의 목욕탕에 들어가기 위해 아무렇지 않게 옷을 훌러덩 벗었다. 하지만 요즘에는 고노에게 그런 모습을 한 번도 보이지 않았다. 그것은 그가 깃털을 뽑은 수탉에 가까운 그의 몸을 부끄러워하는 것임이 틀림없었다. 고노는 이런 그를 보며 (그의 얼굴도 주근깨 투성이였다) 대체 오스즈 이외의 누가 그에게 반할까 하며 은밀히 그를 비웃기도 했다.

서리라도 내릴 것처럼 흐린 어느 날 아침, 고노는 자신의 방이 된 현관 옆의 다다미 석 장짜리 방에 거울을 두고 늘 하던 대로 올백으로 머리를 묶고 있었다. 오요시가 드디어 시골로 돌아가겠다고 말한 바로 그 전날이었다. 오요시가 이 집을 떠나는 것은 주키치 부부에게 기쁜 일인 듯했다. 하지만 그것은 오토리를 오히려 한층 초조하게 하는 일인 것 같았다. 고노는 머리를 묶으며 새된 오토리의 목소리를 듣고 언젠가 자신의 친구가 이야기한 어떤 여자를 떠올렸다. 그녀는 파리에 살고 있을 때 향수병이 점점 심해져 남편의 친구가 귀국하는 것을 기회로 함께 배를 타기로 했다. 긴 항해도 그녀에게는 의외로 고통스럽지 않은 것 같았다. 하지만 그녀는 기슈紀州 앞바다에 이르자 어쩐 일인지 갑자기 흥분하기 시작하더니 결국 바다에 몸을 던지고 말았다. 일본에 가까워질수록 향수병이 오히려 심해지는…… 고노는 조용히 기름기 있는 손을 닦고 자리보전한 오토리의 질투는 물론이고, 그녀 자신의 질투에도 역시 이런 신비한 힘이 작동하고 있다고 생각했다.

"아니, 어머니, 무슨 일이에요? 이런 데까지 나오시고. 어머니도 참…… 고노 씨, 좀 와주세요."

오스즈의 목소리는 별채에 가까운 툇마루에서 들리는 것 같았다. 고노는 그 목소리를 들었을 때 투명한 거울을 향한 채 비로소 희죽 냉소를 흘렸다. 그러고는 자못 놀란 듯이 "예, 지금 갑니다" 하고 대답했다.

5

겐카쿠는 점점 쇠약해졌다. 그의 오랜 병고는 물론이고, 등에서 허리에 걸친 욕창의 고통도 심했다. 그는 때때로 신음소리를 내며 겨우 그 고통을 달래고 있었다. 하지만 그를 괴롭힌 것은 꼭 육체적인 고통만이 아니었다. 그는 오요시가 머물고 있는 동안 다소의 위로를 받은 대신 오토리의 질투나 아이들의 싸움으로 줄곧 고통을 느끼고 있었다. 하지만 그래도 그것은 나은 편이었다. 겐카쿠는 오요시가 떠난 후에는 무서운 고독을 느낀 데다 긴 그의 일생과 마주하지 않을 수 없었다.

이런 겐카쿠에게 자신의 일생은 정말 한심한 것이었다. 역시 고무도장의 특허를 얻었던 당시에는 일생 중에서도 비교적 밝은 시절임이 틀림없었다. 하지만 거기에도 동료들의 질투나 자신의 이익을 잃지 않겠다는 초조함이 끊임없이 그를 괴롭혔다. 하물며 오요시와 살림을 차린 후…… 그는 가정의 다툼 외에도 늘 그들이 모르는 돈을 마련해야 하는 짐을 지고 있었다. 게다가 더욱 한심한 것은 젊은 오요시에게 끌렸지만 적어도 지난 1, 2년은 내심 얼마나 오요시 모자가 죽었으면 하는 생각을 했는지 모른다.

'한심하다고? 하지만 생각해보면 그것도 특별히 나만 그런 게 아니야.'

그는 밤에 이런 생각을 하며 그의 친척이나 지인 한 명 한 명을 자세히 떠올렸다. 그의 사위인 주키치의 아버지는 단지 '헌정을 옹호하기 위해' 자신보다 능력 없는 적을 여러 명이나 사회적으로 매장시켰다. 그리고 그와 가장 친한 어떤 나이 든 골동품 가게 주인은 전처의 딸과 밀통했다. 어떤 변호사는 공탁금을 탕진했다. 어떤 전각가는…… 하지만 그들이 범한 죄는 이상하게도 그의 고통에 아무런 변화도 주지 못했다. 뿐만 아니라 반대로 삶 자체에도 어두운 그림자를 드리울 뿐이었다.

'뭐, 이 고통도 오래 가지 않을 거야. 죽어버리기만 한다면……'

이는 겐카쿠에게 남아 있는 단 하나의 위로였다. 그는 심신을 갉아먹는 여러 가지 괴로움을 달래기 위해 즐거운 기억을 떠올리려고 했다. 하지만 앞에서도 말한 것처럼 그의 일생은 한심했다. 만약 거기에 조금이라도 밝은 일면이 있다면, 그것은 그저 아무도 모르는 유년 시절의 기억뿐이었다. 그는 종종 비몽사몽간에 그의 부모가 살았던 신슈의 어떤 산골짜기 마을을, 특히 돌을 얹은 판자 지붕이며 누에 냄새 나는 뽕나무 가지를 떠올렸다. 하지만 그 기억도 이어지지 못했다. 그는 가끔 신음소리 사이로 관음경을 낭송해보기도 하고 옛날 유행가를 불러보기도 했다. 하지만 "묘음관세음妙音觀世音, 범음해조음梵音海潮音, 승피세간음勝彼世間音"을 암송한 후 "갓포레, 갓포레"라고 속요를 부르는 것은 우스꽝스럽게도 죄스럽다는 생각이 들었다.

'자는 게 극락이야, 자는 게 극락……'

겐카쿠는 모든 걸 잊기 위해 그저 푹 잠들고 싶었다. 실제로 또 고노는 그를 위해 수면제를 주는 것 외에도 헤로인을 주사해주었다. 하지만 그에게는 잠조차도 늘 편안한 것이 아니었다. 그는 이따금 꿈속에서 오요시나 분타로를 만나기도 했다. 그것은 그에게, 꿈속의 그에게 밝은 기분이 들게 하는 것이었다. (그는 어느 날 밤 꿈속에서 아직 새것인 화투의 '삼광(벚꽃)'*과 이야기를 했다. 게다가 그 '삼광'은 4, 5년 전의 오요시의 얼굴을 하고 있었다.) 그러나 그런 만큼 잠에서 깬 후에는 그를 한층 비참하게 했다. 겐카쿠는 어느새 자는 것에도 공포에 가까운 불안을 느꼈다.

---

* 참고로 일본 화투에는 광光이라는 글자가 쓰여 있지 않다.

설달그믐날도 얼마 남지 않은 어느 날 오후, 겐카쿠는 천장을 보고 누운 채 머리맡에 있는 고노에게 말을 걸었다.

"고노 씨, 나는 말이요, 오랫동안 훈도시*를 찬 적이 없으니 흰 무명 여섯 자만 사다주시오."

흰 무명을 구하려면 일부러 오마츠를 근처 포목점으로 보낼 것까지도 없었다.

"차는 건 내가 하겠소. 여기에 접어두고 나가시오."

겐카쿠는 이 훈도시를 이용하여 …… 이 훈도시에 목을 매 죽을 수 있다는 생각에 짧은 한나절을 간신히 보냈다. 하지만 병석에서 일어나는 것조차 남의 손을 빌려야 하는 그에게는 그 기회를 쉽게 얻을 수 없었다. 뿐만 아니라 막상 죽으려고 하니 역시 두려웠다. 그는 어둑한 전등 불빛에 오바쿠류黃檗流**로 쓴 한 줄의 글씨 족자를 바라보며 아직 삶을 탐할 수밖에 없는 자신을 비웃기도 했다.

"고노 씨, 좀 일으켜주시오."

이미 밤 10시쯤이었다.

"나는 이제 한숨 자겠소. 당신도 신경 쓰지 말고 자두시오."

고노는 묘하게 겐카쿠를 바라보며 이렇게 쌀쌀맞게 대답했다.

---

* 남자의 음부를 가리는 폭이 좁고 긴 천.

** 만푸쿠지万福寺를 창건한 인젠 스님隱元(1593~1661, 중국에서 건너옴)을 비롯한 오바쿠파黃檗派 스님은 글씨를 잘 써서 에도 시대의 서도에 큰 영향을 끼쳤다. 이를 오바쿠류라고 한다.

"아뇨, 저는 깨어 있겠습니다. 그게 제 일이니까요."

젠카쿠는 자신의 계획이 고노에게 간파 당했다고 느꼈다. 하지만 살짝 고개를 끄덕이고는 아무 말도 하지 않고 자는 체하고 있었다. 고노는 그의 머리맡에서 여성잡지 신년호를 펼치고 열중해서 읽고 있는 듯했다. 젠카쿠는 여전히 이불 옆의 훈도시를 생각하며 눈을 가늘게 뜨고 고노를 지켜보고 있었다. 그러자 갑자기 우스워졌다.

"고노 씨."

고노도 젠카쿠의 얼굴을 보고 깜짝 놀란 듯했다. 젠카쿠는 이불에 기댄 채 어느새 한없이 웃고 있었다.

"왜 그러세요?"

"아니, 아무것도 아니오. 우스운 것은 아무것도 없소."

젠카쿠는 여전히 웃으며 가느다란 오른손을 흔들어보였다.

"이번에는…… 왠지 이렇게 우스워서 말이오…… 이번에는 옆으로 좀 해주시오."

한 시간쯤 지난 후 젠카쿠는 어느새 자고 있었다. 그날 밤은 꿈도 무서웠다. 그는 우거진 나무들 사이에 서서 아래 칸이 높은 장지문 틈으로 다실 같은 방을 엿보고 있었다. 거기에는 또 완전히 발가벗은 한 아이가 이쪽으로 얼굴을 향한 채 드러누워 있었다. 아이라고는 하지만 노인처럼 주름투성이였다. 젠카쿠는 소리를 내려고 하다가 흠뻑 식은땀을 흘린 채 잠에서 깨어났다.

별채에는 아무도 와 있지 않았다. 뿐만 아니라 아직 어둑했다. 아직? 하지만 젠카쿠는 탁상시계를 보고 대충 정오에 가까웠음을 알았다. 한순간 안도한 만큼 그의 마음은 밝아졌다. 하지만 또 여느 때처럼 금세 음울해졌다. 그는 천장을 보고 누운 채 자신의 호흡을 헤아리고 있었다. 그것은 마치 누군가 '지금이야' 하고 재촉하는 것 같았다. 겐카쿠는 살짝 훈도시를 끌어당겨 그의 목에 감고 두 손으로 힘껏 잡아당겼다.

그때 마침 얼굴을 내민 것은 옷을 껴입어 둥그스름해진 다케오였다.

"우와, 할아버지가 저런 걸 하고 있어."

다케오는 이렇게 소리를 지르며 쏜살같이 거실로 달려갔다.

6

일주일쯤 지난 후 가족들에게 둘러싸인 겐카쿠는 폐결핵으로 숨을 거두었다. 그의 영결식은 성대(!)했다. (다만 자리보전한 오토리만은 영결식에도 참석할 수 없었다.) 그의 집에 모인 사람들은 주키치 부부에게 애도의 말을 전한 후 하얀 견직물로 덮인 그의 관 앞에서 분향했다. 하지만 문을 나설 때는 대체로 그를 잊었다. 물론 그의 오랜 친구들만은 예외였음이 틀림없다. "저 영감도 만족했겠지. 젊은 첩도 두었고 약간의 돈도 모았으니까." 그들은 한결같이 이런 이야기만 했다.

그의 관을 실은 장례용 마차는 한 량의 마차를 뒤에 매달고 햇빛도 비치지 않는 12월의 거리를 달려 어느 화장장으로 향했다. 지저분한 뒤쪽 마차에 타고 있는 사람은 주키치와 그의 사촌동생이었다. 그의 사촌동생인 대학생은 마차의 흔들림에 신경 쓰며 주키치와는 그다지 이야기도 나누지 않고 조그만 책을 탐독하고 있었다. 그것은 리프크네히트*의 추억록을 영어로 번역한 책이었다. 하지만 주키치는 경야의 피로로 꾸벅꾸벅 졸거나 아니면 창밖의 새로 개발된 동네를 바라보며 "이 부근도 완전히 변했군" 하고 마음에도 없는 혼잣말을 흘렸다.

두 량의 마차는 서리가 녹은 길을 달려 이윽고 화장장에 도착했다. 하지만 미리 전화를 해놓았는데도 일등 화장로는 만원이고 이등만 남아 있다는 것이었다. 그들에게 그것은 아무래도 좋았다. 하지만 주키치는 장인보다 오히려 오스즈의 마음을 고려하여 반월형의 창 너머로 열심히 사무원과 교섭했다.

"실은 시기를 놓친 환자였기도 해서 적어도 화장할 때만이라도 일등으로 하고 싶습니다만." 이런 거짓말을 해보기도 했다. 그것은 그가 예상한 것보다 효과가 좋은 것 같았다.

"그렇다면 이렇게 하지요. 일등은 이미 만원이니까 특별히 일등 요금으로 특등 화장로에서 해드리기로요."

주키치는 얼마간 멋쩍음을 느끼며 몇 번이나 사무원에게 고맙다고 말했다. 사무원은 놋쇠 안경을 낀, 사람 좋아 보이는 노인이었다.

"아니요, 뭐, 고마워하실 것까지는 없습니다."

그들은 화장로에 봉인한 후 지저분한 마차를 타고 화장장

---

* Wilhelm Liebknecht(1826~1900). 독일의 사회주의자. 마르크스의 제자로 독일사회민주당 창립과 발전에 공헌했다.

문을 나서려고 했다. 그러자 의외로 오요시가 혼자 벽돌담 앞에 서서 그들의 마차에 목례를 했다. 주키치는 약간 당황하며 모자를 벗으려고 했다. 하지만 그때 그들을 태운 마차는 이미 기울어지며 미루나무가 시든 길을 달리고 있었다.

"그 사람이죠?"

"응…… 우리가 왔을 때도 저기에 있었나?"

"글쎄요, 거지들만 있었던 것 같은데요. 저 여자는 앞으로 어떻게 될까요?"

주키치는 시키시마敷島 담배에 불을 붙이고 되도록 냉담하게 대답했다.

"글쎄, 어떻게 될지……"

주키치의 사촌동생은 말없이 있었다. 하지만 그의 상상은 가즈사의 어느 어촌을 그리고 있었다. 그리고 그 어촌에서 살아야 하는 오요시 모자도. 그는 갑자기 험악한 얼굴을 하고 어느새 비치기 시작한 햇빛 속에서 다시 한번 리프크네히트의 책을 읽기 시작했다.

(1927년 1월)

갓파 河童

부디 Kappa로 발음해주세요.

서序

이는 어느 정신병원의 환자 제23호가 아무에게나 떠들어대는 이야기다. 그는 이미 서른이 넘었을 것이다. 하지만 언뜻 보기에는 아주 젊은 광인이다. 그의 반생 경험은, 아니, 그런 것은 아무래도 좋다. 그는 그저 가만히 두 무릎을 안고 이따금 창밖에 눈길을 주며(쇠창살 밖에는 마른 잎조차 보이지 않는 떡갈나무 한 그루가 눈이 내릴 듯이 흐린 하늘로 가지를 뻗고 있다) 병원의 S 박사와 나를 상대로 장황하게 이 이야기를 늘어놓았다. 그렇다고 몸짓을 하지 않는 건 아니었다. 예컨대 그는 '깜짝 놀랐다'고 말할 때는 갑자기 얼굴을 뒤로 젖히기도 했다.

나는 이런 그의 이야기를 꽤 정확히 옮겼다고 생각한다. 만약 또 누군가 내 기록에 만족하지 못하는 사람이 있다면 도쿄 외곽 ××마을의 S 정신병원을 찾아가보면 될 것이다. 나이보다 어려 보이는 제23호는 먼저 정중하게 고개를 숙이고 방석 없는 의자를 가리킬 것이다. 그러고는 우울한 미소를 짓고 조용히 이 이야기를 되풀이할 것이다. 마지막으로 나는 이 이야기를 끝냈을 때의 그의 안색을 기억한다. 그는 마지막으로 몸을 일으키자마자 순식간에 주먹을 휘두르며 아무에게나 이렇게 고함을 지를 것이다. "썩 나가! 이 악당 같은 놈! 네놈도 멍청한 데다 질투심 많고 외설스럽고 뻔뻔하고 젠체하고 잔혹하고 이기적인 동물이겠지. 썩 나가! 이 악당 같은 놈!"

1

3년 전 여름이었습니다. 저는 남들처럼 배낭을 메고 가미코치上高地의 온천 여관에서 호타카야마穗高山로 올라가려고 했습니다. 호타카야마에 오르려면 아시다시피 아즈사가와梓川를 거슬러 올라갈 수밖에 없습니다. 저는 전에 호타카야마는 물론이고 야리가타케槍ヶ岳로도 올라간 적이 있었기 때문에 아침 안개가 깔린 아즈사가와의 골짜기를 안내자도 없이 올라갔습니다. 아침 안개가 깔린 아즈사가와의 골짜기를, 하지만 그 안개는 아무리 지나도 걷힐 기색이 보이지 않았습니다. 그뿐 아니라 도리어 짙어지기만 했습니다. 저는 한 시간쯤 걷고 나서 일단은 가미코치의 온천 여관으로 돌아갈까 생각했습니다. 하지만 가미코치로 돌아간다고 해도 아무튼 안개가 걷히기를 기다린 뒤가 아니면 안 되었습니다. 그런데 안개는 시시각각 자꾸 짙어지기만 했습니다. '에잇, 차라리 올라가자.' 저는 이렇게 생각했기 때문에 아즈사가와의 골짜기를 벗어나지 않도록 유의하며 얼룩조릿대를 헤치고 올라갔습니다.

하지만 제 눈을 가로막은 것은 여전히 짙은 안개뿐이었습니다. 그래도 이따금 안개 속에서 굵은 너도밤나무와 전나무 가지가 푸르게 잎을 늘어뜨린 것도 보이지 않는 것은 아니었습니다. 그리고 또 방목하는 말과 소도 갑자기 제 앞에 얼굴을 내밀었습니다. 하지만 그것들은 보였나 싶으면 또 순식간에 자욱한 안개 속으로 숨어버렸습니다. 그러다 보니 발도 아플 뿐 아니라 점점 배가 고프기 시작했습니다. 게다가 안개에 흠뻑 젖은 등산복이며 담요도 보통 무거운 것이 아니었습니다. 저는 결국 고집을 꺾고 바위에 부딪히는 물소리를 의지하여 아즈사가와의 골짜기로 내려가기로 했습니다.

저는 물가의 바위에 앉아 우선 식사를 하기 시작했습니다. 콘비프 통조림을 따거나 마른 가지를 모아 불을 피우거나 하는 동안 그럭저럭 10분은 지났을 것입니다. 그사이에 어디까지나 심술궂기만 하던 안개는 어느새 어슴푸레하게 걷히기 시작했습니다. 저는 빵을 먹으며 슬쩍 손목시계를 들여다봤습니다. 벌써 1시 20분이 지난 시각이었습니다. 하지만 그보다 놀란 것은 뭔가 섬뜩한 얼굴 하나가 동그란 손목시계 유리에 얼핏 그림자를 드리운 일입니다. 저는 깜짝 놀라 돌아보았습니다. 그러자…… 제가 갓파라는 것을 본 것은 실로 그때가 처음이었습니다. 제 뒤에 있는 바위 위에 그림에 그려진 그대로의 갓파 한 마리가 한 손으로 자작나무 줄기를 안고 다른 한 손은 이마에 대고 신기한 듯이 저를 내려다보고 있었습니다.

저는 어안이 벙벙한 채 잠시 옴짝달싹하지도 못하고 있었습니다. 갓파 역시 놀랐는지 이마 위에 올린 손조차 움직이지 않았습니다. 곧 저는 벌떡 일어나기가 무섭게 바위 위의 갓파에게 달려들었습니다. 동시에 갓파도 도망쳤습니다. 아니, 아마 도망을 친 것이겠지요. 실은 몸을 휙 돌리나 싶더니 순식간에 어디론가 사라져버린 것입니다. 저는 더욱 놀라며 얼룩조릿대 속을 둘러보았습니다. 그런데 갓파는 도망치려는 자세를 취한 채 2, 3미터 떨어진 곳에서 저를 돌아보고 있는 겁니다. 그건 이상한 일도 뭐도 아닙니다. 하지만 저에게 의외였던 것은 갓파의 몸 색깔이었습니다. 바위 위에서 저를 보고 있던 갓파는 온통 잿빛을 띠고 있었습니다. 하지만 지금은 온몸이 완전히 초록색으로 변해 있는 겁니다. 저는 "빌어먹을!" 하고 큰 소리를 내며 다시 한번 갓파에게 달려들었습니다. 갓파가 도망친 것은 물론입니다. 그러고 나서 저는 30분쯤 얼룩조릿대를 헤치고 바위를 뛰어넘으며 앞뒤 가리지 않고 갓파를 계속 쫓아갔습니다.

갓파 또한 발이 빠르기로는 결코 원숭이 못지않았습니다. 저는 정신없이 쫓아가는 동안 몇 번이나 그 모습을 놓칠 뻔했습니다. 뿐만 아니라 발이 미끄러져 나뒹군 적도 여러 번이었습니다. 하지만 거대한 칠엽수 한 그루가 굵은 가지를 뻗은 곳에 이르렀을 때 다행히도 방목하는 소 한 마리가 갓파의 앞길을 가로막았습니다. 게다가 뿔이 굵고 눈에 핏발이 선 황소였습니다. 갓파는 그 황소를 보자 뭐라고 비명을 지르며 키가 훌쩍 큰 얼룩조릿대 속으로 공중제비를 돌 듯이 뛰어들었습니다. 저는…… 저도 '됐다' 하고 생각했기 때문에 갑자기 그 뒤를 바싹 따라가 매달렸습니다. 그런데 거기에는 제가 모르는 구멍이라도 뚫려 있었겠지요. 매끄러운 갓파의 등에 손가락 끝이 닿나 싶더니 순식간에 짙은 어둠 속으로 곤두박질치며 떨어졌습니다. 하지만 우리 인간의 마음은 그런 위기일발의 순간에도 엉뚱한 일을 생각하는 법입니다. 저는 '아악' 하는 순간 가미코치 온천장 옆에 '갓파교'라는 다리가 있다는 것을 떠올렸습니다. 그러고는…… 그러고는 그다음은 기억나지 않습니다. 저는 그저 눈앞에서 번개 비슷한 것이 치는 것을 느끼고 어느새 정신을 잃고 말았습니다.

2

얼마 후 간신히 정신을 차리고 보니 저는 하늘을 향해 벌렁 누운 채 수많은 갓파들에게 둘러싸여 있었습니다. 뿐만 아니라 두툼한 부리 위에 코안경을 낀 갓파 한 마리가 제 옆에 무릎을 꿇고 앉아 제 가슴에 청진기를 대고 있었습니다. 그 갓파는 제가 눈을 뜬 것을 보더니 '조용히' 하라는 손짓을 하고는 뒤에 있는 어떤 갓파에게 "Quax, quax" 하고 말했습니다. 그러자 어디선가 갓파 두 마리가 들것을 들고 왔습니다. 저는 그 들것에 실린 채 수많은 갓파가 무리지어 있는 가운데를 수백 미터쯤 조용히 나아갔습니다. 제 양쪽에 늘어서 있는 거리는 긴자거리와 조금도 다르지 않았습니다. 역시 너도밤나무 가로수 그늘에 이런저런 가게들이 차양을 나란히 하며 늘어서 있고 또 그 가로수 사이의 길에는 자동차 여러 대가 달리고 있었습니다.

얼마 후 저를 태운 들것은 좁은 골목으로 들어서나 싶더니 어떤 집 안으로 옮겨졌습니다. 나중에 알게 된 것이지만, 그곳은 코안경을 걸친 그 갓파의 집, 그러니까 척이라는 의사의 집이었습니다. 척은 저를 깔끔한 침대에 눕혔습니다. 그러고는 뭔가 투명한 물약을 한 잔 마시게 했습니다. 저는 침대에 누운 채 척이 하는 대로 가만히 있었습니다. 사실 제 몸은 제대로 움직이지도 못할 만큼 마디마디가 쑤셨으니까요.

척은 하루에 두세 번 반드시 저를 진찰하러 왔습니다. 또 사흘에 한 번 정도는 제가 맨 처음 본 갓파, 그러니까 백이라는 어부도 찾아왔습니다. 갓파는 우리 인간이 갓파를 알고 있는 것보다 훨씬 인간에 대해 많이 알고 있었습니다. 그것은 우리 인간이 갓파를 포획하는 것보다 갓파가 인간을 포획하는 일이 훨씬 더 많기 때문이겠지요. 포획이라고 할 것까지는 없지만, 우리 인간은 제가 오기 전에도 종종 갓파의 나라에 왔던 것입니다. 그뿐 아니라 평생 갓파의 나라에서 살았던 사람도 많았습니다. 왜냐고요? 우리는 단지 갓파가 아니고 인간이라는 특권으로 일하지 않고도 먹고살 수 있기 때문입니다. 실제로 백의 이야기에 따르면 어떤 젊은 도로공사 인부는 역시 우연히 이 나라에 온 후 암컷 갓파를 아내로 맞아들여 죽을 때까지 살 았다는 것입니다. 게다가 그 암컷 갓파는 이 나라 제일의 미인 이었던 데다 남편인 도로공사 인부를 속이는 데도 아주 뛰어 났다고 합니다.

저는 일주일쯤 지난 후 이 나라의 법률이 정하는 바에 따라 '특별 보호 주민'으로 척의 이웃에 살게 되었습니다. 제 집은 조그만 것치고는 아주 세련되고 산뜻한 곳이었습니다. 물론 이 나라의 문명은 우리 인간 나라의 문명, 적어도 일본 문명과 그 다지 다르지 않았습니다. 거리에 면한 객실 구석에는 조그만 피아노 한 대가 있고, 그리고 또 벽에는 액자에 넣어진 에칭 판 화 같은 것도 걸려 있었습니다. 다만 정작 중요한 집을 비롯하 여 테이블이나 의자의 치수도 갓파의 신장에 맞춘 것이라 아 이 방에 들어간 것 같았는데 그것만은 좀 불편했습니다.

저는 늘 저물녘이 되면 그 방에 척이나 백을 맞아들여 갓파 의 언어를 배웠습니다. 아니, 그들만이 아니었습니다. 특별 보 호 주민이었던 저에게 다들 호기심을 갖고 있었기 때문에 매 일 혈압을 재달라고 일부러 척을 부르는 게르라는 유리회사의 사장 역시 그 방에 얼굴을 내밀곤 했습니다. 하지만 처음 반달 정도 사이에 저와 가장 친해진 것은 역시 백이라는 그 어부였 습니다.

어느 따사로운 날 저녁이었습니다. 저는 그 방의 테이블을 사이에 두고 어부 백과 마주 앉아 있었습니다. 그런데 백은 무 슨 생각을 했는지 갑자기 입을 다물어버린 데다가 큰 눈을 더욱 크게 뜨고 저를 가만히 응시했습니다. 저는 물론 이상하다고 생각해서 "Quax, Bag, quo quel, quan?" 하고 물었습니다. 일본어로 번역하면 "이봐, 백, 무슨 일이야?" 하는 뜻입니다. 하지만 백은 대답하지 않았습니다. 뿐만 아니라 느닷없이 벌떡 일어나더니 혀를 날름 내밀고 마치 개구리가 뛰어오르듯이 덤벼들 기색을 보였습니다. 저는 어쩐지 좀 무서워져 의자에서 살짝 일어나 한달음에 문 밖으로 뛰쳐나가려고 했습니다. 바로 그때 얼굴을 내민 것은 다행히도 의사 척이었습니다.

"이봐, 백, 무슨 짓이야?"

척은 코안경을 걸친 채 그런 백을 노려봤습니다. 그러자 백은 송구스러운 듯 몇 번이나 머리에 손을 대며 척에게 이렇게 사과했습니다.

"정말 죄송합니다. 실은 이 나리가 기분 나빠하는 것이 너무 재미있어서 그만 신이 나는 바람에 장난을 좀 쳤습니다. 부디 나리께서도 용서해주십시오."

3

그다음 이야기를 하기 전에 잠깐 갓파에 대해 설명해두어야 할 것이 있습니다. 갓파는 아직도 실재하는지 어떤지 의문시되는 동물입니다. 하지만 저 자신이 그들 사이에서 살았으므로 의심의 여지는 전혀 없을 것입니다. 그렇다면 어떤 동물일까요. 머리에 짧은 털이 나 있는 것은 물론이고 손발에 물갈퀴가 달려 있는 것도 『수호고략水虎考略』* 등에 나와 있는 것과 크게 다르지 않습니다. 신장도 대략 1미터를 넘을까 말까 하는 정도일 겁니다. 의사 척에 따르면 체중은 10킬로그램에서 14킬로그램 정도, 아주 드물게는 23킬로그램 정도의 큰 갓파도 있다고 했습니다. 그리고 머리 한가운데에 타원형의 접시가 있는데 그 접시는 나이가 듦에 따라 점점 딱딱해지는 모양입니다. 실제로 나이 든 백의 접시는 젊은 척의 접시와는 촉감이 전혀 달랐습니다. 하지만 가장 이상한 것은 갓파의 피부색일 겁니다. 갓파는 우리 인간처럼 일정한 피부색을 갖고 있지 않습니다. 뭐든지 그 주위의 색과 같은 색으로 변합니다. 예를 들어 풀밭에 있을 때는 풀처럼 초록색으로 변하고 바위 위에 있을 때는 바위처럼 회색으로 변합니다. 이는 물론 갓파만 그런 게 아니라 카멜레온도 그렇습니다. 어쩌면 갓파는 피부 조직에 카멜레온과 비슷한 것이 있는지도 모릅니다. 저는 그 사실을 발견했을 때 서쪽 지방의 갓파는 초록색이고 동쪽 지방의 갓파는 붉다는 민속학상의 기록을 떠올렸습니다. 뿐만 아니라 백을 쫓아갈 때 갑자기 어디로 갔는지 보이지 않게 된 것을 떠올렸습니다. 게다가 갓파는 피부 밑의 지방이 상당히 두툼한 모양인지, 이 지하 나라의 온도는 비교적 낮은데도 (평균 10도 전후입니다) 옷이라는 것을 모릅니다. 물론 어떤 갓파는 안경을 쓰기도

---

* 1820년 에도 시대 후기의 한학자 고가 이쿠古賀煜(1788~1847, 도안侗庵이라고도 함)가 지은 책으로 스이코水虎(갓파)에 대해 고증하여 도해한 것.

하고 담배갑이나 지갑을 지니고 있기도 합니다. 하지만 갓파는 캥거루처럼 배에 주머니를 갖고 있어서 그런 것을 넣을 때도 그다지 불편하지 않습니다. 다만 제가 보기에 우스웠던 것은 허리 주위조차 가리지 않는다는 점입니다. 언젠가 저는 왜 그런 습관이 생겼느냐고 물었습니다. 그러자 백은 몸을 뒤로 젖힌 채 언제까지고 껄껄껄 웃었습니다. 게다가 "저는 당신이 가리고 있는 게 더 우스운데요" 하고 대답했습니다.

4

저는 점점 갓파가 쓰는 일상적인 말을 배워나갔습니다. 따라서 갓파의 풍속이나 습관도 이해할 수 있게 되었습니다. 그중에서도 가장 이상했던 것은, 우리 인간이 진지하게 생각하는 것을 우스워하고, 동시에 우리 인간이 우스워하는 것을 진지하게 생각하는 그런 종잡을 수 없는 갓파의 습관입니다. 예를 들어 우리 인간은 정의나 인도人道 같은 걸 진지하게 생각합니다. 하지만 갓파는 그런 말을 들으면 배를 잡고 웃습니다. 다시 말해 그들의 우스움이라는 개념은 우리의 우스움이라는 개념과 기준이 전혀 다른 것입니다. 언젠가 저는 의사인 척과 산아 제한에 대한 이야기를 했습니다. 그런데 척은 입을 크게 벌리고 코안경이 떨어질 정도로 웃음을 터뜨렸습니다. 저는 물론 화가 났기 때문에 뭐가 그리 우스운 거냐고 따졌습니다. 확실치는 않지만 척의 대답은 대충 이런 거였다고 기억합니다. 하지만 세세한 부분은 다소 다를지도 모릅니다. 아무튼 그 무렵에는 아직 갓파의 말을 완전히 이해하지 못했으니까요.

"하지만 부모의 사정만 생각하는 건 이상하니까. 아무래도 너무 제멋대로잖은가."

그 대신 우리 인간의 입장에서 보면 사실 갓파의 출산만큼 이상한 것도 없습니다. 실제로 저는 얼마 후에 백의 아내가 출산하는 것을 보기 위해 그의 집으로 갔습니다. 갓파도 출산할 때는 우리 인간과 마찬가지입니다. 역시 의사나 산파 등의 도움을 받아 출산을 합니다. 하지만 출산을 하게 되면 아버지는 전화라도 거는 듯이 어머니의 생식기에 입을 대고 "넌 이 세상에 태어날지 어떨지 잘 생각하고 대답해"라고 큰 소리로 묻습니다. 백도 역시 무릎을 꿇고 몇 번이나 되풀이해서 이렇게 물었습니다. 그러고는 테이블 위에 있던 소독용 물약으로 양치를 했습니다. 그러자 아내의 배 속의 아이는 다소 조심스러운지 조그만 목소리로 이렇게 대답했습니다.

"저는 태어나고 싶지 않습니다. 무엇보다 제 아버지의 유전인 정신병만으로도 너무 힘들 것 같습니다. 게다가 저는 갓파라는 존재를 나쁘다고 믿고 있으니까요."

백은 그 대답을 들었을 때 무안한 듯이 머리를 긁적였습니다. 하지만 거기에 함께 있던 산파는 즉시 아내의 생식기에 굵은 유리관을 넣고 뭔가 액체를 주사했습니다. 그러자 아내는 안도한 듯이 한숨을 내쉬었습니다. 동시에 지금까지 크게 부풀었던 배는 수소 가스가 빠진 풍선처럼 맥없이 쪼그라들었습니다.

그런 대답을 할 정도이니 물론 아기 갓파는 태어나자마자 걷기도 하고 말을 하기도 합니다. 척의 이야기로는 출산 후 26일째에 신의 유무에 대해 강연을 한 아이도 있었다고 합니다. 하지만 그 아이는 두 달째에 죽었다고 하지만요.

출산 이야기가 나온 마당이니 제가 이 나라에 온 지 석 달쯤 되었을 때 우연히 어떤 길모퉁이에서 본 큼직한 포스터 이야기를 하겠습니다. 그 큰 포스터 아랫부분에는 나팔을 불고 있는 갓파, 칼을 들고 있는 갓파 열두세 마리가 그려져 있었습니다. 그리고 또 그 위에는 갓파가 쓰는, 마치 시계태엽 비슷한 나선 문자가 온통 늘어서 있었습니다. 그 나선 문자를 번역하면 대충 이런 뜻입니다. 이 또한 어쩌면 세세한 부분이 틀릴지도 모릅니다. 하지만 아무튼 저로서는 저와 함께 걸었던 랩이라는 학생 갓파가 큰 소리로 읽어주는 말을 일일이 노트에 적어두었던 것입니다.

유전적 의용대를 모집한다!!!
건전한 남녀 갓파여!!!
나쁜 유전을 박멸하기 위해
불건전한 남녀 갓파와 결혼하라!!!

저는 물론 그때도 그런 일이 일어나지 않을 거라고 랩에게 말했습니다. 그러자 랩만이 아니라 포스터 근처에 있던 갓파들은 모두 깔깔거리며 웃었습니다.

"안 일어난다고요? 하지만 당신 이야기로는 당신들 역시 우리처럼 하고 있다고 생각하는데요. 당신은 도련님이 하녀에게 반하거나 아가씨가 운전수한테도 반하는 건 무엇 때문이라고 생각하죠? 그건 모두 의식적으로 나쁜 유전을 박멸하는 일이거든요. 무엇보다 얼마 전에 당신이 이야기한 당신들 인간 의용대보다는, 그러니까 철도 하나를 빼앗으려고 서로 죽이는 의용대 말이에요, 그런 의용대에 비하면 우리 의용대가 훨씬 더 고상하다고 생각하는데요."

랩은 진지하게 이렇게 말했지만, 그래도 두툼한 배만은 우습다는 듯이 끊임없이 출렁거렸습니다. 하지만 저는 웃기는커녕 서둘러 한 갓파를 붙잡으려고 했습니다. 그것은 제가 방심한 틈을 타 그 갓파가 제 만년필을 훔쳤다는 걸 눈치챘기 때문입니다. 하지만 피부가 매끄러운 갓파는 우리에게 쉽게 잡히지 않습니다. 그 갓파도 미끄덩하니 빠져나가기가 무섭게 쏜살같이 도망치고 말았습니다. 고꾸라지지 않을까 싶을 만큼 모기처럼 야윈 몸을 앞으로 기울이고요.

5

저는 랩이라는 갓파에게도 백에게 못지않은 신세를 졌습니다. 하지만 그중에서도 잊을 수 없는 것은 톡이라는 갓파를 소개해준 일입니다. 톡은 갓파 시인입니다. 시인이 머리를 길게 기르는 것은 우리 인간과 다르지 않습니다. 저는 심심할 때면 가끔 톡의 집으로 놀러 갔습니다. 톡은 늘 좁은 방에 고산식물 화분을 늘어놓고 시를 쓰거나 담배를 피우거나 하며 아주 유유히 지내고 있었습니다. 또 그 방 한쪽에는 암컷 갓파 한 마리가 (톡은 자유연예주의자라 아내 같은 것은 없었습니다) 뜨개질인가 뭔가를 하고 있었습니다. 톡은 제 얼굴을 보면 늘 미소를 지으며 이렇게 말합니다. (하지만 갓파가 미소를 지으면 그렇게 보기 좋지는 않습니다. 적어도 저는 처음에 오히려 기분 나쁘게 느꼈습니다.)

"어이, 잘 왔네. 자아, 그 의자에 앉게."

톡은 갓파의 생활이며 갓파의 예술 이야기를 자주 했습니다. 톡이 믿는 바에 따르면 일반적인 갓파의 생활만큼 어리석은 게 없습니다. 부모 자식, 부부, 형제자매라는 것은 모두 서로 괴롭히는 것을 유일한 즐거움으로 삼고 있습니다. 특히 가족제도라는 것은 더할 나위 없이 어리석은 것입니다. 톡은 그때 창밖을 가리키며 "보게. 얼마나 멍청한지를!" 하고 내뱉듯이 말했습니다. 창밖의 거리에는 아직 젊은 갓파 한 마리가 부모인 듯한 갓파를 비롯하여 일고여덟 마리의 암수 갓파들을 목덜미 언저리에 매달고 숨을 헐떡이며 걷고 있었습니다. 하지만 저는 젊은 갓파의 희생정신에 감동했기 때문에 오히려 그 갸륵함을 칭찬했습니다.

"흠, 자네는 이 나라에서도 시민이 될 자격을 갖고 있군. 그런데 자네는 사회주의자인가?"

저는 물론 "Qua"(이는 갓파 말로 '그렇네'라는 의미입니다)라고 대답했습니다.

"그럼 백 명의 평범한 사람을 위해 기꺼이 한 천재를 희생시키는 것도 아랑곳하지 않겠군."

"그럼 자네는 무슨 주의자인가? 누군가 자네의 신조는 무정부주의라고 하던데……"

"내가? 난 초인(직역하면 초갓파입니다)이라네."

톡은 의기양양하게 내뱉었습니다. 이런 톡은 예술에 대해서도 독특한 사고를 갖고 있었습니다. 톡이 믿는 바에 따르면 예술은 어떤 것의 지배도 받지 않는 예술을 위한 예술이고, 따라서 예술가인 것은 무엇보다 선악을 넘어선 초인이어야 한다는 것입니다. 하지만 이는 꼭 톡 한 마리의 의견이 아닙니다. 톡의 동료 시인들은 대체로 같은 의견을 갖고 있는 듯했습니다. 실제로 저는 톡과 함께 가끔 초인 클럽에 놀러 갔습니다. 초인 클럽에 모이는 것은 시인, 소설가, 희곡작가, 비평가, 화가, 음악가, 조각가, 아마추어 예술가 등이었습니다. 하지만 모두 초인입니다. 그들은 전등 불빛이 밝은 살롱에서 항상 쾌활하게 이야기를 나누었습니다. 뿐만 아니라 때로는 득의양양하게 그들의 초인적인 모습을 서로 보여주었습니다. 예컨대 어떤 조각가는 큼직한 양치식물 화분 사이에서 젊은 갓파를 붙잡고 열심히 남색을 즐기고 있었습니다. 또한 어떤 암컷 소설가는 테이블 위로 올라가더니 압생트를 60병이나 마셔 보였습니다. 하지만 60병째에 테이블 아래로 굴러 떨어지더니 곧바로 죽고 말았지만요.

저는 어느 달빛이 좋은 밤, 시인 톡과 팔짱을 낀 채 초인 클럽에서 돌아왔습니다. 톡은 평소와 달리 침울해져 한마디도 하지 않았습니다. 그러다 우리는 곧 불빛이 비치는 조그만 창 앞을 지났습니다. 그 창 너머에는 부부인 듯한 암수 갓파 두 마리가 어린 갓파 세 마리와 함께 저녁 식탁에 둘러앉아 있었습니다. 그러자 톡은 한숨을 내쉬며 저에게 불쑥 이렇게 말했습니다.

"나는 초인적 연애라고 생각하고 있지만 저런 가정의 모습을 보면 역시 부럽다는 생각이 드네."

"하지만 아무리 생각해도 그건 모순되는 거 아닌가?"

하지만 톡은 환한 달빛 아래에 가만히 팔짱을 낀 채 그 조그만 창 너머를, 평화로운 갓파 다섯 마리의 저녁 식탁을 지켜보고 있었습니다. 그러고는 잠시 후 이렇게 대답했습니다.

"저기 있는 계란말이는 누가 뭐래도 연애보다 위생적이거든."

6

사실 갓파의 연애는 우리 인간의 연애와 그 취향이 상당히 달랐습니다. 암컷 갓파는 이 갓파다 싶은 수컷 갓파를 보기가 무섭게 수컷 갓파를 붙잡는 데 어떤 수단도 마다하지 않습니다. 제일 솔직한 암컷 갓파는 앞뒤 가리지 않고 수컷 갓파를 쫓아갑니다. 실제로 저는 미치광이처럼 수컷 갓파를 쫓아가는 암컷 갓파를 본 적이 있습니다. 아니, 그뿐이 아닙니다. 젊은 암컷 갓파는 물론이고 그 갓파의 부모나 형제자매까지 다함께 나서서 쫓아갑니다. 수컷 갓파야말로 비참합니다. 어쨌든 어렵

사리 도망친 끝에 운 좋게 잡히지 않는다고 해도 두세 달은 자리보전하고 있어야 하니까요. 저는 언젠가 집에서 톡의 시집을 읽었습니다. 그런데 그곳으로 뛰어 들어온 것은 랩이라는 학생이었습니다. 랩은 제 집으로 구르듯이 뛰어들어 바닥에 쓰러져서는 숨을 헐떡거리며 이렇게 말하는 거였습니다.

"큰일 났습니다! 결국 저는 잡히고 말았어요!"

저는 즉시 시집을 내던지고 문의 자물쇠를 잠갔습니다. 하지만 열쇠구멍으로 내다보니 얼굴에 유황 가루를 바른 키 작은 암컷 갓파 한 마리가 아직 문 밖에 서성대고 있었습니다. 랩은 그날부터 몇 주일 동안 내 잠자리에 누워 지냈습니다. 그뿐 아니라 랩의 부리는 어느새 완전히 썩어 떨어지고 말았습니다.

그렇지만 또 때로는 암컷 갓파를 열심히 쫓아다니는 수컷 갓파도 없는 건 아니었습니다. 하지만 그것도 실은 쫓아오지 않을 수 없도록 암컷 갓파가 꾸민 것입니다. 저는 역시 미치광이처럼 암컷 갓파를 쫓아다니는 수컷 갓파도 본 적이 있습니다. 암컷 갓파는 도망치면서도 때때로 일부러 멈춰 서서 보기도 하고 넘어져 보기도 했습니다. 더구나 적당한 때가 되면 자못 낙심한 척하며 쉽게 붙잡히고 마는 것입니다. 제가 본 수컷 갓파는 암컷 갓파를 안은 채 한동안 그곳에서 나뒹굴었습니다. 하지만 간신히 일어난 것을 보면 실망이랄까 후회랄까 아무튼 뭐라고도 형용할 수 없는 불쌍한 표정을 짓고 있었습니다. 하지만 그것은 그래도 나은 편입니다. 이것도 제가 본 것인데, 작은 수컷 갓파 한 마리가 암컷 갓파를 쫓아다니고 있었습니다. 암컷 갓파는 여느 때처럼 유혹적인 도주를 하고 있었습니다.

그런데 그때 맞은편 길에서 큰 수컷 갓파 한 마리가 콧김을 내뿜으며 걸어왔습니다. 암컷 갓파는 어쩌다가 문득 이 수컷 갓파를 보고는 "큰일 났어요! 도와주세요! 저 갓파가 저를 죽이려고 해요!" 하고 째지는 목소리로 외쳤습니다. 물론 큰 수컷 갓파는 즉시 작은 갓파를 붙잡아 길 한복판에 쓰러뜨렸습니다. 작은 갓파는 물갈퀴가 있는 손으로 두세 번 허공을 휘젓더니 결국 죽고 말았습니다. 하지만 그때 이미 암컷 갓파는 히죽거리며 큰 갓파의 목덜미에 꼭 매달려 있었습니다.

제가 알고 있던 수컷 갓파는 누구나 모두 약속이나 한 듯이 암컷 갓파에게 쫓기고 있었습니다. 물론 처자가 있는 백 역시 쫓겼습니다. 그뿐 아니라 두세 번은 붙잡혔습니다. 다만 맥이라는 철학자만은 (이는 톡이라는 시인의 이웃집에 사는 갓파입니다) 한 번도 붙잡힌 적이 없습니다. 이는 한편으로 맥만큼 추한 갓파도 드물기 때문이겠지요. 하지만 또 한편으로 맥만은 그다지 거리에 얼굴을 내밀지 않고 집에만 있었기 때문입니다. 저는 맥의 집에도 이따금 이야기를 나누러 갔습니다. 맥은 늘 어둑한 방에 일곱 가지 색의 색유리 남포등을 켜놓고 높은 책상 앞에 앉아 두툼한 책만 읽었습니다. 저는 언젠가 그런 맥과 갓파의 연애에 대해 논한 적이 있습니다.

"정부는 왜 암컷 갓파가 수컷 갓파를 쫓아다니는 것을 좀 더 엄중하게 단속하지 않습니까?"

"그건 첫째로 관리들 중에 암컷 갓파가 적기 때문입니다. 암컷 갓파는 수컷 갓파보다 질투심이 훨씬 강한 법이니까요. 암컷 갓파 관리만 늘어나도 아마 지금보다는 수컷 갓파가 쫓기

지 않고 살 수 있겠지요. 하지만 그 효력도 뻔한 것이지요. 왜
냐고요? 관리들끼리도 암컷 갓파가 수컷 갓파를 쫓아다니니까
요."

"그럼 당신처럼 사는 게 가장 행복한 셈이군요."

그러자 맥은 의자에서 일어나 제 두 손을 잡은 채 한숨과 함
께 이렇게 말했습니다.

"당신은 우리 갓파가 아니니까 이해하지 못하는 것도 당연
합니다. 하지만 저도 때로는 그 무서운 암컷 갓파에게 쫓겨 다
니고 싶다는 생각이 듭니다."

7

저는 또 시인 톡과 이따금 음악회에도 갔습니다. 하지만 아
직도 잊을 수 없는 것은 세 번째로 들으러 갔던 음악회입니다.
물론 음악회장의 모습은 일본과 그다지 다르지 않습니다. 역시
뒤로 갈수록 점점 높아지는 좌석에 암컷과 수컷 갓파 3, 4백
마리가 저마다 프로그램을 들고 열심히 귀를 기울이고 있습니
다. 저는 세 번째 음악회 때 톡과 그의 암컷 갓파 외에도 철학
자 맥과 함께 맨 앞자리에 앉아 있었습니다. 그런데 첼로 독주
가 끝난 후 묘하게 눈이 가느다란 갓파 한 마리가 악보를 아무
렇게나 안은 채 단상으로 올라갔습니다. 그 갓파는 프로그램에
소개된 대로 고명한 작곡가입니다. 프로그램에 소개된 대로,
아니, 프로그램을 볼 것까지도 없습니다. 크라백은 톡이 속해

있는 초인 클럽의 회원이라 저도 얼굴만은 알고 있었습니다.

'Lied* —— Craback'(이 나라의 프로그램도 대체로 독일어로 쓰여 있었습니다.)

크라백은 커다란 박수 속에서 우리에게 가볍게 인사한 후 조용히 피아노 앞으로 다가갔습니다. 그러고는 역시 아무렇게나 자신이 작곡한 가곡을 연주하기 시작했습니다. 톡의 말에 따르면 크라백은 이 나라가 낳은 음악가 중에서 전무후무한 천재라고 합니다. 저는 크라백의 음악은 물론이고 또 다른 취미인 그의 서정시에도 흥미를 갖고 있었기 때문에 커다란 활 모양의 피아노 소리에 열심히 귀를 기울였습니다. 톡이나 맥은 어쩌면 저보다 황홀했을지 모릅니다. 하지만 그 아름다운 (적어도 갓파들의 이야기에 따르면) 암컷 갓파만은 프로그램을 꼭 쥔 채 이따금 자못 짜증난다는 듯이 긴 혀를 날름날름 내밀었습니다. 맥의 이야기에 따르면, 그것은 어쩌면 10년 전에 크라백을 붙잡는 데 실패했기 때문에 아직도 이 음악가를 눈엣가시로 여기고 있어서랍니다.

크라백은 온몸에 정열을 담아 싸우는 것처럼 피아노를 쳤습니다. 그러자 갑자기 회장 안에 천둥처럼 울려 퍼진 것은 "연주 금지!" 하는 소리였습니다. 저는 그 소리에 깜짝 놀라 무심코 뒤를 돌아봤습니다. 그 목소리의 주인공은 분명히 맨 뒷자리에 앉은 키가 아주 큰 경찰이었습니다. 제가 돌아봤을 때 그

---

* 가곡.

경찰은 느긋하게 앉은 채 다시 한번 전보다 큰 소리로 "연주 금지!" 하고 고함을 질렀습니다. 그러고 나서는……

그러고 나서는 대혼란이었습니다. "경찰의 횡포다!", "크라백, 연주해! 연주해!", "멍청이!", "개새끼!", "물러가라!", "지지 마라!" 하는 소리가 터져 나오는 가운데 의자가 넘어지고 프로그램은 날아다니고, 게다가 누가 던졌는지 사이다 빈병이나 돌멩이나 먹다 만 오이까지 떨어져 내렸습니다. 저는 어안이 벙벙해서 톡에게 그 이유를 물어보려고 했습니다. 하지만 톡도 흥분했는지 의자에서 일어나며 "크라백, 연주해! 연주해!" 하고 계속 큰 소리로 외쳤습니다. 뿐만 아니라 톡의 암컷 갓파도 어느새 적의를 잊은 건지 "경찰의 횡포다!" 하고 소리치는 것은 톡과 조금도 다르지 않았습니다. 저는 어쩔 수 없이 맥을 보고 "무슨 일입니까?" 하고 물었습니다.

"이거 말인가요? 이건 이 나라에서는 흔히 보는 일입니다. 원래 그림이니 문예니 하는 것은……"

맥은 뭔가 날아올 때마다 살짝 목을 움츠리며 계속해서 조용히 설명했습니다.

"원래 그림이니 문예니 하는 것은 아무튼 누가 봐도 뭘 표현한 것인지 확실히 알 수 있기 때문에 이 나라에서는 결코 발매 금지나 전람 금지는 일어나지 않습니다. 그 대신에 있는 것이 연주 금지입니다. 어쨌든 음악만은 아무리 풍속을 어지럽게 하는 곡이라도 귀가 없는 갓파는 알 수 없으니까요."

"하지만 그 경찰은 귀가 있는 겁니까?"

"글쎄요, 그건 의문이네요. 아마 방금 그 선율을 듣다가 아내와 함께 자고 있을 때의 심장 고동 소리라도 떠올렸겠지요."

그런 동안에도 소동은 점점 더 심해질 뿐이었습니다. 크라 백은 피아노를 향한 채 거만하게 우리를 돌아보았습니다. 하지만 아무리 거만하게 있어도 온갖 물건들이 날아오는 것은 피하지 않을 수 없었습니다. 그래서 2, 3초마다 애써 꾸민 태도도 변했던 것입니다. 하지만 어쨌든 대체로 대음악가의 위엄을 유지하며 가느다란 눈을 매섭게 빛내고 있었습니다. 저는…… 저도 물론 위험을 피하기 위해 톡을 작은 방패로 삼고 있었습니다. 하지만 역시 호기심에 이끌려 열심히 맥과 이야기를 계속했습니다.

"이런 검열은 난폭하지 않습니까?"

"뭐, 어떤 나라의 검열보다는 오히려 진보되었다고 할 수 있는 정도지요. 예를 들어 ××를 보세요. 실제로 바로 한 달 전만 해도……"

바로 이렇게 말한 순간이었습니다. 하필이면 맥의 정수리에 빈병이 떨어져서 "quack"(이건 단지 감탄사입니다) 하고 한마디 소리치고는 결국 정신을 잃고 말았습니다.

8

저는 유리회사의 사장 게르에게 이상하게도 호의를 갖고 있었습니다. 게르는 자본가 중의 자본가입니다. 아마 이 나라의 갓파 중에서도 게르만큼 큰 배를 가진 갓파는 한 마리도 없을 것입니다. 하지만 여주를 닮은 아내와 오이를 닮은 아이를 양쪽에 두고 안락의자에 앉아 있는 모습은 거의 행복 그 자체입니다. 저는 때때로 재판관인 펩이나 의사 책에게 이끌려 게르가의 만찬에 갔습니다. 또 게르의 소개장을 들고 게르나 게르의 친구들이 다소 관계를 갖고 있는 여러 공장도 둘러보았습니다. 여러 공장 중에서 특히 저에게 재미있었던 것은 서적 제작 회사의 공장이었습니다. 저는 젊은 갓파 기사와 공장 안으로 들어가 수력전기를 동력으로 한 커다란 기계를 보았을 때 새삼스럽게 갓파 나라의 기계공업의 진보에 경탄했습니다. 확실치는 않지만 그곳에서는 1년에 7백 만 부의 책을 제작한다고 합니다. 하지만 저를 놀라게 한 것은 책 부수가 아닙니다. 그만한 책을 제작하는 일에 조금도 품이 들지 않는다는 것입니다. 하여튼 이 나라에서는 책을 만들 때 깔때기 모양의 기계 입구에 종이와 잉크와 회색 분말을 넣기만 하면 되니까요. 그런 원료는 기계 안에 들어가면 거의 5분도 되지 않아 국판, 사륙판, 반국판 등의 무수한 책이 되어 나옵니다. 저는 폭포처럼 흘러나오는 갖가지 책들을 바라보며 몸을 뒤로 젖힌 갓파 기사에게 그 회색 분말이 뭐냐고 물어봤습니다. 그러자 기사는 검게 빛나는 기계 앞에 멈춰 선 채 하찮다는 듯이 이렇게 대답했습니다.

"이것 말인가요? 이건 당나귀 뇌수예요. 그러니까 일단 건조하고 나서 대충 분말로 만든 것일 뿐입니다. 시가는 1톤에 2, 3전입니다."

물론 이런 공업상의 기적은 서적 제작 회사에서만 일어나는 것이 아닙니다. 회화 제작 회사에서도, 음악 제작 회사에서도 똑같이 일어나고 있습니다. 실제로 또 게르의 이야기에 따르면 이 나라에서는 평균 한 달에 7, 8백 종의 기계가 새롭게 고안되고 뭐든지 손을 거치지 않고 척척 대량 생산되고 있다고 합니다. 그래서 또 직공이 해고되는 것도 4, 5만 마리 이하로는 내려가지 않는다고 합니다. 그런데 이 나라에서는 매일 아침 신문을 읽어도 아직 한 번도 파업이라는 글자를 보지 못했습니다. 저는 그것을 이상하게 생각했기 때문에 언젠가 또 펩이나 첵과 게르가의 만찬에 초대받은 기회에 그 이유를 물어봤습니다.

"그건 다 먹어버리거든요."

식후의 담배를 입에 문 게르는 아무렇지 않게 이렇게 말했습니다. 하지만 '먹어버린다'는 말이 무슨 소리인지 알 수가 없었습니다. 그러자 코안경을 걸친 첵은 저의 의문을 눈치챘는지 옆에서 설명을 더해주었습니다.

"그 직공을 모두 죽여서 그 고기를 식용으로 사용합니다. 여기 있는 신문을 보세요. 이번 달은 정확히 6만 4769마리의 직공이 해고되었기 때문에 그만큼 고기 값도 내린 겁니다."

"직공들은 가만히 죽는 겁니까?"

"그야 소동을 피워도 어쩔 수 없습니다. 직공 도살법이 있으니까요."

이것은 소귀나무 화분을 뒤로 한 채 쓸쓸한 얼굴을 하고 있던 펩의 말입니다. 저는 물론 불쾌했습니다. 하지만 주인공인 게르는 물론이고 펩이나 첵도 그런 것은 당연하다고 생각하는 것 같았습니다. 실제로 첵은 웃으며 비웃듯이 제게 말했습니다.

"그러니까 굶어죽거나 자살하거나 하는 수고를 국가적으로 생략해주는 거지요. 잠깐 유독 가스를 맡게 할 뿐이니까 큰 고통은 없습니다."

"하지만 그 고기를 먹는다는 건……"

"농담이라도 그런 말을 하면 안 되지요. 맥에게 그런 말 했다가는 엄청 웃을 겁니다. 당신 나라에서도 제4계급*의 아가씨들은 매춘부가 되지 않습니까? 직공의 고기를 먹는다고 분개한다는 건 감상주의지요."

이런 문답을 듣고 있던 게르는 가까운 테이블 위에 있던 샌드위치 접시를 권하며 태연히 저에게 이렇게 말했습니다.

"어떠세요? 하나 드시지 않겠습니까? 이것도 직공의 고기인데."

저는 물론 질색했습니다. 아니, 그것만이 아니었습니다. 펩이나 첵의 웃음소리를 뒤로 하고 그 집의 객실에서 뛰쳐나왔습니다. 마침 집들 위의 하늘에는 별빛도 보이지 않는 사나운 밤이었습니다. 저는 그 어둠 속을 걸어 집으로 돌아가며 끊임없이 구역질을 했습니다. 밤눈에도 허옇게 흐르는 구토를.

---

* 노동자 계급을 말한다.

9

그러나 유리회사의 사장인 게르는 붙임성이 있는 갓파였음이 틀림없습니다. 저는 가끔 게르와 함께 그가 속해 있는 클럽에 가서 유쾌한 하룻밤을 보냈습니다. 먼저 그 클럽은 톡이 속해 있는 초인 클럽보다 훨씬 마음이 편했기 때문입니다. 그뿐 아니라 게르의 이야기는 철학자 맥의 이야기처럼 깊이를 갖고 있지는 않았지만 저에게 완전히 새로운 세계를, 넓은 세계를 엿보게 했습니다. 게르는 늘 순금으로 된 스푼으로 커피 잔을 저으며 쾌활하게 이런저런 이야기를 했습니다.

확실치는 않지만 안개가 짙게 낀 어느 날 밤 저는 겨울 장미를 가득 꽂은 꽃병을 사이에 두고 게르의 이야기를 듣고 있었습니다. 아마 방 전체는 물론이고 의자나 테이블도 가느다란 금테를 두른 시세션*풍의 방이었던 것으로 기억합니다. 게르는 평소보다 의기양양하게 얼굴에 미소를 띤 채 마침 그 무렵에 천하를 흔들고 있던 Quorax당 내각에 대한 이야기를 했습니다. 쿠오락스라는 말은 그저 의미 없는 감탄사이기 때문에 '어라?'라고나 해석할 수밖에 없습니다. 하지만 여하간 무엇보다 먼저 '갓파 전체의 이익'을 표방하던 정당이었습니다.

"쿠오락스당을 지배하고 있는 것은 이름 높은 정치가인 로페입니다. '정직은 최선의 외교다'라는 건 비스마르크가 한 말

---

* secession. 건축 양식의 하나로, 형태나 색채가 단순하고 간명하며 직선적인 것.

이겠지요. 하지만 로페는 정직을 내정에도 적용하고 있습니다."

"하지만 로페의 연설은……"

"자, 제가 하는 말을 들어보세요. 그 연설은 물론 모조리 거짓말입니다. 하지만 그것이 거짓말이라는 것은 누구나 알고 있기 때문에 결국 정직한 것이나 다름없지요. 그것을 일률적으로 거짓말이라고 하는 것은 당신들만의 편견입니다. 우리들 갓파는 당신들처럼…… 하지만 그건 아무래도 좋습니다. 제가 말하고 싶은 것은 로페에 관한 것입니다. 로페는 쿠오락스당을 지배하고 있고, 또 그 로페를 지배하는 것은 푸후Pou-Fou 신문(이 '푸후'라는 말 역시 의미 없는 감탄사입니다. 하지만 굳이 번역하자면 '아아'라고 할 수밖에 없습니다.) 사장인 쿠이쿠이입니다. 하지만 쿠이쿠이도 그 자신이 주인이라고 할 수는 없습니다. 쿠이쿠이를 지배하는 것은 당신 앞에 있는 게르입니다."

"하지만…… 이건 실례일지도 모릅니다만, 푸후 신문은 노동자 편을 드는 신문이잖아요. 그 사장인 쿠이쿠이도 당신의 지배를 받고 있다는 것은……"

"푸후 신문의 기자들은 물론 노동자 편입니다. 하지만 기자들을 지배하는 것은 쿠이쿠이 말고는 없을 겁니다. 게다가 쿠이쿠이는 게르의 후원을 받지 않을 수가 없는 것이고요."

게르는 여전히 미소를 지으며 순금 스푼으로 장난을 치고 있었습니다. 저는 그런 게르를 보자, 게르 자신을 미워하기보다는 푸후 신문의 기자들에게 동정심이 일었습니다. 그러자 게르는 저의 침묵에서 순식간에 그런 동정을 느낀 것인지 커다란 배를 부풀리며 이렇게 말하는 것이었습니다.

"아니, 푸후 신문의 기자들도 모두 노동자 편인 건 아닙니다. 적어도 우리 갓파는 누구의 편을 들기보다 먼저 우리 자신의 편을 드니까요.…… 하지만 더욱 성가신 것은 저 자신조차 타인의 지배를 받고 있다는 것입니다. 당신은 그게 누구일 것 같습니까? 그건 제 아내입니다. 아름다운 게르 부인이지요."

게르는 큰 소리로 웃었습니다.

"그건 오히려 행복한 일이지요."

"아무튼 저는 만족하고 있습니다. 하지만 이것도 당신 앞인 만큼…… 갓파가 아닌 당신 앞이니 만큼 터놓고 이야기할 수 있는 겁니다."

"그렇다면 쿠오락스 내각은 게르 부인이 지배하고 있는 셈이군요."

"글쎄요, 그렇게도 말할 수 있겠네요.…… 하지만 7년 전의 전쟁은 확실히 어떤 암컷 갓파 때문에 시작된 것임이 틀림없습니다."

"전쟁이요? 이 나라에도 전쟁이 있었습니까?"

"있었고말고요. 앞으로도 또 언제 일어날지 모릅니다. 여하간 이웃나라가 있는 한은……"

저는 사실 그때야 비로소 갓파 나라도 국가적으로 고립되지 않았다는 것을 알았습니다. 게르의 설명에 따르면 갓파는 언제나 수달을 가상의 적으로 삼고 있다고 했습니다. 게다가 수달은 갓파 못지않은 군비를 갖추고 있다는 것입니다. 저는 수달을 상대로 갓파가 전쟁을 했다는 이야기에 적잖은 흥미를 느겼습니다. (하여간 갓파가 수달의 강적이라는 것은, 『수호고략』의 저자는 물론 『산도민담집』의 저자 야나기타 쿠니오* 씨도 모르고 있었던 새로운 사실이니까요.)

"그 전쟁이 일어나기 전에는 물론 두 나라 모두 방심하지 않고 가만히 상대를 살피고 있었습니다. 왜냐하면 양쪽 모두 상대를 두려워하고 있었으니까요. 그때 이 나라에 있던 수달 한 마리가 어떤 갓파 부부를 방문했습니다. 그런데 그 암컷 갓파는 남편을 죽일 생각을 하고 있었습니다. 하여간 남편은 난봉꾼이었으니까요. 게다가 생명보험에 들어 있었던 것도 다소 유혹이 되었을지도 모릅니다."

"당신은 그 부부를 아십니까?"

"예…… 아니, 남편 갓파만 알고 있었습니다. 제 아내는 그 갓파를 악인인 것처럼 말했지만요. 하지만 제가 보기에 악인이기보다는 차라리 암컷 갓파한테 붙잡히는 것을 두려워하는 피해망상이 심한 미치광이였습니다…… 그래서 그 암컷 갓파는 남편의 코코아 잔에 청산가리를 넣어두었습니다. 그것을 또 뭐가 잘못되었는지 손님인 수달이 마시게 되었습니다. 물론 수달은 죽고 말았지요. 그러고 나서……"

"그래서 전쟁이 벌어진 것이군요?"

"예, 하필이면 그 수달은 훈장을 받은 자였으니까요."

"전쟁은 어디가 이겼습니까?"

---

* 柳田國男(1875~1962). 민속학자. 그의 『산도민담집 山島民譚集』은 1914년에 간행되었다.

"물론 이 나라가 이겼습니다. 그 때문에 36만 9500마리의 갓파들이 장렬하게 전사했습니다. 하지만 적국에 비하면 그 정도의 손해는 아무것도 아닙니다. 이 나라에 있는 모피라는 모피는 대부분 수달피입니다. 저도 그 전쟁 때는 유리를 제조하는 것 외에 석탄재를 전장으로 보냈습니다."

"석탄재는 어디에 쓰는 겁니까?"

"물론 식량으로 씁니다. 우리 갓파는 배가 고프면 뭐든지 먹게 되어 있으니까요."

"그건…… 아무쪼록 화내지 말아주세요. 그건 전장에 있는 갓파들에게는…… 우리나라에서는 추문인데요."

"이 나라에서도 추문임에는 틀림없습니다. 하지만 제가 이렇게 말하면 아무도 추문이라고 하지 않을 겁니다. 철학자 맥도 말했지요. '그대의 악은 그대 스스로 말하라. 악은 저절로 소멸하리라……' 게다가 우리는 이익 외에도 애국심에 불타고 있었으니까요."

그때 마침 들어온 것은 이 클럽의 사환입니다. 사환은 게르에게 고개 숙여 인사를 한 후 낭독이라도 하듯이 이렇게 말했습니다.

"댁의 이웃집에 화재가 났습니다."

"화…… 화재!"

게르는 놀라 벌떡 일어났습니다. 저도 물론 일어났습니다. 하지만 사환은 차분하게 다음 말을 덧붙였습니다.

"하지만 이미 진화되었습니다."

게르는 사환을 보내고 울다가 웃는 것에 가까운 표정을 지었습니다. 저는 그런 얼굴을 보면서 어느새 이 유리 회사의 사장을 미워하고 있었다는 걸 깨달았습니다. 하지만 게르는 이제 대자본가도 뭐도 아닌, 단순한 갓파가 되어 서 있는 것입니다. 저는 화병 속의 겨울 장미꽃을 뽑아 게르의 손에 건넸습니다.

"하지만 불길은 잡았다고 해도 사모님은 무척 놀라셨겠지요. 자, 이걸 가지고 돌아가세요."

"고맙습니다."

게르는 제 손을 잡았습니다. 그러고 나서 갑자기 히죽 웃으며 나직한 소리로 저에게 이렇게 말했습니다.

"옆집은 제가 세를 준 집이라서 화재보험금만은 받을 수 있습니다."

저는 그때 게르의 미소를, 경멸할 수도 없고 증오할 수도 없는 그 미소를 아직도 생생하게 기억하고 있습니다.

10

"무슨 일인가? 오늘은 또 이상하게 우울한 거 아닌가?"

그 화재가 있던 다음 날이었습니다. 저는 담배를 입에 물고는 우리 집 객실 의자에 앉은 학생 랩에게 이렇게 말했습니다. 실제로 랩은 오른쪽 다리 위에 왼쪽 다리를 올린 채 썩은 부리도 보이지 않을 만큼 멍하니 바닥만 보고 있었습니다.

"랩, 무슨 일인가?"

"아니, 뭐, 별일 아니에요."

랩은 드디어 고개를 들고 슬픈 코 멘 소리를 냈습니다.

"저는 오늘 창밖을 보면서 '아니, 벌레잡이제비꽃이 피었잖아' 하고 아무렇지 않게 중얼거렸어요. 그러자 제 여동생이 갑자기 안색을 바꾸는가 싶더니 '어차피 난 벌레잡이제비꽃이니까' 하고 마구 화풀이를 하지 않겠어요? 게다가 또 엄마도 맨날 여동생 편만 들기 때문에 역시 저한테 뭐라고 하는 겁니다."

"벌레잡이제비꽃이 피었다는 게 왜 여동생한테 불쾌한 거지?"

"글쎄요, 아마 수컷 갓파를 붙잡는다는 의미로 받아들인 거겠지요. 그때 엄마와 사이가 안 좋은 숙모도 싸움에 끼어드는 바람에 더욱 큰 소동이 되고 말았습니다. 게다가 일 년 내내 취해 있는 아버지는 다투는 소리를 듣더니 아무나 닥치는 대로 두드려 패기 시작했습니다. 그것만으로도 수습이 안 되는 마당에 제 동생은 그 틈에 엄마의 지갑을 훔치기가 무섭게 영화인가 뭔가를 보러 가버렸습니다. 저는…… 정말 저는 이제……"

랩은 두 손에 얼굴을 묻고는 아무 말도 하지 않고 울었습니다. 제가 그를 동정한 것은 물론입니다. 동시에 또 가족제도에 대한 시인 톡의 경멸을 떠올린 것도 물론이고요. 저는 랩의 어깨를 두드리며 열심히 위로했습니다.

"그런 일은 어디나 흔히 있다네. 자, 용기를 내게."

"하지만…… 하지만 부리라도 썩지 않았다면……"

"그건 포기할 수밖에 없어. 자, 톡의 집에라도 가세."

"톡 씨는 저를 경멸해요. 저는 톡 씨처럼 대담하게 가족을 버릴 수 없으니까요."

"그럼 크라백의 집으로 가세."

저는 그 음악회 이래 크라백과도 친구가 되었기 때문에 아무튼 그 대음악가의 집으로 랩을 데려가기로 했습니다. 크라백은 톡에 비하면 훨씬 호사스럽게 살고 있었습니다. 그건 자본가인 게르처럼 살고 있다는 의미가 아닙니다. 그저 여러 가지 골동품을, 예컨대 타나그라 인형*이나 페르시아의 도기를 잔뜩 늘어놓은 방에 터키풍의 긴 의자를 들여놓고 크라백 자신의 초상화 밑에서 늘 아이들과 놀았습니다. 하지만 그날은 어떻게 된 일인지 팔짱을 낀 채 괴로운 얼굴로 앉아 있었습니다. 그뿐 아니라 그의 발밑에는 휴지가 온통 흩어져 있었습니다. 랩도 시인 톡과 함께 종종 크라백을 만났을 것입니다. 하지만 그런 모습을 보고 무서웠는지 오늘은 공손히 인사를 하고는 잠자코 방구석에 앉았습니다.

"어떻게 된 일인가, 크라백?"

저는 거의 인사 대신 대음악가에게 이렇게 물었습니다.

"어떻게 된 일이냐고? 바보 같은 비평가 녀석! 내 서정시가 톡의 서정시에는 비교가 되지 않는다는 거네."

"하지만 자네는 음악가고……"

"그것뿐이라면 참을 수 있네. 록에 비하면 나는 음악가라고 할 수도 없다지 않은가?"

---

* 1870년 고대 그리스의 도시 타나그라Tanagra에서 출토된, 점토를 구워서 만든 풍속 인형. 헬레니즘 시대의 풍속 인형이 많았다.

록이라는 갓파는 크라백과 종종 비교되는 음악가입니다. 하지만 하필이면 초인 클럽의 회원이 아닌 관계로 저는 한 번도 록과 이야기를 나눈 적이 없습니다. 하지만 부리가 뒤로 젖혀지고 한 성깔 할 것 같은 얼굴만은 가끔 사진으로 봤습니다.

"록도 천재임이 틀림없지. 하지만 록의 음악은 자네 음악에 흘러넘치는 근대적인 정열을 갖고 있지 않네."

"자네는 정말 그렇게 생각하나?"

"그럼 그렇게 생각하고말고."

그러자 크라백은 일어나기가 무섭게 타나그라 인형을 움켜쥐고 느닷없이 바닥에 내동댕이쳤습니다. 랩은 상당히 놀랐는지 뭔가 소리를 지르며 도망치려고 했습니다. 하지만 크라백은 랩과 저에게 살짝 '놀라지 마'라는 손짓을 한 다음 이번에는 냉정하게 이렇게 말했습니다.

"그건 자네 역시 속인처럼 귀를 갖고 있지 않기 때문이네. 나는 록을 두려워하고 있지……"

"자네가? 겸손한 척하는 건 그만두게."

"누가 겸손한 척한다는 건가? 무엇보다 자네들한테 겸손한 척할 정도라면 비평가들 앞에서 그렇게 하겠지. 나 크라백은 천재네. 그 점에서는 록을 두려워하지 않지."

"그럼 뭘 두려워하는 건가?"

"뭔가 정체를 알 수 없는 것을, 이를테면 록을 지배하고 있는 별을."

"아무래도 나는 납득이 가지 않네."

"그렇다면 이렇게 말하면 알겠지. 록은 내 영향을 받지 않았네. 하지만 나는 어느새 록의 영향을 받고 말았지."

"그건 자네의 감수성……"

"자, 들어보게. 감수성 같은 문제가 아니라네. 록은 늘 편안히 그 녀석만이 할 수 있는 일을 하고 있지. 하지만 나는 초조해하고 있네. 그건 록의 눈에는 어쩌면 한 걸음 차이로 보일지 모르지만 내 눈에는 15킬로미터나 다르다네."

"하지만 선생님의 영웅곡은……"

크라백은 가느다란 눈을 더욱 가늘게 뜨고 짜증스럽다는 듯이 랩을 쩨려보았습니다.

"입 다물고 있어. 자네가 뭘 안다고? 나는 록을 알고 있어. 록한테 굽실거리는 개들보다 더 잘 알고 있다고."

"자, 좀 조용히 하게."

"만약 조용히 있을 수 있다면…… 나는 늘 이렇게 생각하네. 우리가 모르는 무언가가 나를, 이 크라백을 조롱하려고 록을 내 앞에 내세운 거라고. 철학자 맥은 이런 걸 다 알고 있지. 늘 그 색유리 남포등 밑에서 낡아빠진 책만 읽는 주제에."

"어떻게 말인가?"

"요즘 맥이 쓴 『바보의 말』이라는 책을 보게."

크라백은 저에게 책 한 권을 건넨다기보다는 내던졌습니다. 그러고는 다시 팔짱을 끼고 퉁명스럽게 이렇게 내뱉었습니다.

"그럼 오늘은 실례하겠네."

저는 풀이 죽은 랩과 함께 다시 거리로 나왔습니다. 왕래가 많은 거리에는 여전히 너도밤나무 가로수 밑에 온갖 가게들이 늘어서 있었습니다. 우리는 아무 말 없이 잠자코 걸었습니다.

그러자 그때 머리를 길게 기른 시인 톡이 지나갔습니다. 톡은 우리의 얼굴을 보더니 배 주머니에서 손수건을 꺼내 몇 번이나 이마를 닦았습니다.

"야아, 이게 얼마 만인가. 오늘은 오랜만에 크라백을 찾아가려고 하는데……"

저는 이 예술가들이 싸움을 하게 해서는 안 된다고 생각해서, 톡에게 크라백은 무척 기분이 안 좋은 상태라는 것을 에둘러 이야기했습니다.

"그런가? 그럼 그만두지. 아무튼 크라백은 신경쇠약이니까 말이야. 나도 지난 2, 3주간 잠을 제대로 못 자서 힘들었다네."

"어떤가, 우리와 함께 산책이나 하는 건?"

"아니, 오늘은 그만두겠네. 아니!"

톡은 이렇게 외치기가 무섭게 제 팔을 꼭 붙들었습니다. 게다가 어느새 온몸에서 식은땀을 흘렸습니다.

"왜 그러나?"

"왜 그러십니까?"

"아니, 저 자동차 창에서 초록색 원숭이 한 마리가 고개를 내민 것처럼 보였네."

저는 다소 걱정되어 아무튼 의사인 척에게 진찰을 받아보도록 권했습니다. 하지만 톡은 무슨 말을 해도 들을 기색조차 보이지 않았습니다. 그뿐 아니라 뭔가 의심스러운 듯이 우리의 얼굴을 번갈아 보며 이런 말까지 했습니다.

"나는 결코 무정부주의자가 아니네. 그것만은 절대 잊지 말아주게. 그럼 잘 가게. 척은 아주 질색이네."

우리는 멍하니 멈춰 선 채 톡의 뒷모습을 지켜봤습니다. 우리는, 아니, 우리가 아닙니다. 학생인 랩은 어느새 길 한복판에서 상체를 구부려 벌린 가랑이 사이로 끊임없이 이어지는 자동차와 인파를 보고 있었습니다. 저는 이 갓파도 발광했나 싶어 깜짝 놀란 채 랩을 일으켰습니다.

"미쳤나? 이게 무슨 짓이야?"

하지만 랩은 눈을 비비며 의외로 침착하게 대답했습니다.

"아뇨, 너무 우울해서 이 세상을 거꾸로 바라봤던 겁니다. 하지만 역시 마찬가지네요."

11

이는 철학자 맥이 쓴 『바보의 말』 중의 어느 장입니다.

❋

바보는 언제나 그 이외의 갓파를 바보라고 믿는다.

❋

우리가 자연을 사랑하는 것은, 자연이 우리를 미워하거나 질투하지 않기 때문이기도 하다.

❋

가장 현명한 생활은 한 시대의 습관을 경멸하면서도, 또 그 습관을 전혀 깨지 않도록 하며 사는 것이다.

❋

우리가 가장 자랑하고 싶은 것은 우리가 갖고 있지 않은 것뿐이다.

✽

누구든 우상을 파괴하는 데 이견을 갖는 자는 없다. 동시에 누구든 우상이 되는 데 이견을 갖는 자도 없다. 하지만 우상의 자리에 느긋하게 앉아 있을 수 있는 자는 가장 신들의 은총을 받은 자, 즉 바보이거나 악인이거나 영웅이다. (크라백은 이 장에 손톱자국을 남겼습니다.)

✽

우리의 생활에 필요한 사상은 3천 년 전에 바닥을 드러냈는지도 모른다. 우리는 그저 오래된 장작에 새로운 불길을 더하고 있을 뿐이리라.

✽

우리의 특색은 우리 자신의 의식을 초월하는 것이 보통이다.

✽

행복은 고통을 동반하고 평화는 권태를 동반한다면……?

✽

자기를 변호하는 것은 타인을 변호하는 것보다 어렵다. 의심이 들거든 변호사를 보라.

✽

자만, 애욕, 의혹, 모든 죄는 3천 년 전부터 이 세 가지에서 비롯되었다. 동시에 아마 모든 덕도.

✽

물질적 욕망을 줄이는 것이 꼭 평화를 가져오지는 않는다.

우리는 평화를 얻기 위해 정신적 욕망도 줄여야 한다. (크라백은 이 장에도 손톱자국을 남겼습니다.)

✳

우리는 인간보다 불행하다. 인간은 갓파만큼 진화하지 않았다. (저는 이 장을 읽었을 때 무심코 웃고 말았습니다.)

✳

이루는 일은 이룰 수 있는 일이고 이룰 수 있는 일은 이루는 일이다. 결국 우리의 생활은 이런 순환논법을 벗어날 수 없다. 다시 말해 불합리로 시종한다.

✳

보들레르는 백치가 된 후 그의 인생관을 단 한마디 여음女陰*이라는 말로 표현했다. 하지만 그 자신을 말해주는 것은 꼭 그렇게 말한 것만이 아니다. 오히려 그의 천재, 즉 그의 생활을 유지하기에 족한 시적 천재를 신뢰했기 때문에 위胃라는 한마디를 잊은 것이다. (이 장에도 역시 크라백의 손톱자국이 남아 있었습니다.)

✳

만약 이성으로 시종한다면 우리는 당연히 우리 자신의 존재를 부정해야 한다. 이성을 신으로 삼았던 볼테르가 행복하게 일생을 마쳤다는 것은 곧 인간이 갓파보다 진화하지 않았다는 사실을 보여주는 것이다.

---

* 여자의 음부를 말한다.

12

비교적 추운 어느 날 오후였습니다. 저는 『바보의 말』을 읽다 싫증이 났기 때문에 철학자 맥을 찾아갔습니다. 그런데 어떤 쓸쓸한 길모퉁이에 모기처럼 야윈 갓파 한 마리가 멍하니 벽에 기대어 있었습니다. 게다가 그는 틀림없이 언젠가 제 만년필을 훔쳐간 그 갓파였습니다. 저는 잘 됐다 싶어 마침 그곳을 지나던 늠름한 경찰을 불러 세웠습니다.

"저 갓파 좀 조사해주시오. 저 갓파는 바로 한 달쯤 전에 내 만년필을 훔쳐갔으니까요."

경찰은 오른손에 든 방망이를 들고(이 나라의 경찰은 칼 대신 주목 방망이를 들고 있습니다) "이봐, 자네" 하며 그 갓파에게 말을 걸었습니다. 저는 어쩌면 그 갓파가 도망칠지도 모른다고 생각했습니다. 하지만 의외로 침착하게 경찰 앞으로 걸어왔습니다. 그뿐 아니라 팔짱을 낀 채 아주 거만하게 저의 얼굴과 경찰의 얼굴을 빤히 쳐다봤습니다. 하지만 경찰은 화도 내지 않고 배 주머니에서 수첩을 꺼내 곧바로 심문을 하기 시작했습니다.

"자네 이름은?"

"그룩."

"직업은?"

"바로 이삼일 전까지는 우편배달부를 했습니다."

"좋아. 그런데 이 사람의 신고에 따르면 자네가 이 사람의 만년필을 훔쳤다고 하는데."

"예, 한 달쯤 전에 훔쳤습니다."

"뭐 때문에?"

"아이한테 장난감으로 주려고 생각했습니다.

"그 아이는?"

경찰은 처음으로 상대 갓파에게 날카로운 눈초리를 보냈습니다.

"일주일 전에 죽었습니다."

"사망증명서를 갖고 있나?"

야윈 갓파는 배 주머니에서 종이 한 장을 꺼냈습니다. 경찰은 그 종이를 훑어보더니 갑자기 히죽히죽 웃으며 상대의 어깨를 두드렸습니다.

"좋아. 수고 많았네."

저는 어안이 벙벙한 채 경찰의 얼굴을 쳐다보고 있었습니다. 게다가 그러는 사이에 야윈 갓파는 뭐라고 투덜거리며 우리를 뒤로 하고 가버렸습니다. 저는 간신히 정신을 차리고 경찰에게 이렇게 물어봤습니다.

"왜 그 갓파를 붙잡지 않은 거요?"

"저 갓파는 무죄입니다."

"하지만 내 만년필을 훔친 것은……"

"아이한테 장난감으로 주려고 했겠지요. 하지만 그 아이는 죽었습니다. 만약 미심쩍으면 형법 1285조를 찾아보세요."

경찰은 이렇게 내뱉고는 재빨리 어디론가 가버렸습니다. 저는 어쩔 수 없어서 '형법 1285조'라는 말을 되뇌며 맥의 집으로 서둘러 갔습니다. 철학자 맥은 손님이 찾아오는 것을 좋아했습니다. 실제로 오늘도 어둑한 방에는 재판관 펩, 의사 척, 유리회사 사장 게르 등이 모여 일곱 색깔의 남포등 아래서 담배 연기를 뿜어대고 있었습니다. 거기에 재판관 펩이 와 있었던 것은 무엇보다 저에게 무척 잘된 일이었습니다. 저는 의자에 앉기가 무섭게 형법 1285조를 찾아보는 대신 재빨리 펩에게 물었습니다.

"펩 씨, 대단히 실례지만 이 나라에서는 죄인을 벌하지 않습니까?"

펩은 우선 금박 필터의 담배 연기를 유유히 뿜어대고 나서 아주 시시하다는 듯이 대답했습니다.

"벌하고말고요. 사형까지 집행할 정도니까요."

"하지만 제가 한 달쯤 전에……"

저는 자세한 사정을 이야기한 후 그 형법 1285조를 물어봤습니다.

"흐음, 그건 이런 겁니다. '어떤 범죄를 저질렀다 하더라도 해당 범죄를 저지르게 한 사정이 소실된 후에는 해당 범죄자를 처벌할 수 없다.' 그러니까 당신 경우로 말하자면 그 갓파는 예전에는 부모였지만 지금은 더 이상 부모가 아니니까 범죄도 자연히 소멸되는 겁니다."

"그것 참 불합리하네요."

"농담해서는 안 됩니다. 부모였던 갓파와 부모인 갓파를 동일하게 보는 것이야말로 불합리하지요. 그래, 맞아요, 일본 법률에서는 동일하게 보게 되어 있지요. 우리한테 그건 정말 우스꽝스럽습니다. 후후후후후, 후후후후후."

펩은 담배를 내던지며 마음에 없는 엷은 웃음을 흘렸습니다. 그때 끼어든 것은 법률과는 인연이 먼 척이었습니다. 척은 코안경을 살짝 고쳐 쓰고 저에게 이렇게 물었습니다.

"일본에도 사형이 있습니까?"

"있고말고요. 일본에서는 교수형입니다."

저는 쌀쌀한 태도를 보였던 펩에게 다소 반감을 느꼈기 때문에 이 기회에 비꼬아주었습니다.

"이 나라의 사형은 일본보다 문명적이겠지요?"

"물론 문명적입니다."

펩은 역시 침착했습니다.

"이 나라에서는 교수형 같은 건 시행하지 않습니다. 드물게는 전기를 쓰는 일도 있긴 합니다. 하지만 대개는 전기도 쓰지 않습니다. 단지 그 죄명을 들려줄 뿐이지요."

"그것만으로도 갓파는 죽는 겁니까?"

"죽고말고요. 우리 갓파의 신경 작용은 당신들보다 미묘하니까요."

"그건 사형만이 아닙니다. 살인에도 그런 방법을 쓰는 일이 있습니다."

사장 게르는 색유리 빛에 얼굴이 온통 보라빛으로 물든 채 붙임성 있는 미소를 보여주었습니다.

"저는 얼마 전에도 어느 사회주의자한테 '너는 도둑놈이야'라는 말을 듣고 심장마비를 일으킬 뻔했습니다."

"그런 일은 의외로 많은 것 같습니다. 제가 알고 있던 어떤 변호사 역시 그 때문에 죽었으니까요."

저는 이렇게 말한 갓파 철학자 맥을 돌아보았습니다. 맥은 여전히 평소처럼 빈정거리는 미소를 띤 채 누구의 얼굴도 보지 않고 말했습니다.

"그 갓파는 누군가한테 개구리라는 말을 듣고, 물론 당신도 알 겁니다, 이 나라에서 개구리라는 말을 듣는 것은 갓파 아닌 갓파라는 의미가 된다는 것 정도는요. 나는 개구리일까? 개구리가 아닐까? 매일 이렇게 고민하다가 결국 죽고 말았지요."

"그건 말하자면 자살이네요."

"하지만 그 갓파를 개구리라고 말한 녀석은 죽일 생각으로 말한 거지만요. 당신들 눈으로 보면 역시 그것도 자살이라는……"

맥이 바로 이렇게 말한 때였습니다. 갑자기 그 방의 벽 너머에서, 분명히 시인 톡의 집에서 날카로운 권총 소리 한 발이 공기를 찢듯이 울려 퍼졌습니다.

13

우리는 톡의 집으로 달려갔습니다. 톡은 오른손에 권총을 쥐고 머리의 접시에서 피를 흘린 채 고산식물 화분 위에 뒤로 벌렁 쓰러져 있었습니다. 또 그 옆에는 암컷 갓파 한 마리가 톡의 가슴에 얼굴을 묻고 큰 소리로 울고 있었습니다. 저는 암컷 갓파를 안아 일으키며 (원래 저는 끈적끈적한 갓파의 피부를 손으로 닿는 것을 별로 좋아하지 않았지만) "어떻게 된 겁니까?"

하고 물었습니다.

"어떻게 된 건지 저도 몰라요. 다만 뭔가 쓰고 있다고 생각했는데 갑자기 권총으로 머리를 쏜 거예요. 아아, 저는 어떡하면 좋을까요? qur-r-r-r-r, qur-r-r-r-r."(이건 갓파의 울음소리입니다.)

"아무튼 톡은 제멋대로였으니까."

유리회사 사장 게르는 슬픈 듯이 머리를 흔들며 재판관 펩에게 이렇게 말했습니다. 하지만 펩은 아무 말도 하지 않고 금박 필터의 담배에 불을 붙였습니다. 그러자 지금까지 무릎을 꿇고 톡의 상처 자리 등을 살폈던 척은 아주 의사다운 태도를 취한 채 우리 다섯 명에게 선언했습니다. (실은 한 사람과 네 마리입니다.)

"이제 끝났습니다. 톡은 원래 위장병이 있었기 때문에 그것만으로도 우울해지기 쉬웠지요."

"뭔가 쓰고 있었다고 하던데요."

철학자 맥은 변호라도 하듯이 이렇게 혼잣말을 흘리며 책상 위의 종이를 집어 들었습니다. 우리는 모두 목을 길게 빼고 (하지만 저만은 예외였습니다) 맥의 널찍한 어깨 너머로 종이 한 장을 들여다봤습니다.

자, 떠나자. 이 세상 멀리 벗어난 골짜기로.
바위 험하고 산수 맑으며,
약초 꽃 향기로운 골짜기로.

맥은 우리를 돌아보며 엷은 쓴웃음과 함께 이렇게 말했습니다.

"이건 괴테의 「미뇽의 노래」를 표절한 겁니다. 그렇다면 톡이 자살한 것은 시인으로서도 지쳐 있었다는 뜻이겠지요."

그때 우연히 자동차를 타고 온 것은 음악가 크라백이었습니다. 크라백은 이런 광경을 보고는 한동안 문 앞에 우두커니 서 있었습니다. 하지만 우리 앞으로 걸어와서는 고함을 치듯이 맥에게 말했습니다.

"그건 톡의 유언장입니까?"

"아니, 마지막으로 썼던 시입니다."

"시요?"

맥은 여전히 조금도 동요하지 않고 머리카락을 곤두세운 크라백에게 톡의 시 원고를 건넸습니다. 크라백은 주위에는 시선을 주지 않고 열심히 그 시 원고를 읽기 시작했습니다. 하지만 맥의 말에는 거의 대답조차 하지 않았습니다.

"당신은 톡의 죽음을 어떻게 생각합니까?"

"자, 떠나자…… 저도 또 언제 죽을지 모릅니다. 이 세상 멀리 벗어난 골짜기로……"

"하지만 당신은 톡의 친한 친구 중 한 명이었지요?"

"친한 친구요? 톡은 늘 고독했습니다. 이 세상 멀리 벗어난 골짜기로…… 다만 톡은 불행하게도…… 바위 험하고……"

"불행하게도?"

"산수 맑으며…… 당신들은 행복합니다. 바위 험하고……"

저는 그때까지도 울음소리를 그치지 않는 암컷 갓파를 동정했기 때문에 살짝 어깨를 안듯이 하며 방구석의 긴 의자로 데려갔습니다. 그곳에는 두세 살쯤의 갓파 한 마리가 아무것도 모르고 웃고 있었습니다. 저는 암컷 갓파 대신 아이 갓파를 달래주었습니다. 그러자 어느새 제 눈에도 눈물이 고이는 것을 느꼈습니다. 제가 갓파의 나라에 살면서 눈물을 흘린 것은 그때가 처음이자 마지막이었습니다.

"하지만 이런 제멋대로인 갓파와 함께 살게 된 가족이 안됐군요."

"하여간 뒷일도 생각하지 않았으니까요."

재판관 펩은 여전히 새 담배에 불을 붙이며 자본가인 게르에게 대답했습니다. 그러자 우리를 놀라게 한 것은 음악가 크라백의 큰 소리였습니다. 크라백은 시 원고를 쥔 채 누구에게랄 것도 없이 소리쳤습니다.

"됐어! 훌륭한 장송곡을 만들 수 있겠어."

크라백은 가느다란 눈을 빛내며 살짝 맥의 손을 잡더니 갑자기 문으로 달려갔습니다. 물론 그때는 이미 이웃의 수많은 갓파들이 톡의 집 문 앞에 모여 무슨 일인가 하고 집 안을 들여다보고 있었습니다. 하지만 크라백은 그 갓파들을 좌우로 마구 밀쳐내기가 무섭게 자동차에 훌쩍 올라탔습니다. 동시에 또 자동차는 폭음을 내며 순식간에 어디론가 가버렸습니다.

"이봐, 이봐, 그렇게 들여다봐서는 안 되지."

재판관 펩은 경찰 대신 수많은 갓파를 밀쳐낸 후 톡의 집 문을 닫았습니다. 그 탓에 방 안은 갑자기 쥐 죽은 듯 조용해졌습니다. 우리는 조용한 가운데 고산식물 화분의 꽃향기가 섞인 톡의 피 냄새 속에서 뒤처리를 의논했습니다. 하지만 철학자 맥만은 톡의 유해를 바라본 채 멍하니 뭔가 생각하고 있었습니다. 저는 맥의 어깨를 두드리며 "무슨 생각을 하고 있습니까?" 하고 물었습니다.

"갓파의 생활이라는 것을요."

"갓파의 생활이 어떻다는 건가요?"

"우리 갓파는 누가 뭐래도 갓파의 생활을 끝까지 영위하기 위해서는……"

맥은 다소 부끄러운 듯 나직한 목소리로 덧붙였습니다.

"아무튼 우리 갓파 이외에 뭔가의 힘을 믿는 것이지요."

14

제게 종교라는 걸 생각하게 한 것은 맥의 이런 말이었습니다. 저는 물론 물질주의자이기 때문에 진지하게 종교를 생각해본 적이 한 번도 없었습니다. 하지만 그때는 톡의 죽음에서 어떤 감동을 얻었기 때문에 대체 갓파의 종교는 뭘까 하는 생각을 하기 시작한 것입니다. 저는 곧 학생 랩에게 이 문제를 물어봤습니다.

"그야 그리스도교, 불교, 마호메트교, 배화교 등도 있습니다. 우선 가장 세력이 있는 것은 누가 뭐래도 근대교이겠지요. 생활교라고도 합니다."('생활교'라는 번역어는 맞지 않을지도 모릅니다. 이 말의 원어는 'Quemoocha'입니다. 'cha'는 영어의 'ism'

이라는 의미에 해당할 겁니다. 'quemoo'의 원형 'quemal'의 번역어는 단지 '산다'는 것보다는 '밥을 먹거나 술을 마시거나 성교를 한다'는 의미입니다.)

"그럼 이 나라에도 교회나 사원이 있겠네?"

"무슨 말씀을 하세요? 근대교의 대사원은 이 나라 제일의 대형 건축물입니다. 어때요, 잠깐 구경하러 가는 건?"

구름 낀 어느 따스한 날 오후, 랩은 의기양양하게 저와 함께 대사원으로 갔습니다. 과연 니콜라이 성당*의 열 배나 되는 대형 건축물이었습니다. 그뿐 아니라 온갖 건축 양식을 한곳에 모아놓은 대형 건축물이었습니다. 저는 그 대사원 앞에서 서서 높은 탑이나 둥근 지붕을 바라보았을 때 뭔가 섬뜩함마저 들었습니다. 실제로 그것들은 하늘을 향해 뻗은 무수한 촉수처럼 보였습니다. 우리는 현관 앞에 멈춰 서서 (또 그 현관에 비교하면 우리는 얼마나 작던지요!) 건축물이라기보다는 오히려 터무니없는 괴물에 가까운 희대의 대사원을 한동안 올려다봤습니다.

대사원의 내부도 광대했습니다. 코린트식**의 원기둥 사이로 참배객 여러 명이 걷고 있었습니다. 그러나 그들은 우리처럼 굉장히 작아 보였습니다. 그때 우리는 등이 굽은 갓파 한 마리를 만났습니다. 그런데 랩은 그 갓파에게 살짝 고개를 숙여 인

---

* 러시아인 선교사 니콜라이가 1891년에 창건한 일본 그리스도 정교회 중앙본부의 대성당. 도쿄의 스루가다이駿河台에 있다.

** 이오니아식, 도리스식과 함께 그리스의 3대 건축 양식의 하나. 고대 그리스의 코린트시에서 기원전 7세기 무렵부터 생겼다. 기둥머리가 덩굴무늬 장식, 계란 모양 등의 조각으로 장식되었으며 화려하고 섬세하다.

사한 후 정중하게 이렇게 말했습니다.

"장로님, 건강하셔서 무엇보다 다행입니다."

상대 갓파도 살짝 고개를 숙여 인사한 후 역시 정중하게 대답했습니다.

"아니, 랩 씨 아닙니까? 당신도 여전히(라고 말하며 잠깐 말을 잇지 못한 것은 랩의 부리가 썩은 것을 그제야 알아챘기 때문이겠지요), 아아, 아무튼 건강한 것 같군요. 그런데 오늘은 또 무슨 일로……"

"오늘은 이분과 같이 왔습니다. 아마 아시겠지만 이분은……"

그러더니 랩은 거침없이 저에 대해 이야기했습니다. 아무래도 그것은 랩이 이 대사원에 좀처럼 오지 않는 것에 대한 변명이라도 되는 것 같았습니다.

"그래서 아무쪼록 이분의 안내를 부탁드리고 싶습니다만."

장로는 점잖게 미소를 지으며 우선 저에게 인사를 하더니 조용히 정면 제단을 가리켰습니다.

"안내라고 해도 별로 도움이 되지는 않을 겁니다. 우리 신도들은 정면의 제단에 있는 '생명의 나무'에 예배를 드립니다. '생명의 나무'에는 보시다시피 금색과 초록색 열매가 달려 있습니다. 저 금색 열매를 '선과善果'라 하고, 저 초록색 열매를 '악과惡果'라고 합니다."

저는 이런 설명을 듣는 중에 벌써부터 따분해지기 시작했습니다. 그것은 장로가 애써 해준 말도 케케묵은 비유처럼 들렸기 때문입니다. 저는 물론 열심히 듣는 척하고 있었습니다. 하지만 이따금 대사원 내부를 슬쩍 곁눈질하는 걸 잊지 않았습니다. 코린트식의 기둥, 고딕식의 둥근 천장, 아라비아풍의 바둑판무늬 바닥, 시세션풍을 흉내 낸 기도 책상, 이런 것들이 만들어내고 있는 조화는 묘하게 야만적인 미를 갖추고 있었습니다. 하지만 제 눈을 끈 것은 무엇보다 양쪽으로 쭉 늘어선 감실 안에 있는 대리석 반신상이었습니다. 그 상들은 어쩐지 어디서 본 적이 있는 것 같았습니다. 그것도 이상한 것은 아닙니다. 등이 굽은 그 갓파는 '생명의 나무'에 대한 설명이 끝나자 이번에는 저와 랩과 함께 오른쪽 감실 앞으로 다가가 그 안의 반신상에 이런 설명을 덧붙였습니다.

"이건 우리 성도 중의 한 사람, 모든 것에 반역한 성도 스트린드베리*입니다. 이 성도는 심하게 고생한 끝에 스베덴보리** 의 철학 덕분에 구원받았다고들 합니다. 하지만 실은 구원받지 못했습니다. 이 성도는 그저 우리처럼 생활교를 믿었지요. 아니, 믿었다기보다는 믿을 수밖에 없었겠지요. 이 성도가 우리에게 남긴『전설』***이라는 책을 읽어보세요. 이 성도도 자살 미수자였던 것은 성도 자신이 고백하고 있습니다."

---

* August Strindberg(1849~1912). 스웨덴의 작가. 신랄한 비평 정신으로 세기말의 인간상을 그렸다. 스베덴보리의 영향을 받아 후기에는 자연주의에서 신비주의로 이행했다.

** Emanuel Swedenborg(1688~1772). 스웨덴의 철학자. 신비주의자. 성서를 신의 직접적인 음성이라고 하여 영혼과의 대화를 통해 천상계와 지상계를 상세히 설명했다.

*** Legender(1898). 스트린드베리의 자전적 소설.

저는 좀 우울해져서 다음 감실에 눈을 주었습니다. 다음 감실에 있는 반신상은 콧수염이 짙은 독일인이었습니다.

"이건 차라투스트라의 시인 니체입니다. 이 성도는 성도 자신이 만든 초인에게 구원을 얻으려고 했습니다. 하지만 역시 구원받지 못하고 미치고 말았습니다. 만약 미치지 않았다면 어쩌면 성도가 될 수 없었을지도 모릅니다."

장로는 잠깐 침묵한 후 세 번째 감실 앞으로 안내했습니다.

"세 번째에 있는 것은 톨스토이입니다. 이 성도는 누구보다도 고행을 했습니다. 그는 원래 귀족이어서 호기심 많은 대중에게 자신의 고통을 보여주는 게 싫었기 때문입니다. 이 성도는 사실 믿을 수 없는 그리스도를 믿으려고 노력했지요. 아니, 믿고 있는 것처럼 공언한 적도 있었습니다. 하지만 결국 만년에는 비장한 거짓말쟁이였던 사실이 견딜 수 없어졌습니다. 이 성도도 때때로 서재의 대들보에 공포를 느꼈던 일은 유명합니다. 하지만 성도가 되었을 정도라서 물론 자살한 것은 아닙니다."

네 번째 감실 안의 반신상은 우리 일본인 중의 한 사람이었습니다. 저는 이 일본인의 얼굴을 봤을 때 아니나 다를까 반가움을 느꼈습니다.

"이건 구니키다 돗포입니다. 기차에 치여 죽은 인부의 마음*

---

* 구니키다 돗포國木田獨步(1871~1908)는 단편소설 「궁사窮死」에서 결핵에 걸린 하층 노동자가 막다른 곳에 몰려 기차에 치여 죽기까지의 과정을 그렸다.

을 확실히 알고 있던 시인이었지요. 하지만 그 이상의 설명은 당신에게 필요하지 않을 겁니다. 그럼 다섯 번째 감실을 봐주십시오."

"이건 바그너가 아닙니까?"

"그렇습니다. 국왕의 친구였던 혁명가지요. 성도 바그너는 만년에 식전 기도까지 했습니다. 하지만 물론 그리스도교보다는 생활교 신도 중의 한 사람이었습니다. 바그너가 남긴 편지에 따르면 사바세계의 고통은 몇 번이나 이 성도를 죽음 직전까지 몰아갔는지 모릅니다."

우리는 그때 이미 여섯 번째 감실 앞에 서 있었습니다.

"이는 성도 스트린드베리의 친구입니다. 아이를 많이 낳아 준 아내 대신에 열서너 살의 타이티 여자와 살았던 장사꾼 출신의 프랑스 화가*입니다. 이 성도의 굵은 혈관 속에는 뱃사람의 피가 흐르고 있었습니다. 하지만 입술을 보세요. 비소인가 뭔가의 흔적이 남아 있습니다. 일곱 번째 감실 안에 있는 것은…… 이제 피곤하시겠네요. 그럼 이쪽으로 오시지요."

저는 실제로 피곤했기 때문에 랩과 함께 장로를 따라 향냄새가 나는 복도 옆에 있는 방으로 들어갔습니다. 그 작은 방의 한쪽 구석에는 또 검은 비너스상 밑에 왕머루 한 송이가 바쳐져 있었습니다. 저는 장식도 없는 승방 같은 곳을 상상했던 만큼 약간 의외라고 생각했습니다. 그러자 장로는 제 모습에서

---

* 프랑스의 후기 인상파 화가 폴 고갱Paul Gauguin(1848~1903).

그런 마음을 느꼈는지 우리에게 의자를 권하기 전에 반쯤 미안하다는 듯이 설명했습니다.

"아무쪼록 우리 종교가 생활교라는 것을 잊지 마시기 바랍니다. 우리의 신, '생명의 나무'의 가르침은 '왕성하게 살아라'는 것이니까요. 랩 씨, 당신은 이분에게 우리의 성서를 보여드렸습니까?"

"아뇨…… 실은 저도 거의 읽은 적이 없습니다."

랩은 머리 위의 접시를 긁으며 솔직히 이렇게 대답했습니다. 하지만 여전히 장로는 조용히 미소 지으며 이야기를 계속했습니다.

"그렇다면 모르실 겁니다. 우리의 신은 하루 안에 이 세계를 만들었습니다. ('생명의 나무'는 나무이지만 이루지 못하는 것이 없습니다.) 뿐만 아니라 암컷 갓파를 만들어냈습니다. 그런데 암컷 갓파는 너무 따분한 나머지 수컷 갓파를 찾았지요. 우리의 신은 그 탄식을 불쌍히 여겨 암컷 갓파의 뇌수를 떼어내 수컷 갓파를 만들었습니다. 우리의 신은 그 갓파 두 마리에게 '먹어라, 성교하라, 왕성하게 살아라'라는 축복을 내렸습니다."

저는 장로의 말 속에서 시인 톡을 떠올렸습니다. 시인 톡은 불행히도 저처럼 무신론자였습니다. 저는 갓파가 아니기 때문에 생활교를 몰랐던 것도 무리가 아닙니다. 하지만 갓파 나라에 태어난 톡은 물론 '생명의 나무'를 알고 있었을 것입니다. 저는 그 가르침을 따르지 않았던 톡의 최후를 불쌍히 여겼기 때문에 장로의 말을 가로막듯이 톡 이야기를 꺼냈습니다.

"아아, 그 불쌍한 시인 말이군요."

장로는 제 이야기를 듣고 깊은 한숨을 내쉬었습니다.

"우리의 운명을 정하는 것은 신앙과 환경과 우연뿐입니다. (하긴 당신들은 그 외에 유전을 들겠지요.) 톡 씨는 불행히도 신앙을 갖지 못했습니다."

"톡은 당신을 부러워했겠지요. 아니, 저도 부럽습니다. 랩은 나이도 어리고……"

"저도 부리만 아무렇지 않았다면 낙천적이었을지도 모릅니다."

장로는 우리에게 이런 말을 듣자 다시 한번 깊은 한숨을 내쉬었습니다. 게다가 그 눈은 눈물을 머금은 채 가만히 검은 비너스를 응시했습니다.

"저도 실은…… 이건 저의 비밀이니까 아무쪼록 아무한테도 말하지는 마세요. 저도 실은 우리의 신을 믿는 건 아닙니다. 하지만 언젠가 제 기도는……"

마침 장로가 이렇게 말했을 때였습니다. 갑작스럽게 방문이 열리나 싶더니 커다란 암컷 갓파 한 마리가 느닷없이 장로에게 덤벼들었습니다. 우리가 이 암컷 갓파를 붙들려고 한 것은 물론입니다. 하지만 암컷 갓파는 눈 깜짝할 사이에 장로를 바닥에 내동댕이쳤습니다.

"이 영감탱이! 오늘 또 내 지갑에서 한잔할 돈을 훔쳐갔지?"

10분쯤 지난 후 우리는 실제로 도망치듯이 장로 부부를 뒤에 남기고 대사원의 현관에서 내려왔습니다.

"저래서야 저 장로도 '생명의 나무'를 믿을 리 없겠지요."

한동안 말없이 걷다가 랩은 제게 이렇게 말했습니다. 하지만 저는 대답을 하기보다는 무심코 대사원을 돌아보았습니다. 대사원은 잔뜩 흐린 하늘에 역시 높은 탑과 둥근 지붕을 무수한 촉수처럼 뻗치고 있었습니다. 사막의 하늘에 보이는 신기루의 섬뜩함 같은 것을 떠올게 한 채.

15

그러고 나서 그럭저럭 일주일쯤 지난 후 저는 문득 의사 척에게 기묘한 이야기를 들었습니다. 톡의 집에 유령이 나온다는 것이었습니다. 그 무렵 암컷 갓파는 어딘가 다른 곳으로 가버리고 우리의 친구인 시인의 집도 사진사의 스튜디오로 변했습니다. 확실치는 않지만 척의 이야기에 따르면 이 스튜디오에서 사진을 찍으면 톡의 모습이 어느 틈엔가 손님 뒤에 흐릿하게 비친다는 것입니다. 하지만 척은 물질주의자이기 때문에 사후의 생명 따위를 믿지 않았습니다. 실제로 그 이야기를 했을 때도 악의 있는 미소를 띠며 "역시 영혼이라는 것도 물질적 존재인 모양이네요" 하고 주석 같은 걸 덧붙였습니다. 저도 유령을 믿지 않는다는 점에서는 척과 그다지 다르지 않았습니다. 하지만 시인 톡에게는 친밀감을 느끼고 있었기 때문에 곧바로 서점으로 달려가 톡의 유령에 관한 기사나 톡의 유령 사진이 실린 신문과 잡지를 사왔습니다. 그 사진들을 보니 아니나 다를까 어딘가 톡인 듯한 갓파 한 마리가 남녀노소의 갓파 뒤에 흐릿한 모습을 드러내고 있었습니다. 하지만 저를 놀라게 한 것은 톡의 유령 사진보다는 톡의 유령에 관한 기사, 특히 톡의 유령에 관한 심령학협회의 보고였습니다. 저는 그 보고를 거의 그대로 번역해두었기 때문에 아래에 그 대략적인 것을 싣기로 하겠습니다. 다만 괄호 안에 있는 것은 저 자신이 덧붙인 주석입니다.

시인 톡의 유령에 관한 보고(심령학협회 잡지 제8274호)

우리 심령학협회는 일전에 자살한 시인 톡이 예전에 살았던 집이자 현재는 ××사진사의 스튜디오인 □□가街 제251호에서 임시 조사회를 개최했다. 참석한 회원은 아래와 같다. (이름은 생략한다.)

우리들 회원 17명은 심령학협회 회장 펙 씨와 함께 9월 17일 오전 10시 30분, 우리가 가장 신뢰하는 영매인 호프 부인을 동반하고 그 스튜디오의 한 방에 모였다. 호프 부인은 그 스튜디오에 들어서자마자 이미 심령적인 공기를 느끼고 전신에 경련을 일으키며 몇 차례에 걸쳐 구토를 했다. 부인의 이야기에 따르면 이는 시인 톡이 독한 담배를 좋아한 결과 그 심령적 공기도 니코틴을 함유하고 있기 때문이라고 한다.

우리들 회원은 호프 부인과 함께 원탁을 둘러싸고 말없이 앉아 있었다. 부인은 3분 25초 후 아주 급격한 몽유 상태에 빠졌고, 동시에 시인 톡의 심령에 빙의했다. 우리들 회원은 연령순으로 부인이 빙의한 톡의 심령과 아래와 같은 문답을 시작했다.

문 : 자네는 왜 유령으로 나타나는가?

답 : 사후의 명성을 알아보기 위해서네.

문 : 자네, 또는 심령들은 사후에도 여전히 명성을 원하나?

답 : 적어도 나는 바라지 않을 수 없네. 하지만 내가 만난 일
본 제일의 시인 같은 경우는 사후의 명성을 경멸했지.

문 : 자네는 그 시인의 이름을 알고 있나?

답 : 불행히도 잊어버렸네. 다만 그가 즐겨 쓰던 하이쿠 하나
만은 기억하고 있지.

문 : 그 시는 어떤 건가?

답 : "오래된 연못이여, 개구리 뛰어드는 물소리古池や蛙かわず
飛びこむ水の音."*

문 : 자네는 그 시를 좋은 작품이라 생각하나?

답 : 나는 꼭 나쁜 작품이라고는 생각하지 않네. 다만 '개구
리'를 '갓파'로 했다면 한층 빛나는 작품이 되었을 거네.

문 : 그 이유는 뭔가?

답 : 우리 갓파는 어떤 예술에나 갓파가 나오기를 간절히 바
라기 때문이네.

이때 회장 펙 씨는 우리 회원 17명에게 이 자리는 심령학협
회의 임시 조사회이지 합평회가 아니라는 주의를 주었다.

---

* 마츠오 바쇼의 하이쿠.

문 : 심령들의 생활은 어떤가?

답 : 여러분의 생활과 다르지 않네.

문 : 그렇다면 자네는 자살한 것을 후회하나?

답 : 꼭 후회하는 건 아니네. 나는 심령 생활에 싫증이 나면 다시 권총을 들고 자활自活할 걸세.

문 : 자활하는 건 쉬운가, 어떤가?

톡의 심령은 이 물음에 대답 대신 질문을 했다. 이는 톡을 아는 이에게는 아주 자연스러운 응수일 것이다.

답 : 자살하는 건 쉬운가, 어떤가?

문 : 심령의 생명은 영원한가?

답 : 우리의 생명에 관해서는 갖가지 설이 분분해서 믿을 수가 없네. 다행히 우리들 사이에는 그리스도교, 불교, 마호메트교, 배화교 등 여러 종교가 있다는 것을 잊지 말게.

문 : 자네가 믿는 것은 뭔가?

답 : 나는 항상 회의주의자네.

문 : 하지만 자네는 적어도 심령의 존재는 의심하지 않는 거 아닌가?

답 : 자네들처럼 확신할 수는 없네.

문 : 자네의 교우 관계는 어떤가?

답 : 나의 교우는 동서고금에 걸쳐 3백 명을 밑돌지 않을 거

네. 저명한 자를 들자면 클라이스트,[*] 마인렌더,[**] 바이닝 거[***]……

문 : 자네의 교우는 자살자뿐인가?

답 : 꼭 그런 건 아니네. 자살을 변호하는 몽테뉴 같은 사람 은 나의 외우畏友 중의 한 명이지. 다만 나는 자살하지 않 은 염세주의자 쇼펜하우어 같은 이들과는 교제하지 않네.

문 : 쇼펜하우어는 건재한가?

답 : 그는 지금 심령적 염세주의를 수립하고 자활의 가부를 논하고 있네. 하지만 콜레라도 세균에 의한 병이라는 것을 알고 무척 안도한 모양이네.

우리들 회원은 잇따라 나폴레옹, 공자, 도스토옙스키, 다윈, 클레오파트라, 석가모니, 데모스테네스,[****] 단테, 센 리큐千利休 등의 심령에 대한 소식을 물었다. 하지만 톡은 불행히도 상세 한 대답을 하지 않고 오히려 톡 자신에 관한 여러 가지 가십을

---

[*] Heinrich von Kleist(1777~1811). 독일의 극작가, 소설가. 이상과 현실을 이으려는 정열에 뒷받침된 사실적 작풍. 대표작으로 희곡 『깨어진 항 아리』가 있고, 베를린 외곽의 호숫가에서 유부녀와 권총으로 자살했다.

[**] P. Mainländer(1841~1876). 쇼펜하우어의 영향을 받은 철학자. 세계는 신의 힘이 분열한 끝에 소멸에 이르는 과정에 있고 모든 개체는 사멸에 의해 목적에 이른다. 그러므로 자살은 찬미되어야 한다고 하며 자살했다.

[***] Otto Weininger(1880~1903). 오스트리아의 사상가. '성의 형이상학'을 주장했다. 저서로 『성과 성격』이 있다. 이탈리아를 여행한 후 자살했다.

[****] Demosthenes(B.C.384~322). 아테네의 정치가. 마케도니아의 침입에 대해 그리스의 자유를 강조하며 자살했다.

물었다.

> 문 : 내 사후의 명성은 어떤가?
>
> 답 : 어떤 비평가는 "군소 시인 중의 하나"라고 평했네.
>
> 문 : 그는 내 시집을 증정 받지 못한 원한을 가진 이들 중의 한 명일 거네. 내 전집은 출판되었나?
>
> 답 : 자네 전집은 출판되었지만 팔림새는 그다지 신통치 않은 모양이네.
>
> 문 : 내 전집은 3백 년 후, 그러니까 저작권이 소멸된 뒤에 모두가 구입하게 될 거네. 나와 동거하던 여자 친구는 어떻게 지내나?
>
> 답 : 그녀는 서점을 하는 랙의 아내가 되었네.
>
> 문 : 불행히도 그녀는 랙의 눈이 의안인 걸 모를 거네. 내 아이는 어떻게 되었나?
>
> 답 : 국립 고아원에 있다고 들었네.

톡은 잠시 침묵한 후 새로운 질문을 시작했다.

> 문 : 우리 집은 어떻게 되었나?
>
> 답 : 어떤 사진사의 스튜디오가 되었네.
>
> 문 : 내 책상은 어떻게 되었나?
>
> 답 : 어떻게 되었는지 아는 사람이 없다네.
>
> 문 : 내 책상 서랍에 내가 소중히 간직하던 편지 한 다발을…… 하지만 다행히도 그건 바쁜 여러분이 상관할 바는 아

니겠지. 이제 여기 심령의 세계도 서서히 땅거미가 지려 하네. 여러분과 헤어져야 하겠군. 친애하는 여러분. 잘들 있게.

호프 부인은 마지막 말과 함께 다시 급격하게 깨어났다. 우리들 회원 17명은 이 문답이 진실이라는 것을 하늘 위의 신에게 맹세코 보증한다. (또한 우리가 신뢰하는 호프 부인에 대한 보수는 일찍이 부인이 여배우였을 때의 일당에 따라 지불했다.)

16

저는 이런 기사를 읽은 후 점점 이 나라에 있는 것도 우울해졌기 때문에 제발 우리 인간의 나라로 돌아가고 싶었습니다. 하지만 아무리 찾아다녀도 제가 떨어진 구멍은 찾을 수가 없었습니다. 그런데 백이라는 어부 갓파의 이야기로는, 잘은 몰라도 이 나라의 변두리에 있는 나이 든 갓파 한 마리가 책을 읽거나 피리를 불며 조용히 지내고 있다는 것입니다. 저는 그 갓파를 찾아가보면 혹시 이 나라를 빠져나가는 길을 알고 있지 않을까 생각했기 때문에 곧장 변두리로 갔습니다. 하지만 그곳에 가봤더니 아주 조그만 집 안에 나이 든 갓파는커녕 머리의 접시도 굳지 않은 겨우 열두세 살쯤의 갓파 한 마리가 느긋하게 피리를 불고 있었습니다. 저는 물론 다른 집으로 들어간 게 아닐까 생각했습니다. 하지만 혹시나 해서 이름을 물어봤더니 역시 백이 가르쳐준 나이 든 갓파가 틀림없었습니다.

"하지만 당신은 아이처럼 보이는데요……"

"당신은 아직 모르고 있나? 나는 어찌된 운명인지 어머니 배에서 나올 때 백발이었다네. 그러고는 점점 나이가 젊어져 지금은 이렇게 아이가 되었지. 하지만 나이를 계산하면 태어나기 전을 예순이라고 해도 그럭저럭 백십오륙은 되었을 거네."

저는 방 안을 둘러보았습니다. 그곳에는 제 기분 탓인지 소박한 의자와 탁자 사이로 뭔가 맑은 행복이 감돌고 있는 것처럼 보였습니다.

"당신은 어쩐지 다른 갓파보다 행복하게 지내시는 것 같네요?"

"글쎄, 그럴지도 모르지. 나는 어렸을 때는 늙은이였고 나이를 먹었을 때는 젊은이니까. 그래서 노인처럼 욕구에 목마르지 않고 젊은이처럼 색에도 빠지지 않지. 아무튼 내 생애가 설령 행복하지 않았다고 해도 틀림없이 평온했을 거야."

"역시 그렇다면 평온했겠네요."

"아니, 아직 그것만으로는 평온해지지 않네. 나는 몸도 튼튼했고, 평생 먹고 사는 데 곤란하지 않을 만큼의 재산을 갖고 있었지. 하지만 가장 행복했던 것은 역시 태어났을 때 노인이었다는 것이라고 생각하네."

저는 잠깐 그 갓파와 자살한 톡의 이야기며 날마다 의사의 진료를 받고 있는 게르 이야기를 했습니다. 하지만 어쩐 일인지 나이 든 갓파는 제 이야기에 별로 흥미가 없는 듯한 표정이었습니다.

"그럼 당신은 다른 갓파처럼 살아 있는 것에 특별히 집착하지는 않겠군요?"

나이 든 갓파는 저의 얼굴을 보며 조용히 이렇게 답변했습니다.

"나도 다른 갓파처럼 이 나라에 태어날지 말지 일단 부모한테 듣고 나서 어머니의 태내를 떠나온 거네."

"하지만 저는 우연한 기회에 이 나라로 굴러 떨어졌습니다. 아무쪼록 이 나라에서 나갈 수 있는 길을 가르쳐주십시오."

"나갈 수 있는 길은 하나밖에 없네."

"그 길은?"

"그건 자네가 이곳을 온 길이네."

저는 이 대답을 들었을 때 어쩐 일인지 온몸에 소름이 돋았습니다.

"안타깝게도 그 길을 찾을 수가 없습니다."

나이 든 갓파는 윤기 나는 눈으로 제 얼굴을 물끄러미 쳐다봤습니다. 그러고는 이윽고 몸을 일으키더니 방구석으로 걸어가 천장에서 내려뜨려진 밧줄 하나를 잡아당겼습니다. 그러자 지금까지 알아차리지 못했던 천창 하나가 열렸습니다. 그리고 둥근 천창 밖에는 소나무와 노송나무가 가지를 뻗은 저편으로 넓은 하늘이 파랗게 펼쳐져 있었습니다. 아니, 화살촉을 닮은 야리가타케의 봉우리도 우뚝 솟아 있었습니다. 저는 비행기를 본 아이처럼 실제로 펄쩍 뛸 듯이 기뻤습니다.

"자, 저쪽으로 나가면 되네."

나이 든 갓파는 이렇게 말하며 조금 전의 밧줄을 가리켰습니다. 지금까지 제가 밧줄이라고 생각했던 것은 사실 밧줄로 된 사다리였습니다.

"그럼 저쪽으로 나가겠습니다."

"다만 미리 말해두겠는데, 나가면 후회하지 않도록."

"괜찮습니다. 후회 같은 건 하지 않을 겁니다."

저는 이렇게 대답하기가 무섭게 이미 밧줄 사다리를 기어올랐습니다. 나이 든 갓파의 머리 위 접시를 저 아래로 아득히 내려다보면서.

17

저는 갓파의 나라에서 돌아온 후 한동안 우리 인간의 피부 냄새에 질렸습니다. 우리 인간에 비하면 갓파는 실로 청결한 존재입니다. 뿐만 아니라 갓파만 보고 있던 저에게는 우리 인간의 머리가 아주 섬뜩하게 보였습니다. 당신은 어쩌면 이해가 안 될지도 모릅니다. 하지만 눈과 입은 그렇다 치더라도 코는 묘하게 무서운 느낌을 줍니다. 저는 물론 가능한 한 아무도 만나지 않을 궁리를 했습니다. 하지만 우리 인간에게도 어느새 점차 익숙해졌는지 반년도 지나지 않아 어디든 갈 수 있게 되었습니다. 다만 그래도 곤란한 것은 무슨 말을 하는 중에 무심코 갓파 나라의 말이 튀어나오는 것이었습니다.

"자네는 내일 집에 있을 건가?"

"Qua."

"뭐라고?"

"아니, 있겠다는 겁니다."

대충 이런 식이었습니다.

하지만 갓파 나라에서 돌아온 후 1년쯤 지났을 때 저는 어떤 사업에 실패했기 때문에……(그가 이렇게 말했을 때 S 박사는 "그 이야기는 이제 그만두세요" 하고 주의를 주었다. 확실치는 않지만 박사의 이야기에 따르면 그는 이 이야기를 할 때마다 간호사가 감당할 수 없을 만큼 난폭해진다는 것이다.)

그렇다면 그 이야기는 그만두지요. 하지만 어떤 사업에 실패했기 때문에 저는 다시 갓파의 나라로 돌아가고 싶었습니다. 그렇습니다. '가고 싶다'는 게 아닙니다. '돌아가고 싶다'고 생각한 것입니다. 갓파의 나라는 당시의 저에게 고향처럼 느껴졌기 때문입니다.

저는 슬쩍 집을 빠져나와 추오선中央線 기차를 타려고 했습니다. 하필이면 그때 경찰에게 붙잡혀 결국 병원에 처넣어진 것입니다. 저는 이 병원에 들어온 당시에도 갓파의 나라를 계속 생각했습니다. 의사 척은 어떻게 지내고 있을까? 철학자 맥도 여전히 일곱 가지 색깔의 유리 남포등 밑에서 뭔가 생각하고 있을지도 모릅니다. 특히 제 친구였던 부리가 썩은 학생 랩은…… 오늘처럼 흐린 어느 날 오후였습니다. 이런 추억에 잠겨 있던 저는 무심코 소리를 지를 뻔했습니다. 어느 틈에 들어왔는지 어부인 백이라는 갓파 한 마리가 제 앞에 우뚝 서서 몇 번이고 고개를 숙였기 때문입니다. 저는 마음을 다잡은 후…… 울었는지 웃었는지 기억이 나지는 않습니다. 하지만 아무튼 오랜만에 갓파 나라의 말을 쓰는 것에 감동했던 것은 분명하니다.

"이봐, 백, 어떻게 왔나?"

"예, 문병하러 왔습니다. 듣자하니 병이 났다고 해서요."

"그런 걸 어떻게 알았나?"

"라디오 뉴스를 듣고 알았습니다."

백은 의기양양하게 웃고 있었습니다.

"그렇다 해도 용케 왔군그래?"

"뭘요, 간단합니다. 갓파한테 도쿄의 강이나 물길은 길이나 마찬가지니까요."

저는 갓파도 개구리처럼 양서류 동물이라는 것을 새삼 깨달았습니다.

"하지만 이 근처에는 강이 없을 텐데."

"아니, 이곳에 올 때는 수도관을 타고 온 겁니다. 그리고 소화전을 살짝 열고……"

"소화전을 열고?"

"나리는 잊었습니까? 갓파 중에도 기술자가 있다는 것을 요."

그러고 나서 저는 이삼일마다 여러 갓파의 방문을 받았습니다. S 박사에 따르면 저의 병은 조발성 치매라고 합니다. 하지만 의사 척은 (이는 당신에게도 무척 실례되는 일임이 틀림없습니다) 조발성 치매 환자는 제가 아니라 S 박사를 비롯한 당신들이라고 했습니다. 의사 척도 올 정도이니 학생 랩과 철학자 맥이 문병을 온 것은 말할 것도 없습니다. 하지만 어부 백 외에 낮에는 아무도 찾아오지 않았습니다. 특히 두세 마리가 함께 오는 것은 밤, 그것도 달이 뜬 밤입니다. 저는 어젯밤에도 환한 달빛 아래서 유리회사 사장 게르, 철학자 맥과 이야기를 나눴습니다. 그뿐 아니라 음악가 크라백도 바이올린으로 한 곡을 연주해주었습니다.

보세요, 저쪽 책상 위에 검은 백합 꽃다발이 올려 있지요? 저것도 어젯밤 크라백이 선물로 가져다준 것입니다.

(나는 뒤를 돌아보았다. 하지만 물론 책상 위에는 꽃다발이고 뭐고 아무것도 올려 있지 않았다.)

그리고 이 책도 철학자 맥이 일부러 가져다준 것입니다. 첫 번째 시 좀 읽어보세요. 아니, 당신은 갓파 나라의 말을 알 리가 없겠지요. 그렇다면 대신에 제가 읽어드리지요. 이건 최근에 출판된 톡의 전집 중의 한 권입니다.

(그는 오래된 전화번호부를 펼치고 이런 시를 큰 소리로 읽기 시작했다.)

야자나무 꽃과 대나무 속에
붓다는 이미 잠들어 있다.

길가에 시든 무화과와 함께
그리스도도 이미 죽은 것 같다.

하지만 우리는 쉬어야 한다,
설사 연극의 배경 앞에서라도.
(또 그 배경의 뒤를 보면 누덕누덕 기운 캔버스뿐이다!)

하지만 저는 이 시인처럼 염세적이지 않습니다. 갓파들이 이따금 찾아주는 한은…… 아아, 이건 잊고 있었습니다. 당신은 제 친구였던 재판관 펩을 기억하고 있지요? 그 갓파는 직장을 잃은 후 정말 미치고 말았습니다. 듣자하니 지금은 갓파 나라의 정신병원에 있다고 합니다. 저는 S 박사만 허락해준다면 문병을 가고 싶습니다만.

(1927년 2월)

신기루蜃氣樓

― 혹은「속續 바닷가」或は「續海のほとり」―

1

어느 가을날 정오가 지났을 무렵 나는 도쿄에서 놀러 온 대학생 K 군과 함께 신기루를 보러 갔다. 구게누마 해안에서 신기루가 보인다는 것은 이미 누구나 알고 있을 것이다. 실제로 우리 집의 하녀는 배가 거꾸로 비치는 것을 보고 "얼마 전 신문에 난 사진하고 똑같아요" 하며 감탄했다.

우리는 아즈마야東家* 옆을 돌아 내친 김에 O**도 같이 가자고 했다. 여전히 빨간 셔츠를 입은 O는 점심 준비라도 하고 있었는지 담 너머로 보이는 우물가에서 열심히 펌프질을 하고

---

* 구게누마 해안에 있는 여관 이름.
** 당시 아쿠타가와의 친구였던 서양화가 오아나 류이치小穴隆一(1894~1966)가 모델인 것으로 여겨진다.

있었다. 나는 물푸레나무 지팡이를 들어 O에게 슬쩍 신호를
했다.

"그쪽으로 들어오게. 아, 자네도 왔나?"

O는 내가 K 군과 함께 놀러 온 것이라고 생각한 듯했다.

"우리는 신기루를 보러 온 거네. 자네도 같이 가지 않겠나?"

"신기루 말인가?"

O는 갑자기 웃음을 터뜨렸다.

"아무래도 요즘은 신기루가 유행인가 보군."

5분쯤 지난 후 우리는 이미 O와 함께 모래가 깊은 길을 걸
었다. 길 왼쪽은 모래밭이었다. 그곳에 소달구지 바퀴자국 두
줄이 검게 비스듬히 지나고 있었다. 나는 그 깊은 바퀴자국에
서 압박에 가까운 뭔가를 느꼈다. 늠름한 천재의 작업 흔적, 이
런 생각마저 들었다.

"나는 아직 건강하지 않네. 저런 바퀴자국만 봐도 이상하게
맥을 못 춘다니까."

O는 눈살을 찌푸린 채 내 말에 아무런 대답도 하지 않았다.
하지만 내 마음은 O에게 확실히 전해진 것 같았다.

그러는 사이 우리는 솔밭 사이, 듬성듬성한 낮은 소나무 사
이를 지나 히키지가와引地川 강변을 걸었다. 바다는 넓은 모래
사장 너머로 짙은 쪽빛으로 활짝 개인 채 펼쳐져 있었다. 하지
만 에노시마繪の島는 집들과 수목도 왠지 우울하게 흐려져 있
었다.

"신시대로군요."

K 군의 말은 뜻밖이었다. 그뿐 아니라 미소를 띠고 있었다.

신시대? 게다가 나는 눈 깜짝할 사이에 K 군의 '신시대'를 발견했다. 그것은 모래막이 조릿대 울타리를 뒤로 하고 바다를 바라보고 있는 남녀였다. 하지만 얇은 일본식 외투에 중절모를 쓴 남자는 신시대라고 부르기에는 뭔가 어울리지 않은 것 같았다. 그러나 여자의 단발은 물론이고 파라솔이나 굽 낮은 구두까지 확실히 신시대로 만들어져 있었다.

"행복해 보이는군요."

"자네한테나 부러운 사람들이겠지."

O는 K 군을 놀렸다.

신기루가 보이는 곳은 그들에게서 백 미터쯤 떨어져 있었다. 우리는 모두 바닥에 배를 깔고 아지랑이가 어른거리는 모래사장을 강 너머로 바라보았다. 모래사장에는 파란 것 한 줄기가 리본 정도의 폭으로 흔들리고 있었다. 아무래도 바다색이 아지랑이에 비치고 있는 듯했다. 하지만 그 밖에는 모래사장에 있는 배 그림자고 뭐고 아무것도 보이지 않았다.

"저걸 신기루하고 하는 건가요?"

K 군은 턱이 모래투성이가 된 채 실망한 듯이 이렇게 말했다. 그때 어디선가 까마귀 한 마리가 2, 3백 미터 떨어진 모래사장 위의 쪽빛으로 한들거리고 있는 것 위를 스치며 더욱 저편으로 내려앉았다. 그와 동시에 까마귀의 그림자는 그 아지랑이 띠 위로 힐끗 거꾸로 비쳤다.

"이거라도 오늘은 훌륭한 편이네."

우리는 O의 말과 함께 모래 위에서 일어났다. 그러자 어느새 우리 앞에는 우리가 남기고 온 '신시대' 두 사람이 이쪽을 향해 걷고 있었다.

나는 살짝 놀랐고 우리 뒤를 돌아보았다. 하지만 그들은 여전히 백 미터쯤 건너편에 있는 조릿대 울타리를 뒤로 하고 뭔가 이야기를 하고 있는 것 같았다. 우리는…… 특히 O는 김이 빠진 듯이 웃음을 터뜨렸다.

"이쪽이 오히려 신기루 아닌가?"

우리 앞에 있는 '신시대'는 물론 그들과는 딴사람이었다. 하지만 여자의 단발이나 남자의 중절모를 쓴 모습은 그들과 거의 다르지 않았다.

"나는 어쩐지 섬뜩했네."

"저도 어느새 왔나 싶었습니다."

우리는 이런 말을 나누며 이번에는 히키지가와 강변을 따라가지 않고 나지막한 모래 산을 넘었다. 모래 산은 모래막이 조릿대 울타리 아래쪽에 역시 키 작은 소나무를 누렇게 물들이고 있었다. O는 그곳을 지날 때 '영차'라고 하는 듯이 허리를 굽히고 모래 위에서 뭔가를 집었다. 역청인 듯한 검은 테두리 안에 서양 문자를 써 넣은 나무 팻말이었다.

"뭔가, 그건? Sr. H. Tsuji…… Unua…… Aprilo…… Jaro…… 1906……"

"뭐지? dua…… Majesta……인가요? 1926년*이라고 쓰여 있네요."

---

* 이는 에스페란토어로 "츠지 씨…… 1906년 4월 1일, 1926년 5월 2일"이라는 뜻이다.

"이건, 거 뭔가, 수장된 사체에 붙어 있던 거 아닌가?"

O는 이런 추측을 했다.

"하지만 사체를 수장할 때는 범포帆布인가 뭔가로 쌀 뿐이잖은가?"

"그러니까 거기에 이 팻말을 붙이는 거지. 보게, 여기에 못이 박혀 있네. 이건 원래 십자가 모양이었을 거야."

우리는 그때 이미 별장인 듯한 조릿대 울타리나 솔밭 사이를 걷고 있었다. 나무 팻말은 아무래도 O의 추측에 가까운 모양이었다. 나는 다시 햇빛 속에서 느낄 리가 없는 뭔가 섬뜩한 것을 느꼈다.

"불길한 것을 주웠군."

"뭘, 나는 마스코트로 삼겠네. 하지만 1906년에서 1926년까지라면 스무 살쯤에 죽은 거로군. 스무 살쯤……"

"남자일까요? 여자일까요?"

"글쎄…… 하지만 아무튼 이 사람은 혼혈아였을지도 모르네."

나는 K 군에게 대답하며 배 안에서 죽어간 혼혈아 청년을 상상했다. 내 상상에 따르면 그는 일본인 어머니가 있을 터였다.

"신기루인가?"

O는 앞을 똑바로 본 채 불쑥 이렇게 혼잣말을 했다. 어쩌면 아무렇지 않다는 듯이 한 말일지도 몰랐다. 하지만 내 마음에 뭔가 희미하게 와 닿는 것이 있었다.

"잠깐 홍차라도 마시고 갈까?"

우리는 어느새 집이 많은 큰길 모퉁이에 서 있었다. 집이 많은? 하지만 모래가 마른 길에는 지나다니는 사람이 거의 보이지 않았다.

"K 군은 어떻게 할 건가?"

"저는 아무래도……"

그때 새하얀 개 한 마리가 저편에서 멍하니 꼬리를 늘어뜨리고 다가왔다.

2

K 군이 도쿄로 돌아간 후 나는 다시 O, 그리고 아내와 함께 히키지가와의 다리를 건너갔다. 이번에는 저녁 7시경, 막 저녁을 먹고 나서였다.

그날 밤에는 별도 보이지 않았다. 우리는 그다지 말도 하지 않고 인기척이 없는 모래사장을 걸었다. 모래사장에는 히키지가와 강어귀 근처에 등불 하나가 움직이고 있었다. 앞바다로 고기를 잡으러 간 배의 표지가 되는 등불인 듯했다.

물론 파도 소리는 끊이지 않았다. 하지만 바닷가에 가까워짐에 따라 바다 냄새가 점점 강해졌다. 바다 자체보다는 우리의 발밑까지 밀어닥친 해초나 밀물에 떠밀려온 나무 냄새인 것 같았다. 나는 왠지 이 냄새를 코 외에 피부로도 느꼈다.

우리는 잠시 파도치는 바닷가에 서서 희미하게 보이는 흰물마루를 바라보고 있었다. 바다는 어디를 봐도 깜깜했다. 나는 이래저래 10년 전 가즈사上總의 어느 해안에 머물던 때를 떠올렸다. 동시에 또 그곳에 함께 있던 한 친구를 떠올렸다. 그는 자신의 공부 외에도 「참마죽」*이라는 내 단편의 교정쇄를 읽어주기도 했다.

그러던 사이에 O는 어느새 바닷가에 쭈그리고 앉은 채 성냥 한 개비를 켜고 있었다.

"뭘 하고 있나?"

"아무것도 아니네만…… 잠깐 이렇게 불을 켠 것만으로도 여러 가지 것이 보이지요?"

O는 어깨 너머로 우리를 올려다보고 반쯤은 아내에게 말을 건넸다. 아니나 다를까 성냥 한 개비의 불은 청각채나 우뭇가사리가 흩어져 있는 가운데 다양한 조개껍데기를 비추고 있었다. O는 그 성냥불이 꺼지면 다시 새 성냥을 켜고 슬슬 물가를 걸어갔다.

"아아, 섬뜩해. 익사체의 발인가 했네."

반쯤 모래에 파묻혀 있는 물갈퀴 한 짝이었다. 또 해초 안에는 큼직한 갯솜도 나뒹굴고 있었다. 하지만 성냥불이 꺼지자 주위는 전보다 더욱 어두워졌다.

"낮만큼의 수확물은 없었던 셈이군."

"수확물? 아아, 그 팻말 말인가? 그런 것은 흔한 게 아니지."

---

* 1916년 당시의 일류 문예잡지 〈신소설新小說〉 9월호에 발표한 아쿠타가와의 단편. 문단 데뷔작이라고도 할 만한 작품으로 그 완성도에 많은 주의를 기울였다.

우리는 끊임없는 파도 소리를 뒤로 하고 널찍한 모래사장을 떠나기로 했다. 우리의 발은 모래 외에도 이따금 해초를 밟기도 했다.

"이 근처에도 여러 가지 것들이 있겠지?"

"다시 한번 성냥을 켜볼까?"

"좋지. ……아니, 방울 소리가 들리는군."

나는 잠깐 귀를 기울였다. 그것은 요즘 내게 자주 일어나는 착각인가 하는 생각이 들었기 때문이다. 하지만 실제로 어디선가 방울 소리가 나는 것은 틀림없었다. 나는 다시 한번 O에게도 들리는지 어떤지 물어보기로 했다. 그러자 두세 걸음 뒤에서 따라오던 아내가 우리에게 웃는 소리로 말했다.

"제 게다의 방울이 울리는 소리예요."

하지만 돌아보지 않아도 아내는 틀림없이 조리를 신고 있을 터였다.

"저는 오늘 밤 어린애가 되어 여자아이용 게다를 신고 있거든요."

"부인의 옷자락 안에서 울리고 있으니…… 아아, Y짱*의 장난감이네. 방울 달린 셀룰로이드 장난감이야."

O도 이렇게 말하며 웃음을 터뜨렸다. 그러는 동안 아내는 우리를 따라잡아 셋이서 나란히 걸었다. 우리는 아내의 농담을 계기로 전보다 활기차게 이야기하기 시작했다.

---

* 아쿠타가와의 삼남 야스시也寸志를 가리킨다.

나는 O에게 어젯밤의 꿈 이야기를 했다. 그것은 어떤 문화주택 앞에서 트럭 운전수와 이야기를 하는 꿈이었다. 나는 그 꿈에서도 확실히 그 운전수를 만난 적이 있다고 생각했다. 하지만 어디서 만났는지는 꿈에서 깨고 나서도 알 수 없었다.

"그게 문득 생각해보니 3, 4년 전에 딱 한 번 인터뷰를 하러 온 여성 기자였네."

"그럼 여성 운전수였나?"

"아니, 물론 남자였지. 얼굴만 그냥 그 사람이었네. 역시 한 번 본 것은 머릿속 어딘가에 남아 있는 걸까?"

"그렇겠지. 얼굴도 인상이 강한 사람은……"

"하지만 나는 그 사람 얼굴에 흥미고 뭐고 아무것도 없었네. 그만큼 오히려 더 섬뜩하지. 어쩐지 의식의 문턱 너머에도 여러 가지 것이 있는 것 같아서……"

"그러니까 성냥불을 켜보면 여러 가지 것들이 보이는 것 같은 거지."

나는 이런 이야기를 하며 우연히 우리의 얼굴만은 확실히 보이는 것을 발견했다. 하지만 별빛조차 보이지 않는 것은 조금 전과 전혀 다르지 않았다. 나는 또 뭔가 섬뜩해져 몇 번이고 하늘을 올려다보기도 했다. 그러자 아내도 눈치를 챘는지 아직 아무 말도 하지 않았는데도 내 의문에 답했다.

"모래 탓일 거예요. 그렇죠?"

아내는 양쪽 옷자락을 포개듯이 하며 널찍한 모래사장을 돌아보고 있었다.

"그런 것 같군."

"모래라는 건 장난꾸러기로군. 신기루도 이 녀석이 만들어내니까. ……부인은 아직 신기루를 못 봤나요?"

"아뇨, 얼마 전에 딱 한 번, ……뭔가 파란 게 보였을 뿐이었지만요."

"그것뿐이에요. 오늘 우리가 본 것도."

우리는 히키지가와의 다리를 건너 아즈마야의 제방 바깥을 걸었다. 어느새 바람이 일었는지 모든 소나무의 우듬지가 요란하게 울리고 있었다. 그때 키 작은 한 남자가 잰걸음으로 이쪽으로 오는 것 같았다. 나는 문득 올여름에 본 어떤 착각을 떠올렸다. 역시 이런 날 밤에 미루나무 가지에 걸린 종이가 헬멧처럼 보였던 것이다. 하지만 그 남자는 착각이 아니었다. 그뿐 아니라 서로 가까워짐에 따라 와이셔츠의 가슴도 보였다.

"뭐지, 저 넥타이핀은?"

나는 조그만 소리로 이렇게 말한 후 순식간에 핀이라고 생각했던 것이 실은 담뱃불이라는 것을 발견했다. 그러자 아내는 소매자락을 물고 누구보다 먼저 소리 죽여 웃기 시작했다. 하지만 그 남자는 곁눈도 팔지 않고 지체 없이 우리를 지나쳐갔다.

"그럼 잘 자게."

"안녕히 주무세요."

우리는 가볍게 O와 헤어지고 소나무 바람 속을 걸었다. 또 그 소나무 바람 소리에는 벌레 소리도 희미하게 섞여 있었다.

"할아버지 금혼식은 언제지요?"

'할아버지'라는 건 아버지를 말하는 것이었다.

"언제더라? …… 도쿄에서 보낸 버터는 왔지?"

"버터는 아직요. 온 것은 소시지뿐이에요."

그러는 사이에 우리는 문 앞, 반쯤 열린 문 앞에 와 있었다.

(1927년 3월)

톱니바퀴 齒車

1. 레인코트

　나는 어느 지인의 결혼식 피로연에 참석하기 위해 가방 하나를 든 채 도카이도선東海道線의 어느 역을 향해, 거기서 안쪽으로 들어간 곳에 있는 피서지에서 자동차를 타고 달렸다. 자동차가 달리는 길 양쪽은 대체로 소나무만 우거져 있었다. 상행 열차에 댈 수 있을지 어떨지는 상당히 미심쩍었다. 자동차에는 마침 나 말고도 어느 이발소 주인이 함께 타고 있었다. 그는 대추처럼 포동포동하게 살이 찌고 짧은 턱수염을 기르고 있었다. 나는 시간을 신경 쓰며 이따금 그와 이야기를 나누었다.

　"묘한 일도 다 있네요. ×× 씨 집에는 낮에도 유령이 나온다는군요."

　"낮에도?"

　나는 겨울의 석양이 비추는 건너편 솔밭을 바라보며 적당히 맞장구를 쳐주고 있었다.

"하지만 날씨가 좋은 날에는 안 나온답니다. 제일 많이 나올 때는 비가 오는 날이라더군요."

"비가 오는 날에는 젖으러濡れに* 오는 게 아닐까?"

"에이, 농담도 잘 하시기는. 하지만 레인코트를 입은 유령이랍니다."

자동차는 경적을 울리며 어떤 역 앞에 멈췄다. 나는 이발소 주인과 헤어져 역 안으로 들어갔다. 그런데 아니나 다를까 상행 열차는 2, 3분 전에 막 떠난 후였다. 대합실 벤치에는 레인코트를 입은 한 남자가 멍하니 바깥을 바라보고 있었다. 나는 방금 들은 유령 이야기를 떠올렸다. 하지만 살짝 쓴웃음만 짓고 아무튼 다음 열차를 기다리기 위해 역 앞의 카페에 들어가기로 했다.

카페라는 이름으로 부르기에는 좀 생각해볼 만한 곳이었다. 나는 구석에 있는 테이블에 앉아 코코아 한 잔을 주문했다. 테이블에 씌운 오일클로스oilcloth는 하얀 바탕에 파란색의 가는 선을 성긴 격자 모양으로 그은 것이었다. 하지만 이미 구석구석에 지저분한 바탕천이 그대로 드러나 있었다. 나는 아교 냄새가 나는 코코아를 마시며 인기척이 없는 카페 안을 둘러보았다. 먼지투성이인 카페 벽에는 '닭고기 계란덮밥'이며 '돈가스'며 하는 종이 몇 장이 붙어 있었다.

---

* 누레濡れ는 젖다라는 뜻 외에 '정사'라는 뜻도 있다.

'토산 달걀 오믈렛.'

나는 이런 종이에서 도카이도선에 가까운 시골을 느꼈다. 그것은 보리밭이나 양배추 밭 사이로 전기기관차가 지나는 시골이었다.

다음 상행 열차에 탄 것은 이미 저물녘에 가까운 무렵이었다. 나는 늘 이등칸에 탔다. 하지만 무슨 사정으로 그때는 삼등칸에 타기로 했다.

기차 안은 혼잡했다. 게다가 내 앞뒤에는 오이소인가 어딘가로 소풍을 가는 듯한 초등학교 여학생들뿐이었다. 나는 담배에 불을 붙이며 이런 여학생 무리를 바라보았다. 그들은 모두 쾌활했다. 그뿐 아니라 거의 줄곧 재잘댔다.

"사진사 아저씨, 러브신이 뭐예요?"

역시 소풍에 따라온 모양인 내 앞에 있는 '사진사 아저씨'는 어떻게든 적당히 얼버무려 그 자리를 넘어가려고 했다. 하지만 열너덧 살의 여학생 한 명은 아직도 여러 가지를 캐묻고 있었다. 나는 문득 그녀의 코에 축농증이 있다는 것을 느끼고 왠지 미소를 짓지 않을 수 없었다. 그리고 또 내 옆에 있던 열두세 살의 여학생 한 명은 젊은 여교사의 무릎에 앉아 한 손으로 그녀의 목을 안으며 한 손으로 그녀의 뺨을 어루만지고 있었다. 게다가 누군가와 이야기하는 사이에 때때로 이 여교사에게 말을 걸고 있었다.

"예뻐요, 선생님은. 눈이 참 예뻐요."

내게 그들은 여학생이라기보다는 어엿한 여성이라는 느낌을 주었다. 사과를 껍질째 베어 먹고 있거나 캐러멜 포장지를 벗기고 있는 것을 제외한다면. 하지만 나이가 좀 더 위인 듯한 여학생 한 명은 내 옆을 지날 때 누군가의 발을 밟았는지 "죄송합니다" 하고 말했다. 그녀만은 그들보다 조숙한 만큼 오히려 내게는 더 여학생답게 보였다. 나는 담배를 문 채 그 모순을 느낀 나 자신을 냉소하지 않을 수 없었다.

어느새 전등을 켠 기차는 드디어 어떤 교외의 역에 도착했다. 나는 바람이 차가운 플랫폼에 내려 일단 다리를 건넌 뒤 쇼센省線 전차가 오기를 기다리기로 했다. 그러다 우연히 얼굴이 마주친 것은 어느 회사에 다니는 T였다. 우리는 전차를 기다리고 있는 동안 불경기에 대해 이야기를 나누었다. 물론 T는 나보다 이런 문제를 더 많이 알고 있었다. 하지만 억세 보이는 그의 손가락에는 불경기와 별 인연이 없는 터키석 반지가 끼워져 있었다.

"대단한 걸 끼고 있군."

"이거 말인가? 이건 하얼빈으로 장사하러 갔던 친구의 반지를 강제로 산 거네. 그 녀석도 지금은 애를 먹고 있지. 협동조합과 거래를 할 수 없게 되었거든."

다행히 우리가 탄 쇼센 전차는 기차만큼 혼잡하지는 않았다. 우리는 나란히 앉아 여러 가지 이야기를 했다. T는 바로 올봄에 파리의 근무처에서 도쿄로 막 돌아온 참이었다. 따라서 우리 사이에는 파리 이야기도 자주 나왔다. 카요 부인*에 대한 이야기, 게 요리 이야기, 외유 중인 어떤 전하에 관한 이야기……

"프랑스는 의외로 곤란한 상황은 아니야. 그저 프랑스 사람은 원래부터 세금을 내기 싫어하는 국민이라 내각은 늘 무너지지만."

"프랑도 폭락하고 말이지."

"그건 신문만 보면 그렇지. 하지만 거기에 있어 보게. 신문에서 보는 일본은 늘 대지진에 대홍수라네."

그러자 레인코트를 입은 남자가 우리 앞으로 와서 앉았다. 나는 약간 으스스해졌고, 전에 들었던 유령 이야기를 T에게 해주고 싶은 마음이 들었다. 하지만 T는 그 전에 지팡이 손잡이를 휙 왼쪽으로 향하고 얼굴은 앞을 향한 채 조그만 소리로 내게 말했다.

"저쪽에 여자 한 명 있지? 쥐색 털실 숄을 두른……"

"서양식 머리로 올린 저 여자 말인가?"

"그래, 보퉁이를 안고 있는 여자 말이네. 저 사람은 올여름에 가루이자와에 있었네. 제법 세련된 양장을 하고서 말이지."

하지만 그녀는 누구의 눈에도 초라한 차림으로 보일 것임이 틀림없었다. 나는 T와 이야기하며 슬쩍 그녀를 바라봤다. 그녀의 미간이 어딘가 미친 사람 같은 느낌을 주는 얼굴이었다. 게

---

* 프랑스의 급진당 당수였던 조제프 카요Joseph Caillaux의 부인 앙리에트 카요Henriette Caillaux. 1914년 그녀는 자신의 남편을 정치적으로 매장하기 위해 비방 기사를 게재해온 보수 신문 〈르 피가로〉의 편집장을 권총으로 살해했다. 앙리에트 카요의 변호를 맡은 이는 드레퓌스 사건에서 드레퓌스와 에밀 졸라의 변론을 맡았던 페르낭 라보리Fernand Labori였다. 라보리는 앙리에트가 '통제할 수 없는 격렬한 감정'이란 특징을 가진 '여성다운 여성'임을 강조하여 무죄 판결을 이끌어냈다.

다가 그 보퉁이 안에서 표범 무늬 비슷한 스펀지가 비어져 나와 있었다.

"가루이자와에 있었을 때는 젊은 미국인과 춤을 추고 있었지. 모던 뭐라고 하는 사람일까?"

레인코트를 입은 남자는, 내가 T와 헤어질 때는 어느새 그곳에 없었다. 나는 쇼센 전차의 어느 역에서 역시 가방을 들고 어떤 호텔로 걸어갔다. 길 양쪽에 서 있는 것은 대체로 높은 빌딩이었다. 나는 그곳을 걷는 동안 문득 솔밭을 떠올렸다. 그뿐 아니라 내 시야에서 묘한 것을 발견했다. 묘한 것을? 이렇게 말한 것은 끊임없이 돌고 있는 반투명의 톱니바퀴였다. 나는 전에도 몇 번 이런 경험을 했다. 톱니바퀴는 점차 수를 늘려 내 시야를 반쯤 막아버린다. 하지만 그것도 오래는 아니다. 잠시 후에는 사라지는 대신 이번에는 두통을 느끼기 시작한다. 이는 늘 같았다. 안과 의사는 이 착각(?) 때문에 자꾸 금연을 권했다. 하지만 이런 톱니바퀴는 내가 담배를 가까이하기 전인 스무 살 이전에도 보였던 것이다. 나는 또 시작된 건가 하며 왼쪽 눈의 시력을 확인하기 위해 한 손으로 오른쪽 눈을 가렸다. 왼쪽 눈은 역시 아무렇지도 않았다. 그러나 오른쪽 눈의 눈꺼풀 뒤에는 톱니바퀴 여러 개가 돌고 있었다. 나는 오른쪽 건물이 점차 사라지는 것을 보며 부지런히 길을 걸었다.

호텔 현관에 들어섰을 때는 톱니바퀴도 이미 사라져 있었다. 하지만 두통은 아직 남아 있었다. 나는 외투나 모자를 맡기는 김에 방 하나를 잡기로 했다. 그리고 어느 잡지사에 전화를 걸어 돈 문제를 의논했다.

결혼식 피로연 만찬은 진작 시작된 듯했다. 나는 테이블 구석에 앉아 나이프와 포크를 움직이기 시작했다. 정면의 신랑과 신부를 비롯하여 요자凹字 모양의 하얀 테이블에 앉은 50여 명은 물론 모두 쾌활했다. 하지만 내 기분은 환한 전등 불빛 아래서 점점 우울해질 뿐이었다. 나는 그런 기분에서 벗어나기 위해 옆에 있는 하객에게 말을 걸었다. 그는 마치 사자와 같은 흰 수염을 기른 노인이었다. 그뿐 아니라 나도 이름을 알고 있던 어떤 고명한 한학자였다. 그래서 또 우리의 이야기는 어느새 고전 이야기가 되었다.

"기린麒麟은 곧 일각수지요. 그리고 봉황도 피닉스라는 새의……"

이 고명한 한학자는 이런 내 이야기에도 흥미를 느끼는 듯했다. 나는 기계적으로 말하는 중에 점점 병적인 파괴 욕망을 느끼고 요순堯舜을 가공의 인물로 만드는 것은 물론이고 『춘추春秋』의 저자도 훨씬 나중의 한나라 시대 사람이었다는 이야기를 하기 시작했다. 그러자 그 한학자는 노골적으로 불쾌한 표정을 지으며 내 얼굴을 전혀 보지 않고 거의 호랑이가 으르렁거리듯이 내 이야기를 잘랐다.

"만약 요순도 없었다고 하면 공자가 거짓말을 했다는 이야기가 되네. 성인이 거짓말을 할 리가 없지."

나는 물론 입을 다물고 있었다. 그리고 다시 접시 위의 고기에 나이프와 포크를 가져갔다. 그런데 조그만 구더기 한 마리가 조용히 고기 가장자리에서 꿈틀대고 있었다. 구더기는 내 머릿속에 Worm이라는 영어 단어를 떠올리게 했다. 그것은 또 기린이나 봉황처럼 어떤 전설적인 동물을 의미하는 단어인 것도 틀림없었다. 나는 나이프와 포크를 놓고 어느새 내 잔에 샴페인을 따르는 것을 바라보고 있었다.

드디어 만찬이 끝난 후 나는 전에 잡아둔 방에 틀어박히기 위해 인기척이 없는 복도를 걸어갔다. 내게 복도는 호텔이라기보다 감옥 같은 느낌을 주었다. 하지만 다행히도 두통만은 어느새 덜해져 있었다.

내 방에는 가방은 물론이고 모자와 외투도 가져다 두었다. 나는 벽에 걸린 외투에서 나 자신이 서 있는 모습을 느끼고 서둘러 방구석의 옷장에 던져 넣었다. 그러고는 거울 앞으로 가서 가만히 내 얼굴을 바라보았다. 거울에 비친 내 얼굴은 피부 속의 뼈대를 드러내고 있었다. 구더기는 순식간에 이런 내 기억에 또렷이 떠올랐다.

나는 문을 열고 복도로 나가 어디랄 것도 없이 걸어갔다. 그러자 로비로 통하는 구석에 초록색 갓을 씌운 키 큰 스탠드 전등 하나가 유리문에 선명히 비치고 있었다. 그것은 내 마음에 뭔가 평화로운 느낌을 주었다. 나는 그 앞의 의자에 앉아 여러 가지 생각을 했다. 하지만 거기에도 5분은 앉아 있을 수 없었다. 레인코트는 이번에도 내 옆에 있던 긴 의자의 등받이에 축 늘어진 채 걸려 있었다.

'게다가 지금은 한겨울인데 말이지.'

나는 이런 생각을 하며 다시 한번 복도로 되돌아갔다. 복도 끝의 종업원 휴게실에는 종업원이 한 사람도 보이지 않았다. 하지만 그들이 나누는 이야기 소리는 살짝 내 귀를 스쳐갔다.

그것은 무슨 말에 대답한 All right라는 영어였다. '올 라이트'? 나는 어느새 이 대화의 의미를 정확히 파악하려고 초조해하고 있었다. '올 라이트'? '올 라이트'? 대체 뭐가 올 라이트라는 거지?

내 방은 물론 쥐 죽은 듯 조용했다. 하지만 문을 열고 들어가는 것이 묘하게 섬뜩했다. 나는 잠깐 망설인 후 과감히 방 안으로 들어갔다. 그러고는 거울을 보지 않으려 했고 탁자 앞의 의자에 앉으려고 했다. 의자는 도마뱀 가죽과 비슷한 파란 모로코가죽 안락의자였다. 나는 가방을 열어 원고지를 꺼내서는 어떤 단편을 이어서 쓰려고 했다. 하지만 잉크를 찍은 펜은 언제까지고 움직이지 않았다. 그뿐 아니라 간신히 움직이나 싶었더니 같은 글자만 계속 쓰고 있었다. All right……All right……All right sir……All right……

그때 갑자기 울리기 시작한 것은 침대 옆에 있는 전화였다. 나는 깜짝 놀라 일어나서는 수화기를 귀에 대고 대답했다.

"누구시죠?"

"저예요. 저……"

상대는 내 누님의 딸이었다.

"왜? 무슨 일 있었어?"

"네, 좀 큰일이 생겼어요. 그러니까…… 큰일이 일어나서 방금 외숙모한테도 전화를 했어요."

"큰일이라니?"

"네, 그러니까 바로 와주세요. 바로요."

전화는 그것으로 끊어지고 말았다. 나는 원래대로 수화기를 내려놓고 반사적으로 호출 버튼을 눌렀다. 하지만 내 손이 떨리고 있는 것은 나 자신도 확실히 의식하고 있었다. 종업원은 쉽게 와주지 않았다. 나는 초조함보다는 괴로움을 느끼고 몇 번이나 호출 버튼을 눌렀다. 가까스로 운명이 내게 가르쳐준 '올 라이트'라는 말을 이해하면서.

내 누님의 남편은 그날 오후 도쿄에서 그다지 떨어지지 않은 어떤 시골에서 기차에 치어 죽었다. 게다가 계절에 맞지 않은 레인코트를 걸치고 있었다. 나는 지금도 그 호텔 방에서 전에 쓰다 만 단편을 이어서 쓰고 있다. 한밤중의 복도에는 아무도 지나지 않는다. 하지만 이따금 문 밖에서 날개짓 소리가 들려오는 일도 있다. 어디선가 새라도 키우고 있는지 모른다.

2. 복수

나는 이 호텔 방에서 오전 8시경에 눈을 떴다. 하지만 침대에서 내려가려고 하자 이상하게도 슬리퍼가 한 쪽밖에 보이지 않았다. 그것은 지난 1, 2년 동안 내게 공포나 불안감을 주는 현상이었다. 그뿐 아니라 그것은 샌들을 한 쪽만 신은 그리스 신화의 왕자를 떠올리는 현상이었다. 나는 호출 벨을 눌러 종업원을 부르고 슬리퍼 한 쪽을 찾아달라고 했다. 종업원은 의아한 표정으로 좁은 방 안을 찾아다녔다.

"여기 있습니다. 욕실 안에요."

"왜 또 그런 데 있지?"

"글쎄요. 쥐일지도 모릅니다."

나는 종업원이 물러간 후 우유를 넣지 않은 커피를 마시며 쓰고 있던 소설을 마무리하기 시작했다. 응회암을 사각으로 짠 창은 눈이 쌓인 정원을 향하고 있었다. 나는 펜을 멈출 때마다 멍하니 눈을 바라보곤 했다. 꽃봉오리를 가진 서향나무 아래의 눈은 도시의 매연에 더러워져 있었다. 그것은 내 마음에 뭔가 애처로움을 주는 전망이었다. 나는 담배를 피우며 어느새 펜을 움직이지 않고 여러 가지 생각을 하고 있었다. 아내를, 아이들을, 그중에서도 특히 누님의 남편을.

누님의 남편은 자살하기 전에 방화 혐의를 받고 있었다. 사실 그것 또한 어쩔 수 없는 일이었다. 그는 집이 불타기 전에 집값의 두 배나 되는 화재보험에 가입했다. 게다가 위증죄를 범해 집행유예 기간에 있는 처지였다. 하지만 나를 불안하게 한 것은 그가 자살한 사실보다는 내가 도쿄로 돌아갈 때마다 반드시 불이 타오르는 것을 보는 일이었다. 나는 기차 안에서 산을 태우고 있는 불을 보기도 하고 자동차 안에서(그때는 처자妻子와 함께였다) 도키와바시常磐橋 부근의 화재를 보기도 했다. 그것은 그의 집이 불타기 전에도 스스로 내게 화재가 일어날 예감을 주지 않을 수 없었다.

"올해는 집에 화재가 날지도 모르겠어."

"그런 불길한 소리를…… 그래도 화재가 나면 큰일이겠네요. 보험은 제대로 들지도 않았고요."

우리는 이런 이야기를 나누기도 했다. 하지만 우리 집은 불이 나지 않았고, 나는 애써 망상을 떨치고 다시 한번 펜을 움직이려고 했다. 하지만 펜은 아무래도 한 줄도 제대로 움직이지 않았다. 나는 결국 책상 앞을 떠나 침대 위에 드러누운 채 톨스토이의 「폴리쿠시카Polikoushka」를 읽기 시작했다. 이 소설의 주인공은 허영심, 병적 성향, 명예욕이 뒤섞인 복잡한 성격의 소유자였다. 게다가 그의 희비극은 다소의 수정만 가하면 내 일생의 캐리커처였다. 특히 그의 희비극 속에서 운명의 냉소를 느끼는 것은 점차 나를 섬뜩하게 만들기 시작했다. 한 시간도 지나지 않아 나는 침대에서 벌떡 일어나기가 무섭게 커튼이 내려진 방구석으로 힘껏 책을 내던졌다.

"뒈져버려!"

그러자 큰 쥐 한 마리가 커튼 밑에서 욕실로 비스듬히 달려갔다. 나는 한달음에 욕실로 가서 문을 열고 안을 뒤졌다. 하지만 하얀 욕조 뒤에도 쥐 같은 것은 보이지 않았다. 나는 갑자기 섬뜩해져 서둘러 슬리퍼를 구두로 바꿔 신고 인기척이 없는 복도를 걸어갔다.

복도는 오늘도 여전히 감옥처럼 우울했다. 나는 고개를 떨군 채 계단을 오르락내리락하는 사이 어느새 주방으로 들어가 있었다. 주방은 의외로 환했다. 하지만 한쪽에 늘어선 부뚜막은 여러 개나 불이 피워져 있었다. 그곳을 지나며 하얀 모자를 쓴 요리사들이 나를 차갑게 보고 있는 것을 느꼈다. 동시에 또 내가 떨어진 지옥을 느꼈다. "신이시여, 나를 벌하소서. 노하지 마소서. 아마도 나는 멸할지니." 이 순간 내 입에서는 이런 기도가 저절로 나오지 않을 수 없었다.

나는 이 호텔 밖으로 나가서 누님 집을 향해 파란 하늘이 비치는 눈 녹은 길을 부지런히 걸어갔다. 길을 따라 늘어서 있는 공원의 수목은 모두 가지와 잎이 까매져 있었다. 그뿐 아니라 어느 것이나 한 그루마다 마치 우리 인간들처럼 앞과 뒤를 갖추고 있었다. 그것 또한 내게는 불쾌함보다 공포에 가까운 느낌을 안겨주었다. 나는 단테의 지옥 안에 있는 수목이 된 영혼을 떠올리고 빌딩만 늘어서 있는 전차 선로 너머를 걷기로 했다. 하지만 아무 일 없이 100미터도 걸어갈 수 없었다.

"지나가시는데 실례합니다만……"

금단추가 달린 제복을 입은 스물두세 살의 청년이었다. 나는 말없이 그 청년을 바라보고 그의 코 왼쪽 옆에 점이 있는 것을 발견했다. 그는 모자를 벗은 채 주뼛주뼛 내게 말을 걸었다.

"A 선생님 아니십니까?"

"그렇습니다."

"아무래도 그러신 것 같아서……"

"무슨 일이죠?"

"아뇨, 그냥 뵙고 싶었을 뿐입니다. 저도 선생님의 애독자라서……"

그때 나는 이미 모자를 살짝 들고 그를 뒤로하고 걷기 시작했다. 선생님, A 선생님…… 이는 요즘 내게 가장 불쾌한 말이었다. 나는 온갖 죄악을 범하고 있다고 믿고 있었다. 게다가 그들은 기회가 있을 때마다 계속 나를 선생님이라 불렀다. 나는 거기서 나를 조롱하는 뭔가를 느끼지 않을 수 없었다. 뭔가를? 하지만 나의 물질주의는 신비주의를 거부할 수밖에 없었다. 나는 바로 두세 달 전에도 어떤 조그만 동인잡지에 이런 글을 발표했다. "나는 예술적 양심을 비롯하여 어떤 양심도 갖고 있지 않다. 내가 갖고 있는 것은 신경뿐이다."

누님은 세 아이들과 함께 골목 안쪽의 판잣집에 피난해 있었다. 갈색 종이를 바른 판잣집 안은 바깥보다 추울 정도였다. 우리는 화롯불에 손을 쬐며 여러 가지 이야기를 나누었다. 풍채가 늠름했던 매형은 남들보다 배는 마른 나를 본능적으로 경멸했다. 그뿐 아니라 내 작품이 부도덕하다고 공언했다. 나는 늘 이렇게 차갑게 말하는 그를 얕보며 한 번도 마음을 털어놓고 이야기한 적이 없었다. 하지만 누나와 이야기하는 중에 점점 그도 나처럼 지옥에 떨어져 있다는 것을 깨달았다. 그는 실제로 침대차 안에서 유령을 봤다는 이야기를 한 적이 있다. 하지만 나는 담배에 불을 붙이며 애써 돈 이야기만 계속했다.

"아무튼 이런 때이기도 해서 뭐든 팔아버릴까 해."

"그야 그렇지. 타자기는 얼마간 돈이 될 테니까."

"그래, 그리고 그림도 있고."

"이참에 N 씨(매형)의 초상화도 팔려고? 하지만 그것은……"

나는 판잣집 벽에 걸린 액자 없는 콩테화 한 점을 보자 경솔하게 농담을 할 수 없다는 걸 느꼈다. 기차에 치여 죽은 그는 기차 때문에 얼굴도 완전히 고깃덩어리가 되고 겨우 콧수염만 조금 남아 있었다는 것이다. 이 이야기는 물론 이야기 자체도 섬뜩한 것이 틀림없었다. 하지만 그의 초상화는 어디나 완전히 그려져 있었지만 어쩐 일인지 콧수염만은 흐릿했다. 나는 빛

때문인가 싶어 그 콩테화 한 점을 여러 위치에서 바라보기로
했다.

"뭘 하는 거야?"

"아무것도 아니야. 그냥 저 초상화는 입 주위만······"

누님은 슬쩍 돌아보며 아무것도 깨닫지 못한 것처럼 대답했
다.

"수염만 묘하게 흐릿하지?"

내가 본 것은 착각이 아니었다. 하지만 착각이 아니라고 하
면······ 나는 점심 신세를 지기 전에 누님의 집을 나서기로 했
다.

"뭐, 상관없겠지."

"또 내일이라도······ 오늘은 아오야마까지 가야 하니까."

"아아, 거기? 아직 몸이 안 좋아?"

"여전히 약만 먹고 있어. 수면제만 해도 힘들어. 베로날, 노
이로날, 트리오날, 누마알······"

30분쯤 지난 후 나는 어떤 빌딩으로 들어가 승강기를 타고
3층으로 올라갔다. 그러고 나서 어떤 레스토랑의 유리문을 열
고 들어가려고 했다. 하지만 유리문은 움직이지 않았다. 그뿐
아니라 거기에는 '정기 휴일'이라고 쓴 옻칠한 팻말도 걸려 있
었다. 나는 더욱 불쾌해져 유리문 너머의 테이블 위에 사과와
바나나가 쌓인 것을 보고는 다시 한번 거리로 나가기로 했다.
그러자 회사원인 듯한 두 남자가 뭔가 쾌활하게 말하며 이 빌
딩에 들어가기 위해 내 어깨를 스치며 지나갔다. 그들 중 한 사
람은 그 순간 "짜증나서 말이야"라고 말한 것 같았다.

나는 길에 우두커니 선 채 택시가 오기를 기다리고 있었다. 택시는 쉽게 오지 않았다. 그뿐 아니라 가끔 지나간 것은 매번 노란색 차였다. (어쩐 일인지 이 노란색 택시는 늘 교통사고로 나를 성가시게 했다.) 그러다가 나는 운을 가져다주는 색인 초록색 차를 발견하고 아무튼 아오야마의 묘지에 가까운 정신병원에 가기로 했다.

'짜증나다 —— tantalizing —— Tantalus —— Inferno……'

탄탈로스는 사실 유리문 너머로 과일을 바라본 나 자신이었다. 나는 두 번이나 내 눈에 떠오른 단테의 지옥을 저주하며 운전수의 등을 가만히 바라보고 있었다. 그러는 사이에 또 온갖 것이 거짓이라는 느낌이 들기 시작했다. 정치, 실업, 예술, 과학, 어느 것이든 모두 이런 내게는, 이 끔찍한 인생을 감추고 있는 잡색의 에나멜이나 다름 없었다. 나는 점점 답답함을 느끼고 택시의 창을 열었다. 하지만 심장을 조이는 듯한 느낌은 사라지지 않았다.

초록색 택시는 드디어 진구마에神宮前를 달려 지나갔다. 그곳에는 어떤 정신병원으로 구부러지는 골목길 하나가 있을 터였다. 하지만 오늘만은 어쩐 일인지 그곳을 알 수가 없었다. 나는 전차 선로를 따라 몇 번이나 택시를 왕복시킨 후 결국 포기하고 내리기로 했다.

나는 겨우 그 골목을 발견하고 진창이 많은 그 길로 구부러져 들어갔다. 그런데 어느새 길을 잘못 들어가 아오야마 화장장 앞으로 가고 말았다. 그럭저럭 10년 전에 있었던 나츠메 소세키 선생님의 영결식 이래 한 번도 그 문 앞도 지난 적이 없는 건물이었다. 10년 전의 나도 행복하지는 않았다. 하지만 적어도 평화롭기는 했다. 나는 자갈을 간 문 안을 바라보며 '소세키 산방山房'의 파초*를 떠올리며 어쩐지 내 인생도 일단락되었다는 것을 느끼지 않을 수 없었다. 그뿐 아니라 10년 만에 이 묘지 앞으로 나를 데려온 뭔가를 느끼지 않을 수 없었다.

어떤 정신병원의 문을 나선 후 나는 다시 자동차를 타고 호텔로 돌아가기로 했다. 하지만 그 호텔 현관에 내리자 레인코트를 입은 한 남자가 종업원과 뭔가 다투고 있었다. 종업원과? 아니, 그건 종업원이 아니라 초록색 옷을 입은 자동차 담당자였다. 나는 이 호텔에 들어가는 게 어쩐지 불길한 기분이 들어 재빨리 원래의 길로 돌아갔다.

내가 긴자 거리로 나왔을 때는 그럭저럭 날이 저물 무렵에 가까운 시각이었다. 양쪽에 늘어선 가게나 어지럽게 지나는 사람들로 나는 한층 우울해지지 않을 수 없었다. 특히 거리의 사람들이 죄 같은 건 모른다는 양 경쾌하게 걷는 것이 불쾌했다. 나는 어둑한 바깥의 햇빛에 전등 불빛이 섞인 거리를 북쪽으로 어디까지고 걸어갔다. 그러는 사이에 내 눈을 사로잡은 것은 잡지 등을 쌓아놓은 서점이었다. 나는 그 서점으로 들어가

---

* 나쓰메 소세키가 살았던 '소세키 산방'을 상징하는 대표적인 식물이 파초다. 앞뜰에 커다란 파초가 있고 주위에는 온통 속새가 있었다. 소세키 자신도 이를 언급했고, 아쿠타가와 류노스케 등의 문하생도 이 파초 이야기를 썼다.

멍하니 몇 단의 책장을 올려다보았다. 그러고는『그리스 신화』라는 책 한 권을 훑어보기로 했다. 노란색 표지의『그리스 신화』는 어린이를 위해 쓰인 책인 듯했다. 하지만 우연히 내가 읽은 한 행은 순식간에 나를 사로잡았다.

"가장 높은 제우스신도 복수의 신을 당해내지는 못합니다."

나는 이 서점을 뒤로 하고 인파 속을 걸었다. 어느새 구부러지기 시작한 내 등 뒤로 끊임없이 나를 노리는 복수의 신을 느끼며.

3. 밤

나는 마루젠 서점의 2층 책장에서 스트린드베리의『전설』을 발견하고 두세 페이지씩 대충 훑어봤다. 내 경험과 큰 차이가 없는 이야기를 쓴 책이었다. 뿐만 아니라 노란색 표지였다. 나는『전설』을 책장에 돌려놓고 이번에는 거의 손에 잡히는 대로 두꺼운 책 한 권을 빼냈다. 하지만 이 책도 삽화 하나에 우리 인간과 다름없이 눈과 코가 있는 톱니바퀴만 늘어서 있었다. (그것은 어떤 독일인이 모은 정신병자의 화집이었다.) 나는 어느새 우울함 속에서 반항적인 정신이 일어나는 것을 느끼고 자포자기한 도박꾼처럼 여러 가지 책을 펼쳐나갔다. 하지만 어쩐 일인지 어떤 책도 반드시 문장이나 삽화 안에 다소의 바늘을 숨기고 있었다. 어떤 책도? 나는 몇 번이나 읽은『보바리 부인』를 손에 들었을 때조차 결국 나 자신도 중산계급의 므슈 보바리와 다름없다는 것을 느꼈다.

저물녘에 가까운 시간, 마루젠 서점 2층에는 나 외에 손님이 없는 듯했다. 나는 전등 불빛 속에서 책장 사이를 헤매고 다녔다. 그러고는 '종교'라는 팻말이 걸린 책장 앞에 발을 멈추고 초록색 표지의 책 한 권을 훑어보았다. 이 책 차례의 몇 장인가에 '무서운 네 가지 적. 의혹, 공포, 교만, 관능적 욕망'이라는 말이 있었다. 나는 그 말을 보자마자 한층 더 반항적 정신이 일어나는 것을 느꼈다. 적이라 불리는 것은 적어도 내게는 감수성이나 이지의 다른 이름일 뿐이었다. 하지만 전통적 정신 역시 근대적 정신처럼 나를 불행하게 하는 것이면 더더욱 견딜 수 없었다. 나는 그 책을 손에 든 채 문득 언젠가 필명으로 쓴 '수릉여자壽陵餘子'*라는 말을 떠올렸다. 그것은 한단의 걸음걸이를 배우기 전에 수릉의 걸음걸이를 잊어버려 뱀처럼 기어서 귀향했다는 『한비자』에 나오는 청년 이야기였다. 오늘의 나는 누구의 눈에도 '수릉여자'임이 틀림없었다. 하지만 아직 지옥에 떨어지지 않은 나도 이 필명을 썼던 것은…… 나는 큰 책장을 뒤로 하고 애써 망상을 떨치려고 마침내 맞은편에 있던 포스터 전람실로 들어갔다. 하지만 거기에도 포스터 한 장 안에는 성聖 조지인 듯한 기사 한 사람이 날개 달린 용을 찔러 죽이

---

* 연燕 나라의 도읍인 수릉壽陵에 사는 젊은이가 당시 천하의 문화 중심지인 조趙 나라의 도읍인 한단邯鄲에 갔다가 그곳 사람들의 걸음걸이가 멋있다고 생각해 그 걸음걸이를 흉내 내다 자신의 걸음걸이마저도 잊어버렸다는 고사.

고 있었다. 게다가 그 기사는 투구 아래로 내 적의 한 명에 가까운 찌푸린 얼굴을 반쯤 드러내고 있었다. 나는 또 『한비자』에 나오는 '도룡지기屠龍之技'* 이야기를 떠올리고 전람실로 빠져나가지 않고 폭 넓은 계단을 내려갔다.

나는 이미 밤이 된 니혼바시 거리를 걸으며 도룡이라는 말을 계속 생각했다. 그것은 또 내가 갖고 있는 벼루 이름이기도 하다. 이 벼루를 내게 준 것은 어떤 젊은 사업가였다. 그는 여러 가지 사업에 실패한 끝에 결국 작년 말에 파산하고 말았다. 나는 높은 하늘을 올려다보고 무수한 별빛 속에서 이 지구가 얼마나 작은지, 따라서 나 자신이 얼마나 작은지를 생각하려고 했다. 하지만 낮에 맑았던 하늘은 어느새 완전히 흐려져 있었다. 나는 돌연 뭔가가 내게 적의를 품고 있다는 것을 느끼고 전차 선로 건너편에 있는 어떤 카페로 피난하기로 했다.

그것은 '피난'임이 틀림없었다. 나는 이 카페의 장미빛 벽에서 뭔가 평화로움 비슷한 것을 느끼고 가장 안쪽의 테이블 앞에 겨우 편하게 앉았다. 그곳에는 다행히 나 말고 두세 명의 손님이 있을 뿐이었다. 나는 코코아 한 잔을 후루룩거리고 평소처럼 담배를 피우기 시작했다. 담배 연기는 장미빛 벽에 희미하게 파란 연기를 피워 올리며 사라졌다. 이 부드러운 색의 조화도 역시 내게는 유쾌했다. 하지만 나는 잠시 후 내 왼쪽 벽에 걸린 나폴레옹 초상화를 발견하고 슬슬 또 불안감을 느끼기

---

* 용을 잡는 재주가 있다는 뜻으로, 쓸데없는 재주를 이르는 말이다. 즉 뛰어난 기능을 가지고도 써먹을 길이 없는 것을 의미한다.

시작했다. 나폴레옹이 아직 학생이었을 때 그의 지리 공책 마지막에는 '세인트헬레나, 작은 섬'이라고 적혀 있었다. 그것은 어쩌면 우리가 말하듯이 우연이었는지도 몰랐다. 하지만 나폴레옹 자신에게도 공포를 불러일으킨 것은 확실했다.

나는 나폴레옹을 바라본 채 나 자신의 작품을 생각하기 시작했다. 그러자 먼저 기억에 떠오른 것은 「난쟁이 어릿광대의 말侏儒の言葉」 속의 아포리즘이었다. (특히 "인생은 지옥보다 지옥적이다"라는 말이었다.) 그리고 「지옥변」의 주인공, 요시히데라는 화가의 운명이었다. 그리고…… 나는 담배를 피우며 이런 기억에서 벗어나기 위해 이 카페 안을 둘러보았다. 내가 여기로 피난한 것은 겨우 5분 전의 일이다. 하지만 이 카페는 모습이 완전히 변해 있었다. 그중에서도 특히 나를 불쾌하게 한 것은 가짜 마호가니 의자와 테이블이 주위의 장미빛 벽과 전혀 조화를 이루지 못한다는 점이었다. 나는 다시 한번 남의 눈에 보이지 않는 고통 속에 떨어지지 않을까 두려워 은화 한 닢을 던져 놓기가 무섭게 부랴부랴 이 카페에서 나가려고 했다.

"저기, 여보세요, 20전인데요……"

내가 던져놓은 것은 동화였다.

나는 굴욕감을 느끼며 혼자 걷는 동안 문득 멀리 솔밭 안에 있는 우리 집을 떠올렸다. 그것은 어느 교외에 있는 내 양부모의 집이 아닌 오직 나를 중심으로 한 가족을 위해 세를 든 집이었다. 나는 그럭저럭 10년 전에도 그런 집에서 살았다. 하지만 어떤 사정 때문에 경솔하게도 부모와 같이 살기 시작했다. 동시에 또 노예로, 폭군으로, 힘없는 이기주의자로 변해갔다.

다시 호텔로 돌아간 것은 그럭저럭 이미 10시가 되었을 때였다. 아주 오랫동안 길을 걸어온 나는 방으로 돌아갈 힘을 잃고 굵은 통나무를 태우고 있는 난로 앞의 의자에 앉았다. 그러고는 내가 계획하고 있던 장편을 생각하기 시작했다. 그것은 스이코推古 시대*에서 메이지 시대에 이르는 각 시대의 백성을 주인공을 삼아 대체로 30여 단편을 시대순으로 엮은 장편이었다. 나는 불티가 피어오르는 것을 보며 문득 궁성 앞에 있는 어떤 동상을 떠올렸다. 그 동상의 인물은 갑옷을 입고 충성심 그 자체처럼 말 위에 높다랗게 걸터앉아 있었다. 하지만 그의 적이었던 것은······

"거짓말!"

나는 또 먼 과거에서 가까운 현대로 미끄러졌다. 다행히도 거기서 우연히 만난 사람은 한 선배 조각가였다. 나는 의자에서 일어나 그가 내민 손을 잡았다. (그것은 내 습관이 아니라 파리나 베를린에서 반생을 보낸 그의 습관에 따른 것이었다.) 그런데 그의 손은 이상하게도 파충류의 피부처럼 축축했다.

"자네는 여기에 묵고 있나?"

"예······"

"일하러?"

"예, 일도 하고 있습니다."

그는 가만히 내 얼굴을 바라보았다. 나는 그의 눈에서 탐정

---

* 592~628년.

에 가까운 감정을 느꼈다.

"어떻습니까, 제 방에 가서 얘기나 하는 건요?"

나는 도전적으로 말했다. (용기도 없는 주제에 순간적으로 도전적인 태도를 취하는 것은 나의 나쁜 버릇 가운데 하나였다.) 그러자 그는 미소를 지으며 "어딘가, 자네 방은?" 하고 되물었다.

우리는 친구처럼 어깨를 나란히 하며, 조용히 이야기를 나누고 있는 외국인들 사이를 지나 내 방으로 들어갔다. 그는 내 방에 들어가자 거울을 뒤로 하고 앉았다. 그러고는 여러 가지 이야기를 하기 시작했다. 여러 가지 이야기를? 하지만 대체로 여자 이야기였다. 나는 죄를 범했기 때문에 지옥에 떨어진 한 사람이 틀림없었다. 하지만 그런 만큼 악덕 이야기는 더욱 나를 우울하게 했다. 나는 일시적으로 청교도가 되어 그런 여자들을 조롱하기 시작했다.

"S 씨의 입술을 보세요. 그건 여러 사람과 입을 맞춰서……"

나는 문득 입을 다물고 거울에 비치는 그의 뒷모습을 바라보았다. 그는 바로 귀밑에 노란 고약을 붙이고 있었다.

"여러 사람과 입을 맞춰서?"

"그런 사람으로 보입니다만."

그는 미소를 지으며 고개를 끄덕였다. 나는 그가 내심 나의 비밀을 알기 위해 끊임없이 나를 주의하고 있다는 것을 느꼈다. 하지만 역시 우리의 이야기는 여자에게서 벗어나지 않았다. 나는 그를 미워하기보다는 나 자신의 소심함이 부끄러워 더욱 우울해지지 않을 수 없었다.

드디어 그가 돌아간 후 나는 침대에 드러누운 채 『암야행로『暗夜行路』*를 읽기 시작했다. 나에게 주인공의 정신적 투쟁은 하나하나가 통절했다. 나는 그 주인공에 비하면 얼마나 바보였는지를 느끼고 어느새 눈물을 흘리고 있었다. 동시에 또 눈물은 내 마음에 어느새 평화를 가져다주었다. 하지만 그것도 오래가지는 않았다. 나의 오른쪽 눈은 다시 한번 반투명의 톱니바퀴를 느끼기 시작했다. 톱니바퀴는 여전히 돌며 점차 수를 늘려갔다. 나는 두통이 시작되지 않을까 두려워 머리맡에 책을 놓은 채 0.8그램의 베로날을 먹고 아무튼 푹 자기로 했다.

하지만 나는 꿈속에서 어떤 풀장을 바라보고 있었다. 그곳에는 또 남녀 아이들 여러 명이 헤엄을 치기도 하고 자맥질을 하기도 했다. 나는 그 풀장 뒤의 솔밭으로 걸어갔다. 그러자 누군가가 뒤에서 "여보!" 하고 내게 말을 걸었다. 나는 슬쩍 돌아보고 풀장 앞에 서 있는 아내를 발견했다. 동시에 또 심한 후회가 들었다.

"여보, 수건은요?"

"수건은 필요 없어. 아이들이나 잘 봐."

나는 다시 걸어가기 시작했다. 하지만 내가 걷고 있는 곳은 어느새 플랫폼으로 바뀌어 있었다. 시골 역이었는지 긴 산울타리가 있는 플랫폼이었다. 거기에는 또 H라는 대학생과 나이든 여자도 서 있었다. 그들은 내 얼굴을 보자 내 앞으로 걸어와 각자 내게 말을 걸었다.

---

* 시가 나오야志賀直哉(1883~1971)의 장편소설.

"큰 화재였지요."

"나도 겨우 빠져나왔어."

나는 어쩐지 나이 든 이 여자를 본 적이 있다고 느꼈다. 그뿐 아니라 그녀와 이야기하는 것에서 어떤 유쾌한 흥분을 느꼈다. 그때 기차가 연기를 내뿜으며 조용히 플랫폼으로 미끄러져 들어왔다. 나는 혼자 그 기차를 타고 양쪽에 하얀 천을 늘어뜨린 침대 사이를 걸어갔다. 그러자 어떤 침대 위에 미라에 가까운 나체의 여자 한 사람이 이쪽을 향해 누워 있었다. 그것은 또 내 복수의 신, 어떤 광인의 딸이 틀림없었다.

나는 눈을 뜨자마자 나도 모르게 침대에서 뛰어내렸다. 내 방은 여전히 전등 불빛으로 환했다. 하지만 어디선가 날갯짓 소리와 쥐가 달그락거리는 소리가 들렸다. 나는 문을 열고 복도로 나가 조금 전의 그 난로 앞으로 서둘러 갔다. 그러고는 의자에 앉은 채 시원찮은 불길을 바라보기 시작했다. 그때 하얀 옷을 입은 종업원 하나가 장작을 넣으러 다가왔다.

"몇 시지?"

"3시 반쯤 되었습니다."

그런데 건너편 로비 구석에는 미국인인 듯한 한 여자가 책을 읽고 있었다. 그녀가 입고 있는 것은 먼눈으로 봐도 초록색 드레스임이 틀림없었다. 나는 뭔가 구원받았다는 것을 느끼고 가만히 날이 새기를 기다리기로 했다. 오랜 병고에 시달린 끝에 조용히 죽음을 기다리는 노인처럼.

4. 아직?

나는 이 호텔 방에서 드디어 전의 그 단편을 완성하여 어떤 잡지사에 보내기로 했다. 하지만 내 원고료는 일주일의 체재비도 안 되는 것이었다. 하지만 나는 내 일을 마무리한 것에 만족하고 뭔가 정신적 강장제를 구하기 위해 긴자의 어느 서점에 가기로 했다.

겨울 햇살이 닿는 아스팔트 위에는 휴지 여러 개가 굴러다니고 있었다. 그 휴지들은 햇빛을 받아선지 모두 장미꽃과 똑같았다. 나는 뭔가의 호의를 느끼고 그 서점으로 들어갔다. 그곳 역시 평소보다 깔끔했다. 다만 안경을 낀 계집아이 하나가 점원과 무슨 이야기를 나누고 있었는데 나는 그것이 마음에 걸리지 않는 건 아니었다. 하지만 나는 길바닥에 떨어진 휴지 장미꽃을 떠올리고 『아나톨 프랑스의 대화집』이나 『메리메의 서간집』을 사기로 했다.

나는 책 두 권을 안고 어떤 카페에 들어갔다. 그리고 가장 안쪽 테이블에서 커피가 나오기를 기다리기로 했다. 내 건너편에는 모자 사이인 듯한 남녀가 앉아 있었다. 아들은 나보다 젊었지만 거의 나와 똑같았다. 그뿐 아니라 그들은 연인 사이처럼 얼굴을 가까이 대고 이야기를 나누고 있었다. 나는 그들을 보고 있는 사이에 적어도 아들은 성적으로도 어머니에게 위로를 주고 있다는 사실을 의식하고 있다는 것을 깨닫기 시작했다. 그것은 내게도 기억이 있는 친화력의 한 예임이 틀림없었다. 동시에 또 현세를 지옥으로 만드는 어떤 의지의 한 예임이 틀림없었다. 그러나…… 나는 또 고통에 빠지는 것이 두려워 마침 커피가 나온 것을 구실로 『메리메의 서간집』을 읽기 시작했다. 그는 이 서간집에서도 그의 소설에서처럼 예리한 아포리즘을 번뜩이고 있었다. 그런 아포리즘들은 내 마음을 어느새 쇠처럼 단단하게 만들기 시작했다. (그 영향을 받기 쉬운 것도 내 약점 가운데 하나였다.) 나는 커피 한 잔을 다 마신 후 '뭐든지 올 테면 와라'는 기분이 되어 재빨리 이 카페를 뒤로하고 나갔다.

나는 길을 걸으며 다양한 진열창을 들여다보며 갔다. 어떤 액자 가게의 진열창은 베토벤의 초상화가 걸려 있었다. 머리카락이 곤두선 천재 자체 같은 초상화였다. 나는 그 베토벤을 우스꽝스럽게 느끼지 않을 수 없었다.

그러는 사이에 문득 만난 사람은 고등학교 이래의 친구였다. 응용화학 전공의 이 대학교수는 반으로 접히는 큼직한 가방을 안고 있고 한쪽 눈만 빨갛게 충혈되어 있었다.

"어떻게 된 건가, 자네 눈은?"

"이거 말인가? 이건 그냥 결막염이네."

나는 문득 14~15년 전 이래 늘 친화력을 느낄 때마다 내 눈도 그의 눈처럼 결막염을 일으킨 일을 떠올렸다. 하지만 아무 말도 하지 않았다. 그는 내 어깨를 두드리며 우리의 친구 이야기를 꺼냈다. 그러고는 이야기를 계속하며 어떤 카페로 나를 데려갔다.

"오랜만이네. 주순수朱舜水*의 비碑를 세울 때 이후로 처음이지 아마?"

그는 엽궐련에 불을 붙인 후 대리석 테이블 너머로 내게 이렇게 말했다.

"그래. 그 주순······"

나는 어쩐 일인지 주순수라는 이름을 정확히 발음할 수 없었다. 그것은 일본어였던 만큼 나를 다소 불안하게 했다. 하지만 그는 신경 쓰지 않고 여러 가지 이야기를 했다. K라는 소설가에 대해, 그가 산 불도그에 대해, 루이사이트lewisite**라는 독가스에 대해.

"자네는 전혀 쓰지 않는 것 같더군.「점귀부点鬼簿」***라는 단편을 읽었는데······ 그건 자네의 자서전인가?"

"그래, 내 자서전이네."

"그건 좀 병적이더군. 요즘 몸은 괜찮나?"

"여전히 약만 먹고 있는 형편이지."

"나도 요즘은 불면증이라네."

"나도? 자네는 왜 '나도'라고 하는 건가?"

"그야 자네도 불면증이라고 하지 않았나? 불면증은 위험하다네."

그는 왼쪽만 충혈된 눈에 미소에 가까운 것을 띠고 있었다.

---

* 중국 명나라 말기에서 청나라 초기의 유학자(1600~1682)로 명나라 왕조의 복벽을 꾀했다가 이루지 못하고 일본으로 망명했다.

** 미국이 제1차 세계대전 중 화학전에서 사용하려고 개발한, 피부를 썩어 문드러지게 하는 강렬한 독가스.

*** 아쿠타가와가 1926년 10월 〈개조改造〉에 발표한 단편.

나는 대답하기 전에 '불면증'의 증이라는 발음을 정확히 할 수 없다는 것을 느꼈다.

"미치광이의 아들한테는 당연한 거네."

나는 채 10분도 지나지 않아 혼자 거리를 걷고 있었다. 아스팔트 위에 떨어진 휴지는 이따금 우리 인간의 얼굴처럼 보이지 않는 것도 아니었다. 그러자 맞은편에서 단발을 한 여자가 지나갔다. 그녀는 먼눈에는 아름다웠다. 하지만 눈앞으로 다가온 것을 보자 잔주름이 있는 데다 얼굴도 추했다. 그뿐 아니라 임신한 것 같았다. 나는 무심코 얼굴을 돌리고 널찍한 골목으로 꺾어 들어갔다. 하지만 잠깐 걷고 있는 동안 치질의 고통을 느끼기 시작했다. 그것은 내게 좌욕 말고는 달랠 수 없는 고통이었다.

'좌욕…… 베토벤 역시 좌욕을 했었어.'

좌욕에 쓰는 유황 냄새는 순식간에 내 코를 덮쳤다. 하지만 물론 거리 어디에서도 유황은 보이지 않았다. 나는 다시 한번 휴지 장미꽃을 떠올리며 애써 똑바로 걸어갔다.

한 시간쯤 지난 후 나는 내 방에 틀어박힌 채 창문 앞의 책상에 앉아 새로운 소설을 쓰기 시작했다. 펜은 신기할 정도로 원고지 위를 쑥쑥 달려 나갔다. 하지만 그것도 두세 시간 후에는 눈에 보이지 않는 누군가에 의해 억눌린 것처럼 멈추고 말았다. 나는 어쩔 수 없이 책상을 떠나 방 안을 이리저리 돌아다녔다. 나의 과대망상은 이런 때에 가장 두드러졌다. 나는 야만스러운 환희 속에서 내게는 부모도 없을 뿐 아니라 처자식도 없다, 오직 내 펜에서 흘러나온 생명만 있다는 심정이었다.

하지만 4, 5분 후에는 전화를 받으러 가야 했다. 아무리 대답을 해도 전화는 그저 뭔가 모호한 말을 되풀이해서 전할 뿐이었다. 그런데 아무튼 몰이라고 들린 것은 틀림없었다. 나는 결국 수화기를 내려놓고 다시 한번 방 안을 돌아다녔다. 하지만 몰이라는 말만이 묘하게 마음에 걸려 견딜 수가 없었다.

"몰…… Mole……"

몰은 두더지라는 뜻의 영어다. 이 연상도 내게는 유쾌하지 않았다. 나는 2, 3초 후 Mole을 la mort로 고쳐 썼다. 라 모르, 죽음이라는 뜻의 이 프랑스어는 곧 나를 불안하게 했다. 죽음은 매형에게 닥친 것처럼 내게도 닥칠 것 같았다. 하지만 불안한 중에도 나는 뭔가 우스꽝스러움을 느꼈다. 그뿐 아니라 어느새 미소를 짓고 있었다. 이 우스꽝스러움은 무엇 때문에 일어날까? 나 자신도 알 수 없었다. 나는 오랜만에 거울 앞에 서서 내 모습과 정면으로 마주했다. 내 모습도 물론 미소 짓고 있었다. 나는 이 모습을 보고 있는 사이에 제2의 나를 떠올렸다. 제2의 나, 독일인이 말하는 도펠겡어Doppelgänger는 다행히도 내게는 보인 적이 없었다. 하지만 미국의 영화배우가 된 K의 부인은 제국帝國 극장의 복도에서 제2의 나를 봤다. (K의 부인이 갑자기 "저번에는 인사도 제대로 못하고 그만"이라고 말해 당황한 일을 기억하고 있다.) 그리고 이미 고인이 된 다리 하나가 없는 어느 번역가 역시 긴자의 어떤 담배 가게에서 제2의 나를 발견했다. 죽음은 어쩌면 나보다 제2의 내게 오는 것일지도 모른다. 또 만약 내게 온다고 해도…… 나는 거울을 뒤로 하고 창문 앞의 책상으로 돌아갔다.

응회암을 사각으로 짠 창문은 시든 잔디와 연못을 내다보게 했다. 나는 뜰을 바라보며 먼 솔밭 가운데서 태웠던 공책 몇 권과 완성하지 못한 희곡을 떠올렸다. 그러고는 펜을 집어 들고 다시 한번 새로운 소설을 쓰기 시작했다.

5. 붉은 빛

햇빛이 나를 괴롭히기 시작했다. 나는 실제로 두더지처럼 창문 앞에 커튼을 치고 낮에도 전등을 켠 채 열심히 쓰다 만 소설을 계속 써나갔다. 그리고 일에 지치면 이폴리트 텐*의 『영국 문학사』를 펼치고 시인들의 생애를 훑어보았다. 그들은 모두 불행했다. 엘리자베스 시대의 거인들조차, 당대의 학자였던 벤 존슨**조차 그의 엄지발가락 위에서 로마와 카르타고의 군대가 전쟁을 시작하는 걸 볼 만큼 신경이 피로에 빠져 있었다. 나는 그들의 그런 불행에서 잔혹한 악의로 가득 찬 희열을 느끼지 않을 수 없었다.

동풍이 심하게 불던 어느 날 밤(그것은 내게 좋은 징조였다) 나는 지하실을 빠져나와 거리로 나갔으며 어떤 노인을 찾아가기로 했다. 그는 어떤 성서 회사의 다락방에서 혼자 잔심부름을 하며 기도와 독서에 정진하고 있었다. 우리는 화롯불에 손

---

* Hippolyte Taine(1828~1893). 프랑스의 사상가, 비평가, 역사가.
** Ben Jonson(1572~1637). 영국의 극작가이자 비평가.

을 쬐며 벽에 걸린 십자가 아래서 이런저런 이야기를 나누었다. 왜 나의 어머니는 발광했는가? 내 아버지의 사업은 왜 실패했는가? 또 나는 왜 벌을 받았는가? 그런 비밀을 알고 있는 그는 묘하게 엄숙한 미소를 띠며 언제까지고 나를 상대해주었다. 그뿐 아니라 이따금 짧은 말에 인생의 캐리커처를 그리기도 했다. 나는 그 다락방의 은자를 존경하지 않을 수 없었다. 하지만 그와 이야기를 하는 동안 그도 친화력 때문에 움직여지고 있다는 사실을 발견했다.

"그 정원사의 딸은 용모도 마음씨도 곱고, 나한테도 잘해준다네."

"몇 살이죠?"

"올해 열여덟이네."

그에게는 아버지 같은 사랑인지도 몰랐다. 하지만 나는 그의 눈에서 정열을 느끼지 않을 수 없었다. 그뿐 아니라 그가 권한 사과는 어느새 노래진 껍질 위에 일각수의 모습을 드러내고 있었다. (나는 종종 나이테나 커피 잔의 균열에서 신화적 동물을 발견했다.) 일각수는 기린이 틀림없었다. 적의를 품은 어느 비평가가 나를 "910년대의 기린아"라고 불렀던 것을 생각해내고 십자가가 걸린 다락방도 안전지대가 아니라는 것을 느꼈다.

"어떤가, 요즘은?"

"여전히 초조해하고 있습니다."

"그건 약으로도 소용없네. 신자가 될 생각은 없나?"

"혹시 나 같은 사람도 될 수 있다면요."

"어려울 게 하나도 없네. 그저 신을 믿고, 신의 아들인 그리스도를 믿고, 그리스도가 행한 기적을 믿기만 한다면."

"악마라면 믿을 수 있겠지만……"

"그렇다면 왜 신을 믿지 않나? 만약 그림자를 믿는다면 빛도 믿지 않을 수 없지 않나?"

"하지만 빛이 없는 어둠도 있지 않습니까?"

"빛이 없는 어둠이라니?"

나는 입을 다물 수밖에 없었다. 그도 나처럼 어둠 속을 걷고 있었다. 하지만 어둠이 있는 이상 빛도 있다고 믿고 있었다. 우리의 논리가 다른 것은 오직 이런 한 가지뿐이었다. 하지만 그건 적어도 내게는 뛰어넘을 수 없는 도랑임이 틀림없었다.

"하지만 빛은 반드시 있네. 그 증거로 기적이 있으니까. 기적이라는 것은 지금도 종종 일어나는 일이 있네."

"악마가 행하는 기적은……"

"왜 또 악마라는 말을 하나?"

나는 지난 1, 2년간 나 자신이 경험한 일을 그에게 말하고 싶은 유혹을 느꼈다. 하지만 그로부터 처자식에게 전해지고, 나 또한 어머니처럼 정신병원에 들어가는 것을 두려워하지 않을 수 없었다.

"저기 있는 건 뭡니까?"

이 늠름한 노인은 낡은 책장을 돌아보고 뭔가 목양신인 듯한 표정을 보였다.

"도스토옙스키 전집이네.『죄와 벌』은 읽어봤나?"

나는 물론 10년 전에도 도스토옙스키의 작품 네다섯 권을 즐겨 읽었다. 하지만 우연히(?) 그가 말한 『죄와 벌』이라는 말에 감동하여 그 책을 빌려 호텔로 돌아가기로 했다. 전등 불빛이 환하고 사람의 왕래가 많은 거리는 역시 내게 불쾌했다. 특히 지인을 만나는 것은 도저히 견딜 수 없었다. 나는 애써 어두운 거리를 택해 도둑처럼 걸어갔다.

하지만 잠시 후 나는 어느새 위통을 느끼기 시작했다. 이 통증을 멈추게 할 수 있는 것은 위스키 한 잔뿐이었다. 나는 어느 바를 발견하고 그 문을 밀고 들어가려고 했다. 하지만 좁은 바 안에는 담배 연기가 자욱한 가운데 예술가인 듯한 청년 몇 명이 무리지어 술을 마시고 있었다. 그뿐 아니라 그들 가운데는 귀를 덮는 머리 모양*을 한 여자가 열심히 만돌린을 켜고 있었다. 나는 금세 당혹감을 느끼고 문 안으로 들어가지 않고 돌아섰다. 그러자 어느새 내 그림자가 좌우로 흔들리는 것을 발견했다. 게다가 나를 비추고 있는 것은 섬뜩하게도 붉은 빛이었다. 나는 길에 멈춰 섰다. 하지만 내 그림자는 전처럼 끊임없이 좌우로 움직이고 있었다. 나는 머뭇머뭇 뒤를 돌아보고 그제야 그 바의 처마에 걸린 색유리 각등을 발견했다. 각등은 거센 바람 때문에 허공에서 천천히 흔들리고 있었다.

내가 다음에 들어간 곳은 어떤 지하 레스토랑이었다. 나는 그곳 바 앞에 서서 위스키 한 잔을 주문했다.

"위스키요? Black and White밖에 없습니다만……" 나는

---

* 1920년대 초반에 유행한 머리 모양이다. 서양식으로 묶는 스타일의 하나로, 귀를 머리카락으로 덮듯이 가려서 묶는다.

소다수에 위스키를 넣고, 잠자코 한 모금씩 마시기 시작했다. 내 옆에는 신문기자인 듯한 서른 전후의 남자 둘이 뭔가 작은 소리로 이야기를 나누고 있었다. 그뿐 아니라 프랑스어를 쓰고 있었다. 나는 그들에게 등을 향한 채 온몸으로 그들의 시선을 느꼈다. 그것은 실제로 전파처럼 내 몸에 와 닿았다. 그들은 확실히 내 이름을 알고 내 이야기를 하고 있는 듯했다.

"Bien……très mauvais……pourquoi……?"(정말……아주 고약해……왜……?)

"Pourquoi?……le diable est mort……!"(왜라니?…… 악마는 죽었어……!)

"Oui, oui……d'enfer……"(그래, 맞아……지옥의……)

나는 은화 한 닢을 던져놓고(그것은 내가 갖고 있는 마지막 은화 한 닢이었다), 이 지하 밖으로 벗어나기로 했다. 밤바람이 불어오는 길거리는 다소 위통이 가라앉은 내 신경을 튼튼하게 해주었다. 나는 라스콜리니코프*를 떠올리며 모든 걸 참회하고 싶은 욕망을 느꼈다. 하지만 그것은 나 자신 외에도, 아니, 내 가족 외에도 비극을 낳을 게 틀림없었다. 뿐만 아니라 그 욕망조차 진실인지 아닌지 의심스러웠다. 만약 내 신경만 보통 사람처럼 튼튼해진다면…… 하지만 그러기 위해서는 어딘가로 가지 않으면 안 되었다. 마드리드로, 리오로, 사마르칸트로……

---

*『죄와 벌』의 주인공.

그러는 사이에 어떤 가게의 처마에 매달린 하얀 소형 간판이 갑자기 나를 불안하게 했다. 자동차 타이어에 날개가 달린 상표를 그려 넣은 것이었다. 나는 그 상표에서 인공 날개에 의지한 고대 그리스인*을 떠올렸다. 그는 하늘로 날아오른 끝에 태양 빛에 날개가 타버리고 결국 바다에 빠져 죽었다. 마드리드로, 리오로, 사마르칸트로 나는 이런 내 꿈을 조소하지 않을 수는 없었다. 동시에 또 복수의 신에게 쫓긴 오레스테스를 생각하지 않을 수 없었다.

나는 운하를 따라 어두운 길을 걸어갔다. 그러다가 어떤 교외에 있는 양부모 집을 떠올렸다. 양부모는 물론 내가 돌아오기만을 기다리며 지내고 있을 것이다. 아마 내 아이들도. 그러나 내가 그곳으로 돌아가면 저절로 나를 속박하는 어떤 힘을 두려워하지 않을 수 없었다. 운하에는 너벅선 한 척이 물결치는 물 위에 정박해 있었다. 또한 그 너벅선 밑바닥에서는 희미한 빛이 새어 나오고 있었다. 그곳에도 남녀 몇 명의 가족이 생활하고 있음이 틀림없었다. 역시 서로 사랑하기 위해 서로 미워하면서. 하지만 다시 한번 전투적 정신을 불러일으켜 위스키를 마신 취기를 느낀 채 호텔로 돌아가기로 했다.

나는 다시 책상을 마주하고 『메리메의 서간집』을 계속 읽었다. 그것은 어느새 내게 생활력을 주고 있었다. 하지만 나는 만년의 메리메가 신교도가 되었던 것을 알고는 갑자기 가면 뒤

---

* 그리스 신화에 나오는 이카로스를 말한다.

에 있는 메리메의 얼굴을 느꼈다. 그 또한 우리처럼 어둠 속을 걷고 있는 한 사람이었다. 어둠 속을?『암야행로』는 이런 내게 끔찍한 책으로 변하기 시작했다. 나는 우울함을 잊기 위해『아나톨 프랑스의 대화록』을 읽기 시작했다. 하지만 이 근대의 목양신 역시 십자가를 짊어지고 있었다.

한 시간쯤 지난 후 종업원은 내게 우편물 한 다발을 건네러 얼굴을 내밀었다. 그것들 중 하나는 라이프치히의 출판사에서 내게 「근대 일본의 여자」라는 소논문을 쓰라는 것이었다. 왜 그들은 특별히 내게 그런 소논문을 쓰게 하려는 것일까. 뿐만 아니라 이 영어 편지는 "우리는 마치 일본화처럼 흑과 백 외에 색채가 없는 여자의 초상화라도 만족한다"라는 육필 추신이 덧붙어 있었다. 나는 이런 한 줄에서 Black and White라는 위스키 이름을 떠올리고 그 편지를 갈기갈기 찢어버렸다. 그리고 이번에는 손에 잡히는 대로 한 편지 봉투를 뜯고 누런 편지지를 훑어보았다. 이 편지를 쓴 것은 내가 모르는 청년이었다. 하지만 두세 줄도 읽기 전에 "당신의 「지옥변」은……"이라는 말이 내 신경을 건드렸다. 세 번째로 봉투를 뜯은 편지는 내 조카에게서 온 것이었다. 나는 그제야 한숨을 쉬고 집안 내의 문제를 읽어나갔다. 하지만 그것조차 마지막에 이르자 갑자기 내게 심한 타격을 주었다.

"가집 〈샷코赤光〉*의 재판본再版本을 보내니……"

---

* 1913년에 간행된 사이토 모키치齋藤茂吉의 첫 번째 가집.

적광! 나는 누군가의 냉소를 느끼고 내 방 밖으로 피난하기로 했다. 복도에는 아무런 인기척이 없었다. 나는 한 손으로 벽을 짚으며 간신히 로비로 걸어 나갔다. 그러고는 의자에 앉아 아무튼 담배에 불을 붙이기로 했다. 어쩐 일인지 담배는 에어십Air Ship이었다. (나는 이 호텔에 자리를 잡고 나서 늘 스타만 피우고 있었다.) 인공의 날개는 다시 한번 내 눈앞에 떠올랐다. 나는 건너편에 있는 종업원을 불러 스타 두 갑을 사기로 했다. 하지만 종업원의 말을 믿는다면 하필 스타만은 품절이었다.

"에어십이라면 있습니다만……"

나는 머리를 흔든 채 널찍한 로비를 바라보았다. 내 건너편에는 외국인 네다섯 명이 테이블을 둘러싸고 앉아 이야기를 나누고 있었다. 게다가 그들 중의 한 사람, 빨간 원피스를 입은 여자는 조그만 소리로 그들과 이야기하며 이따금 나를 쳐다보는 것 같았다.

"Mrs. Townshead……"

내 눈에 보이지 않는 뭔가가 내게 이렇게 속삭이며 지나갔다. 미세스 타운스헤드라는 이름은 물론 내가 모르는 사람이었다. 설령 건너편에 있는 여자의 이름이라고 해도…… 나는 다시 의자에서 일어나 발광할까봐 두려워하며 내 방으로 돌아가기로 했다.

내 방으로 돌아가자마자 나는 곧 어떤 정신병원에 전화를 걸 생각이었다. 하지만 그곳에 들어가는 것은 내게 죽는 것이나 다름없었다. 나는 무척 망설인 후 그 공포를 달래기 위해 『죄와 벌』을 읽기 시작했다. 하지만 우연히 펼쳐든 페이지는

『카라마조프의 형제들』임에 틀림없었다. 나는 제본점에서 잘 못 묶인 사실, 또한 잘못 묶인 페이지를 펼친 사실에서 운명의 손가락이 움직이고 있다는 것을 느끼고 어쩔 수 없이 그 부분을 읽어나갔다. 하지만 한 페이지도 다 읽기 전에 온몸이 떨리는 것을 느끼기 시작했다. 그 부분은 악마에게 시달리는 이반을 그린 한 구절이었다. 이반을, 스트린드베리를, 모파상을, 혹은 이 방에 있는 나 자신을.

이런 나를 구원하는 건 오직 잠뿐이었다. 하지만 수면제는 어느새 한 봉지도 남아 있지 않았다. 나는 도저히 잠을 이루지 못하고 그 괴로움을 견디지 못하고 있었다. 하지만 절망적인 용기를 내서 커피를 가져달라고 한 이상, 죽을힘을 다해 펜을 움직이기로 했다. 두 매, 다섯 매, 일곱 매, 열 매, 원고는 순식간에 완성되어갔다. 나는 이 소설 세계를 초자연의 동물로 채웠다.* 뿐만 아니라 그 동물 한 마리에 나 자신의 초상화를 그렸다. 하지만 피로는 서서히 내 머리를 흐릿하게 만들기 시작했다. 나는 결국 책상을 떠나 침대에 벌렁 드러누웠다. 그러고는 네다섯 시간 잔 것 같았다. 하지만 또 누군가 내 귀에 이런 말을 속삭이는 걸 느끼고 금세 눈을 뜨고 일어났다.

"Le diable est mort.(악마는 죽었다)"

응회암 창문 밖은 어느새 쌀랑하게 밝아오고 있었다. 나는 바로 문 앞에 서서 아무도 없는 방 안을 둘러보았다. 그러자 바

---

* 중편 「갓파」를 말한다.

깔 공기에 얼룩얼룩 흐려진 건너편 창유리 너머로 작은 풍경이 보였다. 누르스름해진 솔밭 너머로 바다가 있는 풍경임이 틀림없었다. 나는 머뭇머뭇 창 앞으로 다가가 그 풍경을 만들고 있는 것은 사실 정원의 시든 잔디와 연못이라는 것을 알았다. 하지만 내 착각은 어느새 우리 집에 대한 향수에 가까운 것을 불러일으켰다.

나는 9시가 되는 대로 어느 잡지사에 전화를 걸어 어떻게든 돈을 마련하여 집으로 돌아가기로 결심했다. 책상 위에 놓인 가방 안에 책과 원고를 밀어 넣으면서.

6. 비행기

나는 도카이도선의 어느 역에서, 거기서 안쪽으로 좀 들어간 곳에 있는 어떤 피서지로 자동차를 타고 달렸다. 어쩐 일인지 운전수는 이 추운 날씨에도 낡은 레인코트를 걸치고 있었다. 나는 이 우연의 일치를 섬뜩하게 생각하며 애써 그를 보지 않으려고 창밖에 시선을 주고 있었다. 그러자 작은 소나무 너머로 장례식 행렬이 오래된 길을 지나가는 광경이 보였다. 백지만을 바른 장례식용 초롱과 신사에 봉납하는 등불은 그 안에 없는 것 같았다. 하지만 금은색의 연꽃 조화는 조용히 가마 앞뒤로 흔들리며 나아갔다.

드디어 집으로 돌아온 후 나는 처자식과 수면제의 힘으로 이삼일은 꽤 평온하게 지냈다. 2층의 내 방에서는 솔밭 위로 희미하게 바다가 내다보였다. 나는 그 2층의 책상 앞에 앉아 비둘기 소리를 들으며 오전에만 일을 하기로 했다. 새는 비둘기와 까마귀 외에 참새도 툇마루로 날아들곤 했다. 그것 또한 내게는 유쾌했다. 그럴 때마다 나는 '까치가 집에 든다'*는 말을 떠올렸다

어느 뜨뜻미지근하고 흐린 날 오후 나는 한 백화점으로 잉크를 사러 갔다. 그런데 그 가게에 늘어서 있는 것은 세피아 색 잉크뿐이었다. 세피아 색 잉크는 어떤 다른 잉크보다 늘 나를 불쾌하게 했다. 나는 어쩔 수 없이 그 가게를 나와 사람들의 왕래가 적은 길을 어슬렁어슬렁 혼자 걸었다. 그때 맞은편에서 근시인 듯한 마흔 안팎의 한 외국인이 으스대며 지나갔다. 그는 이곳에 살고 있는 피해망상증에 걸린 스웨덴 사람이다. 게다가 그의 이름은 스트린드베리였다. 나는 그와 스쳐 지날 때 육체적으로 뭔가 자극을 받은 것 같았다.

이 거리는 불과 2, 3백 미터였다. 하지만 그 2, 3백 미터를 지나는 중에 정확히 얼굴 반쪽만 까만 개가 네 번이나 내 옆을 지나갔다. 나는 골목길로 접어들어 블랙 앤드 화이트 위스키를 떠올렸다. 뿐만 아니라 조금 전의 스트린드베리의 넥타이도 검정색과 하얀색이었다는 것을 떠올렸다. 아무래도 우연이라고는 생각되지 않았다. 만약 우연이 아니라면, 나는 머리만 걷고 있는 것처럼 느끼고 잠깐 길에 멈춰 섰다. 길가의 철책 안에는

---

* 희소식을 가져온다고 여겨진다.

희미하게 무지개빛을 띤 유리 그릇 하나가 버려져 있었다. 그 그릇은 또 바닥 주위에 날개인 듯한 무늬가 떠올라 있었다. 그 때 소나무 우듬지에서 참새 몇 마리가 날아 내려왔다. 하지만 그 그릇 근처로 가더니 모든 참새가 약속이나 한 듯이 한꺼번에 공중으로 날아올랐다.

나는 처가로 가서 뜰 앞의 등나무 의자에 앉았다. 뜰 구석의 철망 안에는 하얀 레그혼 닭 몇 마리가 조용히 걷고 있었다. 그리고 내 발밑에는 까만 개 한 마리가 드러누워 있었다. 나는 누구도 알 수 없는 의문을 풀려고 애를 태우며 아무튼 외견만은 냉정하게 장모, 처남과 세상 돌아가는 이야기를 했다.

"여기에 오면 늘 조용하네요."

"아직은 도쿄보다 조용하지."

"여기서도 시끄러운 일이 있습니까?"

"그야 여기도 사람 사는 세상이니까."

장모는 이렇게 말하며 웃었다. 사실 이 피서지도 사람 사는 '세상'인 것은 틀림없었다. 나는 불과 1년 사이에 이곳에도 얼마나 많은 죄악과 비극이 일어났는지 다 알고 있었다. 환자를 서서히 독살하려고 한 의사, 양자 부부의 집에 불을 지른 노파, 누이의 재산을 빼앗으려고 한 변호사, 그런 사람들의 집을 보는 것은 늘 인생 안에서 지옥을 보는 것과 다르지 않았다.

"이 동네에는 미친 사람이 한 명 있지요."

"H 말이지? 그 사람은 미친 사람이 아니라네. 바보가 된 거지."

"조발성 치매*라는 것 말이지요. 저는 그 녀석을 볼 때마다 어쩐지 기분이 영 안 좋아요. 얼마 전에도 그 녀석이 무슨 생각인지 마두관세음馬頭觀世音 앞에서 절을 하고 있더라니까요."

"기분이 안 좋아지다니, 좀 더 강해지지 않으면 안 되네."

"그래도 매형은 나 같은 사람보다는 강한데요 뭐."

수염이 덥수룩한 처남도 잠자리에서 일어나 앉은 채 평소처럼 조심스럽게 우리의 대화에 끼어들었다.

"강한 것 안에 약한 부분도 있으니까."

"아니, 이런, 그건 곤란한데."

나는 이렇게 말한 장모를 보고 쓴웃음을 짓지 않을 수 없었다. 그러자 처남도 웃으며 멀리 울타리 밖의 솔밭을 바라보며 뭔가 넋을 잃고 이야기를 이었다.(병을 앓고 난 이 처남은 때때로 육체를 벗어난 정신 그 자체처럼 보였다.)

"묘하게 인간을 뛰어넘은 건가 싶으면 인간적 욕망도 꽤나 강렬하고⋯⋯"

"선인인가 싶으면 악인이기도 하고 말이지."

"아니, 선악이라기보다는 뭔가 좀 더 반대되는 것이⋯⋯"

"그럼 어른 안에 어린애도 있다는 거겠지."

"그것도 아닙니다. 저는 확실히 말할 수 없지만⋯⋯ 전기의 양극 같은 것이려나, 아무튼 반대되는 것을 함께 갖고 있는."

그때 우리를 놀라게 한 것은 강력한 비행기 소리였다. 나는 무심코 하늘을 올려다보고 소나무 우듬지에 닿을 것처럼 날아

---

* 조현병(정신분열병)의 전 용어.

오르는 비행기를 발견했다. 날개가 노랗게 칠해져 있었다. 보기 드문 단엽單葉 비행기였다. 닭과 개는 그 소리에 놀라 각자 사방팔방으로 도망쳤다. 특히 개는 짖어대며 꼬리를 말고 마루 밑으로 기어들었다.

"저 비행기는 떨어지지 않을까?"

"괜찮아요. 매형은 비행기 병이라는 병을 알고 있어요?"

나는 담배에 불을 붙이며 '아니' 하고 말하는 대신 고개를 흔들었다.

"저런 비행기에 타고 있는 사람은 높은 하늘의 공기만 들이쉬다 보니 점점 지상의 공기를 견딜 수 없게 되는 거래요."

처가를 뒤로한 후 나는 가지 하나 움직이지 않는 솔밭을 걸으며 서서히 우울해졌다. 그 비행기는 다른 데로 가지 않고 왜 내 머리 위를 지나갔을까? 또 그 호텔은 왜 에어십이라는 담배만 팔고 있을까? 나는 여러 가지 의문에 시달리며 인적이 없는 길을 골라 걸었다.

바다는 나지막한 모래 언덕 너머로 온통 회색으로 흐려져 있었다. 또 그 모래 언덕에는 그네가 없는 그네 지지대 하나가 우뚝 솟아 있었다. 나는 그 그네 지지대를 바라보며 금세 교수대를 떠올렸다. 실제로 그네 지지대 위에는 까마귀 두세 마리가 앉아 있었다. 까마귀들은 모두 나를 보고도 날아갈 기색조차 보이지 않았다. 그뿐 아니라 한가운데에 앉아 있던 까마귀는 큰 부리를 하늘로 들며 분명히 네 번 소리를 냈다.

나는 잔디가 시든 모래 제방을 따라 별장이 많은 좁은 길로 꺾어들기로 했다. 이 좁은 길 오른쪽에는 역시 큰 소나무 사이로 2층의 서양식 목조 가옥 한 채가 하얗게 서 있을 터였다. (내 친구는 이 집을 '봄이 있는 집'이라 불렀다.) 하지만 그 집 앞을 지나다 보니 거기에는 콘크리트 기초 위에 달랑 욕조 하나만 있을 뿐이었다. 화재…… 나는 곧 이렇게 생각하고 그쪽을 보지 않으려고 하며 걸었다. 그러자 자전거를 탄 한 남자가 맞은편에서 똑바로 다가왔다. 그는 짙은 갈색의 사냥모를 쓰고 묘하게 가만히 응시한 채 핸들 위로 몸을 숙이고 있었다. 나는 문득 그의 얼굴에서 매형의 얼굴을 느끼고 그가 눈앞으로 오기 전에 옆의 좁은 길로 꺾어들려고 했다. 하지만 그 좁은 길 한복판에도 썩은 두더지 시체 하나가 배를 위로 향한 채 너부러져 있었다.

뭔가가 나를 노리고 있다는 것은 걸음을 옮길 때마다 나를 불안하게 하기 시작했다. 그때 반투명한 톱니바퀴도 하나씩 내 시야를 가로막기 시작했다. 나는 드디어 최후의 순간이 다가온 것을 두려워하며 목을 꼿꼿이 세우고 걸어갔다. 톱니바퀴의 수가 늘어남에 따라 점점 빠르게 돌기 시작했다. 동시에 또 오른쪽 솔밭은 조용히 가지를 엇갈린 채 마치 세밀한 컷글라스를 통해 보는 것처럼 보이기 시작했다. 나는 심장 박동이 빨라지는 것을 느끼고 몇 번이나 길가에 멈춰 서려고 했다. 하지만 누군가에게 밀쳐지는 것처럼 멈춰 서는 것조차 쉽지 않았다.

30분쯤 지난 후 나는 우리 집 2층의 내 방에서 천장을 보고 드러누워 가만히 눈을 감은 채 심한 투통을 견디고 있었다. 그러자 내 눈꺼풀 안쪽에 은빛 깃털을 비늘처럼 겹친 날개 하나가 보이기 시작했다. 그것은 실제로 망막 위에 확실히 비치는 것이었다. 나는 눈을 뜨고 천장을 올려다보았다. 물론 천장에는 그런 게 아무것도 없다는 것을 확인한 후 다시 한번 눈을 감기로 했다. 그러나 역시 은빛 날개는 어둠 속에 분명히 비치고 있었다. 나는 문득 얼마 전에 탄 자동차의 라디에이터 캡에도 날개가 달려 있었다는 것을 떠올렸다.

그때 누군가 계단을 분주하게 올라오나 싶더니 곧 다시 타닥타닥 뛰어 내려갔다. 나는 그 누군가가 아내였다는 것을 알고 놀라서 몸을 일으키기가 무섭게 바로 계단 앞에 있는 어둑한 거실에 얼굴을 내밀었다. 그러자 아내는 푹 엎드린 채 숨이 차는 것을 참고 있는지 끊임없이 어깨를 들썩이고 있었다.

"어떻게 된 거야?"

"아뇨, 아무것도 아니에요."

아내는 드디어 얼굴을 들고 억지로 웃으며 말을 이었다.

"어떻게 된 것은 아니지만, 어쩐지 당신이 죽어버릴 것 같은 생각이 들어서요."

그것은 내 일생에서 가장 무서운 경험이었다. 나는 이제 다음 이야기를 써나갈 힘을 갖고 있지 않다. 이런 기분으로 살고 있는 것은 뭐라 말할 수 없는 고통이다. 내가 잠들어 있는 사이에 가만히 목을 졸라 죽여줄 사람은 어디 없을까?

(1927년 유고遺稿)

어느 바보의 일생 或阿呆の一生

구메 마사오久米正雄에게

나는 이 원고를 발표할지 여부는 물론이고 발표할 시기나 기관에 대해서도 자네에게 일임하고 싶네.

자네는 이 원고에 나오는 인물 대부분을 알고 있을 거야. 하지만 발표한다고 해도 색인을 달지 않았으면 싶네.

나는 지금 가장 불행한 행복 속에 살고 있지. 그러나 이상하게도 후회하고 있지 않다네. 다만 나처럼 나쁜 남편, 나쁜 아들, 나쁜 아버지를 가진 이들을 참으로 가엾게 생각할 뿐이지. 그럼 안녕. 나는 이 원고에서 적어도 의식적으로는 자기변호를 하지 않았다고 생각하네.

마지막으로 내가 이 원고를 특별히 자네에게 맡기는 것은 아마도 자네가 누구보다도 나를 잘 알고 있다고 생각하기 때문이야. (도회인이라는 나의 가죽을 벗겨내기만 한다면) 아무쪼록 이 원고에 드러난 나의 어리석음을 비웃어주게.

1927년 6월 20일

아쿠타가와 류노스케

1. 시대

어느 서점의 2층이었다. 스무 살의 그는 책장에 걸쳐둔 서양식 사다리에 올라가 새로운 책을 찾고 있었다. 모파상, 보들레르, 스트린드베리, 입센, 버나드 쇼, 톨스토이……

그러는 사이에 날이 저물기 시작했다. 하지만 그는 열심히 책등의 글자를 읽어나갔다. 거기에 늘어서 있는 것은 책이라기보다는 오히려 세기말 그 자체였다. 니체, 베를렌, 공쿠르 형제, 도스토옙스키, 하웁트만, 플로베르……

그는 어둑함과 싸우며 그들의 이름을 헤아려 나갔다. 하지만 책은 저절로 울적한 그림자 속으로 가라앉기 시작했다. 그는 마침내 끈기도 다하여 서양식 사다리에서 내려오려고 했다. 그러자 마침 그의 머리 위에서 갓 없는 전등 하나에 돌연 불이 켜졌다. 그는 사다리 위에 선 채 책 사이를 움직이고 있는 점원과 손님을 내려다보았다. 그들은 묘하게 작았다. 뿐만 아니라 참으로 초라했다.

'인생은 보들레르의 시 한 줄만도 못하다.'

그는 잠시 사다리 위에서 이런 그들을 바라봤다.

2. 어머니

광인들은 모두 똑같이 쥐색 옷을 입고 있었다. 그 때문에 널찍한 방은 한층 우울해 보이는 것 같았다. 그들 중 한 사람은 오르간 앞에 앉아 열심히 찬송가를 치고 있었다. 동시에 또 그들 중 한 사람은 바로 방 한가운데에 서서 춤을 춘다기보다는 뛰어다니고 있었다.

그는 혈색이 좋은 의사와 함께 이런 광경을 바라보았다. 그의 어머니도 10년 전에는 그들과 조금도 다르지 않았다. 조금도…… 그는 실제로 그들의 냄새에서 어머니의 냄새를 느꼈다.

"그럼 갈까?"

의사는 그 앞에 서서 복도를 따라 한 방으로 갔다. 그 방의 구석진 곳에는 알코올을 채운 커다란 유리 항아리 안에 뇌수 여러 개가 담겨 있었다. 그는 어떤 뇌수 위에서 희미하게 하얀 것을 발견했다. 그것은 마치 계란의 흰자위를 살짝 떨어뜨린 것과 비슷했다. 그는 의사와 서서 이야기를 나누며 다시 한번 어머니를 떠올렸다.

"이 뇌수를 가졌던 남자는 ××전등회사의 기사였다네. 늘 자신을 검게 윤이 나는 커다란 발전기라고 생각했지."

그는 의사의 눈을 피하려고 유리창 밖을 바라보고 있었다. 그곳에는 빈 병의 파편을 꽂은 벽돌담 이외에 아무것도 없었다. 하지만 그것은 엷은 이끼를 군데군데 어렴풋이 희어 보이게 하고 있었다.

3. 집

그는 어느 교외에 있는 집 2층 방에 기거하고 있었다. 그곳은 지반이 물러서 묘하게 기울어진 2층이었다.

그의 이모는 이 2층에서 종종 그와 싸웠다. 그의 양부모가 중재를 하는 일도 없지는 않았다. 하지만 그는 이모에게 누구보다 사랑을 느끼고 있었다. 평생 독신이었던 이모는 그가 스무 살 때 이미 예순에 가까운 노인이었다.

그는 어느 교외의 집 2층에서 몇 번이나 서로 사랑하는 사람은 서로 괴롭히는 것일까 하고 생각했다. 그사이에도 왠지 기분 나쁜 2층의 기울어짐을 느끼면서.

4. 도쿄

스미다가와는 잔뜩 흐렸다. 그는 달려가고 있는 작은 증기선 창으로 무코지마의 벚꽃을 바라보고 있었다. 꽃이 한창인 벚나무는 그의 눈에 한 줄의 누더기처럼 우울했다. 하지만 그는 그 벚나무에서, 에도 시대 이래 무코지마의 벚나무에서 어느새 그 자신을 찾아냈다.

5. 자아

　그는 그의 선배와 함께 어느 카페의 테이블에 앉아 끊임없이 담배를 피우고 있었다. 그는 그다지 말을 하지 않았다. 하지만 그는 선배의 말에 열심히 귀를 기울였다.

　"오늘 한나절은 자동차를 탔네."

　"무슨 볼일이 있었습니까?"

　그의 선배는 턱을 괸 채 아주 대수롭지 않게 대답했다.

　"뭐, 그냥 타고 싶었으니까."

　그 말은 그가 모르는 세계로…… 신들에 가까운 '자아'의 세계로 그 자신을 해방시켰다. 그는 뭔가 고통을 느꼈다. 하지만 동시에 또 희열도 느꼈다.

　그 카페는 아주 작았다. 그러나 목양신의 액자 밑에는 붉은 화분에 심은 고무나무 한 그루가 두툼한 잎을 늘어뜨리고 있었다.

6. 병

　그는 끊임없는 바닷바람이 부는 가운데 커다란 영어 사전을 펼치고 손가락 끝으로 단어를 찾고 있었다.

　Talaria　날개 달린 신발 또는 샌들.

　Tale　이야기.

　Talipot　동인도에서 나는 야자나무. 줄기는 15미터에서

30미터에 이르고 잎은 우산, 부채, 모자 등에 이용된다. 70년에 한 번 꽃을 피운다.

그의 상상은 확실히 이 야자 꽃을 그려냈다. 그러자 그는 목구멍 안쪽에서 지금까지 몰랐던 가려움을 느끼고 무심코 사전 위에 가래를 떨어뜨렸다. 가래를? 그러나 그것은 가래가 아니었다. 그는 짧은 목숨을 생각하고 다시 한번 그 야자 꽃을 상상했다. 그 먼 바다 너머에 높다랗게 우뚝 솟아 있는 야자 꽃을.

7. 그림

그는 갑자기…… 그건 실로 갑자기였다. 그는 한 서점 앞에 서서 고흐의 화집을 보는 중에 갑자기 그림이라는 걸 이해했다. 물론 고흐의 화집은 틀림없이 사진판이었다. 하지만 그는 사진판에서도 선명히 떠오르는 자연을 느꼈다.

그림에 대한 정열은 그의 시야를 새롭게 했다. 그는 어느새 나뭇가지가 구부러진 것이나 여자 볼이 불룩한 것에 끊임없이 주의를 기울이기 시작했다.

비가 올 것 같았던 어느 가을날 저녁, 그는 교외의 한 철교 밑을 지나갔다. 철교 건너편 제방 아래에는 짐마차 한 대가 서 있었다. 그는 그곳을 지나며 전에 누군가 이 길을 지난 사람이 있었다는 것을 느꼈다. 누굴까? 그것은 자신에게 새삼스레 물어볼 필요도 없었다.

스물세 살 그의 마음속에는 귀를 자른 한 네덜란드인이 긴 파이프를 문 채 이 울적한 풍경화를 예리한 눈으로 가만히 응시하고 있었다.

8. 불꽃

그는 비에 젖은 채 아스팔트 위를 걸었다. 비는 상당히 거셌다. 그는 물보라로 가득 찬 가운데서 고무를 입혀 방수 처리한 외투 냄새를 맡았다.

그러자 눈앞의 공중에 가설된 전선 하나가 보라빛 불꽃을 발하고 있었다. 그는 이상하게 감동했다. 그의 윗옷 호주머니에는 그들의 동인잡지에 발표할 원고가 넣어져 있었다. 그는 빗속을 걸으며 다시 한번 뒤쪽의 전선을 올려다보았다.

공중에 가설된 전선은 여전히 날카로운 불꽃을 발하고 있었다. 그는 인생을 바라보아도 특별히 갖고 싶은 것이 하나도 없었다. 하지만 그 보라빛 불꽃만은, 공중의 굉장한 불꽃만은 목숨과 바꿔서라도 갖고 싶었다.

9. 사체

사체는 모두 엄지발가락에 철사로 묶은 표찰이 매달려 있었다. 또 그 표찰에는 이름과 나이가 적혀 있었다. 그의 친구는 허리를 구부려 솜씨 있게 메스를 움직이며 어떤 사체의 얼굴

가죽을 벗기기 시작했다. 피부 밑에 퍼져 있는 것은 아름다운 노란색 지방이었다.

그는 그 사체를 바라보고 있었다. 그것은 그에게 어떤 단편을, 왕조 시대를 배경으로 한 어떤 단편을 완성하기 위해 필요했던 것임이 틀림없었다. 하지만 썩은 살구 냄새에 가까운 사체 냄새는 불쾌했다. 그의 친구는 미간을 찌푸리며 조용히 메스를 움직여나갔다.

"요즘은 사체도 부족해서 말이야."

그의 친구는 이렇게 말했다. 그러자 그는 어느새 그의 대답을 준비하고 있었다. '나는 사체가 부족하면 아무런 악의도 없이 사람을 죽이는데 말이지.' 하지만 물론 그의 대답은 마음속에 있었을 뿐이다.

10. 선생님

그는 커다란 떡갈나무 밑에서 선생님의 책을 읽고 있었다. 떡갈나무는 가을 햇빛 속에 잎 하나 움직이지 않았다. 어딘가 먼 공중에 유리 접시를 단 저울 하나가 정확히 균형을 유지하고 있다. 그는 선생님의 책을 읽으며 이런 광경을 느끼고 있었다.

11. 새벽

날이 점차 밝아왔다. 그는 어느새 어떤 거리의 모퉁이에 있는 널찍한 시장을 바라보고 있었다. 시장에 운집한 사람이나 수레는 모두 장미빛으로 물들기 시작했다.

그는 담배 한 대에 불을 붙이고 조용히 시장 안으로 걸어갔다. 그러자 비쩍 마른 검정 개 한 마리가 갑자기 그를 보고 으르렁거리며 짖었다. 하지만 그는 놀라지 않았다. 뿐만 아니라 그 개마저 사랑했다.

시장 한복판에는 플라타너스 한 그루가 사방으로 가지를 뻗고 있었다. 그는 그 밑동에 서서 가지 너머로 높은 하늘을 올려다보았다. 하늘에는 마침 그의 머리 바로 위에 별 하나가 빛나고 있었다.

그것은 그가 스물다섯이 되던 해, 선생님을 만난 지 석 달이 되는 날이었다.

12. 군항

잠수정 내부는 어둑어둑했다. 그는 전후좌우를 뒤덮은 기계 속에서 허리를 구부리고 작은 망원경을 들여다보았다. 그 망원경에 비치는 것은 환한 군항의 풍경이었다. "저기에 '곤고金剛' 도 보이지요?"

한 해군 장교는 그에게 이렇게 말을 걸기도 했다. 그는 사각

814

렌즈 위로 작은 군함을 바라보며 어쩐 일인지 문득 파슬리가 떠올랐다. 1인분에 30전 하는 비프스테이크 위에서도 희미한 향을 풍기는 파슬리를.

13. 선생님의 죽음

그는 비 그치고 바람이 부는 가운데 새로 생긴 어느 역 플랫폼을 걷고 있었다. 하늘은 아직 어둑어둑했다. 플랫폼 너머에는 철도 인부 서너 명이 일제히 곡괭이를 올렸다 내렸다 하며 큰 소리로 무슨 노래를 부르고 있었다.

비가 그친 후의 바람은 인부의 노래와 그의 감정을 찢어놓았다. 그는 담배에 불도 붙이지 않고 희열에 가까운 고통을 느끼고 있었다. "선생님* 위독"이라는 전보를 외투 호주머니에 쑤셔 넣은 채.

그때 맞은편 솔밭 뒤에서 아침 6시의 상행 열차가 엷은 구름을 휘날리며 구불구불 이쪽으로 다가오기 시작했다.

---

* 10~13의 '선생님'은 나츠메 소세키다.

14. 결혼

 그는 결혼한 다음 날 "오자마자 낭비를 해서는 곤란해" 하고 그의 아내에게 잔소리를 했다. 그러나 그것은 그의 잔소리라기보다는 그의 이모가 '말하라'고 한 잔소리였다. 그의 아내는 그 자신에게는 물론이고 그의 이모에게도 사과했다. 그를 위해 사온 노란 수선화 화분을 앞에 둔 채.

15. 그들

 그들은 평화롭게 생활했다. 커다란 파초 잎이 펼쳐진 그늘에서. 그들의 집은 도쿄에서 기차로도 족히 한 시간은 걸리는 어느 해안 마을에 있었기에.

16. 베개

 그는 장미 잎 냄새가 나는 회의주의를 베개 삼아 아나톨 프랑스의 책을 읽고 있었다. 하지만 어느새 그 베개 속에도 반신반마신半身半馬神*이 있다는 것은 알지 못했다.

---

* 상반신이 인간, 하반신이 말의 모양을 한 그리스 신화의 켄타우로스. 야만스럽고 난폭한 종족으로 원시적 야수성을 상징한다.

17. 나비

수초 냄새가 가득한 바람 속에 나비 한 마리가 팔랑거리고 있었다. 그는 짧은 한순간 마른 그의 입술에 그 나비의 날개가 닿는 것을 느꼈다. 하지만 어느새 그의 입술에 칠하고 간 날개의 가루만은 몇 년 후에도 아직 반짝이고 있었다.

18. 달

그는 어느 호텔 계단을 올라가는 도중 우연히 그녀를 만났다. 그녀의 얼굴은 이런 낮에도 달빛 안에 있는 것 같았다. 그는 그녀를 배웅하며 (그들은 일면식도 없는 사이였다) 지금까지 몰랐던 쓸쓸함을 느꼈다.

19. 인공 날개

그는 아나톨 프랑스에서 18세기 철학자들로 옮겨갔다. 하지만 루소에게는 다가가지 않았다. 그것은 어쩌면 그 자신이 정열에 사로잡히기 쉬운 일면을 가진 루소에 가깝기 때문인지도 몰랐다. 그는 그 자신의 다른 일면, 냉철한 이지가 풍부한 일면에 가까운 『캉디드』의 철학자에게 가까이 다가갔다.

스물아홉 살의 그에게 인생은 이제 조금도 밝지 않았다. 하지만 볼테르는 이런 그에게 인공 날개를 공급했다.

그는 그 인공 날개를 펼치고 손쉽게 하늘로 날아올랐다. 동시에 또 이지의 빛을 띤 인생의 기쁨이나 슬픔은 그의 눈 아래로 가라앉았다. 그는 초라한 도시들 위로 반어나 미소를 떨어뜨리며 막힘없는 하늘로 올라가 태양을 향해 똑바로 나아갔다. 마치 이런 인공 날개가 태양 빛에 타버렸기 때문에 결국 바다에 떨어져 죽은 옛날 그리스인*도 잊어버린 것처럼.

20. 족쇄

그들 부부는 그의 양부모와 한집에 살게 되었다. 그가 어떤 신문사에 입사하게 되었기 때문이다. 그는 노란색 종이에 쓴 계약서 한 장을 믿고 있었다. 나중에 보니 그 계약서는 신문사에 아무런 의무도 없고 단지 그만이 의무를 지는 것이었다.

21. 광인의 딸

흐린 날 인력거 두 대가 인적 없는 시골 길을 달리고 있었다. 그 길이 바다를 향하고 있다는 것은 바닷바람이 불어오는

---

* 그리스 신화에 등장하는 이카로스.

것만 봐도 분명했다. 뒤쪽 인력거에 타고 있던 그는 이 데이트에 조금도 흥미가 없는 것을 의아해하며 자신을 그곳으로 이끈 것이 무엇인지를 생각하고 있었다. 그것은 결코 연애가 아니었다. 만약 연애가 아니라고 한다면 그는 이 답을 피하기 위해 '아무튼 우리는 대등하다'고 생각하지 않을 수 없었다.

앞쪽 인력거에 타고 있는 사람은 어떤 광인의 딸*이었다. 그뿐 아니라 그녀의 여동생은 질투 때문에 자살했다.

'이제 어떻게 해볼 도리가 없다.'

그는 이제 그 광인의 딸에게, 동물적 본능만 강한 그녀에게 어떤 증오를 느끼고 있었다.

두 대의 인력거는 그사이 바다 냄새가 나는 묘지 바깥을 지났다. 굴 껍데기가 붙은 나뭇가지로 얽은 울타리 안에는 석탑 여러 개가 거무스름해져 있었다. 그는 그 석탑들 너머로 희미하게 빛나고 있는 바다를 바라보며 갑자기 그녀의 남편을, 그녀의 마음을 사로잡지 못한 그녀의 남편을 경멸하기 시작했다.

22. 어느 화가

그것은 어느 잡지의 삽화였다. 하지만 수탉 한 마리를 그린 수묵화는 뚜렷한 개성을 보여주고 있었다. 그는 어떤 친구에게

---

* 아쿠타가와와 연애 관계에 있었던 가인歌人이자 기혼자 히데 시게코秀しげ子를 말한다.

이 화가*에 대해 묻기도 했다.

일주일쯤 지난 후 그 화가는 그를 방문했다. 그것은 그의 일생에서도 특별히 두드러진 사건이었다. 그는 그 화가 안에서 아무도 모르는 시를 발견했다. 뿐만 아니라 그 자신도 모르고 있던 그의 영혼을 발견했다.

으스스하게 추운 어느 가을날 저녁, 그는 옥수수 한 그루에 순식간에 그 화가를 떠올렸다. 키가 큰 옥수수는 거친 잎으로 무장한 채 두둑한 흙 위에 가느다란 뿌리를 신경처럼 드러내고 있었다. 그것은 물론 상처 받기 쉬운 그의 자화상임이 틀림없었다. 하지만 이런 발견은 그를 울적하게 할 뿐이었다.

'이미 늦었어. 하지만 정작 그때가 되면……'

23. 그녀

어느 광장 앞은 저물어가고 있었다. 그는 약간 열이 있는 몸으로 그 광장을 걸어갔다. 커다란 빌딩 여러 동의 창마다 켜진 전등 불빛은 희미하게 은빛으로 투명한 하늘을 향해 반짝반짝 빛나고 있었다.

---

* 화가 오아나 류이치小穴隆一(1894~1966)를 말한다. 일본의 서양화 화가, 수필가. 아쿠타가와는 어린 자식들에게 "오아나 류이치를 아버지로 생각해라. 그러니 오아나의 교훈에 따라야 한다"라는 유서를 남기고 자살했다.

그는 길가에서 걸음을 멈추고 그녀가 오기를 기다리기로 했다. 5분쯤 지난 후 어쩐지 초라해진 듯한 그녀는 그를 향해 걸어왔다. 하지만 그의 얼굴을 보자 "피곤해요"라고 말하며 미소 지었다. 그들은 어깨를 나란히 하고 어스레한 광장을 걸어갔다. 그들에게는 처음 있는 일이었다. 그는 그녀와 함께 있기 위해서라면 모든 걸 버려도 좋은 심정이었다.

그들이 자동차를 탄 후 그녀는 가만히 그의 얼굴을 바라보며 "당신은 후회 안 해요?"라고 물었다. 그는 단호하게 "후회 안 해"라고 대답했다. 그녀는 그의 손을 잡으며 "저는 후회하지 않지만"이라고 말했다. 그녀의 얼굴은 이런 때도 달빛 안에 있는 것 같았다.

24. 출산

그는 장지문 옆에 우두커니 선 채 하얀 수술복을 입은 산파 한 사람이 갓난아기를 씻는 걸 내려다보고 있었다. 갓난아기는 애처롭게도 비누가 눈에 스며들 때마다 얼굴을 찡그렸다. 뿐만 아니라 큰 소리로 계속 울어댔다. 그는 뭔가 새끼 쥐에 가까운 갓난아기의 냄새를 맡으며 절실히 이렇게 생각하지 않을 수 없었다. '이 녀석은 무엇 때문에 태어난 것일까? 이렇게 고통으로 가득 찬 세상에. 또 이 녀석은 무엇 때문에 나 같은 자를 아버지로 두는 운명을 짊어지게 된 것일까?'

그런데 이 아이는 그의 아내가 처음으로 출산한 남자아이였다.

25. 스트린드베리

방 입구에 선 그는 석류꽃이 핀 달빛 속에서 지저분한 중국
인 몇 명이 마작을 하는 걸 바라보고 있었다. 그러고는 방 안으
로 들어와 키 작은 남포등 아래서 『어느 바보의 고백』을 읽기
시작했다. 하지만 두 페이지도 읽기 전에 어느새 쓴웃음이 새
어 나왔다. 스트린드베리 역시 정부情婦였던 백작 부인에게 보
내는 편지에 그와 별 차이가 없는 거짓말을 썼다.

26. 고대

채색이 벗겨진 불상, 천인天人, 말, 연꽃은 거의 그를 압도했
다. 그는 그것들을 올려다보며 모든 것을 잊었다. 광인의 딸의
손아귀에서 벗어난 그 자신의 행운마저.

27. 스파르타식 훈련

그는 그의 친구와 어느 뒷골목을 걷고 있었다. 그때 덮개를
한 인력거 한 대가 바로 맞은편에서 다가왔다. 게다가 거기에

타고 있는 사람은 뜻밖에도 어젯밤의 그녀였다. 그녀의 얼굴은 이런 대낮에도 달빛 속에 있는 것 같았다. 그들은 물론 그의 친구 앞이라 인사조차 하지 않았다.

"미인이로군."

그의 친구는 이런 말을 했다. 그는 막다른 길에 있는 봄 산을 바라보며 조금도 망설이지 않고 대답했다.

"응, 꽤 미인이야."

28. 살인

시골길은 햇빛 속에서 쇠똥 냄새를 풍기고 있었다. 그는 땀을 닦으며 완만하게 비탈진 언덕길을 올라갔다. 길 양쪽에서는 익은 보리의 향긋한 냄새가 났다.

'죽여라, 죽여.'

그는 어느새 입속으로 이런 말을 되풀이하고 있었다. 누구를? 그에게 그것은 분명하지 않았다. 그는 참으로 비굴한, 머리를 짧게 깎은 남자를 떠올렸다.

그러자 누런 보리밭 너머로 로마 가톨릭교 성당이 어느새 둥근 지붕을 드러내기 시작했다.

29. 형태

그것은 쇠로 만든 술병이었다. 그는 실금이 새겨진 그 술병에서 어느새 '형태形'의 미를 배웠다.

30. 비

그는 큼직한 침대 위에서 그녀와 이런저런 이야기를 하고 있었다. 침실 창밖은 비가 내리고 있었다. 그 빗속에서 문주란 꽃은 어느새 썩어가고 있는 것 같았다. 그녀의 얼굴은 여전히 달빛 속에 있는 것 같았다. 하지만 그녀와 이야기를 나누는 일은 그에게 따분하지 않은 것도 아니었다. 그는 엎드려 누운 채 조용히 담배에 불을 붙이고 그녀와 함께 지내는 것도 7년이 되었다는 것을 떠올렸다.

'나는 이 여자를 사랑하고 있는 걸까?'

그는 자신에게 이렇게 물었다. 그 대답은 자신을 늘 지켜봤던 그 자신에게도 뜻밖이었다.

'나는 아직도 사랑하고 있다.'

31. 대지진

그것은 어딘가 푹 익은 살구 냄새 비슷했다. 그는 불탄 곳을 걸으며 희미하게 그 냄새를 맡고는 염천에 썩은 시체 냄새도 의외로 나쁘지 않다고 생각했다. 하지만 시체가 겹겹이 쌓인 연못 앞에 서고 보니 '산비酸鼻'*라는 말도 감각적으로 결코 과장이 아니라는 것을 깨달았다. 특히 그의 마음을 움직인 것은 열두세 살짜리 아이의 시체였다. 그는 그 시체를 바라보며 뭔가 부러움 비슷한 것을 느꼈다. '신의 사랑을 받는 자는 요절한다.' 이런 말도 생각났다. 그의 누님과 이복동생들의 집은 모두 불탔다. 그러나 그의 매형은 위증죄를 범해 집행유예 중인 몸이었다.

'이 사람 저 사람 다 죽어버렸으면 좋을 텐데.'

그는 불탄 자리에 우두커니 선 채 절실히 이런 생각을 하지 않을 수 없었다.

32. 싸움

그는 그의 이복동생과 맞붙어 싸웠다. 그의 동생은 그 때문에 압박받기 쉬웠을 것이다. 동시에 그 또한 그의 동생 때문에 자유를 잃었을 것이다. 그의 친척은 그의 동생에게 늘 "형을 본받아"라고 말했다. 하지만 그에게 그것은 자신의 손발이 묶이는 것이나 마찬가지였다. 그들은 서로 맞붙은 채 결국 툇마

---

* 슬프거나 참혹하여 콧마루가 시큰하다.

루 아래로 굴러 떨어졌다. 그는 툇마루 앞의 뜰에 있던 백일홍 한 그루를 아직도 기억하고 있다. 비가 올 것 같은 하늘 아래 붉은 빛으로 꽃을 피우고 있었다.

33. 영웅

그는 언젠가 볼테르의 집 창문으로 높은 산을 올려다보고 있었다. 빙하가 있는 산 위에는 독수리 그림자조차 보이지 않았다. 하지만 키 작은 러시아인* 한 사람이 집요하게 산길을 계속 올라가고 있었다.

볼테르의 집도 밤에 잠긴 후 그는 밝은 남포등 아래서 이런 경향시傾向詩**를 쓰기도 했다. 그 산길을 올라간 러시아인의 모습을 떠올리며.

> 누구보다도 십계명을 지킨 그대는
> 누구보다도 십계명을 어긴 그대다.
>
> 누구보다도 민중을 사랑한 그대는
> 누구보다도 민중을 경멸한 그대다.

---

* 러시아 혁명가인 레닌을 말한다.

** 작자의 주의나 사상을 강하게 주장하는 시.

그대는 우리의 동양이 낳은

화초 냄새가 나는 전기기관차다.

34. 색채

서른 살의 그는 어느새 어떤 공터를 사랑했다. 그곳에는 오직 이끼가 자란 데다 벽돌이나 기와 조각 등이 여기저기 흩어져 있을 뿐이었다. 하지만 그의 눈에 그것은 세잔의 풍경화와 다르지 않았다.

그는 문득 7, 8년 전 그의 정열을 떠올렸다. 동시에 또 그가 7, 8년 전에는 색채를 알지 못했다는 것을 깨달았다.

35. 어릿광대 인형

그는 언제 죽어도 후회하지 않도록 치열하게 살아갈 생각이었다. 하지만 여전히 양부모와 이모에게 조심스러운 생활을 계속했다. 그것은 그의 생활에 명암 양면을 만들어냈다. 그는 어느 양복점에 어릿광대 인형이 서 있는 것을 보고 그도 얼마나 어릿광대 인형에 가까운지를 생각하기도 했다. 하지만 의식 밖의 그 자신, 이를테면 제2의 그 자신은 진작 그런 마음을 어떤 단편 안에 담고 있었다.

36. 권태

그는 어떤 대학생과 억새밭을 걷고 있었다.

"자네들은 아직 왕성한 생활욕을 갖고 있겠지?"

"예, 하지만 당신도……"

"그런데 나는 갖고 있지 않네. 제작욕만은 갖고 있지만."

그건 그의 진심이었다. 그는 실제로 어느새 생활에 흥미를 잃고 있었다.

"제작욕 역시 생활욕이겠지요."

그는 뭐라고도 대답하지 않았다. 억새밭은 어느새 붉은 이 삭 위로 확실히 분화산을 드러내기 시작했다. 그는 그 분화산 에서 선망에 가까운 뭔가를 느꼈다. 하지만 자신도 그 이유는 알 수 없었다.

37. 호쿠리쿠 사람

그는 그와 재능 면에서도 겨룰 수 있는 여자를 만났다. 하지 만 「호쿠리쿠 사람越し人」* 등의 서정시를 쓰고 겨우 그 위기를 탈출했다. 그것은 뭔가 나무줄기에 얼어붙어 빛나는 눈을 떨어

---

* 아쿠타가와의 연애 대상이었던 가인歌人이자 번역가인 마츠무라 미네 코松村みね子를 가리킨다는 게 정설이다. 본명은 가타야마 히로코片山廣 子. 그녀는 도쿄 출신이지만 가루이자와에서 아쿠타가와를 만났다.

내듯이 애절한 마음이 드는 것이었다.

> 바람에 춤추는 사초 삿갓
> 무엇인들 길에 떨어지지 않을까
> 내 이름이 어찌 소중하랴
> 소중한 것은 그대 이름뿐.

38. 복수

그곳은 나무의 싹이 나올 무렵의 어느 호텔 발코니였다. 그는 거기서 그림을 그리며 한 소년을 놀게 하고 있었다. 7년 전에 절연한 광인의 딸의 외아들이었다.

광인의 딸은 담배에 불을 붙이고 그들이 노는 것을 바라보고 있었다. 그는 답답한 심정으로 계속 기차나 비행기를 그렸다. 다행히도 소년은 그의 아이가 아니었다. 하지만 소년이 자신을 '아저씨'라고 부르는 것이 그는 무엇보다 괴로웠다.

소년이 어디론가 간 후 광인의 딸은 담배를 피우며 아양을 떠는 듯이 그에게 말을 걸었다.

"저 아이는 당신과 닮지 않았나요?"

"닮지 않았습니다. 무엇보다……"

"하지만 태교라는 것도 있지요."

그는 잠자코 눈을 돌렸다. 하지만 그의 마음속에 그런 그녀를 목 졸라 죽이고 싶은 잔학한 욕망마저 없는 것은 아니었다.

39. 거울

그는 어떤 카페의 구석진 자리에서 그의 친구와 이야기를 나누고 있었다. 그의 친구는 구운 사과*를 먹으며 요즘 추위에 대한 이야기 등을 했다. 그는 이런 이야기 속에서 갑자기 모순을 느끼기 시작했다.

"자네는 아직 독신이지?"

"아니, 다음 달에 결혼하네."

그는 무심코 입을 다물었다. 카페의 벽에 붙박인 거울은 무수한 그 자신을 비추고 있었다. 차갑게, 뭔가 위협하듯이.

40. 문답

자네는 왜 현대의 사회제도를 공격하나?

자본주의가 낳은 악을 보고 있으니까.

악을? 난 자네가 선악의 차이를 인정하지 않는다고 생각했네. 그럼 자네의 생활은?

그는 천사와 이런 문답을 주고받았다. 단, 누구에게도 부끄러울 게 없는 실크해트를 쓴 천사와.

---

* 사과의 심을 도려낸 후 버터와 설탕을 채워 넣고 오븐에 통째로 구은 것.

41. 병

그는 불면증에 시달렸다. 뿐만 아니라 체력도 쇠약해지기 시작했다. 몇몇 의사는 그의 병에 각각 두세 가지의 진단을 내렸다. 위산과다, 위무력증, 건성 늑막염, 신경쇠약, 만성 결막염, 뇌 피로……

하지만 그는 자기 병의 원인을 알고 있었다. 그것은 그 자신을 부끄럽게 여기는 것과 동시에 그들을 두려워하는 마음이었다. 그들을, 그가 경멸하고 있던 사회를!

눈구름으로 아주 흐리던 어느 날 오후, 그는 어떤 카페의 구석진 자리에서 불붙인 담배를 입에 문 채 건너편 축음기에서 흘러나오는 음악에 귀를 기울이고 있었다. 그의 마음에 묘하게 스며드는 음악이었다. 그는 그 음악이 끝나기를 기다려 축음기 앞으로 다가가 레코드에 붙어 있는 종이를 살펴보기로 했다.

Magic Flute —— Mozart

그는 즉시 이해했다. 십계명을 어긴 모차르트는 역시 괴로워했음이 틀림없었다. 하지만 설마 그처럼…… 그는 고개를 떨군 채 조용히 그의 테이블로 돌아왔다.

42. 신들의 웃음소리

서른다섯 살의 그는 봄 햇살이 비치는 솔밭을 걷고 있었다. 2, 3년 전 그 자신이 썼던 "불행하게도 신들은 우리처럼 자살할 수 없다"*는 말을 떠올리며.

43. 밤

　밤은 다시 한번 다가왔다. 거친 바다는 희미한 빛 속에서 끊임없이 물보라를 일으키고 있었다. 그는 이런 하늘 아래서 그의 아내와 두 번째 결혼을 했다. 그것은 그들에게 기쁨이었다. 하지만 동시에 고통이었다. 세 아이는 그들과 함께 먼 바다의 번개를 바라보고 있었다. 그의 아내는 한 아이를 안고 눈물을 참고 있는 듯했다.

　"저기에 배 하나가 보이지?"

　"응."

　"돛대가 둘로 꺾인 배가."

44. 죽음

　그는 혼자 자는 것을 다행이라 여기며 격자창에 끈을 걸어 목을 매 죽으려고 했다. 하지만 끈에 목을 넣어보니 갑자기 죽

---

* 아쿠타가와는 수필 「난쟁이 어릿광대의 말侏儒の言葉」에서 "모든 신의 속성 중에서 신을 위해 가장 동정하는 것은, 신은 자살할 수 없다는 점이다"라고 썼다.

음이 무서워지기 시작했다. 죽는 순간의 고통 같은 게 두려웠던 것은 아니다. 그는 두 번째로 회중시계를 가지고 시험 삼아 목을 매서 죽기까지의 시간을 재보려고 했다. 그러자 잠시 괴로운 후 모든 게 멍해지기 시작했다. 그 순간을 한 번 지나기만 하면 죽음에 들어서는 게 틀림없었다. 그는 시계바늘을 살펴보며 그가 고통을 느끼는 것은 1분 2십 몇 초쯤이라는 것을 알았다. 격자창 밖은 깜깜했다. 하지만 그 어둠 속에서 거친 닭 울음소리가 들렸다.

45. 디반

Divan*은 다시 한번 그의 마음에 새로운 힘을 주려고 했다. 그것은 그가 모르고 있던 '동양적 괴테'였다. 그는 모든 선악의 피안에 유유히 서 있는 괴테를 보고 절망에 가까운 선망을 느꼈다. 그의 눈에 시인 괴테는 시인 그리스도보다 위대했다. 이 시인의 마음에는 아크로폴리스나 골고다 외에 아라비아의 장미마저 꽃을 피우고 있었다. 만약 이 시인의 발자취를 더듬어갈 다소의 힘만 있다면…… 그는 디반을 다 읽고 엄청난 감동이 가라앉은 후 절실히 생활적 환관宦官으로 태어난 자신을 경멸하지 않을 수 없었다.

---

* 괴테의 시집 『서동시집Westöstlicher Divan』(1819).

46. 거짓말

매형의 자살은 갑자기 그에게 큰 타격을 주었다. 그는 이제 누님 가족도 돌보지 않으면 안 되었다. 그의 장래는 적어도 저물녘처럼 어둑했다. 그는 자신의 정신적 파산에 냉소에 가까운 것을 느끼며 (그는 자신의 악덕이나 약점을 하나도 남김없이 다 알고 있었다) 여전히 여러 가지 책을 계속 읽었다. 하지만 루소의 『고백록』조차 영웅적인 거짓말로 가득 차 있었다. 특히 『신생』*에 이르러서는…… 그는 『신생』의 주인공만큼 노회한 위선자를 만난 적이 없었다. 하지만 프랑수아 비용**만은 그의 마음에 스며들었다. 그는 몇 편의 시 중에 「아름다운 수컷」을 발견했다.

교수형을 기다리는 비용의 모습은 그의 꿈속에도 나타났다. 그는 몇 번이나 비용처럼 인생의 밑바닥으로 떨어지려고 했다. 하지만 그의 처지나 육체적 에너지는 그런 것을 허락하지 않았다. 그는 점점 쇠약해졌다. 마치 옛날 스위프트가 본 우듬지부터 말라가는 나무처럼.

---

* 시인이자 소설가인 시마자키 도손島崎藤村이 자신의 조카와 육체관계를 맺은 사실을 고백한 소설.

** François Villon(1431~1463년 1월 5일 이후). 프랑스의 시인. 살인, 절도, 방랑 등의 경력을 가졌고 파리에서 추방되어 소식이 끊겼다. 죄, 빈궁, 패잔, 죽음 등의 주제를 뛰어난 기교로 노래했다.

47. 불장난

그녀는 빛나는 얼굴을 하고 있었다. 마치 아침 햇살이 살얼음에 비치고 있는 것 같았다. 그는 그녀에게 호감을 갖고 있었다. 하지만 연애 감정을 느끼지는 않았다. 뿐만 아니라 그녀의 몸에는 손가락 하나 대지 않았다.

"죽고 싶어 한다면서요?"

"예…… 아니, 죽고 싶어 한다기보다는 사는 것에 질렸습니다."

그들은 이런 문답을 주고받으며 함께 죽기로 약속했다.

"플라토닉 수어사이드네요."

"더블 플라토닉 수어사이드."

그는 자신이 침착한 것을 이상하게 생각하지 않을 수 없었다.

48. 죽음

그는 그녀와는 죽지 않았다. 다만 아직 그녀의 몸에 손가락 하나 대지 않은 것은 왠지 만족스러웠다. 그녀는 아무 일도 없었던 것처럼 이따금 그와 이야기를 나누었다. 뿐만 아니라 그녀가 갖고 있던 청산가리 한 병을 그에게 건네며 "이것만 있으면 서로 든든하겠지요"라고도 말했다.

그것은 실제로 그의 마음을 든든하게 한 것이 틀림없었다. 그는 혼자 등나무 의자에 앉아 모밀잣밤나무의 어린잎을 바라보며 종종 죽음이 그에게 주는 평화를 생각하지 않을 수 없었다.

49. 박제된 백조

그는 마지막 힘을 다해 자신의 자서전을 써보려고 했다. 하지만 그것은 의외로 쉬운 일이 아니었다. 그의 자존심이나 회의주의, 이해타산이 아직 남아 있기 때문이었다. 그는 이런 그 자신을 경멸하지 않을 수 없었다. 하지만 또 한편으로는 "누구라도 한꺼풀 벗겨보면 똑같다"라고도 생각하지 않을 수 없었다. 『시와 진실』*이라는 책의 제목은 그에게 모든 자서전의 제목처럼 생각되곤 했다. 뿐만 아니라 문예상의 작품에 반드시 누구나 감동하는 건 아니라는 것을 그는 확실히 알고 있었다. 그의 작품이 호소하는 것은 그와 비슷한 생애를 보낸 그와 비슷한 사람들 외에는 있을 리 없을 것이다. 그에게는 이런 생각도 작동하고 있었다. 그 때문에 그는 자신의 짧은 『시와 진실』을 써보기로 했다.

그는 「어느 바보의 일생」을 다 쓴 후 우연히 어떤 고물상에

---

* Dichtung und Wahrheit. 괴테의 자서전 『나의 생활에서Aus meinem Leben』의 부제. 유년 시절부터 26세까지의 청춘 시절을 그렸다. 창작 활동에 중요한 의미를 가지는 사항이 수록되어 자서전의 전형, 고전으로 평가된다.

박제된 백조가 있는 것을 발견했다. 목을 들고 서 있었지만 누레진 날개조차 벌레가 먹었다. 그는 자신의 일생을 생각하고 눈물과 냉소가 복받치는 것을 느꼈다. 그 앞에 있는 것은 오직 발광 아니면 자살뿐이었다. 그는 날이 저문 거리를 홀로 걸으며 서서히 자신을 멸하러 오는 운명을 기다리기로 결심했다.

50. 포로

그의 친구 중 한 사람은 발광했다. 그는 그 친구에게 늘 어떤 친근감을 느끼고 있었다. 그 친구의 고독을, 경쾌한 가면 속에 있는 그의 고독을 남들보다 두 배나 사무치게 알 수 있었기 때문이다. 그는 그 친구가 발광한 후 두세 번 찾아갔다.

"자네나 나는 악귀에 사로잡힌 거네. 세기말의 악귀라는 놈한테 말이지."

그 친구는 소리를 죽여 그에게 이렇게 말했다. 하지만 그로부터 이삼일 후에는 어떤 온천여관으로 가는 도중 장미꽃마저 먹었다고 한다. 그는 그 친구가 입원한 후, 언젠가 그 친구에게 보낸 테라코타 반신상을 떠올렸다. 그 친구가 사랑한 『검찰관』*을 쓴 작가의 반신상이었다. 그는 고골도 미쳐서 죽은 것을 떠올리고 뭔가 그들을 지배하고 있는 힘을 느끼지 않을 수

---

* 러시아의 소설가 니콜라이 고골Nikolay Gogol(1809~1852)의 작품. 그는 장편 『죽은 혼』을 집필하던 중 자살했다.

없었다.

그는 지칠 대로 지친 끝에 문득 레몽 라디게*가 임종 때 했던 말을 읽고 다시 한번 신들의 웃음소리를 느꼈다. "신의 병졸들이 나를 잡으러 온다"는 말이었다. 그는 자신의 미신이나 감상주의와 싸우려고 했다. 하지만 그에게는 어떤 싸움도 육체적으로 불가능했다. '세기말의 악귀'는 실제로 그를 괴롭히고 있었음이 틀림없다. 그는 신을 의지한 중세 사람들이 부러웠다. 그러나 신을 믿는 것은, 신의 사랑을 믿는 것은 도저히 할 수 없었다. 콕토**마저 믿었던 신을!

51. 패배

펜을 잡은 그의 손도 떨리기 시작했다. 뿐만 아니라 침까지 흘리기 시작했다. 그의 머리는 0.8그램의 베로날을 복용하고 깨어난 후 말고는 한 번도 또렷한 적이 없다. 게다가 또렷한 것은 불과 반시간이나 한 시간이었다. 그는 오직 어슴푸레한 가운데 그날그날의 생활을 하고 있었다. 이를테면 날이 망가진

---

* Raymond Radiguet(1903~1923). 프랑스의 소설가, 시인. 라디게의 유작인 『도르젤 백작의 무도회』(1924)의 서문에서 장 콕토가 "여기에 그의 마지막 말을 적어둔다. '이보게, 아주 큰일이 나고 말았네. 앞으로 사흘만 지나면 나는 신의 병사들에게 총살을 당한다네……'"라고 썼다.

** Jean Cocteau(1889~1963). 프랑스의 시인, 소설가, 극작가, 영화감독. 친구 라디게의 죽음을 계기로 가톨릭으로 개종했다.

가느다란 칼을 지팡이로 삼으며.

(1927년 6월, 유고)

작가 연보

1892년　3월 1일 도쿄에서 우유제조판매업을 하는 아버지 니하라 도시조新原敏三와 어머니 후쿠의 장남으로 태어남. 누나가 둘 있었는데 큰누나는 류노스케가 태어나기 1년 전에 병사. 생후 7개월쯤에 어머니 후쿠가 정신에 이상을 일으켜 류노스케는 외가인 아쿠타가와가에 맡겨짐. 외가에는 어머니의 언니인 후키가 독신으로 있어 류노스케의 양육은 이 이모에게 맡겨짐.

1898년(6세)　고토 심상소학교江東尋常小学校 입학.

1902년(10세)　어머니 후쿠 사망.

1904년(12세)　어머니의 오라버니인 아쿠타가와 미치아키芥川道章의 양자가 됨으로써 성이 아쿠타가와가 됨.

1905년(13세)　도쿄부립제3중학교 입학.

1910년(18세)　제일고등학교 입학(중학교의 성적 우수자로 무시험 선발). 입학 동기로는 구메 마사오久米正雄, 마츠오카 유즈루松岡讓, 사노 후미오佐野文夫, 기쿠치 칸菊池寬 등이 있었음.

1913년(21세) 도쿄제국대학 문과대학 영문학과 입학.

1914년(22세) 제일고등학교 동기인 기쿠치 칸, 구메 마사오 등과 함께 동인지 〈신사조〉(제3차)를 간행. 여기에 소설「노년」을 발표함으로써 작가 활동 시작. 아오야마 여학원 영문과를 졸업한 요시다 야요이라는 여성과 친해져 결혼까지 생각하지만 아쿠타가와가의 맹렬한 반대로 단념.

1915년(23세) 대표작 중의 하나가 되는「라쇼몬」을 〈제국문학〉에 발표. 급우 마츠오카 유즈루의 소개로 나츠메 소세키의 문하로 들어감.

1916년(24세) 제4차 〈신사조〉 발간. 창간호에 게재한「코」가 소세키의 절찬을 받음. 도쿄제국대학 문과대학 영문과를 차석으로 졸업. 졸업논문은「윌리엄 모리스 연구」. 해군기관학교의 촉탁 교관(영어 담당)이 됨. 〈신소설〉에「참마죽」 발표. 나츠메 소세키 사망.

1917년(25세) 단편집『라쇼몬』 간행. 두 번째 단편집『담배와 악마』 발간.

1918년(26세) 친구 야마모토 기요시山本喜誉司의 조카 츠카모토 후미塚本文(18세)와 결혼.「지옥변」,「거미줄」,「교인의 죽음」 발표.

1919년(27세) 해군기관학교를 그만두고 오사카마이니치신문사에 입사(신문에 기고하는 것이 일이고 출근할 의무는 없음)하여 창작에 전념. 아버지 사망. 여류 가인 시게코를 만남.「크리스토포루스 상인전」,「마술」,「밀감」 발표.

1920년(28세) 「가을」,「무도회」,「난징의 그리스도」,「두자춘」,「아그니신」 발표.

1921년(29세) 오사카마이니치신문사의 해외 시찰원으로서 중국을 방

문. 이 여행으로 인해 점차 건강이 나빠지고 신경쇠약이 심해짐.

1922년(30세) 대표적 문예지 신년호에 일제히 아쿠타가와의 작품이 실림. 〈신조〉에 「덤불 속」, 〈중앙공론〉에 「슌칸」, 〈개조〉에 「장군」, 〈신소설〉에 「신들의 미소」 발표. 「보은기」, 「광차」, 「오긴」 발표.

1923년(31세) 관동대지진이 일어남. 각지에서 자경단이 형성되고 아쿠타가와도 참여. 「시로」, 「아바바바」 발표.

1925년(33세) 문화학원 문학부 강사에 취임. 「다이도지 신스케의 반생」 발표.

1926년(34세) 위궤양, 신경쇠약, 불면증이 심해져 온천에서 요양. 「점귀부」 발표.

1927년(35세) 변호사이던 매형 니시카와 유타카西川豊가 보험금을 노린 방화 혐의를 받고 철도 자살. 니시카와가 남긴 빚과 가족을 떠맡음. 「겐가쿠 산방」, 「신기루」, 「갓파」 발표. 4월부터 '이야기의 재미'를 주장하는 다니자키 준이치로에 대해 「문예적인, 너무나 문예적인」에서 '이야기의 재미'가 소설을 질을 결정하지 않는다고 반론하며 문학사상 유명한 논쟁을 펼침. 이 과정에서 '이야기다운 이야기가 없는' 순수한 소설의 명수로서 시가 나오야를 칭송. 이 무렵 아쿠타가와의 비서를 했던 히라마츠 마스코平松麻素子와 제국 호텔에서 동반자살을 시도했으나 여자의 변심으로 미수에 그침. 7월 24일 새벽, 「속 서방 사람」을 탈고한 후 사이토 모키치로부터 받아둔 치사량의 수면제를 먹고 자살. 그가 밝힌 자살 이유는 '막연한 불안'. 유고 「톱니바퀴」, 「어느 바보의 일생」, 「서방 사람」, 「속 서방 사람」. 11월 이와나미출판사에서 『아쿠타가와 류노스케 전집』(전8권) 간행 시작.

1935년 친구이자 문예춘추사 사주였던 기쿠치 칸이 아쿠타가와상 제정.

君看双眼色

不語似無愁

그대여, 두 눈빛을 들여다보라

말하지 않으니 근심이 없어 보이는

에도 중기의 선승 하쿠인 에카쿠白隱慧鶴의 『가이안코쿠고槐安国語』에 실린 시의 일부다. 아쿠타가와의 단편 「세 개의 창」에도 실려 있고 또 자신의 첫 번째 창작집 『라쇼몬』의 안표지에도 써 넣을 만큼 좋아했던 말이자 그의 짧은 삶을 상징적으로 드러내주는 말이기도 하다. 그다음 페이지에는 "나츠메 소세키 선생님의 영전에 바친다"라고 쓰여 있다.

1927년 7월 24일 새벽, 비가 세차게 내리는 가운데 아쿠타가와 류노스케는 다바타의 자택에서 치사량의 수면제를 복용하고 자살했다. 서른다섯의 나이였다. 스스로 자살의 이유를 "장래에 대한 그저 막연한 불안"이라고 했다. 아내 후미와 친구 기쿠치 칸, 화가 오아나 류이치, 큰이모에게 남긴 유서와 함께 유작으로 「톱니바퀴」, 「어느 바보의 일생」, 「서방 사람」, 「속 서방 사람」이 남아 있었다. 아쿠타가와가 죽고 다이쇼 문학이 막을 내렸다. 그의 자살은 시대의 불안과 위기감을 드러낸 것으로 받아들여져 당시 사회에 큰 충격을 주었다.

1892년 도쿄에서 태어난 니하라 류노스케는 생후 7개월 때 어머니 후쿠가 정신에 이상을 일으켜 외가인 아쿠타가와가에 맡겨졌다. 열 살 때 어머니가 정신병원에서 사망하자 정식으로 외가에 입양되어 아쿠타가와 류노스케가 되었고, 독신으로 살았던 큰이모 후키의 손에 자랐다. 문예를 좋아했던 외가의 영향을 받으며 도쿄제국대학 영문과에 진학하고, 재학 중에 작가로 데뷔한다. 하지만 어머니의 발광은 의식 깊은 곳에 자리 잡아 그의 삶과 문학에 어두운 그림자를 드리웠다. 실제로 「점귀부」는 "나의 어머니는 광인이었다"로 시작한다. 말년에 발표한 「톱니바퀴」와 「어느 바보의 일생」에서처럼, 광기의 유전에 대한 두려움을 끝내 떨치지 못한 그의 공포는 불행히도 끝내 현실이 되고 말았다.

1916년 2월 19일, 나츠메 소세키는 도쿄제국대학 영문과에 다니던 아쿠타가와에게 편지를 썼다. 옆에는 제4차 〈신사조〉 창간호에 실린 아쿠타가와의 「코」가 펼쳐져 있었다. "당신 작품은 무척 재미있습니다. 차분하고 시시덕거리지 않으며 자연 그대로의 우스꽝스러움이 젊잖게 드러난 점에 고상한 정취가 있습니다. 그리고 소재가 무척 새로운 것이 눈에 띕니다. 문장이 요령을 터득하고 있으며 잘 다듬어져 있습니다. 감탄했습니다. 앞으로 이런 작품을 이삼십 편쯤 써보세요. 문단에서 견줄 이가 없는 작가가 될 겁니다. 그런데 「코」만으로는 아마 많은 사람들의 눈에 띄지 않겠지요. 본다고 해도 다들 그냥 지나칠 겁니다. 그런 일에 개의치 말고 앞으로 쭉쭉 나아가세요. 대중은 안중에 두지 않는 편이 몸에 좋습니다."

단편소설 「코」를 격찬하는 소세키의 이 편지를 계기로 일개 문학청년에 지나지 않았던 아쿠타가와 류노스케는 자신감을 얻어 창작에 몰두하고 곧 다이쇼 문단의 총아로 떠오른다. 그의 나이 스물다섯이었다. 나쓰메 소세키는 그해 12월 세상을 떠났다.

아쿠타가와 류노스케는 다이쇼 3년, 즉 1914년 스물두 살때 작가로 데뷔했고 1927년에 죽었으니 명실공히 다이쇼의 작가다. 데뷔 이듬해에는 대표작 「라쇼몬」을 발표한다. 당시의 평가는 좋지 못했다. 다이쇼 초기인 1910년대의 일본은 자연주의, 즉 사소설이 지배하던 시대였기 때문이다. 당연히 그 대극에 있는 아쿠타가와의 작풍은 좀처럼 받아들여지지 않았다. 여유파라 불린 소세키가 그 시대의 추세에서 멀어졌던 것처럼, 허구적인 작풍이었던 아쿠타가와도 스승과 같은 일을 겪은 것이다. 그러나 단편 「코」가 나츠메 소세키의 높은 평가를 받자 아쿠타가와는 일약 유명해졌고, 다이쇼 시대 내내 완성도 높은 단편을 써내 인기 작가로서의 자리를 굳건히 지킨다. 다이쇼기에 발흥한 도시 인텔리 계층에게는 그의 지적이고 기지에

넘치는 그의 이야기가 무척 새로운 것으로 받아들여진 것이다. 특히 1922년은 절정기여서 대표적인 네 문예지의 신년호에 일제히 그의 작품이 실린다. 〈신조〉에 「덤불 속」, 〈중앙공론〉에 「슌칸」, 〈개조〉에 「장군」, 〈신소설〉에 「신들의 미소」가 동시에 실린 것이다. 그러나 이 시기에는 이미 신경쇠약의 징후가 뚜렷했다.

해군기관학교 영어교사를 사직한 아쿠타가와는 1919년 오사카마이니치신문사에 입사한다. "출근할 의무는 없고 한 해에 몇몇 지면에 소설을 발표한다. 잡지에 발표하는 것은 자유지만 오사카마이니치신문과 도쿄니치니치신문 이외의 신문에는 발표하지 않는다"는 조건이었다. 경제적으로 안정된 그는 도쿄 다바타의 자택에서 집필에 전념한다. 이는 도쿄제국대학 교수직을 그만두고 아사히신문사에 들어가 창작에 전념했던 스승 나츠메 소세키가 걸었던 길이기도 하다.

그러던 중 아쿠타가와는 가인 히데 시게코와 만난다. 둘 다 결혼한 몸이었으나 우수를 띤 표정과 문학에 대한 지식을 지닌 그녀에게 끌린 것이다. 그러나 시게코가 자신의 제자와도 관계를 가진 사실을 알게 된 아쿠타가와의 마음은 급속하게 식어버린다. 그래도 아쿠타가와의 관계를 지속하고 싶었던 시게코는 그 무렵 출산한 아이를 아쿠타가와의 아이라고 주장한다. 궁지에 몰린 아쿠타가와는 1921년 신문사의 해외 시찰원으로서 도망치듯 중국 여행길에 오른다.

4개월에 걸친 강행군 끝에 돌아온 그는 여행지에서 앓은 병으로 인해 심신이 점차 쇠약해져 병상에 있는 일이 잦아진다.

또한 신경쇠약과 불면증도 날로 심해졌다. 「톱니바퀴」에서처럼 환각 증상이 나타나 수면제, 신경안정제, 아편 등을 복용하고 그 부작용으로 고통받는 나날이 이어진다.

게다가 방화 혐의를 받은 매형이 철로에 뛰어들어 자살하는 일까지 벌어진다. 매형이 남긴 빚을 처리하고 누님 일가를 경제적으로 떠맡아야 했다(「어느 바보의 일생」 46. 거짓말). 이런 압박은 아쿠타가와의 불안정한 정신을 더욱 궁지로 몰아넣는다.

1927년 4월과 5월 두 번에 걸쳐, 아내의 친구이자 그의 비서 역할을 했던 히라마츠 마스코와 제국호텔에서 동반자살을 하기로 했으나 그녀가 나타나지 않아 미수에 그친다.(「어느 바보의 일생」 47. 불장난, 48. 죽음) 또한 그 무렵 아쿠타가와는 다니자키 준이치로와 '소설의 플롯 논쟁'을 펼친다. '이야기의 재미'를 주장하는 다니자키 준이치로에 대해 아쿠타가와는 「문예적인, 너무나 문예적인」이라는 글에서 '이야기의 재미'가 소설의 질을 결정하지 않는다고 반론하며 '이야기다운 이야기가 없는' 순수한 소설의 명수로서 시가 나오야를 격찬한다. 이는 자신의 초기 소설을 스스로 부정하는 일이기도 했다.

다이쇼 시대의 문단은 비교적 고정된 문학자의 교유 기관 같은 역할을 했다. 작가의 생활이나 성격이 작품을 평가할 때의 참고가 되고, 생활이 예술적으로 관찰되기도 했다. 작가는 예술적 생활을 반영한 작품을 생산하고 그런 작품을 사신私信처럼 읽는 분위기가 문단을 지배했던 것이다. 그런 자연주의 작풍이 지배적인 문단과 무관한 사람은 반자연주의 두 거장모리 오가이와 나츠메 소세키였다. 그들 또한 그런 문단에서는 당연히 예술적으로 낮게 평가받았다. 아쿠타가와는 그런 문단의 풍토 안에서 작품을 썼고 그 두 사람을 문학적 스승으로 두었다. 그는 두 스승이 서구에서 이입한 소설의 방법, 즉 작가의 사생활로부터 작품을 완전히 분리하고 허구적인 이야기를 만들어내는 이상을 순수한 형태로 실현하고자 했던 것이다. 문단과 달리 일반 독자들은 그런 시도를 하는 작가를 대망하고 있었기 때문에 아쿠타가와는 새로운 소설가로서 많은 독자를 얻을 수 있었다. 그러나 문단은 세상의 평가와는 다른 관점에서 아쿠타가와의 작품을 비판했다. 생활과 예술을 조화시키고 서로 반영한다는 문단의 이상, 그리고 생활과 예술을 분리하려는 아쿠타가와의 이상은 처음부터 양립할 수 없었던 것이다. 그래서 "해군기관학교 교관의 여기餘技는 문단에 전혀 불필요하다"는 식의 반응을 보였으며 사소설의 대가인 가사이 젠조는, 아쿠타가와가 자살한 해에 자신의 불안한 신경과 정신착란 상태를 그대로 드러낸 「톱니바퀴」에 이르러서야 "그도 처음으로 소설을 썼다"라고 평했을 정도다.

아쿠타가와의 작품 경향은 크게 두 시기로 나눠볼 수 있다. 구체적으로는 신경쇠약과 불면증, 환각에 시달리며 수면제, 신경안정제, 아편 등에 의존하던 마지막 3년과 그 이전 시기다. 그 이전 시기는 「라쇼몬」, 「코」, 「참마죽」, 「지옥변」, 「덤불 속」 등 『곤자쿠모노가타리슈今昔物語集』나 『우지슈이모노가타리宇治拾遺物語』 같은 고전을 전거로 한 왕조물과 「담배와 악마」, 「교인의 죽음」, 「난징의 그리스도」, 「아그니 신」, 「오긴」 등의 기리시탄물이 주류를 이룬다. 이 작품들은 당시 문단에서 지배적이었던 사소설과 달리 작가의 사생활로부터 완전히 분리된 허구적인 이야기다. 그런데 마지막 3년 사이에 발표한 「다이도지 신스케의 반생」, 「점귀부」, 「톱니바퀴」, 「어느 바보의 일생」 등은 당시의 문단을 지배하고 있던 사소설에 가까운 자기 고백적인 작품이다. 당연히 당시 문단으로부터 좋은 평가를 받았다.

또한 이 시기에 발표한 「갓파」는 다소 예외적인 작품이다. 이전의 단편처럼 허구적인 이야기면서도, 자신을 감추고 세상을 은밀히 비웃던 이전의 작품과는 명백히 다른 것이다. 왜냐하면 우화 형식을 빌리기는 했으나 기발한 설정을 통해 인간 사회를 통렬히 비판하며 자신의 생각을 적나라하게 드러냈기 때문이다. 이는 바로 「난쟁이 어릿광대의 말」과 같은 아포리즘의 소설화라고도 볼 수 있다. 불안한 신경 속에서도 아쿠타가와의 천재성과 비판 정신이 가장 잘 드러난 작품일 것이다.

아쿠타가와 작품에는 순간적인 착상이 바탕에 깔려 있다. 그것은 사회의 상식에 대한 비아냥거림이 담긴 과감한 역설이다. 다시 말해 사회의 인습과 그 인습에 사로잡힌 인간의 어리석음에 대한 조소가 작품의 기저에 깔려 있는 것이다. 이는 그의 작품이 단편일 수밖에 없는 이유이기도 하다. 또한 아쿠타가와의 작품은 기발한 착상 등의 풍부한 아이디어와 함께 명쾌한 논리와 교묘한 비유가 바탕을 이루고 있다. 그런데 아쿠타가와의 작품이 탁월한 것은 그런 착상이 알레고리로 떨어지지 않는다는 점이다.

아쿠타가와는 다이쇼 시대의 작가 중 시대의 불안을 가장 명확하게 인식했으며 지적으로 조탁된 세련된 문장으로 인생의 아이러니를 날카롭게 드러낸 작가로 평가된다. 그리하여 당대 비평가들의 평가에도, 그 시대에도 갇혀 있지 않고 한 세기가 지난 지금까지도 그 빛을 잃지 않고 있다.

그가 죽은 지 8년 후 친구였던 기쿠치 칸은 아쿠타가와의 업적을 기려 '아쿠타가와상'을 만들었다. 일본의 뛰어난 신인작가에 주는 아쿠타가와상은 여전히 가장 권위 있는 상이다.

옮긴이

옮긴이 | 송태욱

연세대학교 국어국문학과를 졸업하고 동대학원에서 문학박사 학위를 받았다. 도쿄외국어
대학교 연구원을 지냈으며, 현재 연세대학교에서 강의하며 번역을 하고 있다. 지은 책으로
『르네상스인 김승옥』(공저)이 있고, 옮긴 책으로는 하야카와 타다노리의 『신국 일본의 어
처구니없는 결전 생활』, 덴도 아라타의 『환희의 아이』, 미야모토 테루의 『환상의 빛』, 오에
겐자부로의 『말의 정의』, 히가시노 게이고의 『사명과 영혼의 경계』, 다니자키 준이치로의
『세설』, 사사키 아타루의 『잘라라, 기도하는 그 손을』, 가라타니 고진의 『일본 정신의 기원』
『트랜스크리틱』『탐구』, 시오노 나나미의 『십자군 이야기』, 강상중의 『살아야 하는 이유』,
미야자키 하야오의 『책으로 가는 문』 등이 있으며, 나쓰메 소세키 소설 전집을 번역했다.

아쿠타가와 류노스케 선집

초판 1쇄 발행 2019년 9월 10일
초판 2쇄 발행 2023년 10월 25일

지은이 아쿠타가와 류노스케
옮긴이 송태욱

펴낸곳 서커스출판상회
주소 서울 마포구 월드컵북로 400 5층 24호(상암동, 문화콘텐츠센터)
전화번호 02-3153-1311
팩스 02-3153-2903
전자우편 rigolo@hanmail.net
출판등록 2015년 1월 2일(제2015-000002호)

© 서커스, 2019

ISBN 979-11-87295-38-9 03830

이 도서의 국립중앙도서관 출판예정도서목록(CIP)은 서지정보유통지원시스템 홈페이지(http://seoji.nl.go.kr)와
국가자료공동목록시스템(http://www.nl.go.kr/kolisnet)에서 이용하실 수 있습니다.
(CIP제어번호: CIP2019027979)